BASTEI
LÜBBE

WINDHAVEN

Marie de Jourlet

HEIMKEHR NACH WINDHAVEN

Eine Familienchronik der tollkühnen Bouchards und ihr Kampf um das verlorene Erbe

Aus dem Amerikanischen von Rosemarie Hundertmark

BASTEI LÜBBE

BASTEI-LÜBBE TASCHENBUCH
Band 26 033

Titel der amerikanischen Originalausgabe:
RETURN TO WINDHAVEN

Printed in Germany, Januar 1998
Umschlagzeichnung: Bruce Minney
Einbandgestaltung: CCG, Köln
Druck und Verarbeitung: Elsnerdruck, Berlin
ISBN 3-404-26033-3

Prolog

Erst dreizehn Monate war es her, daß der Bürgerkrieg im Zollhaus von Appomattox sein dramatisches Ende gefunden hatte. Doch Luke Bouchard kam diese kurze Spanne wie eine Ewigkeit vor.

In etwas über einem Jahr hatten die Bouchards grundlegende Veränderungen erlebt, Gefahren bestanden und Erfolge erzielt. Und das traf besonders auf Luke zu, den jetzt fünfzigjährigen Enkel des unbezwinglichen Pioniers Lucien Bouchard, der zur Zeit der Französischen Revolution auf der Suche nach Land und Freiheit die Normandie verlassen hatte.

Der Tod seiner sanften Frau Lucy hatte Luke Leid gebracht. Sie starb bei einem Überfall des Banditenführers Diego Macaras, als sie versuchte, Carla und Hugo, die Kinder ihres Sohnes Lucien Edmond und seiner Frau Maxine, zu retten. Maxine, ein Mädchen aus Baltimore, hatte Lucien Edmonds Herz sowohl durch ihre Intelligenz wie durch ihre Weiblichkeit gewonnen. Luke war stolz auf seinen Sohn, der ebenso strebsam und lauter war wie er selbst.

Dreizehn Monate – Luke hatte mit ansehen müssen, wie die Windhaven-Plantage von rachsüchtigen Unionstruppen niedergebrannt wurde. Das majestätische, aus roten Ziegelsteinen erbaute Château mit seinen Zwillingstürmen, am Alabama River in der Nähe von Lowndesboro gelegen, hatte unzerstörbar geschienen. Trotzdem war es verwüstet worden. Doch der aufragende rote Fels, wo Lukes Großvater und seine Frau Dimarte aus dem Stamm der Creeks ihren ewigen Schlaf schliefen, war unberührt geblieben.

Nach dem Brand hatte Luke mit Hilfe seiner tapferen

Stiefmutter, der weißhaarigen Sybille Forsden, seine Familie versammelt. Angeschlossen hatten sich ihnen Maybelle Bouchard (Lucys jüngere Schwester, die Lukes habgierigen, skrupellosen Halbbruder Mark geheiratet hatte), Lucien Edmond mit seiner Frau und seinen beiden Kindern und Lucien Edmonds Schwester Mara. Dann traf Arabella, Lukes Halbschwester, mit ihrem Mann James Hunter und ihren Kindern Melinda und Andrew ein und ebenso Maybelles Tochter Laurette, jetzt verheiratet mit Charles Douglas und Mutter der Zwillinge Kenneth und Arthur.

Begleitet von Djamba, seiner Frau, seiner Stieftochter Prissy und seinem Sohn Lucas sowie einem halben Dutzend treuer schwarzer Arbeiter von der Windhaven-Plantage war die Bouchard-Sippe nach New Orleans gereist. Dort suchte Luke John Brunton auf, der sein Bankier und sein Freund war. John und Laure Prindeville, seine Verlobte, hatten Luke geholfen, sein Erbteil in Gold nach New Orleans zu transferieren, das sein Großvater in kluger Voraussicht auf einer englischen Bank hinterlegt hatte. Luke kaufte Wagen, Waffen und Munition. Die ganze Familie brach zu einem Treck auf, der sie in das südöstliche Texas, in das Land nahe Carrizo Springs am Nueces River führte. Dort war die Windhaven-Ranch gegründet worden.

Lukes unerschütterliche Moral und die Treue zu seiner Familie hatten nun aber Laure gereizt, ihn in Versuchung zu führen. Eine Woche vor ihrer Hochzeit mit John Brunton war es ihr gelungen, ihn ein einziges Mal zur ehelichen Untreue zu verleiten. Die Folgen sollten das Geschick der Bouchards tiefgreifend ändern.

Charles und Laurette Douglas verließen die Familie in New Orleans. Sie reisten weiter nach Chicago, wo Charles eine Stellung als Geschäftsführer in einem Kaufhaus angeboten worden war. Arabella und James Hunter und ihre Kinder begleiteten die Bouchards bis nach Galveston. Charles' Vetter, der dort lebte, übertrug ihm die kaufmännische Leitung seines Baumwollbetriebs. Die übrigen fuhren mit dem Dampfer nach Corpus Christi. Dort begann eine mühsame, manchmal endlos erscheinende Fahrt zu jenem grünen Tal, wo der Traum von der Windhaven-Ranch Wirklichkeit werden sollte.

Nur ein Mitglied der Bouchard-Sippe nahm an dem Wiedersehen nach dem Krieg nicht teil: Die reizende, rothaarige Fleurette hatte in Richmond als Krankenpflegerin gearbeitet und sich in den Quäker Ben Wilson verliebt, einen Corporal im medizinischen Corps. Sie hatten geheiratet und waren in Bens Heimat Pittsburgh zurückgekehrt, wo Ben Medizin studierte.

Dank der Erbschaft von seinem Großvater konnte Luke achttausend Morgen Land in der Nähe von Carrizo Springs kaufen. Seine Arbeiter bauten eine Ranch, eine Mannschaftsunterkunft und einen Palisadenzaun, der die Anlage vor Überfällen schützte. In New Orleans war Luke Andy Haskins und Joe Duvray begegnet, die sich der Familie auf dem langen Treck anschlossen. Dazu kam der Scout Simata, dessen Vater ein Kiowa-Indianer und dessen Mutter eine Schwarze gewesen war. Simata lehrte Luke die Sprache der Kiowas und der Komantschen. Luke gelang es, Kitante, dem Sohn des mächtigen Komantschenhäuptlings Sangrodo, das Leben zu retten. So war die Windhaven-Ranch vor Feindseligkeiten dieses Stammes sicher.

Stets bewahrte Luke seinen trockenen Humor. Er war sehr selbstkritisch veranlagt und deshalb fähig, seine eigenen Irrtümer und Fehler zu erkennen. Diese besondere Fähigkeit ermöglichte es ihm, wenn notwendig, seinen Kurs zu ändern, ohne jener bitteren Verzweiflung zu verfallen, die ihn beim Brand der Windhaven-Plantage ergriffen hatte.

Dreizehn Monate! – In dieser Zeit hatte Lucien Edmond seine Bewährungsprobe bestanden, indem er den ersten Viehtrieb der Bouchards nach Santa Fe führte. Luke wußte, sein Sohn war ein Mann, der sich in diesem wilden, unerschlossenen Gebiet behaupten konnte. Mit Eifer strebte Lucien Edmond den Idealen seines Vaters und Urgroßvaters nach. Doch fehlte es ihm bei aller Ernsthaftigkeit nicht an jugendlicher Impulsivität. Vereint mit seinem liebenswürdigen Wesen hatte ihn das bei den Vaqueros der Windhaven-Ranch sofort beliebt gemacht. Es war sogar möglich, dachte Luke, daß der gesellige Lucien Edmond eher in der Lage war, die Windhaven-Ranch zu leiten, als er selbst.

Mit dieser Einsicht nahm Lukes Traum, die Windhaven-Plantage zurückzugewinnen, festere Gestalt an. Er fing an, Pläne zu schmieden, wie er eines Tages in das Land zurückkehren werde, wo sein Großvater der von ihm gegründeten Familie ein Vermächtnis an Liebe und Verständnis und fleißigem Streben hinterlassen hatte, das alle Familienangehörigen, auch wenn sie Hunderte von Meilen voneinander getrennt waren, noch immer vereinte.

Jetzt, an einem späten Nachmittag im Mai 1867, begann Luke seine Reise. Er hatte einen Brief von Laure erhalten, in dem sie ihm mitteilte, John Brunton sei am gelben Fieber gestorben und sie habe einen Sohn geboren, den John und sie Lukes Großvater zu Ehren Lucien genannt hätten. Luke sah seinen künftigen Weg klar vor sich. Zweifellos war es sein Kind. Jetzt, wo Lucy tot und Laure Witwe war, empfand er es als Ehrensache, Laure zu heiraten und dem kleinen Lucien den Namen Bouchard zu geben. Wenn Gott wollte, mochte dieses Kind eines Tages das endgültige Geschick der Bouchards erfüllen.

Es würde nicht leicht sein, das wußte Luke. Er war doppelt so alt wie Laure, und bei ihrem kapriziösen, unabhängigen Wesen würde sie ihn abweisen, wenn er sich ihr mit der Begründung näherte, er wolle ihr Trost oder ein sorgenfreies Leben bieten. Er mußte um sie werben, mußte den ersten Eindruck, den sie von ihm als einem übergewissenhaften, langweiligen Mann hatte, auslöschen.

Aber er hatte die Brücken hinter sich verbrannt. Er hatte Sybille, Lucien Edmond und Mara von Laures Brief erzählt und ihnen gestanden, daß er und Laure sich einmal von der leidenschaftlichen, vernunftlosen Liebe hatten überwältigen lassen. Auch von seiner festen Überzeugung, daß es sein Kind war, hatte er zu ihnen gesprochen und von seinem Entschluß, nach New Orleans zu reisen, Laure zu heiraten und schließlich mit seiner neuen Familie auf die Windhaven-Plantage zurückzukehren.

Danach war er auf sein Zimmer gegangen, hatte Wildlederkleidung angelegt und von seiner Familie und den treuen Arbeitern Abschied genommen. Allein ritt er nun nach Süden.

Vor seinem geistigen Auge sah er die Windhaven-Plantage, wie sie vor dem Brand gewesen war. Der Eingang war genau nach dem Vorbild des Châteaus in Yves-sur-lac im fernen Frankreich gestaltet worden, dem Geburtsort seines Großvaters. Er stellte sich die geräumige Küche vor, die auf der Rückseite in einem eigenen Gebäude untergebracht war. Er konnte fast die heißen Biskuits mit Honig auf der Zunge schmecken, die Mammy Clorinda ihm so oft zugesteckt hatte, als er noch ein Junge war. Vor seinen geschlossenen Augen floß der gewundene Pintilalla-Creek dahin, der das Land des alten Lucien im Norden begrenzte. In einem Schuppen stand die Baumwollentkörnungsmaschine, und gleich in der Nähe war die Anlegestelle für die Dampfboote, welche die Baumwolle in das Handelshaus nach Mobile brachten. Doch vor allem erinnerte Luke sich an die Zwillingstürme. Wie oft war er an der Hand seines Großvaters die Steintreppe des südlichen Turms emporgestiegen!

Einen letzten Blick warf Luke zurück auf den Palisadenzaun der Windhaven-Ranch, der bereits in der Ferne verschwamm. Ihm war, als höre er die Stimme des Großvaters, der ihm von neuem die Geschichten erzählte, denen er als Kind aufmerksam gelauscht hatte.

Luke riß sich von seinen Erinnerungen los. All das, sagte er zu sich selbst, war lange her, auch wenn es in seinem Gedächtnis noch so frisch und lebendig war, als sei es erst gestern geschehen. Er nahm sich fest vor, eines Tages – Gott mochte geben, daß er in nicht zu ferner Zukunft lag – den Weg zur Windhaven-Plantage zurückzufinden . . .

I

Ganz aufgeregt stand Luke Bouchard auf dem Achterdeck der *William Wallace* neben Kapitän McMurtrie. Vor ihnen tauchten die Hafenanlagen von New Orleans auf. Dieser fünf Meilen lange Kai mit seiner Vielzahl an Schiffen, Menschen und Waren mußte die geschäftigste Straße der Welt sein. Es war, überlegte Luke, als habe es nie einen Bürgerkrieg gegeben.

Mit einem Pfeifton kündigte die *William Wallace* ihre Ankunft an. In den Golf fuhren nicht nur die weißen, eleganten Dampfboote ein, unter denen sie das berühmteste war, sondern auch Überseeschiffe mit hochaufragender Takelage, die die Laufplanken ausgelegt hatten und ihre Passagiere an Land entließen. Ihnen folgten Seeleute in den Uniformen fremder Nationen. Aber verschwunden waren die Flachboote und Piroggen, in denen früher die Squaws der Choctaws, Creeks und Cherokees gehockt und ihre Biber- und Bärenfelle, ihre Kräuterbündel und sogar Krüge mit einem starken Rum angeboten hatten. Die Indianer des Südens waren schon lange vertrieben und in die westlichen Reservationen geschickt worden.

Jetzt, da wieder Frieden herrschte, konnten Pläne für eine neue Zukunft und den Wiederaufbau gemacht werden. Für die Einwohner von New Orleans bedeutete das auch ein Wiederaufleben der Vergnügungen. Theater und Oper und elegante Restaurants hatten neu eröffnet, das gesellschaftliche Leben blühte auf, mit ihm die Intrigen, der Klatsch und das Nachtleben, das sich in den eleganten *maisons de luxe* abspielte.

»Hier ist was los, nicht wahr, Mr. Bouchard?« Kapitän McMurtrie legte Luke eine Hand auf die Schulter. »In etwa zehn Minuten gehen wir vor Anker. Da kommen Sie noch rechtzeitig zum Lunch zu Antoine, wenn Sie möchten.«

»Nicht, ohne mich erst gewaschen und rasiert zu haben, Kapitän«, gab Luke zurück. »Vielleicht sollte ich auch die Kleidung wechseln. In Galveston hat mich die kleine Tochter meiner Schwester anfangs für einen Indianer gehalten.«

Er berührte Sangrodos Talisman. »Ich bin nicht abergläubisch, Kapitän, aber ich habe das sichere Gefühl, daß mein neues Wagnis erfolgreich verlaufen wird. Man sieht schon, daß die Stadt wieder zu Reichtum gelangt.«

Der bärtige Schotte machte ein finsteres Gesicht. »Aye, besser als im Krieg ist es, klar. Trotzdem, Mr. Bouchard, in diesen Hafen kommen jetzt hauptsächlich Yankee-Schieber, die schnellen Profit machen und dann so schnell wie möglich in die Hundehütte, aus der sie stammen, zurückkehren wollen.«

»Sie meinen, auch das ist ein Teil des Wiederaufbauprogramms.«

»Aye, das und noch mehr, Mr. Bouchard. Nicht genug damit, daß General Butler, die Bestie von New Orleans, und sein Bruder die Stadt völlig ausgeplündert haben. Er wurde Ende des Jahres Zweiundsechzig abgelöst, an seiner Stelle kam General Nathaniel Banks. Der war zwar nicht so schlecht, aber beliebt auch nicht gerade – ich denke, es lag daran, daß die Kreolen es nicht schätzen, einen Unionsoffizier über sich zu haben. Jetzt ist General G. F. Shepley da, der im Mai letzten Jahres zum Militärgouverneur von Louisiana ernannt wurde. Er soll ein gerechter Mann sein, habe ich gehört, doch auch er kann nichts dagegen tun, daß der Abschaum des Nordens hereinströmt und sich unter den Nagel reißt, was er kriegen kann. Und in anderen Staaten ist es noch schlimmer, das können Sie mir glauben.«

»Es ist viel Aufbauarbeit zu leisten, Kapitän, und bestimmt wird es ein paar Jahre dauern, bis der Süden und der Norden sich wieder wie freundliche Nachbarn verhalten. Aber ich bin überzeugt, am Ende werden wir das erreichen, und ich möchte meinen Teil dazu beitragen.«

»Ich wünsche Ihnen dazu alles Glück der Welt, Mr. Bouchard. Und, beim Allmächtigen, Sie werden es brauchen. Wenn Sie jetzt mit mir in meine Kabine kommen würden, möchte ich auf Sie und Ihren Erfolg und Ihr Glück bei allem, was Sie vorhaben, trinken, Mr. Bouchard.«

»Es ist mir eine Ehre, Kapitän. Sie sind mir ein guter Freund gewesen, und ich hoffe, wir werden uns noch oft wiedersehen.«

»Dazu sage ich amen, Sir.«

Luke Bouchard schulterte seine Taschen und ging über die Laufplanke. Entlang den Gehwegen standen Buden, in denen Andenken an die Seeleute verkauft wurden. Fast alle hundert Fuß sah Luke einen Grogausschank. Dort drängten sich die Leute, während andere schon ungeduldig draußen warteten. Freigelassene Schwarze priesen ihre Waren an Austernständen an, Blinde spielten auf ihrer Fiedel, kleine Kinder tanzten für Pennys. Dazwischen schritten Frauen mit Blumenkörben oder Kaffeekannen.

Luke hielt auf eine Reihe von Rollwagen im Hintergrund zu. Es waren schwere, holpernde Wagen, vor die je zwei Maultiere hintereinandergespannt waren. Die Fahrer überschrien einander, jeder pries sich als den billigsten an. In ihrer Sprache erkannte Luke etwas von der bunten Vielfalt von New Orleans. Er trat an das erste Gefährt heran. »Ins Saint-Charles-Hotel, wenn es Ihnen gefällig ist, *mon ami*.« Mit dem zufriedenen Gefühl, auf vertrautem Grund zu sein, nahm er Platz. In New Orleans wollte er noch einmal von vorn beginnen. Nur leise rührte sich in ihm Wehmut über das, was er hinter sich gelassen hatte. Bei dem geschäftigen Leben und Treiben im Hafen und in dieser Stadt mit ihrer aufregenden Geschichte kam er sich wie ein junger Mann vor, der darauf brennt, die ersten Schritte in ein wohlgeordnetes, nützliches Leben zu tun.

Der Fahrer, ein untersetzter Kreole mittleren Alters,

schaute neugierig auf seinen Fahrgast. »Ist dies Ihr erster Besuch in New Orleans, Monsieur?«

»*Pas du tout.* Ich bin schon oft hier gewesen, zum letzten Male vor einem Jahr.«

»Ah, Monsieur spricht Französisch perfekt«, strahlte der Fahrer. Traurig setzte er hinzu: »Aber diese Stadt hat sich im letzten Jahr sehr verändert.«

»Ist es tatsächlich so schlimm?« fragte Luke.

Der Kreole nickte düster. »Sehen Sie mal nach links, Monsieur. Da geht Joseph Brigaud mit zwei Huren aus dem besten Haus in der Besin Street. Er kam im letzten Herbst aus Ohio hierher, lieh einem armen Teufel von Plantagenbesitzer etwas Geld und nahm ihm im letzten Monat seinen Besitz weg. Dann verkaufte er ihn für das Dreifache. Der unglückliche Besitzer saß schließlich ohne einen Penny da und schoß sich eine Kugel durch den Kopf. Von der Art wie dieser Joseph Brigaud sind die Leute, die nach New Orleans kommen und uns übers Ohr hauen, Monsieur.«

»Dann gibt es also viel Bodenspekulation?« Luke beugte sich vor.

»Ein Mann mit Geld ist König in New Orleans, Monsieur«, versicherte ihm der Fahrer.

Ein paar Minuten lang fuhren sie schweigend dahin. Dann hielt der Wagen vor dem Hotel. *»Nous voici!* Darf ich Ihnen bei Ihrem Gepäck helfen?« bot der Fahrer an.

»Nein, danke, *mon vieux.* Hier, das ist für Ihre Mühe.« Luke gab ihm eine Silbermünze und wuchtete sich seine schweren Satteltaschen über die Schulter.

Der Kreole sah sich die Münze genau an, biß darauf, grinste und nickte zufrieden. »Vielen Dank! Es ist ein wirkliches Vergnügen, einen solchen Gentleman zu fahren«, bemerkte er. Luke ging ins Hotel.

Als Luke Bouchard es sich eine halbe Stunde später in einem weich gepolsterten Sessel bequem gemacht hatte, gestand er sich ein, daß die Annehmlichkeiten von New Orleans nach einem harten Jahr auf einer Texasranch nicht zu verachten waren. Ein warmes, dampfendes Tuch bedeckte sein Gesicht, ein quirliger kleiner Barbier massierte seine wettergegerbten Wangen, und Luke genoß den Luxus, sich verwöhnen zu lassen. Es schien das erste Mal in seinem Leben zu sein. Während er darauf wartete, daß der Barbier mit den Vorbereitungen zur Rasur fertig wurde, hörte er sich mit Vergnügen dessen Unterhaltung an.

»Ich gestehe, Sir, als der Empfangschef mir sagte, ein Mr. Luke Bouchard wünsche meine Dienste, war ich auf einen feinen kreolischen Gentleman vorbereitet – nichts für ungut, Sie verstehen schon. Als ich Sie dann sah, angezogen wie ein Indianer, da war ich beinahe froh, daß ich mein Rasiermesser bei mir hatte. Doch jetzt ist mir ganz klar, daß Sie ein wirklich vornehmer Herr sind, Mr. Bouchard, Sir.«

Luke lächelte unter seiner Kompresse.

»Ist das Tuch zu warm? Soll ich Josiah – das ist mein schwarzer Lehrling, Sir – noch Wasser heiß machen lassen?«

»Nein, es ist gerade recht so. Machen Sie nur weiter, Mr. Jespers.«

Der dicke kleine Barbier kicherte vergnügt vor sich hin. »Sehen Sie, das meine ich, Mr. Bouchard, nur ein wirklich vornehmer Herr macht sich die Mühe, sich den Namen eines armen Barbiers zu merken. Die meisten Leute hier im Saint Charles nennen mich einfach ›Barbier‹ oder etwas Schlimmeres, wenn es ein Morgen nach einer mißglückten Nacht am Pharo-Tisch oder mit einem von Madame Queenies Mädchen ist. Werden Sie eine Weile bei uns bleiben, Sir?«

»Möglich. Vergessen Sie nicht, den Bart abzunehmen, aber lassen Sie etwas von den Koteletten stehen.«

»Ah, überlassen Sie das nur mir, Mr. Bouchard. Nach

der Behandlung werden Sie sich fühlen wie im Frühling, ungeachtet der Jahreszeit. Natürlich wird in den nächsten ein oder zwei Monaten jeder, der Rang und Namen hat, die Königin der Städte verlassen und flußaufwärts gehen, weil wir das gelbe Fieber und die Malaria im Sommer einfach nicht loswerden.«

Er entfernte das Tuch und rieb Lukes Gesicht mit dem Schaum einer fein parfümierten französischen Seife ein. Mit großer Sorgfalt begann er die Rasur.

»Ist Ihnen das Messer angenehm, Mr. Bouchard? Es zerrt doch nicht etwa?«

»Nein, es gleitet ganz sanft über die Haut. Ist es französischer Stahl?« Luke dachte an die handgefertigten Rasiermesser seines Großvaters und wie er sie Nanakota, dem Geliebten Mann, der *Mico* von Econchate geworden war, zum Geschenk gemacht hatte.

»Das nicht, Mr. Bouchard. Es stammt aus Solingen, der berühmten deutschen Messer-Stadt. Eine wunderbar ausbalancierte Klinge, die bei der leichtesten Berührung ein Haar spaltet. Und schon ist der Bart ab, und Sie haben nicht einmal mit der Wimper gezuckt, was eigentlich der beste Beweis ist. Noch ein bißchen Schaum und ein bißchen Massage. Sie sind in letzter Zeit viel in der Sonne gewesen, nicht wahr, Sir?«

»Ja, das ist richtig«, bestätigte Luke.

»Ein paar Wochen regelmäßiger Behandlung, und Sie werden halb so alt aussehen, wie Sie sind, das garantiere ich Ihnen. Möchten Sie etwas Makassar-Öl auf Ihr Haar?«

Der Barbier war fertig, trat zurück, betrachtete seine Arbeit mit zufriedenem Aufseufzen und reichte Luke einen Handspiegel. Luke starrte sein Gesicht an. Ohne Bart und mit einer schwachen Spur von Reispuder auf den sauber rasierten Wangen und dem Kinn sah er tatsächlich jünger aus. Nur der Silberstreifen in seinem Haar verriet das richtige Alter. Aber andererseits hatte ihm das Jahr, in dem er auf der Ranch gearbeitet und die meiste Zeit auf einem Pferderücken gesessen hatte, neue Vitalität gegeben.

»Sehr gut, Mr. Jespers.« Ganz nebenbei bemerkte Luke, als er dem strahlenden kleinen Barbier den Spiegel zurückgab: »Vorhin erwähnten Sie den Boom in Grundstücksgeschäften, glaube ich.«

»O ja, Mr. Bouchard. Sie können sich gar nicht vorstellen, wie im Augenblick spekuliert wird. Und das ist ganz natürlich. Jetzt, wo die Truppen abgezogen sind, fallen die Profitgeier nach New Orleans ein. Wenn ich besser betucht wäre, würde ich selbst ein Grundstück im amerikanischen Viertel kaufen und außerdem eins in den Außenbezirken der Stadt. New Orleans wird aus den Nähten platzen, merken Sie sich meine Worte, Mr. Bouchard. Sicher gibt es eine Menge herrlicher Plantagen weiter flußaufwärts, aber die Gentlemen, denen sie gehören, leben heute in bitterster Armut. Glauben Sie mir, Sir, sie sind so übel dran, daß sie bereit sind, um fast jeden Preis zu verkaufen. Nehmen wir zum Beispiel Mr. Amberleys Besitz vierzig Meilen von hier. Drei Eichen heißt er, das Herrenhaus gleicht einem Palast. Natürlich liefen Mr. Amberley alle Sklaven davon, als sie frei waren, und er und sein kränklicher Sohn taten ihr Bestes, den Betrieb in Gang zu halten. Aber nun ist sein Sohn tot, und er pfeift auf dem letzten Loch, wie man so sagt. Erst vorige Woche hat er seine ganze Plantage für lumpige zweitausend Dollar in Gold an Monsieur Pierre Lourats Partner verkauft, Armand Cournier heißt er.«

Luke richtete sich in seinem Sessel auf. »Armand Cournier? Lourats Partner?«

»So ist es, Mr. Bouchard. Jeder kennt Monsieur Cournier. Er war ehedem ein großer Mann im Sklavenhandel, wissen Sie. Und er war Monsieur Lourats stiller Teilhaber, bis der arme Teufel letztes Jahr ermordet wurde. Cournier gehören immer noch zwei oder drei der luxuriösesten Freudenhäuser in New Orleans, und dann natürlich Spielsalons. Anfangs waren die meisten seiner

Kunden Unionsoffiziere, die das notwendige Geld zum Spielen hatten. Aber nun, da sie fort sind, muß er mit den Schiebern vorliebnehmen. Nicht ein einziger Gentleman befindet sich darunter, und sie haben die abstoßendsten Manieren, die Sie sich vorstellen können. Nun, Sir, es war mir ein Vergnügen. Vielleicht darf ich Sie noch darauf aufmerksam machen, falls Sie sich jemals einen Zahn ziehen lassen müssen oder Blutegel brauchen, bin ich der geeignete Mann dafür.«

»Ich werde daran denken, Mr. Jespers. Auf Wiedersehen.«

Luke Bouchard trat ans Fenster und blickte auf die Straße hinaus. Da es um diese Tageszeit sehr heiß war, lag sie beinahe leer da. Er sah eine Reihe elegant dekorierter Geschäfte, deren Auslagen ein deutlicher Beweis dafür waren, daß wieder Frieden herrschte und Kunden angelockt werden sollten, deren Käufe die im Krieg erlittenen Verluste wettmachten.

Luke hatte daran gedacht, einen Schneider aufzusuchen und Zylinder, Gehrock, Breeches und ein Paar feine italienische Lederschuhe zu kaufen. Aber jetzt entschied er sich doch anders. Laure sollte ihn so sehen, wie er war. Wenn er sich wie ein kreolischer Dandy kleidete, war das nicht nur affektiert, sondern geradezu eine Täuschung. Er wurde beim Gedanken an Laure ganz aufgeregt. Ein Jahr der Trennung hatte die Erinnerung an ihre Schönheit nicht abgeschwächt, sondern eher noch verstärkt.

Aber er konnte nicht sicher sein, daß er den ersten Anspruch auf sie hatte. Schön, Mitte Zwanzig, von der Aura des Witwentums und der Mutterschaft umgeben, John Bruntons Vermögen hinter sich – da konnte Laure unter den Bewerbern wählen. Möglicherweise hatte sie bereits einem ihre Gunst geschenkt. Bei dieser für ihn wenig erfreulichen Vorstellung runzelte Luke die Stirn. Als er in San Antonio ihren Brief las, hatte er sich urplötzlich entschlossen, die Windhaven-Plantage zurückzugewinnen und das neue Leben mit Laure zu teilen. Der Gedanke, sie könne ihn abweisen, war ihm überhaupt nicht gekommen.

Luke Bouchard verließ das Hotel und kehrte in einem nahegelegenen Restaurant ein, wo er eine Schüssel kreolisches Gumbo – bestehend aus Louisiana-Garnelen, Austern, Krabben, Huhn, Reis und Okra – verzehrte und dazu einen feinen französischen Rotwein trank. Er hob das Glas in einem stummen Toast auf die goldhaarige junge Frau. So gestärkt trat er wieder auf die Straße und winkte einem Wagen, der ihn zum Union House auf der Honorée-Straße brachte.

II

Die erste Veränderung, die Luke Bouchard auffiel, als er vor dem zweistöckigen Haus aus roten Ziegelsteinen stand, war, daß es keinen Portier mehr gab, der ihn begrüßte und die schwere Walnußtür des Union House für ihn aufriß. Die Fensterläden waren geschlossen, und es rührte sich nichts. Luke ging langsam auf die Tür zu. Da entdeckte er, daß am Messingknauf, der die Form einer nackten Venus – Symbol eines Freudenhauses – hatte, ein schwarzer Trauerkranz hing. Luke bekreuzigte sich ehrerbietig und legte die Hand auf den Knauf. Die Tür war verschlossen, und Luke klopfte dreimal.

Kurz darauf glitt ein kleines Paneel zur Seite, und die Stimme einer jungen Frau warf ihm entrüstet vor: »Sieht Monsieur nicht, daß wir in Trauer sind? Wenn Sie Madame Brunton geschäftlich sprechen wollen, kommen Sie heute abend wieder, *s'il vous plaît!*«

»Ich habe eine äußerst dringende Angelegenheit mit Madame Brunton zu besprechen, *ma chérie,* und ich bin gekommen, ihr meinen Respekt zu bezeugen wie auch mein Beileid auszusprechen«, erwiderte Luke.

»*Mon Dieu,* ein roter Wilder!« schrie sie erschreckt auf.

»Ganz im Gegenteil, *ma petite.* Ich komme aus Texas, um Madame Laure zu besuchen. Ich bin Luke Bouchard.«

Wieder erschrak sie, doch diesmal freudig. *»C' est incroyable!* Bitte, kommen Sie an die Hintertür, ich werde Sie dort einlassen. Oh, *quelle surprise heureuse!«*

Luke ging um das Haus herum und gelangte in einen prächtigen Hof, dessen Wetterdach von Sandsteinpfeilern getragen wurde. Er bemerkte Blumenbeete, bequeme Bänke mit Rückenlehnen und in der Mitte ein marmornes Vogelbad, auf dem zwei Schwalben hockten. Doch schon öffnete sich die Tür, und ein kleines schwarzhaariges Mädchen erschien. Ihre Locken schmückte ein Spitzenhäubchen, und das bescheidene, aber sehr kleidsame schwarze Seidenkleid brachte ihre überraschend üppige Figur erst richtig zur Geltung. »Monsieur Bouchard, *quel plaisir de vous revoir!* Bitte, kommen Sie mit mir. Madame Brunton ist bei *le petit bébé, vous savez.«*

»Das ist doch Mitzi, nicht wahr?« lächelte Luke. Wie ein Höfling küßte er ihr die weiche Hand.

Mitzi errötete vor Vergnügen. Ihre großen dunkelbraunen Augen sahen ihn voller Zuneigung an. »Sie erinnern sich noch! Und ich – ich erinnere mich auch noch, wie nett Sie waren, als Sie Monsieur und Madame im vorigen Jahr besuchten.«

»Und Sie sind noch hübscher als voriges Jahr, Mitzi.« Luke folgte ihr die Stufen hinauf ins Haus.

»Wissen Sie, Madame will das Haus schließen«, plauderte Mitzi. »Es ist nur noch an bestimmten Abenden und nur für besonders geschätzte Kunden geöffnet. Für solche wie Sie, *n' est-ce pas?«* Unter ihren langen Wimpern schoß sie ihm einen koketten Blick zu.

»Das stimmt nicht ganz, *ma belle.* Ich war damals kein Kunde und bin auch heute keiner.«

»Schade«, seufzte sie. Sie stieg vor ihm die Treppe zum Obergeschoß hinauf und hob dabei ihre Röcke, so daß er ihre in schwarze Netzstrümpfe gehüllten Beine sehen konnte.

Mitzi ging den Flur hinunter bis zum letzten Zimmer rechts, klopfte leise an und meldete: »Monsieur Luke, Madame.« Sie machte vor Luke einen bezaubernden Knicks und eilte davon.

Zögernd drehte Luke den Knauf und trat ein. Laure Brunton, die ein einfaches schwarzes Baumwollkleid trug, hatte ihm den Rücken zugewandt und war über ein Weidenkörbchen gebeugt, das auf der Glasplatte eines großen Kaffeetischs stand.

Auf den ersten Blick bemerkte er, daß ihr goldenes Haar ungewöhnlich kurz geschnitten war, beinahe wie das eines Jungen. Es ließ den Nacken und die zierlichen Ohren frei. Als sie sich plötzlich umdrehte, fiel ihm auf, wie blaß und bekümmert ihr Gesicht war.

»Luke – ich habe nicht damit gerechnet, Sie schon so bald zu sehen. Haben Sie in New Orleans Einkäufe zu erledigen?« Mit einem schwachen Lächeln auf den Lippen kam sie ihm entgegen.

Er küßte ihr die Hand und betrachtete sie, als sehe er sie zum ersten Mal. Sie kam ihm größer und schlanker vor, und ihre großen grünen Augen wirkten ernst. Ihr Gesicht trug nur eine ganz leichte Spur von Reispuder, und ihr Parfüm war ein zarter Fliederduft.

»Ich habe Ihren Brief in San Antonio erhalten, Laure«, erklärte Luke nach einer verlegenen Pause. »Es blieb mir keine Zeit mehr zu schreiben. So vieles ist geschehen. Ich wollte Ihnen sagen, wie sehr ich John betrauere. Er ist in all diesen Jahren mir und meiner Familie ein guter Freund gewesen.«

»Mir auch, Luke. Wie steht es bei Ihnen in Texas?«

Er berichtete ihr von der Ranch und Lucien Edmonds erstem Viehtrieb und dann, mit schmerzerfüllter Stimme, von Lucys Tod.

»Oh, wie schrecklich für Sie«, sagte Laure leise und

legte ihm eine Hand auf die Schulter. »Sie waren so lange mit ihr verheiratet – und so glücklich, nicht wahr, Luke?«

»Ja, Laure. Lassen Sie mich das Kind ansehen.«

»Lucien ist ein gesundes Baby, Gott sei Dank. In diesem Frühjahr wütete das gelbe Fieber mehr als sonst, und ich hatte große Angst, es würde mir ebenso genommen wie John.«

Luke trat an das Körbchen. Mit zitternden Lippen lächelte er, als er auf das blonde Baby hinabsah. Der kleine Lucien öffnete die Augen und stieß einen Laut aus. Ganz vorsichtig berührte Luke das Händchen, und für einen Augenblick schlossen sich die Finger des Kindes um seinen Daumen. Tief bewegt wandte er sich wieder Laure zu. »Ich werde es Ihnen nie vergessen, daß Sie ihn nach meinem Großvater genannt haben, liebe Laure.« Er konnte ein Beben in seiner Stimme nicht unterdrücken.

»Das war ebenso Johns Idee wie meine, Luke. Er war ein guter, freundlicher Mann, für mich ebenso ein Vater wie ein Gatte, besonders nach dem Tod meines leiblichen Vaters.«

»Was werden Sie jetzt tun?«

»Ich werde das Haus schließen. Wie Sie wissen, hat es seinen Zweck erfüllt. Als Johns Bank von General Butler beschlagnahmt wurde, empfing er seine Kunden hier. Und natürlich, wenn hohe Unionsoffiziere zum Vergnügen hierherkamen, konnten ihnen die Mädchen eine Menge Informationen über die Wiederaufbaupläne entlocken.«

»Und was soll jetzt aus der Bank werden, Laure?« Wieder hielt Luke dem Baby seine Hand hin, und wieder umklammerten die Fingerchen seinen Daumen. Luke empfand eine eigenartige, überwältigende Freude. Er sah die junge Frau an, die durch Witwentum und Mutterschaft so schnell gereift war.

»John wollte die Bank weiterführen. Kurz bevor er starb, sprach er davon, daß er sich an den provisorischen

Gouverneur wenden wollte. Nach dem vor drei Jahren erlassenen Bundesgesetz muß ein Bankier eine bestimmte Summe Kapital besitzen, die von der Einwohnerzahl der jeweiligen Stadt abhängt. Dann gibt es noch das staatliche Recht, durch das die Befugnisse einer privaten Bank geregelt werden.«

»Aber Sie sind eine Frau – Sie können doch nicht im Ernst vorhaben, Johns Bank zu übernehmen und zu leiten, Laure.«

Ihre Schultern strafften sich, ihre grünen Augen blitzten auf. »Ich habe bereits mit Gabriel Mercier gesprochen; sein Vater war Eigentümer einer Privatbank, die mit Johns alter Firma in Geschäftsverbindung stand. Er ist an einer Partnerschaft interessiert.«

Lukes wettergegerbtes Gesicht verkrampfte sich vor Schmerz. »Aber ich darf doch annehmen, daß Sie noch keine Entscheidung getroffen haben?«

Laure schüttelte den Kopf. »Noch keine endgültige. Zuerst muß ich den Mädchen hier im Haus helfen, eine gutbezahlte Stelle oder, noch besser, anständige Männer zu finden, die es ihnen nicht vorhalten, daß sie einmal Freudenmädchen gewesen sind. Einige von ihnen sind bereits nicht mehr hier. Claudine, die Rothaarige aus Pensacola, und Aimée, die Mulattin aus Natchez – sie waren hier, als Sie letztes Jahr John besuchten.«

»Ich erinnere mich nur an Sie, Laure«, erklärte er mit leiser Stimme.

Ihr Blick ruhte kurz auf ihm, dann gab sie mit melancholischem Lächeln zurück: »Sagen Sie nichts, was Sie nicht wirklich meinen, Luke. Ich weiß, wie sehr Sie Ihre Frau geliebt haben.«

»Das ist wahr, Laure.« Wieder blickte er auf den kleinen Lucien hinab. »Aber ich erinnere mich auch noch an etwas anderes.«

»Sie schulden mir nichts, John«, unterbrach ihn Laure und wurde dabei etwas förmlich. »Ich schrieb Ihnen bereits, John habe für mich gesorgt, und das hat er auch überreichlich getan. Die Bank verfügt über genug Kapital, so daß sie in seinem Sinne fortgeführt werden kann. Sie soll auch weiterhin unter seinem Namen laufen, obwohl ich noch nicht weiß, ob Mercier dem zustimmen wird.«

»Laure, wir wollen hier keine Wortgefechte auskämpfen. Geben Sie zu, daß Lucien mein und nicht Johns Sohn ist.«

»Und wenn es so wäre?«

»Ganz einfach – ich möchte Sie heiraten und der Vater meines Sohnes werden. Ist das so merkwürdig?«

Sie senkte die Augen und biß sich auf die Lippen. Ihre blassen Wangen bekamen Farbe. »Das sagen Sie, weil Sie ein anständiger, ehrenwerter Mann sind, doch vor allem, weil Sie unter dem Verlust Lucys leiden. Es wäre für mich nur zu bequem einzuwilligen. Aber Sie wissen vielleicht nicht, daß trotz allem, was mir widerfahren ist, trotz des Yankeekorporals, der mich am Tag nach dem Selbstmord meines Vaters zwang, ihm zu Willen zu sein, John sich meiner angenommen hat. Nicht wahr, er hat Ihnen niemals erzählt, daß ich mich damals umbringen wollte?«

Luke konnte nicht sprechen. Er schüttelte nur den Kopf. Seine Augen hingen an ihrem schönen, traurigen Gesicht.

»Er hat mich davor bewahrt, daß ich mir das Leben nahm oder den Verstand verlor, Luke. Er ist auf die Idee gekommen, mir die Leitung des *maison de luxe* zu übertragen, damit wir es den korrupten Offizieren, die New Orleans ausgeplündert und vergewaltigt haben, gemeinsam heimzahlen konnten. Ich habe ihn geliebt und geachtet. Nein, heftige Leidenschaft war es nicht, aber schließlich war ich ja auch kein unschuldiges Mädchen mehr, das auf den romantischen Märchenprinz wartet.«

»Aber . . .«

Sie legte ihm, Schweigen gebietend, eine Hand auf die Lippen. »Sie wissen, daß ich nur für John im Union House die Aufsicht geführt habe. Ich habe niemals selbst einen Kunden empfangen.«

»Das weiß ich, Laure. Doch auch wenn Sie es getan hätten, würde das für mich keinen Unterschied machen.«

Wieder berührte Laure mit ihrer weichen Hand seinen Mund. Ihr Gesicht war ernst. »Ich hätte mir denken können, daß Sie das sagen, denn Sie sind stets ein ehrenwerter Mann gewesen. Aber ich erinnere mich an jenen Nachmittag genausogut wie Sie. Ich habe Sie in Versuchung geführt, Sie gereizt, weil ich Sie für einen Spießbürger hielt, der alles glaubt, was geschrieben steht, und für den es nur Gut und Bös gibt. Ich respektiere diese Ihre Eigenschaft, Luke, aber Sie können nicht einfach hier hereinschneien und sagen, Sie wollten mich heiraten und Lucien als Ihr Kind haben. Außerdem, was ist mit Ihrer Ranch in Texas?«

»Laure, nach Lucys Tod habe ich meiner Stiefmutter Sybille gesagt, daß wir uns ein einziges Mal geliebt haben und daß Ihr Kind bestimmt von mir ist. Die Ranch wird von meinem Sohn geführt, und alle treuen Arbeiter, die uns von Alabama gefolgt sind, werden ihm auch in Zukunft zur Seite stehen. Was ich plane und hoffe, daß es mir gelingt, ist, die Windhaven-Plantage zurückzugewinnen.«

»Sie wollen also in die Vergangenheit zurückkehren.« Laure schüttelte mißbilligend den Kopf. »Aber ich lebe in der Gegenwart, und Tag für Tag denke ich an meinen Sohn und dessen Zukunft.«

»Warum können wir diese Zukunft nicht teilen?«

»Nicht auf Ihre Weise, weil ich nicht sicher bin, ob das für mich der richtige Weg ist. Ich habe John versprochen, seine Bank am Leben zu erhalten, und dieses Versprechen will ich halten.«

»Warum kann ich Ihnen nicht dabei helfen, Laure?«

Ihre Augen wurden ganz groß vor Überraschung. »Wie sollten Sie mir denn helfen?«

»Sie vergessen, daß ich mit meinem Großvater oft in den Handelshäusern von Mobile und New Orleans gewesen bin. Als ich die Windhaven-Plantage übernahm, führte ich die Bücher und verhandelte mit den Bankiers und Buchhaltern. Mit dem Bundesgesetz über die Banken von 1863 bin ich bewandert – mehr als Sie, Laure. Für eine Stadt von der Größe New Orleans braucht Ihre Bank ein Mindestkapital von zweihunderttausend Dollar und Einlagen von mindestens einem Drittel dieses Kapitals in Obligationen der Vereinigten Staaten, wenn man eine neue Bank eröffnen will.«

Mit gekrauster Stirn dachte Laure darüber nach. »Ich hatte gedacht, Gabriel Mercier könne sein Vermögen mit dem Johns zusammenwerfen«, erwiderte sie schließlich.

»Wenn Mercier sein Kapital einbringt, wird er darauf bestehen, daß die Bank seinen Namen trägt. Ich mache Ihnen ein besseres Angebot: Ich habe rund vierzigtausend Dollar in Gold, die mein Großvater ursprünglich auf einer Bank in Liverpool für mich hinterlegt hatte. Jetzt befinden sie sich auf einer Bank in San Antonio. Dieses Geld werde ich in Johns Bank investieren, wenn Sie mich als Partner annehmen. Ich verlange dabei nicht einmal, daß Sie meinen Namen auf das Firmenschild setzen.«

»Das würden Sie tun? Aber ich kann Ihnen nichts versprechen – nicht das, was Sie erwarten. Ich trauere immer noch, Luke, und Sie auch, und Ihr Leid wird länger dauern als meines, weil Sie mit Lucy so viele glückliche Jahre zusammen waren.«

»Laure, Sie müssen wissen, daß ich John beauftragt hatte, über einen Strohmann Großvaters Château und die ursprünglichen fünfzig Morgen Land, auf denen es erbaut wurde, zurückzukaufen. Phineas Atbury, ein freier Schwarzer, und seine Frau besitzen es immer noch.«

»Ja, davon hat John mir erzählt.«

Luke nickte. »Als ich mich entschloß, zu Ihnen zu kommen und alles daranzusetzen, die Windhaven-Plantage wiederzugewinnen, da wußte ich, daß man einem früheren Grundeigentümer nie erlauben wird, seinen Besitz zurückzukaufen. Dazu gibt es im Norden noch immer zuviel Haß auf alle Südstaatler. Mir war klar, daß es bis dahin Jahre dauern würde. Das ist der Grund, warum ich Ihnen meine Partnerschaft anbiete. Ich möchte unter dem Namen Ihres Mannes die Bank leiten sowie Ihre Interessen, die des kleinen Lucien und auch die meinen wahren. Sehen Sie, Großvater stand zuerst mit dem alten Jules Ronsart in Geschäftsverbindung. Ronsart übergab die Bank seinem Angestellten Antoine Rigalle. Als Rigalle starb, trat John an seine Stelle. Es ist eine gesunde, zahlungskräftige Bank, während das Banksystem in dieser Stadt augenblicklich völlig ruiniert ist. Die einst mächtigen Banken haben den Großteil ihres Goldes der konföderierten Regierung übergeben müssen; es ist ihnen nichts geblieben als wertloses Papier und Guthaben, die man ihnen nie zurückzahlen wird.« Er machte eine Pause und sah sie forschend an. Dann fuhr er fort:

»Das einzige Geld, das nach New Orleans gelangt, ist das der Spekulanten, Profitgeier und Schieber. Doch ich glaube, daß ich mit meiner Kenntnis von Land und Leuten Johns Bank richtig steuern und vielen Menschen helfen kann, wieder Fuß zu fassen. Dann wird, so Gott will, einst der Zeitpunkt kommen, da ich nach Windhaven zurückkehren und Großvaters Vorstellungen von Fruchtfolge und Viehzucht in die Praxis umsetzen kann. Ich habe mich in Texas mit der Viehzucht befaßt, und ich weiß, daß der Markt für frisches Fleisch im ganzen Land wachsen wird. Akzeptieren Sie mich als Partner, Laure. Ich will ehrlich mit Ihnen abrechnen, das schwöre ich.«

»Sie brauchen nicht zu schwören. Ich würde nicht einmal einen schriftlichen Vertrag verlangen. Aber wenn ich zustimme, muß von vornherein feststehen, daß es sich um nichts weiter als eine geschäftliche Beziehung zwischen uns handelt. Vielleicht behalte ich auch das Haus, bezahlt ist es ja schließlich, aber spekulieren Sie nicht darauf, daß Sie, wenn die Mädchen eines Tages fort sind, hier einziehen können. Ich liebe Sie nicht, und wenn ich mich noch einmal verheiraten sollte, muß es aus Liebe geschehen. Eine Heirat aus einem anderen Grund habe ich nicht nötig.«

Erneut wandte Luke sich dem Körbchen zu. Er drängte die leidenschaftlichen Worte zurück, die ihm über die Lippen quellen wollten. Als er Laure wieder ansah, war sein Gesicht ruhig, und seine Stimme klang sachlich. »Ich gebe Ihnen mein Ehrenwort. Nur so viel sage ich, daß ich eines Tages versuchen werde, Sie zu überreden, meine Liebe und meinen Schutz anzunehmen.«

»Nein, Luke, sagen Sie nicht einmal das. Denken Sie es, wenn es nicht anders geht, aber weder für Sie noch für mich ist jetzt der richtige Zeitpunkt. Wenn Sie zu mir kommen, müssen Sie ganz sicher sein, daß es nicht wegen Ihrer Einsamkeit und Ihrer Besessenheit geschieht, Ihr Leben da noch einmal anzufangen, wo es seinen Ursprung hat. Ich kann mich noch nicht als Frau eines Plantagenbesitzers sehen.« Mit einem Rückfall in die kokette Art, die ihn an jenem denkwürdigen Nachmittag gefangengenommen hatte, fügte sie neckend hinzu: »Aber ich bin überzeugt, daß Sie Trost finden werden, Luke, wenn Sie es wünschen. Mitzi war wie von Sinnen, als sie Sie erkannte, und Sie wissen ja noch, wie verrückt sie letztes Jahr auf Sie war.«

»Ich will keinen Trost, Laure. Eines Tages werden Sie erkennen, daß Sie es sind, die ich will.« Er stand vor ihr und sah sie mit steinernem Gesicht an. »Das beste wird sein, wenn wir einen offiziellen Vertrag miteinander schließen. Mit Ihrer Erlaubnis, Madame Brunton, komme ich morgen nachmittag mit einem Rechtsanwalt zu Ihnen, um unsere Partnerschaft juristisch zu regeln.«

III

Noch am gleichen Tag gab Luke an den Direktor der Bank in San Antonio ein Telegramm auf, in dem er ihn bat, ihm eine Tratte über vierzigtausend Dollar ins St.-Charles-Hotel zu schicken. Er setzte eine Geheimchiffre hinzu, so daß der Direktor keinen Zweifel an der Rechtmäßigkeit des Auftrags zu haben brauchte.

Als das erledigt war, sandte er, ebenfalls an die Adresse der Bürgerbank, Briefe an Sybille und seinen Sohn, denn er hatte ihnen versprochen, er werde Bescheid geben, sobald seine Pläne festere Gestalt angenommen hätten.

Der geschwätzige kleine Barbier hatte so manches Körnchen an wertvollen Informationen fallenlassen. Er hatte nicht nur Lukes ersten Eindruck bestätigt, daß sich die Profitgeier in Schwärmen auf New Orleans stürzten, er hatte auch den Namen eines hiesigen Unternehmers in Verbindung mit einem anderen Namen gebracht, den Luke niemals würde vergessen können: den des inzwischen toten Pierre Lourat. Während Luke ein bescheidenes Abendessen bei Moreau einnahm, dachte er über diese Neuigkeiten nach. Bis heute hatte er geglaubt, Mark, sein rebellischer Halbbruder, sei beim Schmuggel, beim Sklavenhandel und beim Betrieb eleganter Bordelle Lourats einziger Partner gewesen. Nun sah es so aus, als habe jemand hinter den Kulissen Lourats Geschäfte übernommen, denn sowohl Mark als auch der hinterlistige Kreole waren tot. Lourat hatte einen schlechten Einfluß auf die Bouchard-Familie gehabt. Er hatte den jungen Mark verdorben und ihn fortan als Marionette benutzt, an deren Fäden er nur zu ziehen brauchte. Aber der Name Armand Cournier war Luke völlig fremd.

Er nippte an seinem Brandy, und ein anderer fast vergessener Name stieg in seiner Erinnerung auf: Edouard Villiers. Das war jener glattzüngige kreolische Dandy, der vor dreiundzwanzig Jahren in Windhaven aufgetaucht war und versucht hatte, in kürzester Frist und mit ungestümem Werben Arabellas Hand zu erringen. Villiers romantische Hoffnungen waren jedoch schnell geschwunden, als Luke einen Brief von John Brunton erhielt, in dem dieser ihm mitteilte, Edouard Villiers stehe in Verbindung mit Pierre Lourat und Mark Bouchard. Villiers war daraufhin schleunigst nach New Orleans zurückgekehrt, und seitdem hatte man nie wieder von ihm gehört. Das war seltsam. Luke hätte gern gewußt, ob Villiers auch mit Armand Cournier zu tun hatte. Er beschloß, alsbald Nachforschungen über ihn anzustellen.

Mark war bei einer Schmuggelfahrt von einem Sergeanten der Union erschossen worden, und dieser Soldat, ein Mulatte, war – welch eine Ironie des Schicksals – Marks eigener illegitimer Sohn gewesen. Luke hatte sich große Mühe gegeben, die Hinterlassenschaft des alten Lucien gerecht zu verteilen. Er hatte Mark mit einem Drittel seines eigenen Erbteils ausgezahlt. Trotzdem hatte Mark seinen Halbbruder grimmig gehaßt, erst der Tod hatte diesem Haß ein Ende gesetzt.

Pierre Lourat, dieser bösartige, einfallsreiche Spieler, hatte die Bouchards wie mit einem Spinnennetz umgarnt. Luke fragte sich, ob die Intrigen, die Windhaven-Plantage ihren rechtmäßigen Besitzern zu entreißen, mit Pierre Lourats Tod wirklich aufgehört hatten.

Nach dem Frühstück am nächsten Morgen suchte Luke einen Schneider auf, um sich die seiner neuen Funktion entsprechende Garderobe zuzulegen. Ein Jahr lang hatte er bei der Arbeit im Freien praktisches, unverwüstliches Zeug getragen; jetzt war er erstaunt, wie sehr sich die Herrenmode inzwischen gewandelt hatte. Der Schneider, ein Engländer mittleren Alters, der sich vor dem Krieg in Massachusetts angesiedelt hatte, hatte in New Orleans ursprünglich nur Verwandte besuchen wollen. Doch dann hatte er in der Königin der Städte ein Geschäft eröffnet. Er war entzückt, seine Kunden mit der neuesten Mode bekanntmachen zu können.

»Sehen Sie, Mr. Bouchard, nach den Howe- und Singer-Nähmaschinen ist jetzt eine mit Dampf betriebene Maschine entwickelt worden, so daß Herrenhemden und sogar Hosen maschinell in Fabriken hergestellt werden können. Hier, Sir, das ist die neueste Mode – braunes Tuch, mit einem einzigen Knopf geschlossener Sakko, elegante graue Tuchhosen mit braunem Überkaro. Der Kragen wird heruntergeschlagen. Dazu gehört eine schwarze Seidenkrawatte. Und natürlich brauchen Sie einen roten Samtrock mit einem schwarzen Derbyhut und schwarzen Schuhen.«

»Einen Derbyhut?« fragte Luke. Der Schneider hielt die mit einem schwarzen Band gezierte Kopfbedeckung hoch.

»O ja, Sir. In England nennt man ihn Bowler, weil er vor etwa sechzehn Jahren von einem britischen Hutmacher namens William Bowler kreiert wurde. Hier in den Staaten nennen wir ihn Derby, weil der Earl of Derby einen solchen Hut zu den Rennen getragen hat.«

»Er hat allerdings Format«, räumte Luke ein. Er setzte den Hut auf und betrachtete sich in dem bodenlangen Spiegel.

Dann nahm der Schneider Maß, und Luke fand allmählich Gefallen an dem Gedanken, wieder Stadtkleidung tragen zu können. Nachdem er anprobiert hatte, wozu der Schneider ihm riet, und seine Erscheinung im Spiegel überprüft hatte, mußte er zugeben, daß er dadurch an Autorität gewann – was, wie er hoffte, einen positiven Eindruck auf Laure machen würde.

»Mr. Bouchard, es ist, als wäre alles nach Ihren Maßen angefertigt worden! Sie sind besser dran als die meisten Männer Ihres Alters – Sie haben eine gute Größe, und Sie sind schmal in Hüften und Taille. Sir, jetzt sind Sie ebenso modisch gekleidet, wie es ein kreolischer Dandy nur sein kann. Das werden besonders die Damen feststellen, wenn Sie mir diese Bemerkung nicht verübeln, Sir.«

Für offizielle Anlässe wählte Luke noch einen Prinz-Albert-Gehrock und einen schwarzen Zylinder, einen roten Gehrock mit farbiger Stickerei, und edelsteinbesetzten Knöpfen und Schnallen, mehrere weiße Hemden mit farbigen Halstüchern, zwei schwarze Seidenhemden und ein Paar schwarze Lederstiefel. Schließlich fügte er mehrere Paar Seidensocken hinzu, weil der Schneider ihm erklärte, zu den langen Hosen, die jetzt anstelle der Breeches in Mode seien, trage man statt langer Strümpfe diese kurzen Socken.

Luke bezahlte und bat darum, ihm seine Einkäufe ins Hotel zu schicken. Dann ging er die Straße hinunter zu einem kleinen Antiquitätengeschäft. Er mußte daran denken, wie er ein ähnliches Geschäft betreten hatte, als die kurze, leidenschaftliche Affäre mit Laure hinter ihm lag. Damals hatte er für Lucy ein Medaillon gekauft und die Buchstaben WR eingravieren lassen. Dieses Geschäft hier war voll von kostbaren Statuen, allerlei Krimskrams, goldenen Kerzenleuchtern, Kirschholztischchen und sogar Ölgemälden.

Der Besitzer, ein Deutscher, erkannte in Luke sofort den vornehmen Herrn und zeigte ihm einen französischen Stockdegen. »Das ist das feinste Elfenbein, mein Herr, und Sie können ihn sowohl als Spazierstock wie auch als Waffe zur Selbstverteidigung benutzen, denn heutzutage hat man es ja zuweilen mit Rowdys zu tun, nicht wahr, mein Herr?« Er drehte den Knauf des Stocks nach rechts und zog einen drei Fuß langen, knapp zwei Zentimeter breiten schimmernden Degen mit einer gefährlich scharfen Spitze heraus.

»Großartig!« rief Luke aus. Der Händler reichte ihm den Degen, dieser prüfte Gewicht und Balance der Klinge. »Ausgezeichnete Arbeit. Und der Preis?«

Der Deutsche zuckte die Schultern. »Dieser Stock ist wie für Sie gemacht, mein Herr. Und allzu habgierig bin ich nicht. New Orleans ist zu mir und meiner Familie gut gewesen. Sagen wir hundert Dollar – in Gold natürlich.«

Einem plötzlichen Entschluß folgend, steckte Luke die Degenklinge in den Stock, zog seinen ledernen Geldbeutel und ließ fünf Zwanzig-Dollar-Goldmünzen in die ausgestreckte Hand des Deutschen fallen.

»Danke, mein Herr!« Mit strahlenden Augen sah der Händler auf die schimmernden Münzen. »Es ist ein echtes Vergnügen, mit einem solchen Gentleman ein Geschäft abzuschließen. Sind Sie fremd in New Orleans? Falls Sie vorhaben, sich hier niederzulassen, erlauben Sie mir, Ihnen einen Vorschlag zu unterbreiten. Ich, Heinrich Gruber, würde mich geehrt fühlen, wenn ich Ihnen ein paar Tips geben könnte, wenn Sie Ihr neues Heim ausstatten.«

»Ich werde es mir merken, Herr Gruber. Übrigens, kennen Sie vielleicht einen ehrlichen Rechtsanwalt, den Sie mir empfehlen können?«

»Jawohl. Sein Name ist Matthew Ernst, er hat sein Büro in der Royal Street – Sie können es nicht verfehlen, das Schild hängt über der Tür. Er hat mir geholfen, diesen Laden zu erwerben, wissen Sie. Er war sehr ehrlich und hat mich nicht übers Ohr gehauen. Er hat, was man bei uns zu Hause ›Gemüt‹ nennt.«

»Ich werde sofort zu ihm gehen und danke Ihnen für die Empfehlung. Guten Tag, und bestimmt sehen wir uns bald wieder.«

Der Ladeninhaber eilte zur Tür. Lächelnd und sich verbeugend öffnete er sie für Luke Bouchard.

Der große, in Wildleder gekleidete Mann benutzte den Degen als Spazierstock. Gemächlich schritt er den Gehweg hinunter und beobachtete das emsige Treiben. Rollwagen klapperten über die Straße, elegant gekleidete Männer und Frauen blieben vor den Schaufenstern stehen oder gingen, sich angeregt unterhaltend, vorbei. Ein Gefühl der Einsamkeit und der Sehnsucht nach Lucy überkam ihn, als er ein junges Paar beobachtete. Der Mann – schwarzhaarig, schlank, Ende Zwanzig – wandte sich mit zärtlichem Lächeln dem jungen Mädchen mit dem kastanienfarbenen Haar zu, das, in weißen Musselin gekleidet, an seiner Seite ging. Einen Augenblick lang fühlte Luke sich als Fremder, als Eindringling in eine seltsame neue Welt. Die Welt, die er hinter sich gelassen hatte, und diese hier, die doch die Erinnerungen seiner Jugend barg, schienen auf verschiedenen Ebenen zu liegen. Er seufzte und setzte seinen Weg fort.

Vom ersten Augenblick an stimmte Luke Bouchard dem Urteil Heinrich Grubers über den Rechtsanwalt auf der Royal Street zu. Matthew Ernst war stämmig und von mittlerer Größe. Sein rundes, liebenswürdiges Gesicht wurde von dicken Koteletten und einem wallenden Bart eingerahmt. Seine kurzsichtigen blauen Augen zwinkerten vergnügt. Er schüttelte Luke die Hand und nötigte ihn in einen Sessel neben seinem Schreibtisch. Nachdem Luke sich vorgestellt hatte, informierte Matthew Ernst ihn über seine eigene Person in so aufrichtiger Weise, daß Luke überzeugt war, nicht weiter nach einem Rechtsvertreter suchen zu müssen.

»Auch ich bin Deutscher wie mein Freund Heinrich.« Ernst zupfte das Band seines Pincenez zurecht und strich sich den Bart. »Aber, wissen Sie, mein Vater, meine Mutter und meine beiden Schwestern kamen 1830 nach Pittsburgh, als ich noch auf dem Gymnasium war. Ich studierte Jura, dann ließ ich mich nieder und heiratete ein süßes deutsche Mädchen namens Rosa Wolheim. Sie stammte aus Frankfurt am Main.« Er seufzte. »Als Rosa im Kindbett starb und das Kleine mit ihr – das war zehn Jahre vor Beginn dieses teuflischen Krieges –, kam ich hierher, um meinen Vetter Hans zu besuchen. Ich verliebte mich in diese schöne Stadt, Herr Bouchard, und außerdem in ein Mädchen, das mir die Ehre erwies, mich zu heiraten, und mir zwei Söhne schenkte. Während des Krieges gingen meine Geschäfte schlecht, verstehen Sie. Aber ich glaube an diese Stadt und ihre Zukunft. Deshalb stehe ich gern einem Mann wie Ihnen zu Diensten, dessen Bestreben es ist, New Orleans wieder zu Wohlstand zu bringen.«

»Sie scheinen mir der geeignete Mann zu sein, der mich juristisch beraten kann, Herr Ernst. Ich habe vor, eine neue Privatbank zu eröffnen. Das heißt, eigentlich handelt es sich um die Wiedereröffnung einer Bank, die einstmals existiert hat, bis General Butler sie schloß.«

Matthew Ernsts Gesicht rötete sich vor Zorn. »Dieser Schwindler hat New Orleans mit vollgestopften Taschen verlassen, er und sein verdammter Bruder. Unter welchem Namen hat diese Bank denn existiert?«

»Ursprünglich war es die Bank von Jules Ronsart, dann von Antoine Rigalle und schließlich von John Brunton.«

Der Rechtsanwalt schlug mit der Hand auf die Schreibtischplatte und rief erfreut: »John Brunton war ein Freund von mir, Herr Bouchard. Sechs Monate bevor der Krieg begann, ist er als mein Zeuge in einem Zivilprozeß aufgetreten und hat mir geholfen, einen äußerst komplizierten Fall zu gewinnen.« Er senkte den Blick. »Es ist traurig, daß er in so jungen Jahren sterben mußte.«

»Ja, Herr Ernst. Auch mit mir war er befreundet. Mein Großvater, mein Vater und ich sind viele Jahre lang Kunden seiner Bank gewesen. Im vorigen Jahr, als ich mit meiner Familie von Alabama hierherkam, um nach Texas weiterzureisen und dort einen neuen Anfang zu machen, besorgte er für mich den Transfer eines Erbteils in Gold von der Bank von Liverpool, und er half mir, die nötigen Einkäufe für die Gründung einer Ranch zu besorgen.«

»Ach so! Aber eines verstehe ich nicht ganz. Sie sagen, Sie haben eine Ranch in Texas gegründet, und jetzt konsultieren Sie mich wegen der Wiedereröffnung einer Privatbank hier in New Orleans?« Der Rechtsanwalt betrachtete Luke fragend durch sein Pincenez, und wieder zupfte er an dem Band und strich sich den Bart.

»Ja, Herr Ernst. Ich habe die Ranch meinem Sohn übergeben und bin zurückgekommen, weil ich John Bruntons Frau Laure zur Seite stehen will. Es war sein letzter Wunsch, daß die Bank fortgeführt wird. Das Gesetz verbietet Laure, sie selbst zu leiten. Ich habe ihr eine Partnerschaft angeboten, bei der die Firma Brunton und Co. lauten wird. Mein Name soll nicht erwähnt werden, doch bin ich bereit, ein Viertel des Kapitals aufzubringen.«

»Da sehe ich keinerlei Schwierigkeiten. Allerdings erregt es meine Neugier, warum Sie nicht wollen, daß Ihr Name erscheint.«

»Sollen wir sagen, daß ich einen gefühlsmäßigen Grund dafür habe, Herr Ernst? Sie müssen eine Menge über die Finanzverhältnisse in dieser Stadt wissen. Ich wäre Ihnen dankbar, wenn Sie mir erläutern könnten, wie ich vorgehen muß, damit die Bank den Bürgern von New Orleans möglichst bald zur Verfügung steht und zu ihrem Wohle beiträgt.«

Matthew Ernst lehnte sich in seinem Sessel zurück und zog ein finsteres Gesicht. »Die Masse des konföderierten Geldes hat hier eine starke Inflation erzeugt. Die Unionssoldaten brachten grüne Scheine mit, aber die Versorgung mit Waren war begrenzt. Deshalb lagen die Preise für die lebensnotwendigen Güter über dem, was die meisten Leute sich leisten konnten. Es befinden sich immer noch Unionstruppen in diesem Staat, so daß viel Geld in Umlauf ist, aber von weitaus größerer Bedeutung ist das Einströmen von Kapital aus dem Norden. Nordstaatliche Banken und Unternehmen kommen unseren Kaufleuten entgegen, weil sie den Baumwollhandel wieder in Gang bringen wollen.«

»Das hätte ich mir denken können. Vor dem Krieg wurde die Baumwolle in Alabama nach und nach so billig, daß es sich kaum noch lohnte, sie anzubauen, wenn man die Kosten für den Transport und den Arbeitslohn in Betracht zog.«

»Den Arbeitslohn?« wunderte sich der Rechtsanwalt. »Wenn Sie eine Plantage in Alabama besaßen, sind Ihnen für die Arbeit doch keine Kosten entstanden. Das verstehe ich nicht, Herr Bouchard.«

»Mein Großvater, wie auch ich, hielt nichts von der Sklaverei. Er schrieb einen Teil seiner Gewinne den Arbeitern gut. Was sie brauchten, konnten sie davon kaufen. Er durfte sie nur nicht freilassen, weil sie sonst gezwungen gewesen wären, den Staat zu verlassen – danach wären sie von Sklavenhändlern eingefangen und von neuem verkauft worden. Schon lange vor dem Krieg, Herr Ernst, habe ich über bessere Methoden der Landbebauung nachgedacht, über Fruchtfolge und Viehzucht. In Texas habe ich meine Ideen dann in die Tat umgesetzt. Sicher sind auch in New Orleans Kaufleute und Pflanzer zu finden, die aus diesem Krieg gelernt haben und jetzt kostendeckend arbeiten und eine finanziell gesunde Zukunft aufbauen wollen.«

»Sie stellen das als so einfach hin. Dennoch ist es ein guter Gedanke. Wissen Sie, wir haben elf Banken in der Stadt. Die wenigsten von ihnen sind gesund. Der Wert ihrer Aktien, der einen Nennwert von hundert Dollar pro Stück hat, liegt jetzt zwischen acht und sechsundsiebzig Dollar, ausgenommen die First National Bank, deren Aktien mit neunundneunzig Dollar gehandelt werden. Aus diesem Grund sind die Kreditzinsen sehr hoch. Vor dem Krieg waren unsere Banken natürlich so gut wie alle anderen im Land.«

»Ich will keine übermäßigen Kreditzinsen kassieren, Herr Ernst. Ich bin auch daran interessiert, Land zu erwerben und für künftige Entwicklungen bereitzuhalten. Dabei soll nur ein bescheidener Gewinn für Madame Brunton und mich herausspringen. Der Großteil der Einnahmen soll wieder in die Bank fließen.«

»Ich glaube, es wird mir Freude machen, Ihren Partnerschaftsvertrag aufzusetzen. Sie sind gleichzeitig ein Träumer und ein Mann, der weiß, was er tut.«

»Auch mit diesem Vorhaben gehe ich ein beträchtliches Risiko ein. Vielleicht kann ich es mit Ihrer Hilfe, Herr Ernst, ein wenig verkleinern.«

Der Rechtsanwalt lachte schallend. Er stand auf und streckte Luke die Hand entgegen. »Sie als Klienten zu haben ist mir ein Vergnügen, Herr Bouchard.«

»Vielleicht können Sie heute abend mit mir essen und mich dann zu Madame Brunton begleiten, um die juristische Seite unserer Partnerschaft mit ihr zu besprechen.«

»Ich habe eine viel bessere Idee, Herr Bouchard! Der Sauerbraten meiner Mathilda hat weit und breit nicht seinesgleichen. Geben Sie mir die Ehre, zum Dinner mein Gast zu sein, und danach werden wir Ms. Brunton aufsuchen.«

IV

Später an diesem Abend, als Matthew Ernst seinen Entwurf für den Partnerschaftsvertrag vorgelesen hatte, erklärte Laure, von den Fähigkeiten des Rechtsanwalts beeindruckt zu sein. »Stellen Sie die Urkunden aus, Mr. Ernst, und ich unterschreibe sie sofort. Jetzt bleibt nur noch das Problem, neue Räumlichkeiten für Johns Bank zu finden. Das alte Haus in der Rue de Toulouse wird wohl nicht mehr verfügbar sein.«

Diese Frage konnte Luke Bouchard sofort beantworten. »Nein, meine Liebe. Ich war heute nachmittag dort. Es befindet sich immer noch im Besitz der Consolidated Bank of New Orleans.«

»Das amerikanische Viertel wäre wohl am geeignetsten. John fand immer, die Einteilung von New Orleans in drei Stadtteile sei sehr vernünftig, und natürlich bevorzugte er den Abschnitt oberhalb der Kanalstraße.«

»Ich werde feststellen, ob es in dieser Gegend ein leeres Geschäft oder Lagerhaus gibt, das groß genug ist, die Bank von Brunton & Co. zu beherbergen«, versprach Luke.

»Ich freue mich, Sie kennengelernt zu haben, Ms. Brunton«, schloß Matthew Ernst die Verhandlungen. »Wissen Sie, ich habe Mr. Bouchard schon erzählt, daß Ihr Gatte mir durch seine Zeugenaussage geholfen hat, einen sehr schwierigen Zivilprozeß zu gewinnen. Ich habe ihn immer sehr bewundert. Sie haben mein Wort, daß ich die juristischen Fragen dieser neuen Bank wie ein heiliges Vermächtnis behandeln werde.« Matthew Ernst ergriff Laures Hand, verbeugte sich und zog sie galant an seine Lippen. Laure streifte Luke mit einem Blick; ihr schwaches Lächeln vertiefte sich. Luke jedoch schoß das Blut ins Gesicht. Er war verärgert. Laures etwas spöttisches Lächeln erinnerte ihn daran, daß sie entschlossen war, sein Werben ebensowenig ernst zu nehmen wie die Galanterie des Rechtsanwalts. Und doch mußte Luke ihre fast trotzige Unabhängigkeit und die spartanische Haltung, mit der sie ihr Leid verbarg, bewundern. Bisher hatte er in ihr nur eine sehr schöne und verführerische junge Frau gesehen, die Tragik und Demütigung durchgemacht hatte. Daß sie ihn jetzt herausgefordert hatte, schien ihre Methode gewesen zu sein, vor sich selbst wieder zu einer begehrenswerten Frau zu werden. Jetzt erkannte er ihre Willens- und Charakterstärke; da wurde ihm auch klar, daß nur sie und keine andere die Richtige für sein neues Leben war.

Am nächsten Vormittag durchstreifte er auf der Suche nach einem geeigneten Lokal für die Bank das amerikanische Viertel. Unterhalb des Kanals überquerte er die Greenley Street und stand plötzlich vor einem kleinen, verwahrlosten, einstöckigen Lagerhaus. Auf der einen

Seite befand sich eine Bäckerei, auf der anderen ein Blumenladen – potentielle Kunden für die neue Bank. Luke betrat den Blumenladen und erhielt auf seine Frage die Auskunft, das Lagerhaus sei bis vor kurzem von Unionssoldaten besetzt gewesen, stehe jetzt aber leer. Durch einen Besuch im Stadtarchiv stellte Luke fest, daß das Gebäude in Kürze öffentlich zum Verkauf ausgeschrieben werden sollte. Sofort machte er ein offizielles Angebot.

Danach traf sich Luke mit Laure in Matthew Ernsts Büro, wo beide den Vertrag unterzeichneten. Luke begab sich mit den Dokumenten wieder zur Stadthalle und bekundete seine Absicht, eine Privatbank eröffnen zu wollen. Das erforderliche Kapital betrug 200 000 Dollar. Er erklärte sich bereit, daß er und seine Partnerin als Beweis guten Willens ein Drittel dieser Summe in Schuldverschreibungen der Vereinigten Staaten einzahlten. Der Beamte gab ihm eine äußerst wichtige Information: »Wenn Sie sich auf das Bankgeschäft einlassen wollen, Sir, dann haben Sie bestimmt schon gehört, daß der Kongreß letztes Jahr ein Gesetz verabschiedet hat, wonach auf staatliche Banknoten eine Steuer von zehn Prozent erhoben wird, um sie aus dem Verkehr zu ziehen. Wie verlautet, sollen zu diesem Zweck weitere Maßnahmen ergriffen werden.«

»Ich danke Ihnen für diese Information. Wenn Sie jedoch unsere Erklärung prüfen, werden Sie feststellen, daß wir zur Kapitaleinlage Hartgeld verwenden. Und wir investieren gern das Drittel in Staatsschuldverschreibungen. Schließlich ist unser Land wiedervereinigt, und ich persönlich bin sehr glücklich darüber.«

»Dann gibt es keinerlei Schwierigkeiten, Mr. Bouchard.« Der Beamte wurde immer liebenswürdiger. »Wissen Sie, ich stamme eigentlich aus Illinois und wurde auf Befehl von General Shepley hierherbeordert, um mit dafür zu sorgen, daß das Wiederaufbauprogramm durchgeführt wird. Und gerade, bevor Sie hereinkamen, Sir, mußte ich einen verdammten Konföderierten niederbrüllen. Ich bitte um Entschuldigung, Mr. Bouchard, aber eine Minute lang glaubte ich, er wolle den Bürgerkrieg noch einmal von vorn anfangen. Ich wünsche Ihnen einen guten Tag. Ihre Lizenz erhalten Sie innerhalb von vierzehn Tagen.«

Drei Tage später stellte Luke zu seiner Freude fest, daß die Ankündigung über den Verkauf des alten Lagerhauses in der Greenley Street nur wenige nicht besonders interessierte Spekulanten angezogen hatte. Sein Angebot auf fünftausend Dollar für das Grundstück und das Haus in seinem augenblicklichen Zustand wurde nicht überboten. Er bezahlte den Auktionator mit Banknoten der Union, die er gegen einen Teil des aus Texas mitgebrachten Goldes eingewechselt hatte. Luke konnte nicht wissen, daß es sich um dasselbe Lagerhaus handelte, aus dem Captain George Soltis und seine Bande von Halsabschneidern vor einem Jahr Waffen und Munition gestohlen hatten, die sie dann für gutes Geld weiterverkauften. Auch die Gewehre und Patronen, die Luke erstanden hatte, um seine Familie zu schützen, stammten aus dieser Beute.

Am 16. Juni, dem Tag, als der 14. Zusatz zur Verfassung zwecks Ratifizierung an alle Staaten geschickt wurde, erhielt Luke ein Telegramm von der Bank in San Antonio, die Tratte über vierzigtausend Dollar sei unterwegs. Er hatte für den Umbau des alten Lagerhauses bereits eine Mannschaft von weißen und schwarzen Bauarbeitern angeworben. Das Gebäude wies mehr Raum auf, als die Bank benötigte. Deshalb ließ Luke den rückwärtigen Teil, der später ausgebaut werden konnte, zumauern. Er hatte vor, ihn an Geschäfte zu vermieten. Die zusätzlichen Einnahmen würden für die Bank eine willkommene Hilfe sein. In diesen Wochen der Vorbereitung besuchte er Laure mehrmals, um die Bücher ihres verstorbenen Mannes durchzusehen. Diese Tätigkeit half ihm über den immer stärker werdenden Wunsch hinweg, Laure um eine sofortige Heirat zu bitten.

Bei diesen Besuchen verhielt sich die junge Witwe kühl. Als sie die Konten mit ihm durchsah, entdeckte er zu seiner angenehmen Überraschung, daß sie nicht nur schnell begriff, sondern auch über verschiedene Vorgänge bereits informiert war. Die Gelder einiger Kunden waren auf ausländischen Banken in Sicherheit gebracht worden, bis die Eigentümer um Überweisung nach New Orleans oder an einen anderen Ort baten. Es war ermutigend, daß die Bank auf diese Weise gleich mit festen Einlagen beginnen konnte. Luke verwandte seine ganze Kraft auf diese intellektuelle Tätigkeit. Im Vergleich zu seinem früheren Leben im Freien war das etwas völlig Neues.

In den dreißiger Jahren hatten die Kaufleute von New Orleans beschlossen, eine eigene Verbindung mit Lake Pontchartrain herzustellen. In einem Gemeinschaftsunternehmen ließen sie einen tiefen Kanal durch das tiefgelegene Sumpfgebiet ziehen. Für das Projekt wären Tausende von Sklaven erforderlich gewesen; diese waren viel zu wertvoll, als daß man sie dem tödlichen Klima aussetzen wollte. Daher warb man in dem von Hungersnöten heimgesuchten Irland Arbeitskräfte an. Die Nachkommen dieser Iren lebten nun in dem dynamischen amerikanischen Viertel der Stadt. So kam es, daß Luke einen Iren namens Paddy Quinlan als Vorarbeiter einstellte. Unter seiner Aufsicht sollte das baufällige Lagerhaus in eine funkelnagelneue Bank verwandelt werden.

Paddy Quinlans Vater war einer von den Arbeitern gewesen, die den Kanal nach Lake Pontchartrain bauten, und in dem Sumpf am gelben Fieber gestorben. Paddys Brüder Matt und Devlin hatten auf Seite der Südstaaten gekämpft und waren bei Chickamauga gefallen. Doch seltsamerweise teilte Paddy, ein großer, sehniger Mann Ende Vierzig, Lukes Meinung, Schwarze und Weiße könnten in einer Gruppe für den gleichen Lohn arbeiten. »Mr. Bouchard, ich will nicht behaupten, Sie würden keine Schwierigkeiten bekommen. Von den feinen Leuten werden viele auf Sie herabsehen und Sie einen Niggerfreund schimpfen. Matt und Devlin haben zwar für die Konföderation gekämpft, aber nicht, weil sie für die Sklaverei waren. Sie wollten sich einfach nicht vorschreiben lassen, wie sie ihr Leben zu führen hätten. Und, zum Teufel, Mr. Bouchard, das ist ja auch der Grund, warum mein Alter Erin verlassen hat, wegen der englischen Herren und der Kartoffelknappheit und der Hungersnot. Aber ich werde aus jedem Mann in meiner Kolonne eine gute Tagesleistung herausholen. Wenn einer ein Faultier ist – ganz gleich welcher Hautfarbe –, dann marschiert er.«

Die Arbeit ging zügig voran. Das bewirkte nicht zuletzt Lukes für damalige Verhältnisse unerhörtes Angebot von fünfundzwanzig Dollar pro Woche und einem Bonus von hundert Dollar für jeden, der bis zur Beendigung des Bauvorhabens dabeiblieb.

In westlicher Richtung die Straße hinab hatte Luke ein Häuschen mit einem Torweg und einem Innengarten gefunden, das seit mehr als einem Jahr leerstand und verkam. Der frühere Besitzer hatte seine Zuckerplantage durch Spielschulden und Konfiskationen durch die neuen Behörden verloren. Deshalb konnte Luke den heruntergewirtschafteten Besitz für weniger als tausend Dollar in Gold erwerben. Aus einer Reihe von Bewerbern, die Paddy Quinlan für zuverlässig erklärt hatte, wählte Luke zwei Männer aus, die Haus und Garten säubern und in bewohnbaren Zustand versetzen sollten. Ende Juni zog er schließlich vom St.-Charles-Hotel in sein neu hergerichtetes Häuschen.

Zu verschiedenen Gelegenheiten nahm Laure seine Einladung zum Dinner an. Aber ihr Gespräch beschränkte sich stets auf die Arbeiten am Bankgebäude und Laures Überlegungen, wie sie für die Mädchen, die sich noch im Union House aufhielten, passende Beschäftigungen oder Ehemänner finden könne.

Es war ein Abend Anfang Juli. Sie hatten bei Moreau gespeist. Eben wurde ihnen der starke Kaffee mit einem Gläschen feinen Brandy serviert. »Gabriel Mercier hat mir erzählt, bei ihm arbeite ein junger Kassierer, der sich verändern möchte. Er würde gern zu uns kommen, Luke. Haben Sie sich schon nach Kassierern und Schreibern für unsere Bank umgesehen?«

Luke wollte sich nicht anmerken lassen, wie sehr es ihn freute, daß sie von »unserer« Bank sprach. Vielleicht würde sie eines Tages doch sein ganzes Leben und nicht nur die Bank mit ihm teilen. »Letzte Woche, als wir Johns Unterlagen durchsahen, fand ich eine Akte über alle Brunton-Angestellten«, antwortete er. »Wie Sie wissen, haben die meisten von ihnen New Orleans verlassen, als die Bank geschlossen wurde. Aber heute morgen habe ich Jason Barntry und Edgar Maxton aufgespürt. John muß beide sehr geschätzt haben. Sie sind jetzt in den Vierzigern und verheiratet. Barntry arbeitet für ein jämmerliches Gehalt bei einem Gemüsehändler, während Maxton sich als Arbeiter verdingen mußte. Wenn Sie nichts dagegen haben, möchte ich sie aufsuchen und ihnen eine Stellung in . . .« – er zögerte, sollte er »unserer« sagen? –» . . . der Bank anbieten«, schloß er. Um seine Gefühle zu verbergen, nahm er schnell einen Schluck Brandy. Dann fügte er hinzu: »Ich muß mit dem guten Leben vorsichtiger sein, sonst bekomme ich einen Bauch und verfalle in Stumpfsinn.«

»Wenn Sie nach Komplimenten fischen, Luke, dürfen Sie von mir keine erwarten. Ich habe Ihnen nie vorgeworfen, stumpfsinnig zu sein, nur sind Sie manchmal zum Verzweifeln geradlinig. Können wir jetzt einmal von etwas anderem als von der Bank sprechen? Wir müssen uns überlegen, was aus den bezaubernden Bewohnerinnen des Union House werden soll. Ich möchte auf keinen

Fall, daß irgendeine Verbindung zwischen der Bank, die Johns Namen trägt, und einem Freudenhaus besteht. Es hat seinen Zweck erfüllt, und wie Sie wissen, sind die Mädchen keine gewöhnlichen Dirnen. Für einige von ihnen war es eine Frage des Überlebens, und im Union House hatten sie es besser, als wenn sie sich auf der Straße oder an irgendeinen ordinären Schieber hätten verkaufen müssen.«

»Sagten Sie nicht, eines der Mädchen habe eine gute Stimme und spiele Mandoline?«

»O ja, das ist Aurelia Dubois. Sie saß mit diesem fetten Captain im Salon, als Sie das erste Mal zu Besuch kamen.« In ihre grünen Augen trat ein warmes Leuchten, das so schnell verschwand, wie es aufgetaucht war. Doch es genügte, ihn wieder einmal an die Stunde zu erinnern, die sie zusammen verbracht hatten.

Luke zwang sich, ruhig zu bleiben. Laures Anspielung erweckte die sinnlichen Vorstellungen, die er aus seinen Gedanken verbannen wollte, zu neuem Leben. Er antwortete nicht, bis er seinen Brandy in Ruhe ausgetrunken hatte. Dann sagte er: »Zufällig nahm ich gestern den Lunch in einem neuen Restaurant in der Eglantine Street ein. Es gehört einem Kreolen mittleren Alters namens Felix Brissart, einem ausgezeichneten Koch. Sein Lokal hat etwa fünfzig Plätze, und es ist ganz entzückend ausgestattet. Ich erwähnte, mit ein bißchen Musik wäre es sicher noch gemütlicher, und er war von der Idee ganz begeistert. Schicken Sie doch Mademoiselle Dubois einmal zu ihm. Vielleicht hat er Verwendung für sie.«

Laures schönes Gesicht leuchtete auf. Sie beugte sich vor. »Das ist ja wundervoll, Luke! Sie soll gleich morgen hingehen. Aber dann haben wir auch noch Madelon Fortier, das gertenschlanke, reizende Mädchen mit dem langen dunkelbraunen Haar. Sie ist erst zweiundzwanzig, Tochter eines Zuckerrohrpflanzers, der Selbstmord beging, nachdem er sein ganzes Vermögen an Pierre Lourats Spieltisch verloren hatte. Madelon hätte mit dem Schuldgefängnis oder noch Schlimmerem rechnen müssen, wenn John nicht die Gläubiger ihres Vaters bezahlt und ihr vorgeschlagen hätte, im Union House zu leben. Sie wollte ihm das Geld unbedingt zurückzahlen, und so wurde sie eines von den Mädchen. Aber sie hatte sich ausbedungen, nicht jeden Kunden nehmen zu müssen, sondern sich ihre Partner selbst auswählen zu dürfen.«

Luke nickte. »Solche Mädchen sind die unvermeidlichen unschuldigen Opfer eines jeden Krieges. Vielleicht sollten wir für sie einen guten Mann suchen, der ihr die Vergangenheit nicht zum Vorwurf macht.«

Wieder zuckte ein spöttisches Lächeln um Laures weiche Lippen. »Luke, Sie sind einfach naiv. Die meisten Männer würden auf Madelon als eine *putaine* herabsehen, wenn auch auf eine erstklassige, und ihre männliche Eitelkeit ließe sie nie vergessen, was sie gewesen ist – besonders, wenn es zu einem Streit kommt.«

»Ich habe schon öfter gehört«, bemerkte Luke, »daß aus Frauen, die vielen Männern zur Verfügung gestanden haben, die besten Ehefrauen geworden sind, weil sie Verständnis für die animalische Natur des männlichen Geschlechts haben.«

Laure lehnte sich zurück und betrachtete Luke, diesmal mit einem Ausdruck fast zärtlicher Belustigung. *»Viens donc,* vielleicht habe ich Sie falsch beurteilt, *mon cher.* Vielleicht haben das Leben draußen in der Wildnis und der Kampf mit Banditen und Indianern Sie ein wenig menschlicher gemacht.«

»Das, *ma belle,* ist genau das, was ich Ihnen seit meiner Rückkehr nach New Orleans klarzumachen versuche.«

Sofort schlug die Stimmung der goldhaarigen jungen Witwe um. Sie hob warnend die Hand und schüttelte den Kopf. »O nein, fangen Sie nicht wieder damit an, *je vous prie!* Wir sind jetzt Partner, Luke, aber nur geschäftlich. Sie werden mich nicht mit süßen Worten oder mit einem

Appell an mein mütterliches Verständnis einfangen. Sprechen wir lieber wieder davon, was für die arme Madelon und auch für Virginie und Odette Nourmain, die bezaubernden rothaarigen Schwestern, getan werden kann. Erinnern Sie sich an die beiden? Als Sie den Salon betraten, hatte ein betrunkener Unionsoffizier sie rechts und links im Arm.«

»Ja, ich erinnere mich, Laure. Ich vermutete, daß es Zwillinge sind. Sie sehen sich außerordentlich ähnlich.«

»Sie sind tatsächlich Zwillinge – keine zwei Stunden auseinander. Ihr Vater war ein hart arbeitender Kurzwarenhändler im französischen Viertel. Ihre Mutter war unzufrieden mit der Stellung, die ihr Mann im Leben einnahm, und suchte sich ihre Liebhaber unter den reichsten und vornehmsten Männern von New Orleans. Eines Tages kam ihr Mann zufällig aus dem Geschäft in die Wohnung, erwischte sie mit einem anderen und tötete erst den Mann, dann die Frau und schließlich sich selbst.«

»Entsetzlich!«

»Es sollte noch schlimmer kommen. Der Onkel nahm die Zwillingsschwestern zu sich, verspielte das bißchen Geld, das ihr Vater ihnen hinterlassen hatte, und stellte sie dann vor die Wahl, mit ihm zu schlafen oder auf die Straße gesetzt zu werden. Sie weigerten sich, ihm zu Willen zu sein; da wandte er Gewalt an – und mit Gewalt meine ich, daß er sie in den Keller sperrte und sie auspeitschte, bis sie nachgaben. Einige Monate später erfuhr John davon. Er entschloß sich, sie von diesem bösen Menschen wegzuholen.«

»Wie hat er das geschafft?«

»Er hat mit ihrem Onkel Pharo gespielt und ihm jeden Sou abgeknöpft. Schließlich bot der Onkel die Mädchen als Einsatz an. John gewann wieder. Er brachte die Zwillinge ins Union House und zahlte das Geld, das er ihrem Onkel abgeknöpft hatte, in einen Treuhandfonds ein. Es ist keine große Summe, vielleicht sechstausend Dollar.

Sorge macht mir jedoch etwas anderes. John überließ es ganz ihnen, ob sie Kunden empfangen wollten oder nicht. Bedauerlicherweise haben Odette und Virginie durch das, was ihr Onkel ihnen beigebracht hat – nun, sagen wir, einen ungesunden Appetit auf körperliche Vergnügungen entwickelt.«

»Ich verstehe. Und ich bin der Meinung, vor allem brauchen diese beiden eine Chance, ihre Würde und Selbstachtung zurückzugewinnen. Haben sie eine gute Erziehung bekommen?«

»O ja. Beide beherrschen mehrere Fremdsprachen fließend. Sie können auch gut rechnen und haben Verstand.«

»Vielleicht wäre dann die Bank die richtige Lösung. Sie könnten als Empfangsdamen arbeiten. Damit meine ich: Wenn ein Kunde die Bank betritt, müßten sie ihn begrüßen und fragen, was die Bank für ihn tun kann, und ihn dann an die richtige Stelle weisen.«

»Das ist ja eine völlig neuartige Idee! Und unsere Bank wäre dadurch etwas ganz Besonderes. Ich glaube nicht, daß eine andere Bank in New Orleans weibliche Angestellte hat.«

»Wenn sie sich Tag für Tag auf diese Weise zeigen, ist es auch möglich, daß sie eines Tages gutaussehende, wohlhabende Ehemänner bekommen«, setzte Luke hinzu.

Laure runzelte plötzlich die Stirn. »Natürlich besteht dabei eine Gefahr. Der eine oder andere Bankkunde mag das Union House besucht haben und sie vielleicht wiedererkennen. Das wäre fü alle peinlich. Außerdem, Luke, geraten sie möglicherweise dadurch in Versuchung, sich auch weiterhin zu verkaufen, und die Bank sollte auf keinen Fall den Ruf eines Bordells bekommen. Vielleicht ist die Idee doch nicht so gut.«

»Dann nehmen wir doch Madelon als Empfangsdame und bemühen uns, für Odette und Virginie Ehemänner zu finden«, schlug Luke vor.

»Das halte ich für besser. Nicht nur, daß Madelon älter

ist als die Zwillinge, sie strahlt auch in ihrem Auftreten eine gewisse Würde aus, die zu einem solchen Unternehmen paßt. Aber wie sollen wir nur für beiden unglücklichen Schwestern Ehemänner finden?« Sie schlug einen beinahe scherzhaften Ton an, und ihr Lächeln war so herausfordernd wie an jenem unvergeßlichen Nachmittag vor einem Jahr. Noch bevor Luke antworten konnte, fuhr sie mit der gleichen aufreizenden Verschlagenheit, die ihn damals erregt hatte, fort: »Da Sie doch nach einer Frau suchen, die Sie in Ihrer Einsamkeit trösten kann, Luke, warum betrachten Sie sich nicht selbst als einen möglichen Kandidaten entweder für Odette oder für Virginie? Ich bin überzeugt, *mon cher,* wenn Sie die eine heiraten, wird die andere sich als sehr gefällige Schwägerin erweisen. *Voilà* – mit diesem Arrangement hätten Sie Ihre eigene kleine *ménage à trois.*«

Gegen seinen Willen errötete Luke. Entschieden erwiderte er: »Eine solche Heirat hätte nichts mit Liebe zu tun. Außerdem, Madame, bin ich kein Pascha, der gleich einen ganzen Harem übernimmt.«

Laure schoß ihm unter ihren dichten Wimpern hervor einen Blick zu, während sie an ihrem Brandy nippte. »Aber Sie müssen zugeben, *mon cher,* daß es sowohl Ihre Probleme als auch die von Odette und Virginie lösen würde. Vor allem glaube ich, daß es Sie jung erhalten würde – Sie müßten sich nämlich anstrengen, den Anforderungen der beiden Mädchen gerecht zu werden.«

Lukes Wangen brannten wie die eines Schuljungen. Ärgerlich gab er zurück: »Seien Sie vorsichtig, Laure. Ich habe Ihnen schon einmal den Hintern versohlt.«

Sie warf den Kopf zurück und kicherte. Sein Puls begann zu rasen. Dann verzog sie ihre weichen roten Lippen zu einem Schnütchen. »*Va t'en!* Das wird nicht noch einmal passieren. Kennen Sie das Sprichwort nicht, daß der Blitz nie zweimal an der gleichen Stelle einschlägt, Luke?«

»Dazu kann ich nur sagen, meine Liebe: Man soll das Schicksal nicht herausfordern. Selbst Sprichwörter haben sich schon gelegentlich als falsch erwiesen.«

V

Am 24. Juli 1866 wartete eine neugierige Menschenmenge vor dem Haus in der Greenley Street, um die offizielle Eröffnung der Bank von Brunton & Co. zu erleben. Paddy Quinlans Arbeitskolonne hatte Wunder vollbracht. In der letzten Woche hatten die Leute, damit alles rechtzeitig fertig wurde, fast die ganze Nacht durchgearbeitet. Paddy selbst hatte die geniale Idee beigesteuert, die Schreibtische und Büros der Bankangestellten durch eine Marmortheke abzugrenzen. Es war ihm gelungen, in einem verlassenen alten Herrensitz flußaufwärts echten Marmor aufzuspüren. Früher einmal hatte er die Front der Veranda geziert. Von den Schreibtischen, den Orientteppichen und Wandbehängen, welche die Bank zierten, stammten viele aus dem Union House.

Laure und Luke sowie Jason Barntry und Edgar Maxton hatten eigene Büros. Beide Männer waren außer sich gewesen vor Freude, als Luke sie aufsuchte und ihnen vorschlug, ins Bankgeschäft zurückzukehren. Laure hatte selbst mit ihnen gesprochen und Lukes Meinung geteilt, man solle ihnen die verantwortlichen Posten eines Investmentberaters und eines Treuhandverwalters übertragen. John Torrance, ein hübscher, gewandter Mann Ende Zwanzig, der vorher für Gabriel Mercier gearbeitet hatte, wurde Kassierer. Wie er Luke und Laure anvertraut hatte, wollte er die Mercier-Bank verlassen, weil er sich in Merciers Privatsekretärin verliebt, sie sich aber als wankelmütig erwiesen hatte. Er hoffte, wenn er die Stellung wechselte, falle es ihm leichter, Abstand zu gewinnen.

Es wurde eine Galaeröffnung. Der Blumenladen und

die Bäckerei, die zu beiden Seiten der neuen Bank lagen, hatten aus diesem Anlaß ihre jeweiligen Waren beigesteuert. Überall standen Buketts, und Kunden, die ein Konto eröffneten oder Erkundigungen einzogen, erhielten ein Knopflochsträußchen. Es wurden frische *brioches* und *petits fours* angeboten. Sogar ein üppiger Geburtstagskuchen mit der Aufschrift BANK VON BRUNTON & CO. war vorhanden. An einem Tisch in der Nähe des Eingangs saß die reizende Madelon Fortier und bot Kaffee in feinen Porzellantassen und Erfrischungen an. Sie trug ein modisches grünes Musselinkleid mit weitem Rock und dezentem Ausschnitt und verlieh dem Ganzen einen Hauch von weiblicher Gastlichkeit. Alle Anwesenden äußerten sich darüber in lobender Weise. Laure und Luke freuten sich jedoch am meisten über die beinahe vierzig Kunden, die sich entschlossen, bei der neuen Bank ein Konto zu eröffnen.

Kurz vor Schluß wurde der erste Tag dadurch gekrönt, daß ein Botenjunge von Gabriel Merciers Bank ein Kuvert in Lukes Büro brachte, welches das persönliche Siegel des Bankiers trug. Es enthielt eine Tratte über fünfundzwanzigtausend Dollar und ein Schreiben, in dem Gabriel Mercier seinen Wunsch äußerte, er wolle diese Summe in der Bank seines alten Freundes zu den üblichen Bedingungen investieren.

Luke hatte sich mit derselben Energie und Disziplin in sein neues Betätigungsfeld gestürzt wie beim Aufbau der Ranch in Texas. Er verbrachte manchen Abend damit, Bücher über Banken und Finanzen zu lesen. Schon lange vor Eröffnung der neuen Bank war er mehrmals in Gabriel Merciers Etablissement gewesen und hatte sich mit dem etwas geckenhaften, zweiundvierzigjährigen Finanzmann angefreundet. Ein paarmal hatte er Mercier zum Lunch bei Antoine oder Moreau eingeladen. Er gestand offen, daß er in diesem Beruf ein Neuling war, und bat den anderen um Rat. Damit hatte er Merciers anfängliche

Zurückhaltung schnell überwunden. Luke merkte bald, daß Mercier daran gedacht hatte, Laure den Hof zu machen. Gabriel Mercier hatte seine Frau vor zwei Jahren durch das gelbe Fieber verloren. Jetzt hatte er eine Quadrone als Mätresse, die er in einem kleinen Haus in der Rampart Street untergebracht hatte. Seine verstorbene Frau, die zart und leidend gewesen war, hatte ihm keine Kinder schenken können. Mercier wünschte sich sehr, einen Sohn und Erben zu bekommen. Die Tatsache, daß Laure Brunton verwitwet war und einen kleinen Sohn besaß, hatte sein Interesse an ihr noch verstärkt.

Beim gemeinsamen Lunch vor genau einer Woche war Luke insgeheim entzückt gewesen, als Gabriel Mercier erklärte: »Sie sind älter als ich, Monsieur Bouchard. Können Sie mir aus Ihrer Erfahrung sagen, warum eine Frau um so unzugänglicher ist, je begehrenswerter sie ist?«

»Vielleicht lernt sie schon frühzeitig, ihre Schönheit als Kapital zu betrachten, um in der Banksprache zu bleiben.« Lachend erhob Luke sein Glas und prostete seinem Gast zu.

»So wird es sein.« Der Bankier berührte die Spitzen seines sorgfältig gewachsten Schnurrbarts. Er hob den Kristallkelch und sog das Bouquet ein, bevor er genießerisch einen Schluck nahm. »Ausgezeichnet! Sie finden ihn doch nicht zu trocken, Monsieur Bouchard?«

»Bei diesem Jahrgang erwartet man keine Süße«, bemerkte Luke.

Gabriel Mercier brach in herzliches Gelächter aus. Dann nahm er einen langen Zug. »Sie gefallen mir, Monsieur – *par Dieu,* machen wir Schluß mit diesen Formalitäten, und nennen wir uns beim Vornamen. Also, Luke, Sie scheinen andeuten zu wollen, daß Madame Brunton ein ebenso superbes Bouquet zu haben scheint wie dieser Wein, daß es ihr jedoch an Süße mangelt, auf die ein reifer Mann wie ich den größten Wert legt.«

»Wenn das Ihre Schlußfolgerung ist, Gabriel, dann

wissen Sie mehr über Frauen als ich. Aber schließlich ist das selbstverständlich, denn hier in New Orleans gibt es so viele *Belles*, daß Schönheit schon fast nichts Besonderes mehr ist.«

»Ich prophezeie Ihnen, daß Sie im Bankgeschäft großen Erfolg haben werden, Luke«, antwortete Gabriel Mercier schmunzelnd. »Da sind Sie mir auf sehr diplomatische Weise ausgewichen. Doch ich will ehrlich zu Ihnen sein. Sie wissen von meinem Interesse für Madame Brunton, und es ging dabei nicht nur um eine Verschmelzung unserer beiden Banken. Nun vermute ich, daß auch Sie Ihr Herz für die Witwe entdeckt haben.«

Luke nickte. Er wollte über ein Thema, das ihn innerlich so bewegte, nicht sprechen.

»Nun ja, dann verbannen Sie derartige Gedanken, Luke. Ich habe Madame Brunton geradeheraus einen Heiratsantrag gemacht, sie aber hat ihn ebenso direkt abgelehnt. Ich bewundere ihren Geist und ihre Unabhängigkeit. Vielleicht sind wir für die Emanzipation der Frau noch nicht bereit, aber wenn dieser Tag kommt, sehe ich Madame Brunton in der ersten Reihe der Befürworter dieser Bewegung.«

»Dann haben Sie auf die Kandidatur verzichtet, wenn ich Sie recht verstehe?« forschte Luke vorsichtig.

Gabriel Mercier nickte. »Ich gestehe, daß ich in ein Alter gekommen bin, wo ich Ruhe und Gemütlichkeit suche. Außerdem sind Sie im Vorteil, weil Sie mit ihr in Geschäftsverbindung stehen. Es war ein kluger Schachzug, daß Sie nicht darauf bestanden haben, Ihren Namen in die Firmenbezeichnung aufnehmen zu lassen. Das muß ich schon sagen, *mon ami*.«

»Ich habe es nur aus Loyalität gegen John getan. Außerdem war es Laures Wunsch.«

»Natürlich, natürlich, *ça se voit*. Wie dem auch sei, Venus hat mir plötzlich gelächelt. Gestern kam eine attraktive junge Frau auf der Suche nach einer Beschäftigung in meine Bank. Zufällig ist sie die Tochter eines ehemaligen Bankiers, der flußaufwärts eine kleine Plantage besaß. Er war gezwungen, sie für das, was er bekommen konnte, zu verkaufen, bevor die Yankees sie ihm wegnahmen. Den Erlös verbrauchte er fast ganz für Ärzte und Medikamente. Vor ein paar Monaten ist der Gentleman gestorben, und Mademoiselle Clarice steht jetzt ohne einen Penny da. Sie ist Mitte Zwanzig, sanft und bescheiden und ausgezeichnet erzogen. Ich glaube, sie wäre die richtige Frau für mich. Ich habe ihr Arbeit in der Bank gegeben, bis ich ihr ernsthaft den Hof machen kann.«

»Es ist sehr freundlich von Ihnen, Gabriel, daß Sie mir das alles erzählen. Ich möchte Ihnen auch für den ausgezeichneten Tip danken, den Sie mir gegeben haben. Ich habe mich entschlossen, ein paar Grundstücke im amerikanischen Viertel zu kaufen, und ferner, Zuckerrohrpflanzern Geld zu leihen – aber nur denjenigen, die den Eindruck machen, fähige Unternehmer zu sein, und gute Arbeitskräfte haben. Es laufen immer noch zu viele Geschichten um, welche Grausamkeiten auf manchen Zuckerrohrpflanzungen in Louisiana praktiziert werden.«

»Ah, da haben Sie vollkommen recht. Vor dem Krieg fürchteten die *Nègres* nichts mehr, als flußabwärts verkauft zu werden und in der kochenden Louisiana-Sonne unter der Peitsche der Aufseher Zuckerrohr schneiden zu müssen. Aber heute gibt es neue Methoden der Raffinierung, und der Zuckermarkt wächst. Ich glaube nicht, daß Baumwolle in den nächsten Jahren sehr stabil sein wird, und ich habe Gerüchte zu Ohren bekommen, wonach die Ernte dieses Jahr von Mehltau beeinträchtigt sein soll.«

»Für diese Information habe ich Ihnen ebenfalls zu danken. Sobald mein Haus ganz in Ordnung ist und ich einen Hausmeister angestellt habe, würde ich mich freuen, Sie und die zukünftige Madame Mercier bei mir zum Dinner zu sehen.« Luke streckte dem Bankier die Hand entgegen, und Gabriel Mercier schüttelte sie herzlich.

Aurelia Dubois hatte für ihre Vorstellung bei Felix Brissart ihr einfachstes Kleid angezogen. Schüchtern betrat sie das Restaurant in der Eglantine Street. Sie biß sich auf die Unterlippe, als sie sah, wie der kleine, grauhaarige Mann die Kellner und Piccolos in dem noch leeren Lokal herumjagte. Sie bekam Angst vor seinem barschen Benehmen und seiner lauten Stimme. Er warf ihr nur einen gereizten Blick zu und rief: »Bitte, gedulden Sie sich einen Augenblick, Mademoiselle!«

»Ein frisches Tischtuch auf den Ecktisch, Adolphe – du bist ein Dummkopf!« Er wies mit seinem dicken Zeigefinger auf einen zitternden Jungen. »*Vite, vite,* wir haben keine Zeit zu verlieren, das weißt du doch!«

Felix Brissart vergewisserte sich, daß sein Befehl ausgeführt wurde. Dann kam er mit freundlichem Lächeln der jungen Frau entgegen. »Entschuldigen Sie, Mademoiselle.« Galant nahm er ihre Hand und führte sie an seine Lippen. »In vierzig Minuten öffnen wir unser Restaurant zum *déjeuner,* verstehen Sie. Also, Monsieur Bouchard hat mir berichtet, daß Sie die alten französischen Lieder singen können. Jetzt, da ich Sie sehe, bin ich überzeugt, meine Gäste werden ebenso entzückt sein wie ich.«

Aurelia Dubois errötete heftig und schlug die Augen nieder. »Zu freundlich von Ihnen, Monsieur Brissart«, murmelte sie. »Wenn Sie vielleicht Zeit hätten, sich ein oder zwei Lieder anzuhören? Ich fürchte, danach halten Sie nicht mehr gar so viel von meinen Talenten.«

»Wenn jemand bescheiden und noch dazu schön ist, Mademoiselle, bin ich um die Talente gar nicht bange. Kommen Sie, lassen Sie ein Lied hören.«

Er drehte sich um und brüllte: »Hört zu, ihr Dummköpfe, aber arbeitet dabei weiter. Sorgt dafür, daß das Silberzeug glänzt wie die Morgensonne und daß genug *serviettes* da sind!«

Er setzte sich und nickte lächelnd. »Singen Sie, was Ihnen beliebt, Mademoiselle Dubois.«

Etwas zuversichtlicher stimmte Aurelia ihre Mandoline, schloß die Augen, damit sie von den umhereilenden Kellnern nicht abgelenkt wurde, und begann mit ihrer süßen Sopranstimme eins der alten Lieder der Auvergne zu singen:

Lo, lo, lo, lo,
Passo pel prat, beloto,
Ieu possorai pel bouos;
Quon li seras pouloto,
M'esperoras se vouos!

Felix Brissart seufzte tief. Bevor Aurelia zur zweiten Strophe ansetzen konnte, sang er sie mit kratzender Stimme selbst. Sein unscheinbares Gesicht strahlte dabei vor Vergnügen.

Nous porloren, filhoto,
Nous porloren toui dous;
Qu'os toun amour drouloto,
Que me foro hurous!

»Oh, Monsieur Brissart, Sie kennen das Lied!« rief Aurelia aus.

»Wie sollte ich es nicht kennen, *ma petite fille*? Ich, der ich aus der schönen Provence stamme, sollte die Lieder der Auvergne nicht kennen, aus der schönsten Gegend in *la belle France*? Verstehen Sie den Text?«

»Ein wenig«, gestand Aurelia schüchtern. Ihre Wangen brannten unter dem eindringlichen Blick von Felix Brissart. »Es heißt: ›Komm über die Wiese, meine Schöne, ich werde durch den Wald kommen.‹ Ist das richtig?«

»Genau. Und der Vers, den ich gesungen habe, heißt: ›Wir werden reden, kleines Mädchen, wir werden miteinander reden. Es ist deine Liebe, Kleines, die mich glücklich macht.‹ Ah, Mademoiselle, Sie hätten kein besseres

Lied wählen können, um das Herz eines alten Witwers zu wärmen. Und Ihre Stimme, so süß und rein! Selbstverständlich sind Sie engagiert. Sind vierzig Dollar pro Woche und die Mahlzeiten für eine so perfekte Sängerin genug? Verstehen Sie, Mademoiselle, das ist nur für den Anfang. Mein Restaurant gedeiht, wie Monsieur Bouchard Ihnen vielleicht schon erzählt hat.«

»Das ist sehr großzügig von Ihnen, Sir. Ich werde mir alle Mühe geben, Ihren Gästen zu gefallen.«

Er stand auf, ergriff ihre Hand und küßte sie. »Ich glaube, Sie werden mehr tun als das, Mademoiselle Dubois.«

Luke hatte eine zweirädrige, leichte, niedrige Kalesche mit Faltverdeck gekauft und seinen Hengst an das Geschirr gewöhnt. Anfangs fuhr er nur durch ruhige Wohnstraßen. Innerhalb von zehn Tagen hatte das Pferd seine neue Aufgabe gelernt und ließ sich von anderen Wagen oder dem Geräusch der Passanten nicht mehr erschrekken. Es ging nun auf Ende Juli zu. Viele der wohlhabenderen Bürger hatten die Königin der Städte verlassen und sich in ihre flußaufwärts gelegenen Sommerhäuser begeben, um der feuchten Hitze und der allgegenwärtigen Bedrohung durch das gelbe Fieber, die im Sommer besonders stark war, zu entgehen.

Doch in diesem Sommer gab es für die Bürger von New Orleans noch eine andere Bedrohung. Auf Anweisung des Kongresses versuchten die Gesetzgeber von Louisiana, das Stimmrecht für Neger in die Verfassung des Staates aufzunehmen. Schon hatte die *Times-Picayune* gewettert, dies sei eine Schikane des Nordens gegen die Südstaaten. Es hatte Bürgerversammlungen und Unruhen gegeben. Einige Politiker, die einen Ausbruch der Volkswut befürchteten, hatten bei einflußreichen Kongreßabgeordneten darum gebeten, doch lieber langsam, Schritt für Schritt vorzugehen, als auf der sofortigen Durchführung der Anweisungen zu bestehen.

Aber die gegen den Süden eingestellte Gruppe, angeführt von dem kämpferischen, rachsüchtigen Thaddeus Stevens, wollte von einem Aufschub nichts wissen. In Stevens Augen war der Süden »eine eroberte Provinz, die für ihre Dummheit, sich von unserer geliebten Union loszusagen, einen Denkzettel erhalten muß, selbst wenn das bedeutet, daß ihr das Joch der Knechtschaft auferlegt wird«.

Luke hatte am Abend des 29. Juli Laure zum Abendessen bei Moreau ausgeführt. Er wollte ihr seine Pläne für den Ankauf verschiedener kleiner Parzellen im amerikanischen Viertel auseinandersetzen. Auch über das Problem Odette und Virginie sprachen sie. Als Laure erwähnte, beide hätten stets mit viel Geschick ihre Hüte selbst entworfen, meinte Luke: »Sie sagten doch, daß John das Geld, das er dem Onkel der beiden Mädchen beim Pharo abgewann, in einem Treuhandfonds sichergestellt hat. Warum benutzen wir es jetzt nicht dazu, ihnen ein Modegeschäft einzurichten? Im rückwärtigen Teil des Bankgebäudes ist reichlich Platz. Auf diese Weise könnten Sie und ich auch ein Auge auf sie halten.«

»Das ist eine sehr gute Idee. Ich werde noch heute abend mit ihnen darüber reden. Ganz bestimmt möchten sie gern unabhängig sein und ihren Lebensunterhalt auf ehrbare Weise verdienen.« Ihr fiel noch etwas ein. »Natürlich bringen Frauen oft ihre Ehemänner mit, wenn sie einen Hut kaufen wollen. Ich hoffe nur, Odette und Virginie werden den Herren keine schönen Augen machen.«

»Bestimmt werden sie auf Sie hören, Laure, wenn Sie sie auf die Seite nehmen und vor den Gefahren warnen. Sie sind dann auch ganz in unserer Nähe, und wir können sie von Zeit zu Zeit besuchen und darauf aufpassen, daß sie sich gut benehmen.«

»Vielleicht kommt auch einmal ein Witwer oder ein netter Junggeselle aus Neugier in den Laden und verliebt sich in die eine oder andere. Damit wäre das Problem dann endgültig gelöst.«

»Das ist ein Ziel, aufs innigste zu wünschen, wie Shakespeare sagen würde«, meinte Luke lachend. »Und wenn das geschieht, haben wir für alle ein Happy-End.«

Laure warf ihm aus zusammengekniffenen Augen einen kurzen Blick zu. Dann verzogen sich ihre weichen Lippen zu einem Lächeln, und sie neckte ihn: »Sie hätten Schriftsteller werden sollen, Luke. Sie wünschen sich für jeden ein Happy-End. So etwas läßt sich in einem Roman viel leichter erreichen als im wirklichen Leben, *n'est-ce pas*?«

Laure gelang es doch immer wieder, seine mühsam erkämpfte Ruhe zu erschüttern! »Warum sollte es kein Happy-End geben?« fragte er zurück. »Ich freue mich schon darauf, Sie morgen um zehn mit meiner Kalesche abzuholen, wenn das nicht zu früh ist.«

Wieder hatte Laure das letzte Wort. »Monsieur Bouchard, eine Witwe, die ein Kind und ein Geschäft zu versorgen hat, kann es sich nicht erlauben, bis zum späten Vormittag im Bett zu liegen. Kommen Sie lieber ein paar Minuten früher, wenn Sie möchten.«

Am frühen Morgen des 30. Juli hatte es einen heftigen Platzregen gegeben. In der feuchten Hitze hatte man das Gefühl zu ersticken. Lukes Kalesche fuhr am Union House vor. Das Faltverdeck war hochgeklappt, um die Hitze abzuschirmen. Als weitere Vorsichtsmaßnahme hatte Luke seinen Derby aufgesetzt. Seinen Stockdegen hatte er gegen den Rücksitz gelehnt. Als er das Pferd anhielt und ausstieg, dachte er, es könne nicht schaden, Fechtstunden zu nehmen. Trotz der Zivilgarden, die bei Einbruch der Dunkelheit in den unsicheren Gegenden patroullierten, gab es immer noch eine Menge Gesindel, das die Straßen unsicher machte und die Bevölkerung terrorisierte.

Die Tür des Union House öffnete sich, und Laure erschien. Sie trug ein langes schwarzes Kleid mit Puffärmeln und eine schwarze Witwenhaube. Das dunkle Gewand ließ ihr goldenes Haar noch stärker leuchten als sonst.

»Guten Morgen, Madame Brunton.« Luke lüftete seinen Derby und verbeugte sich. Nach dem gestrigen Beisammensein hatte er sich vorgenommen, bei dieser geschäftlichen Verabredung ein ganz förmliches Benehmen zu zeigen.

»Auch Ihnen einen guten Morgen, Monsieur Bouchard«, antwortete sie munter. Luke half ihr beim Einsteigen auf den Rücksitz, stieg selbst auf den Kutschbock, ergriff die Zügel und schlug den kurvenreichen Weg ein, der zur Greenley Street führte.

Laure hatte einen kleinen Sonnenschirm bei sich, doch da der Himmel grau und wolkenverhangen war, stellte sie ihn neben Lukes Stockdegen. Der Weg führte über den Mirabeau-Platz und dann links um die Ecke auf die Kanalstraße zu. In der Ferne war ein schwaches Donnergrollen zu hören, doch es wurde übertönt von dem viel bedrohlicheren Rufen zorniger Stimmen. »Gott verdammt, kein Nigger wird seine Stimme abgeben wie ein weißer Mann, solange ich am Leben bin! – Schuld daran sind die verdammten Yankeeschieber – und Gouverneur Wells, der dreckige Yankeefreund! – Brennen wir sein Haus nieder! – Suchen wir uns einen Nigger, und zeigen wir den Bastarden aus dem Norden, auf welche Weise wir hier unten ihnen die Freiheit geben!«

»*Mon Dieu,* was hat das zu bedeuten, Luke?« rief Laure beunruhigt. Sie drehte sich um und spähte in die Richtung der Straße, aus der das wütende Lärmen kam. Luke zog die Zügel an. Er hatte auf dem Bürgersteig gegenüber der *Times-Picayune* eine wogende Menschenmenge entdeckt. An der Ecke standen ein schnurrbärtiger Mann mit Zylinder und leichtem Gehrock und ein ebenso elegant gekleideter kreolischer Dandy. Sie setzten ihr Gespräch fort, dabei warfen sie immer wieder Blicke auf die aufgebrachte Menge, die begann, sich auf die Türen des Zeitungsgebäudes zuzudrängen und zuzuschieben.

»Sir, können Sie mir sagen, was hier vorgeht?« rief Luke.

»Die gesetzgebende Körperschaft will den *Nègres* das Stimmrecht geben, Monsieur«, erwiderte der Mann mit dem Zylinder. »Das ist eine üble Geschichte. Sieht aus, als käme es unten auf der Straße zu einem Aufstand. In der Bourbon Street ist bereits gekämpft worden. Ein paar arme Teufel wurden getötet, andere ins Hospital gebracht. Sie sollten lieber nicht diesen Weg nehmen. Es könnte für Sie und die Dame gefährlich sein.«

Noch während er sprach, klirrte Glas. Jemand hatte einen Ziegelstein durch das Fenster des Zeitungsgebäudes geworfen. Jubelnde Rufe wurden laut. »Zerschlagt die Pressen, seht nach, ob da Nigger arbeiten – holt sie raus, wir hängen sie an die Laternen – so ist's recht, so müssen wir dem verdammten Kongreß zeigen, daß wir hier im Süden uns nicht zu Sklaven von Niggern machen lassen!«

»Das ist ja schrecklich, Luke«, flüsterte Laure ängstlich. »Können wir nicht weiterfahren?«

»Doch«, erwiderte er nickend. »Die Straßen sind ein bißchen schlammig vom Regen, und ich sehe auf beiden Seiten nur wenige Wagen. Riskieren wir es dennoch. Es ist sowieso der kürzeste Weg zur Bank. Hü!« Der Hengst zog an und stampfte durch den Morast auf der Kanalstraße.

Sie waren bis zur Rue de Jacques gekommen, als Luke das Pferd plötzlich wieder anhielt und im Wagen aufstand, um besser sehen zu können. Ein großer, kräftiger Schwarzer Mitte Zwanzig verteidigte sich mit dem Rükken zu einem Schaufenster gegen vier Weiße, von denen einer einen Malakka-Stock erhoben hatte und sich in eine Stellung zu manövrieren suchte, von wo er ihn auf den Kopf des Opfers niedersausen lassen konnte.

»Lassen Sie ihn in Ruhe!« rief Luke zornig. In diesem

Augenblick packten zwei von ihnen den Schwarzen an den Handgelenken. Dieser trat mit den Füßen um sich und versuchte sich loszureißen. Unter grausamem Gelächter zerrten die Angreifer ihn vom Schaufenster weg in die Mitte des Bürgersteigs. »Jetzt kannst du dem schwarzen Hurensohn den Schädel einschlagen, Henri!« rief ein pockennarbiger, korpulenter, schäbig gekleideter Mann Anfang Fünfzig.

Mit einem halblauten Fluch faßte Luke nach hinten, ergriff seinen Stockdegen, sprang auf den Bürgersteig hinab und zog die Klinge. »Ich habe Ihnen gesagt, Sie sollen ihn loslassen!«

»Da ist noch so ein Niggerfreund, Henri«, höhnte der Pockennarbige. »Sieh mal an, er hat einen Degen! Ein Gentleman versucht einen Nigger zu verteidigen. Vielleicht hat er selbst einen Tropfen Niggerblut in den Adern. Gib's ihm, Henri!«

Der Mann mit dem Malakka-Stock grunzte und stieß mit dem Knauf nach Lukes Gesicht. Luke duckte sich geschickt und startete einen Gegenangriff. Sein Gegner schrie auf vor Schmerz, ließ den Stock fallen und hielt sich das blutende Handgelenk. »Habt ihr gesehen, was er getan hat? Ruft die Zivilgarde. Er hat versucht, mich zu ermorden!« brüllte er.

Der Pockennarbige zog ein Bowiemesser aus der Innentasche seine Gehrocks. Gleichzeitig trat einer der beiden Männer, die den jungen Schwarzen festhielten, mit dem Fuß gegen Lukes Schienbein.

»Vorsicht, Luke!« rief Laure.

Aber Luke hatte die Bewegung erkannt. Er ging einen Schritt zur Seite und setzte dem Pockennarbigen die Degenspitze an die Kehle. »Lassen Sie das Messer fallen! Lassen Sie es fallen, oder ich spieße Sie auf, das ist mein Ernst«, stieß er zwischen den Zähnen hervor.

Völlig eingeschüchtert wich der Mann zurück und ließ das Bowiemesser fallen. »Um Gottes willen, Mister, nehmen Sie das Ding da weg«, winselte er.

Luke bückte sich und hob mit der linken Hand das Messer auf. Die Degenspitze hielt er weiter auf die Kehle des Pockennarbigen gerichtet. »Das ist schon besser. Jetzt verduften Sie und Ihr Freund Henri, so schnell Sie können. Und ihr beiden laßt den Mann los und folgt euren feigen Freunden!«

Die beiden Männer wechselten einen Blick, dann liefen sie davon.

»Danke, Mister«, keuchte der Schwarze. Er versuchte, sein zerrissenes Hemd zuzuknöpfen. »Gott segne Sie für das, was Sie getan haben! Sie haben sich für jemanden, den Sie nicht einmal kennen, in große Gefahr gebracht.«

»Sie verdienen es nicht, von verrückten Kerlen in Stükke gerissen zu werden, nur weil Ihre Haut eine andere Farbe hat«, gab Luke kurz zurück. »Steigen Sie ein; ich nehme Sie mit zur Bank, wo ich geschäftlich zu tun habe, danach bringen wir Sie in Sicherheit. Für den Augenblick sind Sie außer Gefahr. Mein Gott, ich hätte mir nicht träumen lassen, daß es soweit kommen würde!«

»Ich kann mich doch nicht neben die Dame setzen, Mister«, zögerte der Schwarze.

»Unsinn.« Laure beugte sich vor. »Tun Sie, was Monsieur Bouchard Ihnen sagt, bevor eine neue Bande auftaucht und Sie umbringen will. Neben mir ist genug Platz, nun aber los!«

»Gott segne Sie beide. Mein Name ist Marius Thornton. Ich werde Sie in meinen Gebeten niemals vergessen.«

Luke steckte die Klinge in den Stock, warf das Bowiemesser in den Straßenschlamm, stieg auf den Kutschersitz und fuhr los. Der junge Schwarze saß von Laure so weit wie möglich entfernt, als fürchte er, sie ekle sich vor ihm.

Aber Laure merkte nichts davon. Ihr Blick hing an dem Rücken des großen Mannes, der auf dem Kutschersitz der Kalesche saß, und um ihre Lippen schwebte ein zärtliches Lächeln.

VI

Die Rassenunruhen dauerten bis zum Abend. In einigen Hauptstraßen wurden sie von der Zivilgarde niedergeschlagen, aber schon bald flammten sie in anderen Vierteln erneut auf. Um die Mittagszeit brach ein kurzes, aber heftiges Gewitter los, so, als antworteten die Elemente auf die Haßgefühle, die der Bürgerkrieg erzeugt und die Bitterkeit der Nachkriegszeit weiter genährt hatte.

In der Bank war an diesem Tag wenig Betrieb, denn die Nachricht von den Unruhen hatte sich wie ein Waldbrand verbreitet. Viele Bürger fürchteten sich, ihre Häuser oder Geschäfte zu verlassen. Laure blieb eine Zeitlang bei Madelon Fortier und stellte fest, daß die junge Frau sich in bewundernswerter Weise an ihre neue Situation anpaßte. Danach beriet Luke hinter verschlossenen Türen mit Laure, Jason Barntry und Edgar Maxton über die einzuschlagende Politik bei der Kreditvergabe und bei einer eventuellen Ausgabe von Aktien. Infolge der Inflation wie auch des offensichtlichen Mangels an Hartgeld waren verschiedene Privatbanken gezwungen, für ihre Kredite immense Zinsen zu verlangen. Luke erklärte, er wolle sich dafür einsetzen, zuverlässigen Kaufleuten und Landbesitzern beim Aufbau einer soliden Zukunft zu helfen. »Ich möchte lieber fleißigen Menschen Darlehen geben, durch deren Arbeit die Stadt wieder die nötige Sicherheit bekommt, als aus Habgier nur mit den Reichen Geschäfte machen oder mich schneller Gewinne wegen auf riskante Spekulationen einlassen.«

»Ich stimme völlig mit Ihnen überein, Mr. Bouchard«, sagte Edgar Maxton, ein kräftiger, schwarzhaariger Mann mit wettergegerbtem Gesicht und geradlinigem Wesen.

»Einige von unsern Kunden haben schon gefragt, ob wir die Baumwollanpflanzung unterstützen würden. Ich habe auf Ihren Rat hin geantwortet, dieses Jahr würden ihnen Zucker und Land wahrscheinlich mehr Gewinn bringen.«

Luke nickte. »Mr. Barntry, wenn die Geschäfte der Unruhen wegen noch die ganze Woche über langsam gehen, wäre es vielleicht am besten, wenn Sie sich in der Stadt nach Grundstücken umsähen, die zum Verkauf anstehen. Stellen Sie fest, wer die Eigentümer sind und welche Belastungen noch darauf liegen. Schätzen Sie auch den Wert. Ich erwarte dann Ihren Bericht. Und Sie, Mr. Maxton, möchte ich bitten, die Lagerhäuser auf dem Kai zu inspizieren und mit den Verladern zu sprechen, damit wir erfahren, welche Baumwollqualitäten und welche anderen Waren in den Hafen kommen. Erkundigen Sie sich auch, wie hoch diese Waren verzollt werden müssen. Mein Großvater hat oft zu mir gesagt, der eigentliche Grund, warum Mobile nicht das gleiche Handelsvolumen aufweise wie New Orleans, sei darin zu sehen, daß die Spanier, die Mobile über Jahre kontrollierten, übermäßige Zölle erhoben hätten. Ich bin außerdem der Meinung, wir sollten einmal mit den Herrn von der *Times-Picayune* reden. Die Zeitung könnte über unsere maßvollen Kreditzinsen und unsere Pläne, New Orleans beim Wiederaufbau einer gesunden Struktur zu helfen, einen Bericht bringen.«

Um halb vier an diesem Nachmittag verließen Laure und Madelon gemeinsam die Bank. Laure wollte sich Madelons neues Zuhause ansehen. Die junge Frau hatte sich ein Zimmer in einer Pension in der Rue de Lucette genommen, die von einer irischen Witwe geleitet wurde. Es war ihr heißer Wunsch, jede Erinnerung an das Bordell in der Honorée-Straße auszulöschen und ein ganz neues Leben anzufangen.

Luke hatte darauf bestanden, daß Marious Thornton während der Besprechung in der Bank blieb. Der junge

Schwarze wartete in einem der leeren Privatbüros. Als Laure und Madelon gegangen waren, konnte Luke sich wieder um ihn kümmern.

Bei Lukes Eintritt erhob sich Marius Thornton respektvoll. »Sie sind sehr gut zu mir gewesen, Mr. Bouchard.«

»Bitte, setzen Sie sich doch, Mr. Thornton, und erzählen Sie mir ein wenig über sich. Sind Sie vor dem Krieg Sklave gewesen?«

»Ja, Sir. Meine Mammy und mein Daddy arbeiteten für den alten Mr. Eames, der flußaufwärts eine Zuckerrohrplantage besaß. Ich bin als Sklave zur Welt gekommen. Als ich frei wurde, waren meine Angehörigen schon gestorben. Mr. Eames nahm sich den Ausgang des Krieges sehr zu Herzen. Er begann zu trinken und verfluchte die Yankees, die seine Nigger und seinen ganzen Gewinn aus dem Zuckerrohranbau gestohlen hätten. Die meisten Sklaven liefen davon, sobald die Nachricht über die Befreiung bekannt wurde, aber ich blieb, bis er sich eines Nachts umbrachte. Ich glaube, er hielt es einfach nicht mehr aus. Ja, Sir, und danach habe ich hier Gelegenheitsarbeiten verrichtet, Botengänge und dergleichen.«

»Bis heute«, warf Luke ein.

Marius Thornton zuckte die Schultern und wollte wieder aufstehen. »Ich gehe jetzt besser, Mr. Bouchard. Die Gefahr dürfte vorbei sein.«

»Nicht so eilig, Mr. Thornton. Sie haben also auf einer Zuckerrohrplantage gearbeitet – aber aus der Art, wie Sie das sagen, merkt man, daß Sie eine ganze Menge gelernt haben müssen.«

»Nun, Sir, in den letzten Jahren war ich bei Mr. Eames. Er wußte ja, daß auf der Plantage nicht mehr gearbeitet werden würde, da brachte er mir das Lesen und Schreiben bei und erlaubte mir, Bücher aus seiner Bibliothek zu borgen. Dafür war ich ihm sehr dankbar. Ich glaube, zum Schluß sah er so manches ein und wollte es an mir wiedergutmachen, wenn Sie verstehen, was ich meine.«

»Ja, ich verstehe schon. Und ich nehme an, Sie wissen eine ganze Menge über das Land, denn Sie haben doch seit Ihrer Kindheit auf dem Feld gearbeitet; ist das richtig?«

Der junge Schwarze nickte. »Ich hatte ein paar Ideen, wie man die Arbeit leichter und schneller tun könnte, und es ist auch vorgekommen, daß der Aufseher sich anhörte, was ich zu sagen hatte, und es ausprobierte. Aber meistens bevorzugte er die Peitsche. Es war gutes Land, nur setzte der Aufseher für jeden eine Quote fest, wieviel er schneiden mußte; wer es nicht schaffte, wurde geschlagen. Meist waren die Quoten viel höher, als sie hätten sein sollen. Ich glaube, wenn er die Arbeit besser eingeteilt hätte, hätte Mr. Eames mehr Geld gemacht.«

Luke schürzte nachdenkend die Lippen. »Ich will offen mit Ihnen reden, Mr. Thornton. Ich arbeite hier im Bankgeschäft. Ich bin aus Texas gekommen, wo mein Sohn eine Ranch hat. Aber ursprünglich stammt meine Familie aus Alabama, aus der Nähe von Montgomery. Dem Mann, der früher diese Bank geleitet hat – er hieß John Brunton –, ist es gelungen, ein Stück dieses Landes in Alabama und das Haus, das darauf steht, durch einen freien Schwarzen aufzukaufen. Ich möchte in naher Zukunft dorthin zurückkehren und wieder Landwirtschaft treiben. Dabei will ich modernste Methoden anwenden, und alle meine Arbeiter sollen einen gerechten Lohn bekommen. Es soll nicht nur Baumwolle gepflanzt werden, denn der Preis ist stark gefallen. Ich denke an den Anbau von Gerste und anderem sowie an Viehzucht. Wären Sie daran interessiert, das Land für mich zu bearbeiten, sobald ich es zurückbekomme?«

Marius Thorntons Augen leuchteten auf. »Und ob ich das möchte, Mr. Bouchard! Ich arbeite gern auf dem Land. Ich weiß, es klingt töricht, aber ich habe sogar daran gedacht, mir ein wenig Geld zu sparen und vielleicht eines Tages etwas Grund und Boden zu kaufen.«

»Dann mache ich Ihnen folgenden Vorschlag, Mr. Thornton. Es wird mindestens ein Jahr, vielleicht auch zwei dauern, bis ich dieses Land kaufen kann. Einstweilen möchte ich Sie anstellen, für die Bank Botengänge zu erledigen, und wenn Sie einverstanden sind, können Sie so eine Art Hausmeister in meiner Wohnung werden. Ich bin bereit, Ihnen fünfundzwanzig Dollar die Woche bei freier Unterkunft und Verpflegung zu zahlen. Sind Sie damit einverstanden?«

»Mr. Bouchard, das ist mehr Geld, als ich je in meinem Leben auf einmal gesehen habe! Ich bin Ihr Mann, schon allein aufgrund dessen, was Sie heute für mich getan haben. Sie wissen: an seinen Lebensretter ist man gebunden – ich meine nicht, wie ein Sklave in den alten Zeiten, sondern . . .« Er rückte auf seinem Stuhl hin und her und senkte die Augen.

»Ich weiß, was Sie meinen«, antwortete Luke. »Ich will Ihnen etwas sagen. In etwa einer Stunde schließt die Bank. Dann fahre ich Sie zu Ihrer bisherigen Unterkunft. Sie holen Ihre Sachen und kommen gleich mit in mein Haus. Vielleicht können Sie vormittags hier in der Bank arbeiten?«

»Wie gern! Mr. Bouchard, ich weiß gar nicht, wie ich Ihnen danken soll. Sie haben . . .«

Luke hob die Hand. »Sie brauchen mir nicht zu danken. Ich glaube, Sie werden mir eine große Hilfe sein, Mr. Thornton. Nur noch eine Frage: Können Sie kochen?«

Marius grinste von einem Ohr bis zum anderen. »Das ist etwas, was ich wirklich verstehe, Mr. Bouchard. Ich habe in seinem letzten Lebensjahr alle Mahlzeiten für Mr. Eames gekocht, und sie scheinen ihm geschmeckt zu haben. Ich weiß, wie man einkauft, und ich kann mit Geld umgehen – das habe ich gelernt, als ich im letzten Jahr für mich selbst sorgen mußte.«

»Das trifft sich ja ausgezeichnet. Sie werden bei mir

Koch und Hausmeister sein. Wenn mir Ihre Kochkünste zusagen, lege ich noch ein paar Dollar zu Ihrem Wochenlohn zu. Wir sind uns also über die Bedingungen einig?«

Statt einer Antwort stand Marius Thornton auf und hielt ihm die Hand hin. Luke Bouchard ergriff sie und schüttelte sie kräftig.

Abends um acht regnete es erneut, aber um zehn war der Himmel klar, und auf die Königin der Städte leuchtete der Vollmond herab. Luke hatte sich selbst im Obergeschoß seines Häuschens eingerichtet und Marius Thornton in einem Zimmer im Parterre untergebracht. Links von der Eingangstür führte eine Treppe zu Lukes Räumen empor. Jetzt saß Luke im Wohnzimmer und hatte sich in ein Buch über das Bankwesen vertieft. Von Zeit zu Zeit schlug er außerdem in dem alten Kontenbuch nach, in das er seinerzeit die Transaktionen mit John Bruntons Bank eingetragen hatte. Auch die Unterlagen seiner Vorkriegsgeschäfte mit dem Handelshaus in Mobile hatte er aufbewahrt.

Diese studierte er gerade. Ein Guthaben von mehreren Tausend Dollar war durch die Niederlage der Konföderierten verlorengegangen – Geld, das er an seinen Sohn Lucien Edmond und die Kinder Carla und Hugo hätte vererben können, Geld, das er gern den Arbeitern ausgezahlt hätte, die ihn nach Texas begleitet hatten. Dies Geld war der Gegenwert für viele Jahre der Mühe. Mut für die Zukunft machte ihm die Tatsache, daß die Windhaven-Plantage in den Jahren vor dem Krieg finanziell nicht von der Baumwolle abhängig gewesen war. Wenn er das Land jemals zurückgewinnen konnte, würde der Anbau verschiedener Feldfrüchte reichen Gewinn bringen.

Luke, der einen bequemen Baumwollmantel trug, lehnte sich mit einem Seufzer in seinem Sessel zurück, schob die Bücher zur Seite und sah aus dem Fenster. Plötzlich fühlte er sich sehr müde. Es war ein aufreibender Tag gewesen. Der Zusammenstoß am Morgen hatte ihm die Tage der Underground Railway ins Gedächtnis zurückgerufen, als er und Djamba auf Tod und Leben mit dem bösartigen James Buffery und seinen beiden Spießgesellen gekämpft hatten. Wie lange war das schon her! Damals war er noch ein junger Mann gewesen.

Er hörte Schritte und wandte sich vom Fenster ab. Marius Thornton trat mit einem Glas heißer Milch ein. Luke lächelte. »Marius, Sie werden mich noch verwöhnen!«

»Das gefällt mir, Mr. Bouchard, daß Sie meinen Wunsch erfüllen und mich nicht mehr Mr. Thornton, sondern Marius nennen.« Der junge Schwarze breitete eine Serviette aus und stellte das Glas darauf. »Trinken Sie die Milch lieber, solange sie heiß ist, Mr. Bouchard. Sie werden danach gut schlafen.«

»Danke, Marius. Gehen Sie jetzt auch zu Bett.«

»Wie Sie wünschen, Sir. Gute Nacht.«

Luke hob das Glas an die Lippen und ging langsam zum Fenster. Da fuhr er erstaunt zusammen. Vor seinem Haus hielt eine Kutsche. Der Fahrer war ein Schwarzer, der die Livree des Union House trug. Eine Frau stieg aus. Sie war in einen schwarzen Samtmantel gehüllt und hatte eine Domino-Maske vor dem Gesicht. Ihre zierlichen Füße steckten in silbernen Tuchschuhen. Luke erhaschte einen Blick auf elegante Seidenstrümpfe, als sie den Mantel über die schlanken Knöchel hochraffte.

Nun ging sie auf den Eingang des Hauses zu! Luke beugte sich vor, doch dann lief er eilends die Treppe hinunter, um selbst die nächtliche Besucherin einzulassen. Als er die Tür öffnete, verriet ihm das leuchtende Goldhaar sofort, wer es war.

»Laure«, begann er mit heiserer Stimme.

Sie legte einen Finger auf seine Lippen und flüsterte: »Pst! Störe ich Sie, weil ich so spät und unangemeldet komme?«

Er nahm den zarten Duft von Jasmin wahr, und er zitterte. Das war derselbe exquisite Duft, den sie an jenem

Nachmittag an sich gehabt hatte. Nur mit Mühe gelang es ihm, ruhig zu antworten: »Nein, ich habe noch gelesen.«

»Gut!« Spielerisch berührte sie seine Nasenspitze mit dem Zeigefinger. »Immerzu kann man nicht arbeiten. Wollen Sie mir nicht Ihr neues Haus zeigen?«

»Aus reiner Neugier möchte ich Sie fragen, Laure, warum Sie eine Maske tragen.«

»Oh! Nun, ich möchte einen aufstrebenden Bankier, dessen Charakter über jeden Zweifel erhaben ist, nicht kompromittieren. Und außerdem soll keiner auf den Gedanken kommen, Laure Brunton, die die Bank ihres Gatten weiterführt, wie er es sich gewünscht hatte, habe geheime Zusammenkünfte mit einem ihrer Geschäftspartner. – Ist das ein entzückendes kleines Haus! Bitte, zeigen Sie mir Ihre Zimmer ... Ich habe meinem Nachtportier gesagt, er möge mich um Mitternacht abholen. So bleibt uns genügend Zeit, Ihre Räume zu besichtigen, nicht wahr?«

Laure, die bereits die enge, gewundene Treppe zum Obergeschoß hinaufstieg, warf ihm aus ihren leuchtenden grünen Augen einen schwülen Blick zu. Luke folgte ihr. Er grub die Fingernägel in die Handflächen, um die sinnlichen Vorstellungen zu verbannen, die die anmutigen Bewegungen ihres Körpers in ihm hervorriefen. Der schwarze Mantel enthüllte bei jeder Stufe, die sie betrat, die schlanken Kurven ihrer Waden.

Oben angekommen, drehte sie sich zu ihm um und murmelte: »Bin ich wirklich ein so unwillkommener Besuch, Luke? Sie haben mich noch nicht einmal geküßt.«

Er ballte die Fäuste. Das Beben seiner Stimme verriet den Aufruhr, der in ihm tobte. »Das ist nicht recht von Ihnen, Laure. Ich habe Sie gebeten, mich zu heiraten, Sie haben mich abgewiesen. Jetzt kommen Sie plötzlich mitten in der Nacht zu mir, maskiert wie eine schöne Kurtisane, die heimlich ihren Liebhaber besucht, und nun werfen Sie mir vor, daß ich Sie nicht küsse.«

»Ich finde, wenn Sie mich so sehr begehren, daß Sie mich heiraten wollen, dürfte Ihnen ein kleiner Willkommenskuß doch nicht schwerfallen.«

»Gut, also einen Willkommenskuß, Madame Brunton.« Luke faßte sie an den Schultern und küßte sie leicht auf die Wange.

»Wo ist der Mut, den Sie heute morgen bewiesen haben, *mon ami*?« Ihre Stimme war nur ein Hauch. Sie löste den Gürtel des Mantels und ließ ihn samt der daran befestigten Dominomaske zu Boden gleiten. Jetzt stand sie vor ihm in demselben roten Seidengewand, das sie an jenem schicksalhaften Nachmittag getragen hatte.

Luke stockte der Atem. In seinen Schläfen klopfte es fieberhaft. Das Kleid umschloß ihren üppigen Körper wie ein Kokon. Es machte sie für ihn noch erregender, daß ihr goldenes Haar, das einmal in seidigen Kaskaden bis zu ihrer Taille herabfiel, jetzt jungenhaft kurz geschnitten war.

Er starrte sie wie verhext an. Seine Lenden schmerzten vor Verlangen.

»Haben Sie den Mut wiedergefunden, *mon ami*?« flüsterte sie. Sie drehte sich um, warf einen Blick in das Wohnzimmer und meinte: »Die übrige Wohnung ist so dunkel. Ich werde mir mit dieser Kerze leuchten. Da Sie anscheinend nicht bereit sind, mich bei meiner kleinen Besichtigungstour zu begleiten, muß ich wohl allein gehen.«

»Nein – Laure – o Gott – warum foltern Sie mich so?« stöhnte er.

Aber die goldhaarige junge Frau war bereits an den Mahagonitisch getreten, hatte den Kerzenhalter genommen und schritt den Flur hinunter. Mit einem etwas spöttischen Lächeln warf sie ihm über die Schulter einen herausfordernden Blick zu.

»Ich foltere Sie?« Sie hob in gespielter Überraschung die feingeschwungenen Brauen. »Wer hat von Folter gesprochen, *mon vieux ami*? Ah, hier ist Ihr Schlafzimmer, *n'est-ce pas*?«

Sie überschritt die Schwelle seines Schlafzimmers und stellte den Kerzenhalter auf den Nachttisch neben dem Bett. »Wie streng es hier aussieht«, sann sie. »Ich muß Ihnen wirklich eins der Himmelbetten aus dem Union House herüberschicken. Mir ist der Gedanke schrecklich, daß Sie den ganzen Tag schwer arbeiten und dann in einem so unbequemen Bett schlafen müssen.«

Mehr konnte er nicht ertragen. Mit wenigen Schritten war er bei ihr, faßte sie um die Hüften und zog sie an sich. Hart preßte sich sein Mund auf ihren.

Mit einem entzückten kleinen Auflachen schlang sie ihm die Arme um den Hals. Ihre Lippen öffneten sich. Sie waren weich und feucht und versprachen die vollkommene Erfüllung.

Seine Hände glitten über die tiefe Einbuchtung ihres Rückens, streiften ihre schwellenden Brüste. Sie seufzte auf, schloß die Augen und drängte sich an ihn, und sie gab ihm seinen Kuß mit brennender Leidenschaft zurück. Jetzt zitterte sie, da sie sein wildes Begehren spürte.

»Laure, Laure, soll das bedeuten, daß du ja sagst?« stammelte er, als er sich von ihren Lippen löste.

»Es bedeutet – was es bedeutet, und sonst nichts, Luke. Mußt du für alles einen Grund haben? Hast du den Nachmittag vergessen, als ich dasselbe Kleid trug wie heute? Damals hast du dich als ein Mann erwiesen, wie ihn sich jede Frau zum Liebhaber wünscht.«

Mit einem Freudenschrei beugte Luke sich über die Kerze, doch Laure hielt ihn durch eine Geste zurück. »Nein, *mon ami*. Ich möchte, daß wir uns sehen, wie wir in diesem Augenblick sind. Dieser Augenblick gehört uns, nicht die Zukunft. Die Gelegenheit wird vielleicht niemals wiederkehren. Heute morgen habe ich dich bewundert, weil du überhaupt nicht an die Gefahr dachtest, als du den armen Schwarzen gerettet hast, und weil du für mich gekämpft hättest, um mich zu verteidigen.«

»Ja – o Gott, ja, Laure – jetzt!« Wieder riß er sie in seine Arme und küßte sie. Er spürte, wie ihre gegen seinen Körper gepreßten Brüste wogten, und der Jasminduft wirkte auf ihn betörend. Ihre weichen Hände knöpften seinen Mantel auf und schoben ihn von seinen Schultern, bis er zu Boden fiel. Ihre Leidenschaft machte auch ihn kühn. Nun umschloß er ihre Brüste mit den Händen, er zog sie noch enger an sich, bis sie miteinander zu verschmelzen schienen.

Plötzlich löste sie sich aus seinen Armen und öffnete schnell den goldbeschlagenen Gürtel, der ihr Gewand zusammenhielt. Mit einer herrlich stolzen Bewegung straffte sie ihre Schultern. Sie stand nackt vor ihm, die Handflächen nach oben gewendet.

Die Kerzenflamme flackerte und warf unheimliche Schatten an die Wände und zuckende Lichter auf ihren seidigen Körper. Sie hatte nur noch die Seidenstrümpfe an, die in der Mitte des Oberschenkels von grünen Strumpfbändern mit Rosetten festgehalten wurden. Genauso hatte sie an jenem Nachmittag ausgesehen, der nun eine Ewigkeit her zu sein schien. Luke nahm nichts mehr wahr außer ihrem herrlichen Körper. Er streifte sein Unterzeug ab, bückte sich, legte ihr die Arme um Rücken und Schenkel, hob sie hoch und trug sie zum Bett. Neben ihr liegend, streichelte er ihre schwellenden Brüste und suchte ihren Mund, schmeckte seine Honigsüße. Und sie schlang die Arme um seinen Nacken und zog ihn zu sich herab.

Mit einem erstickten Aufschrei der Ekstase drang er in sie ein, fühlte sich von ihren Schenkeln umschlungen, fühlte ihre warme, weiche Haut an seiner eigenen. Seine Hände erforschten die nie vergessenen und doch neuen Wunder ihres Körpers, folgten den Kurven ihrer Hüften und Hinterbacken, liebkosten die Innenseiten ihrer zitternden Schenkel, umschlossen ihre üppigen Brüste.

Ihm schien, als habe er niemals eine solche Verzückung gekannt, niemals einen so leidenschaftlichen, selbstvergessenen Liebesakt erlebt. Ihre Hände streichelten ihn, und ihr leises Stöhnen und Seufzen lehrten ihn, wie er auch ihre Wünsche befriedigen konnte.

Er hörte sie vor Lust aufschreien, als für ihn selbst die Erfüllung kam, und dann lagen sie lange Zeit ineinander verschlungen. Danach kamen die beseligende gegenseitige Wiederentdeckung, die Schmeichelworte, das Geflüster, die Berührungen und Küsse und Liebkosungen, die ein so wesentlicher Bestandteil der körperlichen Vereinigung sind.

Als er in ihre leuchtenden grünen Augen hinabsah, die so warm und zärtlich blickten wie noch nie, hörte er das leise Schlagen der alten Uhr im Flur.

»Ich muß gehen, *mon amour*«, wisperte Laure. Sie setzte sich auf und schwang ihre bestrumpften Beine auf den Boden.

»O nein – nicht schon jetzt – Laure, mein Liebling.«

Doch sie hüllte sich bereits in ihr Gewand und warf den Mantel mit der Dominomaske über. »Es ist Mitternacht, Luke.«

»Aber du hast mir noch nicht gesagt . . .«

Leise lachend schüttelte sie den Kopf. »Jetzt bist du wieder der alte, langweilige Luke, den ich voriges Jahr kennengelernt habe. Ich muß schon sagen, der neue ist mir lieber. Aber die Antwort lautet immer noch nein. Ich bin noch nicht bereit, dich zu heiraten. Und du darfst nicht denken, du hättest mich in der Falle, weil du mir heute nacht ein Kind gemacht hättest. Es ist nicht meine Zeit, verstehst du.«

Widerstrebend zog er seinen Hausmantel über. Mit erstickter Stimme stieß er hervor: »Das ist verdammt unfair von dir, Laure, das weißt du.«

»Vielleicht. Aber warum soll der Mann alle Vorteile haben? Die heutige Nacht, *mon ami*, war das, was ich gesagt habe – nicht mehr und nicht weniger. Nun muß ich aber wirklich gehen, sonst denkt der alte Moses, du hältst mich gegen meinen Willen hier fest. Schlaf gut. Morgen früh sehen wir uns in der Bank.«

Sie hauchte ihm einen Kuß zu, und mit leisem, fröhlichem Lachen eilte sie die Treppe hinunter zu der wartenden Kutsche.

VII

Maybelle Belcher stand vor dem offenen Steinherd, den ihr Mann für sie gebaut hatte, und schöpfte einen Löffel voll Stew aus dem großen Topf. Zufrieden mit dem Geschmack, wischte sie sich die Stirn mit dem Saum ihrer Schürze ab und rief: »Henry, das Abendessen ist fertig. Paß auf, daß Timmy und Connie sich die Hände waschen, ehe sie sich an den Tisch setzen!«

»Klar, Schatz«, rief Henry Belcher zurück. »Los, Kinder, ihr habt gehört, was eure Mutter gesagt hat.«

»Ist ja schon gut, Pa«, antwortete der sommersprossige zwölfjährige Junge.

»Und laß deine Schwester als erste nehmen, Tim. In diesem Haus haben die Damen den Vorrang«, sagte Henry laut genug, daß Maybelle es hören konnte.

Maybelle stieß einen glücklichen kleinen Seufzer aus. Zwei Wochen nachdem Luke seiner Familie Lebewohl gesagt und seinen Ritt nach Corpus Christi angetreten hatte, waren sie und der Witwer Henry Belcher nach San Antonio gefahren und hatten dort geheiratet. In diesem einen Monat hatte sie all die einsamen Jahre in Alabama vergessen, als Mark Bouchard sie im Stich gelassen hatte und Partner von Pierre Lourat in New Orleans geworden war. Sie bedauerte nur, daß sie dem guten Mann aus Sedalia kein Kind mehr schenken konnte. Seit der Fehlgeburt, die sie erlitten hatte, als sie Marks brutalen Abschiedsbrief erhielt, war sie unfruchtbar. Selbst wenn das nicht der Fall gewesen wäre, war sie doch jetzt mit fünfundvierzig über das Alter des Gebärens hinaus. Doch Tim und die blonde kleine Connie hingen bereits so an ihr, als sei sie ihre wirkliche Mutter, und sie nannten sie auch so, ohne daß ihr Vater sie dazu aufgefordert hätte. Jeden Tag war Maybelle dem Schicksal dankbar, das Henry Belcher und seine beiden mutterlosen Kinder in diesen einsamen Teil von Texas geführt hatte.

Henry wiederum konnte nicht aufhören, den Mut zu loben, mit dem sie den Komantschero Merle Kinnick getötet hatte. Mit seiner aus Weißen und Roten zusammengesetzten Banditenschar hatte er die Windhaven-Ranch überfallen wollen. Und wenn auch Maybelles Taille nicht mehr ganz schlank war und sich in ihrem einstmals flammend roten Haar graue Streifen zeigten, so war sie in Henry Belchers Augen doch eine der schönsten Frauen, die er je gesehen hatte. Das Band der Ehe hatte Maybelle das Gefühl zurückgegeben, eine begehrenswerte Frau zu sein. Mark Bouchard hatte sie damals in ihrer Jugend wie die niedrigste Dirne behandelt, sie benutzt und dann von sich gestoßen. All ihre rührenden Versuche, ihm ihre Liebe zu beweisen, hatten nichts daran ändern können. Henry Belcher dagegen umarmte sie mit beinahe demütiger Dankbarkeit, und so war Maybelle von neuem aufgeblüht. Zum ersten Mal erfuhr sie, was Gemeinschaft und gegenseitiges Verständnis bedeuten und daß das die eigentliche Liebe ist.

Mit strahlendem Gesicht setzte sie das Essen auf den Tisch, und die größte Portion vor ihren schmunzelnden Gatten. »Nun, greift zu; es ist noch eine Menge da. Aber laßt ein bißchen Platz für den Apfelkuchen, den ich heute nachmittag gebacken habe.«

Henry probierte einen Löffel Stew. »Maybelle, eine Schönheit wie dich zu erwischen und dann noch eine so ausgezeichnete Köchin dazuzubekommen ist fürwahr mehr, als ich verdiene.«

Maybelle hatte auch sich den Teller gefüllt und am anderen Ende des Tisches Platz genommen. »Mit solchen Redensarten wirst du mich noch ganz eingebildet machen, Henry«, schalt sie. »Aber ich freue mich, daß dir schmeckt, was ich koche. Ich könnte noch viel besser und schmackhafter kochen, wenn die Zutaten nicht von so schrecklich weit hergeholt werden müßten. Ich freue mich schon darauf, wenn wir erst selbst auf unserem Land Gemüse und Obst ernten können.«

»Dabei fällt mir ein, Schatz, daß ich die fünfzehn Morgen auf der Westseite pflügen möchte, damit wir im kommenden Frühjahr Mais und Melonen anbauen können. Wenn ich das nächste Mal nach San Antonio fahre, werde ich Saatgut mitbringen und dir zeigen, wie eine Farm richtig bewirtschaftet wird – so, wie ich es in Sedalia getan habe.«

Maybelle lächelte ihn zärtlich an. Er war fünf Jahre jünger als sie, und sie hatte in der letzten Zeit begonnen, sich unauffällig und so, daß er es nicht merkte, zu schminken, damit sie möglichst jung aussah.

»Eines will ich dir sagen, Maybelle«, schloß er, indem er nach einem ihrer Biskuits griff, »du weißt gar nicht, wie schön es ist, wenn man sich nicht ständig Gedanken um Sklaven machen muß, sondern mit den eigenen Händen und dem Verstand, den Gott einem gegeben hat, das Land bearbeiten kann. Und es ist mehr, als man verdient, wenn man dazu ein solches Heim und eine Frau wie dich hat, die wie keine andere für mich und Tim und Connie sorgt . . .«

Maybelles Gesicht strahlte. »Ich hoffe nur, Mara wird mit Ramon so glücklich, wie ich es mit dir und den Kindern bin.«

»Sie werden heiraten, sobald Ramons Haus fertig ist, nicht wahr?«

»Ja, mein Lieber. Ich freue mich immer, wenn ich sehe,

mit welchem Eifer Ramons Gefährten ihm beim Hausbau helfen. Er hat sich auf den zweihundert Morgen, die Luke ihm überschrieben hat, wirklich eine schöne Stelle ausgesucht.«

»Als ich heute nachmittag dort vorbeikam, sah es aus, als könne das Haus in einer Woche fertig sein.«

»Nun, wir werden ja sicher eine Einladung zur Hochzeit erhalten, Henry. Ich werde für Mara den größten, lekkersten Kuchen in ganz Texas backen«, versprach Maybelle.

Gegen Ende der ersten Augustwoche 1866 wurde Ramon Hernandez mit Hilfe der anderen Vaqueros mit dem Haus fertig, in dem er mit seiner zukünftigen Frau, der schönen, neunundzwanzig Jahre alten Mara Bouchard, fortan leben wollte. Es war ein einstöckiges Ranchhaus mit einem hohen Giebeldach, dessen besondere Konstruktion die Hitze möglichst abhalten sollte. Eine große Zeder und eine Gruppe von Pekanbäumen spendeten Schatten. Ramon hatte sich ganz besondere Mühe mit dem Stall gegeben. Dort sollte Corita, seine geliebte Stute, bequem untergebracht werden.

Das Haus schaute nach Westen und hatte auf dieser Seite eine kleine Veranda mit einem schrägen Dach aus Holzplanken. Dort konnte das junge Paar in Stunden der Muße sitzen. Sybille Forsden, von Mara liebevoll Großmutter genannt, hatte ihnen als Hochzeitsgeschenk ihren Schaukelstuhl aus Kirschholz versprochen, eins der wenigen Möbelstücke, die noch aus dem Château der Windhaven-Plantage stammten. Außerdem hatte Sybille Mara eine feine Kameenbrosche gegeben, die sie einst von ihrer eigenen Mutter erhalten hatte.

Lucien Edmond Bouchard, ein Jahr jünger als seine Schwester, hatte sich bereit erklärt, die Hochzeit und die Flitterwochen in San Antonio oder – wenn Mara es wünschte – eine Reise nach New Orleans zu bezahlen, damit sie ihren Vater besuchen konnten.

Am ersten Sonntagabend nach der Fertigstellung des Hauses standen Mara und Ramon allein auf der Veranda und sahen sich den Sonnenuntergang an. Kein Lüftchen regte sich. Es war nichts zu hören als das friedliche Zirpen der Zikaden.

»*Querida.*« Der drahtige junge Mexikaner zog Maras Hand an die Lippen. »Dein Bruder ist sehr großzügig. Ich weiß, du würdest gern deinen Vater besuchen, aber ich, nicht Lucien Edmond, müßte unsere Hochzeitsreise bezahlen. Ich habe dir schon gesagt, ich bin immer noch ein armer Mann, aber deine Liebe hat mich reich gemacht. Und wenn du mir ein bißchen Zeit läßt, werde ich aus diesem Haus einen Palast für dich machen.«

Mara Bouchard trug Reitrock und Bluse, Stiefel und einen breitrandigen Hut. Sie wußte, daß Ramon ihr fülliges, glänzendes schwarzes Haar liebte, und so hatte sie es in einem dicken Knoten im Nacken aufgesteckt, obwohl sie es in der Sommerhitze schon manchmal gern abgeschnitten hätte. »Mein Liebster, meinetwegen brauchst du nicht reich zu sein. Wir haben die zweihundert Morgen Land, die Vater uns als Hochzeitsgeschenk gegeben hat, und du bist einer der besten Rancher, die ich je kennengelernt habe. Wir werden in den nächsten Jahren schon noch zu Geld kommen. Im Augenblick haben wir ja alles, was wir brauchen: Wir sind zusammen, und wir beginnen unser neues Leben in unserem eigenen Haus und auf unserem eigenen Land, auf dem wir ernten und Vieh weiden lassen können.«

»*Mi esposa, te quiero mucho*«, murmelte Ramon, zog sie an sich und küßte sie zärtlich. »Ich habe geschworen, daß ich warten werde, bis wir Mann und Frau geworden sind. Du weißt gar nicht, wie ich mich danach sehne, wieder so mit dir zusammen zu sein wie damals, als du in deiner Dummheit allein fortgeritten bist.«

Mara zuckte zusammen, doch dann warf sie den Kopf

zurück und lachte leise. »Du wirst niemals aufhören, mir das vorzuwerfen, nicht wahr, mein Liebster? Und ich werde niemals vergessen, wie unsere Liebe damit begann, daß ich dich beleidigte. Ich hielt dich für unverschämt, weil du mir Vorschriften machtest, während du doch . . .« Sie errötete, senkte die Augen und drückte ihre Stirn gegen seine Brust.

»Auch damals habe ich dich schon geliebt, *mi querida.*«

Mara hob den Kopf wieder und sah ihm in die Augen. »Soll ich dir sagen, was ich wirklich für dich empfinde, Ramon?« Ihre Stimme bebte. »Ich wollte dir gehören, ich wollte, daß du mich nimmst, wie du es getan hast, nachdem du mich vor den Komantschen gerettet hattest. Und dann, als Vater sich von uns verabschiedete und ich ihm sagte, wir wollten uns vierzehn Tage später von dem Priester in San Antonio trauen lassen, da konnte ich es kaum noch erwarten, wieder dein zu sein. Oh, liebster Ramon, warum hast du auf einmal deine Meinung geändert und läßt mich so lange warten?«

»Meine Süße, meine Angebetete, *mi esposa*«, murmelte er liebevoll. Er nahm ihr den breitrandigen Hut ab, löste behutsam den dicken Knoten und ließ das Haar über ihre Schultern fallen. »Ich hungere mehr nach dir als du nach mir, meine Liebste. Aber ich will dir sagen, warum ich meine Meinung geändert habe. Einmal, als wir über die Ranch ritten, hat dein Vater mir erzählt, wie sein Großvater aus Frankreich in das indianische Dorf kam und sich in die Tochter des Häuptlings verliebte. Er durfte sie erst zur Frau nehmen, als er eigenes Land besaß und darauf ein Haus für sie gebaut hatte. Da dachte ich, das zumindest könnte auch ich tun, wo ich doch sonst einer so schönen *señorita* so wenig zu bieten habe. Aber jetzt ist unser Haus fertig und für uns bereit, *querida,* und ich werde tun, was du willst. Wenn du deinen Vater in New Orleans besuchen möchtest, werde ich mir das Geld von deinem Bruder leihen, aber ich schwöre, ich werde es ihm zurückzahlen, sobald ich dazu in der Lage bin . . .«

Mara schüttelte den Kopf und legte ihm die Hand auf die Lippen. »Nein, mein Liebster. Ich bin schon wieder selbstsüchtig gewesen. Natürlich möchte ich gern, daß Vater uns als Ehepaar sieht. Aber er baut sich gerade selbst in New Orleans ein neues Leben auf, und dabei wären wir ihm nur im Weg. Was ich mir wirklich wünsche, ist, daß der Priester hierherkommt. Ich werde meinen Bruder fragen, ob er dafür sorgen kann. Dann könnten wir in unserem eigenen kleinen Haus getraut werden, Ramon. Und unsere Hochzeitsreise stelle ich mir so vor, daß wir hinaus in die Einsamkeit reiten. Dort lagern wir allein unter den Sternen und zeigen uns, wie sehr wir uns lieben, ohne daß uns andere Leute in Verlegenheit bringen.«

»Mara, *amorcito,* das wünsche auch ich mir von ganzem Herzen!« rief Ramon aus, streichelte ihre schwarzen Lokken und küßte sie auf die Stirn, auf die Wangen und schließlich auf den Mund.

Mara schloß zitternd die Augen und umarmte ihn ganz fest. »Weißt du noch, was ich meinem Vater versprochen habe, Ramon?« wisperte sie.

»Ich – ich kann mich nicht erinnern, *querida*«, stammelte er und errötete heiß, als sie die Augen öffnete und ihm einen glühenden Blick zuwarf.

»Jetzt benimmst du dich wie ein schüchterner Junge und gibst mir das Gefühl, eine schamlose Frau zu sein – und ich gestehe, daß ich es bin, weil ich dich so sehr begehre, Darling«, sagte Mara und lachte. »Weißt du nicht mehr, daß Vater sagte, er hoffe, wir würden sehr glücklich miteinander werden, und wenn wir einen Sohn bekämen und ihn nach ihm nennen würden, wäre das eine große Freude für ihn. Da versprach ich, ich würde mein Bestes tun.« Sie nahm sein sonnengebräuntes Gesicht in die Hände und flüsterte heiß: »Ich möchte deinen Sohn tragen, Ramon, deshalb bin ich so ungeduldig.«

Ramon küßte sie zärtlich. Die ersten Schatten des Abends krochen langsam über das Gras, als wollten sie die Liebenden nicht mit einem Schlag in Dunkelheit hüllen.

Er war bis ins Innerste aufgewühlt von ihrem Vertrauen, ihrer Leidenschaft und ihrer Liebe. In Ramons Erinnerung tauchte das kleine Dorf Miero auf, wo der selbsternannte General Diego Macaras ihn angeschossen und wie einen Toten liegengelassen hatte. Als er wieder zu Bewußtsein kam, lag er in der Hütte der hübschen Bäuerin Magdalena Abruta. Sie pflegte ihn und gab ihm das meiste von ihrem eigenen Essen, um ihn wieder gesund und stark zu machen. Nie würde er vergessen, wie sie ihn an dem Abend, bevor er das Dorf verlassen wollte, gebeten hatte, ihr ein Kind zu schenken. Ihr Mann war bei dem Überfall auf das Dorf getötet worden, und sie hatte in den zwölf Jahren ihrer Ehe kein Kind geboren. Jetzt war ihre Sehnsucht übermächtig geworden, und Ramon war sich vor diesem gewaltigen, urtümlichen Verlangen klein und unwürdig vorgekommen. Das war der ewige Kreislauf – das beinahe instinktive Begehren, Leben zu erzeugen, das den Platz des Toten einnehmen sollte.

Er konnte Mara nichts von dieser heroischen Frau im Dorf Miero sagen. Noch einmal war er dort gewesen, als er, um sein Gelübde zu erfüllen, das Kruzifix und den Kelch zurückbrachte, die Diego Macaras aus der Kirche geraubt hatte. Damals sah er Magdalena wieder. Sie berichtete ihm, sie erwarte ein Kind, und ein freundlicher älterer Mann aus dem Dorf wolle sie heiraten. Wenn das Kind ein Sohn würde, wolle sie ihn ihm zu Ehren Ramon nennen.

In Zukunft würde Ramon niemals mehr nach Miero zurückkehren, denn sobald er mit Mara verheiratet war, gab es für ihn keine Bindung an die Vergangenheit mehr. Beinahe ehrfürchtig hielt er Mara in seinen Armen. Er betete zu Gott um einen Sohn, der eines Tages die Früchte seiner Arbeit auf dem Land erben werde, das Luke Bouchard ihm so großzügig geschenkt hatte.

Lucien Edmond Bouchard war nach San Antonio geritten und mit einem Priester zurückgekommen. Pater Bartolomeo Andraga verfügte über eine Energie, die seine sechzig Jahre Lügen strafte. Er war als Franziskanermönch viel herumgekommen und unterhielt Maras Bruder unterwegs, indem er ihm voll kindlicher Begeisterung Geschichten über seine Reisen erzählte. Vor dreißig Jahren hatte er mit sechs anderen Mönchen Madrid verlassen, um die Lehre Christi unter den Indianern der Ebenen zu verbreiten. Eine Zeitlang hatte er unter den Aiyuta-Sioux und dann unter den Ojibways gelebt. Später hatte er geholfen, die Mission in San Antonio zu gründen. Er wollte gern mehr von diesem fruchtbaren, abwechslungsreichen Land sehen. An der südöstlichen Grenze von Texas war er noch nie gewesen, so kam dem unternehmungslustigen Mann Lucien Edmonds Bitte gerade recht.

Noch nicht einmal zwei Wochen nachdem Mara und Ramon auf der Veranda ihres neuen Hauses gestanden und über ihre Liebe gesprochen hatten, wurden sie an gleicher Stelle von Pater Bartolomeo Andraga getraut. Anwesend waren Maras Familie, Ramons Freunde und Gefährten, der indianische Scout Simata, Andy Haskins, Joe Duvray, Djamba, Lucas und Celia.

Auf Sybilles Bitte hin blieb Pater Bartolomeo Andraga für ein paar Tage als Gast auf der Windhaven-Ranch. So konnte er ihr und den anderen Bouchards, die es wünschten, die heilige Kommunion spenden. »Es wäre uns eine große Freude«, sagte Sybille zu dem freundlichen kleinen Franziskaner, »wenn Sie, Father, unser Haus und das des jungen Paares segneten. Auch bitte ich Sie, für das Glück meines Stiefsohnes Luke Bouchard zu beten. Er ist nach New Orleans gereist und beabsichtigt, eines Tages an seinen Geburtsort in Alabama zurückzukehren.«

Als die Sonne in majestätischer Farbenpracht unterging, winkten Mara und Ramon allen Anwesenden ein Lebewohl zu. Danach ritten sie nach Südwesten zu dem Ort, wo Ramon Mara einst vor den Komantschen gerettet hatte. Sie hatten ihre Satteltaschen mit Vorräten und Dekken vollgepackt. Ramon ritt Corita, Mara ihre Stute Tamisin. Mara trug allen Konventionen zum Trotz die Hosen eines Vaqueros, Stiefel, eine weiße Bluse und einen breitrandigen Hut. Sie wollte ihrem jungen Gatten zeigen, daß sie sein Leben als gleichwertige und gleichberechtigte Partnerin teilen wollte.

Schweigend ritten sie dahin, bis sie den Arroyo erreicht hatten. Doch die Blicke, die sie tauschten, drückten zur Genüge aus, wie sehr sie einander bewunderten und begehrten.

Der Komantschenhäuptling Sangrodo hatte, bevor er die mexikanische Grenze überschritt, Simata, dem Scout der Windhaven-Ranch, mitgeteilt, es seien Botschaften an die Kiowas und Komantschen in diesem Teil von Texas gegangen, in denen er sie dringend bat, die Bewohner der Windhaven-Ranch als Freunde zu behandeln. Sangrodo betrachtete Luke als seinen Blutsbruder und hatte ihm den großen Talisman des Stammes geschenkt. Trotzdem trug Ramon ein Spencer-Gewehr am Sattel. Aber er hatte Mara versichert, damit wolle er nur Wild für das Lagerfeuer schießen.

Oben am Arroyo stand ein Zederngebüsch, das eine enge, moosbewachsene Schlucht verbarg. Sie banden ihre Pferde an einen der kräftigen Bäume und richteten sich mit zwei Decken ihr Brautbett her.

Ramon sammelte Blätter und Zweige sowie trockenes Moos und zündete ein Lagerfeuer an. Mara packte inzwischen die Rindfleischstücke, die sie mitgebracht hatten, aus und röstete sie über dem Feuer. Während Ramon in einem kleinen eisernen Topf Kaffee wärmte, ging seine junge Frau noch einmal zurück zu den Satteltaschen, holte einige Handvoll Teig, den sie an diesem Morgen geknetet hatte, und machte *frijoles* daraus. Sie aßen das einfache Mahl. Vom Norden des Arroyo klang das traurige Heulen eines Kojoten herüber. Mara erschauerte. Instinktiv rückte sie näher an Ramon heran und legte einen Arm um seine Mitte.

In dieser abgeschiedenen Wildnis herrschten Ruhe und Frieden und das Gefühl, sich in einer Welt zu befinden, deren einzige Bewohner sie waren. Der Vollmond schien. Sie saßen am Feuer und unterhielten sich, während die Flammen kleiner wurden und schließlich erstarben.

»Ich wollte unsere Hochzeitsnacht hier verbringen«, sagte Mara leise, »weil ich hier gelernt habe, Hochmut und falschen Stolz abzulegen. An diesem Ort bin ich zu der Einsicht gelangt, daß es gleichgültig ist, woher ein Mann stammt, wenn er tapfer, freundlich und rücksichtsvoll ist. Ich werde versuchen, dir eine gute Frau zu sein, Ramon.«

»*Amorcito*, meine liebste *querida, mi esposa*«, murmelte Ramon heiser und suchte ihre Lippen. Mit einem glücklichen Aufseufzen schlang Mara die Arme um seine Schultern und sank auf die Decken zurück. »Nimm mich, *con fuerza, hombre*!«

Doch bei diesem ersten Mal, daß er sie besaß, seit sie Mann und Frau geworden waren, umarmte er sie voller Behutsamkeit. Ihre Leidenschaft steigerte sich allmählich, bis er sie, wie sie verlangt hatte, »*con mucha fuerza*« nahm.

So versunken waren sie und so sehr fühlten sie sich als Teil der Erde, des Himmels und der Luft, daß sie die sechs Kiowas nicht bemerkten, die hundert Meter östlich von ihnen vorüberritten. An der Spitze des Jagdzuges ritt der alte Kiowahäuptling Setangya. Er zügelte seinen schwarzen Hengst und hob eine Hand. Die fünf Krieger hielten an. Leise sprach der Häuptling: »Es sind Freunde;

sie kommen von der Ranch. Wie es Brauch bei unserm Volk und bei den Apachen ist, haben auch sie sich einen geheimen Ort gesucht, wo niemand ihre Liebe stören kann. Beten wir zum Großen Geist, er möge freundlich auf sie niederblicken.«

Erst eine Woche später kehrten Mara und Ramon Hernandez zurück. Lukes schwarzhaarige Tochter war überzeugt, schwanger zu sein.

VIII

Am 20. August verkündete Präsident Andrew Johnson, der Aufstand in Texas sei beendet, und es herrschten in den ganzen Vereinigten Staaten wieder Ruhe und Ordnung.

In New Orleans wurde Luke Bouchard weiterhin berichtet, wie Grundbesitzer von schamlosen Spekulanten ruiniert wurden. Um in diesen schweren Zeiten ein Bollwerk der Sicherheit zu errichten, ließ er Anzeigen in die *Times-Picayune* setzen, worin er bekanntmachte, die Bank von Brunton & Co. gewähre vertrauenswürdigen Kaufleuten und Grundbesitzern Kredite zu mäßigen Zinsen. Er verschwieg aber auch nicht, daß seine Berater erst Nachforschungen über die Tüchtigkeit und Integrität der Antragsteller durchführen würden.

Laure hatte er nach ihrem unerwarteten nächtlichen Besuch nur gelegentlich in der Bank gesehen. Ganz New Orleans stöhnte jetzt unter der glühenden Sommerhitze, so hatte sie die Einladung eines alten Freundes von John Brunton angenommen, ihn mit dem kleinen Lucien und dem Kindermädchen Mitzi in seinem reizenden Sommerhaus zu besuchen, das etwa achtzehn Meilen flußaufwärts lag. Traf sie mit Luke in der Bank zusammen, war sie freundlich, aber ganz unpersönlich. Mit nichts verriet sie, daß sie noch an jene leidenschaftliche Begegnung dachte. Was Luke betraf, so setzte er sein einfaches, gesundes Leben fort. Marius Thornton gab sich jede erdenkliche Mühe, das beste Fleisch und das frischeste Gemüse aufzutreiben. Immer, wenn Luke etwas Zeit fand, sattelte er seinen Hengst und ritt zur Stadt hinaus. Durch dieses Traning hielt er sich in Form.

Langsam entwickelte sich zwischen Luke und dem jungen Schwarzen, den er aus den Händen seiner Todfeinde gerettet hatte, eine herzliche Freundschaft. Eines Abends vertraute Marius ihm an, er liebe eine hübsche neunzehnjährige Mulattin namens Clementine. Sie arbeitete für einen Hungerlohn als Näherin. Marius wollte fleißig sparen, um sie bald aus einer Knechtschaft erlösen zu können, die in mancher Beziehung schlimmer als die Sklaverei war.

»Haben Sie Geduld, Marius. Ich werde Madame Brunton vorschlagen, Ihren Lohn im Herbst etwas zu erhöhen, und Sie wissen, daß Sie Vorarbeiter auf der Windhaven-Plantage werden, sobald es mir gelingt, sie zurückzukaufen«, tröstete Luke ihn.

Marius, der gerade das Geschirr vom Abendessen hinaustragen wollte, blieb stehen. »Mr. Bouchard, ich kann es kaum noch erwarten. Wie glücklich werde ich sein, wenn ich erst mit Clemmie verheiratet bin und auf gutem Land tüchtig arbeiten kann. Hoffentlich dauert es nicht zu lange, bis Sie nach Alabama zurückkehren können!«

Luke stand vom Tisch auf, ging zum Fenster und sah auf die verlassene Straße hinaus. In der Ferne verbreitete eine einsame Gaslaterne ihr Licht in der Dunkelheit. Totenstille herrschte, nicht einmal das Klappern von Pferdehufen war zu hören. Luke seufzte und wandte sich wieder an seinen jungen Hausmeister. »Ich habe noch mehr Grund als Sie, Marius, von Herzen zu wünschen, daß dieser Tag bald kommen wird.«

Luke begrüßte die Nachricht, zwischen den Vereinigten

Staaten und Großbritannien werde ein Kabel durch den Atlantik verlegt. Im nächsten Sommer sollte es in Betrieb genommen werden. Dadurch eröffneten sich neue Möglichkeiten zu internationalen Finanzgeschäften. Und wenn die Banken der Stadt in Schwierigkeiten gerieten, weil sie gezwungen waren, sich auf riskante Spekulationsgeschäfte mit den Schiebern einzulassen, konnten Gelder in Banken wie der von Liverpool sicher angelegt werden.

Andere Bankiers wie zum Beispiel die von Gabriel Mercier teilten Lukes Hoffnung, Präsident Andrew Johnson werde imstande sein, trotz der feindseligen Haltung des Kongresses sein Wiederaufbauprogramm durchzuführen, damit Handel und Wandel neu erblühen konnten. Doch schon gab es unheilverkündende Zeichen, daß der Präsident sich nicht durchsetzen werde. Am 3. September trafen sich die Republikaner der Südstaaten in Philadelphia und sprachen sich für das Programm des Kongresses aus. Der Präsident versuchte, sich direkt an seine Wähler zu wenden. Doch obwohl er die besten Absichten hatte, kostete ihn jede seiner Ansprachen Stimmen und tat seiner Macht mehr und mehr Abbruch.

Am letzten Septembertag betrat ein elegant gekleideter Gentleman mit Zylinder und Malakkastock die Bank von Brunton & Co. Er teilte Madelon Fortier mit, er wünsche den Leiter der Bank zu sprechen. Einstweilen nahm er in einem der bequemen Sessel Platz. Die Empfangsdame begab sich sofort in Lukes Büro und informierte ihn über den Wunsch des Besuchers.

Laure Brunton kam diese Woche nicht in die Bank. Sie, Mitzi und das Baby weilten immer noch als Gäste auf dem flußaufwärts gelegenen Landsitz, denn dieser Sommer war besonders feucht und schwül. Luke kannte den Mann nicht, der in aller Gemütsruhe das Geschäft an den Kassenschaltern beobachtete. Aus seinen dunkelbraunen Augen sprach ein leicht verächtlicher Ausdruck.

»Wie kann ich Ihnen dienen, Monsieur?« erkundigte sich Luke.

»Sie sind ein Angestellter dieser Bank, nehme ich an?«

»Sagen wir, ich bin Teilhaber.« Luke gestattete sich ein halbes Lächeln. »John Bruntons Witwe Laure führt die Bank, einem Wunsch ihres verstorbenen Mannes folgend, weiter und hat dessen Namen als Firmennamen beibehalten. Sie hat einige der früheren Bankbeamten wieder angestellt und war so freundlich, auch mir ein wenig Autorität zu übertragen. Was kann ich für Sie tun?«

»Ich bin Armand Cournier.« Der Kreole erhob sich. Er betrachtete Luke forschend. Für eine Sekunde verengten sich seine Augen. Dann fuhr er mit liebenswürdigem Lächeln fort: »Bisher habe ich meine Geschäfte hauptsächlich über die City Bank of New Orleans abgewickelt. Doch nachdem ich Ihre interessanten Anzeigen in der *Times-Picayune* gelesen habe, möchte ich Ihrer Bank die Chance geben, etwas Geld für mich zu machen. Ich würde gern ein Konto eröffnen – oder vielmehr zwei, eines für Investitionen und eines für die Einzahlung eines bestimmten Anteils meiner geschäftlichen Gewinne.«

»Wenn Sie so freundlich sein wollen, mit in mein Büro zu kommen, können wir in Ruhe über Ihr Anliegen sprechen. Mein Name ist Luke Bouchard.«

Wieder kniff Armand Cournier die Augen zusammen. Gedankenverloren zupfte er an seinem Spitzbart. »Bouchard – Bouchard – hmm. Sind Sie vielleicht mit den Bouchards von der Windhaven-Plantage verwandt?«

»Das bin ich in der Tat, Monsieur Cournier. Ich habe die Ehre, der Enkel des Gründers zu sein.«

»Ich gratuliere Ihnen, Sir. Von der Windhaven-Plantage und den Bouchards habe ich schon viel gehört. Und jetzt sind Sie also im Bankgeschäft, wie? Ich vermute, das ist auf die Wechselfälle des Krieges zurückzuführen?«

»Ja, das könnte man sagen. Aber die Kultivierung des Bodens und die Leitung einer Bank haben manches miteinander gemein, Monsieur Cournier«, erwiderte Luke. Er führte den Kreolen in sein Privatbüro.

Dort kam Armand Cournier sofort zur Sache. »Ich möchte einen Teil meines Vermögens auf eine Bank transferieren, die ich für zuverlässiger als die anderen hier in der Stadt halte. Außerdem hatte John Brunton den Ruf, daß er die Einlagen seiner Kunden schützte. Haben Sie die Absicht, Aktien zum Verkauf auszugeben?«

»Falls wir für den Landerwerb oder andere Investitionen Kapital brauchen, ist das schon möglich, Monsieur Cournier«, erwiderte Luke. »Natürlich bringen wir diese Aktien nicht auf den Markt. Und über fünfzig Prozent würden in den Händen der Bank bleiben, so daß kein einzelner Käufer die Mehrheit erlangen könnte – das ist eine Maßnahme des gesunden Menschenverstands.«

Der elegante Kreole lachte leise vor sich hin. »Ich hatte Gerüchte gehört, Madame Brunton beabsichtige, die Bank ihres Gatten wiederzueröffnen, aber ich hatte keine Ahnung davon, daß die eigentliche Macht hinter dem Thron, wenn ich den Ausdruck benützen darf, Sie sind, Monsieur Bouchard. Und Sie scheinen sich ausgezeichnet auf das Bankgeschäft zu verstehen. Ja, ich bin fest davon überzeugt, daß ich mein Vermögen in Ihre Hände legen kann. Aber vielleicht sollte ich Ihnen zunächst einmal beweisen, daß ich solvent bin, anders als so viele meiner unglücklichen Nachbarn. General Butler, der als reicher Mann nach Washington zurückkehrte, nachdem er unsere Stadt ausgeplündert hatte, wird niemals für seine Verbrechen bestraft werden.«

»Es ist unsere Absicht, mit dazu beizutragen, daß diese unerfreulichen Folgen des Krieges überwunden werden, Monsieur Cournier«, versicherte Luke. »Schon jetzt haben wir eine Anzahl neuer Depositoren gewonnen, so daß unsere Bank in der Lage ist, ein vernünftiges Maß an gesunden Investitionen vorzunehmen. Wir wollen den Leuten Kredit geben, die es verdienen, mögen sie auch durch den Krieg finanzielle Verluste erlitten haben.«

»Amen, Monsieur Bouchard. Nun werden Sie wissen – oder vielleicht auch nicht –, daß ich Partner eines Landsmanns von mir mit Namen Pierre Lourat war.«

Luke verzog bei dieser Erklärung keine Miene. Doch sein Puls beschleunigte sich. Er betrachtete den gutaussehenden Kreolen mit ungeheucheltem Interesse. »Ich kannte den Gentleman«, bemerkte er leichthin.

»Natürlich haben Sie ihn gekannt!« lachte Armand Cournier. »Jeder in New Orleans kannte ihn, und noch viele andere im weiten Umkreis unserer kleinen Welt. Natürlich machte der Krieg dem äußerst profitablen Sklavenhandel, mit dem Pierre und ich uns befaßten, ein Ende. Doch bestehen immer noch einige erstklassige *maisons de luxe,* deren Leitung ich nach dem Tod meines Partners übernommen habe. Nach Ihrer moralischen Einstellung zu dieser Branche will ich gar nicht erst fragen. Mein Standpunkt ist: Wir haben einen Hafen, der für den Export der Vereinigten Staaten die wichtigste Rolle spielt, und wir werden also immer gezwungen sein, den Männern, die so emsig dafür sorgen, daß New Orleans die Vorrangstellung vor New York und Pensacola und den Häfen in Carolina behält, die Freuden des Fleisches zu garantieren.«

Luke antwortete nicht, aber er neigte den Kopf, um damit anzudeuten, daß er verstand.

»Auch gehören mir verschiedene Lagerhäuser am Kai«, fuhr Armand Cournier fort, »und die Auktionsräume, wo wir früher die Sklaven versteigerten, habe ich zu Läden umbauen lassen. Sie beginnen gerade, Profit abzuwerfen. Außerdem gehört mir weiter flußabwärts ein Haus. Nun also, Monsieur Bouchard«, er griff in die Innentasche seines leichten weißen Gehrocks und zog zwei Tratten hervor, »hier habe ich als Basis für unser erstes Geschäft zwei Tratten, eine über fünfzigtausend, die andere über fünfundzwanzigtausend Dollar. Den höheren Betrag möchte ich gern auf ein Sparkonto einzahlen. Den zweiten überlasse ich Ihnen, wenn Sie einverstanden sind, für Ihre Investitionen zur freien Verfügung, solange nur ein kleiner Gewinn für mich dabei herausspringt.«

Luke Bouchard sah sich die Tratten an, stellte fest, daß sie in Ordnung waren, und nickte. »Wir sind Ihnen dankbar, daß Sie unsere Bank fördern, Monsieur Cournier. Ich werde die Unterlagen selbst ausstellen. Darf Madelon Ihnen während der Wartezeit eine Tasse Kaffee und eine *brioche* bringen?«

»Ich bitte darum. Sie ist eine entzückende junge Frau.« Armand Cournier zwinkerte Luke vielsagend zu. »Sollten Sie jemals gezwungen sein, sie aus Ihren Diensten zu entlassen, werde ich sie nur zu gern in einem meiner *maisons de luxe* aufnehmen. Am geeignetsten wäre das ›Jeux d'Amours‹, das nur von den exquisitesten und zahlungskräftigsten Kunden besucht wird.«

Luke runzelte die Stirn. Dann gab er mit ruhiger Stimme zur Antwort: »Mademoiselle Fortier fühlt sich bei uns sehr wohl, und wir sind froh, ihre Mitarbeit gewonnen zu haben. Abgesehen davon hoffe ich, daß sie bald unter dem Schutz eines ehrenhaften Mannes stehen wird, der sie zur Frau nimmt.«

»Touché!« lachte der gewandte Kreole. »Unsere kleine Unterredung war für mich sehr erfrischend, Monsieur Bouchard. Tatsächlich, Sie haben mich mit ihrem *savoir faire* beeindruckt. Ich bin überzeugt, daß meine finanziellen Angelegenheiten bei Ihrer Bank in den besten Händen liegen. Und bitte, lassen Sie die bezaubernde Mademoiselle Fortier die Erfrischung bringen, die Sie mir angeboten haben.«

Luke nickte. Er wollte das Büro gerade verlassen, als der Kreole hinzusetzte: »Sie werden hoffentlich nicht vergessen, *mon ami*, mich sofort zu benachrichtigen, wenn Sie Aktien herausgeben? Ich möchte sehr gern einige davon erwerben, selbst wenn es nur als Erinnerung an unsere denkwürdige Begegnung wäre.«

»Selbstverständlich werde ich Ihnen Bescheid geben, wenn es dazu kommt, Monsieur Cournier.«

Später setzte Luke Jason Barntry auseinander, was der neue Kunde gewollt hatte. Er war ziemlich beunruhigt. Endlich hatte er Pierre Lourats stillen Teilhaber kennengelernt, den Mann, der, wie der Barbier im Hotel erzählt hatte, den Herrensitz Drei Eichen für den lächerlichen Betrag von zweitausend Dollar in Gold aufgekauft hatte. Wie lange hatte Armand Cournier mit Lourat in Geschäftsverbindung gestanden? Und wieviel wußte Cournier über die hinterlistigen Pläne Lourats, Lukes Halbbruder Mark zu verderben und an sich zu fesseln und so einen Ansatzpunkt zu finden, wie er die Windhaven-Plantage in seinen Besitz bringen konnte? Die letzte Bemerkung Courniers, so beiläufig hingeworfen, hatte Lukes Argwohn erregt. Wenn der Kreole wirklich der Drahtzieher hinter Lourat gewesen war, dann konnte es sein Ziel sein, Kontrolle über die Bank von Brunton & Co. zu gewinnen, deren Geschäftsführer ein Bouchard war.

Seltsam war auch, daß Courniers Besuch genau zu diesem Zeitpunkt stattgefunden hatte. Erst gestern hatte Luke mit Jason Barntry und Edgar Maxton darüber diskutiert, ob man für Landkäufe Aktien herausgeben solle. Wenn das geschah, hatte Luke keinerlei gesetzliche Handhabe, Courniers Wunsch, Aktien zu kaufen, zurückzuweisen. Aber Luke war entschlossen, mindestens die Hälfte der Anteile auf Laures Namen zurückzuhalten. Dann war es Cournier unmöglich, die Mehrheit der Aktien in seiner Hand zu vereinigen.

Laure Brunton, Mitzi und der kleine Lucien kehrten am letzten Septembertag in das Union House zurück. Laure kam noch am gleichen Tag in die Bank, um mit Luke und den beiden leitenden Angestellten zu konferieren. Für die Jahreszeit war es ungewöhnlich warm und feucht. Deshalb waren nur wenige Kunden da, und Luke hatte Zeit, Laure ausführlich zu berichten, was sich während ihrer Abwesenheit ereignet hatte. Er sprach auch über die Pläne, Aktien herauszugeben.

Als er erwähnte, Armand Cournier habe fünfundsiebzigtausend Dollar investiert, wovon er ein Drittel der Bank zur freien Verfügung stelle, bemerkte Laure angewidert: »Natürlich ist uns sein Geld willkommen, und wir haben kein Recht, es zurückzuweisen, Luke. Aber der Mann selbst ist mir zuwider. Sie wissen, er hat dem armen alten Horace Amberley um Drei Eichen gebracht. Die Jessups, bei denen ich zu Gast war, waren entsetzt, als sie hörten, welchen Spottpreis dieser Parvenu für den schönen alten Herrensitz bezahlt hat. Er hat Mr. Amberley schamlos betrogen. Wie ich gehört habe, ist Mr. Amberley jetzt zu seinem Cousin nach Baton Rouge gezogen. Dabei war Mr. Amberleys Familie schon viel länger in New Orleans ansässig als Monsieur Cournier.«

»Es ist mir klar, daß Cournier ein Opportunist ist, Laure, doch wir brauchen das Geld. Ich habe verschiedene Projekte in Aussicht, bei denen das Risiko für uns minimal ist, für die wir jedoch ein bißchen werden hinlegen müssen. Sehen Sie hier.« Er faltete einen Stadtplan auseinander »Da ist dieses Warenhaus auf der Tchoupitoulas-Straße, da ist eines auf der Union-Straße, dann liegen hier zwei Grundstücke an der nordwestlichen Stadtgrenze, nicht weit vom Sumpfland entfernt, wo früher John Dewton wohnte . . .«

»John Dewton?« unterbrach Laure. »Haben Ihre Arbeiter nicht bei ihm gewohnt, als Sie Ihre Reise nach Texas vorbereiteten?«

»Ja. Er war ein guter Freund. Eine Woche bevor ich nach New Orleans zurückkam, ist er an einem Herzinfarkt gestorben. Aber ich wollte etwas anderes sagen, nämlich daß diese Parzellen zur industriellen Nutzung erschlossen werden könnten. Sie sind teurer, als mir lieb ist, aber meiner Meinung nach können wir sie trotzdem kaufen. In spätestens achtzehn Monaten wird diese Investition Gewinn abwerfen.«

»Ich überlasse es ganz Ihnen, Luke. Bisher haben Sie für Johns Bank immer die richtigen Entscheidungen getroffen. Was Sie über den Erwerb von Land und Gebäuden und auch über die Herausgabe von Aktien gesagt haben, leuchtet mir ein. Aber bitte, sorgen Sie dafür, daß nicht noch mehr Kunden vom Schlage eines Monsieur Cournier zu uns kommen. Ich möchte die Kontrolle über Johns Bank nicht verlieren.«

»Das ist auch gar nicht möglich, Laure. Wenn wir tausend Aktien zu je hundert Dollar ausgeben, werden wir etwas über fünfhundert in der Bank zurückhalten. Dadurch bleibt die Kontrolle bei Ihnen, ganz gleich, welche Spekulationen oder Pläne andere Leute machen werden.«

»Gut, das beruhigt mich. Luke, hören Sie, Monsieur Cournier besaß doch tatsächlich die Frechheit, die Jessups zu besuchen und mich, als er mir vorgestellt wurde, nach Drei Eichen einzuladen! Stellen Sie sich das einmal vor! Eine Witwe soll ein Wochenende allein mit einem Junggesellen in dessen Haus verbringen! Und da meinte er noch, das gehe in Ordnung, weil er ein paar Dienstboten dort hätte! Außerdem bemerkte er nebenbei, wenn er sich in der Stadt aufhalte, logiere er in einem kleinen Hotel, an dem er beteiligt sei. Ich blieb sehr höflich, aber ich ließ auch deutlich durchblicken, ich sei an so etwas nicht interessiert.«

»Darüber bin ich sehr froh«, sagte Luke. Laure schoß ihm einen scharfen Blick zu. Er errötete und beschäftigte sich schnell mit einigen Papieren.

Kurz vor Geschäftsschluß erkundigte sich Luke bei Laure: »Darf ich Sie in meiner Kalesche nach Hause bringen?«

»Dafür wäre ich Ihnen sehr dankbar. In den letzten Tagen hatte der kleine Lucien Schnupfen, und ich möchte so schnell wie möglich wieder bei ihm sein. Damit will ich aber nicht gesagt haben, Mitzi sei kein wunderbares Kindermädchen. Man könnte meinen, es sei ihr Baby, so besorgt ist sie um den Kleinen.«

Dieses mütterliche Geplauder tat Luke weh. Natürlich durfte er sich von seinen Empfindungen für Lucien vor Jason Barntry und Edgar Maxton nichts anmerken lassen. Deshalb erhob er sich, verstaute seine Unterlagen in der Schreibtischschublade und sagte: »Jason, Edgar, für heute ist es genug. Hoffen wir, daß es morgen etwas kühler ist.«

Als die beiden Männer gegangen waren, holte Luke seinen Stockdegen aus der Ecke und bot Laure seinen Arm. Sie nahm ihn mit einem bezaubernden Lächeln, und dann verließen beide die Bank.

Im rückwärtigen Teil des Gebäudes wurden jetzt die Geschäftsräume ausgebaut, die Luke vermieten wollte. Paddy Quinlan und seine Arbeiter hatten einen Teil als Wagenremise und Einstellplatz für das Pferd abgegrenzt. Luke führte Laure um das Haus. Er schirrte den Hengst an, und dann half er ihr in den Wagen.

Beim Einbiegen in die Honorée-Straße hörte Luke plötzlich Schreie. Ein kleiner Junge rannte auf seiner Seite den schmalen Bürgersteig hinunter. Ein Stück weiter unten rief eine Frau aufgeregt: »Lauf, Robert! Lauf schnell! Der Hund ist tollwütig, paß auf!«

Es war ein vielleicht zehn Jahre alter Junge mit Pausbacken und strohblondem Haar. Mit angstverzerrtem Gesicht schaute er über die Schulter zurück. Fünf Meter hinter ihm folgte ein gelber Köter, dem der Geifer vom Maul tropfte. Die Augen waren blutunterlaufen, der Schwanz peitschte aufgeregt, und ein hohes, winselndes Kläffen war zu hören.

Luke hielt das Pferd an, ergriff seinen Stockdegen und sprang aus dem Wagen, gerade als der Junge stolperte und der Länge nach auf dem hölzernen Bürgersteig hinfiel. Luke zog den Degen. Als das rasende Tier ihn ansprang, stieß er ihm die Klinge in die Kehle. Ein schreckliches gurgelndes Geräusch war zu hören, dann begann der Hund krampfhaft zu zucken und sackte schließlich zusammen, die Zähne entblößt, die Zunge schwarz und geschwollen.

Luke ließ den Degen fallen, kniete nieder und nahm den schluchzenden Jungen in die Arme. »Es ist ja alles wieder gut, mein Sohn, er kann dich nicht mehr beißen, er ist tot. Du brauchst keine Angst mehr zu haben.«

Eine junge schwarzhaarige Frau lief weinend heran. »Oh, Robert, mein Junge, du bist gerettet! Du Böser, was habe ich deinetwegen für Angst ausgestanden!«

Luke schob den Kleinen behutsam seiner Mutter zu. Sie sank in die Knie, umfaßte ihn und weinte noch heftiger.

»Er ist nicht gebissen worden, Madame. Es fehlt ihm nichts.«

Die junge Frau drückte ihren Sohn an die Brust und sah zu Luke auf. »Oh, Monsieur, Gott wird Sie segnen für das, was Sie getan haben! Dieser ungezogene Junge, ich habe ihm gesagt, es sei draußen zu heiß, aber er wollte sich Pralinen in Monsieur Douadiers Laden gleich um die Ecke kaufen. Als ich dann auf die Straße sah, entdeckte ich den tollwütigen Hund. Ich wollte Robert retten – aber ich hatte solche Angst – oh, Gott sei Dank, daß Sie zur Stelle waren, Monsieur!«

»Ich bin glücklich, daß ich helfen konnte, Madame. Nehmen Sie Ihren Sohn jetzt mit nach Hause, und hier« – Luke fischte in seiner Hosentasche nach ein paar kleinen Silbermünzen – »kaufen Sie für ihn und für sich selbst alle Pralinen, die Sie haben wollen.«

Die junge Frau erhob sich, einen Arm um die Schultern des Jungen gelegt, und streckte zögernd die freie Hand nach dem Geld aus. »Sie sind so gut, Monsieur, da wird Gott auch zu Ihnen gut sein. Ich werde Ihrer in meinen

Gebeten immer gedenken. Komm, Robert, du Böser!« Mit einem letzten dankbaren Blick auf Luke entfernte sie sich mit ihrem Sohn.

Luke drehte sich um und half Laure aus der Kalesche. Sie blieb vor ihm stehen und sah ihn lange an. Tränen hingen an ihren langen Wimpern, ihre grünen Augen leuchteten. »Ich habe Sie ganz falsch beurteilt, Luke«, erklärte sie mit vor Erregung bebender Stimme. »Wie Sie diesen Jungen in den Arm nahmen und trösteten – das hat mir gezeigt, daß sie ein wundervoller Vater wären.«

»Ich konnte doch nicht zusehen, wie er von dem Hund gebissen wurde, Laure«, begann Luke verlegen.

Sie schüttelte den Kopf. »Nicht jeder Mann hätte so gehandelt. Jetzt erkenne ich, daß Sie ein Mann sind, den ich lieben kann. Und noch eines muß ich Ihnen sagen – Sie haben recht, Lucien *ist* Ihr Sohn.«

Sein Gesicht erschien vor Staunen und Freude wie verwandelt. Er konnte nicht sprechen, er konnte sie nur ansehen.

»Wir sind zu Hause, Luke. Oder ist es Ihnen lieber, wenn ich in Ihr kleines Haus auf der Greenley Street ziehe, sobald wir verheiratet sind? Ja, *mon amour,* ich will Sie heiraten. Und wenn es Ihr Wunsch ist, gehe ich mit Ihnen auf Ihre Plantage in Alabama und helfe Ihnen, Ihre Träume zu verwirklichen.«

IX

Luke Bouchard und Laure Brunton wurden am 16. Oktober 1866 in der Kirche der Heiligen Dreifaltigkeit in New Orleans vom Erzbischof getraut. Nach der einfachen Zeremonie knieten Luke und Laure vor dem Prälaten und empfingen seinen Segen.

Madelon Fortier war Ehrenjungfrau gewesen, und als Brautjungfern hatte Laure die Schwestern Odette und

Virginie sowie Aurelia Dubois eingeladen. Mitzi hatte den kleinen Lucien mitgebracht, damit er zusehen konnte, wie seine Mutter seinem richtigen Vater angetraut wurde. Bevor die Zeremonie begann, hatte Luke mehr als einmal voller Stolz zu seinem kleinen Sohn hingeblickt. Das Kind war so brav gewesen, als ob es die Bedeutung des Augenblicks erfasse.

Als die Trauung beendet war, eilten Madelon und die Brautjungfern auf sie zu, gratulierten ihnen und bewarfen sie mit Reis. Laure, die in einem gelben Organdykleid mit Schleier ganz bezaubernd aussah, warf impulsiv ihr Jasmin-Bukett Aurelia Dubois zu. »Liebste Aurelia, mögest du die erste sein, die wahres Glück findet, und dann sollen dir Madelon, Odette und Virginie so schnell wie möglich folgen!«

Aurelia schüttelte den Kopf und drehte sich zu Madelon Fortier um. »Hier, *chéri,* du wirst die nächste sein.« Dann flüsterte sie Laure zu: »Ich habe mein Glück bereits gefunden. Gestern hat Felix Brissart mich gebeten, ihn zu heiraten, und ich habe ja gesagt. Aber ich werde auch weiterhin in seinem Restaurant singen, denn da habe ich ihn kennen- und lieben gelernt.«

Die Hochzeitsgesellschaft stieg in Droschken und fuhr zu einem Galadiner bei Antoine. Als Vorspeisen wurden Terrapin, Pompano und Brathuhn serviert, dazu gab es feine französische Weine. Der Konditor des Hauses hatte sich selbst übertroffen mit der gewaltigen Hochzeitstorte. Zuoberst stand ein Häuschen, das deutlich als die Bank zu erkennen war, und davor Hand in Hand zwei winzige verliebte Figürchen, die Luke und Laure darstellten.

Luke schnitt die Torte an und reichte das erste Stück Laure, die fröhlich ausrief: *»M'amour,* du hast mir die schwarze Bohne gegeben!« Es stimmte: In der schaumigen gelben Creme war deutlich die schwarze Bohne zu erkennen, nach einer alten französischen Legende das

Symbol der Fruchtbarkeit und der glücklichen Ehe. Und als Luke sie anbetend ansah, errötete Laure und schlug die Augen nieder, und all die Mädchen, deren *maîtresse* Laure einmal im Union House gewesen war, konnten sich vor Lachen kaum halten.

Nach dem Essen fuhren Luke und seine Frau in das Haus an der Greenley Street. Luke schloß auf, dann trug er seine goldhaarige junge Frau über die Schwelle. »Laure, meine liebste Laure«, flüsterte er und küßte sie zärtlich.

»Mein lieber Mann«, sagte sie langsam, als wolle sie jedes Wort voll auskosten. Mit großen Augen betrachtete sie sein Gesicht. »Wir haben so viel zu planen, so viel zu denken. Ich werde Lucien morgen herholen. Aber hast du auch Platz für Mitzi, damit sie sich um ihn kümmern kann, wenn ich in der Bank bin? Vielleicht sollten wir das Union House verkaufen. Ich bin sicher, wir werden einen guten Preis dafür bekommen, und . . .«

»Still, Laure. Diese Nacht gehört uns ganz allein. Wir wollen nichts anderes tun, als uns kennenlernen und unser gemeinsames Leben beginnen.« Luke umfaßte ihre Wangen mit den Händen und küßte sie auf die Augen. In der Dunkelheit des kleinen Foyers war ihr Jasminduft noch stärker wahrnehmbar, und Luke zitterte vor Erwartung.

Laure ergriff seine Hände und drückte sie auf ihre schwellenden Brüste. Atemlos, doch mit einer Spur ihrer alten Koketterie flüsterte sie: »Es ist vielleicht gar keine so gute Idee, Mitzi im Haus zu haben, jedenfalls nicht, solange wir noch in den Flitterwochen sind. Sie hat nur Augen für dich, und ich möchte dieser kleinen Hexe wegen nicht eifersüchtig werden müssen.«

»Du wirst niemals Grund zur Eifersucht haben, Laure, das verspreche ich dir. Komm, meine Liebste«, sagte er leise. »Siehst du, welch ein Juwel Marius ist? Er hat oben an der Treppe eine brennende Kerze hingestellt, damit wir in der Dunkelheit den Weg ins Schlafzimmer finden. Und er ist höchst diskret zu Bett gegangen.«

»Dann laß uns das gleiche tun, *mon amour«,* hauchte Laure. Sie raffte mit beiden Händen ihre Röcke und eilte die Stufen hinauf, und ihr schelmischer Blick forderte ihn auf, ihr zu folgen.

Marius hatte auch im Schlafzimmer eine Kerze aufgestellt. Mit Entzücken sah Luke zu, wie Laure ihr Hochzeitsgewand abstreifte und schließlich in stolzer, herrlicher Nacktheit vor ihm stand. Ohne Scheu trat sie zu ihm hin und half ihm beim Auskleiden, und dabei schalt sie ihn scherzend, er sei ein Dandy geworden. »Weißt du, mein Liebster, als du in deiner Indianerkleidung ins Union House marschiert kamst, da war ich, glaube ich, schon ein wenig in dich verliebt. Und wieviel leichter hätten wir es heute nacht, wenn du diese Sachen anhättest statt der modischen Krawatte und dem plissierten Hemd und – warte, warte, sei nicht so ungeduldig, Darling, ich laufe dir ja nicht weg – so – nun komm ins Bett, mein Gemahl!«

Aber diesmal drehte Luke sich zum Nachttisch neben dem Bett um und blies die Kerze aus, bevor er sich zu seiner jungen Frau legte. Als sie lachend protestierte, brachte er sie mit einem leidenschaftlichen Kuß zum Schweigen.

»Ich möchte unser neues Leben in der zeitlosen Dunkelheit der Nacht beginnen, meine liebe Laure«, flüsterte er ihr zu. »Laß diesen dunklen Raum Zeuge unseres gegenseitigen Gelübdes sein, meines Versprechens, daß du immer meine geliebte Frau sein wirst.«

Später, als die erste Leidenschaft über sie hinweggebraust war und sie sich küßten und liebkosten, bat Luke: »Laß dein Haar wieder wachsen, mein Liebling. Es soll lang und schimmernd bis auf deine Taille fallen, so wie es war, als wir uns kennenlernten.«

»Ja, Luke, ganz, wie du es haben willst – oh, mein Liebster, wie konnte ich dich jemals für langweilig halten? Oh, nimm mich noch einmal!«

Zwei Tage nach seiner Hochzeit schrieb Luke Bouchard Briefe an Sybille und Lucien Edmond, die er an die Adresse der Bank in San Antonio schickte. Er wußte ja, daß sein Sohn in regelmäßigen Abständen dort vorsprach, wenn neue Vorräte für die Windhaven-Ranch eingekauft wurden. Er schrieb auch an Fleurette Wilson in Pittsburgh und an Arabella Hunter in Galveston und an Laurette Douglas in Chicago. Allen teilte er mit, wie glücklich er mit seiner Frau und seinem Sohn sei, und eines Tages wollten sie zu dritt auf die Windhaven-Plantage zurückkehren. Auch von seinen Plänen, dem Château und dem Land den früheren Glanz wiederzugeben und die Plantage neu erblühen zu lassen, berichtete er. Aber zwei Jahre würden sie mindestens noch in New Orleans bleiben; deshalb hoffe er, die verstreuten Mitglieder seiner Familie hätten einmal Gelegenheit, ihn während dieser Zeit zu besuchen.

Wie zu erwarten war, weigerte Mitzi sich, von ihrem Pflegekind getrennt zu werden. Sie zog in ein Parterrezimmer von Lukes Haus und erfüllte weiter ihre Aufgaben als Kindermädchen für den kleinen Lucien.

Ende Oktober wurden Aurelia Dubois und Felix Brissart in der Kirche der Engel getraut. Luke und Laure wie auch Madelon Fortier und Virginie und Odette Nourmain wohnten der Zeremonie bei. Es war offensichtlich, daß die reizende junge Sängerin und der Restaurantbesitzer trotz des beträchtlichen Altersunterschiedes sehr verliebt ineinander waren.

Das Hutgeschäft, das die Nourmain-Schwestern betrieben, florierte. Das war hauptsächlich auf den Geschmack und die Schönheit der jungen Inhaberinnen zurückzuführen; zum Teil lag es aber auch daran, daß Luke sie Freunden und Bekannten empfohlen hatte. In ganz New Orleans sprach es sich herum, daß es bei den Nourmains die schönsten Hüte gab. Schon zeigten zwei junge Männer, die ihre wohlhabenden Mütter beim Huteinkauf begleitet hatten, mehr als nur beiläufiges Interesse für Odette und Virginie. Madelon Fortier hatte höflich, aber bestimmt Anträge einer Reihe von Bankkunden zurückgewiesen, die sie als Mätresse haben wollten. Einen Mann zum Heiraten hatte sie noch nicht gefunden. Aber Luke war fest davon überzeugt, der Richtige werde schon noch kommen. Inzwischen übte Madelon ihr Amt mit viel Charme und Geschick weiter aus.

Immer mehr arbeitete Luke sich in das Finanzgeschäft ein. Er fand heraus, daß das am häufigsten benutzte Zahlungsmittel in New Orleans von der Stadt herausgegebene Schatzanweisungen waren. Sie wurden auch in den ländlichen Gebieten von Louisiana angenommen, obwohl sie dort als Zahlungsmittel nicht so häufig waren wie die Schatzanweisungen des Staates. Im Vorjahr hatte das städtische Geld nur den Wert von einem Prozent der »grünen« Dollars gehabt, doch jetzt erholte sich der Kurs. Die Schatzanweisungen des Staates standen dagegen viel schlechter.

Ende November entschied sich Luke nach einer Beratung mit Laure, Jason Barntry und Edgar Maxton, Vorzugsaktien herauszugeben, um mehr Kapital in die Bank zu ziehen. Von den tausend Aktien blieben fünfhundertundfünfzig in der Bank. Drei der ursprünglichen Depositoren kauften je hundert Stück, den Rest erwarb Armand Cournier.

Immer noch machte Luke sich Gedanken über die Partnerschaft zwischen Armand Cournier und Pierre Lourat; er vermutete nach wie vor, Edouard Villiers habe in ihrem Auftrag gehandelt. Es war jetzt dreiundzwanzig Jahre her, seit Villiers an der Windhaven-Anlegestelle von Bord der *River Queen* gegangen war, um höchstpersönlich ein Paket Briefe von der Rigalle-Bank, adressiert an Luke

Bouchard, abzugeben. Antoine Rigalle, der wußte, daß er bald sterben würde, hatte John Brunton zu seinem Nachfolger ernannt. Villiers hatte die Überbringung der Briefe zum Vorwand genommen, sich vorzustellen und der jungen Arabella Bouchard den Hof zu machen. Doch dann folgte ein Brief von John Brunton, der Luke informierte, daß Arabellas geckenhafter Freier in Geschäftsverbindung mit Pierre Lourat und Lukes Halbbruder Mark stand. Als Luke den Kreolen deswegen zur Rede stellte, hatte Villiers ihn nur mit einem haßerfüllten Blick angesehen und war nach New Orleans zurückgekehrt. Luke hatte nie mehr etwas darüber gehört, was später aus ihm geworden war.

Jetzt hatte er unter seinen Freunden und den älteren Geschäftsleuten von New Orleans diskrete Nachforschungen angestellt, aber niemand konnte sich an den Namen Edouard Villiers erinnern. Anfangs hatte Luke daran gedacht, im Archiv der *Times-Picayune* nachzusehen, aber es war nicht vollständig, und besonders die Jahrgänge aus den vierziger und fünfziger Jahren wiesen große Lücken auf. Er wurde einfach den Verdacht nicht los, Villiers' Werbung um Arabella sei ein Teil des Plans gewesen, die Windhaven-Plantage unter Kontrolle zu bringen, und dieser Plan sei nicht mit Pierre Lourat gestorben.

Ansonsten machte Luke die Erfahrung, daß sein Leben mit Fünfzig noch einmal von neuem begann. Zwar hatte er Lucy nach fünfundzwanzig erfüllten Jahren verloren, aber durch Laures vollständige Hingabe wurde er reichlich entschädigt. Noch wichtiger war aber für ihn, daß der kleine Lucien wirklich sein Sohn war. Mochte er eines Tages die Windhaven-Plantage in den Zenit ihrer Größe führen!

X

Die Bouchards feierten das Weihnachsfest 1866 voller Dankbarkeit für allen Segen, den ihnen dies Jahr gebracht hatte. Luke und Laure, die immer mehr Freuden an ihrem ehelichen Zusammenleben entdeckten, teilten auch ihre Ideen, ihre Arbeit und ihre Pläne für die Zukunft. Der kleine Lucien wuchs gesund heran. Jetzt machte es Luke in seinem Glück wenig aus, noch Monate warten zu müssen, bis er die Windhaven-Plantage zurückkaufen konnte. Er wollte die Zeit bis dahin nutzen, zur Sicherung der Zukunft seiner Familie im Bankgeschäft Geld zu verdienen.

Als Weihnachtsgeschenke hatte er Banktratten an Fleurette in Pittsburgh, Laurette in Chicago, Arabella Hunter in Galveston und seinen Sohn Lucien Edmond geschickt. Dem Brief an ihn fügte er noch einen ansehnlichen Betrag bei und bat Lucien Edmond, mit diesem Geld ein Geschenk für Sybille zu kaufen. Sybille schrieb er einen eigenen, sehr persönlichen Brief über seine Hoffnungen für die Zukunft und seinen Stolz auf seinen kleinen Sohn. Er bat sie inständig, ihm so oft wie möglich über die Geschehnisse auf der Windhaven-Ranch zu schreiben.

Bevor er die Briefe aufgab, hörte Luke, es solle eine Eisenbahnlinie von Kansas nach Chicago gebaut werden, damit das Vieh schneller in die neuen Schlachthöfe gebracht werden könne. Philip Danforth Armour, der mit dem Verkauf von Schweinefleisch an die Unionsarmee ein Vermögen gemacht hatte, hatte vor kurzem eine Konservenfabrik gegründet, weil er davon überzeugt war, in den Städten werde eine große Nachfrage nach Fleisch entstehen. Es war sogar möglich, daß Rindfleisch den Ranchern zu einem hohen Preis von acht bis zehn Cent das Pfund abgekauft werden würde.

Sofort fügte Luke seinem Schreiben an Lucien Edmond ein Postskriptum hinzu: »Bitte, prüfe die Möglichkeit,

Rinder durch das Indianerterritorium nach Kansas zu treiben. Es ist dabei darauf zu achten, daß auf dem ganzen Weg gutes Weideland vorhanden ist, damit die Tiere vor dem Verkauf noch an Gewicht zunehmen. Der Markt in Fort Sumner wird zwar bestehen bleiben, denn dort wird Fleisch sowohl für die Armee als auch für die Navajos in den Reservationen New Mexicos gebraucht. Aber die Preise, die dort bezahlt werden, sind mäßig. Ich glaube, wenn eine Eisenbahnverbindung hergestellt und das Vieh nach Chicago transportiert wird, könnte ein weitaus höherer Gewinn erzielt werden als der im Santa-Fe-Bereich. Wahrscheinlich ist die Gefahr, von Indianern angegriffen zu werden, größer, aber wenn Du noch einige zuverlässige Vaqueros anwirbst und genügend Waffen besitzt, müßtest Du das Dreifache des vorjährigen Erlöses erzielen.«

Auch auf der Windhaven-Ranch wurde das Weihnachtsfest in fröhlicher Stimmung gefeiert. Die einzigen Schatten, die auf das Glück der Bewohner fielen, waren der Tod Harrys, der seiner Frau Betty nach drei Monaten gefolgt war, und des alten George, der Celias Tochter Prissy so treu geliebt hatte. Maxine, Lucien Edmonds Frau, erwartete im Frühling ein weiteres Kind. Sybille war nach wie vor bei guter Gesundheit, und ihr nie versiegender Optimismus und die Arbeit, die sie rings um das Haus leistete, waren beispielhaft.

Sybille hatte sich sehr gefreut, in der Woche vor Weihnachten einen Brief von Fleurette zu erhalten. Fleurette schrieb, ihr Mann Dr. Ben Wilson habe die Zulassung als Arzt in Pittsburgh erhalten. Vorerst arbeitete er im General Hospital. Er wollte sich zum Chirurgen spezialisieren, und er hoffte, eines Tages eine eigene Klinik für die Armen und Bedürftigen gründen zu können. Er hatte bereits versucht, einige wohlhabende Bürger für seinen Plan zu gewinnen. Sie hatten nur mäßiges Interesse gezeigt, aber Ben verlor den Mut nicht. Im Krieg hatte der

Quäker zu viele Männer sterben sehen, weil sie nicht die richtige medizinische Behandlung bekommen hatten. Und in Pittsburgh hatte er die Erfahrung gemacht, daß viele Neugeborene starben und viele Familien sich keinen Arzt, ganz zu schweigen von einem Krankenhausaufenthalt, leisten konnten. Glücklich berichtete Fleurette, ihr Sohn Thomas, jetzt ein Jahr alt, werde seinem Vater von Tag zu Tag ähnlicher.

Arabella schrieb aus Galveston einen langen Brief an ihre Mutter und einen kürzeren an Luke. Sie plauderte von diesem und jenem, doch zwischen den Zeilen war deutlich zu lesen, daß ihr wenig abwechslungsreiches Leben sie langweilte. Natürlich kümmerte sie sich um Andrew und Melinda, und das füllte einen großen Teil ihrer Zeit aus. Aber James hatte im Betrieb seines Vetters eine immer verantwortlichere Position erhalten, und jetzt unternahm er Reisen zu den verschiedenen Häfen, in welche die bearbeitete Baumwolle verschickt wurde. Arabella, die bald dreiundvierzig wurde, hatte sich in den Wahn hineingesteigert, ihre Schönheit beginne zu verblühen, und damit schwinde auch das Interesse ihres Mannes an ihr.

Luke hatte kurz vor Weihnachten auch von Laurette einen Brief erhalten. Sie berichtete voller Begeisterung über die von Leben erfüllte Metropole Chicago, wo sie, ihr Mann Charles und ihre Zwillingssöhne Arthur und Kenneth wohnten. Charles hatte einen solchen Erfolg in dem Kaufhaus, in dem er arbeitete, daß der Inhaber ihn bereits zum Direktor für den Ein- und Verkauf ernannt hatte. Laurette vermutete, der Inhaber beabsichtige, das Geschäft zu verkaufen und nach Westen zu ziehen.

Noch vor Beginn des neuen Jahres kaufte Luke die beiden Lagerhäuser auf der Tchoupitoulas- und der Union-Straße und die beiden Grundstücke im nordwestlichen Teil der Stadt. Dazu verwandte er das durch den Aktienverkauf hereingekommene Kapital. Die Gesamtkosten dieser Investitionen beliefen sich auf dreißigtausend Dollar. Einen Teil des Geldes hatte Luke für die Renovierung der Lagerhäuser zurückgelegt. Paddy Quinlan und seine Mannschaft nahmen die neuen Bauvorhaben gleich in Angriff. Luke hatte erfahren, daß die Zuckerrohrproduktion in Luisiana im vorigen Jahr auf zehntausend Pfund gestiegen war – die doppelte Menge von 1864. Es gab bereits Anzeichen, daß die Ernte von 1866 über zwanzigtausend Pfund liegen würde. Fünf Jahre vor dem Krieg war ein Fäulniserreger aufgetreten, der die Ernte zu zwei Dritteln vernichtet hatte. Für jeden, der auf den Feldern arbeitete, war offensichtlich, daß die Anbaumethoden und die Arbeitsbedingungen verbessert werden mußten. Natürlich trat auch Luke dafür ein. Er dachte daran, wie der alte Lucien die Einwände seiner Nachbarn, er behandle die Schwarzen zu gut, mit der Antwort widerlegt hatte: »Gentlemen, Sie alle arbeiten für ein einziges Ziel – Sie wollen an Ihren Ernten Geld verdienen. Nun sehen Sie, meine Gewinne sind größer als Ihre, weil mein Land einen höheren Ertrag bringt. Und das haben meine schwarzen Arbeiter fertiggebracht, indem sie nach meinen Methoden vorgegangen sind.«

Ende Januar waren Paddy Quinlan und seine Männer mit dem Umbau der beiden Lagerhäuser fertig. Sie hatten an der einen Seite niedrige Zementrampen gebaut, auf denen leicht verderbliche Waren wie Baumwollballen vor der Feuchtigkeit zu ebener Erde geschützt wurden. Diese Vorsichtsmaßnahme war notwendig, weil vom Hafen her ständig Feuchtigkeit eindrang. Für andere Exportgüter wurden teilweise geschlossene Kammern angelegt. Lukes Argument: Die Frage, ob Gewinn und Verlust für den Pflanzer, hing oft davon ab, in welchem Ausmaß die Waren, wenn sie auf den Markt kamen, verdorben waren. Wenn richtige Lagerung die Qualität erhielt, mußten die Investitionen des Pflanzers bald Profit abwerfen. Wurde diese Maßnahme dagegen versäumt, gab es wenig Ansporn für ihn, die Qualität seiner Ernten zu verbessern.

Die Aussichten für Baumwolle waren wenig ermutigend. Luke hatte drei Plantagen flußaufwärts besucht, deren Besitzer sich bemühten, praktisch aus dem Nichts von vorn anzufangen. Zwei von ihnen – Peter Henton und George Cressy – stammten aus Maryland. So war es ihnen gelungen, gleich nach dem Krieg zwei konfiszierte Plantagen aufzukaufen. Emile Survois, der dritte Pflanzer, war ebenfalls Sympathisant des Nordens. Nachdem er den Treueid geleistet hatte, war ihm erlaubt worden, seine Plantage zu behalten, denn er hatte nachweisen können, daß er seine Sklaven schon lange Zeit vor der Proklamation Abraham Lincolns freigelassen hatte.

Diese Pflanzer hatten große Schwierigkeiten, Arbeitskräfte für die Baumwollfelder zu bekommen. Sie hatten versucht, freie Schwarze anzuwerben, aber die meisten hatten keine Lust, zu dieser mühseligen Arbeit zurückzukehren, und nicht einmal die Aussicht auf einen guten Lohn konnte sie locken. Emile Survois hatte sogar einen Versuch gemacht, in New Orleans ein Dutzend Chinesen anzuheuern. Sie waren zäh genug, um die Hitze und die Knochenarbeit auszuhalten, aber das Problem war, einen fähigen chinesischen Vorarbeiter zu finden, der Englisch verstand und seinen Landsleuten die Wünsche des Pflanzers übersetzen konnte. Am schlimmsten war, daß bei allen drei Pflanzern Schädlinge einen Großteil der Ernte vernichtet hatten. Die beiden Männer aus Maryland bezweifelten, ob sie bis Ende des Jahres 1867 ihre Felder wieder so weit in Ordnung bringen könnten, daß der Anbau sich lohnte. Zudem war der Preis für Baumwolle mittlerer Qualität in New Orleans auf vierzehn oder fünfzehn Cent pro Pfund gefallen.

Trotz allem setzte Luke auf diese drei Männer. Nach Besprechungen mit Laure und seinen beiden leitenden Angestellten entschloß er sich, ihnen mehrere tausend Dollar vorzuschießen, die erst nach der Ernte zurückzuzahlen waren. »Wenn wir Leuten wie diesen nicht helfen«, sagte Luke zu Edgar Maxton und Jason Barntry, »werden sie bankrott machen. Und die, die nach ihnen kommen, behandeln vielleicht ihre Arbeiter nicht anständig und verstehen nicht genug von Landwirtschaft, um durch richtige Fruchtfolge ertragreich zu wirtschaften. Meiner Meinung nach müssen wir einen Kredit ebenso vom Charakter und der Integrität des Bewerbers abhängig machen wie von seiner finanziellen Stabilität. Alles hängt davon ab, Gentlemen, ob meine Menschenkenntnis gut genug ist. Ist sie es nicht, wird diese Bank nicht florieren, und dann lege ich mein Amt sofort nieder.«

Es war ein regnerischer Nachmittag in der letzten Januarwoche, als ein muskulöser Komantschenkrieger auf einem sattellosen Pferd vor dem Tor des Palisadenzauns anhielt, der die Windhaven-Ranch umschloß. Andy Haskins und Joe Duvray, die in dem nahegelegenen Korral gearbeitet hatten, eilten herbei. Simata, der junge indianische Scout, hatte den beiden jungen Südstaatlern ein paar Worte der Komantschensprache beigebracht, und Joe Duvray redete den Krieger an: »Ho, du bist weit geritten. Wen suchst du?«

Der Krieger stieg ab. »Ich, Timanka, suche den, der Taiboo Nimiahkana genannt wird. Sangrodo, mein Häuptling, schickt mich zu ihm.«

Jubal, der Hund, den Djamba in New Orleans vor dem Kampf mit einem Bären gerettet hatte, kam bellend angerannt, doch Andy Haskins brachte ihn mit einer Handbewegung zum Schweigen. Haskins antwortete Timanka: »Er ist in das Land seiner Geburt zurückgegangen. Aber sein Sohn ist hier, und du kannst ihm deine Botschaft ausrichten.«

Mit einem Grunzen gab der Krieger seine Zustimmung. Joe Duvray ging in das Ranchhaus und holte Lucien Edmond.

»Sangrodo wird betrübt sein, wenn er hört, daß sein weißer Bruder dieses Land verlassen hat«, erklärte der Komantsche in seiner eigenen Sprache, und Joe Duvray übersetzte seine Worte für Lucien Edmond. »Dies ist, was ich deinem Vater sagen sollte: Mein Häuptling wünscht ihm alles Gute und betet, daß der Große Geist ihm lächeln möge. Und unser Krieger Jicinte hat sein erstes Mann-Kind von der Squaw, die er von hier mitgenommen hat. Das Kind und die Squaw sind gesund.«

»Er meint Prissy!« rief Lucien Edmond aus. »Joe, fragen Sie ihn, ob er noch mehr zu berichten hat.«

Der Komantsche nickte. »Die Squaw läßt fragen, ob ihre Familie sie nicht in Sangrodos Dorf besuchen und ihren Sohn ansehen will.«

»Ich werde Djamba sofort benachrichtigen«, sagte Lucien Edmond zu Joe Duvray. »Fragen Sie den Krieger, wo das Dorf seines Häuptlings liegt.«

Als der junge Südstaatler Lucien Edmonds Frage in die Komantschensprache übersetzt hatte, erwiderte der Krieger: »Die Reise dauert von hier drei Tage und drei Nächte, und es liegt in der Nähe eines Dorfes von *Mejicanos*, das Miero genannt wird.«

Andy Haskins lief zu Djamba in den Korral zurück. Der große, grauhaarige Mandingo näherte sich dem Tor im Laufschritt. Als er die Neuigkeiten erfahren hatte, wandte er sich an Lucien Edmond: »Ich weiß, Celia wäre glücklich, Prissy zu besuchen und ihren kleinen Enkel zu sehen. Aber, Mr. Lucien Edmond, können Sie uns denn eine Woche entbehren, wo jetzt das Vieh zusammengetrieben werden muß?«

»Ich denke schon, Djamba. Ich habe einen Brief von Vater erhalten, in dem er vorschlägt, wir sollten das Vieh in diesem Sommer nach Kansas treiben. Von Chicago aus soll eine Eisenbahnlinie gabaut werden. Den Weg an Baxter Springs vorbei nehmen wir ja bestimmt nicht, weil wir wissen, daß diese Wegelagerer uns erst gar nicht nach Sedalia hineinlassen werden. Nach dem, was Vater schreibt, werden wir viel mehr Geld verdienen, wenn wir warten, bis die Eisenbahnlinie fertig ist, statt wieder nach Santa Fe zu treiben. Nimm dir also die Woche frei, Djamba, und mehr, wenn es nötig sein sollte.«

XI

Maybelle Belcher hatte sich eifrig erboten, die Köchin für die Bouchards zu spielen, solange Celia auf Besuch in dem Indianerdorf war. Djamba wußte, daß einst Ramon Hernandez in dem Dorf Miero von der Witwe Magdalena Abruta gesundgepflegt worden war. Nachdem der Mandingo zwei Pferde vor den Wagen gespannt hatte, in dem Celia bequem reisen konnte, während er und Lucas sich beim Fahren ablösten, suchte er den jungen Vaquero auf. Es war am frühen Morgen des nächsten Tages, und der Komantschenkrieger Timanka saß bereits auf seinem Mustang und wartete ungeduldig auf den Aufbruch.

Ramon hatte die zweihundert Morgen, die er von Luke Bouchard als Hochzeitsgeschenk erhalten hatte, eingegrenzt; um sieben Morgen, die er mit Gemüse und Obst bepflanzen wollte, hatte er einen Zaun gezogen. Der Rat, einen Teil des Bodens für die eigene Versorgung zu nutzen, stammte von Maybelles Mann Henry, dem Farmer aus Leidenschaft, und er hatte auch seine Hilfe bei der Kultivierung angeboten. Das restliche Land bot eine ausgezeichnete Weide für dreißig Rinder, die Ramon bereits eingefangen und mit seinem Brandzeichen versehen hatte. Einige davon wollte er behalten und mästen, der Rest konnte auf dem Markt verkauft werden.

»Du bist aber schon früh auf, Djamba«, grüßte Ramon den Mandingo fröhlich. Er legte seine Hacke hin und schüttelte Djamba die Hand. »Willst du nach San Antonio zum Einkaufen?«

»Nein, das nicht. Der Krieger dort drüben hat uns gestern eine Botschaft von Sangrodo gebracht. Nachdem die Frauen, Kinder und Alten in seinem einstigen Dorf von Captain George Munsons Soldaten hingemetzelt worden waren, hat Sangrodo den Rio Grande überschritten, damit andere Truppen ihn nicht finden können. Bis jetzt wußten wir nicht, wo er sich niedergelassen hat, aber Timanka wird uns in das neue Dorf führen. Prissy hat soeben Jicinte einen Sohn geschenkt, und meine Frau kommt um vor Sehnsucht, beide zu sehen.«

»Ist es sehr weit?«

»Es ist eine Reise von ein paar Tagen.« Der Mandingo warf einen Blick in Richtung des kleinen Hauses, um sich zu vergewissern, daß Mara nicht in Hörweite war. »Sangrodos Dorf liegt nur dreißig Meilen von Miero entfernt.«

Ramon Hernandez fuhr zusammen. Seine Augen wurden ganz groß. *»Por Dios!* Wenn ich nicht bereits verheiratet wäre, würde ich mit dir kommen.«

»Das weiß ich, Ramon. Ich weiß, was du für diese prächtige Frau empfindest, die dir das Leben gerettet hat, und ich wollte dir nur sagen, daß ich natürlich gern zu ihr gehen und ihr eine Botschaft von dir ausrichten werde.«

Aufgeregt griff Ramon nach Djambas Hand. »Ihr Name ist Magdalena. Als ich das Kreuz und den Kelch, die Diego Macaras geraubt hatte, nach Miero zurückbrachte, erzählte sie mir, sie werde einen freundlichen älteren Mann heiraten, und wenn das Kind ein Junge würde, wolle sie ihn nach mir nennen. Sag ihr, daß ich sie niemals vergessen werde. Sag ihr, daß ich für sie bete und auch für ihr Kind und ihren Mann. Und daß ich jetzt mit einem wundervollen Mädchen verheiratet bin, einer *gringa,* aber daß mir dieses neue Leben nie vergönnt gewesen wäre, wenn sie mich damals nicht gerettet hätte. Und wenn du den Priester siehst, dann sag ihm, ich danke dem guten *Señor*

Dios jeden Tag für alle Freundlichkeit, die mir in Miero erwiesen worden ist; ich werde mich bemühen, seiner Gebete immer würdig zu sein. Bitte ihn, auch für meine *esposa,* meine schöne Mara, zu beten.«

»Das will ich alles ausrichten, Ramon. Da kommt deine Frau. Ich glaube, du solltest lieber deine Hacke nehmen und mit der Arbeit fortfahren«, sagte der große Mandingo lachend und grüßte Mara, indem er höflich an seinen Sombrero tippte.

Ramon sah Djamba bittend an. Der Mandingo antwortete mit einem bedeutungsvollen Blick. Dann sagte er: »Guten Morgen, Mrs. Hernandez. Ich habe Ramon gerade erzählt, daß wir auf Besuch zu Prissy und Jicinte und ihrem Baby fahren.«

»Wie schön! Dann hat wohl Sangrodo eine Nachricht geschickt, wo er und seine Leute sich jetzt aufhalten?«

»Ja, Mrs. Hernandez. Es war sehr freundlich von Mr. Lucien Edmond, uns die Erlaubnis zu der Reise zu geben. In zwei Wochen werden wir wohl wieder zurück sein, gerade rechtzeitig, damit das Vieh eingefangen und mit dem Brandzeichen versehen werden kann. Aber Timanka winkt schon zum Aufbruch, und da sage ich jetzt schnell auf Wiedersehen.«

»Vaya con Dios, amigo«, erwiderte Ramon dankbar.

Djamba ging zum Wagen und schwang sich auf den Kutschbock.

Der Komantsche stieß seinem Mustang die Fersen in die Weichen, und auf ging's gen Süden dem Rio Grande zu.

Timanka war es nicht recht, daß die Reise mit dem Wagen eine volle Woche und nicht, wie er angegeben hatte, drei Tage und drei Nächte dauerte. Endlich kamen sie auf eine etwas höher gelegene Ebene, die im Westen von einer Hügelkette abgeschirmt wurde. Dort standen Tipis und einige Hütten aus Luftziegeln. Djamba zählte an die vierzig solcher Behausungen. Als Timanka in das Dorf einritt, sah Djamba mehrere junge Mexikanerinnen aus den Tipis kommen, die ihre Babys im Arm hielten und den Wagen und seine Insassen neugierig anstarrten. Djamba stieg ab. Er und Lucas halfen Celia vom Wagen herunter. Dann gingen alle drei auf das größte Tipi am Ende des Dorfes zu, vor dem Timanka bereits stand. Der Krieger, der seinen Mustang mit der linken Hand am Zügel hielt, neigte den Kopf und grüßte seinen Häuptling mit der rechten.

Sangrodo trat aus dem Tipi. Ihm folgte seine schöne mexikanische Frau Catayuna. Sie war früher einmal Sangrodos Gefangene gewesen und gezwungen worden, dem qualvollen Martertod ihres Mannes, dem Alkalden eines mexikanischen Dorfes, zuzusehen. Damals hatte sie nicht gewußt, daß ihr Mann Komantschenskalpe an die Regierung verkauft hatte, und deshalb hatte sie Sangrodo gehaßt. Doch dann lehrte Prissy sie das Weben, damit sie in der Gefangenschaft eine Zerstreuung hatte, und außerdem hatte Catayuna begonnen, sich mit der Geschichte und den Legenden der Komantschen zu befassen. Beinahe gegen ihren Willen war sie davon fasziniert worden. Als Captain Munsons Soldaten Sangrodos Dorf niedergemetzelt hatten, begab sich Catayuna, ungeachtet ihrer eigenen Wunden, auf die Suche nach Sangrodo und berichtete ihm von dem Massaker. Luke Bouchard lieh daraufhin Sangrodos Kriegern Waffen und stellte ihnen seinen Scout Simata zur Verfügung, mit dessen Hilfe Captain Munsons Truppen in den *Cañon de Ugalde* gelockt wurden. Dort nahmen die Komantschen gnadenlose Rache an den Weißen. Catayuna wurde indessen auf der Windhaven-Ranch gesundgepflegt. Nach dem Kampf suchte Sangrodo Luke auf und teilte ihm mit, daß er jetzt Zuflucht in Mexiko nehmen müsse. Da hatte die schöne Catayuna sich entschlossen, als seine Squaw mit ihm zu ziehen.

Catayuna war wie eine richtige Komantschenfrau in Wildleder gekleidet. Mit einem vor Stolz und Freude leuchtenden Gesicht sah sie zu dem großen Häuptling auf. Sie eilte auf Celia zu, umarmte und küßte sie, sie schüttelte Djamba und Lucas die Hand und rief fröhlich aus: »Kommt mit zu Prissy und Jicinte und dem Kleinen, den sie Moukara genannt haben – das heißt Kleines Kaninchen.«

Sie führte die Besucher zu einem Tipi, das auf der rechten Seite der Gasse etwa in der Mitte stand. Prissy, die hübsche Quadrone tauchte auf und warf sich ihrer Mutter mit einem Freudenschrei um den Hals. Jicinte, der einen sehr verlegenen Eindruck machte, trug das Kind in seinen Armen. Ernst nickte er Djamba und Lucas zu. Prissy drehte sich um, nahm das Kind aus Jicintes Armen und zeigte es dem Vater, der Mutter und dem Bruder. Sie konnte sich nicht genug tun, die Gesundheit und Munterkeit des Kindes zu rühmen. »Es ist ein so süßes Baby«, rief sie. »Er weint fast nie – das stimmt doch, nicht wahr, Jicinte?«

»Ja. Kleines Kaninchen wird ein starker Krieger werden«, erklärte der Komantsche stolz.

»Prissy, bist du hier auch wirklich glücklich?« erkundigte Celia sich und betrachtete skeptisch das Komantschen-Dorf inmitten der trostlosen Landschaft.

»O ja, Mutter! Jicinte ist ein wundervoller Mann. Ich bringe ihm Englisch bei, und er lehrt mich die Komantschensprache. Sogar der Häuptling sagt, ich sei jetzt schon fast eine von ihnen.«

Nach einiger Zeit der Wiedersehensfreude berührte Catayuna Djambas Arm. »Sangrodo möchte mit dir sprechen. Er hat Nachrichten erhalten, die für euch auf der Ranch nichts Gutes bedeuten.«

Der kraftvolle Mandingo folgte der Mexikanerin zu Sangrodos Tipi. Der Häuptling stand dort und sah der Begrüßung zu. Nun streckte er Djamba freundschaftlich die Hand entgegen. »Timanka hat mir berichtet, daß mein weißer Bruder das Land verlassen hat und dabei ist, die Prophezeiung des Schamanen Mingride zu erfüllen. Komm, setzen wir uns, und rauchen wir eine Pfeife zusammen.«

Schnell füllte Catayuna das lange kunstvoll verzierte Kalumet mit grobem Tabak. Die beiden Männer setzten sich in dem großen Zelt mit gekreuzten Beinen einander gegenüber. Catayuna ging hinaus ans Feuer, nahm zwei Stöcke und holte geschickt eine glühende Kohle heraus. Sie eilte zurück ins Zelt, reichte Sangrodo kniend das Kalumet und hielt die Kohle an den Tabak, während er an der Pfeife zog, bis der Tabak glühte. In einer zeremoniellen Willkommensgeste verneigte sich Catayuna vor Djamba als einem geehrten Gast und zog sich dann zurück.

Sangrodo zog ein paarmal an der Pfeife und reichte sie dann an Djamba weiter, der sie mit dankendem Nicken entgegennahm. Bald war das Zelt mit Wolken stark duftenden Tabakrauchs erfüllt.

»Es ist gut, mit meinem schwarzen Bruder das Kalumet der Freundschaft zu rauchen. Erzähle mir jetzt von meinem weißen Bruder«, befahl Sangrodo.

Djamba berichtete ihm, daß Luke geheiratet und John Bruntons Bank neu eröffnet hatte. Auch von dessen Plänen, mit Laure und dem Sohn Lucien auf die Windhaven-Plantage zurückzukehren, sprach er.

»Und mein weißer Bruder ist glücklich in seinem neuen Leben?«

»Ja, er ist glücklich. Er schreibt, wenn die Zeit gekommen sei, würden er und seine neue Squaw und ihr Kind auf das Land des Großvaters ziehen und es bepflanzen, wie sein Großvater es getan hatte, als er in Freundschaft mit den Creeks lebte.«

»Ho, es geschieht, wie Mingride gesagt hat.« Sangrodo nahm die Pfeife und paffte zufrieden. Seine Augen leuchteten vor Genugtuung. Doch dann legte er das Kalumet auf den Boden und erklärte ernst: »Vor sieben Sonnen ritt Ipiltse, mein Kriegshäuptling, an dem Dorf Maxtime vorbei. Dort traf er einen alten Schäfer, dessen Mutter eine Komantschin war. Der alte Mann erzählte ihm, ein schlechter *Mejicano* habe damit geprahlt, er werde den Tod seines Bruders rächen. Er werde in Erfahrung bringen, welches Bleichgesicht es gewesen sei, das ihn und so viele seiner Gefolgsleute getötet habe.«

Djamba runzelte die Stirn. »Ipiltse ist sicher, es ist der Bruder eines *Mejicano* gewesen, der den Racheschwur getan hat?«

»Ja, so ist es. Und ich kann dir auch seinen Namen nennen. Ipiltse hat ihn von dem alten Schäfer erfahren. Er heißt Carlos Macaras.«

»Das ist wirklich eine schlimme Nachricht, Sangrodo«, antwortete Djamba. »Es waren Diego Macaras und seine Männer, die den Wagenzug deines weißen Bruders überfallen haben, als wir auf der Suche nach gutem Land unterwegs waren. Diego Macaras kehrte zurück, nachdem wir die Ranch errichtet hatten, und griff uns von neuem an. Ramon Hernandez hat Diego Macaras mit eigenen Händen getötet. Ich hatte geglaubt, alle Banditen seien bei dem Überfall umgekommen. Wenn es so ist, kann Carlos niemals herausbringen, wer seinen Bruder getötet hat.«

»Ich erinnere mich an den Überfall auf die Ranch, denn mein weißer Bruder hat mir davon erzählt. Aber es sind nicht alle Banditen getötet worden – einige verließen ihren Anführer, als sie erkannten, das alles verloren war. Der alte Schäfer berichtete Ipiltse, dieser Carlos suche alle mexikanischen Dörfer nach den Leuten ab, die mit seinem Bruder geritten waren. Er will sie nach dem Ort fragen, wo sein Bruder gestorben ist. Du mußt zu deinen Leuten zurückkehren, Djamba, und sie warnen. Wenn dieser Bandit eines Tages die Männer seines Bruders findet und sich von ihnen zur Ranch führen läßt, müßt ihr auf einen neuen Angriff gefaßt sein. Der alte Schäfer hat noch zu Ipiltse gesagt, dieser Mann Carlos sei jünger als der Bandit, den euer Vaquero getötet hat, und er sei grausam und tollkühn. Zur Zeit wirbt er Gefolgsleute an. Er will reich werden, indem er Dörfer überfällt, wie es sein Bruder auch getan hat, und er wird sagen, er wolle Mexiko von dem fremden König und der Königin befreien, welche die Franzosen auf den Thron gesetzt haben.«

»Das ist der Trick, den sein Bruder benutzt hat. Ramon Hernandez zum Beispiel war Offizier in seiner Truppe geworden, weil er glaubte, Diego Macaras kämpfe für die Freiheit seines Landes. Dann will Carlos Macaras also auch behaupten, eine *Juarista* zu sein, um so Gefolgsleute zu gewinnen. Im Namen von Benito Juarez wird er rauben und morden. Ich werde unsere Leute auf der Windhaven-Ranch warnen. Da wir in Kürze unseren Viehtrieb vorhaben, wird es gut sein, noch Vaqueros einzustellen, die die Ranch bewachen, wenn wir unterwegs sind.«

»Es wird mir irgendwie zu Ohren kommen, ob und wann der Bandit sein Ziel erreicht. Dann werde ich Ipiltse mit meinen Kriegern schicken, damit sie auf eurer Seite kämpfen. Darauf gebe ich dir mein Wort, das Wort eines Komantschenhäuptlings.«

»Der Sohn deines weißen Bruders hat jetzt den Befehl über die Ranch, Sangrodo. Ich werde ihm berichten, was du mir erzählt hast, und ich danke dir in seinem Namen für dein Versprechen, uns Hilfe zu schicken. Ich bete zu Gott, daß sie nicht nötig sein wird. Ich bete auch für Maximilian von Österreich und seine Frau Carlotta, denn wenn die Franzosen Mexiko verlassen, wird das Kaiserpaar der Gnade der *Juaristas* ausgeliefert sein. Es sind gute Menschen, und sie haben das Schicksal, das ihnen bevorsteht, nicht verdient.«

»Rauche die Pfeife weiter, mein Bruder, bevor sie erlischt.«

Sangrodo nahm das Kalumet wieder auf, zog einmal daran und händigte es Djamba aus.

»Wirst du lange in diesem Dorf bleiben, Sangrodo?« erkundigte sich der Mandingo.

»Es wird geschehen, wie der Große Geist es will. Du weißt, daß viele von meinem Volk bei dem Überfall der weißen Soldaten getötet wurden. Die Männer, die ihre Frauen und Mütter verloren haben, haben hier mexikanische Squaws gefunden. Unser Stamm ist nun klein, wir hatten nach dem Massaker mehr Krieger als Frauen. Wir werden hier bleiben, bis wir unsere alte Stärke zurückgewonnen haben, aber es wird keinen Krieg zwischen uns und den Bleichgesichtern geben. Denn ich glaube nicht, daß wir noch einmal gefahrlos über den großen Fluß in das Land ziehen können, wo wir einst gejagt und in Frieden gelebt haben.«

Djamba seufzte. »Ich fürchte, du hast recht, Sangrodo. Neue Siedler und noch mehr Soldaten kommen nach Texas, und die Siedler fürchten sich vor den Komantschen ebenso wie vor den Stämmen der Kiowas und den Apachen.«

»Ho, sie tun gut daran, sich zu fürchten!« Sangrodos dunkle Augen flammten auf. »Wenn die Bleichgesichter und die Soldaten zu uns gekommen wären und gesagt hätten: ›Wir möchten auf eurem Land jagen und Wohnungen bauen, wir möchten mit euch in Frieden leben, wir werden euch bei der Jagd helfen, damit ihr Fleisch für eure Feuer habt‹, dann hätten wir uns vielleicht mit ihnen zur Beratung zusammengesetzt. Aber sie sind ins Land gekommen, ohne uns zu fragen, sie haben uns belogen und Verträge auf Papier gemacht. Dann haben sie uns getötet, sogar wenn Frieden geschlossen war. Aiyee, das ist eine schlimme Sache. Aber du hast recht, es sind zu viele Soldaten für uns, und wir haben das Töten satt. Wir wollen hier bleiben, mexikanische Squaws heiraten und von ihnen Söhne haben, damit das Geburtsrecht der stolzen

Komantschen nicht vergessen wird, wenn wir Alten einmal gegangen sind. Doch genug davon. Willst du mit deiner Frau und deinem Sohn nicht als Gast in unserm Dorf bleiben?«

»Ich danke Sangrodo für seine Freundlichkeit. Meine Frau wird gern einen oder zwei Tage mit ihrer Tochter und ihrem kleinen Enkel zusammen sein, aber ich habe ein Versprechen zu erfüllen und muß sofort aufbrechen.«

»Noch eins – wenn du wieder auf die Ranch kommst, sag dem Sohn meines weißen Bruders, daß ich die anderen Stämme der Komantschen und auch die Kiowas benachrichtigt habe, ich hätte Taiboo Nimiahkana den heiligen Talisman gegeben, um nicht nur ihn, sondern auch alle Leute auf der Ranch zu schützen. Sie werden mein Wort nicht zuschanden werden lassen, denn sie sind meine Verbündeten und meine roten Brüder. Aber ich warne euch, es gibt viele aus ihren Stämmen verstoßene Indianer, die sich von den Häuptlingen keinerlei Vorschriften machen lassen und ihre eigenen Wege unter der Sonne gehen. Sag dem Sohn meines weißen Bruders, er müsse stets wachsam sein. Wer sich auf einen unbekannten Feind einstellt, hat die Kraft, ihn zu besiegen.«

»Wiederum danke ich Sangrodo für seine Weisheit und seine Warnung. Wenn ich mein Versprechen erfüllt habe, werde ich zurückkehren und noch einmal mit dem mächtigen Häuptling der Komantschen die Pfeife rauchen.«

Djamba erhob sich, grüßte den Stammesführer und verließ das Tipi.

Er schirrte eines der Pferde, mit dem er nach Miero reiten wollte, vom Wagen. Da sah er, daß Catayuna sich ihm näherte. »Und Sie, Catayuna, sind Sie glücklich hier?« fragte er freundlich.

»O ja, Señor Djamba! Sangrodo ist ein guter Mann, und er will jetzt den Frieden.« Sie berührte Djambas Hand. Auf ihren Lippen lag ein weiches Lächeln. »Ich habe den Großen Geist gebeten, er möge mich Sangrodo einen starken Sohn gebären lassen, der so klug und so tapfer wie sein Vater wird.«

Djamba beugte das Knie vor dem Altar der kleinen Kirche in Miero. Der Priester trat auf ihn zu. *»Buenos dias,* mein Sohn«, grüßte *Padre* Antonio den Mandingo. »Wie kann ich Ihnen helfen?«

»Father, ich komme von der Windhaven-Ranch mit einem Auftrag von Ramon Hernandez, dem Vaquero. Er denkt noch immer an die Zeit, als Sie und eine Frau aus diesem Dorf ihn gepflegt haben, nachdem der Bandit, der das Kreuz und den Kelch aus Ihrer Kirche geraubt hatte, ihn angeschossen hatte«, erwiderte Djamba.

Padre Antonio bekreuzigte sich. Mit freudestrahlendem Gesicht wandte er sich dem Altar zu. »Ich bete jeden Tag für den guten Mann, Señor. Geht es dem Vaquero gut?«

»Ja, Vater. Ich soll Ihnen berichten, daß er die Tochter des Mannes geheiratet hat, der unsere Ranch jenseits der Grenze gründete. Und er möchte jene Frau grüßen lassen, die ihn in ihrer Hütte gesundgepflegt hat.«

»Ja, mein Sohn. Sie heißt jetzt Magdalena Burcano und ist die Frau unseres guten Alkalden Tomas Burcano. Sie ist glücklich mit ihm, und durch ihren kleinen Sohn Ramon ist ihr Heim gesegnet.«

»Ich werde Ramon erzählen, daß sie das Versprechen gehalten hat, ihren Sohn nach ihm zu nennen. Bitte, sagen Sie ihr, auch wenn Ramon geheiratet hat, denkt er weiter an sie und betet zu Gott, er möge sie, ihren Mann und ihr Kind segnen, weil sie ihm sein Leben zurückgegeben hat.«

Der Priester nickte lächelnd und machte das Zeichen des Kreuzes über Djamba. »Das wird geschehen, mein Sohn. Gott wird Ramons gute Taten nicht vergessen. Lob sei Ihm, der alle Menschen kennt und weiß, was in ihren Herzen vorgeht.«

Der große Mandingo verbeugte sich vor dem Priester. »Amen, Father Antonio. Möge er Ihre Kirche und alle Einwohner des Dorfes vor Leid bewahren. Ich werde Ramon Hernandez berichten, was Sie mir mitgeteilt haben.«

XII

Im neuen Jahr 1867 kam es zu Ereignissen, die den unsicheren Frieden, wie er auf Appomattox gefolgt war, von neuem zu gefährden drohten. Luke Bouchard hatte selbst die Unruhen miterlebt, die heraufbeschworen wurden, als sich der Rassenhaß an der Frage des Stimmrechts für Schwarze entzündete. Am 31. Januar verabschiedete der Kongreß ein Gesetz, das den Schwarzen das Wahlrecht zugestand. Luke schrieb damals an Lucien Edmond: »Du und ich, wir glauben fest daran, daß vor Gott alle Menschen gleich sind. Aber ich befürchte – mag auch der rapide Übergang von der Sklaverei zum Stimmrecht aus den reinsten Motiven erfolgt sein, daß diese Gesetzesänderung von einigen rachsüchtigen Nordstaatlern dazu benutzt werden wird, Salz in die Wunden des hilflosen, vom Krieg zerrissenen Südens zu streuen.«

Nicht nur Rachsucht, auch Habgier trieb den siegreichen Norden. Unternehmer wirtschafteten in die eigene Tasche, Scheinfirmen wurden gegründet, und Nachforschungen erschwerte man dadurch, daß Aktien weit unter dem Börsenpreis an Kongreßabgeordnete verkauft wurden.

Ende Januar kehrten Djamba, Lucas und Celia aus Sangrodos Dorf zur Windhaven-Ranch zurück. Djamba berichtete Lucien Edmond sofort, was Ipiltse, Sangrodos Kriegshäuptling, von dem alten Schäfer über den Racheschwur gehört hatte, den Diego Macaras' Bruder abgelegt hatte. Lucien Edmond ließ Ramon Hernandez kommen und bat ihn, sofort über die Grenze zu gehen und neue

Vaqueros anzuwerben, die nicht nur Vieh treiben, sondern auch mit Waffen umgehen konnten. Lucien Edmond selbst wollte nach San Antonio fahren und weitere Repetiergewehre und Muniton kaufen. Damit sollte die Ranch im Falle eines Angriffs verteidigt werden. Auch die Begleiter des Viehtriebs brauchten Waffen, da sie unterwegs von Räubern oder feindseligen Indianern überfallen werden konnten. Der Scout Simata erhielt den Auftrag, nach Norden durch das Indianerterritorium bis nach Kansas zu reiten und Erkundigungen einzuziehen, ob die Eisenbahnlinie bis zum Viehtrieb im Frühjahr fertig sein würde.

Vor seinem Aufbruch suchte Ramon Hernandez Djamba auf. Der Mandingo arbeitete mit seinem Sohn Lucas im Korral. »Hast du sie gesehen? Geht es ihr gut, Djamba?« fragte der junge Vaquero leise.

»Ich habe Father Antonio gesehen, Ramon. Ja, es geht ihr sehr gut. Der Mann, den sie geheiratet hat, ist zum Bürgermeister von Miero gewählt worden. Sie hat einen Sohn, und sie hat ihn nach dir genannt. Father Antonio sagt, er will deiner in seinen Gebeten gedenken, und er hat mir versprochen, ihr deine guten Wünsche auszurichten.«

»Gracias, amigo. Jetzt ist mir leichter ums Herz, wenn ich auch wünschte, du hättest sie gesehen und könntest mir beschreiben, wie sie aussieht – sie und das Kind.«

»Sie wird wissen, was du empfindest, Ramon, mach dir keine Sorgen«, meinte Djamba verständnisvoll. Der junge Vaquero nickte. Auf seiner geliebten Stute Corita ritt er nach Süden.

Lucien Edmond hatte Waffen und Munition besorgt und alle anderen Geschäfte in San Antonio erledigt. Er brachte einige Säcke Mehl, Kaffee, Bohnen und geräucherten Speck mit. In dem Kaufhaus, wo er stets die Vorräte kaufte, hinterließ er eine Liste von Artikeln, die für den Viehtrieb erforderlich waren. Sie sollten spätestens Anfang April abgeholt werden. John McArdle, der grobe, bärtige Mann aus Virginia, dem das Geschäft gehörte, hatte erklärt: »Bin ich froh, in dieser Wildnis einen Mann zu treffen, der wie ich ehemaliger Südstaatler ist! Ich möchte Ihnen ein Kompliment machen, wie großartig Sie sich voriges Jahr in Austin verhalten haben, als Sie in die Schießerei mit den dreckigen Komantscheros verwickelt wurden. Die Waren warten hier rechtzeitig auf Sie, Mr. Bouchard. Sie brauchen nur einen Boten zu schicken.«

Da die Waffen und Vorräte ein beträchtliches Gewicht besaßen, hatte Lucien Edmond zwei der kräftigsten Hengste an einen der unverwüstlichen Wagen gespannt, die ein alter Stellmacher in New Orleans für den langen Treck der Bouchard-Familie gebaut hatte. Drei Tage nach seinem Aufbruch aus San Antonio lagerte er des Nachts auf einem Grashügel im Schutz hoher Zedern. Er versorgte die Pferde, bereitete sich selbst eine einfache Mahlzeit, rollte sich in eine Decke und schlief sofort ein.

Kurz nach Mitternacht weckte ihn das Stampfen von Pferdehufen. Er merkte, daß das Geräusch näher kam. Sofort war er hellwach, griff nach seinem Repetiergewehr, spannte den Hahn und duckte sich hinter der nächsten Zeder.

Der Mond trat hinter einer Wolke hervor. Ein halbes Dutzend Kiowakrieger auf zähen Mustangs hoben sich als dunkle Schatten vor dem Mondschein ab, der auch die Wagenplane, auf der mit schwarzem Teer die Buchstaben W. R. geschrieben standen, erhellte.

Der erste Reiter, offenbar der Anführer, wandte sich an die anderen Krieger und redete mit ihnen in der gutturalen Kiowa-Sprache. Lucien Edmond verstand nur wenige Worte. Dann zeigte er mit seiner Lanze auf den Wagen, hob sie grüßend und winkte seinen Kriegern weiterzureiten. Lucien Edmond stand auf und schwenkte das Gewehr als Geste des Dankes. Der Kiowa antwortete, indem er noch einmal die Lanze hob. Das war ein Beweis dafür, daß Sangrodos Gebot, mit den Bewohnern der Windhaven-Ranch Freundschaft und Frieden zu halten, von den Verbündeten der Komantschen respektiert wurde.

In Mexiko erfüllte sich das tragische Geschick Maximilians und Carlottas. Sie, die Prinzessin Charlotte von Belgien gewesen und anfangs von ihren mexikanischen Untertanen liebevoll Carlotta genannt worden war, mußte jetzt Spottlieder über sich ergehen lassen, in denen ihr Name durch den Schmutz gezogen wurde. Schon machten sich bei ihr erste Anzeichen einer Geisteskrankheit bemerkbar, die sie für sechzig Jahre nach Maximilians Tod in eine schattenhafte Traumwelt verbannen sollte. Napoleon III. hatte Marschall Bazaine bereits telegrafisch den Befehl erteilt, Maximilian nicht zur Abdankung zu drängen, andererseits aber den Abzug der Truppen nicht zu verzögern. In Washington bestand Außenminister Seward auf einer raschen Evakuierung aller ausländischen Truppen aus Mexiko. Am 5. Februar 1867 um 9 Uhr verließ die französische Armee Mexiko City. Maximilians Ende war nur noch eine Frage der Zeit. Der Kaiser war entschlossen, einen tapferen Soldatentod auf dem Schlachtfeld zu sterben. Doch das war ihm nicht vergönnt. Er sollte am 19. Juni 1867 zusammen mit seinen Generalen Miramon und Mejia standrechtlich erschossen werden.

Simata kehrte Anfang April von seinem Kundschafterritt nach Kansas zurück. Unterwegs hatte er freundliche Kiowas und Komantschen angetroffen und von ihnen manches Wissenswerte erfahren.

Sobald er sein staubbedecktes Gesicht gewaschen und hastig eine Mahlzeit eingenommen hatte, meldete Simata sich bei Lucien Edmond im Ranchhaus. »Ich habe viel von einem Joseph McCoy, einem Viehaufkäufer aus Illinois gehört. Er wollte in Junction City und Salina Pferche für Rinder anlegen lassen, die mit der Kansas Pacific Railroad verladen werden sollen. Mit den Einwohnern dieser Städte konnte er sich allerdings nicht einigen. Aber in der Nähe einer Stadt, die Abilene genannt wird, traf ich einen Mann von der Eisenbahn, der mir sagte, McCoy werde seine Pferche wohl dort anlegen können. Der Ort ist ideal, Mr. Lucien Edmond. Es gibt einen wasserreichen Fluß für das durstige Vieh, und der Platz ist meilenweit von Prärie umgeben, auf der die Tiere tüchtig grasen können. Und was das beste von allem ist: Fort Riley befindet sich ganz in der Nähe, so daß uns die Soldaten vor Überfällen schützen können. Außerdem essen auch Soldaten gern gutes Rindfleisch.«

Lucien Edmond schlug sich mit der Faust in die Handfläche. »Dann lohnt sich ein Versuch, Simata. Wo eine Eisenbahnlinie ist, wird auch ein guter Preis für Rindfleisch bezahlt. Hältst du den Weg für gefährlich?«

»Es sind Flüsse zu überqueren, und es gibt Trockengebiete; außerdem ist es ein weiter Weg. Wenn man das Vieh nicht zu sehr antreibt, braucht man dazu drei Monate, vielleicht sogar vier. Mehr als sieben bis acht Meilen pro Tag sollte man sich nicht vornehmen, damit die Tiere noch weiden können. Im Indianerterritorium wohnen viele freundliche Stämme. Ich habe mit den Leuten dort gesprochen. Sie werden ihnen ein paar Tiere für ihre Lagerfeuer geben müssen, dann wird man Sie ungehindert passieren lassen. Wie ich hörte, hält sich eine Schar Apachen in der Nähe des Red River auf. Sie sind hungrig, weil sie keine Büffel finden. Sie haben einige der weißen Siedler überfallen. Aber wenn Sie genug Vaqueros und Waffen mitnehmen, werden Sie ohne größere Zwischenfälle nach Kansas gelangen. Ich werde mit Ihnen gehen, weil ich die Sprache der Stämme verstehe; vielleicht kann ich sie von einem Angriff abbringen.«

»Ramon hat zweiunddreißig Vaqueros angeworben,

und ich habe Gewehre, Karabiner und Munition für alle besorgt. Wir lassen eine Gruppe zurück, die die Ranch verteidigen kann, falls Carlos Macaras sie überfällt. Der Rest kommt mit nach Kansas. Das hast du sehr gut gemacht, Simata. Morgen früh werden wir damit beginnen, das Vieh zusammenzutreiben und alle Tiere, die noch kein Brandzeichen tragen, zu kennzeichnen. Ende der Woche können wir dann aufbrechen.

XIII

In diesen Wochen des Vorfrühlings, bevor das Zusammentreiben des Viehs begann, verbrachten Ramon Hernandez, Djamba und sein Sohn Lucas, Andy Haskins und Joe Duvray viel Zeit damit, die Pferde zu trainieren, die sie als Remuda auf den Viehtrieb mitnehmen wollten. Mara kam oft in den Korral und sah ihrem Mann bei der Arbeit zu. Er zähmte die wilden Pferde nicht mit Gewalt, sondern mit Geduld. Sobald ihm ein Pferd gehorchte, ritt Ramon damit in eine weidende Herde hinein und zeigte ihm, wie man ein Tier von der Herde abschneidet, und dann, wie es an einem losen Zügel zu laufen hatte. Ramon dirigierte das Pferd vor allem mit Worten, mit den Beinen oder einem leichten Anziehen der Zügel. Besondere Mühe verwandte er darauf, einigen Pferden beizubringen, mitten im Galopp stehenzubleiben, sich umzudrehen und sofort in anderer Richtung davonzugaloppieren. Die Geschicklichkeit eines Pferdes, eine schnelle Drehung zu vollführen, ohne seinen Reiter in Gefahr zu bringen, konnte einem das Leben retten, besonders bei einer Stampede.

Djamba, der von jeher mit Tieren umgehen konnte, trainierte zusammen mit seinem Sohn Lasso-Pferde. Das Pferd mußte lernen, zur Linken des Rindes zu galoppieren, durfte es aber nicht überholen, bevor der Reiter seinen Lasso warf. Ein gut trainiertes Pferd blieb auf leichten Schenkeldruck hin stehen und stemmte sich gegen den zu erwartenden Ruck mit den Beinen fest in die Erde. Ein leichtes Anziehen der Zügel sagte ihm, daß es sich zu dem eingefangenen Rind umzudrehen habe. Bei einem richtigen Lasso-Pferd kam es niemals vor, daß das Rind seitlich ausbrach oder daß das Lasso schlaff durchhing und sich verwickelte. In dem Augenblick, da das Rind zu Boden fiel, zog das Pferd das Lasso in die entgegengesetzte Richtung und hielt es straff.

Bei einem Viehtrieb brauchte man unbedingt auch gute Nachtpferde, die sich durch besonderes Sehvermögen, Sanftheit, Zuverlässigkeit, sicheren Tritt und nicht zu täuschenden Orientierungssinn auszeichneten. Alle diese Eigenschaften waren notwendig, wenn es bei Nacht unter Regen, Donner und Blitz zu einer Stampede kam. Dann ließ der Reiter dem Pferd seinen Willen und verließ sich auf dessen Sinne. Diese Pferde wurden nur nachts eingesetzt. Sie konnten ein Tier, das sich verlaufen hatte, ohne menschliche Hilfe zurücktreiben, und sie fanden den Weg selbst in der tiefsten Finsternis.

Viele Pferde in der Remuda mußten auf das Überqueren der Flüsse vorbereitet werden, mußten eine Herde hindurchführen oder -treiben können, mußten erfahren sein, wann das Wasser tief genug zum Schwimmen war und wann sie festen Boden unter den Hufen hatten. Zeigte sich ein solches Pferd nervös, war das ein Zeichen, daß man ihm nicht vertrauen konnte. Gute Flußpferde ermutigten mit ihrer Ruhe und Sicherheit die ängstlicheren Tiere der Remuda, ihnen zu folgen. Zu dem gleichen Zweck wurden auch Leitstiere ausgebildet.

Celia hatte Lucien Edmond gebeten, ihr den Küchenwagen zu überlassen. Sie bestand darauf, gutes Essen werde die Vaqueros bei Laune halten. Lucien Edmond wiederum hatte sie auf die möglichen Gefahren hingewiesen – Indianer und Räuber, sengende Hitze, strömender Regen und Gewitter. Aber die grauhaarige Mulattin blieb eisern. »Diese Gefahren fürchte ich nicht, Mr. Lucien Edmond«, erklärte sie entschieden. »Sie werden für mich auch nicht schlimmer sein als für Djamba oder Lucas. Und Sie wissen, ich kann mit einem Gewehr oder einem Karabiner beinahe ebensogut umgehen wie ein Mann. Miß Maybelle hat ja auch schon versprochen, inzwischen auf der Ranch zu kochen.«

Schließlich hatte Lucien Edmond eingewilligt, und nun war Celia emsig bei der Vorbereitung. Die Vaqueros hatten viel Spaß an der Art, wie sie sie herumkommandierte, als sie die Vorräte in den Wagen luden. Einige der mexikanischen Reiter, die Ramon Hernandez angeworben hatte, waren schon bei den Viehtrieben nach New Mexico dabeigewesen und erinnerten sich nur zu gut an den ungenießbaren Fraß, den sie damals vorgesetzt bekamen. Da sie mittlerweile Celias Kochkünste kannten, gehorchten sie ihr gutmütig. Lucien Edmond sah dies als ein Zeichen an, daß unter allen am Viehtrieb Beteiligten ein gutes Einvernehmen herrschen werde.

In der Nacht vor dem Aufbruch klopfte Ramon Hernandez an die Tür des Ranchhauses. Lucien Edmond ließ ihn eintreten. Ramon winkte von draußen einen der neuen Vaqueros herbei. *»Adelante,* Miguel! Señor Bouchard, das ist Miguel Locado. Er ist in Cuernavaca geboren, in der Provinz Morelos. Ich habe mit ihm soeben über den Banditen Diego Macaras gesprochen. Er sagt, er kennt die beiden Männer, die nach dem Überfall auf die Ranch entkommen sind.«

»Es verdad, Señor Patrón«, erklärte der untersetzte kleine Mexikaner.

»Sind Sie sicher, Miguel?« fragte Lucien Edmond aufgeregt. »Wissen Sie genau, daß sie zu Diego Macaras' Bande gehört haben?«

»*Si.* Die beiden heißen Ernesto Valdez und Humberto Dondero. Wissen Sie, ihre Familien leben in Cuernavaca, wo auch ich herstamme, und sie sind zu ihnen zurückgekehrt. Eines Abends saß ich in einer kleinen *posada,* als sie mit einigen *señoritas* hereinkamen. Sie prahlten, sie seien mit dem berühmten *jefe* Macaras geritten, und sie hätten eine *rancheria* der *gringos* angegriffen. Ramon hat mir gesagt, daß dieser Macaras und seine Männer Ihre Ranch überfallen haben, Señor Patron, und deshalb müssen diese beiden die Männer gewesen sein, die entkommen sind.«

»Sind sie immer noch in Cuernavaca?« forschte Lucien Edmond.

»Ich glaube nicht, *Señor Patron.* Den einen hörte ich sagen, sie wollten nach Nuevo Laredo und sehen, ob sie dort in einem der kleinen Dörfer Gold und Frauen stehlen könnten. Es tut mir leid, wo sie jetzt sind, weiß ich nicht.«

»Hoffen wir, daß Carlos Macaras sie niemals findet!« stieß Lucien Edmond hervor und wandte sich an Ramon Hernandez. »Nuevo Laredo ist nicht weit von hier. Deshalb müssen zur Bewachung der Ranch viele Männer hierbleiben. Wie viele Vaqueros brauchen wir mindestens für den Viehtrieb nach Kansas?«

»Für die zweitausendfünfhundert Stück Vieh bräuchten wir eigentlich fünfzig Mann, Señor Bouchard. Aber ich habe gesehen, wie gut die Pferde arbeiten und wie gut Djamba und Lucas sie und die Rinder zu behandeln verstehen. Vielleicht genügen deshalb auch dreißig Mann. Natürlich müssen alle gut bewaffnet sein.«

»Die Schwarzen, die mit uns von der Windhaven-Plantage gekommen sind, übernehmen die Verteidigung der Ranch gern, ihnen können die restlichen Vaqueros helfen. Simata kommt mit uns als Scout. Andy und Joe brennen darauf, den Viehtrieb mitzumachen, aber vielleicht muß ich sie doch zum Schutz der Ranch hierlassen. Das werden wir morgen entscheiden.«

Er bedankte sich bei dem kleinen Mexikaner. *»Muchas*

gracias, Miguel, für deine Information.«

»De nada, Señor Patron.«

Der letzte Tag im April war hell und sonnig und ein guter Start für einen Viehtrieb, der über achthundert Meilen durch das nordwestliche Texas, über den mächtigen Red River, durch das Indianerterritorium (das später einmal Oklahoma genannt werden sollte) und weiter durch Kansas bis nach Abilene führen sollte. Lucien Edmond leitete den Zug. Simata sollte vorausreiten und mögliche Gefahren für Mensch und Tier erspähen. Ramon Hernandez wollte zwischen Lukes starkem Sohn und den Vaqueros dolmetschen, denn viele konnten nur ein paar Worte Englisch. Außer Djamba, Lucas und Celia, die stolz im Küchenwagen thronte, begleiteten sechsundzwanzig gut bewaffnete Vaqueros den Zug. Andy Haskins und Joe Duvray mußten mit vierzehn weiteren Vaqueros, von denen zehn schon im vorigen Jahr dabeigewesen waren, zum Schutz der Windhaven-Ranch daheimbleiben. Die vier Schwarzen, die Luke Bouchard auf dem Treck von der Windhaven-Plantage bis nach Carrizo Springs begleitet hatten – Dave, Frank, Ned und der große Aschanti Carl – hatten ebenfalls die Aufgabe der Verteidigung übernommen. Auch die beiden Vaqueros Felipe Rodriguez und sein Bruder Manuel hatten schon im letzten Jahr für die Windhaven-Ranch gearbeitet. Ihrer Erfahrung wegen setzte Lucien Edmond sie an die Spitze des Zuges.

Am Abend vor dem Aufbruch ordnete Lucien Edmond eine letzte Überprüfung der Vorräte, Wagen, Pferde und Waffen an. Auch wurde das Vieh noch einmal gezählt: Es waren 2852 Jährlinge, Stiere, Färsen und Kühe, kein Tier älter als vier Jahre. Felipe und Manuel Rodriguez hatten in den letzten beiden Wochen ein halbes Dutzend zahme, gutgefütterte Stiere als Leittiere trainiert. Für die Vorräte war ein eigener Wagen bestimmt, damit Celia die hungrigen Reiter während der langen Reise sättigen konnte.

Von Ramons kleiner Herde gingen zwanzig Stück mit zum Markt. Sie trugen das Brandzeichen RH mit zwei Balken über und unter den Buchstaben. In der letzten Nacht hatte Mara ihm zugeflüstert: »Paß auf dich auf, *querido,* komm gesund zurück. Wir werden ein Kind haben, ein Kind unserer Liebe.« Da hatte der junge Vaquero sich geschworen, die Hälfte vom Erlös seiner zwanzig Rinder unter dem Namen seines Sohnes auf ein Bankkonto einzuzahlen. Er war felsenfest überzeugt, es würde ein Sohn werden.

Maybelle und Henry mit ihren beiden Kindern Tim und Connie waren ins Ranchhaus der Bouchards hinübergekommen, um den Aufbruch mitzuerleben. Neben ihnen stand Maxine Bouchard, die Carla und Hugo an der Hand hielt. Lucien Edmond ritt zu ihr heran, und sie lächelte ihrem großen, schönen Mann zu. »Ich schicke einen Boten, sobald wir sicher in Abilene angekommen sind, Liebste«, versprach er. »Andy und Joe werden hier für euer aller Sicherheit sorgen. Du brauchst dir keine weiteren Gedanken zu machen.«

»Natürlich mache ich mir Gedanken, Lucien Edmond.« Maxine kämpfte mit den Tränen. »Wenn die Kinder nicht wären, würde ich mit dir kommen.«

Liebevoll lächelte er seine schöne Frau an. Als er sie damals vor dem Krieg auf der Windhaven-Plantage kennenlernte, hieß sie Maxine Kendall und war ein intellektueller Blaustrumpf aus Baltimore. Aber im Lauf der Zeit war sie für ihn viel mehr als das geworden. Sie war nicht nur die Mutter seiner Kinder und seine leidenschaftliche Geliebte, sie war auch eine in gefährlichen Situationen unerschrockene Frau. Das hatte sie bewiesen, als der Komantschero Merle Kinnick, der sie dem Indianerhäuptling Norvito zum Geschenk versprochen hatte, entführte.

»Die Strapazen sind einfach zu groß für eine Frau«, gab Lucien Edmond zu bedenken. »Ich bereue es fast schon, daß ich mich von Celia habe überreden lassen, sie mitzunehmen. Nun denn, Carla und Hugo, seid brav und kümmert euch um eure Mutter. Wenn ich aus Abilene zurückkehre, bringe ich euch etwas Schönes mit.«

Maxine hob erst Carla, dann Hugo hoch, Lucien Edmond drückte die beiden an sich und küßte sie. Dann wandte er sich Sybille zu.

»Großmutter, du hast jetzt den Oberbefehl über die Ranch. Schon aus diesem Grunde mache ich mir keine Sorgen darüber, wie es euch hier gehen wird. So, wie du mit einem Gewehr umgehen kannst, wagt sich kein Bandit oder feindlicher Indianer näher als zwanzig Meilen an unsere Ranch heran!«

Sibylle lachte herzlich und streckte die Arme nach ihm aus. Lucien Edmond beugte sich vom Sattel herab und küßte sie. »Gott segne dich. Er behüte dich und alle anderen«, flüsterte sie, als seine Lippen ihre runzlige Wange berührten.

Lucien Edmond holte tief Atem, band seinen Sombrero fest und ritt an die Spitze des langen Zuges. Die Rinder stampften und brüllten.

Lucien Edmond war jetzt neunundzwanzig und ein stattlicher Mann. Er war langbeinig, drahtig und sah genauso aus, wie man sich den Boß eines Viehtriebs vorstellt. Seine freundlichen blauen Augen blickten jetzt ernst und wachsam. Er wußte, daß sein Abenteuer für die Windhaven-Ranch Wohlstand oder Untergang bedeuten konnte. Er vergewisserte sich, daß jeder Reiter zur Stelle war, winkte Maxine ein letztes Lebewohl zu und hob die Hand zum Aufbruch. »Los geht's, *amigos!*« rief Lucien Edmond.

Der lange Zug setzte sich in Bewegung. Der Küchen- und die anderen Wagen fuhren am Ende der Herde. Hinter ihnen folgten Ramon und zwei weitere Reiter mit einer Remuda von hundert gut ausgebildeten Pferden. Das Geräusch der Pferdehufe, die Rufe der Vaqueros und das

Brüllen der Rinder stiegen in den strahlendblauen Himmel empor. Eine dicke Staubwolke erhob sich und hüllte den Zug ein. Sybille hielt die Hände im Gebet gefaltet. Ihre Lippen bewegten sich lautlos. Mara hatte sich zu Maxine, Carla und Hugo gesellt. Ihre Augen schwammen in Tränen, und doch war sie glücklich in dem geheimen Wissen, daß sie ein Kind trug. Maybelle winkte, und dann legte sie ihren linken Arm um ihren Mann, und mit dem rechten drückte sie liebevoll Tim und Connie an sich. Joe und Andy, die beiden jungen Südstaatler, waren enttäuscht, daß sie zu Hause bleiben mußten; sie sahen den Davonreitenden neidisch nach.

Alle warteten am Tor, bis das Vieh, die Wagen und die Menschen hinter dem Horizont verschwanden und nur noch eine verschwommene Staubwolke ihren Weg nach Norden wies. Maybelle, die das lastende Schweigen brechen wollte, rief aus: »Kommt alle, ich mache euch Kaffee und Biskuits mit Wildhonig, den Henry unten am Creek in einem alten Baumstamm gefunden hat!«

XIV

Am Abend des ersten Tages hatte die Herde in gemächlichem Tempo und mit vielen Pausen fünf Meilen zurückgelegt. Lucien Edmond war mit dem Verhalten der Herde sehr zufrieden. Die Vaqueros, die Ramon Hernandez angeworben hatte, waren ausgezeichnet, und unter allen herrschte Kameradschaft. Celia kam sich sehr wichtig vor – ja, sie flirtete sogar mit den stämmigen mexikanischen Cowboys, die sich bei ihr einschmeicheln wollten, um eine Extraportion zu ergattern. Schnell bereitete sie das Abendessen. Über die Lagerfeuer wurden Töpfe gehängt. Der Duft von gutem, starkem Kaffee, Bohnen und Speck erfüllte die Luft. Die Treiber sorgten dafür, daß sich die Rinder für die Nacht zur Ruhe legten. Besondere Hast war nicht notwendig, denn wenn Simatas Informationen stimmten, würden die Pferche in Abilene nicht vor Juli fertig sein. Es blieb also reichlich Zeit, das Vieh gutgenährt über die weite Strecke zu bringen.

Lucien Edmond lehnte sich an den Stumpf einer vom Blitz getroffenen Zeder und genoß den heißen, starken Kaffee und die *frijoles,* deren Zubereitung Celia von einem der Vaqueros gelernt hatte. Die Nacht war still, und aus der Ferne erklang das traurige Heulen eines einsamen Kojoten. Eine kühle Brise vertrieb die stickige Luft des schwülen Tages. Aber es war kein anstrengender Tag gewesen, man war, wenn auch langsam, so doch problemlos vorangekommen.

Lucien Edmond winkte den jungen Indianer zu sich. »So weit, so gut, Simata. Wir haben eine ausgezeichnete Mannschaft zusammengestellt.«

»Die Männer sind glücklich. Ich glaube, es gefällt ihnen, daß eine Frau für sie mit Liebe kocht. Und Celia arbeitet wie ein Mann.«

»Das tut sie, Simata. Übrigens, wenn wir dieses Tempo beibehalten, werden wir Abilene nicht vor August erreichen.«

»Das wäre auch richtig so. Dann herrscht schon trockenere Hitze, wenn wir in das Indianerterritorium kommen, und wir finden auf dem ganzen Weg viele Creeks und Bäche. Einige Flüsse, die wir überqueren müssen, sind ziemlich tief, aber ich habe mir auf dem Rückweg die seichten Stellen gemerkt, wo wir das Vieh ohne Gefahr hindurchtreiben können.«

»Wie gut, daß wir dich haben, Simata. Als ich auf dem Rückweg von San Antonio das Nachtlager aufgeschlagen hatte, ist eine Gruppe von Kiowas an mir vorbeigeritten. Sie erkannten das Zeichen unserer Ranch auf der Wagenplane und zogen friedlich weiter. Deshalb habe ich auch unsere Küchenwagen gekennzeichnet.«

»Mr. Bouchard, es gibt Ausgestoßene, die überall auf den Ebenen umherziehen. Sie haben weder mit am Beratungsfeuer gesessen noch die Botschaft gehört, die Sangrodo an die Stämme schickte. Sobald wir den Red River erreichen, müssen wir vor Angriffen auf der Hut sein. Mit Ihrer Erlaubnis reite ich jetzt ein paar Meilen des morgigen Weges ab und überzeuge mich, daß er sicher ist.« Mit respektvollem Gruß erhob sich der Scout, bestieg sein Pferd und ritt langsam in nördliche Richtung davon.

Wieder erklang das Geheul des Kojoten aus der Ferne. Lucien Edmond lächelte vor sich hin. Wenn Jubal dabei wäre, würde er sofort loslaufen und auskundschaften, ob dieses Geräusch Gefahr bedeutete. Aber Jubal war zu Hause auf der Ranch; wenn sich ihr Feinde näherten, würde er warnend bellen, wie er es schon einmal getan hatte. Lucien Edmond trank seinen Kaffee aus, hüllte sich in seine Decke, rollte sich zur Seite und war bald eingeschlafen.

Es war in der staubigen kleinen Stadt Sabinas am Ufer des Rio de Bahia, fünfzig Meilen nördlich von Nuevo Laredo. Ein großer, dunkler Mexikaner drückte die Tür einer kleinen *posada* auf. Sein prüfender Blick glitt über die Männer, die an der Theke standen oder an den wackeligen Holztischen saßen. Dann trat er mit arrogantem Gehabe ein. Der Mann war Ende Dreißig, sein pockennarbiges Gesicht mit den tief in den Höhlen liegenden Augen, der Habichtsnase und den dünnen, höhnisch verzogenen Lippen machte den Eindruck eines Totenkopfes. Quer über seine rechte Wange zog sich eine verblassende Narbe, das Andenken an eine Messerstecherei in Cuernavaca. Eine fleckige Narbe zierte auch den Hals. Sie kam daher, daß er einmal endlose Sekunden an einem Strick gebaumelt hatte, als Soldaten des Kaisers ihn aufhängen wollten. Seine Guerillatruppe war gerade noch rechtzeitig erschienen, um ihn abzuschneiden, aber die Narbe sollte ihm bis an sein Lebensende bleiben. In seinem Gürtel trug er zwei belgische Pistolen, jederzeit griffbereit. Mit klirrenden Sporen schritt er zur Theke. Er band seinen schwarzen Sombrero los, legte ihn neben sich und rief mit heiserer Stimme: »Tequila, *pronto!*« Ängstlich sah der kahlköpfige Wirt, der im Flüsterton eine Unterhaltung mit zwei jungen Vaqueros geführt hatte, den neuen Gast an.

»*Sí, jefe.*« Schnell füllte er ein Glas bis an den Rand und schob es dem Gast hin. »Das geht auf Kosten des Hauses, *jefe.*«

»*Gracias.*« Der magere, pockennarbige Mann leerte das Glas in einem Zug. Er griff nach seinem Tabaksbeutel, rollte sich eine Zigarette und sah sich wieder unter den Gästen der *posada* um. Dann holte er ein Streichholz aus seiner olivgrünen Uniformjacke, zündete es auf der Theke an, hielt es an die Zigarette, bis sie glühte, und warf den schwarzen Stummel in sein Glas. »Ein sauberes Glas, *por favor.* Das hier hat einen Sprung am Rand. Ich habe schon Leute für weniger als das erschossen, *amigo.*«

»Ich bitte tausendmal um Entschuldigung, *mí jefe*«, stammelte der kleine Mann hinter der Theke. Er nahm das Glas weg, holte aus dem Regal hinter ihm ein neues und polierte es mit seiner Schürze. »Ist das besser, *mí jefe?*«

»Es geht«, erklärte der Fremde gnädig. Er sah zu, wie der Wirt mit zitternden Händen die Tequila-Flasche ergriff und ihm noch einmal einschenkte. »*Digame,* ich suche zwei Männer, von denen ich gehört habe, daß sie hier ab und zu Ihren scheußlichen Tequila trinken. Sie heißen Ernesto Valdez und Humberto Dondero. Auch wenn Sie ihre Namen nicht kennen sollten, *amigo,* werden Sie wissen, wen ich meine, wenn ich Ihnen sage, daß sie damit prahlen, unter dem berühmten General Diego Macaras gedient zu haben.«

»Pero sí, mí jefe.« Der Wirt war erleichtert, daß er seinen furchteinflößenden Gast zufriedenstellen konnte. »Sie waren gestern abend noch hier.«

»Glauben Sie, daß sie heute abend wiederkommen?«

»Es ist gut möglich, *mí jefe.«* Der kleine Mann schwitzte heftig. Verstohlen machte er das Zeichen des Kreuzes, als der Fremde sich umdrehte und die anderen Anwesenden in der *posada* anstarrte.

»Bueno. Ich habe ein wenig Zeit. Ich setze mich an einen Tisch, und wenn die beiden Männer hereinkommen, werden Sie mir zunicken. *Comprende?«*

»Ich schwöre es, *mí jefe!«*

»Versuchen Sie nicht, mich hereinzulegen oder die Männer zu warnen. Sehen Sie diesen Orden?« Er berührte eine Medaille, die an einem bunten Band auf seiner Brust hing. »Er hat einem französischen Scharfschützen gehört, der sein Gewehr auf mich anlegte und dem meine beiden Freunde hier die Augen ausgeblasen haben – *mira!«* Seine Hände fuhren an die Holster, und sofort sah der Wirt zwei Pistolenläufe auf sich gerichtet. Der kleine Mann stieß einen erstickten Schrei aus.

»Nein, nein, *mí jefe,* ich gebe Ihnen Bescheid, ich schwöre es auf das Kreuz!«

Der Fremde steckte die Pistolen wieder weg, setzte seinen Sombrero auf, nahm das Glas und die Flasche, schlenderte zu einem der Tische und setzte sich mit dem Gesicht zur Tür. Die anderen Gäste schielten zu ihm hin, doch bald wandten sie sich wieder ihren Gesprächen, ihren Karten und ihren Getränken zu. Der Fremde leerte die Flasche, dann zog er eine Zigarre aus der Brusttasche, biß das Ende ab, steckte sie an und lehnte sich auf seinem Stuhl zurück. Er wartete.

Etwa zwanzig Minuten später betraten drei Männer die *posada.* Der Wirt zuckte zusammen, warf einen gehetzten Blick auf seinen Gast und nickte. Der Pockennarbige erhob sich langsam. Die Zigarre im Mundwinkel, schob er mit der linken Hand seinen Sombrero zurecht, während die rechte über dem Holster schwebte. *»Momentito, señores, por favor«,* ließ er sich hören. »Ich suche nach Ernesto Valdez und Humberto Dondero.«

Einer der drei Neuankömmlinge war ein großer, eckiger Mann, dem ein zusammengerollter Lasso über die Schulter hing. Die beiden anderen waren klein und vierschrötig, beide Anfang Dreißig. Sie trugen Stiefel und Sporen wie der pockennarbige Fremde und breite rote Schärpen. Nervös wechselten sie einen Blick. »Ich bin Ernesto Valdez«, erklärte schließlich der eine. »Mein Freund hier ist Dondero. Was wollen Sie?«

»Ich habe gehört, ihr seid mit dem verstorbenen General Macaras geritten.«

Von neuem sahen sich die beiden Männer an. Ernesto Valdez nickte. *»Sí, verdad.* Und was hat das mit Ihnen zu tun, *Señor?«*

»Nur, daß ich Carlos Macaras bin«, lautete die Antwort. »Und meiner Meinung nach seid ihr beide *cobardes* und *ladrones.«*

Der große Mann streckte eine Hand aus und begann: *»Señor* Macaras, ich habe überhaupt nichts damit . . .«

»Dann verschwinde! Trinke deinen Tequila irgendwoanders. Ich habe mit diesen beiden *hombres* etwas zu erledigen.«

Die Zigarre immer noch zwischen den Zähnen, legte Carlos Macaras die Hände auf die Kolben seiner Pistolen. Der große Mann drehte sich um und verließ fluchtartig das Lokal.

»Señor Macaras, glauben Sie mir, es ist nicht so, wie Sie annehmen«, stotterte Ernesto Valdez. Er sah sich bei den Gästen und dem Wirt nach Hilfe um. Doch der Wirt war bereits hinter der Theke in Deckung gegangen. Die anderen Anwesenden hatten sich in Erwartung einer Schießerei im Hintergrund der *posada* zusammengedrängt.

»So, es ist nicht so, wie ich annehme. Dann erkläre mir,

wie es war, als ihr meinen Bruder im Stich ließet. Ich habe nämlich in Cuernavaca gehört, *Señor* Valdez, wie du damit prahltest, daß ihr mit dem großen General Macaras geritten seid und eine *rancheria gringa* angegriffen habt. Dann sei euer Anführer von den *gringos* gefangengenommen worden, und da ihr beiden noch allein übrig wart, seiet ihr davongeritten und hättet geschworen, den Tod eures großen Generals zu rächen. Das halte ich für einen Haufen Lügen, und ich glaube, daß ihr Feiglinge seid. Willst du das vielleicht abstreiten?«

Ernesto Valdez zitterte. Er biß sich auf die Unterlippe. Sein Blick hing unverwandt an Macaras' Händen. »Nein, nein, *Señor* Macaras, aber es ist Ihnen ganz falsch berichtet worden.«

»Wenn ihr den Wunsch habt, noch ein bißchen länger zu leben, du und dein Freund, dann sage mir sofort, wo diese *rancheria gringa* liegt. Ihr habt mehrere Monate Zeit gehabt, Männer anzuwerben und meinen Bruder zu rächen. Ihr habt es aber nicht getan. Das ist der sicherste Beweis, daß ihr beide Lügner und Feiglinge seid.«

»Ich schwöre, *Señor* Macaras . . .«, fing der andere Mann an. Seine Stimme zitterte.

»Gib dir keine Mühe. Einer von euch wird mir sagen, wo diese Ranch liegt, oder ich schieße euch nieder wie Hunde, weil ihr meinen Bruder durch die Hände dieser *gringos* habt sterben lassen!« Er umfaßte die Kolben seiner Pistolen und zog sie halb aus den Holstern.

»Nein, nein, *por Dios!«* rief Ernesto Valdez aus. »Die Ranch liegt in der Nähe des Nueces River, wo die Pekanbäume und die hohen Binsen wachsen. Carrizo Springs nennt man die Gegend.«

»Si, es verdad, por todos los santos!« fiel Humberto Dondero hastig ein.

»Ausgezeichnet, *amigos.* Ich werde euch eine Chance geben, euer wertloses Leben zu behalten.«

»Wir tun alles, was Sie sagen, *Señor* Macaras!« stieß Ernesto Valdez hervor und nickte bekräftigend mit dem Kopf.

»Es ist ein Vergnügen, euch so vernünftig zu finden. Und Sie, *hombre*« – Carlos Macaras nahm die Zigarre aus dem Mund und zeigte damit auf den Wirt, der soeben wieder hinter der Theke auftauchte – »bringen eine neue Flasche Tequila und zwei Gläser. Passen Sie auf, daß sie sauber sind und nicht angeschlagen wie das erste, *comprende?*«

»Sofort, *Señor!*« Der Wirt holte eine Flasche und zwei Gläser und rannte damit an denTisch, den Carlos Macaras belegt hatte. »Ist das alles, *Señor* Macaras?«

»Im Augenblick ja. Aber ihr, Ernesto und Humberto, ihr werdet doch nicht zulassen, daß dieser würdige Wirt um sein Geld kommt? Los, bezahlt den Tequila, *hombres!*«

Die beiden vierschrötigen Mexikaner griffen eilfertig in ihre Taschen. Carlos Macaras sah mit spöttischer Belustigung zu und paffte an seiner Zigarre. Er hatte sich wieder gesetzt und lehnte sich bequem zurück. »Nehmt Platz. Aber erst zieht ihr eure Pistolen heraus und legt sie vor mich auf den Tisch. *Bueno.* Ernesto, du öffnest die Flasche und füllst mein Glas. Dann könnt ihr euch auch einen eingießen und mit mir anstoßen.«

Als die drei Gläser gefüllt waren, hob Carlos Macaras das seine und erklärte: »Ich schwöre vor allen hier Anwesenden, daß ich meinen Bruder rächen werde, der durch die Hand jener *gringos* gestorben ist. Und ihr, Ernesto und Humberto, werdet ebenfalls schwören. Damit erklärt ihr euch bereit, mit mir zu kommen und mir zu helfen, eine Schar von Männern anzuwerben, die sich vor den *gringos* nicht fürchten. Sobald wir stark genug sind, um alle *gringos* zu töten und ihre Frauen und ihr Gold zu nehmen, werdet ihr mich zu dieser *rancheria* führen.« In seiner Verachtung für die Siedler hatte Carlos Macaras das Wort *rancheria* benutzt, das eine Ansammlung von Hütten bedeutet, und nicht das Wort rancho, mit dem der Mexikaner eine Ranch bezeichnet. Sein hämisches Grinsen und das Glitzern in seinen zusammengekniffenen Augen ließen keinen Zweifel an den mörderischen Absichten, die er gegen die Bewohner der Windhaven-Ranch hegte.

XV

Ende der dritten Maiwoche erreichten Lucien Edmond und seine Reiter die kleine Stadt San Marcos. Den seichten San Antonio River hatten sie bereits hinter sich. Simata berichtete, der Weg vor ihnen sei frei. Wenn man weiterhin fünf Meilen pro Tag zurücklegte, konnte man innerhalb von zehn Tagen an dem mächtigen Colorado River sein.

Bei dem Viehtrieb, der im vorigen Jahr nach Santa Fe gegangen war, hatte Lucien Edmond gelernt, daß ein guter Anführer die Rinder über Nacht niemals auf rauhem Boden oder in der Nähe von Bodensenkungen oder Bäumen ruhen läßt, sondern einen ebenen Platz wählt. Abends ging Lucien Edmond zwischen den Lagerfeuern umher, um mit diesem oder jenem der Vaqueros zu plaudern. Dadurch wurde das Zusammengehörigkeitsgefühl von Tag zu Tag stärker. Jetzt, wo Ramon Hernandez sein Schwager war, hatte Lucien Edmond einen schärferen Blick für den ungeheuren Stolz und den Pflichteifer der mexikanischen Vaqueros bekommen. Er erkannte, daß sie ihre Freiheit mehr als alles andere schätzten und daß sie das Machtgefühl genossen, hinter einem Stier mit seinen gebogenen, scharfen Hörnern herzureiten. Das erforderte Mut, denn wenn das Tier sich plötzlich umdrehte und angriff, konnte das den Tod bedeuten. Dieser Mut und eine zur Schau getragene Verachtung der Gefahr waren Bestandteil ihrer täglichen eintönigen Arbeit. Lucien Edmond bewunderte diese Haltung. Da er schließlich immer noch ein Neuling war – der Viehtrieb nach Santa Fe war sehr viel kleiner gewesen –, hörte er den Gesprächen der Vaqueros interessiert zu und erhielt auf diese Weise manche wertvolle Information.

Heute abend, entschied Lucien Edmond, bevor sie den Colorado überschritten, sollte eines der fleischigsten Tiere geschlachtet werden, damit die Reiter sich an dem frischen Fleisch, von Celia köstlich zubereitet, richtig satt essen konnten.

Nach dem Rundgang wickelte sich Lucien Edmond in seine Decke. Rings um ihn wurde immer noch geflüstert und gelacht, ein Zeichen dafür, daß im Lager gute Stimmung herrschte.

Ramon Hernandez hatte sich um die Remuda-Pferde gekümmert. Nun kam er zu Lucien Edmond, setzte sich auf den Boden und bot ihm eine selbstgedrehte Zigarette an. Lucien Edmond nahm sie und sah zu, wie der junge Vaquero eine für sich selbst drehte. »Wie friedlich das alles ist, Ramon.«

»*Si, Señor* Bouchard. Wenn wir über den Colorado kommen, ohne ein Stück der Herde zu verlieren, haben wir die erste Feuerprobe bestanden.«

»Ramon, jetzt, da du mein Schwager bist, sollst du mich nicht mehr *Señor* nennen. Ich fühle mich dabei viel älter, als ich bin.« Lucien Edmond sog an seiner Zigarette. »Das ist guter Tabak. Mein Großvater hat mir oft erzählt, wie der Virginiatabak das Land ruiniert hat, lange bevor er nach Econchate kam. Jahrelang wurde nichts anderes angebaut, bis der Boden überhaupt keine Kraft mehr hatte. Aber mit Vieh ist das ganz anders.«

»Das stimmt, *Señor* – ich meine, Lucien Edmond. Man braucht nur Wasser und Gras, dann vermehrt sich das Vieh von allein, und man bekommt immer mehr Rinder, und Rindfleisch werden die Leute immer essen. Bald wird es in diesem Land auch mehr Menschen geben, sogar im Indianerterritorium. Für die Windhaven-Ranch wird eine gute Zeit anbrechen.«

»Das glaube ich auch, Ramon. Vater war ebenfalls dieser Ansicht. Deshalb ist es ihm nicht so schwergefallen, uns zu verlassen und dahin zurückzukehren, wo alles begonnen hat. Diese Zigarette erinnert mich an die Zeit, als ich ein Junge war. Er hatte stets Interesse daran, neue Pflanzen und neue Anbaumethoden auszuprobieren, um das Land immer fruchtbar zu erhalten. Die Windhaven-Plantage ist eine Herausforderung für ihn, und ich glaube, das ist der Grund, warum er nach Mutters Tod den Entschluß gefaßt hat, dorthin zurückzukehren.«

»Ich werde nie vergessen, welch eine gute, freundliche Frau sie war, und ich bete für ihre Seele, Lucien Edmond«, sagte Ramon leise.

»Ich auch, Ramon. Und ich hoffe, eines Tages wird Vater wieder zu uns kommen und feststellen, daß unsere Ranch mit deiner und der anderen Hilfe zu einer der größten in Texas geworden ist. Weißt du, anfangen müssen wir ja wohl mit diesen texanischen Longhorns. Doch ich möchte irgendwann einmal ein paar Herefords herbringen, sie mit den Longhorns kreuzen, um eine bessere Fleischqualität für den Markt zu erzeugen, denn diese Tiere sind mager und zäh. Sind erst einmal die Eisenbahnen gebaut und haben sich mehr Menschen hier im Westen angesiedelt, dann wird Nachfrage nach bester Qualität bestehen. Auf diesem Viehtrieb werden wir allerhand lernen, wie wir die Windhaven-Ranch reich machen können – und du wirst mit daran beteiligt sein, denn du gehörst jetzt zur Familie.«

»Du bist sehr freundlich, und ich werde nie vergessen, wie dein Vater mich aufgenommen und mir eine Chance gegeben hat. Ich verspreche dir, Lucien Edmond, ich werde deiner Schwester ein guter Mann sein. Ich liebe sie von ganzem Herzen.«

»Das weiß ich, Ramon. Ich habe gesehen, wie glücklich sie mit dir ist. Du hast sie genauso behandelt wie die Pferde, die du trainierst – mit Sanftheit, ohne ihren eigenen Willen zu brechen. Genau das hat Mara gebraucht.« Lucien Edmond tat einen letzten Zug an seiner Zigarette und drückte sie auf dem trockenen Boden neben der Dekke aus. »Aber ich mache mir ständig Sorgen wegen Carlos Macaras. Du weißt doch noch, wie sein Bruder die beiden Mädchen Isobel und Dolores zwang, an unserm Tor um Hilfe zu rufen, damit wir es öffneten und die Bande eindringen konnte?«

»Ja, ich muß auch ständig an Carlos Macaras denken, Lucien Edmond. Nur kann es lange dauern, bis er die beiden Männer findet, die unseren Kugeln entkommen sind. Mexiko ist groß. Beten wir, daß er sie erst dann entdeckt, wenn wir aus Kansas zurück sind.«

»Da sage ich amen, Ramon. Jetzt sollten wir aber lieber schlafen. Doch noch eins – du könntest den Männern sagen, daß wir einen Festschmaus veranstalten, bevor wir den Colorado überqueren. Je besser die Männer auf einem Viehtrieb essen, desto kräftiger sind sie, wenn sie vor eine wirklich schwere Aufgabe gestellt werden.«

»Meine *compañeros* sind sehr glücklich, daß sie dich zum Anführer haben, Lucien Edmond. Jorge Feliz, der schon bei uns war, als Diego Macaras die Ranch angriff, und dabei eine Kugel in die Schulter bekam, sagte gestern abend, er freue sich, für dich gekämpft zu haben, weil du ihn und seine Freunde als gleichrangig behandelst. Wir sind so viele Jahre Knechte gewesen, da tut es gut zu wissen, daß man frei atmen kann und ein freier Mensch ist.« Ramon Hernandez erhob sich, zögerte und setzte dann noch hinzu: *»Buenas noches,* Lucien Edmond. Schlaf gut.«

Die ganze nächste Woche war der Himmel bedeckt. Gelegentlich hörte man vom Nordwesten her Donnergrollen und sah Blitze über den Himmel zucken. Man war jetzt in hügeliges Gelände gelangt. Das Vieh hatte gute Weide. Noch drei Tage, sagte Simata, und sie würden am Ufer des gewaltigen Colorado sein. Mit der zunehmenden Feuchtigkeit kam ein Schwarm von Bremsen, welche die Rinder plagten. Eines Morgens ganz früh lief einer der Leitstiere in einen seichten Creek, um die schwarzen Quälgeister loszuwerden. Er geriet dabei auf einen schmalen Streifen Treibsand. Zwei der Vaqueros – José Mendez und Felipe Murciano – erfaßten die Situation mit einem Blick und machten sich sofort an die mühsame Aufgabe, den Stier wieder freizubekommen. Es gelang ihnen, die Hinterbeine des Tieres aus dem Sand herauszuziehen. Danach konnte sich das Tier aus eigener Kraft befreien. Der Zug ging im gleichen Tempo wie bisher voran. Die Reiter schrien und schwenkten ihre Sombereros, um die Herde beisammenzuhalten.

Noch drei Meilen, und der Himmel verdunkelte sich, im Westen von den orangeroten Streifen des Sonnenuntergangs überstrahlt. Die Rinder brüllten, denn sie witterten etwa hundert Meter weiter Wasser in einem kleinen Creek. Dort machte man Halt. Die Tiere konnten ihren Durst stillen und dann am Ufer grasen. Zur Rechten lag ein niedriger Hügel, wo Lucien Edmond für die Nacht einen Posten aufstellte.

Nach dem Abendessen inspizierte Ramon Hernandez die Remuda. Alle Pferde bei diesem Viehtrieb waren Wallache. Hengste kämpften gern und störten den Frieden, und es war bekannt, daß Stuten sich nicht als Sattelpferde eigneten. Ramons Corita war eine rühmliche Ausnahme. Er hatte sie mit viel Liebe und Geduld selbst trainiert, und sie war ihm wie ein Freund. Was in ihr steckte, hatte sie bewiesen, als sie ihn damals den ganzen Weg von Miero über die öde Ebene trug, bis er den Wagenzug der Bouchards eingeholt und sie vor Diego Macaras und seinen Banditen gewarnt hatte. Lucien Edmond wollte nicht mit den Traditionen eines Viehtriebs brechen und hatte deshalb seinen wertvollen Hengst im Korral auf der Ranch zurückgelassen. Ramon hatte für ihn einen kräftigen, scheckigen Wallach ausgesucht, dem Lucien Edmond den Namen Spots gegeben hatte.

Die Pferde verhielten sich in dem mit Seilen abgesteckten Korral ruhig. Die Nacht war bis auf die Geräusche der Rinder still. Der Vollmond war von einem Dunstkreis umgeben. Er ließ bizarre Schatten über die Ebene wandern, bis er schließlich im Colorado versank.

Ramon bahnte sich vorsichtig einen Weg durch die Schlafsäcke, welche die Vaqueros auslegten, und näherte sich dem Küchenwagen. Zwei der Vaqueros schäkerten mit Celia, während sie ihr beim Aufräumen und beim Vorbereiten des Frühstücks für den nächsten Morgen halfen. Ramon grinste vor sich hin. Ein männlicher Koch hätte ohne Hilfe auskommen müssen.

»Wie geht's, *Señora* Celia?« fragte er freundlich.

Celia, erhitzt und lächelnd, wischte sich die Stirn mit dem Ärmel ihrer Bluse ab. »Viel Arbeit und eine Menge Spaß. Den Jungens scheint mein Essen zu schmecken.«

»Mehr als das, *Señora* Celia. Sie haben mir versichert, sie würden auf keinen Viehtrieb mehr gehen, wenn Sie nicht dabei sind und dafür sorgen, daß sie gut gefüttert werden.«

»Ich sollte einmal Sauerteigbiskuits machen. Ich weiß, das hört sich verrückt an, aber vielleicht könnten einige von den Jungens, wenn sie etwas Zeit haben, wilden Honig suchen. Unterwegs habe ich Bienen beobachtet, die um eine alte Eiche schwirrten. Weiter nördlich gibt es bestimmt eine Menge Honigwaben.«

»Ich werde die Augen offenhalten. Biskuits und Honig und Ihr starker Kaffee – da arbeite ich gern jeden Tag doppelt so hart.«

»Sie sind mir einer, *Señor* Ramon«, kicherte Celia und hielt sich die Schürze vor den Mund. Sie fühlte sich sehr geschmeichelt.

Plötzlich zuckte ein Blitz auf, dem sofort der Donner folgte. Ramon erschrak. *»Por Dios!* Ich muß die Männer zusammenrufen. Das kann Ärger geben.«

Er hatte die letzten Worte kaum gesprochen, als ein weiterer Blitz über den Himmel fuhr und ein noch lauterer Donnerschlag hinterherkam. Ein Stier an der Spitze der Herde brüllte erregt, dann ein zweiter, und schließlich ein dritter. Es regnete in Strömen, und alle Tiere begannen unruhig zu werden. Das Gebrüll wurde lauter. Die Tiere sprangen auf und rasten davon.

»Muchachos, pronto!« schrie Ramon. Er rannte zu seinem Pferd Corita und sprang auf.

Sechs weitere Vaqueros rannten zu ihren angebundenen Reittieren, griffen nach den Lassos und verständigten sich durch Zurufe, wie sie sich verteilen wollten.

Auch Lucien Edmond war aufgesprungen. Ramon rief ihm im Vorbeireiten zu: »Bleib hier, Lucien Edmond! Du bist nicht ans Reiten im Dunkeln gewöhnt, deshalb darfst du nicht zu nahe an die Herde herankommen. Wir schaffen es schon.«

Er setzte seine Corita in Galopp und sprengte der ausgerissenen Herde nach.

Der Lärm war ohrenbetäubend. Kühe, Stiere, Jährlinge und sogar Kälber flohen vor den scharfen Donnerschlägen und den grellen Blitzen. Zu beiden Seiten der dahinrasenden Herde ritten die Vaqueros. Sie ließen die Tiere laufen, versuchten jedoch, sie in nördlicher Richtung zu dirigieren. Die Gefahr, daß eines der Pferde stürzte, war groß, denn der Wolkenbruch weichte das Erdreich auf und machte es schlüpfrig.

Pedro Tolivar, einer der neu angeworbenen Vaqueros, ritt auf der rechten Seite. Sein Wallach trat in das Loch eines Präriehunds. Der kleine Mexikaner stieß einen Schreckensschrei aus und versuchte, sich an seinem Sattel festzuhalten, doch er wurde zu Boden geschleudert. Schon trampelten drei Longhornstiere über ihn hinweg. Der Vaquero blieb tot liegen. Das gestürzte Pferd schrie vor Schmerz. Es lag auf der Seite und bewegte einen Vorderhuf. Der andere war unter seinem Körper eingeklemmt.

Ramon stieg ab. Beim Anblick des toten Vaqueros bekreuzigte er sich. Dann zog er seine Pistole und gab dem Pferd den Gnadenschuß. Dann stieg er wieder auf und trieb Corita zum Galopp an.

So plötzlich wie der Regen begonnen hatte, hörte er wieder auf. Das schwache Grollen, das aus der Ferne herüberklang, wurde übertönt von einer dahindonnernden Herde, bestehend aus zweitausendfünfhundert Rindern.

Sie kamen erst erschöpft zur Ruhe, als schon die ersten Sonnenstrahlen den Morgenhimmel erhellten. Mit schwachem verstörtem Brüllen protestierten sie gleichsam gegen die Schrecken der Nacht.

Traurig zählte Ramon Hernandez achtzehn zu Tode gehetzte Tiere. Ernst und schweigend versammelten sich die Vaqueros zum Frühstück. Djamba und Lucas hoben ein Grab für Pedro Tolivar aus. Lucien Edmond sprach das Totengebet. In der Ferne hörte man bereits den Colorado rauschen.

XVI

Für die Überquerung des Colorado brauchte man drei Tage. Lucien Edmond ließ die Vaqueros und die Tiere am Tag nach der nächtlichen Stampede ausruhen. Der tragische Tod Pedro Tolivars hatte einen Schatten auf die bisher so fröhliche Stimmung geworfen. Auch für diese erfahrenen Vaqueros war der Tod eines *compañero* ein Verlust, der jeden einzelnen an seine eigene Sterblichkeit erinnerte.

Simata ritt an diesem Tag voraus und suchte nach einer Stelle, wo das Wasser flach war und weniger Strudel aufwies. An der Furt, die er im Auge gehabt hatte, war der Fluß durch das Gewitter angeschwollen. Doch zwei Meilen weiter westlich machte er eine Biegung. Diese Stelle schien für Vieh und Treiber relativ sicher. Lucien Edmond wies die Vorreiter an, die Herde dorthin zu führen.

Der junge Indianer behielt recht. Trotzdem wurde das Überqueren des Flusses zu einer mühseligen Angelegenheit. Jetzt zahlten sich die vielen Stunden aus, da man die Leitstiere trainiert hatte. Sie zögerten nur kurz, taten dann versuchsweise einen Schritt ins Wasser und schwammen los. Der Rest der Herde folgte ihnen, von den unermüdlichen Vaqueros angetrieben, zur anderen Seite. Trotzdem war das Ganze nicht ungefährlich. Pablo Toldanos grauer Wallach stolperte und warf seinen Reiter ins Wasser. Das Pferd schrie laut, als es von der Strömung fortgerissen wurde. Der Vaquero kam wieder in die Höhe, schwang sich geistesgegenwärtig auf den Rükken eines Stiers und erreichte so das andere Ufer. Aber sein Wallach ertrank.

Am Abend vorher hatte Lucien Edmond wie versprochen zwei der wohlgenährtesten Kühe schlachten lassen, und die Vaqueros hielten einen Festschmaus. Das Essen kräftigte die Männer für die anstrengende Arbeit, mindestens ein Dutzend schwächlicher Kälber, die nicht die Kraft hatten, gegen den Strom zu schwimmen, in die Wagen zu heben.

Sobald der Fluß hinter ihnen lag, hob sich die Stimmung wieder bedeutend. Die erste schwere Hürde war genommen. Jetzt, Anfang Juni, wurde es in dieser Gegend bereits sehr heiß, deshalb freuten sie sich, weiter nach Norden ziehen zu können. »Wenn dieser *Señor* McCoy tatsächlich in Abilene hat Pferche bauen lassen«, sagte Ramon zu Lucien Edmond, »wird er den Viehtreibern aus Texas höchstwahrscheinlich Reiter entgegenschicken, die ihnen sagen, wohin sie sich wenden sollen. Bestimmt gehört unsere Herde zu den ersten, die dort eintreffen. Deshalb werden wir gute Preise erzielen.«

»Das hoffe ich auch, Ramon. Als Simata zurückkam

und von Abilene berichtete, erwähnte er, die Preise für Rinder bewegten sich an den Eisenbahnstationen zwischen fünf und zehn Dollar pro Stück. Liefern wir zweitausendfünfhundert gesunde Rinder ab, könnte das für uns einen Erlös von fünfundzwanzigtausend Dollar bedeuten. Aber ich glaube nicht, daß wir so viel bekommen werden. Zwei- bis dreihundert Tiere sind zu mager, um als erste Qualität zu gelten. Trotzdem wird es mehr Geld sein, als wir letztes Jahr in Santa Fe erhalten haben – genug, daß ich jedem Vaquero eine Prämie von mindestens hundert Dollar zahlen und obendrein eine Summe für den Kauf einiger Shorthorns übrigbehalten kann. Wenn sich das Eisenbahnnetz ausdehnt und mit der Bevölkerung die Nachfrage nach Fleisch wächst, wird sich unsere Mühe reichlich auszahlen. Es sollte mich nicht überraschen, wenn noch zu unseren Lebzeiten die Eisenbahn bis nach Texas vordringt.«

»Das ist durchaus möglich, Lucien Edmond«, meinte Ramon Hernandez. »Aber wir haben durch die Flußüberquerung Zeit verloren, und wir brauchen noch etwa einen Monat, bis wir das Indianerterritorium erreichen.«

»Da wir gerade von den Indianern sprechen, Ramon: Bisher haben wir noch keinen gesehen, nicht einmal eine Jagdgesellschaft.«

»Manuel Rodriguez erzählte mir, er glaube gestern nachmittag eine kleine Schar von Kiowas gesehen zu haben, die in südöstlicher Richtung ritten, aber er war sich nicht ganz sicher.«

»Nun, ich hoffe, Sangrodos Botschaft an seine Verbündeten ist so weit nach Norden vorgedrungen, daß wir keine Gefahr zu fürchten haben«, erklärte Lucien Edmond.

Am Donnerstag in der dritten Juniwoche erreichte die in gemächlichem Tempo dahinziehende Herde die staubige Hochebene nahe bei Mineral Springs. Da der Tag besonders heiß gewesen war, ließ Lucien Edmond noch vor

Sonnenuntergang anhalten und das Lager errichten. Das Land war unfruchtbar und streckenweise mit Mesquitebüschen und anderem Gestrüpp übersät. Dazwischen sah man sandigen, rötlichbraunen Boden mit spärlichen, trokkenen Grasbüscheln. Der Himmel war wolkenlos.

Den ganzen Tag über hatten die Vorreiter gemeldet, sie sähen kleine Gruppen von Indianern, zu weit entfernt, als daß man ihre Stammeszugehörigkeit erkennen oder feststellen konnte, ob sie sich auf einem Kriegs- oder Jagdzug befanden. Deshalb riet Lucien Edmond seinen Vaqueros, sich zu vergewissern, daß ihre Pistolen geladen waren, und die Gewehre und Karabiner zu überprüfen. Simata hatte neben einem schmalen Creek einen guten Platz für die Nacht gefunden, der durch einen Halbkreis von hohen Mesquitebüschen abgeschirmt war.

Bei Sonnenuntergang begann Celia emsig mit den Vorbereitungen für das Abendessen. Die Vaqueros banden ihre Pferde an und inspizierten die Herde. Ramon beriet sich mit den beiden Rodriguez-Brüdern, die seit Beginn des Viehtriebs an der Spitze geritten waren. Dann meldete er Lucien Edmond, die Rinder seien getränkt worden, hätten genug gefressen und legten sich nun für die Nacht zur Ruhe.

Der leise Flüsterton der Gespräche erstarb nach und nach. Ab und zu hörte man den Ruf eines Nachtvogels, dann wieder erklang aus der Ferne das unheimliche Heulen eines Kojoten. Schlafsäcke wurden ausgepackt, Dekken ausgebreitet, und die Vaqueros legten sich müde seufzend nieder. An diesem Tag hatte es viel Staub gegeben, und sie dachten an den Red River mit seinem gewundenen Lauf zwischen Texas und dem damals noch unerforschten Indianerterritorium.

Lucien Edmond saß mit gekreuzten Beinen, rauchte eine Zigarette und sah zu, wie das Lagerfeuer in sich zusammensank.

Djamba und sein Sohn Lucas, die mit den anderen Vaqueros an den Flanken der Herde ritten, kamen zu ihm und hockten sich neben ihn. »Guten Abend, Mr. Lucien Edmond«, grüßte Djamba. »Lucas und ich stehen heute nacht Wache. Es scheint alles ganz ruhig zu sein.«

»Hoffen wir, daß es auch so bleibt, Djamba. Wie gefällt dir und Lucas der Viehtrieb? Das ist doch etwas ganz anderes als die Feldarbeit auf der Windhaven-Plantage.«

»Das kann man wohl sagen, Mr. Lucien Edmond«, erwiderte Djamba lachend. Er hatte seinem Sohn einen Arm um die Schultern gelegt. »Aber Sie wissen ja, daß ich mich auch damals schon um die Pferde, Kühe und die anderen Tiere gekümmert habe. So ist mir die Arbeit doch nicht ganz fremd. Außerdem bin ich sehr froh, daß ich noch beweglich genug bin, einen ganzen Tag im Sattel zu sitzen und mich am Abend schon wieder auf den nächsten Morgen freuen zu können. Lucas gehört natürlich zu den Jüngsten, er denkt über so etwas noch gar nicht nach.« Djamba grinste seinen kräftigen Sohn an. »Nun, wir werden Sie jetzt schlafen lassen, Mr. Lucien Edmond. Nach dem Sonnenuntergang zu urteilen, wird morgen ein sehr heißer Tag.«

»Gute Nacht, Djamba, gute Nacht, Lucas.« Lucien Edmond legte sich auf seine Decke, streckte sich und gähnte. Dann rollte er sich zur Seite, legte die Wange auf die Handfläche und fiel sofort in tiefen Schlaf.

Es war Mitternacht vorbei. Djamba und Lucas schritten langsam und vorsichtig zwischen den schlafenden Vaqueros umher. Für einen Augenblick blieben sie neben dem zweiten Küchenwagen stehen, der des Nachts als Celias Schlafgemach diente. Die Klappe in der Plane war geschlossen. Djamba klopfte leicht dagegen und nickte seinem Sohn zu. Dann gingen sie bis zum Rand des Lagers. Unregelmäßige, zerfetzte Wolken bildeten sich am Himmel und verdeckten von Zeit zu Zeit den Mond.

Djamba wandte sich zu seinem Sohn. »Fühlst du dich hier draußen zu Hause, Lucas?«

»Sicher, Vater. Wo ihr, du und Mama, seid, da ist es auch gut genug für mich.«

»Ich weiß, Junge. Aber siehst du, damals in Alabama war ich schrecklich ruhelos, bis ich deine Mama kennenlernte. In Afrika hatte ich Freiheit gehabt, denn ich war der König eines reinblütigen Stammes, der in jenem Land etwas galt. Aber dann geschah so vieles, man machte mich zum Sklaven. Miß Sybille war es, die mich wieder zum Mann machte – du weißt, wie ich sie verehre, Junge; zu wiederholen brauche ich es nicht. Aber worauf ich hinauswill: Ich habe deine Mutter, und für dich ist es höchste Zeit, daß du ein nettes Mädchen findest, das dir Kinder schenken kann. Auf der Ranch, wo nur so wenige Menschen leben – zumindest keine Schwarzen wie wir –, hast du kaum Gelegenheit dazu.«

Lucas scharrte verlegen mit der Stiefelspitze im Staub. »Darüber habe ich noch nicht viel nachgedacht, Vater. Vielleicht finde ich in dieser Eisenbahnstadt in Kansas ein Mädchen.«

Djamba schüttelte den Kopf. »Das ist unwahrscheinlich, Junge. In Kansas hatte man es nicht mit der Sklaverei, andererseits ist man aber sehr dagegen, daß sich Schwarze dort ansiedeln. Selbst in der Gegend, wo wir wohnen, gibt es viele Leute, die auf unsereinen herabblikken. Die alten Plantagenbesitzer des Südens werden in einem Schwarzen niemals etwas anderes als einen Sklaven sehen, auch wenn er eigenen Grund und Boden und Geld auf der Bank besitzt. So sind diese Leute nun einmal. Der Krieg hat sie, was ihre Mitmenschen angeht, überhaupt nichts gelehrt, glaube ich. Still – hörst du nichts?«

Djamba spähte zu einem Mesquitegestrüpp hinüber, das etwa dreißig Meter von ihnen entfernt war. Er kniete nieder, hob sein Spencer-Repetiergewehr und spannte den Hahn.

»Nein, Vater, ich – Aaau!« Lukes Worte verwandelten sich in einen Schmerzensschrei. Aus dem Gestrüpp war ein Pfeil hervorgezischt und hatte sich ihm in den linken Oberarm gebohrt. Doch sofort hob er seinen Karabiner und zielte in das Gebüsch.

»Schieße nicht, wenn es nicht unbedingt notwendig ist, Junge – es könnte leicht wieder zu einer Stampede kommen.« Djamba sah den Pfeil, der aus dem Arm seines Sohnes ragte, und fluchte in der Mandingo-Sprache. »Leg dich hin, Junge«, murmelte er schließlich. »Ich will sehen, ob ich ihn herausziehen kann – halt still – da! Gott sei Dank ist kein Widerhaken und kein Gift daran, wie bei den Pfeilen in meiner Heimat. Du hast Glück, daß es nur eine Fleischwunde ist.« Djamba riß ein Stück von seinem Hemd ab und verband Lucas' Arm. Jetzt kriechst du zurück und weckst Mr. Lucien Edmond auf. Ich behalte das Mesquitegebüsch im Auge.«

Lucas nickte mit schmerzverzerrtem Gesicht. Während sein Vater weiter das Gewehr auf den Busch gerichtet hielt, kroch er zu Lucien Edmond. Auf der anderen Seite, östlich vom Lager, waren die Pferde für die Nacht angebunden. Noch weiter östlich wuchs hohes Gestrüpp. Gerade als Lucas beim schlafenden Lucien Edmond ankam, ertönte der Ruf einer Schreieule – einmal und noch einmal. Gleich darauf zerriß das schrille Kriegsgeheul von einem Dutzend Apachen in Kriegsbemalung die Stille der Nacht. Sie stürmten aus einer tiefen Bodensenke gleich hinter dem Gestrüpp hervor, die ihnen als Versteck gedient hatte.

»Wachen Sie auf, Mr. Lucien Edmond, um Gottes willen!« rief Lucas und rüttelte ihn an der Schulter. Lucien Edmond stützte sich auf einen Ellenbogen hoch und blinzelte verschlafen um sich. Erst allmählich drang das Geheul der Angreifer in sein Bewußtsein. Da sprang er auf und ergriff sein Gewehr, das neben ihm gelegen hatte.

»Die Rinder und Pferde werden ausbrechen, Mr. Lucien Edmond! Die Indianer wollen, daß wir die Herde verfolgen, damit sie uns einen nach dem anderen abschießen können. Aber wir müssen hier bleiben und uns ihnen entgegenstellen. Ich wecke die übrigen Männer!«

In diesem Augenblick sprang ein großer Krieger, nackt bis zum Gürtel, die roten und ockerfarbenen Zeichen des Krieges auf der Brust, mit erhobenem Tomahawk aus der Dunkelheit. Lucien Edmond hatte keine Zeit mehr, sein Gewehr abzufeuern. Schnell drehte er es um und schlug dem Angreifer mit dem schweren Kolben gegen die Stirn. Der Apache ließ seinen Tomahawk fallen, sank rückwärts zu Boden, zuckte noch einmal und lag dann reglos da.

Die Rinder waren bereits unruhig geworden. Da knallte ein altes Büffelgewehr. Einer der Krieger, die von Osten her angriffen, hatte sich niedergekniet und zielte auf einen der Vaqueros, der sich gerade schlaftrunken aus seiner Decke gewickelt hatte. Der Mexikaner schrie auf und fiel kopfüber. Sein Gesicht war von der großkalibrigen Kugel zerschmettert worden. Lucien Edmond wirbelte herum, zielte und schoß. Der Krieger mit dem Büffelgewehr machte eine halbe Drehung. Dann knickten seine Knie ein. Er war tödlich getroffen.

Das schrille Wiehern der Pferde, das Brüllen der geängstigten Rinder übertönten das Kriegsgeschrei der Indianer. Ein Pfeil zischte an Djambas Ohr vorbei und bohrte sich in eine Decke, die ein Vaquero soeben verlassen hatte. Der Vaquero riß seinen Karabiner an sich, nahm Deckung hinter dem Küchenwagen und feuerte auf einen jungen Krieger, der mit einer befiederten Lanze auf ihn eindrang. Der Karabiner hatte Ladehemmung, und die Lanze fuhr dem Vaquero mitten durchs Herz. Im Sterben krümmte sich sein Finger, und der Schuß ging los. Der Indianer stieß einen gurgelnden Schrei aus. Den Schaft der Lanze immer noch fest umklammernd, sank er zu Boden.

Jetzt stürmte ein Dutzend bemalter Krieger aus dem Mesquitegebüsch hervor, auf das Djamba mit seinem Spencer-Gewehr zielte. Wieder und wieder drückte

Djamba ab, und drei der Indianer blieben tot liegen. Lucas eilte seinem Vater zu Hilfe. Mit seinem Karabiner erschoß er einen muskelbepackten Apachen, der Djamba von links anspringen wollte.

Simata und Ramon Hernandez liefen zu den Pferden und versuchten, sie zu beruhigen. Die Hälfte war schon aus dem mit Seilen umgrenzten Korral ausgebrochen und galoppierte nordwärts. Ihr schrilles Wiehern verriet ihre Furcht vor dem schrecklichen Kampf. Einer der Wallache stolperte und fiel. Die Rinderherde zertrampelte ihn bei ihrer wahnsinnigen Flucht. Simata hielt sein Klappmesser in der rechten Hand und einen sechsschüssigen Revolver in der linken; Ramon war mit einem Repetiergewehr bewaffnet. Plötzlich wand sich ein junger Apache mit erhobenem Messer durch die Pferde zu Simata vor. »Freunde!« rief Simata in der Kiowasprache. »Bleichgesichter Freunde von Sangrodo!«

»Tanipa unser Häuptling, alle Bleichgesichter Feinde, Kiowahund!« gab der junge Apache verächtlich zurück.

Er richtete sein Messer gegen Simatas Bauch. Dieser drückte den Abzug seines Revolvers. Aber die Waffe versagte. Der Scout sprang zurück, warf den nutzlosen Revolver weg, zog das Messer und umkreiste den Feind. Wieder griff der junge Apachenkrieger an. Simata parierte. Stahl klang gegen Stahl. Beide Messer waren hoch in der Luft gegeneinandergestoßen. Die Männer funkelten sich an. Der Apache holte mit seinem rechten Fuß aus, aber Simata hatte den Trick vorausgeahnt und sprang nach rechts. Mit einem geraden, schnellen Stoß bohrte er dem Gegner sein Messer in die Seite. Ein erstickter Aufschrei entrang sich dem Apachen. Er taumelte zurück und ließ das Messer fallen. Das Licht in seinen Augen erlosch. Vor Simatas Füßen brach er tot zusammen.

Djamba und Lucas knieten nebeneinander. Sie luden ihre Waffen neu, während die übrigen acht Angreifer sie in einem weiten Kreis umgingen und hinter einem anderen Mesquitebusch Deckung suchten.

Einer der Indianer war von Osten her auf dem Bauch vorwärtsgekrochen, bis er unter dem Küchenwagen lag, in dem Celia schlief. Plötzlich sprang er hoch und riß die Segeltuchklappen auf. Lucien Edmond feuerte, verfehlte den Krieger jedoch, der bereits in den Wagen kletterte. Celia, von dem Lärm längst wach geworden, ergriff eine schwere eiserne Bratpfanne und schlug sie dem Indianer ins Gesicht. Mit gebrochener Nase fiel er rückwärts zu Boden. Von neuem hob Lucien Edmond sein Spencer-Gewehr. Als der Krieger sich benommen aufrappelte, traf ihn eine Kugel in den Hals.

Einige der Vaqueros waren zu ihren Pferden gelaufen. Sie versuchten, die Tiere zu beruhigen, die sich noch nicht losgerissen hatten, und schließlich brachen sechs Männer zu einer verzweifelten Verfolgung der ausgerissenen Rinderherde auf. Eine befiederte Lanze bohrte sich dem letzten, Jesus Lorado hieß er, zwischen die Schulterblätter und warf ihn aus dem Sattel. Sein Wallach schrie auf vor Schreck und galoppierte hinter den anderen her.

Djamba murmelte Lucas zu: »Sieh mal nach Süden, Junge. Acht von diesen Rothäuten verstecken sich hinter dem großen Mesquitebusch. Was macht dein Arm?«

»Er tut weh, aber ich kann den Karabiner halten. Da! Ich habe in dem Gebüsch einen Gewehrlauf schimmern sehen.«

Ein Schuß knallte. Djamba schrie auf, faßte nach seiner linken Schulter und ließ sein Gewehr fallen. Mit Wutgebrüll leerte Lucas sein ganzes Magazin in das Mesquitegestrüpp. Einer der Krieger taumelte schreiend hervor. Er hielt seinen Bauch, und nach ein paar Schritten brach er zusammen.

Ein Schwarm von Pfeilen schwirrte aus den Büschen. Einer davon bohrte sich Zentimeter von Lucas' Fuß entfernt in den staubigen Boden. Lucas sah sich hastig nach seinem Munitionsgürtel um und mußte feststellen, daß er alle Patronen verbraucht hatte. Er zögerte. »Bist du schlimm verwundet, Vater? Ich möchte dich nicht allein lassen, aber ich brauche neue Munition – und die liegt in einem der Wagen.«

»Kümmere dich nicht um mich, Junge. Ich habe noch genug, ich kann sie aufhalten, bis du zurückkommst.«

Lucas rannte in gebückter Haltung zum zweiten Küchenwagen. Er hatte ihn beinahe erreicht, als ihm eine Kugel die Kopfhaut aufriß. Djambas Sohn ließ den Karabiner fallen, griff mit beiden Händen nach den Segeltuchklappen und brach bewußtlos zusammen. Djamba erwiderte das Feuer. Ein neuer Aufschrei zeigte, daß er gut getroffen hatte. Ein in grellen Farben bemalter Apache, der in seinem roten Stirnband eine schwarze Krähenfeder trug, tauchte für einen Augenblick hinter dem Gebüsch auf. Sein Gesicht war vor Todesqualen verzerrt, bevor er zusammenbrach.

Lucien Edmond sah sich um, was von der Remuda noch übrig war. Befriedigt stellte er fest, daß Simata und Ramon Hernandez Wache hielten und dort keine unmittelbare Gefahr drohte. Gerade als er sich wieder umdrehte, sah er, wie Djamba sein Gewehr hob und gleich darauf vornüber stürzte. Seine Wunde blutete so stark, daß selbst seine ungeheuren Kräfte jetzt erschöpft waren. Mit einem Geheul, bei dem einem das Blut in den Adern erstarrte, rasten zwei Krieger, Speere und Tomahawks schwingend, auf den Mandingo zu. Lucien Edmond schrie auf. Er kniete nieder, feuerte und tötete den ersten Apachen. Sofort nahm er den zweiten ins Visier – es klickte, das Magazin war leer. Lucien Edmond faßte das Gewehr am Lauf und rannte, so schnell er konnte, zu Djamba. Gerade hob der zweite Apache die Lanze und wollte sie dem Mandingo in den Rücken bohren. In seiner Verzweiflung warf Lucien Edmond das schwere Gewehr wie einen Bumerang. Es traf den Indianer vor die

Brust, so daß er zurücktaumelte. Gleich darauf war Lucien Edmond zur Stelle, riß dem Krieger die Lanze aus der Hand, drehte sie um und stieß dem Apachen die Spitze in den Bauch. Dann trat er zurück und zog die Lanze wieder heraus. Ein abschreckend bemaltes, schmerzverzerrtes Gesicht blickte zu ihm hoch. Der Krieger sank in die Knie, beide Hände auf die blutende Wunde gepreßt. Dann fiel er mit der Stirn in den Staub und starb.

Vier der Vaqueros, die auf dem Kampfplatz geblieben waren, schickten nun ganze Salven von Gewehr- und Karabinerfeuer in die Mesquitebüsche östlich des Lagers. Todesschreie gellten durch die Nacht. Zwei Apachen kamen aus den Büschen hervor und rannten zur Remuda. Einer von ihnen sprang auf einen schwarzen Wallach, riß die festgebundenen Zügel los und galoppierte nach Osten davon. Der zweite wollte es ihm nachtun, fiel aber unter den Kugeln der Vaqueros.

In dem Mesquitegebüsch, in das Djamba und Lucas ihre Salven gefeuert hatten, lebte noch ein einziger Apache. Tief gebückt rannte er auf eine Bodensenke zu, wo er seinen Mustang versteckt hatte. Lucien Edmond erkannte seinen Federschmuck. Er nahm Djambas Gewehr und feuerte zweimal. Aus der Ferne hallte ein höhnischer Ruf herüber. Der Mustang galoppierte nach Süden davon und war bald im Dunkel der Nacht verschwunden.

Lucien Edmond warf das Gewehr fort und kniete neben dem Mandingo nieder. Vorsichtig rollte er ihn auf den Rücken und legte einen notdürftigen Verband um die blutende Schulterwunde.

Djambas Augen öffneten sich. Er murmelte mit schwacher Stimme: »Ihr Vater – hat mir einmal das Leben gerettet – jetzt gibt mir sein Sohn das Leben zurück. Ich, Djamba, einst König der Mandingos von Mopti, schwöre, daß ich bis ans Ende meiner Tage Ihr Mann bin.«

XVII

Es vergingen zwei Tage, bis die Rinder nach der durch den Angriff verursachten Stampede wieder eingefangen waren. Es waren zwei schwere Tage voller Schweiß und Staub. Die Männer saßen ununterbrochen im Sattel, schrien und warfen ihre Lassos; sie kauten bei der Arbeit gelegentlich ein Stück geräucherten Speck oder kalten Biskuit. Während die Vaqueros die Herde zum Lager zurücktrieben, verfolgten Ramon und Simata die entflohenen Remuda-Pferde. Sie fingen sie alle bis auf ein Dutzend wieder ein.

Lucien Edmond, das Gesicht von Kummer gezeichnet, sprach die Gebete an den Gräbern der sechs Vaqueros, die bei dem Indianerüberfall den Tod gefunden hatten. Dann half er, die toten Indianer zu beerdigen. Lucas hatte sich von seiner Kopfverletzung erholt, doch sein Arm, der von dem Pfeil getroffen worden war, schmerzte und war dick geschwollen. Djamba wollte seine Schulterwunde mit einem Achselzucken abtun, aber Celia schimpfte so lange mit ihm, bis er klein beigab, sich in dem zweiten Küchenwagen hinlegte und es sich verlegen gefallen ließ, daß sie ihn pflegte.

Dann ging der Viehtrieb weiter unter der gleißenden Sonne. Das Gelände wurde allmählich grüner, denn man näherte sich dem Red River und dem Indianerterritorium. Ramon Hernandez beriet sich am ersten Tag mit Lucien Edmond. »Verzögerungen wie diese hatten wir nicht eingeplant, Lucien Edmond.« Er schüttelte traurig den Kopf. »Nicht nur, daß wir das Vieh wieder einfangen mußten. Wir müssen die Rinder jetzt in Ruhe weiden und tränken, damit die Rinder wieder Fett ansetzen, das sie bei der Stampede verloren haben. Wir können noch von Glück reden, wenn wir in den nächsten vierzehn Tagen drei bis vier Meilen pro Tag schaffen.«

»Dann kämen wir erst im September in Abilene an.«

Stirnrunzelnd kratzte sich Lucien Edmond am Kinn. »Nun, da kann man nichts machen. Aber bis dahin sind die Pferche bestimmt fertig. In wenigen Wochen kommt uns sicher ein Bote von diesem McCoy entgegen, der uns sagt, ob es dort tatsächlich einen Markt gibt. Wir können nichts anderes tun als weiterziehen. Ich weiß, daß du bei dem Überfall liebe Freunde verloren hast, Ramon. Sie waren prächtige Kerle, Pablo Toldano und Felipe Rodriguez.«

»Si, Lucien Edmond. Pablo war Manuels Vetter, und Manuel sitzt jetzt wie ein Gespenst im Sattel. Laß mich auf der anderen Seite vorausreiten. Vielleicht muntert es ihn auf, mit einem *compadre* zusammenarbeiten zu können.«

»Das ist eine gute Idee, Ramon. Geh du nach vorn, und laß den Reiter dort die Flanke übernehmen.«

Ramon grüßte und lenkte Corita an die Spitze des Zuges.

Am Abend spannten die Vaqueros doppelte Seile um den Korral. Nach dem Überfall hatte Simata entdeckt, daß die Apachen das einfache Seil auf der einen Seite durchgeschnitten hatten. Dadurch war es den Pferden leicht gemacht, der davonrasenden Herde zu folgen. Manuel Rodriguez, den der Tod seines Bruders und seines Vetters ernst und schweigsam gemacht hatte, machte Ramon auf zwei Leitstiere aufmerksam, die immer noch Nervosität zeigten und unter Umständen eine neue Stampede verursachen konnten. Beide wurden geschlachtet; das Fleisch erhielt Celia. Simata fand einen Platz mit wilden Zwiebeln, die eine willkommene Abwechslung auf dem allmählich eintönig wirkenden Speisezettel darstellten. Und Djamba entdeckte Heidelbeeren, aus denen Celia eine Obsttorte für die hungrigen Vaqueros machte.

Man kam dann doch schneller voran, als Ramon geglaubt hatte. Als das Lager für die Nacht hergerichtet wurde, stellte Lucien Edmond zu seiner Überraschung fest, daß sie Abilene wieder um elf Meilen näher gekommen waren.

Die gemeinsam überstandenen Gefahren schweißten die Männer zu einer noch festeren Gemeinschaft zusammen. Jeder Vaquero nahm noch mehr Anteil an seinen *compañeros* als zuvor. Beim Abendessen pflegten sie sich Geschichten von ihren Erlebnissen unten in Durango oder auf dem Santa-Fe-Trail zu erzählen. Sogar Manuel Rodriguez erwachte aus seiner Starre und berichtete einer gespannt zuhörenden Gruppe, wie er einmal in Mexiko bei einem Viehtrieb gesehen hatte, daß durch die Reibung der Luft bei dahinrasenden Stieren unheimliche blaue Flämmchen an den Spitzen ihrer langen Hörner erschienen und wie bei derselben Stampede ein Blitz in den Boden fuhr und das Gras vor ihm in Brand setzte.

Endlich, Mitte Juli, erreichten sie den gewaltigen Red River. Sie waren mehr als vierhundert Meilen über die staubige Ebene gezogen, über trockene Bodensenkungen, heimtückische Schluchten und ab und zu über höher gelegenes grünes Land, das gute Weide abgab. Das Glück schien ihnen wieder zu lächeln: Der Wasserstand dieses gefährlichen Flusses war niedrig. Weiße Sandbänke glitzerten in der Sonne. Bei diesem langherbeigesehnten Anblick hob sich die Stimmung der Vaqueros, und sie gingen von neuem mit Lust und Elan an die Arbeit. Trotzdem brauchten sie für die mehr als zweitausend Rinder, von denen einige immer noch wasserscheu waren, beinahe zwei Tage, bis sie alle an das andere Ufer gelotst hatten. Dort begann das Indianerterritorium.

Nach der Flußüberquerung ordnete Lucien Edmond einen Ruhetag an. Die Männer mußten neue Kraft für die letzte Etappe des Viehtriebs sammeln, und die Herde sollte wieder Fleisch ansetzen. Lucien Edmond wußte, daß dieser Tag in den nächsten Wochen leicht eingeholt werden konnte. Ihr Ziel kam immer näher.

Nun zogen sie durch hohes Büffelgras über die allmählich ansteigende Ebene des Indianerterritoriums, wo das Vieh reichlich zu fressen fand. Endlos dehnte sich die Prärie in nördlicher Richtung vor ihnen. Der blaue Himmel mit seinen vereinzelten Wölkchen schien den Horizont noch weiter hinauszurücken. Es war sehr einsam hier, und die Männer fühlten sich wie die ersten Pioniere, die dieses Land durchquert hatten.

Die Rinder waren jetzt besser im Fleisch als zu Beginn des Viehtriebs. Nicht alle gehörten der häßlich weißgefleckten Longhornrasse an. Es waren auch buntgescheckte spanische Rinder mit kleinen, kurzen Hörnern dabei und braune Tiere mit schwachen Streifen über dem Rükken, die aus dem westlichen Texas stammten und lange, glänzendblaue Hörner hatten. Alle hatten inzwischen gelernt, ihren primitiven Instinkten zu gehorchen. Sie setzten sich in Trab, wenn sie das Wasser eines schlammigen Flusses oder eines Creeks witterten. Man hatte unterwegs eine Anzahl von Kälbern verloren. Einer der zahmen Leitstiere war von einer Klapperschlange gebissen worden und mußte mit einem Gnadenschuß von seiner Qual erlöst werden. Doch entschlossen ging der Zug weiter, am frühen Morgen noch langsam, weil die Herde nach Herzenslust grasen durfte. Simata ritt zwei oder drei Meilen voraus und suchte nach Wasserstellen für die Mittagsrast. Hinter ihm lenkte Celia stolz den Küchenwagen, und Ramon Hernandez führte die Wallache der Remuda. Danach folgte die Spitze der Herde mit den Leitstieren, ihnen zur Seite die Vorreiter, und dann kamen die über zweitausend Rinder, an beiden Seiten von Reitern flankiert. Die Männer, die den Schluß des Zuges bildeten, hatten die Aufgabe, die lahmen und schwachen Tiere anzutreiben. Den ganzen Tag litten sie unter den Staubwolken, die von den zahllosen Hufen aufgewirbelt wurden. Doch Lucien Edmond, der inzwischen Erfahrungen gesammelt hatte, tauschte die Reiter täglich aus, so daß kein

Vaquero sich beklagen konnte, die unangenehmste Aufgabe falle ihm ständig zu.

Sie schafften jetzt zehn bis dreizehn Meilen pro Tag. Wenn am Abend Rast gemacht wurde, teilte Lucien Edmond die Wachen ein: je zwei Männer für vier Stunden. Manuel Rodriguez' Gesicht war immer noch ernst, aber er hatte sich entschlossen, dem Tod seines Bruders und Vetters einen Sinn zu geben, indem er den Viehtrieb erfolgreich zu Ende führte. Nachts ritt er langsam um die Herde und summte mexikanische Lieder, um die Rinder zu beruhigen und die allgegenwärtige Gefahr einer Stampede zu bannen.

Auf halber Strecke durch das Indianerterritorium erblickte Lucien Edmond einen einzelnen bärtigen Reiter, der südwärts galoppierte. Er hob das Gewehr und gab einen Schuß ab.

Der Reiter änderte die Richtung und kam auf die Herde zu. »Sind Sie aus Texas, Mister?« rief er munter.

»Richtig. Von Carrizo Springs.«

»Ich bin Bill Sugg. Joe McCoy hat mich beauftragt, den Viehzüchtern aus Texas entgegenzureiten und ihnen zu sagen, daß die Pferche in Abilene fertig sind und für sie offenstehen.«

»Das ist ja großartig!« Lucien Edmond stieß einen langen, glücklichen Seufzer aus. »Mein Name ist Lucien Edmond Bouchard. Ich wäre Ihnen dankbar, wenn Sie sich ein paar Minuten Zeit ließen und unseren Vaqueros die guten Neuigkeiten mitteilten.«

»Aber gern.« William Sugg stieg ab und schüttelte Lucien Edmond die Hand. »Wie ist es Ihnen bisher ergangen?«

»Wir sind von Apachen auf dem Kriegspfad überfallen worden, aber das haben wir einigermaßen gut überstanden. Und der Red River hatte niedriges Wasser, als wir ihn überquerten.«

»Da haben Sie Glück gehabt, Mr. Bouchard.« Beide

Männer gingen zum Küchenwagen hinüber, wo Celia Kaffee und Biskuits zubereitete.

»Erstklassig!« rief der Bärtige nach dem ersten Bissen aus. »Und eine Köchin – das ist hierzulande etwas Neues, kann ich Ihnen sagen.«

»Nun, Mr. Sugg«, erwiderte Lucien Edmond, »nach der Kostprobe, die Sie eben bekommen haben, können Sie erraten, warum unsere Vaqueros so hart arbeiten, um das Vieh zum Markt zu treiben.«

»Ja, das ist mir jetzt klar. Mein Kompliment, Ma'am.«

»Danke«, erwiderte Celia und blinzelte Lucien Edmond vergnügt zu.

»Wir haben bis Ende April mit dem Aufbruch gewartet, Mr. Sugg, weil wir sicher sein wollten, daß der Eisenbahnmarkt oben in Abilene eröffnet sein würde. Mein Vater, der sich in New Orleans aufhält, schrieb mir vor einiger Zeit, wahrscheinlich lasse sich gutes Rindfleisch in Kansas zum Transport nach Chicago verkaufen. Aber ein beträchtliches Risiko war es schon.«

»Nun, Sie haben gut daran getan, Ihre Herde nach Abilene in Marsch zu setzen. Der erste sind Sie allerdings nicht, das war ein Mann namens Thompson, ebenfalls aus Texas. Aber dann hat er seine ganze Herde noch im Indianerterritorium, zwanzig Meilen von hier, an die großen Viehaufkäufer Smith, McCord und Chanler abgegeben.«

»Ich verstehe.«

»Der erste, der bis nach Abilene kam, war, soviel ich weiß, Colonel O. W. Wheeler. Mit zweitausendvierhundert Stück brach er von Texas auf, und er hatte vierundfünfzig Cowboys bei sich, gegen diese verdammten Rothäute bis an die Zähne bewaffnet. Er hielt sich von San Antonio aus nach Norden, und er hatte die Absicht, über die Südpaßroute nach Kalifornien zurückzugehen. Aber als er Kansas erreichte, hörte er, dort herrsche die Cholera und feindliche Indianer seien auf der Jagd nach Skalpen. Da machte er dreißig Meilen vor Abilene Halt, und als er von meinem Freund Joe McCoy hörte, ließ er die Herde in die neuen Pferche treiben und verkaufte alles, was er hatte.«

»Mir kommt es gar nicht darauf an, der erste zu sein, wenn ich nur all diese Rinder an den Mann bringe, Mr. Sugg. Ich bin froh, daß die Pferche tatsächlich gebaut worden sind.«

»Das ist der Fall, und sie warten auf Sie. Ihre Herde steht gut da, Mr. Bouchard. Sie mögen sieben, vielleicht acht Dollar pro Stück dafür bekommen. Natürlich können Sie nicht ganz soviel für die mickerigen Jährlinge verlangen, die Sie dabei haben; dann sehe ich noch ein paar Kälber, die Sie ebensogut unterwegs hätten schlachten und essen können. Wie viele sind es, etwa zweieinhalbtausend?«

»Gestern wurden 2683 gezählt; damit meine ich nur die gesunden und kräftigen Tiere, die Abilene bestimmt erreichen werden.«

»Also, wenn Sie das nächste Mal eine Herde zusammenstellen, Mr. Bouchard, mustern Sie lieber ein paar mehr aus. Verstehen Sie mich nicht falsch, ich will Sie damit nicht beleidigen. Vor jedem Mann, der einen Indianerangriff so wie Sie abwehrt, ziehe ich meinen Hut. Sagen Sie dem alten Joe McCoy, daß Bill Sugg Sie schickt. Ich muß nach Süden weiterreiten und sehen, ob ich noch mehr Viehzüchter treffe, denen ich den Weg zu Joe weisen kann. Dafür bekomme ich eine kleine Provision, Sie verstehen.«

Er schüttelte Lucien Edmond die Hand, bestieg sein Pferd und ritt langsam an den Vaqueros vorbei, denen er erzählte, in Abilene würden sie mit offenen Armen aufgenommen. Dann schwenkte er seinen Sombrero zum Abschied und ritt nach Süden davon.

Um die Mittagszeit des zweiten Tages nach der Begegnung mit William Sugg kam Simata zurückgeritten und meldete Lucien Edmond, zwei Meilen nordwestlich liege eine kleine Indianerreservation und er glaube, die Bewohner seien Creeks. »Sag den Vorreitern, sie sollen die Herde in diese Richtung führen, Simata«, erwiderte Lucien Edmond. »Zwei Jahre nachdem die Creeks aus Alabama vertrieben wurden, kam ich zur Welt. Ich erinnere mich noch gut an die Geschichten, die Vater mir über ihren Stolz, ihren Mut und ihre Weisheit erzählte. Vielleicht hätte es ohne die Creeks von Econchate, in deren Nähe die Windhaven-Plantage entstand, nie eine Familie Bouchard gegeben.«

Ein paar Stunden später wurde die Herde nahe bei einem kleinen indianischen Dorf aus Tipis und Wigwams, das auf allen Seiten von einem halbhohen Holzzaun umgeben war, zum Halten gebracht. Lucien Edmond stieg vom Pferd und schritt zum Tor. Aus dem ersten Tipi tauchte ein großer, kupferhäutiger Krieger auf. Er war in eine Zeremoniendecke gewickelt und trug einen schmutzigen Federschmuck. Lucien Edmond hob seine Hand zum Zeichen des Friedens und nickte. Jetzt versammelten sich auch Frauen, die ihre Papusen in Büffelhautschlingen auf dem Rücken trugen, alte Männer und neugierige Kinder am Tor, um sich die brüllenden Rinder und die Vaqueros anzusehen.

»Seid ihr Creeks?« erkundigte sich Lucien Edmond.

Der Krieger verneigte sich. »Ich bin Emataba, der Sohn Turintakas, und der *Mico* dieses Dorfes.«

»Dann hat mein Vater deinen Vater gekannt, Emataba«, erklärte Lucien Edmond freudig erregt. »Und mein Urgroßvater war Gast in dem Dorf Econchate. Er wurde von dem großen *Mico* Tunkamara willkommen geheißen, und er war auch des nächsten *Mico* Nanakota Freund und Blutsbruder.«

Das Gesicht des großen Creekindianers verzog sich zu einem Lächeln. Er reichte Lucien Edmond die Hand. Dieser schüttelte sie herzlich. Mit ernster Stimme erklärte

Emataba: »Ich habe sechsunddreißig Sommer kommen und gehen sehen, und ich erinnere mich, was mein Vater mir erzählte, als ich ein kleiner Junge war. Die weißen Soldaten verjagten die Creeks aus Econchate in ein weniger glückliches Dorf in der Nähe von Tuskegee. Ich erinnere mich, wie die Soldaten uns das geliebte Land nahmen und uns wie wilde Tiere jagten, bis wir hier ankamen. Da wurde uns gesagt, dies sei unsere neue Heimat.«

»Mein Vater, er heißt Luke Bouchard, hat mir berichtet, wie es in jenen Tagen zugegangen ist, Emataba«, erwiderte Lucien Edmond.

Der große Creekindianer seufzte. »Ehe mein Volk die Heimat verließ, berührten viele von uns die Blätter und Bäume und Steine und Bäche und sagten ihnen Lebewohl. Wir wollten das glückliche Land im Gedächtnis behalten, wo wir jagten und fischten und unsere Wohnungen bauten und unser Essen kochten und die Liebe unserer Frauen und Kinder erfuhren.«

»Das kann ich gut verstehen, Emataba. Als ich hörte, hier befinde sich ein Dorf der Creeks, habe ich meine Herde hierhergeführt, weil ich euch als Geschenk im Namen meines Vaters und meines Urgroßvaters Fleisch für eure Kochfeuer geben möchte.«

»Das ist gut. Wir sind arm, und Fleisch haben wir nicht oft. Die Soldaten lassen es nicht zu, daß wir Gewehre haben, mit denen wir Büffel oder Rotwild schießen könnten. Deshalb müssen wir auf alte Weise mit Pfeil und Bogen oder mit Lanzen jagen. Auch dürfen wir uns nicht weit von diesem Dorf entfernen, das mit seinem Zaun wie ein Gefängnis erscheint. Was du tust, ist sehr gut. Mein Volk wird den Großen Geist bitten, er möge freundlich auf dich blicken und dich beschützen.«

Tief bewegt wandte Lucien Edmond sich an Simata. »Sag Manuel Rodriguez, er soll zehn der fettesten Rinder durch das Tor hier treiben.« Dann richtete er das Wort wieder an Emataba. Leise sagte er: »Wir müssen mit dieser Herde weiter nach Norden, denn wir haben sie von weither gebracht. Aber wenn wir sie verkauft haben und zurückkommen, werde ich um die Ehre bitten, dich und dein Volk besuchen zu dürfen.«

Der große *Mico* nickte. Er legte Lucien Edmond die rechte Hand aufs Herz und die linke auf das blonde Haar. »Wenn ich meinen Leuten berichte, was du heute getan und was du zu mir gesagt hast, werden sie von neuem stolz sein. Das gilt besonders für die Kinder, die sich nicht mehr an die Zeit erinnern können, als keine Bleichgesichter uns mit Haß und Verachtung straften. Selbst die Soldaten tun es, die zuweilen herkommen, um sich zu überzeugen, daß wir nicht auf dem Kriegspfad sind. Es sind nicht mehr viele von uns übrig, mein Bruder, und es ist gut, daß du uns daran erinnert hast, was wir einst waren. Komm zurück zu uns, wenn deine Reise vollendet ist, und wir werden mit dir das Wenige, was wir haben, bei einem Fest der Erinnerung teilen.«

Schweigend reichten sich die beiden Männer die Hand. Dann bestieg Lucien Edmond seinen Wallach, grüßte den großen *Mico* der Creeks und gab den Befehl zum Aufbruch.

XVIII

Am 2. September 1867 kam Simata zur Herde zurückgaloppiert, schwenkte seinen breitrandigen Sombrero und grinste von einem Ohr zum anderen. »Die Eisenbahn und die Pferche für das Vieh sind fertig! Abilene liegt gleich vor uns!« rief er.

Die Vaqueros brachen in Jubelrufe aus. Vier Monate waren sie nun unterwegs. Ramon Hernandez spornte Corita an und fing Simata ab. »Wie groß ist die Stadt, Simata?« fragte er neugierig.

»Groß nicht gerade. Da gibt es nicht viel mehr als einen Verladebahnhof, eine Scheune, ein Büro und ein dreistöckiges Hotel, das sie Drover's Cottage nennen. In der Nähe des Hotels, das noch nicht ganz fertig ist, stehen viele weiße Zelte. Dort warten die Viehaufkäufer. Ich muß jetzt Mr. Lucien Edmond berichten. Wir brauchen bis Abilene nur noch zwei Stunden!«

Lucien Edmond hatte den jungen Indianer kommen sehen und ritt ihm entgegen. »Wir haben es endlich geschafft, nicht wahr?«

»Ja, Mr. Lucien Edmond! Ich habe viele hölzerne Pferche und Verladerampen gesehen. Es stehen sogar schon ein paar Eisenbahnwaggons da, sie sind mit ›Kansas Pacific‹ beschriftet. Ich bin überzeugt, Sie können das Vieh auf der Stelle verkaufen.«

»Das ist wundervoll, Simata! Sag den Vaqueros, sie sollen sich beeilen – ich möchte noch vor Sonnenuntergang in Abilene sein.«

Als hätte diese Nachricht sogar die Tiere neu beflügelt, beschleunigte sich der lange Zug aus Jährlingen, Kühen, Kälbern und Stieren. Mit sechsundzwanzig bewaffneten Vaqueros war man von der Windhaven-Ranch aufgebrochen. Jetzt waren es nur noch neunzehn. Statt der 2852 Stück Vieh, die diese unermüdlichen, mutigen Reiter den weiten Weg von Carrizo Springs hierhergetrieben hatten, waren gestern nur noch 2617 gezählt worden. Über 200 waren entweder ertrunken, geschlachtet worden, als Geschenk bei den Creeks geblieben oder bei der Stampede verlorengegangen. Lucien Edmond schätzte, daß er den Viehaufkäufern in Abilene immerhin noch mindestens 2500 Tiere anbieten konnte.

»Ich hoffe, in Abilene gibt es ein Telegraphenbüro«, sagte Lucien Edmond zu Simata, der neben ihm ritt. »Ich möchte Vater ein Telegramm nach New Orleans schicken und ihm mitteilen, daß wir es geschafft haben. Es wird ihn freuen und ihm beweisen, daß ich mich seines Vertrauens würdig erwiesen habe.«

»Telegraphenmaste habe ich nicht gesehen, Mr. Lucien Edmond. Auch das Hotel ist noch nicht für Gäste geöffnet. Dieser Mr. McCoy mußte auf die Schnelle arbeiten, hieß es. Er ist dort, und er weiß, daß Sie kommen.«

»Ich brenne ebenso darauf, ihn zu sehen, wie er mich wird sehen wollen«, sagte Lucien Edmond grinsend. Er lenkte seinen Wallach neben den Küchenwagen und rief Celia zu: »Bald können wir umkehren und nach Hause fahren, Celia! Wenn ich die Herde heute nachmittag verkaufe, ruhen wir uns in der Nacht aus, und morgen früh begeben wir uns schon auf den Heimweg.«

»Wie lange werden wir wohl für den Rückweg brauchen, Mr. Lucien Edmond?« fragte sie.

»Es sind achthundertfünfzig Meilen. Ich glaube, wir können pro Tag dreißig Meilen schaffen. Dann sind wir in einem Monat wieder auf der Windhaven-Ranch – spätestens also Mitte Oktober. Ich möchte ebensogern wie du daheim im Süden sein, bevor in diesen nördlichen Breiten der Winter beginnt. Also mach dir keine Sorgen, Celia. Sieh mal – da hinten kann man schon Viehwagen auf der Eisenbahnlinie erkennen! Das ist der schönste Anblick, den ich in diesem Jahr gehabt habe!«

Mit stolzem Lächeln ritt Lucien Edmond an die Spitze, um seinen rechtmäßigen Platz als Eigentümer und Anführer der ersten Herde von der Windhaven-Ranch einzunehmen, die nach Kansas an die Eisenbahn gebracht wurde.

»Willkommen in Abilene, Sir!« Joseph McCoy trat aus seinem Büro und schritt auf Lucien Edmond zu. Es war ein kräftiger Mann in derben, ungeputzten Stiefeln, Schlapphut und zerdrückten Kleidern. »Ich bin Joseph Joe McCoy. Eine schöne Herde haben Sie. Sie können sie auf der Stelle verkaufen, wenn Sie wollen. Der erste Transport geht in drei Tagen mit der Kansas Pacific nach Osten.«

»Ich danke Ihnen, Mr. McCoy. Ich bin Lucien Edmond Bouchard von der Windhaven-Ranch bei Carrizo Springs.«

»Mein Gott, noch ein Texaner mit Unternehmungsgeist! Sagen Sie, haben Sie meinen Freund Bill Sugg getroffen?«

»Ja! Tatsache ist jedenfalls, wir waren uns nicht ganz sicher, wohin wir unser Vieh dieses Jahr treiben sollten. Im letzten Jahr sind wir in Santa Fe und dem Fort in der Nähe der Stadt gewesen. Aber mein Vater hatte gehört, daß Sie die Eisenbahngesellschaft bedrängten, eine Viehstadt zu gründen.«

Joseph McCoy lachte vor sich hin. »›Bedrängen‹ ist das richtige Wort, Mr. Bouchard. Zuerst habe ich es in Junction City versucht, aber die dortigen Geschäftsleute waren nicht interessiert. Ich war überzeugt, irgendwo auf dieser Ebene von Kansas müsse den Viehzüchtern eine Möglichkeit gegeben werden, ihre Tiere auf die Eisenbahn zu verladen. Nun, Sir, da ging ich zuerst nach St. Louis und marschierte in das Büro des Präsidenten der Missouri Pacific. Er warf mir nur einen Blick zu und forderte mich dann auf, sofort zu verschwinden. Da ging ich zu dem Oberbonzen der Kansas Pacific, aber er wollte das Geld seiner Gesellschaft nicht riskieren. Deshalb bin ich nach Kansas zurückgekehrt und habe versucht, meine Idee den Einwohnern von Solomon City und Salina zu verkaufen. Sie haben sich aufgeführt, als sei ich ein Ungeheuer, das sie mit Pestilenz und Verdammnis bedroht. Nun liegt Abilene ziemlich am Ende der Kansas-Pacific-Linie. Als ich herkam, schien es so gut wie tot. Nichts war bis auf vielleicht ein Dutzend Blockhütten mit Erddächern. Die Geschäfte, die sie hier tätigten, wurden in zwei der Blockhütten abgewickelt, und natürlich hatten sie in einer dritten Hütte einen Saloon. Den gibt es immer noch. Nur wird jetzt darin mit Grund und Boden gehandelt, das kann ich Ihnen erzählen.«

»Aber wie ich sehe, haben Sie bereits ein Hotel gebaut, und sicher haben Sie Pferche für das Vieh und auch Waggons.«

»Natürlich«, erklärte Joseph McCoy. »Zunächst einmal mußte ich ein Stück Land vor dieser toten kleinen Stadt kaufen. Mittlerweile war es bereits Juli geworden, und die Herden bewegten sich von Texas aus nordwärts. Ich hatte mir selbst eine Frist von sechzig Tagen gesetzt, um die Pferche und eine Scheune und außerdem mein Büro und das Hotel, das sie dort drüben sehen, zu bauen. Ich habe es sogar vor Ablauf dieser Frist geschafft – mit Ausnahme des Hotels, das erst Ende dieses Monats ganz fertig wird. Das Bauholz habe ich aus Hannibal, Missouri, herbeischaffen lassen, und den Geizkragen von der Kansas Pacific habe ich Eisenbahnschwellen abgeschwatzt für starke Pferche, aus denen auch Ihre wilden Longhorns nicht ausbrechen können. Also, das wäre die Geschichte. Aber Sie wollen sicher nicht den ganzen Tag hier in der heißen Sonne stehenbleiben und mit mir reden. Gehen wir in eins der Zelte, damit Sie die Käufer aus Chicago kennenlernen. Kommen Sie, ich werde Sie vorstellen.«

»Es ist sehr freundlich von Ihnen, uns so zu empfangen, Mr. McCoy.«

»Das ist nicht nur Freundlichkeit – es ist auch Geschäft und für alle Beteiligten ein guter Profit. Meiner Gesundheit wegen bin ich eigentlich nicht hier – nun ja, Sie doch auch nicht. Darf ich Ihnen einen Drink im Saloon spendieren, bevor Sie sich ins Verhandeln stürzen?«

»Das ist sehr nett von Ihnen, Mr. McCoy, aber wenn Sie nichts dagegen haben, möchte ich die Herde lieber möglichst schnell verkaufen. Meine Reiter sollen erleben, wie schön es ist, sich nach vier Monaten eines anstrengenden Viehtriebs auszuruhen.«

»Sicher, sicher.« McCoy klopfte Lucien Edmond auf den Rücken. Dann nahm er ihn beim Ellenbogen und steuerte ihn auf eines der Zelte zu. »Ich will Ihnen was sagen: In zwei Jahren wird der alte Chisholm-Trail, den Sie genommen haben, so tief ausgetreten sein wie ein Flußbett. Jawohl, Sir! So viele Herden werden von Texas nach hier getrieben werden. Merken Sie sich meine Worte!«

Innerhalb des Zeltes saßen vier Männer in glänzenden schwarzen Lederstiefeln, Reithosen und breitrandigen Stetsons an einem langen Brettertisch. Joseph McCoy wies auf Lucien Edmond und verkündete: »Gentlemen, das hier ist Mr. Lucien Edmond Bouchard aus Carrizo Springs in Texas. Er hat soeben seine Herde herangetrieben. Also, warum kommt ihr Burschen nicht heraus und seht euch an, was er zu bieten hat, und macht ihm ein Angebot. Seid nicht zu knausrig, Gentlemen. Wir möchten die Viehzüchter aus Texas ermutigen, ihren Weg immer schnurgerade nach Abilene zu nehmen und weiterzuerzählen, daß dies eine schöne Stadt ist, in der für gutes Rindfleisch ein guter, anständiger Dollar bezahlt wird.«

Die vier Männer wechselten Blicke miteinander, erhoben sich und folgten Lucien Edmond und Joseph McCoy auf den freien Platz neben der Eisenbahnlinie, wo die beiden Vorreiter die Herde zum Halten gebracht hatten.

»Ich bin Ed Dade, und ich kaufe für Mr. Armour in Chicago«, erklärte einer der Aufkäufer. Wichtigtuerisch zog er eine goldene Uhr mit Kette und Anhängern aus der Westentasche, räusperte sich und setzte hinzu: »Ich bin interessiert und zahle Ihnen einen guten Preis, falls die Tiere in Ordnung sind. Wenn wir uns über die Bedingungen einigen können, nehme ich die ganze Herde.«

»Ich bin Jack McCready aus St. Louis«, meldete sich der zweite Mann, der groß und grauhaarig war. »Ich sage Ihnen gleich, Mr. Bouchard, daß ich nicht mehr als tausend Stück abnehmen kann. Aber dafür zahle ich Höchstpreise.«

»Ich möchte lieber die ganze Herde auf einmal verkaufen, Gentlemen«, sagte Lucien Edmond zu den Herren.

»Dann muß ich passen.« Der dritte Käufer, ein fetter, beinahe kahlköpfiger Mann in den Fünfzigern, wischte sich die Stirn mit einem seidenen Taschentuch, nickte kurz und ging in das Zelt zurück. Der letzte, ein Mann Mitte Vierzig mit rotem Gesicht, zuckte mit den Schultern und folgte seinem Gefährten.

»Ich werde wohl am besten aus der Sonne gehen«, erklärte der Käufer aus St. Louis düster, »falls Sie nicht doch noch Ihre Meinung ändern. Ich biete fünfzig Cent mehr als der Armour-Mann, aber ich kann nur tausend Stück kaufen. Ich habe bereits einem anderen Viehzüchter, der jeden Tag hier eintreffen kann, versprochen, seine ganze Herde abzunehmen. Diesen Mann habe ich schon vor dem Krieg gekannt, als er noch eine kleine Ranch an der Missourigrenze besessen hatte.«

»Ich glaube, ich werde bei dem Armour-Mann bleiben, wenn Sie nichts dagegen haben«, erwiderte Lucien Edmond höflich.

»Das steht Ihnen frei, Sir.« Der Käufer aus St. Louis lüftete den Hut und ging ebenfalls ins Zelt zurück.

»Dann werde ich wieder in mein Büro gehen und Sie zur Besprechung des Geschäfts allein lassen«, meinte Joseph McCoy. »Vielleicht trinken Sie ein Glas mit mir, wenn Sie fertig sind, Mr. Bouchard?«

»Gern. Ich danke Ihnen für Ihre Hilfe, Mr. McCoy.«

»Können wir uns jetzt die Tiere ansehen, Mr. Bouchard?« fragte Ed Dade ungeduldig. »Wie viele sind es?«

»Insgesamt 2617, einschließlich der Kälber und Jährlinge. Ich habe kein Rind mitgenommen, das älter als vier Jahre ist.«

»Das sind also die berühmten texanischen Longhorns«, bemerkte Ed Dade, während er langsam an der Herde vorbeiging. »Aber ein paar von den Kälbern und Jährlingen gefallen mir nicht recht. Sie sagten 2617. Rechnen wir eine bestimmte Stückzahl ab, die in den Chicagoer Schlachthöfen nicht akzeptiert wird – Mr. Armour hat uns angewiesen, auf Qualität ebenso zu achten wie auf Quantität. Sind Sie einverstanden, wenn wir 2550 zu sieben Dollar pro Stück sagen?«

»Ich hatte gehört, daß zehn Dollar pro Stück bezahlt würden, Mr. Dade.«

»Das ist der Preis, der verlangt, aber nicht der Preis, der bezahlt wird, Sir. Sie können mein Angebot annehmen oder es sein lassen. Joe McCoy sagt, in den nächsten Tagen werden noch mehr Herden eintreffen, und ich bin ein vielbeschäftigter Mann.«

Lucien Edmond dachte nach. Dann nickte er und hielt dem anderen seine Hand hin. »Einverstanden.«

»Gut. Diese Art, Geschäfte abzuschließen, liebe ich. Dann macht das ingesamt 17850 Dollar.«

Lucien Edmond rechnete nach. »Genau, Mr. Dade.«

»Fein, fein! Ich stelle Ihnen eine Tratte auf unsere Bank in Chicago aus – so gut wie Gold, Mr. Bouchard. Wenn Sie eine Armour-Tratte bekommen, brauchen Sie sich überhaupt keine Sorgen zu machen, das versichere ich Ihnen.«

»Von meinen Vaqueros werden vielleicht einige im Saloon dort drüben feiern wollen. Wenn es Ihnen nichts ausmacht, hätte ich daher gern einen Teil der Summe in bar.«

»Ich verstehe.« Ed Dade schob seinen Stetson auf den Hinterkopf und kratzte sich die Stirn. »Und Sie werden Ihre Leute auszahlen wollen. Bargeld lacht, klar. Wie viele Reiter haben Sie?«

»Neunzehn Vaqueros, Mr. Dade, dazu den Remudaführer, den Scout und noch drei andere. Das macht insgesamt vierundzwanzig.«

»Und welchen Lohn zahlen Sie ihnen?«

»Fünfundzwanzig Dollar pro Monat, Mr. Dade. Wir sind vier Monate unterwegs gewesen, und ich habe jedem einen Bonus von hundert Dollar versprochen, wenn wir es bis Abilene schaffen.«

Wieder kratzte der Aufkäufer aus Chicago sich die Stirn und rechnete angestrengt. »Wenn ich das Multiplizieren und Addieren nicht verlernt habe, Mr. Bouchard, brauchen Sie zweitausendvierhundert Dollar für den Lohn und noch einmal soviel für den Bonus, richtig?«

»Richtig, Mr. Dade«, erwiderte Lucien Edmond lachend.

»Dann gebe ich Ihnen fünftausend Dollar in Gold und für den Rest eine Tratte. Sind Sie damit zufrieden?«

»Durchaus, Mr. Dade.«

»Ich habe eine Kassette voller Goldmünzen zu zehn und zwanzig Dollar dabei, und fünftausend sollte ich leicht zusammenbekommen. Gehen wir ins Zelt zurück. Da stelle ich Ihnen die Tratte aus, und dann können Sie mit mir kommen, und ich gebe Ihnen das Gold.« Er senkte die Stimme. »Hier in der Stadt laufen ein paar Jungens herum, deren Aussehen mir gar nicht gefällt. Es sind harte, zähe Kerle, die erst letzte Woche aufgetaucht sind und anscheinend ihre eigenen Geschäfte im Sinn haben, wenn Sie verstehen, was ich meine. Ich möchte nicht, daß sie Wind von unserer Transaktion bekommen.«

»Natürlich. Ich weiß Ihre Vorsicht zu schätzen, Mr. Dade.«

Eine halbe Stunde später faltete Lucien Edmond die Banktratte und steckte sie in die Tasche. Er folgte Ed Dade in Joseph McCoys Büro, wo die Kassette sicher aufbewahrt war. Lucien Edmond hielt einen Sack auf, und der Mann aus Chicago zählte 250 Zwanzigdollarstücke hinein. Sie schüttelten sich die Hand, und dann gingen sie wieder hinaus zur Herde.

»Manuel, Ramon, ihr könnt anfangen, das Vieh in die Pferche da links zu treiben«, befahl Lucien Edmond. »Ich habe die Herde verkauft und den Lohn und die versprochenen Prämien für alle in der Tasche.«

Er hielt den schweren Sack voller Gold hoch und sah stolz zu, wie die Vaqueros die Rinder unter Begeisterungsrufen in die wartenden Pferche trieben. Diese Handlung symbolisierte den Erfolg der neuen, aufblühenden Windhaven-Ranch.

Alle Rinder waren auf dem Land eingefangen worden, das Luke Bouchard gehörte. Sie hatten weiter nichts gekostet als den Lohn für die treuen, mutigen Cowboys, die für die Bouchards arbeiteten.

Das letzte Tier verschwand hinter dem Tor, und Lucien Edmond rechnete einiges im Kopf durch. Er entschied, daß er nach Auszahlung der Löhne und Prämien vierzehnhundert Dollar von dem Nettogewinn nehmen und davon je zweihundert an die Familien der sieben toten Vaqueros verteilen wollte. Diese Männer hatten ihr Leben gelassen, um ihre Gefährten und das Vieh zu schützen.

XIX

Da das Drover's Cottage noch keine Gäste aufnehmen konnte, sagte Lucien Edmond seinen Vaqueros, sie sollten es sich gleich außerhalb von Abilene mit ihren Schlafsäcken und Decken so gemütlich wie möglich machen. Am nächsten Morgen ginge es dann zurück zur Windhaven-Ranch, zum Einkaufen von Vorräten könnte man entweder in Wichita haltmachen oder die südöstliche Route nach Baxter Springs einschlagen.

Einige der Vaqueros blickten sehr enttäuscht drein, als sie das hörten. Sie waren es gewohnt, den Abschluß eines Viehtriebs zu feiern, und in Mexiko oder Santa Fe wären sie längst unterwegs zur nächsten *posada* gewesen, wo sie trinken und mit den gefälligen Mädchen, die dort arbeiteten, tanzen konnten. Luke dachte an Ed Dades Warnung, und dann kam ihm eine Idee. Er versteckte den Sack mit den Goldmünzen in Celias Küchenwagen und wandte sich noch einmal an die Männer. »Eure Löhne und die

Prämien von hundert Dollar für jeden habe ich, und ich werde das Geld verwahren, bis wir wieder zu Hause sind. Aber ich weiß, daß der eine oder andere von euch gern einen Schluck Tequila oder Whisky trinken möchte. Deshalb bezahle ich Drinks für euch alle aus meiner Tasche.« Er zog eine lederne Brieftasche hervor und übergab Ramon Hernandez ein Bündel Banknoten der Union. »Ramon, sorge dafür, daß deine *compañeros* bekommen, was sie sich wünschen. Aber denkt daran, Männer, wir wollen morgen in aller Frühe aufbrechen; also übertreibt es nicht. Wenn ihr möchtet, kann Ramon ja ein paar Flaschen für den Rückweg kaufen.«

Die mexikanischen Reiter dankten Lucien Edmond mit begeisterten Zurufen. Er nahm Ramon auf die Seite und sagte leise zu ihm: »Der Aufkäufer aus Chicago hat mir erzählt, es seien ein paar verdächtige Fremde in der Stadt. Halte in dem Saloon Augen und Ohren offen und gib mir Bescheid, ob irgend etwas darauf hindeutet, daß wir uns auf einen Hinterhalt gefaßt machen müssen.«

»Das will ich tun, Lucien Edmond.« Ramon Hernandez blickte zu den anderen Reitern hin. »Es sind gute Jungs, aber die meisten von ihnen sind unverheiratet und hatten sich darauf gefreut, die Stadt auf den Kopf zu stellen. Aber hier sind keine *señoritas*, die sie willkommen heißen.«

»Im nächsten Jahr, wenn die Stadt größer ist, sind sicher welche da. Inzwischen werden die Männer sich mit dem Alkohol begnügen müssen, den man hier bekommen kann. Ich werde die erste Hälfte der Nacht mit Djamba und Lucas Wache halten, da kannst du mit den Männern in den Saloon gehen.«

Lucien Edmond ging zurück zum Küchenwagen, wo Celia mit den Vorbereitungen zum Abendessen beschäftigt war. »Sind wir knapp an Mehl und Fleisch, Celia?« erkundigte er sich.

»An Rindfleisch, Mr. Lucien Edmond, und auch Speck

ist kaum noch da. Kaffee habe ich noch für vierzehn Tage.«

»Jetzt, da wir die Herde verkauft haben, sind wir von dem Wild abhängig, das die Männer unterwegs schießen können, bis wir nach Wichita oder Baxter Springs kommen. Weißt du, Celia, ich muß immer an Diego Macaras' Bruder Carlos denken. Ich bete zu Gott, daß er die beiden Überlebenden aus der Bande seines Bruders nicht findet, denn sie könnten ihn zur Windhaven-Ranch führen. Das ist mit ein Grund, warum ich so schnell wie möglich wieder zu Hause sein möchte. Nehmen wir den Weg über Baxter Springs, machen wir einen Umweg von etwa hundert Meilen nach Südosten. Auch wenn wir ohne Herde schneller vorankommen, wären wir dann eine Woche länger unterwegs, als wenn wir uns direkt nach Carrizo Springs halten.«

»Das wissen Sie natürlich am besten, Mr. Lucien Edmond. Aber die Jungs haben mir erzählt, sie hätten im Indianerterritorium wilde Truthähne und Rotwild, ab und zu sogar einen einzelnen Büffel gesehen. Ich glaube, wir können gut durchkommen, wenn wir von dem leben, was wir jagen.«

Lucien Edmond lächelte. »Mach den Reitern heute abend ein so gutes Essen, wie du es nur fertigbringst. Je mehr sie essen, desto weniger trinken sie vielleicht. Zumindestens sorgt eine gute Grundlage dafür, daß sie nicht zu betrunken werden, um morgen frühzeitig aufbrechen zu können.«

»Ja, Sir.«

»Übrigens, Celia, ich werde dir den gleichen Monatslohn wie den Männern und ebenfalls eine Prämie von hundert Dollar bezahlen. Du hast dir jeden Penny davon redlich verdient, und ich bin dir sehr dankbar. Schon, daß du da warst und mit den Vaqueros geplaudert und sie bei guter Laune gehalten hast, war uns eine größere Hilfe, als du glaubst.«

»Ach, das war doch leicht, Mr. Lucien Edmond.« Verlegen kichernd strich sich Celia die Schürze glatt und machte sich an ihrem Kaffeetopf zu schaffen. »Ich bin mir wie ein junges Mädchen vorgekommen bei so viel Aufmerksamkeit von all diesen starken, schönen Männern. Nicht, daß ich mich im Ernst nach irgendeinem Mann außer meinem Djamba umsehe, Mr. Lucien Edmond, verstehen Sie.«

»Wenn du mir eine Freude machen willst, dann gib mir eine Tasse von diesem guten starken Kaffee und vielleicht einen Biskuit und ein kleines Stück Fleisch von dem, was noch übrig ist.«

»Sofort, Mr. Lucien Edmond. Ich hoffe, es hält vor bis zum Frühstück. «

Er nickte dankend. Dann ging er mit seinem Imbiß zu einem der Pferche, setzte sich dort hin und aß. Nach dem Kaffee drehte er sich eine Zigarette. Er dachte an die Banktratte, die den Gegenwert für diesen anstrengenden, aber äußerst erfolgreichen Viehtrieb darstellte. Im nächsten Frühling würden auf dem Gebiet der Windhaven-Ranch nur noch wenige herrenlose Tiere zu finden sein. Natürlich konnten die Vaqueros noch hundert oder vielleicht sogar zweihundert aus den Büschen zusammentreiben. Aber jetzt war der Zeitpunkt gekommen, wo er Zuchtpläne aufstellen und Rindfleisch erzeugen mußte, das bessere Preise brachte. Ganz bestimmt konnten in Abilene und vielleicht auch in anderen Städten entlang der Eisenbahnlinie nach Chicago noch größere Herden für die Versorgung des Ostens abgesetzt werden. Joseph McCoy hatte in seinem Büro eine beiläufige Bemerkung fallenlassen, daß Rinder nicht nur frisches Fleisch, sondern auch Talg und Fett und sogar Düngemittel für die Farmen bedeuteten. Daraus konnte eine Industrie entstehen, die sich die lebhafteste Phantasie heute noch gar nicht vorstellen konnte. Für Lucien Edmond war dieser erste lange Viehtrieb von der Windhaven-Ranch ein Vorzeichen für große Dinge, die noch kommen sollten.

Er drückte seine Zigarette aus. In diesem Winter wollte er nach Missouri gehen und Shorthorns kaufen – vielleicht fünf Bullen und fünfundzwanzig bis fünfzig Kühe. Djamba und Lucas konnten helfen, auch ein paar Longhornkühe und -bullen zusammenzutreiben. Eine Kreuzung der beiden Rassen mußte kräftige, gesunde Tiere ergeben, die man zu Höchstpreisen verkaufen konnte. Lucien Edmond war überzeugt, daß die Eisenbahnlinien in absehbarer langer Zeit bis an die großen Viehranchen herangelegt würden – vielleicht auch bis zur Windhaven-Ranch.

Der Saloon war nicht viel mehr als eine Blockhütte, aber groß genug, daß zwanzig Männer darin Platz finden konnten. Hinter der Brettertheke stand ein stumpf dreinblickender Mann mit einem schwarzen steifen Hut. Sein Kinn zierte ein Ziegenbart, die Spitzen seines Schnurrbarts waren gewachst und steif nach oben gezogen. Finster beobachtete er den Einzug der Vaqueros mit Ramon Hernandez an der Spitze.

»Hört zu, Leute«, brüllte er durch die als Schalltrichter geformten Hände, denn an zwei Tischen wurde ziemlicher Lärm veranstaltet, »für euch alle reicht hier der Platz nicht. Außerdem habe ich nur Whisky. Und der kostet fünfzig Cent das Glas.«

»Wieviel kostet die Flasche, *Señor*?« erkundigte sich Ramon.

»Im Augenblick kann ich dir keine Flasche verkaufen, Mex. Vielleicht in einer Woche, wenn ich über die Eisenbahn neue Vorräte bekommen habe. Was hier ist, brauche ich für das Lokal. Wie viele mexikanische Schmutzfinken habt ihr denn dabei?«

Diese beleidigende Bemerkung rief unter den Vaqueros Murren hervor. Ramon schüttelte den Kopf und hob warnend die Hand. Er wandte sich wieder dem Mann hinter der Theke zu. »Wir sind zwanzig, *Señor,* mich selbst eingerechnet. Wenn es Ihnen recht ist, werden wir uns abwechseln. Wir waren vier Monate von Texas her unterwegs. Da können wir schon ein paar Minuten auf unseren ersten Drink warten.«

Links von dem jungen Vaquero saßen vier Männer an einem Tisch. Sie sahen von ihren Pokerkarten hoch. Der Spieler, der Ramon am nächsten war, hatte einen struppigen Bart und eine niedrige, fliehende Stirn. Seinen schmutzigen schwarzen Hut hatte er tief ins Gesicht gezogen. Von seinem Gürtel hingen an beiden Seiten Holster. Er drehte sich zu Ramon um und fragte laut: »Du hast eine Herde von Texas hergebracht, wie, Mex? Wieviel Stück?«

»Darüber müssen Sie mit meinem *patrón* sprechen, *Señor.* Wir arbeiten nur für ihn. Der Verkauf geht uns nichts an.«

»Mexikaner kann ich sowieso nicht leiden«, höhnte der Bärtige, »und am allerwenigsten ein Großmaul, das hier hereinspaziert kommt und mir sagt, ich solle mich um meine eigenen Angelegenheiten kümmern.«

»Entschuldigen Sie, *Señor,* ich wollte Sie nicht beleidigen«, erwiderte Ramon. Er drehte sich zu den finsterblikkenden Vaqueros um. »*Muchachos,* die Hälfte von euch bleibt draußen, bis die anderen ihre Drinks gehabt haben. Es ist nicht für euch alle Platz.«

»Frank«, beschwerte sich der Bärtige bei dem Bartender, »willst du diese mexikanischen Schmutzfinken tatsächlich bedienen? Wahrscheinlich schleppen sie zusammen mit ihren ausgemergelten Kühen das verdammte Texasfieber ein.«

Ramons Lippen wurden schmal. Mit Mühe beherrschte er sich und erklärte mit höflichem Lächeln: »Ich glaube nicht, daß Mr. Armour aus Chicago ausgemergeltes Vieh kaufen würde, *Señor,* und das ist der Mann, an den mein *patrón* verkauft hat. Wir haben uns nach dem langen Weg das Recht verdient, hier einen Schluck zu trinken, und wir haben Geld, um zu bezahlen. Erlauben Sie mir, Ihnen und Ihren Freunden einen Drink in Freundschaft anzubieten, *Señor.*«

Der Bärtige schien besänftigt zu sein. »Gut gesprochen, Mex. Frank, bring uns eine Flasche an den Tisch. Ned und Jack und Tom und ich nehmen das freundliche Angebot gern an. Bedankt euch bei dem Mexikaner, Jungens!«

Seine drei Gefährten tippten an ihre Hüte und neigten ironisch die Köpfe. Der Bartender schlurfte ans Ende der Theke und holte eine Flasche billigen Whisky. Der Bärtige ergriff sie, zog den zusammengedrehten Stoffetzen, der als Korken diente, mit den Zähnen heraus und spuckte ihn Ramon vor die Füße. »Danke, Mex!« rief er. Er füllte die Gläser seiner Freunde und dann sein eigenes.

Ramon starrte auf den Stoffetzen, sah seine Kameraden an und ging, die Beleidigung ignorierend, zu dem Bartender. Er gab ihm einen grünen Schein. »Das reicht so gerade für die Flasche, Mex«, grinste der Bartender, durch die Unterstützung der Männer am Tisch ermutigt.

Ramon zuckte gleichgültig die Schultern. »Nun, *Señor,* da wir heute feiern, beschwere ich mich nicht. *Amigos,* kommt an die Bar und genießt die Drinks, die unser guter *patrón* uns spendiert hat!«

Einige der mexikanischen Reiter traten vor. Der Bartender, der auf die Reaktion der vier Revolverhelden lauerte, griff nach einer Flasche. öffnete sie und begann, den Whisky einzuschenken. Nur zwei der Vaqueros trugen sechsschüssige Revolver am Gürtel. Aber Ramon war so vorsichtig gewesen, seinen Karabiner mit in den Saloon zu nehmen. Während die Männer tranken, schoß der Bartender immer wieder besorgte Blicke auf die polierte, tödliche Waffe, die Ramon mit beiden Händen hielt. Die Mündung zeigte zwar auf den Fußboden, aber das konnte sich in Sekundenschnelle ändern.

Die drei Männer an dem zweiten Tisch, Cowboys, die

ein paar Tage früher mit einer Herde angekommen waren, hatten auch die Karten hingelegt und sahen sich die Neuankömmlinge an. Doch sonst ließen sie sie in Ruhe. Die ersten vier Vaqueros hatten ihre Gläser geleert. Sie verließen die Blockhütte und machten den vier nächsten Platz. Ramon selbst trank nicht. Er behielt den Bärtigen im Auge, der ihn und seine Freunde beleidigt hatte. Als alle Vaqueros ein Glas gehabt hatten, schob Ramon einen weiteren grünen Schein über die Theke. »Das sollte mehr als genug sein für Ihren äußerst miesen Whisky, *Señor*. Wenn wir im nächsten Jahr wiederkommen, werden Sie vielleicht Tequila für meine *amigos* haben.«

»Erst, wenn die Hölle gefriert, Mex«, höhnte der Mann, griff nach dem Schein und stopfte ihn sich in die Hosentasche. »Vielleicht gibt es im nächsten Jahr in Abilene ein Gesetz, wonach nur weiße Männer diesen Saloon betreten dürfen. Jetzt haben Sie Ihren Whisky gehabt und Ihre Rechnung bezahlt, Mister. Also, warum machen Sie nicht die Tür von außen zu, he?«

Der Bärtige mit dem schwarzen Hut lachte laut auf. »Wir wollen euch ja nicht vertreiben, aber hier fängt es an zu stinken, weil zu viele mexikanische Schmutzfinken die gleiche Luft mit uns atmen. *Adios*, Mex.«

»*Adios, Señor.*« Ramon neigte den Kopf und ging langsam auf die Tür zu. Hinter seinem Rücken wurde geflüstert. Er wirbelte herum und sah gerade noch rechtzeitig, daß der vierte Mann am Tisch nach seiner Pistole faßte. Ramon ließ sich blitzartig auf ein Knie nieder, hob den Karabiner und drückte zweimal ab. Der Mann mit der Pistole wurde gegen die Wand geschleudert und rutschte auf den Boden. Sein Kopf sank haltlos herab.

»Du gottverdammter Schurke!« fluchte der Bärtige. »Du hast den armen alten Ned ermordet!«

»Einen Augenblick, *Señor*«, unterbrach Ramon ihn kalt. »Er hat zuerst gezogen. Der Bartender hat es ebenso gesehen wie ich.«

»Lassen Sie mich aus der Sache heraus. Ich habe überhaupt nichts gesehen«, wehrte der Bartender ab und sah zu dem Bärtigen hin. Dieser nickte ihm bestätigend zu. Ramon fuhr er an: »Du kannst von Glück sagen, daß du den Karabiner noch in der Hand hältst, Mex! Tom und Jack und ich, wir würden dich für diesen Mord über den Haufen schießen, wenn du nur einen Revolver hättest. Natürlich kann man von einem hinterhältigen Mexikaner nicht erwarten, daß er sich auf einen ehrlichen Kampf einläßt. Verschwinde von hier! Wir werden dich eines Tages schon erwischen, und dann wirst du nicht so sanft sterben wie der arme alte Ned hier. Darauf gibt dir Bud Larkin sein Wort!«

»*Señor* Larkin, ich stehe Ihnen zur Verfügung, wann immer Sie es wünschen«, erwiderte Ramon mit einem erneuten Nicken. Den Karabiner in der rechten, faßte er mit der linken Hand hinter sich nach der Tür und behielt die Männer am Tisch im Auge. Er ging rückwärts hinaus, knallte die Tür zu und eilte den Vaqueros nach, die bereits am Küchenwagen standen und mit Celia plauderten.

Joseph McCoy hatte die Karabinerschüsse gehört. Er kam aus seinem Büro und eilte zum Saloon hinüber. Das erste, was er drinnen sah, waren die drei Männer, die den Körper ihres toten Gefährten auf den Tisch hoben. »Zum Teufel, was ist hier vorgefallen, Frank?« fragte McCoy den Bartender.

»Mr. McCoy, der verdammte mexikanische Schmutzfink kam einfach hierherein, drehte sich plötzlich um und füllte den armen alten Ned Bender ohne jeden Anlaß mit heißem Blei. Es ist eine Schande, daß wir hier kein Gesetz haben. Der Kerl sollte sofort aufgehängt werden.«

»Ich kümmere mich um die Angelegenheit, Frank. Ihr werdet euren Freund wohl selbst begraben müssen – ein Bestattungsunternehmen haben wir in Abilene noch nicht. Ich gehe jetzt und spreche mit diesem Mexikaner.«

»Wir haben auch noch ein Wörtchen dazu zu sagen,

was er Ned angetan hat, darauf können Sie Ihr letztes Paar Stiefel wetten.« Die Augen des Bärtigen blickten kalt und entschlossen. Er zog an seinem Gürtel. »Das war ein richtiger Überfall! Der Mexikaner kommt herein, hat mehr als ein Dutzend seiner dreckigen Kumpane bei sich, läßt sein Geld sehen und verlangt, wie ein weißer Mann behandelt zu werden. Dann beleidigt er uns, und als der arme Ned den Mund auftut, um ihm zu antworten, schießt der Schmutzfink ihn einfach nieder.«

Jetzt erhob sich einer der drei Männer an dem anderen Tisch. »So war es ganz und gar nicht, Mr. McCoy. Ich habe alles mit angesehen. Auch ich halte nicht viel von den Mexikanern, aber dieser Bursche war so höflich, wie man es sich nur wünschen kann. Er hat den vier Männern dort eine Flasche Whisky spendiert, und wenn Sie mich fragen, hat er einen viel zu hohen Preis dafür bezahlt. Jedenfalls, als er aus der Tür ging, zog der Mann, den sie Ned Bender nennen, seinen Revolver. Der Mexikaner fuhr wie der Blitz herum und schoß mit seinem Karabiner. Es war ein klarer Fall von Selbstverteidigung, das war es.«

»Wollen Sie mich einen Lügner nennen, Mister?« Bud Larkins hakte die Daumen hinter seine Holster und funkelte den Cowboy an.

»Das habe ich nicht gesagt, Ich habe nur berichtet, was ich gesehen habe. Und so ist es gewesen, Mr. McCoy.«

Joseph McCoy rieb sich das Stoppelkinn mit dem schwieligen Daumen. »Ich bin geneigt, Ihnen zu glauben, Jimmy. Da wir hier kein Gesetz haben, erkläre ich, es war ein Fall von Selbstverteidigung, und damit hat's sich. Jetzt zu Ihnen, Mr. Larkin. Ich weiß nicht, wohin Sie gehören, aber ich möchte in Abilene keinen weiteren Ärger mehr haben, verstanden?«

»Uns steht diese lausige Stadt sowieso schon bis zum Hals! Kommt, Jungens, begraben wir den armen Ned. Jemand anders wird es nicht tun, das ist gewiß.«

Die drei trugen den schlaffen Körper ihres toten Gefährten aus dem Saloon. Joseph McCoy musterte den Bartender mit einem langen, strengen Blick. Der Mann bekam einen roten Kopf, sah zur Seite und fing an, Gläser abzuspülen. »Habe ich mir's doch gedacht«, meinte Joseph McCoy. Er drehte sich zu dem Cowboy um, der Ramon Hernandez verteidigt hatte, und tippte an seinen Hut. »Danke, Jimmy. Mir ist alles klar. Aber wenn ich Sie wäre, würde ich zurück in mein Lager gehen und dort bleiben. Diesem Larkin und seinen Kumpanen möchte ich in einer dunklen Nacht nicht gern den Rücken zukehren.«

»Verstehe, Mr. McCoy. Danke. Ich weiß schon auf mich aufzupassen, und Jeff und Don, meine Freunde hier, auch. Aber es würde mich gar nicht überraschen, wenn dieser Larkin versuchte, den Mexikaner auf dem Rückweg nach Texas zu überfallen.«

»Ich werde Mr. Bouchard warnen. Aber ich glaube, der Mexikaner ist ein Mann, der sich von niemandem übertölpeln läßt. Er muß einen siebten Sinn haben, daß er gemerkt hat, wie Bender den Revolver zog. Sonst hätte er nicht so schnell reagiert.«

»Tatsächlich, so schnell habe ich noch nie jemanden ziehen sehen, Mr. McCoy.«

»Nun, jetzt ist alles vorbei. Frank, wenn Sie noch einmal mit Gesindel wie diesem Larkin gemeinsame Sache machen, setze ich hier meinen eigenen Bartender ein. Merken Sie sich das.«

Auf dem Rückweg zur Windhaven-Ranch waren sie gut vorangekommen. Die Vaqueros, Lucien Edmond an der Spitze, ritten vorweg, die Küchenwagen folgten ihnen. Hinter den Küchenwagen kam die Remuda, flankiert von Ramon Hernandez und Manuel Rodriguez, zwischen denen sich eine echte Freundschaft entwickelt hatte. Die Pferde durften grasen, soviel sie wollten. Die beiden Reiter achteten nur darauf, daß der Abstand zu den anderen nicht zu groß wurde. Simata kundschaftete wieder das Gelände aus.

Mit der Fleischversorgung hatten sie Glück. Kurz vor Mittag des zweiten Tages entdeckte Ramon eine kleine Büffelherde, die etwa eine halbe Meile westlich von ihnen graste. Er und Manuel konnten zwei der Tiere erlegen. An diesem Abend wurde ein Festschmaus abgehalten. Und kurz vor Sonnenuntergang ritt Lucien Edmond zu einem Farmer hin, der auf seinen Feldern arbeitete, und kaufte von ihm frisches Gemüse, zwei große Säcke Mehl und mehrere Hühner. Es war jetzt nicht mehr nötig, Wichita oder Baxter Springs aufzusuchen.

Für das Nachtlager wählten Lucien Edmond und Ramon Plätze, wo sie nicht so leicht überfallen werden konnten. Meistens blieben die Männer auf der offenen Ebene; vor Bäumen und Hügeln hüteten sie sich. Ramon hatte Larkins Drohung nicht vergessen. Er sorgte dafür, daß während der Nacht ständig mindestens drei Mann Wache standen.

Gegen Abend des siebten Tages näherten sie sich dem kleinen Creek-Dorf. Lucien Edmond ließ anhalten und trat an das Tor des Zauns. Emataba kam aus seinem Tipi, öffnete das Tor und schüttelte Lucien Edmond die Hand. »Willkommen, mein weißer Bruder!« rief er aus. »Meine Leute werden sich freuen, dich zu sehen. Sie denken stets an deine Freundlichkeit und an das, was du über unser einstmals großes Volks gesagt hast. Deine Worte haben ihnen neuen Mut gegeben, denn jetzt wissen sie, daß nicht alle Bleichgesichter sie hassen. Willst du mit deinen Männern unsere Gastfreundschaft annehmen?«

»Gern, Emataba, wenn du erlaubst, mein Essen mit euch zu teilen. Heute morgen hat einer meiner Reiter ein Rotwild geschossen, ein anderer hat uns mit reichlich Fleisch versorgt, als er zwei Büffel erlegte.«

Darüber freute der *Mico* sich sehr. In der Creeksprache forderte er die Dorfbewohner auf, sich zu versammeln.

Ein paar Vaqueros trugen den Hirsch herbei, und die übrigen holten das Büffelfleisch aus Celias Küchenwagen. Die Kochfeuer wurden angezündet. Die Frauen und Kinder drängten sich um die fremden Reiter, und sie nickten und flüsterten und lächelten einander zu.

So geschah es, daß, beinahe siebzig Jahre nachdem Lucien Bouchard aus dem kleinen Dorf Yves-sur-lac in der Normandie gekommen war und die Gastfreundschaft der Creeks erfahren hatte, sein Urgroßenkel Lucien Edmond in dieser neuen, armen Siedlung des einstmals mächtigen Stammes willkommen geheißen wurde. Nach dem Essen führten die Krieger und die jüngeren Frauen einen Tanz zu Ehren ihrer Besucher auf. Dann entzündete Emataba das Stammeskalumet und händigte es feierlich Lucien Edmond aus. Dieser tat, wie Emataba getan hatte, und reichte es weiter, bis es bei allen Vaqueros, Ramon, Djamba und Lucas die Runde gemacht hatte.

»Kannst du nicht noch einen oder zwei Tage bei uns bleiben und zu meinen Kriegern sprechen?« fragte Emataba. »Die jungen Männer machen mir am meisten Sorge, denn sie haben den Mut und, wie ich manchmal glaube, sogar den Willen zum Leben verloren. Die Jagd ist nicht gut, und wir kommen uns wie Gefangene vor. Ständig müssen wir gewärtig sein, daß die weißen Soldaten uns kontrollieren kommen, als seien wir eingesperrte wilde Tiere, die ausbrechen und Amok laufen könnten. Deine Worte würden meinen Leuten neue Kraft geben, würden ihnen helfen, sich an die Würde und den Stolz der Creeks zu erinnern, die einstmals von allen Menschen geachtet wurden. Ohne Stolz und Würde kann kein Mensch wirklich frei und glücklich sein, mein weißer Bruder.«

»Ich schlage es dir nur ungern ab, Emataba. Hätte ich nicht eine Vorahnung, daß meiner Familie und den anderen, die ich auf meiner Ranch in Texas zurückgelassen habe, Gefahr droht, wäre es mir eine Ehre, als dein Gast hier zu bleiben. Aber da ich in Sorge bin und wir schon einmal von mexikanischen Banditen angegriffen worden sind, möchte ich so schnell wie möglich nach Hause zurückkehren.«

»Jetzt, wo du von Gefahr sprichst, fällt mir ein, daß ich erst gestern etwas gesehen habe, das du erfahren solltest, mein weißer Bruder«, entgegnete der *Mico*. »Als die Sonne unterging, sprach ich mit unserem Schamanen Equitaba. Da sahen wir eine Gruppe von Reitern südwärts ziehen. Equitaba ist blind, aber er sieht mit den Augen der Seele. Er sagte zu mir: ›Diese Männer reiten, als sei der Böse hinter ihnen her, und ihre Herzen sind voller Zorn und Haß. Es ist gut, daß sie nicht anhalten und zu uns kommen.‹ Ich kannte die Bleichgesichter nicht, aber es schoß mir durch den Kopf, daß sie vielleicht jemandem vorausreiten, dem sie einen Hinterhalt legen wollen. Weißt du von Feinden, die so etwas gegen dich im Sinn haben könnten, mein Bruder?«

Lucien Edmonds Gesicht wurde hart. Er nickte ernst. »In der Stadt, wo wir unser Vieh verkauften, wurde Ramon, der junge Mexikaner, der unsere Remuda führt, von vier Männern beleidigt und gezwungen, sich gegen sie zu verteidigen. Einer von ihnen zog hinter Ramons Rücken die Waffe, und Ramon mußte ihn töten, wenn er nicht selbst erschossen werden wollte. Die drei Freunde des Toten mögen unter den Reitern gewesen sein, die du und euer Schamane gesehen habt.«

»Ja, das kann sein, mein weißer Bruder. Und du tust gut daran, der dunklen Wolke Beachtung zu schenken, die deine Gedanken mit Furcht erfüllt. Nur ein Narr wappnet sich nicht gegen einen Feind, von dem er weiß, daß er in der Nähe ist. Laß Equitaba für dich die heiligen Knochen werfen, wie es unsere Schamanen schon in den Tagen unserer Vorväter getan haben. Möglich, daß wir einen Hinweis auf die Gefahr erhalten, die du fürchtest. Wenn dir Equitabas Worte Trost bringen, haben wir dir zu einem kleinen Teil die Freundlichkeit vergolten, die du uns erwiesen hast.«

»Ich werde den Worten eures Schamanen aufmerksam zuhören, Emataba«, versicherte Lucien Edmond.

Der *Mico* erhob sich, ging langsam auf ein nahegelegenes Tipi zu, verbeugte sich tief und sprach: »Komm heraus, weiser alter Mann unseres Stammes. Gib einem, der unser Bruder ist, Trost. Seine Haut ist nicht wie die unsere, aber seine Wege sind die derjenigen Bleichgesichter, die uns immer noch achten.«

Aus dem Tipi tauchte ein gebrechlicher, fast achtzigjähriger Mann auf. Sein Gesicht war runzelig, sein spärliches Haar weiß. Er trug einen Umhang aus Büffelhaut. Die großen Büffelhörner ragten, befestigt an einem Lederstreifen, auf seiner Stirn empor. In den zitternden Händen hielt er einen Beutel, der aus dem Fell eines Kojoten gemacht war. Mit dünner, brüchiger Stimme antwortete er in der Creeksprache: »Es ist lange her, daß ich von einem weißen Mann gehört habe, der sich an die Stärke und die Ehre unseres Volkes erinnert. Bring mich zu ihm, damit ich sein Gesicht lesen kann, denn der Große Geist hat mir das Licht meiner Augen genommen, aber er hat mir das Herz gelassen, mit dem ich erkenne, ob ein Mensch gerade oder krumme Wege wandelt.«

Ehrerbietig führte Emataba den blinden alten Schamanen zu Lucien Edmond, der sich erhob und mit an den Seiten herabhängenden Armen stehenblieb. Die Vaqueros und die Dorfbewohner sahen schweigend zu. »Er steht vor dir, Equitaba«, sagte Emataba. Zu Lucien Edmond gewandt, fügte er leise hinzu: »Zu seiner Zeit war er *Windigo* des großen *Mico* Tisoula in dem Land, das die Bleichgesicher Georgia nennen. Er ist der letzte Überlebende des unvergeßlichen Stammes, der im Stamm der Creeks einen hohen Rang einnahm. Die anderen, die mit ihm hierherkamen, sind längst von Ibofanaga, dem Geber des Atems, abberufen worden.«

Ein mystischer Schauer durchrieselte Lucien Edmond.

Er fühlte sich auf seltsame Weise mit seinem Urgroßvater verbunden, der den Worten Tsipoulatas gelauscht hatte. Jetzt berührte der alte Schamane Equitaba mit seiner knochigen rechten Hand das Gesicht des blonden Bouchard-Erben.

Leicht glitten die Finger des greisen Mannes über Lucien Edmonds Stirn, Wangen, Kinn und Nase, zogen seine Lippen nach und wanderten schließlich zart wie eine Feder zu seinen Augenlidern. Der Schamane nickte. Seine in der Creeksprache verkündeten Worte übersetzte Emataba flüsternd für Lucien Edmond. »Ich sehe das Gesicht eines starken jungen Mannes, der seinen geraden Weg geht, jedoch seine Älteren achtet. Er hat Mut und Stolz, und er ist klug genug zu wissen, daß auch diese Eigenschaften von Bösem, das nicht er selbst hervorgerufen hat, zerstört werden können. Er ist unserer Freundschaft würdig, deshalb will ich die heiligen Knochen für ihn werfen.«

Lucien Edmond sah Emataba fragend an. Dieser nickte und legte Schweigen gebietend einen Finger an die Lippen. Behutsam half der *Mico* Equitaba beim Niedersetzen und band voller Sorgfalt die Lederriemen los, die den Beutel aus Kojotenfell zusammenhielten.

Der alte Mann hob den Beutel hoch und ließ die Knochen vor sich auf den Boden fallen. Es waren die Knochen einer Eule, eines Hirsches und eines Kojoten. Mit den Händen stellte er fest, wo jeder einzelne lag. Darauf hob er das Gesicht zum Himmel und begann mit seiner brüchigen Stimme zu sprechen. Emataba übersetzte: »Er hat eine lange Reise hinter sich, und jetzt kehrt er zu seinen Lieben zurück, die viele Meilen von hier wohnen. Er fürchtet, daß sie in Gefahr sind, aber die Gefahr ist bereits gekommen und wieder gegangen wie der plötzliche Wind der Ebenen. Doch bevor er sie erreicht und unverletzt antrifft, wird er selbst dicht am Schatten des Todes vorbeigehen, aber berühren wird er ihn nicht. Und auch das sehe ich – daß seine Squaw ein Kind haben wird, noch vor dem Winter, der nach diesem kommt. Sein Leben wird lang und gut sein, und er wird von vielen geliebt werden. Das ist, was die heiligen Knochen prophezeien.«

Lucien Edmond bat den *Mico*: »Sage Equitaba, daß ich ihm dankbar bin für das, was er mir verkündet hat. Ich werde auf meiner Rückkehr nach Hause seine Warnung stets beachten. Sag ihm auch, wenn der Große Geist es will, werde ich nächstes Jahr mit meinem Vieh denselben Weg nehmen. Ich werde im Namen meines Urgroßvaters, meines Vaters und in meinem eigenen Namen das, was ich habe, mit den Creeks dieses Dorfes teilen.«

»Ich werde ihm deine Worte mitteilen, mein weißer Bruder.« Emataba half dem blinden alten Mann auf die Füße und führte ihn respektvoll in sein Tipi zurück.

XX

Am 2. September hatte es den ganzen Tag geregnet, und am Abend war der Himmel immer noch wolkenverhangen. Sybille öffnete dem Hund Jubal, der tagsüber eingesperrt gewesen war, die Vordertür des Ranchhauses, und er schoß sofort nach draußen. Maybelle Belcher war fleißig in der Küche tätig. Tim und Connie halfen ihr bei der Zubereitung des Abendessens. Maxine Bouchard saß im Wohnzimmer auf der Couch und las Carla und Hugo ein Märchen vor. Henry Belcher – ruhelos, weil er nichts Besseres zu tun hatte – bot in der Küche seine Hilfe an, aber seine Frau scheuchte ihn hinaus. Deshalb folgte er Jubal in den Hof und spähte in den grauen Himmel. Das sah nach noch mehr Regen aus. Henry Belcher schüttelte den Kopf.

Andy Haskins, der einarmige junge Mann aus Tennessee, übte sich an einer etwa fünfzehn Meter entfernt stehenden Lebenseiche im Messerwerfen, während Joe Duvray, sein Freund aus Georgia, an einem Holzstier für den kleinen Hugo schnitzte und in gutmütigem Spott Bemerkungen über die Treffsicherheit Andys von sich gab.

Allmählich wurde der Himmel dunkler. Gelegentlich war vom Südosten her Donnergrollen zu hören. Ein Gewitter war im Anzug. Dazwischen erklangen die leisen Rufe der Nachtvögel, die sich einen Unterschlupf vor dem Regen suchten.

»Tim, lauf mal ins Wohnzimmer und sage Tante Maxine, das Abendessen sei gleich fertig.« Maybelle sah nach dem wilden Truthahn, der im Herd briet, und dem Topf mit süßen Yamswurzeln, die aus ihrem von Henry angelegten Hausgarten stammten. Carl, der treue, unermüdliche Aschanti, hatte den Truthahn heute morgen geschossen. Dieser köstliche Leckerbissen war eine angenehme Abwechslung von den üblichen Gerichten. Maybelle lächelte vor sich hin. Sie war mit ihrem Leben sehr zufrieden. Und es erhöhte ihr Glück noch, daß sie sich sehr gut erinnern konnte, wie verzweifelt sie gewesen war, als sie die Windhaven-Plantage verlassen und in dieses unbekannte Land ziehen mußte. Erst gestern hatte Sybille ihr das Kompliment gemacht, sie sehe in letzter Zeit unglaublich jung aus. Das war kein Wunder bei einem so freundlichen, aufmerksamen Mann wie Henry, der gar nicht genug für sie tun konnte und sie für die geringste Kleinigkeit lobte, und seinen beiden lieben Kindern, die an ihr hingen, als sei sie ihre leibliche Mutter. Maybelle brauchte kein eigenes Erntedankfest, um für allen Segen, der ihr zuteil geworden war, Dankbarkeit zu empfinden.

Als alles fertig war, trug sie für Maxine, Sybille, Henry und die vier Kinder das Essen auf. Dann ging sie hinaus auf die Hinterveranda, läutete die Kuhglocke und rief: »Kommt und holt das Essen ab, bevor ich es hinauswerfe!«

Lachend zog Andy Haskins sein Messer aus dem

Baumstamm und steckte es in die Lederscheide, die an seinem Gürtel hing. »Darauf sollten wir es lieber nicht ankommen lassen«, sagte er zu seinem Freund. »Der Duft des Truthahns steigt mir schon seit heute morgen in die Nase, und ich bin halb verhungert.«

»Ich bin auch nicht abgeneigt, einen Bissen davon zu probieren«, gab Joe Duvray zu. »Komm, holen wir das Futter und bringen es den Jungens in die Unterkunft.«

»Bist du sicher, daß dies die richtige Stelle ist, *hombre*?« zischte Carlos Macaras. Er stieg ab und band sein Pferd an einen der Pekanbäume, die am Ufer des Nueces River wuchsen.

»Ich schwöre es, *mi jefe*, bei meiner Hoffnung auf das Paradies«, antwortete Ernesto Valdez.

»Glaub mir, du wirst nicht dahin, sondern an den Ort da unten kommen, und zwar eher, als du glaubst, falls du mich belogen hast«, erklärte Carlos Macaras grimmig. Er zog eine seiner Pistolen und winkte Humberto Dondero. »*Adelante, hombre!* Dein Freund behauptet, hier liege die *rancheria* von dem *gringo*, der meinen Bruder ermordet hat. Spricht er die Wahrheit?«

»*Pero si, mi jefe*«, bestätigte der untersetzte Mexikaner.

»Euch beide und mich selbst eingerechnet, haben wir sechzehn Männer«, fuhr Carlos Macaras fort. »Das sollte reichen. Wir warten, bis es dunkel ist. Dann fallen wir über die ahnungslosen *gringos* her. Valdez, du hast gesagt, in dem Haus seien ganz bestimmt einige junge *mujeres*. Die werden wir nicht töten – jedenfalls nicht sofort, *mi compañeros*.«

Inzwischen waren auch die anderen Männer, die Carlos Macaras angeworben hatte, abgestiegen und hatten ihre Pferde angebunden. Sie zogen sich Bandannas über Nase und Mund und warteten auf das Zeichen ihres Anführers.

»Eines gereicht dir zum Vorteil, *amigo*«, sagte Carlos

Macaras zu Humberto Dondero. »Wir haben in dem Korral auf der Rückseite dieser *rancheria* nur wenige Pferde gesehen. Es ist auch kaum Vieh da. Wahrscheinlich sind die Vaqueros mit den Rindern zu einem Markt im Norden unterwegs. Folglich werden keine Männer hier sein, die die schönen *mujeres,* die wir mitnehmen wollen, verteidigen können. Bis jetzt habt ihr beide Glück gehabt, *amigos.* Betet, daß es auch weiterhin anhält. Glaubt nicht etwa, ich hätte vergessen, daß ihr wie verängstigte Hunde davongelaufen seid und meinen Bruder Diego dem Tod überantwortet habt.«

Die beiden Mexikaner traten von einem Fuß auf den anderen und wechselten einen furchtsamen Blick. Carlos Macaras lachte hämisch. »Noch ist Zeit, falls ihr vergessen habt, mir irgend etwas zu sagen, *amigos*«, hielt er ihnen vor.

»Nein, nein, *mi jefe*«, protestierte Ernesto Valdez. »Humberto und ich haben Ihnen alles mitgeteilt, woran wir uns erinnern können. Das schwöre ich bei der Heiligen Jungfrau.«

Der Banditenführer sah sie mit seinen harten Augen durchdringend an. »Ihr werdet bestimmt nicht ins Paradies gelangen, wenn ihr mich belogen habt. Dann bringe ich euch nämlich auf der Stelle um, und die Heilige Jungfrau wird euch für eure Lästerung zu den ewigen Flammen der Hölle verdammen.« Er erhob die Stimme. »Ich sehe am Tor der *rancheria* keine Wache. Einer von euch öffnet es. Wir anderen greifen von der Flußseite her an. Wenn ich das Zeichen gebe, feuert ihr alle auf das Haus. Bevor ich mit den Mördern meines Bruders abgerechnet habe, will ich es zu Schutt und Asche niederbrennen sehen. Ich will ihr Gold und ihre Pferde und ihre Frauen nehmen, das alles ist immer noch nicht genug Vergeltung für den Tod eines großen Mannes wie Diego Macaras, dem Kämpfer für die *libertad* unseres geliebten Mexiko.«

Er wandte sich wieder den beiden Männern zu, die ihn

zur Windhaven-Ranch geführt hatten, setzte erst dem einen, dann dem anderen den Zeigefinger auf die Brust und befahl: »Einer von euch – mir ist gleich, wer – wird zum Tor gehen und es öffnen. Macht es unter euch aus, aber schnell. Ich kann nicht mehr länger auf meine Rache warten!«

Die beiden Männer wurden blaß und begannen zu zittern. Hilflos sahen sie sich an. Carlos Macaras zog ein Klappmesser aus dem Gürtel, spuckte auf die schimmernde Klinge und polierte sie mit dem Ärmel seiner Uniformjacke. Dann drückte er erst Ernesto Valdez, dann Humberto Dondero die Spitze gegen den Bauch. »Entscheidet euch, oder ihr sterbt beide auf der Stelle, und zwar langsam!«

»Ich – ich werde gehen, *mi jefe*«, keuchte Humberto Dondero.

»Dann geh, und zwar schnell! Ihr, *hombres,* paßt auf, ob es diesem *cobarde* gelingt, das Tor zu öffnen. Wenn ich dreimal den Schrei einer Eule ausstoße, nehmt ihr eure Plätze an der uns nächstgelegenen Stelle der *rancheria* ein und feuert auf das Haus. Die Bewohner werden daraufhin herauslaufen. Sechs von euch gehen herum auf die andere Seite und schießen sie nieder. *Comprende*?«

»*Si, mi jefe*«, murmelten die dreizehn maskierten Männer im Chor. Sechs von ihnen krochen wie Indianer an die zum Fluß hin gelegene Seite des Zauns. Die anderen warteten kurze Zeit und nahmen dann ihre Plätze auf der anderen Seite der Befestigung ein. Humberto Dondero, dessen Gesicht schweißnaß war, lief auf das Tor zu.

»Du, *cobarde,* bleibst neben mir«, zischte Carlos Macaras Ernesto Valdez zu. »Diesmal wirst du nicht weglaufen, du wirst kämpfen. Ich bin ein ausgezeichneter Schütze.«

»Ich – ich werde nicht weglaufen, *mi jefe*«, stotterte Ernesto Valdez mit kaum hörbarer Stimme.

»*Bueno.* Siehst du – dein Freund ist am Tor. Ich habe

mir gleich gedacht, daß es sich nicht so ohne weiteres öffnen läßt. Sie haben von innen einen Balken vorgeschoben. Dein *amigo* wird hinüberklettern müssen. Da wälzt er schon seinen fetten Körper wie ein Wurm über die Planken. Nun, Valdez, nimmst du diese Pistole, die einer meiner Männer dort für dich auf den Boden gelegt hat. Überzeuge dich, daß sie schußbereit ist. Wenn dein Freund das Tor öffnet, werden du und ich bis zum Haus vorgehen, uns zu beiden Seiten der Tür aufstellen und darauf warten, daß die *gringos* herauskommen.«

Humberto Dondero, der abwechselnd halblaut betete und fluchte, brachte es in seiner Panik fertig, sich über die zugespitzten Pfähle zu schwingen. Mit einem dumpfen Aufprall landete er auf der anderen Seite und blieb dort erst einmal liegen.

»*Caramba*, dieser Idiot! Den Lärm müssen sie drinnen gehört haben«, zischte Carlos Macaras. »Nun mach schon, du Sohn eines räudigen Esels, schieb den Balken weg und öffne das Tor!«

In diesem Augenblick faßte der Hund Jubal den Entschluß, das Haus noch einmal zu umrunden. Er kam auf die Vorderseite, gerade als Humberto Dondero sich aufrichtete und den schweren Balken, mit dem das Tor von innen verrammelt war, mit zitternden Händen anhob. Jubal bellte zornig. Der vierschrötige Mexikaner drehte sich um. Seine Augen weiteten sich vor Angst. Er zückte seine Pistole, zielte und schoß. Doch Jubal war bereits im Sprung, und die Kugel pfiff an ihm vorbei und bohrte sich, ohne weiteren Schaden anzurichten, in einen der Pfosten.

Carlos Macaras schrie: »Feuer!«

Henry Belcher hatte das Bellen gehört, stand vom Tisch auf und eilte an die Vordertür des Ranchhauses – gerade rechtzeitig, um zu sehen, wie Jubal sich auf Humberto Dondero stürzte, der erneut mit der schweren Planke kämpfte. Jubal schlug dem Mexikaner die Zähne in den rechten Oberschenkel. Mit einem Schmerzenslaut ließ der Bandit den Balken los und trat nach dem Hund. Jubal wurde zur Seite geschleudert. Gleich darauf war er wieder auf den Beinen und sprang seinen Feind zum zweiten Male an. Henry Belcher griff nach seiner alten Whitworth, die gleich neben der Tür an der Wand lehnte, zielte genau und feuerte. Humberto Dondero taumelte, stieß einen Schrei der Todesangst aus und brach zusammen. Jubal schnüffelte kurz an dem schlaffen Körper, dann rannte er zum Haus zurück. Jetzt eröffneten die Banditen auf Carlos Macaras' Signal hin das Feuer. Die Kugeln schlugen durch das Wohnzimmerfenster. Henry Belcher pfiff nach Jubal. Sobald der Hund drinnen war, verschloß und verriegelte der Farmer die Tür. Er machte Jubal ein Zeichen, sich hinzulegen, und auch er selbst kroch über den Fußboden, denn schon knatterte eine neue Salve.

Inzwischen hatten die Männer in der Mannschaftsunterkunft ihre Waffen genommen und schlichen sich in geduckter Haltung aus der Tür. Carl, der große Aschanti, warf sich vor dem Gebäude auf den Boden und spannte sein Spencergewehr. Als das nächste Aufblitzen von Schießpulver verriet, wo die Angreifer steckten, drückte er dreimal ab. Ein Schmerzensschrei antwortete ihm. Er hörte einen der Banditen ausrufen: *»Jorge es muerto – fuego, mis amigos, muerte a todos los gringos!«*

Erneut knallte ein Schuß, und Carl erwiderte ihn sofort mit seinem Spencergewehr. Wieder erklang ein heiserer Aufschrei. Dann hörte er Laufschritte. Die vier Überlebenden von der zum Fluß gelegenen Seite des Zauns suchten sich einen neuen Platz.

Im Eßzimmer begannen die Kinder vor Schreck zu weinen. »Nicht weinen, Kinder, unsere Männer werden uns beschützen«, tröstete Sybille sie. »Tim, Connie, ihr seid schon größer, nehmt Carla und Hugo und legt euch unter den Tisch. Das ist, als ob wir Verstecken spielen; dann wird niemand verletzt werden.«

»Mein Gott, Mutter«, schluchzte Maybelle, »sind das Indianer oder Banditen da draußen? Was ist, wenn sie in der Überzahl sind?«

»Führ dich nicht auf wie ein hysterisches Kind, Maybelle«, schalt Sybille. »Im Schrank in meinem Schlafzimmer findest du einen Karabiner und einen sechsschüssigen Revolver. Maxine, geh mit ihr und hole die Waffen. Kommt nicht zu nahe an die Fenster! So ist's recht, Tim und Connie, bleibt da unten auf dem Fußboden, bis alles vorbei ist.«

»Mein Gott, Henry – er ist drüben im Wohnzimmer!« fiel es Maybelle plötzlich ein. Sie rang die Hände und blieb unentschlossen stehen. Maxine legte ihr einen Arm um die Taille und versuchte, sie aus dem Eßzimmer zu führen.

»Ihm wird schon nichts passieren, er hat sein Gewehr dabei«, sagte Sybille ruhig. »Maybelle, willst du, daß er stolz auf dich ist, oder willst du hier herumstehen und jammern?«

»Schon gut, Mutter. O Gott!« Eine neue Salve krachte.

Andy Haskins und Joe Duvray hatten den Vaqueros das Abendessen gebracht und waren dann in die Küche zurückgekehrt, um ihre eigenen Rationen zu holen. Als sie Jubal bellen hörten, wußten sie sofort, daß die Ranch angegriffen wurde. Sie rannten zur Mannschaftsunterkunft. Der einarmige Tennessee-Mann griff nach einem geladenen Revolver, lief wieder hinaus und gesellte sich den vier Schwarzen bei. Joe Duvray mußte erst seinen Karabiner laden. Dann folgte er seinem Freund.

Carlos Macaras fluchte. Humberto Dondero war es nicht mehr gelungen, das Tor zu öffnen, und die Verteidiger waren alarmiert worden. Aus dem Überraschungsangriff auf das Wohnhaus wurde jetzt nichts mehr. Der Banditenführer lud sein altes belgisches Gewehr. Er stand auf einer kleinen grasbewachsenen Anhöhe neben dem

Flußufer und sah, daß die Vordertür des Ranchhauses einen Spaltbreit geöffnet war. Er zielte mit seinem Gewehr und feuerte. Henry Belcher, der gerade seine Whitworth neu geladen hatte, schob sich aus der Tür, kniete auf der Veranda nieder und schoß zwischen zwei senkrechten Pfosten hindurch. Die Kugel schlug in eine Lebenseiche, die nur einen Schritt von Carlos Macaras entfernt stand. Der Banditenführer, der seine alte Flinte nach jedem Schuß neu laden mußte, riß Ernesto Valdez die Pistole weg. Doch die kleine Handfeuerwaffe hatte längst nicht die erforderliche Reichweite, und die Kugel fiel ein gutes Stück vor dem Ziel zu Boden. Dafür verriet das Aufblitzen Henry Belcher, wo der Schütze stand. Der Farmer gab einen zweiten Schuß ab. Ernesto Valdez zuckte und fiel der Länge nach Carlos Macaras zu Füßen.

»Er hat mir eine Kugel erspart, *cobarde*«, stellte der Banditenführer fest. Er bückte sich und rollte Valdez' Körper auf den Rücken. »Fürwahr, ich hätte dich getötet, auch wenn wir Erfolg gehabt hätten. Im Namen meines toten Bruders, *cobarde.*«

Auf der rechten Seite des Palisadenzauns begannen die Banditen jetzt, an den Pfosten hochzuklettern und auf der anderen Seite hinabzuspringen. Tief geduckt schlichen sie auf die Veranda des Ranchhauses zu. Sybille nahm Maybelle den Karabiner ab, kniete neben dem Fenster nieder und spähte in die Dunkelheit hinaus. Undeutlich erkannte sie ein paar schwarze Schatten, die sich von rechts näherten. Sie gab drei schnelle Schüsse ab. Schmerzensschreie bewiesen, wie gut sie getroffen hatte. Einer der Banditen blieb tot liegen, zwei andere trugen Fleischwunden am Arm davon. Henry Belcher erledigte einen vierten Angreifer mit einem gezielten Herzschuß. Dann zog er die Tür zu, verriegelte sie, legte sich flach auf den Boden und lud sein Gewehr von neuem.

»Maxine, schieß den Revolver ab – ich erkenne eine Gestalt, die nach links um das Haus geht«, flüsterte Sybille. Maxine nickte, kniete neben Sybille und feuerte. Der Bandit stolperte, konnte sich jedoch auf den Füßen halten und verschwand in der Dunkelheit.

Jubal war bellend zur Vordertür und zurück ins Eßzimmer gelaufen, wo die vier Kinder unter dem Tisch lagen. Tim und Connie hielten Carla und Hugo an der Hand. Sie hatten selbst große Angst, aber sie taten ihr Bestes, die kleineren Kinder vom Weinen oder Weglaufen abzuhalten.

Auf der Seite des Zauns, die der Mannschaftsunterkunft gegenüberlag, ließen sich gerade zwei Banditen auf die Innenseite herunterfallen. Doch sie hatten nicht mit Ned und Carl gerechnet, die sich weiter von dem Gebäude entfernt hatten als die Vaqueros. Ned hatte von der Windhaven-Plantage einen alten Säbel der Konförderierten Armee mitgebracht. Er schwang ihn über dem Kopf und traf mit voller Kraft den Hals des ersten Banditen, bevor dieser Zeit gefunden hatte, wieder auf die Füße zu kommen und seine Pistole abzufeuern. Der sterbende Mann schlug und trat um sich und stieß gurgelnde Schreie aus. Dann lag er still. Carl wollte mit seinem Revolver einen Schuß auf den zweiten Banditen abgeben, doch die Waffe versagte. Mit triumphierendem Gelächter richtete der Bandit seine eigene Pistole auf Carl. Der große Aschanti warf sich vorwärts, schlang die Arme um die Knie des Banditen und brachte ihn zu Fall. Darauf kletterte Carl über seinen Gegner hinweg, entrang dem fluchenden, um sich schlagenden Mexikaner die Pistole, faßte sie am Lauf und schlug ihm den schweren Kolben mehrmals auf den Schädel, bis die Gegenwehr des Banditen erschlaffte.

Antonio Falzedo, einer der Vaqueros, wurde von einer Pistolenkugel getötet, als er sich auf der Suche nach einer günstigen Position dem Palisadenzaun näherte. Sein bester Freund Porfirio Gonzalez schrie auf, als er ihn fallen sah, steckte die Mündung seines Karabiners durch eine der schulterhohen Schießscharten des Zauns und tötete den Banditen, der gerade zur Rückseite laufen wollte, weil er hoffte, dort einen leichteren Zugang zu finden. Mehrere Vaqueros rannten jetzt ebenfalls nach hinten. Sie sahen, daß einer der Banditen ein Fenster einzuschlagen versuchte. Unter ihren Kugeln brach er zusammen.

Carlos Macaras knirschte wütend mit den Zähnen. *»Retiro, retiro, amigos!* Wir werden ein anderes Mal wiederkommen, das schwöre ich!«

Kurze Zeit wartete er auf der grasbewachsenen Anhöhe neben dem Flußufer. Er schäumte vor Enttäuschung und unbefriedigtem Blutdurst. Zwei seiner Männer kamen keuchend herangestolpert, zwei weitere folgten mit blutenden Wunden. »Nehmt alle Pferde, schnell!« befahl er. »Das nächste Mal kommen wir mit einer ganzen Armee und töten all diese dreckigen *gringos,* auch ihre Kinder; ihre *mujeres* lassen wir für den Tod unserer *compañeros* teuer bezahlen!« Er bestieg sein Pferd und überquerte den Fluß. Die erschöpften überlebenden Banditen folgten ihm.

Von den Mitgliedern der Bouchard-Familie hatte nur Henry Belcher bei dem Angriff eine Verletzung davongetragen, aber es war nur ein Kratzer an der Hand, beim Einschlag einer Kugel durch einen Holzsplitter hervorgerufen. Belcher nahm sein Gewehr und wollte ins Eßzimmer gehen. Da lief Maybelle mit hysterischem Schluchzen auf ihn zu. »Oh, Henry, Darling, du bist verwundet – du blutest! Oh, mein liebster Mann, ich hatte solche Angst um dich und die Kinder! Ich muß dir die Wunde auf der Stelle verbinden!«

»Nun weine doch nicht, Schatz. Mir ist ja nichts passiert, dir und den Kindern auch nicht.«

Maybelle sah zu ihm auf. Ihre bebenden Lippen verzogen sich zu einem Lächeln. »Ich weine doch nur aus Freude, weil du mich so gut beschützt, Henry Belcher. Es war der glücklichste Tag meines Lebens, als du in deinem

Wagen mit Tim und Connie hier ankamst. Und jetzt läßt du mich deine Hand verbinden, und ich werde dir einen guten, starken Kaffee kochen. Ich glaube, es ist auch noch ein Stück Nußkuchen übrig – du hast ihn dir redlich verdient, Darling.«

XXI

Es war am gleichen Tag, dem 2. September, drei Meilen östlich von dem Ort, wo einstmals die Windhaven-Plantage gestanden hatte, flußabwärts von dem Château aus roten Ziegelsteinen, mit dem der alte Lucien Bouchard seine Träume verwirklicht hatte. Die Nacht war dunkel, und dicke Wolken verbargen die Mondsichel.

Hier wuchs ein dichter Wald aus Zedern, Eichen und Zypressen. Von den Ästen hing spanisches Moos herab, und wenn es sich auch nicht bewegte, machte es doch den Eindruck, als könne es jeden Augenblick schlangengleich zustoßen. Auf einer Lichtung in dieser Wildnis war vor einem Dickicht blühender Büsche ein hohes Holzkreuz errichtet worden. Die Spitze und den waagerechten Balken hatte man in Brand gesetzt. Am Fuß des Kreuzes hatte sich eine Gruppe von zwanzig Männern versammelt. Sie waren in weiße Laken gehüllt, die kapuzenförmig um ihre Köpfe geschlungen waren und von den Gesichtern nur die Augen freiließen. Ein kleiner, untersetzter Mann hob, Schweigen gebietend, die Hand. Er war von den anderen durch ein schwarzes Kreuz zu unterscheiden, das mit Teer auf seine linke Brustseite gezeichnet war.

»Brüder des Ku-Klux-Klan, ich als euer Groß-Adler heiße euch hier willkommen. Wir haben den Eid geschworen, den heiligen Eid des Feuers und des Schwertes, uns an den Unterdrückern aus dem Norden zu rächen. Sie sind entschlossen, den Süden mit Hilfe der Profitmacher und Verräter in unseren eigenen Reihen zu vernichten. Eines ihrer Hilfsmittel ist die Befreiung der Schwarzen – wir nennen sie Nigger, denn sie waren Sklaven, und ihres geringen Verstandes wegen sind sie nicht würdig, in der Gesellschaft guter, freier Menschen einen höheren Rang einzunehmen.«

Aus der Gruppe, die ihm gegenüberstand, erscholl ein Chor gemurmelter Zustimmungen. Die flackernden Flammen erhellten die Lichtung und ließen die geisterhaften Gestalten wie eine höllische Versammlung von Zauberern erscheinen. Rings um sie herum erklang das Zirpen der Nachtvögel, das Summen der Insekten und das leise Rauschen der Blätter, die ein feuchter Wind hier und da zaghaft berührte. Gleich darauf erstarb der Lufthauch wieder, und eine unheimliche Stille trat ein.

Der vermummte Anführer hob von neuem die rechte Hand. »Brüder«, rief er mit ernster Stimme, »jeder von euch hat den Eid geschworen; jeder von euch weiß, wie und warum wir begonnen haben. Die wackeren Männer, die heldenhaften Männer wie Robert E. Lee und Stonewall Jackson gefolgt sind und im Kampf gegen die Tyrannen aus dem Norden ihr Blut vergossen haben, kamen im Mai letzten Jahres in heiliger Entschlossenheit in die Stadt Pulaski, Tennessee. Ihr Ziel war es, meine Brüder, sich den bösartigen, despotischen, arroganten radikalen Republikanern entgegenzustellen, die unter dem Banner des Wiederaufbaus versuchen, aus Niggern uns gleichwertige Menschen zu machen, und uns in die Knie zwingen wollen. Es ist unvorstellbar, daß wir die abstoßenden schwarzen Affen, die früher auf unseren Feldern gearbeitet haben, unter uns aufnehmen – frei, meine Brüder, um unsere Frauen zu vergewaltigen, unsere Häuser zu zerstören und durch unsere Straßen zu stolzieren. Sie sollen doch nicht glauben, daß sie, nur weil dieser andere Affe Abraham Lincoln sie befreit hat, mit einem Satz auf Papier sich in die Gesellschaft gottesfürchtiger, anständiger

Menschen einreihen können.«

Wieder wurden Zustimmungen gemurmelt – diesmal lauter.

»Ja, meine Brüder«, fuhr der Redner fort, »das ist es, was sie uns antun wollen. Doch jetzt haben wir uns dank dem hervorragenden Mut unseres obersten Anführers General Nathaniel B. Forrest im ganzen Süden, von dem die Nordstaaten glauben, er sei gänzlich erobert und liege im Sterben, organisiert. Im April dieses Jahres hat unser Anführer Klans in allen Staaten gegründet, die von dem rachsüchtigen Norden am meisten zu befürchten haben. Heute nacht sind wir hier in unserm Klan vereinigt durch das brennende Kreuz, dessen Licht unsere Feinde entsetzen und in die Flucht treiben wird, und wir schwören, die festgeschlossenen Reihen unserer Feinde zu sprengen. Wir müssen diese ignoranten schwarzen Affen wissen lassen, daß sie es nicht wagen sollen, sich als uns gleichgestellt zu betrachten. Wir werden sie bestrafen!«

»Wir werden sie bestrafen, sie bestrafen!« Dieser Schrei durchdrang laut und wild die Dunkelheit des nächtlichen Waldes.

Der Anführer wartete. Seine Augen leuchteten vor Freude über die Bereitwilligkeit seiner Gefolgsleute. Er breitete die Arme in Form eines Kreuzes aus und fuhr fort: »Überall da, wo das brennende Kreuz zu sehen ist, werden die verdammten Republikaner mit ihrem Wiederaufbauprogramm und ihre schwarzen afrikanischen Marionetten allen Grund haben, vor Furcht zu zittern.

Niemand weiß, wer wir im öffentlichen Leben sind, und das wird auch nie jemand erfahren. Denn wir haben den Eid geschworen, meine Brüder, daß der, der einen von uns verrät, wünschen wird, nie geboren worden zu sein. Sprecht mir noch einmal den heiligen Eid nach, meine Brüder, den wir geschworen haben, als uns die großen Worte aus Tennessee erreichten: ›Ich, der ich entschlossen bin, das Recht der freien Männer in unserm geliebten

Süden zu verteidigen, lege jetzt unter dem Symbol des brennenden Kreuzes, dessen Licht die Dunkelheit vor meinen Augen vertreibt und dessen heilige Flamme mein Herz wärmt, vor Gott und meinen Eidesbrüdern diesen neuen Schwur ab, der mich bis zu meinem letzten Atemzug bindet.‹«

Er hielt inne, bis die verhüllten Männer vor ihm die einleitende Formel nachgesprochen hatten. Dann hob er die Arme erst zum Himmel und verschränkte sie dann wieder in der Form des Kreuzes. »›Ich schwöre feierlich vor meinen Brüdern und vor Gott, unsere Feinde zu vertreiben und Furcht und Verwirrung unter ihnen zu verbreiten, bis sie endlich aus unserem geliebten Land abziehen und uns unserer eigenen Bestimmung überlassen. Mit dem Feuer, mit dem Schwert, mit der Peitsche, mit dem Gewehr werden wir unsere Unterdrücker auslöschen. Aber sie, die durch die Straßen unserer Städte und Dörfer gehen, sollen niemals erfahren, wer es ist, der den Zorn des Allmächtigen durch unsere heilige Gesellschaft auf sie lenkt. Das schwöre ich, und möge Gott mich tot niederstrecken, wenn ich meinen Schwur nicht halte. Und ich schwöre weiter, daß ich jeden meiner Brüder, der seinen Schwur, den er jetzt zusammen mit mir leistet, nicht hält, als Verräter behandeln und mit ihm ebenso verfahren werde wie mit allen unseren gottverlassenen Feinden. Das schwöre ich.‹«

Die Stimmen wurden noch lauter in dem ekstatischen Fieber, das die Männer bei der Ablegung des Eides ergriff.

Der Anführer neigte den Kopf und faltete die Hände. »Laßt uns zu Ihm beten, ohne dessen Wissen kein Sperling vom Dach fallen kann, er möge uns für unsere heilige Sache starke Arme, starke Herzen und Seelen geben.«

Ein langes Schweigen entstand. Die Männer beteten mit gesenkten Köpfen. Dann trat der Anführer zu einem Topf mit kochendem Teer, der über einem Feuer aus

Moos und Zweigen brodelte. Er tauchte ein Stück Holz hinein, schritt damit an den Stamm des Kreuzes und zeichnete die Buchstaben K. K. K. darauf. »Mit diesen drei geheimen Buchstaben, die für unsere heilige und geheime Gesellschaft stehen, werden wir, meine Brüder, den Verrätern unsern Willen kund tun. Und den Unterdrückern. Und den schwarzen Affen. Es wird nicht mehr lange dauern, und jeder ignorante Nigger, der einstmals Sklave war und es jetzt wagt, unsere anständigen Frauen als rechtmäßige Beute anzusehen, wird, sobald er dieses Zeichen an seiner Tür erblickt, davonlaufen, als sei der Teufel hinter ihm her, bis er aus unserem geliebten Staat verschwunden ist. Wenn das überall gleichzeitig und entschlossen geschieht, ist der Süden bald wieder frei.«

»Bald wieder frei!« wiederholten die Stimmen begeistert.

»Geht jetzt zurück in eure Wohnungen. Geht, und sagt niemandem etwas von unserem Treffen, nicht einmal euren Frauen und engsten Freunden. Wir sind Männer, die sich einem heiligen Ziel geweiht haben. Erdulden wir ruhig den Hohn derjenigen, die von uns glauben, wir ertrügen die Schande, die der Norden auf uns häuft. Denn innerlich, in unseren Herzen, triumphieren wir in dem Wissen, daß es nicht mehr lange so bleiben wird. Ich erkläre dieses Treffen jetzt offiziell für beendet. Wenn wir das nächste Mal zusammenkommen, werden wir konkrete Maßnahmen gegen unsere Feinde beschließen. Bis dahin – seid treu, seid verschwiegen, und schwört ewige Rache denen, die uns schänden und entehren!«

Aus der verhüllten Menge, die ihm gegenüberstand, gellte ein gemeinsamer Schrei von erschreckender Wildheit auf: »Das schwören wir!«

Nach dem Besuch in dem Creek-Dorf waren sie drei Tage lang südwärts gezogen. Jede Nacht wurden Wachen aufgestellt. Es wurde sorgfältig darauf geachtet, daß das Lager nur auf offenem Gelände aufgeschlagen wurde, wo es weder Hügel noch Bäume gab. Damit wurde den Feinden ein Angriff so schwer wie möglich gemacht. Die Worte Equitabas, des alten blinden Schamanen, hatten Lucien Edmond beruhigt. Doch wurde er ein unheimliches Gefühl der Vorahnung nicht los, wenn er an der Spitze seiner Männer ritt und mit den Augen den Horizont absuchte. Ramon Hernandez war ebenfalls überzeugt, man müsse immer noch mit den Freunden des Mannes rechnen, den er in dem Saloon in Abilene erschossen hatte. Als Lucien Edmond ihm erzählte, was Emataba über eine Gruppe von Reitern berichtet hatte, die einen Tag vor ihrer Ankunft in dem Creek-Dorf nach Süden galoppiert waren, war der junge Vaquero überzeugt, es seien jene Männer und ihre Komplizen gewesen. Sicher würden sie sich irgendwo in einem Hinterhalt verstecken und die Leute von der Windhaven-Ranch angreifen, wenn diese es am wenigsten erwarteten. Aus diesem Grund bog Lucien Edmond auf dem Rückweg ein wenig von dem Chisholm-Trail ab.

Sie hatten auf der Heimreise insofern Glück, als sie reichlich Wild schießen konnten. Am nächsten Tag stöberte Simata eine Kette Rebhühner aus den Büschen auf, so daß sie an diesem Abend gebratenes Geflügel schmausen konnten. Mittags war Pause gemacht worden, um die Pferde zu tränken. Celia hatte an den Ufern des Creeks rote Beeren entdeckt. Sie pflückte mehrere Eimer voll und bereitete den hungrigen Männern unter sparsamer Verwendung von Mehl einen Nachtisch, der ihnen das Essen im Vergleich mit dem, was sie während des Viehtriebs bekommen hatten, wie ein lukullisches Bankett erscheinen ließ.

Eine Woche später sahen sie den majestätischen Red River vor sich liegen. Anfangs meinten sie, jetzt, wo sie sich nicht mehr um Rinder kümmern brauchten, sei die Überquerung ein Kinderspiel. Aber der Wasserstand war höher als auf dem Hinweg, und sie kamen nicht an der beim ersten Mal benutzten Stelle zum Fluß, sondern ein paar Meilen weiter westlich. Hier waren ihnen die Untiefen nicht bekannt, und das konnte gefährlich werden. An diesem Abend machten sie fünf Meilen vor dem Steilufer Lager. Wieder suchten sie sich eine Stelle aus, wo ein paar hundert Meter nach rechts nur ein Streifen zerzauster Eichen und Pappeln zu finden war. Simata, der auf Kundschaft vorausgeritten war, berichtete, am nächsten Morgen müßten sie drei oder vier Meilen in östlicher Richtung am Fluß entlangreiten; dann kämen sie an eine seichtere Stelle, die zum Übergang besser geeignet sei. Wo sie jetzt waren, hatte das Wasser beinahe den Höchststand erreicht. Nach Westen hin war das Ufer, soweit das Auge reichte, dicht mit Bäumen bewachsen.

Lucien Edmond hielt mit einem Spencer-Repetiergewehr selbst Wache. Bis Mitternacht leisteten ihm Simata, Ramon Hernandez und Manuel Rodriguez Gesellschaft. Dann wurden sie von vier Vaqueros abgelöst, die alle bewaffnet waren. Doch die Nacht ging ohne Zwischenfälle vorüber.

Als sie am nächsten Morgen erwachten, fiel ein leichter Regen, und der Himmel zeigte ein düsteres Grau. Vor sich hin schimpfend, wickelten die Vaqueros sich aus ihren Decken. Neben dem mit Seilen umgrenzten Korral für die Remuda-Pferde stand Pasquale Ruiz, ein magerer, spitzgesichtiger Mexikaner Ende Dreißig, den Ramon Hernandez für den Viehtrieb angeworben hatte. Er gähnte und ließ seinen Karabiner sinken, die Mündung nach unten gerichtet. In der Zeit von drei Uhr bis halb sieben morgens hatte er etwa zweihundert Meter vom Lager entfernt Wache gestanden. Die Nacht war ungewöhnlich kalt gewesen, und jetzt dachte er vor allem an ein warmes Frühstück.

Plötzlich knallte ein Gewehr aus der Richtung der Bäume, die im Westen das Flußufer säumten. Pasquale Ruiz ächzte, streckte eine zitternde Hand aus, fiel nach vorne auf den Bauch und rührte sich nicht mehr.

Simata, von dem Geräusch des Schusses alarmiert, fing das Repetiergewehr auf, das Ramon Hernandez ihm zuwarf, und ritt auf den Fluß zu. Seine Absicht war, den versteckten Schützen dazu zu verleiten, auf ihn zu schießen. Es war unwahrscheinlich, daß er getroffen wurde, denn er lag flach auf dem Rücken seines Pferdes. Tatsächlich wurde von den fernen Bäumen aus eine Salve abgefeuert, doch Simata blieb unverletzt. Er wendete sein Pferd und kehrte sofort zum Lager zurück. In diesem kurzen Augenblick hatte er eine Gruppe von zehn maskierten Reitern erspäht, die im Osten über den Fluß setzten und auf die linke Seite des Lagers zuhielten.

»Vaqueros, geht auf eure Plätze am Korral, von der Seite kommen zehn Reiter auf uns zu!« rief er.

Ein weiterer Schuß fiel. Die Kugel pfiff an dem Kopf des jungen Indianers vorbei, und dann war Simata hinter dem Küchenwagen in Sicherheit.

»Sie müssen da drüben hinter den Bäumen ein paar Whitworths mit hoher Zielgenauigkeit haben«, murmelte Lucien Edmond, der neben dem Rad des ersten Küchenwagens kniete, Ramon zu.

»Das vermute ich auch, Lucien Edmond«, stimmte der junge Mexikaner zu. »Der arme Pasquale Ruíz ist aus weiter Entfernung erschossen worden, und die Whitworth ist der Typ von Gewehr, mit dem das am ehesten möglich ist.« Laut rief er: *»Muchachos,* bleibt stehen wie Scharfschützen und putzt die Reiter weg, wie sie kommen. Sie wollen uns bestimmt nur ablenken, damit die anderen im Westen unbeobachtet näher rücken können.«

Noch ziemlich weit vom Lager entfernt, eröffneten die Reiter das Feuer. Wie die Indianer griffen sie in vollem Galopp und in breiter Front an, als wollten sie die Stellung im Sturm nehmen. Gleichzeitig verstärkte sich der Kugelhagel der hinter den Bäumen versteckten Schützen.

»Mindestens zwei von ihnen müssen weitreichende Gewehre mit Zielfernrohren haben«, sagte Lucien Edmond zu Djamba, der neben ihm hinter einem Vorderrad lag. Beide hatten ihre Spencer-Repetiergewehre auf die Bäume gerichtet. »Achte auf die Rauchwölkchen, die nach den Schüssen aufsteigen, Djamba. Daran kannst du erkennen, wo die Kerle stecken. Unsere Spencers müßten so weit reichen – da!«

Der grauhaarige, kraftvolle Mandingo spähte am Lauf seines Gewehrs entlang und drückte ab. Lucien Edmond sah eine Gestalt unter den Bäumen hervortaumeln. Der Mann ließ sein Gewehr fallen und stürzte vornüber zu Boden. »Damit hat schon einer für den Tod Pasquale Ruíz' bezahlt!« rief Lucien Edmond aus.

Fünf der Vaqueros, denen sich Ramon anschloß, hatten sich neben dem Korral flach auf den Bauch gelegt. Die Remuda-Pferde wieherten, liefen aufgeregt hin und her, schlugen mit den Vorderbeinen in die Luft und warfen die Köpfe hoch. Sie fürchteten sich vor dem Gewehrfeuer. Die angreifenden Reiter galoppierten an der Ostseite des Lagers vorbei. Ramon bekam einen der maskierten Männer ins Visier und drückte ab. Dem Reiter glitt das Gewehr aus der Hand. Er rutschte aus dem Sattel. Ein Fuß blieb im Steigbügel hängen, und das Pferd schleifte den Toten mit sich fort. Ein zweiter Angreifer fiel durch eine Kugel aus Lucas' Pistole. Aber ein dritter nahm Rache. Er wandte sich in seinem Sattel um und zielte auf einen der Vaqueros. Es war Alfonso Diaz, ein Mann mittleren Alters, der sich zum Zielen auf ein Knie erhoben hatte. Der Mexikaner ließ sein Gewehr fallen. Er beugte sich vor, um es wieder aufzuheben. Doch es gelang ihm nicht mehr, die Hand um die Waffe zu schließen. Aus seinem geöffneten Mund sprudelte Blut hervor. Er hatte einen Schuß in die Lunge bekommen. Nur noch kurze Zeit zuckte er, dann lag er reglos da.

Das Gewehrfeuer, das aus dem Wäldchen im Westen

drang, ließ den Verteidigern keine Atempause. Manuel Rodriguez, der gerade sein Repetiergewehr nachladen wollte, zuckte ächzend zusammen. Eine Kugel hatte ihm das linke Handgelenk zerschmettert. Einer seiner Kameraden zerrte ihn an eine sichere Stelle hinter dem Vorderrad des zweiten Küchenwagens und riß schnell ein Stück von seinem Hemd ab, mit dem er die blutende Wunde verband.

Die Angreifer ritten um das Lager herum, zogen sich im Norden zusammen und begannen, auf die Küchenwagen zu schießen. Vier von ihnen waren bei dem ersten Sturm bereits gefallen. Celia schrie entsetzt auf, als eine Kugel nur einen halben Meter über ihrem Kopf in den hölzernen Stützrahmen der Segeltuchplane schlug. Sie warf sich in dem Augenblick zu Boden, als eine zweite Kugel die Plane aufriß und an ihr vorbeipfiff.

»Wie viele Männer kannst du da drüben im Wald ausmachen, Djamba?« fragte Lucien Edmond, während er sein Gewehr lud.

»Vielleicht ein Dutzend, vielleicht sind es auch ein paar mehr, Mr. Lucien Edmond. Es läßt sich schwer abschätzen. Aber sie müssen massenhaft Munition haben, soviel ist sicher. Und wenn wir sie über diese offene Strecke hinweg angreifen, putzen sie uns weg wie Fliegen, noch ehe wir den Fluß erreicht haben.«

»Wir können aber auch nicht hier bleiben und darauf warten, daß sie wieder abziehen, Djamba. Hinter uns sind noch sechs Reiter, die die erste Attacke überlebt haben; sie haben sich jetzt aus unserer Reichweite entfernt. Aber mindestens zwei von ihnen haben Whitworths – der Mann, der Manuel angeschossen hat, muß ein richtiger Scharfschütze sein. Ich habe eine Idee. Wir müssen versuchen, die Pferde vor einen der Küchenwagen zu spannen und dann damit auf die Bäume dort im Westen zufahren. Vier oder fünf unserer Vaqueros können sich im Wagen verstecken und die Mündungen ihrer Gewehre durch die Öffnungen in der Plane stecken. So könnten wir die Angreifer besiegen. Und wir sollten die Remuda-Pferde losmachen und hinter uns herlaufen lassen. Dann haben die Kerle kein menschliches Ziel, auf das sie schießen können.«

»Ich werde den Wagen fahren, Mr. Lucien Edmond.«

»Sind die Zügel lang genug, daß du dich ins Innere des Wagens legen kannst, bis die Pferde so im Lauf sind, daß sie auch ohne Zügelführung vorwärtsstürmen?«

»Ich glaube schon, Mr. Lucien Edmond. Ich habe diese beiden Wallache selbst trainiert. Im Gegensatz zu einigen Pferden aus der Remuda geraten sie nicht so leicht in Panik«, antwortete Djamba.

»Dann wollen wir es versuchen. Andernfalls weiß Gott allein, wie lange sie uns noch davon abhalten können, den Red River zu überqueren. Ich komme mit dir. Sag Ramon, er soll unter den Vaqueros die vier besten Schützen aussuchen.«

»Sofort, Mr. Lucien Edmond.«

Djamba kroch zu Ramon Hernandez und berichtete ihm schnell von dem Plan. Der junge Mexikaner zeigte durch heftiges Nicken, daß er voll damit einverstanden war. Er winkte vier Männern, die neben den unruhigen Pferden auf dem Boden lagen, sie sollten zu ihm kommen.

Lucien Edmond und die vier Mexikaner stiegen hinten in den zweiten Küchenwagen. Djamba spannte die Pferde an und kletterte auf den Kutschbock. Er knüpfte die Knoten in den Zügeln los, um sie zu verlängern, und rutschte vorsichtig zurück, bis er sich unmittelbar hinter den beiden großen Klappen befand, die als Eingang dienten. Auf dem Bauch liegend, zog er an den Zügeln und befahl: »Hü, Hannibal, Merlin!«

In diesem Augenblick schlüpfte Simata zwischen die Pferde. Sein Gewehr hatte er mit einem Lederriemen am Körper festgebunden. Er legte sich der Länge nach auf die Deichsel und hielt sich eisern fest. Der Wagen fuhr nach Westen auf das Flußufer zu. Lucas und Ramon teilten die zurückgebliebenen Vaqueros unterdessen in zwei Gruppen ein. Die eine Gruppe sollte die maskierten Reiter zurückhalten, die andere ihr Gewehrfeuer auf die Bäume konzentrieren, damit die dort versteckten Banditen beschäftigt waren und der Küchenwagen eine Chance erhielt, bis zu ihnen vorzudringen.

Die zweite Gruppe war so erfolgreich, daß auf den näherrollenden Küchenwagen nur ein paar vereinzelte Schüsse abgegeben wurden. Aber die sechs Reiter, die sich im Norden zusammengezogen hatten, bemerkten, was im Gange war, und galoppierten los, um dem Wagen den Weg abzuschneiden. Lucas hob seinen Karabiner und wartete, bis die Maskierten nahe an den Wagen herangekommen waren. Dann schoß er. Der vorderste Reiter fiel aus dem Sattel. Sein Pferd lief weiter auf das Flußufer zu. Einer der Vaqueros, der neben Lucas auf dem Boden lag, zielte sorgfältig und traf einen zweiten Reiter. Die anderen vier rissen ihre Pferde hoch, wendeten und rasten davon. Offenbar hatten sie genug von dem ungleichen Kampf.

Jetzt band Ramon schnell das Seil des Korrals los, bestieg sein Pferd und lockte die anderen mit Rufen hinter sich her. Gehorsam galoppierten beinahe hundert Pferde in einer geschlossenen Gruppe Ramon nach. Ramon, jetzt mit einem Karabiner bewaffnet, duckte sich tief auf Coritas Hals und stürmte auf das Wäldchen zu. Er hörte die aufgeregten Rufe der dahinter versteckten Männer, die die Wallache wie bei einer Stampede herandonnern sahen.

Lucien Edmond und seine vier Vaqueros duckten sich hinter den Schußlöchern in der Plane. Der dahinrasende Wagen war schon bis auf dreißig Meter an das baumbestandene Flußufer herangekommen. Djamba zog ein letztes Mal an den Zügeln und feuerte die Pferde durch einen Ruf an. Dann kroch er zurück, holte sein Gewehr und begab sich wieder an die offenen Klappen.

Simata hielt sich mit der rechten Hand an der Deichsel fest und faßte mit der linken in das Geschirr. Er richtete sich auf und sprang geschmeidig auf den Rücken des linken Pferdes. Dort legte er sich sofort wieder flach hin, machte sein Gewehr los und feuerte zweimal. Hinter einer verkrüppelten Eiche sank einer der maskierten Männer in die Knie und rollte dann zur Seite. Als ein anderer die Deckung verließ, um auf den näher kommenden Küchenwagen zu schießen, traf ihn Djamba mit einem Schuß genau in die Stirn. Lucien Edmond drückte den Abzug seines Spencer-Gewehrs, und ein dritter Bandit kippte um.

Auf der anderen Seite des Wagens richteten die vier Vaqueros ein ununterbrochenes, mörderisches Feuer auf die Büsche und Bäume. Sie töteten drei der versteckten Angreifer und verwundeten einen vierten. Ramon erledigte zwei Männer mit seinem Karabiner. Die Remuda-Pferde stürmten weiter und schufen unter den Banditen heillose Verwirrung.

Die Wegelagerer waren durch den Angriff mit dem Küchenwagen total überrascht worden. Bud Larkin kam aus dem Unterholz hervor, kniete nieder und hob sein Gewehr, gerade als Djamba abdrückte. Der Banditenführer fiel zur Seite. Er versuchte wegzukriechen und raffte noch einmal alle Kräfte zusammen, um sich aufzurichten. Aber er sank zurück, und der Kopf hing ihm kraftlos auf die Brust.

Weiter unten am Flußufer brachen drei der Maskierten aus ihrer Deckung hervor und rannten zu ihren Pferden. Lucien Edmond tötete einen und verwundete den anderen. Djamba kroch vor, nahm die Zügel wieder in die Hand und gab den Pferden das Zeichen, ihren Lauf zu verlangsamen.

Lucien Edmond stellte sich auf die Füße. Eine Handbreit über der Stelle, wo er gehockt hatte, sah er ein Kugelloch in der Plane. Ihm fielen die Worte des ehrwürdigen blinden Schamanen ein. Er berührte das Kugelloch und lächelte grimmig.

»Ich glaube, die sehen wir nie wieder, Djamba. Fahren wir zum Lager zurück. Dann können wir über den Red River gehen. Wenn wir erst auf der anderen Seite sind, ist es gar nicht mehr weit bis nach Hause!«

XXII

Ben Wilson beugte sich über das Rollbett, in dem sein kleiner Sohn Thomas friedlich schlief. Das Gesicht des jungen Arztes leuchtete vor Glück. Dann drehte er sich um und ergriff die Hand seiner Frau Fleurette, die hinter ihm auf Zehenspitzen hereingekommen war, um das Kind nicht zu wecken. »Er ist so gesund, wie er nur sein kann, Darling«, flüsterte Ben. »Komm, wir gehen ins Wohnzimmer und unterhalten uns vor dem Abendessen noch ein bißchen. Ich habe sowieso keinen Hunger.«

Fleurette Bouchard Wilsons feines Gesicht war durch die Liebe zu ihrem Mann und die späte Mutterschaft in heiterer Schönheit erblüht. Sie war jetzt fünfunddreißig, und sie bedauerte nur, daß sie den freundlichen jungen Quäker nicht bereits Jahre vor dem Krieg kennengelernt hatte. Schon als junges Mädchen hatte das Studium der Medizin sie fasziniert. Mit neunzehn verliebte sie sich leidenschaftlich in Dr. Horace Phenley. Er stammte aus Richmond und hatte in Montgomery eine Praxis eröffnet. Beim Tod seines Vaters mußte er nach Hause zurückkehren. Dann war er dort geblieben und hatte sich seiner alternden Mutter und seiner einzigen Schwester angenommen. Fleurette brauchte lange, bis sie diese Trennung verwunden hatte. Mit fünfundzwanzig verlobte sie sich mit Dr. Jonas Morton, einem zweiunddreißig Jahre alten

Quäker aus Philadelphia. Zwei Jahre vorher war er nach Montgomery gekommen, um seinen älteren Bruder und dessen Frau zu besuchen. Er blieb länger als beabsichtigt, weil er seiner Schwägerin bei einer komplizierten Schwangerschaft mit seiner ärztlichen Hilfe zur Seite stehen wollte. Dann entschloß er sich, eine Praxis in der Hauptstadt Alabamas zu eröffnen. Die Hochzeit mit Fleurette war schon festgesetzt, doch am Tag vor der Hochzeit erkrankte Dr. Morton an Scharlach und starb.

Dieser Verlust hatte Fleurettes Interesse an der Medizin noch verstärkt; besonders lag ihr daran, Kranke zu pflegen. Kurz nach Ausbruch des Bürgerkrieges zog sie nach Richmond zu einer Freundin, die ihr Haus in ein Verwundetenlazarett umgewandelt hatte. Dort lernte Fleurette Ben Wilson kennen. Er war mit einer schweren Schulterverletzung ins Hospital gebracht worden. Er, der Sanitätskorporal in der Armee der Union gewesen war – sein Quäkerglaube erlaubte ihm nicht, die Waffe gegen seine Mitmenschen zu führen –, hatte auf dem Schlachtfeld die Wunde eines konföderierten Offiziers verbunden und war dabei angeschossen worden. Die Südstaatler, die ihn gefangennahmen, honorierten den von ihm ausgeübten Akt der Menschlichkeit damit, daß sie ihn nicht in das berüchtigte Libby-Gefängnis schickten, sondern sein Ehrenwort akzeptierten, daß er nicht fliehen werde. Der junge Korporal hatte Fleurette von seinem heißen Wunsch erzählt, Arzt zu werden, sobald er wieder zu Hause sei. Eines Tages wolle er ein Krankenhaus gründen, in dem die Armen, die es sich sonst nicht leisten konnten, ärztliche Hilfe erhielten. Da erkannte Sybilles jüngere Tochter mit einem Male, daß er ihr gesandt worden war, um sie für den zweimaligen Verlust des Geliebten zu entschädigen.

Nun hatte Ben Wilson vor einem Jahr sein medizinisches Examen abgelegt und arbeitete im Pittsburgh General Hospital auf der Traylor Avenue. Er hatte dort oft

Schwierigkeiten mit seinen Vorgesetzten, weil er sich ständig dafür einsetzte, daß die Einrichtungen und hygienischen Maßnahmen verbessert werden müßten.

Erst letzte Woche hatte ihn der weißhaarige, bärtige Dr. Elmer Drawley in sein Büro kommen lassen. Der in hohem Ansehen stehende alte Arzt machte ihm Vorwürfe, weil er zu einer jungen Patientin gesagt hatte, es würden weniger Säuglinge am Kindbettfieber sterben, wenn mehr Wert sowohl auf sterile Wäsche als auch Instrumente gelegt würde. »Junger Mann!« donnerte Dr. Drawley. »Das Pittsburgh General ist kein Sammelbecken für Unzufriedene, Träumer, die sich dem Wahn hingeben, weil sie den Mantel des Hippokrates tragen, stehe es ihnen frei, sich über die Ansichten älterer und erfahrener Kollegen hinwegzusetzen. Ich werde ein Auge auf Sie haben, Dr. Wilson. Wenn ich noch einmal höre, daß Sie Ihre unmaßgeblichen und durch nichts bewiesenen Meinungen zum Besten geben, können Sie sich ein anderes Krankenhaus suchen, das Ihre Impertinenz toleriert!«

Fleurette beugte sich über das schlafende Kind. Aus ihren grünen Augen leuchtete die Liebe. Ihre vollen Lippen rundeten sich zu einem Kuß. Sie berührte sie mit zwei Fingern, strich damit sanft über Thomas' Wange und verließ das Schlafzimmer. Ihr süßes, rundes Gesicht war voller Zärtlichkeit, aber auf ihrer hohen Stirn erschien eine Sorgenfalte, als sie sah, wie ihr Mann im dunklen Zimmer vor der Couch auf und ab lief.

»Am besten machen wir erst einmal Licht, nicht wahr, lieber Ben?« fragte sie sanft und drehte die Petroleumlampe auf. »So ist es schon besser. Nun hör mit dem ständigen Herumlaufen auf, bevor du den Teppich ganz abgetreten hast.«

Ben Wilson war zwei Jahre jünger als seine Frau. Er war groß und hatte schwer zu bändigendes braunes Haar, von dem ihm eine Locke ständig in die Stirn fiel. Sein Gesicht war mager, sein Kinn ein wenig kantig – Fleurette bezeichnete es scherzweise als ein Zeichen seiner Hartnäckigkeit –, und er hatte ein paar fast nicht mehr zu bemerkende Narben im Gesicht, die er zurückbehalten hatte, als er in der Kindheit an den Pocken erkrankt war. Normalerweise hatte er sich in der Hand und sprach mit leiser Stimme. Aber es konnte vorkommen, daß er sich über das Thema, auch den Armen müßte ärztliche Hilfe zuteil werden, heftig erregte. Was Fleurette damals in Richmond zuerst zu ihm hingezogen hatte, war der anbetende Blick aus seinen großen braunen Augen, den er ihr auch jetzt wieder zusandte.

»Nun setz dich doch, Darling«, drängte sie, nahm seine Hand und zog ihn neben sich auf die Couch. »Was beunruhigt dich denn so? Ist es etwa der aufgeblasene alte Dr. Drawley?«

»Nein, mit dem werde ich schon fertig. Es ist etwas anderes. Ich weiß nicht, ob ich es eine Versuchung oder einen Fluch nennen soll. Stell dir vor, aus heiterem Himmel ist mir die Chance geboten worden, ein eigenes Hospital zu leiten.«

»Aber das ist doch wunderbar!« rief Fleurette aus und warf ihm die Arme um den Hals. »Hast du dir das nicht schon immer gewünscht?«

»Ja, aber nicht zu den Bedingungen, die mir jetzt gestellt werden. Ich habe dir doch von George Hardesty erzählt? Er ist ein bedeutender Mann im Bessemer-Eisenwerk, und er hat die luxuriösesten Büroräume, die du je in deinem Leben gesehen hast.«

»Aber du brauchst die Hilfe eines reichen Mannes, wenn du ein Hospital gründen willst, Darling. Es kann doch nichts Schlechtes daran sein, wenn Geld zu diesem Zweck verwendet wird?«

»Liebe Fleurette.« Er ergriff ihre Hände und küßte sie zärtlich auf die Wange. »Du stellst dir das Leben zu einfach vor. Du bist fast schon eine Quäkerin geworden, denn du weigerst dich, zu glauben, daß auch in etwas Gutem Böses enthalten sein kann. Und doch ist das möglich, laß es dir von mir gesagt sein.«

»Worauf willst du hinaus, Ben?«

»George Hardesty ist ein eitler Mann. Er möchte seinen Namen verewigen. Die Zeitungen werden lobende Artikel über ihn bringen, wenn er seinen Plan bekanntgibt, in der Nähe der Clarendon Street, gleich hinter der Brücke über den Monongabela ein neues Hospital zu bauen.«

»Bis hierher klingt doch alles recht gut, Darling«, meinte Fleurette ruhig. »Ich bin eben ein klein wenig realistischer als du, und deshalb wünsche ich mir manchmal, du wärst nicht so von Idealen besessen. Bitte, mißversteh mich nicht, mein Liebster. Aber spielt es denn wirklich eine Rolle, wenn dieser Mr. Hardesty seinen Namen über dem Eingang des Krankenhauses anbringen läßt, solange beste medizinische Versorgung geleistet wird? Und wenn er dich zum Leiter erkoren hat, bekommst du wenigstens die langersehnte Möglichkeit, das zu tun, was du im Pittsburgh General vergeblich durchsetzen wolltest.«

»Ja, Fleurette, das ist mir schon klar«, antwortete Ben Wilson geduldig. Stirnrunzelnd schüttelte er den Kopf. »Aber der springende Punkt ist, daß in diesem Hospital keine armen Patienten behandelt werden sollen. Mr. Hardesty sagte, seiner Meinung nach sollten die maßgeblichen Leute in Pittsburgh das bestmögliche Krankenhaus zur Verfügung haben. Diese Bemerkung ging mir wider den Strich. Ich antwortete, mein Wunsch sei eine Klinik für diejenigen, die sich keinen Krankenhausaufenthalt leisten können, ja, die nicht einmal einen Arzt rufen können, wenn ihre Kinder krank sind. Verstehst du, Fleurette? Er ist reich, und er möchte ein Krankenhaus für die Reichen haben. Ich kann den Posten des Direktors unter diesen Umständen nicht annehmen, denn dann wäre ich ein Lügner und Heuchler.«

Er lachte bitter auf, wandte sein Gesicht zur Seite und

biß sich auf die Unterlippe. Dann fuhr er fort: »Ich weiß, jetzt bekenne ich mich wieder zu der Einstellung, an der Dr. Drawley Anstoß nimmt. Er hat mir letzte Woche vorgeworfen, ich bildete mir ein, da ich ein qualifizierter Arzt sei, hätte ich das Recht, alle meine hochgeschraubten Ideen in die Praxis umzusetzen. Aber es ist wirklich meine Überzeugung, Fleurette! Ich fühle mich berufen, den Menschen zu helfen, die kein Geld für Ärzte, Krankenhäuser und Medikamente haben. Weißt du, wie viele Familien es im ganzen Land gibt, bei denen die Kinder in höchst umgesunder Umgebung zur Welt kommen und dahinsiechen. Und wie oft bekommt jemand Halsschmerzen und hat keine Ahnung, daß er sich mit Diphtherie infiziert hat, nur weil er zu arm ist, einen Arzt aufzusuchen!«

»Bitte, Darling, reg dich doch nicht auf«, begütigte Fleurette. »Was hast du diesem Mr. Hardesty geantwortet?«

»Genau das, was ich dir eben gesagt habe, Fleurette.« Ben stand auf und ging zum Fenster. Dort wandte er sich wieder zu seiner Frau um. »Ich habe gesagt, es sei sehr freundlich von ihm und für mich höchst schmeichelhaft, daß er an mich gedacht habe. Aber in einem solchen Krankenhaus möchte ich nicht einmal einer der untergeordneten Ärzte sein.«

»Ben! Das war grob – beinahe beleidigend.«

»Ich kann nun einmal nicht heucheln. Du vergißt, wie viele Menschen ich im Krieg an ihren Wunden habe sterben sehen. Ich mußte meinem Land dienen, und ich habe für die, die Schmerzen erlitten, getan, was ich konnte. Viele Soldaten hätten nicht zu sterben brauchen, wenn die Ärzte im Feld genügend schmerzstillende Medikamente und chirurgische Instrumente und sauberes Verbandszeug gehabt hätten.«

»Ja, mein Liebster, aber das ist doch jetzt alles vorbei. Warum hast du nicht versucht, auf taktvollere Weise mit

Mr. Hardesty zu reden? Vielleicht hättest du ihn fragen sollen, ob es sich nicht ermöglichen ließe, sobald das neue Krankenhaus floriere, eine Station für die Armen einzurichten.«

»Oh, ich habe daran gedacht.« Wieder entfuhr ihm ein bitteres Auflachen. »Weißt du, was er mir darauf geantwortet hat? ›Ben Wilson‹, sagte er, ›Sie sind ein Narr. Glauben Sie, ich will, daß der Abschaum von Pittsburgh in mein neues Krankenhaus strömt? Glauben Sie, daß es auf Leute dieser Art im großen Weltgetriebe besonders ankommt?‹ Weißt du, Fleurette, als er das sagte, packte mich der Zorn. Ich weiß, meine Religion verbietet das, aber ich hätte diesen Mann beinahe gehaßt. Ich ging einfach hinaus und knallte die Tür seines Büros hinter mir zu.«

»Mein armer Liebling!« Fleurette trat zu ihm und küßte ihn auf die Wange, aber Ben umschloß ihr Gesicht mit seinen Händen und gab ihr einen langen, heißen Kuß auf den Mund.

»Du weißt gar nicht, was du für mich getan hast, Fleurette«, sagte er nach geraumer Zeit. Sie saßen wieder auf der Couch. »Manchmal denke ich, der eigentliche Quäker in diesem Haushalt bist du. Gleich beim ersten Mal, als du in Richmond an mein Bett kamst, mir ein Glas Wasser brachtest und fragtest, ob meine Wunde noch schmerze, wußte ich schon, wieviel du mir bedeuten könntest. Deine Hände berührten mich so zart, und ich werde nie vergessen, wie schön und sanft und voller Mitleid deine Augen waren.«

Fleurette errötete. Sie küßte ihn schnell auf das Kinn und meinte schelmisch: »Ich hätte mir nie träumen lassen, daß ich einmal einen Mann heiraten würde, der sich so darauf versteht, Komplimente zu machen. Nun aber werde ich das Abendessen richten, dann können wir weiter über Mr. Hardesty sprechen.«

»Es gibt über ihn eigentlich nicht mehr viel zu sagen.«

Ben verflocht seine Finger mit ihren und lächelte sie zärtlich an. »Vermutlich habe ich mit meinem dramatischen Auftritt in seinem Büro alle Schiffe hinter mir verbrannt. Pittsburgh ist eine Industriestadt, und ich muß immerzu an die armen Teufel in den Außenbezirken denken, die in den Eisen- und Stahlwerken unter schrecklichen Bedingungen und zu Hungerlöhnen Sklavenarbeit leisten: dann müssen sie sich noch bei ihrem Boß für die Gnade, dort arbeiten zu dürfen, kniefällig bedanken. Ich habe von einem Fall gehört, wo ein Arbeiter versuchte, eine Gewerkschaft zu gründen. Er wurde in einer einsamen Straße überfallen und zusammengeschlagen. Die Schläger waren von seinen Arbeitgebern bezahlt worden. Ich billige solche Methoden nicht. Ich kämpfe für Gerechtigkeit, für Menschlichkeit und für eine ärztliche Versorgung, die den Armen nicht jeden Penny kostet, den er sich mühsam erworben hat.«

»Mein Liebster, davon ist jetzt für den Abend genug geredet. Ich habe ein herrliches Rindfleisch-Stew für dich. Du siehst in letzter Zeit so spitz aus, du mußt unbedingt besser essen. Weißt du, lieber Ben, es könnte ja eines Tages sein, daß das Rindfleisch, das Lucien Edmond unten in Texas erzeugt, seinen Weg bis nach Pittsburgh findet.«

»Das würde mich nicht wundern. Im Augenblick werden Eisenbahnlinien bis nach Kansas gebaut. Irgendwann werden die Schienen von hier bis Los Angeles und San Franzisko reichen.«

»Wäre das nicht herrlich? Statt mit dem Schiff könnten wir dann mit dem Zug reisen, wenn wir Luke in New Orleans und seinen Sohn auf der Ranch in Texas besuchen wollen«, sann Fleurette. Doch dann wurde sie energisch. »Vor allen Dingen mußt du jetzt essen, Ben Wilson!«

George Hardesty nickte dem Butler kurz zu, der ihm die geschnitzte Walnußtür seines eleganten Hauses am Castleton Drive öffnete. »Ist Mrs. Hardesty zu Hause?« knurrte er.

Den Butler, einen großen Mann Anfang Fünfzig mit einem strengen Gesicht, hatte Hardesty eigens aus London importiert, weil er ihm von einer Agentur empfohlen worden war. Er nickte respektvoll und antwortete: »Jawohl, Mr. Hardesty. Sie hat mich jedoch gebeten, Ihnen zu sagen, daß sie sich nicht wohl fühlt. Sie möchten entschuldigen, wenn sie dem Dinner heute abend fernbleibt.«

»Schon gut, Jefferson. Wo ist mein Sohn?«

»Daniel ist mit seiner Gouvernante im Studierzimmer, Mr. Hardesty. Wenn Sie mir die Bemerkung erlauben, Sir, Miss Prentice war sehr bekümmert über seinen Mangel an Aufmerksamkeit während der Mathematik in der Schule. Sie hielt es für richtig, ihm vor dem Abendessen noch etwas Nachhilfe zu erteilen.«

»Kann nicht schaden. Ich allerdings habe nur wenig Schulunterricht gehabt, Jefferson.« George Hardesty, ein kräftig gebauter Mann, fünfundfünfzig, mit einem roten Gesicht, zog seinen Mantel aus und gab ihn dem Butler. »Aber eines Tages wird Daniel meinen Platz im Werk einnehmen. Da sollte er sich schon mit den Produktionszahlen auskennen und wissen, wieviel Tonnen Erz man braucht, um so und soviel Tonnen Eisen zu schmelzen. Nun, ich nehme an, mein Sohn zumindest wird mit mir essen, und Miss Prentice natürlich auch, wie?«

»Jawohl, Sir. Soll ich der Köchin sagen, daß Sie sofort zu speisen wünschen? Sie wußte nicht genau, um welche Zeit Sie aus dem Büro nach Hause kommen, aber es wird nicht lange dauern. Es gibt Schweinekoteletts und eine Süßspeise.«

George Hardesty schnitt eine Grimasse und maß den Butler mit einem gereizten Blick. »Hören Sie, Jefferson, ich habe Sie angestellt und zahle Ihnen ein hierzulande unerhörtes Gehalt, weil es mich beeindruckt hat, daß Sie in England für einen echten Herzog gearbeitet haben. Aber das heißt noch lange nicht, daß sich mein Magen an englisches Essen gewöhnen muß, verdammt noch mal! Eine Süßspeise! Geben Sie mir einen guten Nierenfettpudding mit vielen Rosinen oder einen guten, altmodischen Apfelkuchen, und Sie werden feststellen, daß ich ein umgänglicher Mensch bin. Sie täten gut daran, der Köchin das exakt auszurichten.«

»Sehr wohl, Sir.« Der Butler nickte und verließ das Foyer. George Hardesty ging ins Wohnzimmer und ließ sich auf eine dickgepolsterte Couch fallen. Er zog eine Zigarre hervor, biß das Ende ab und spie es in einen silbernen Spucknapf.

Während er rauchte und die Zeitung überflog, warf er immer wieder einen Blick an die Decke und murmelte etwas halblaut vor sich hin. Cora, seine Frau, spielte schon wieder die Kranke. Das war jetzt der dritte Abend hintereinander, an dem sie sich das Abendessen auf einem Tablett in ihr Zimmer bringen ließ. Und der Junge war nicht viel besser.

George Hardesty stand auf, reckte sich und gähnte. Er war ziemlich klein, etwa ein Meter fünfundsechzig, und hatte einen deutlich sichtbaren Bauch. Als junger Mann hatte er in der Eisengießerei gearbeitet. Mit fünfundvierzig war er aus eigener Kraft bis zum Vizepräsidenten der Bessemer-Eisenwerke aufgestiegen. Seine Vorgesetzten hatten schnell erkannt, daß ihm bei seiner geselligen Natur der Verkauf am besten lag, und so hatten sie ihm in einem der neuesten Gebäude Pittsburghs – einem wahren Wolkenkratzer, fünf Stockwerke hoch – eine teure Flucht von Büroräumen eingerichtet. Er war ein Mann, dem Essen und Trinken schmeckte. Allerdings waren bereits warnende Symptome in Form plötzlichen Herzklopfens aufgetreten, aber das hatte er der Tatsache zugeschoben, daß er in jungen Jahren zu viele Kohlen geschaufelt hatte. Er nahm auch jetzt, da er nur noch am Schreibtisch arbeitete, riesige Portionen Fleisch und Kartoffeln und Pasteten und Kuchen zu sich, und er spülte sie mit gutem irischem Whisky hinunter.

Seine Frau Cora, neunzehn Jahre jünger als er, war die einzige Tochter eines Sägemühlenbesitzers. Sie war in einem Pensionat erzogen worden. Die Vitalität und Lebensfreude ihres Bewerbers hatten sie schließlich überwältigt. Aber sie war immer von zarter Gesundheit gewesen, und ihr Kind brachte sie erst relativ spät zur Welt. Daniel, der vor zwei Monaten seinen zehnten Geburtstag gefeiert hatte, war blond und blauäugig und zum Ärger seines Vaters still wie ein Mäuschen und »kiesätig« beim Essen.

Die Geschäfte gingen gut in Pittsburgh, und sie würden künftig noch besser werden. Andrew Carnegie, dieser schlaue Schotte, brachte Schwung in den Handel mit Eisen und Stahl, oder er wollte nicht George Hardesty heißen. Und Carnegies Erfolg mußte alle anderen Unternehmen der Branche mitreißen. Aus Pittsburgh würde noch die reichste Industriestadt des ganzes Landes werden.

Der Gedanke an den Profit lenkte Hardestys Gedanken für einen Augenblick von seinen Sorgen über die Gesundheit seiner Frau und seines Sohnes ab. Als der Butler diskret auf der Schwelle erschien und verkündete: »Das Dinner ist fertig, Mr. Hardesty«, fühlte er sich rechtschaffen hungrig.

Das Speisezimmer war mit marmornen Statuetten auf kostbaren Kirschholztischen, mit Ölgemälden und Wandbehängen prunkvoll eingerichtet. George Hardesty prahlte gern damit, daß er zwar wenig in der Schule gelernt habe, doch um so mehr in der Welt, in der er seinen Lebensunterhalt hatte verdienen müssen. Immer wieder behauptete er: »Was nützt es einem Mann, wenn er alles über Kunst und Bücher und Gemälde und dergleichen weiß, solange er es sich nicht leisten kann, das alles in seinem Haus zu haben?«

Er nahm seinen Platz am Kopfende des Tisches ein, und schon wieder verfinsterte sich sein Gesicht. Cynthia Prentice, die mittelalterliche Gouvernante seines Sohnes, führte Daniel herein und machte um ihn wie immer viel Wesens. Als sie den Stuhl des Jungen zurechtrückte, polterte Hardesty: »Lassen Sie Dan auf seinen eigenen zwei Füßen stehen und zur Abwechslung einmal etwas selbst tun! Er ist groß genug, um sich den Stuhl allein hervorzuziehen. Mein Gott, wenn das so weitergeht, erziehen Sie ihn zu einem Jammerlappen!«

»Ich – ich bitte um Verzeihung, Mr. Hardesty. Daniel hat sich in letzter Zeit nicht recht wohl gefühlt. Ich wollte Sie nicht damit belasten, aber er hat wenig Appetit, und er verliert das Interesse am Unterricht – was ganz ungewöhnlich ist, Sir.« Cynthia Prentice war sechsundvierzig und eine alte Jungfer, die sich immer nach eigenen Kindern gesehnt hatte. George Hardesty hatte sie angestellt, weil sie, ebenso wie der Butler, rühmlichst empfohlen worden war. Ihre letzte Arbeitgeberin war die Frau eines der reichsten New Yorker Importeure gewesen. Sie war groß und eckig und hatte ihr ergrauendes mausbraunes Haar im Nacken zu einem dicken Knoten aufgesteckt. Ihr Gesicht war das eines erschreckten Kaninchens. Cynthia Prentice fühlte sich von ihrem neuen Herrn ebenso eingeschüchtert wie dessen zarte, zurückhaltende Frau.

Mit kaltem Blick betrachtete George Hardesty den dünnen, blonden Jungen, der bereits die Hände artig zum Tischgebet gefaltet hatte. »Willst du mir nicht guten Abend sagen, Daniel?« fragte er ironisch. Man merkte, wie gereizt er war, daran, daß er den vollen Namen des Jungen benutzte. Cynthia Prentice beugte sich wie auf ein Stichwort prompt vor und flüsterte: »Daniel, mein Lieber, wir dürfen unsere guten Manieren doch nicht vergessen.«

»Guten Abend, Vater«, sagte der Junge mit zitternder Stimme.

»Das ist schon besser. Also dann, sprich das Tischgebet, junger Mann.« George Hardesty faltete seine Serviette auseinander, öffnete seinen Gehrock und steckte einen Zipfel oben in die Weste.

Ohne seinen Vater noch einmal anzusehen, leierte der Junge: »O Herr, segne diese Speise, daß sie uns wohl bekomme, und unser Leben, daß wir es liebend in Deinen Dienst stellen, um Jesu Christi willen. Amen.«

»Weißt du, was diese Worte zu bedeuten haben, Daniel?« forschte sein Vater.

»J-ja, Sir.«

»Ich will es hoffen! Wir sprechen ein anderes Mal darüber.« Er läutete die silberne Tischglocke. Ein verschüchtert dreinblickendes irisches Mädchen in einem schwarzen Kleid mit weißer Schürze und Haube trat eilfertig ein. »Sag der Köchin, daß wir soweit sind, Molly.« Das Mädchen knickste und verschwand ebenso schnell, wie es aufgetaucht war.

Sie kam mit einem Tablett zurück, auf dem drei Teller mit schottischer Fleischsuppe standen, so dick wie Haferbrei und außerordentlich fett. Sie stellte die Teller vor George Hardesty, seinem Sohn und schließlich der Gouvernante ab, lief nochmals in die Küche und kam mit dem Brot, das die deutsche Köchin frisch gebacken hatte, und einer Butterdose aus Porzellan wieder.

Der Industrielle nahm den noch warmen Brotlaib, brach sich ein großes Stück ab, bestrich es mit reichlich Butter, nahm einen Bissen und darauf einen Löffel Fleischsuppe. Schmatzend erklärte er: »Zumindest weiß Gretchen, wie man eine gute Suppe macht. Iß auf, Junge, verdammt noch mal!«

Daniel führte den silbernen Suppenlöffel zögernd an die Lippen, probierte, verzog das Gesicht und legte den Löffel wieder auf den Teller. Ängstlich wandte er sich an seinen Vater: »Ich glaube, ich – ich habe heute abend keinen richtigen Hunger, Vater.«

»Unsinn! Du bist so dünn wie eine Bohnenstange. Wenn du mit der Schule fertig bist, wirst du einen Monat im Werk arbeiten – das wird einen Mann aus dir machen. Und jetzt ißt du deine Suppe!« George Hardesty biß wieder ein riesiges Stück Brot ab, spülte es mit drei Löffeln Suppe hinunter, rülpste und klopfte sich auf den Magen. »Worauf wartest du noch, Dan? Iß auf!«

Der kleine Junge machte einen zweiten Versuch. Erneut ließ er den Löffel sinken. Cynthia Prentice, eine Sorgenfalte auf dem blassen Gesicht, wollte diplomatisch eingreifen, indem sie ein Stück Brot abschnitt, es mit Butter bestrich und Daniel reichte. Er begann daran zu knabbern, dabei warf er ständig schnelle, nervöse Blicke auf seinen Vater. Dieser hatte sich entschlossen, den Jungen nicht weiter zu beachten und sich durch nichts beim Genuß des ersten Ganges stören zu lassen.

Nun kam die kleine Irin mit einer großen Platte aus Dresdener Porzellan, auf der panierte, stark gewürzte Schweinekoteletts lagen. Sie stellte die Platte auf den Tisch und eilte in die Küche zurück, um mit einer Riesenschüssel Kartoffelbrei und einer zweiten mit Möhrengemüse wiederzukommen. Diensteifrig bot sie George Hardesty die Koteletts an. Er nahm sich gleich ein halbes Dutzend. Daneben schaufelte er sich einen Berg Kartoffelbrei und fuhr sie an: »Siehst du nicht, daß ich keinen Teller für das Gemüse habe, Mädchen? Was ist denn in dich gefahren? Mach doch die Augen auf!«

»Ja, Sir. Ich bitte um Entschuldigung, Sir.« Molly errötete heftig, drehte sich um und rannte in die Küche.

Cynthia Prentice legte eins der dicksten Koteletts auf den Teller des kleinen Jungen und bediente ihn auch mit Kartoffelbrei und Gemüse. Mit einem furchtsamen Blick auf ihren Arbeitgeber erlaubte sie sich selbst ein einziges Kotelett, doch verrieten ihre Augen, die sehnsüchtig an der Platte hingen, daß sie gar zu gern ein zweites gehabt hätte. Sie flüsterte dem Jungen noch zu, er solle an dem

Essen nicht herumstochern, und dann begann sie selbst zierlich, aber mit gutem Appetit zu essen.

George Hardesty hatte seinen Teller geleert, rülpste wieder, läutete die silberne Tischglocke und bellte das Dienstmädchen an: »Molly, zum Teufel, was hast du dir dabei gedacht, daß du weder Rheinwein noch Rotwein serviert hast? Nein, nein, Mädchen, für Wein ist es jetzt schon zu spät. Bring mir die Whiskykaraffe von dort drüben und ein Glas.« Molly beeilte sich, dem Befehl zu gehorchen, während George Hardesty kopfschüttelnd bemerkte: »Grauenhaft, was man heutzutage für Dienstboten bekommt, die geborenen Müßiggänger. Nehmen das Geld eines Mannes an und leisten nichts dafür.« Jetzt bemerkte er, daß sein Sohn nur die Hälfte des Koteletts, nichts von dem Kartoffelbrei und nur ein bißchen Gemüse gegessen hatte. Er begann zu schimpfen: »Daniel, was ist heute abend mit dir los? Ist das Essen für Eure Lordschaft nicht gut genug?«

»Ich – ich habe doch gesagt, daß ich keinen Hunger habe, Vater«, stammelte der Junge. Dann begann er zu schluchzen.

»Sie wissen, ich mache mir richtig Sorgen um Daniel«, sagte Cynthia Prentice ruhig. »Vielleicht wäre es gut, ihn einmal untersuchen zu lassen.«

»Sie sollen mir den Jungen nicht verpäppeln, Miss Prentice!« entgegnete George Hardesty ärgerlich. »In letzter Zeit ist es mit ihm ebenso schlimm wie mit seiner Mutter. Ich kann nicht verstehen, warum niemand so gesund ist wie ich.«

»Bitte, Vater, darf ich mich jetzt entschuldigen? Ich möchte wirklich keine Süßspeise mehr« flüsterte Daniel. Er schwitzte. Sein Gesicht sah im flackernden Licht des Kronleuchters beinahe grün aus.

»Dann kannst du ebensogut mit deiner Gouvernante auf dein Zimmer gehen, Junge.«

Cynthia Prentice nahm Daniel bei der Hand und führte

ihn aus dem Speisezimmer. In der Tür blieb sie stehen und warf einen letzten, fast flehenden Blick auf ihren Chef. Aber George Hardesty widmete sich bereits dem Whisky, den Molly ihm gebracht hatte.

XXIII

Nach dem Dinner begab sich George Hardesty, ausgerüstet mit einem Glas Whisky und einer frischen Zigarre, in seine Bibliothek. Die Appetitlosigkeit seines Sohnes hatte ihn ebenso geärgert wie die Abwesenheit seiner Frau. Er nahm sich noch einmal die Zeitung vor und suchte im Wirtschaftsteil nach nützlichen Informationen. Aber seine Gedanken wanderten immer wieder zurück zu Ben Wilson, diesem Grünschnabel von einem Doktor, den er am frühen Nachmittag in sein Büro hatte kommen lassen. Zornig paffte er an seiner Zigarre, bis die ganze Bibliothek mit stechendem blauen Qualm erfüllt war. In einem Zug stürzte er ein Drittel seines Whiskys hinunter und warf die Zeitung auf den Fußboden.

Er hatte dieses Jahr ausgezeichnet verdient. Da waren sein Gehalt und die hohe Weihnachtsgratifikation, mit der er fest rechnen konnte, und dann noch ein paar kleine Nebengeschäfte, von denen die Firma nichts erfahren würde, die sein Bankkonto aber ganz schön erhöht hatten. George Hardesty war der festen Überzeugung, daß es sich dabei nicht um Betrug handelte. Er hatte nur die günstigen Gelegenheiten wahrgenommen. Zum Beispiel tat er einem Mann einen Gefallen, indem er ihm einen Tip gab, wo er günstig an ein Stück Land kommen konnte. Wenn der Mann später Stahlträger kaufte, zeigte er seine Dankbarkeit und achtete darauf, daß George Hardesty nicht zu kurz kam. Die Firma machte dabei guten Profit – wie konnte es also seinerseits Betrug sein?

Doch eine gewisse Menschensorte konnte er nicht ertragen, das waren so Spinner wie dieser Dr. Wilson, der herumlief und predigte, man müsse den Armen helfen. Verdammt noch mal, schließlich wußte er selbst am besten, was es hieß, arm zu sein. Als Junge hatte er in einem Slum von Liverpool gelebt. Sein Vater war fast ständig arbeitslos gewesen, und wenn er einmal Geld verdiente, kam er betrunken nach Hause. Hätte er selbst nicht so viel Unternehmungsgeist gehabt, sich nach New York einzuschiffen, hätte er wahrscheinlich wie sein Vater geendet, der nach einer durchzechten Nacht tot im Rinnstein gefunden wurde.

In New York angekommen, machte er falsche Angaben über sein Alter, änderte seinen Namen und schaufelte Kohlen für einen alten Geizkragen, der ihm ganze fünfundsiebzig Cent pro Woche zahlte. Doch er hatte von dem Kohlenhändler gelernt, wie man es anfangen mußte. Der junge Hardesty hatte also den Preis für eine Ladung Kohlen um ein paar Cents erhöht, wenn er sie in einem reichen Haus ablieferte, wo es nicht darauf ankam. So hatte er nach einiger Zeit genug Geld zusammen, daß er New York verlassen und in dem aussichtsreicheren Pennsylvania noch einmal von vorn anfangen konnte. Zuerst hatte er auf einer Farm gearbeitet, dann in einem Kohlenbergwerk und schließlich in dem ersten Eisenwerk in der Nähe von Pittsburgh. Schon bald war er Vorarbeiter geworden, und nach einigen Jahren hatte er einen Posten im Büro bekommen. Der Umgang mit Männern, die weitaus gebildeter waren als er, hatte ihm den Schliff gegeben, den er brauchte, um seine Pfiffigkeit und seinen Einfallsreichtum voll ausspielen zu können.

Jetzt war er über eine Million Dollar schwer; das hatte er nicht geschafft, indem er den Armen half. Die Menschen, für die Dr. Wilson sich einsetzte, würden es nie zu etwas bringen. Man konnte diesen Leuten die Welt schenken und noch einen Zaun darum ziehen; ein Jahr später saßen sie doch wieder in ihren Elendshütten und jammerten, sie seien so arm. Es kam auf den Verstand und die Zähigkeit und vielleicht auch ein wenig auf das Glück an.

George Hardesty hatte dem starrköpfigen jungen Arzt nicht verraten, aus welchem Grund er ein Krankenhaus bauen wollte. George Hardesty fürchtete sich vor nichts – außer vor dem Tod. Irgendwie hatte er das Gefühl, wenn er ein prachtvolles neues Krankenhaus mit vielen Betten und bequemen Zimmern für die, die es sich leisten konnten, hinstellte, schloß er damit einen Handel mit dem Allmächtigen ab und schob seinen eigenen Tod um ein paar Jahre hinaus. Es gab so vieles, was er noch tun wollte – reisen, die berühmten Museen und die Gemälde im Louvre besichtigen, von denen er gelesen hatte. Er ging jetzt auf die Sechzig zu, und er wollte sich noch etwas mehr mit Frauen amüsieren, als das mit der stets kränklichen Cora möglich war. Als der Arzt ihm einmal sagte, er solle lieber dafür sorgen, daß sie kein zweites Kind bekäme, hatte er sofort gewußt, daß nun überhaupt nichts mehr zu machen war. Etwa einmal im Monat, wenn das Verlangen übermächtig wurde, hatte er ein diskretes zweistöckiges Ziegelgebäude im Südosten der Stadt aufgesucht. Dort konnte er sicher sein, daß sein Name und sein guter Ruf gewahrt wurden. Aber es bestand immer die Gefahr, daß sein Wagen zu oft in jener Gegend gesehen wurde. Leider wurde das Etablissement bei den jungen Leuten der Stadt immer beliebter. Viel lieber wäre es ihm gewesen, er hätte einer attraktiven jungen Frau ein kleines Haus mieten und sie dort in den Geschäftsstunden, wenn nicht viel los war, besuchen können. Das Problem war nur, daß er sich in den letzten Wochen selbst nicht ganz auf dem Damm fühlte. Wahrscheinlich lag es daran, daß Cora und der Junge ständig die Kranken spielten.

Er zog noch einmal an seiner Zigarre und genehmigte sich noch einen Schluck Whisky. Vielleicht sollte er Cora und Daniel auf eine Erholungsreise nach Europa schikken. Dem Jungen konnte es nicht schaden, wenn er schon in jungen Jahren Europa kennenlernte. Vielleicht ging ihm dann ein Licht auf, was sich hier in Pittsburgh abspielte und wie die Leute, auf die es ankam, die Dinge in diesem Land anpackten. Ganz gleich, welche Stadt in Europa man besuchte, man sah nur einige wenige Häuser von reichen Leuten und daneben die elenden Hütten, wo sich das Leben der Armen abspielte. Das Klügste, was er je in seinem Leben getan hatte, war die Fahrt nach New York gewesen.

Ja, es war keine schlechte Idee, Cora und Daniel eine Ferienreise zu schenken. Vielleicht konnte er in der Zwischenzeit feststellen, ob Molly, das hübsche neue Mädchen, bereit war, ein paar Dinge zu lernen, die mit ihren Pflichten im Haushalt nichts zu tun hatten. Sie war nämlich ein appetitlicher Bissen mit einer Haut wie Milch und Blut und lockigem schwarzem Haar. Ihre schüchterne Art war genau das, was er im Bett liebte. Wenn man einem solchen Mädchen erst einmal beigebracht hatte, wie sie einen Mann erfreuen konnte, würde sie alles tun, um ihre Stellung in einem so vornehmen Haus zu behalten.

Bei solchen Aussichten lachte er vor sich hin und nahm einen weiteren Schluck Whisky. Doch dann verdüsterte sich sein Gesicht von neuem. Wieder mußte er an das Gespräch mit Ben Wilson denken. Der Bursche war ein Unruhestifter, ein gefährlicher Radikaler. Wenn man es zuließ, daß die Ärzte, Rechtsanwälte und Priester herumliefen und verkündeten, die Reichen müßten die Armen unterstützen, dann würde Amerika im Handumdrehen zu einem Land von Bauern und Leibeigenen werden, Zustände, wie sie in Rußland, Deutschland oder Italien herrschten. Dann mußten überall im Land Armenküchen eingerichtet werden, vor denen die Leute Schlange standen. Und Männer wie er mußten für die Faulheit derjenigen bezahlen, die lieber von milden Gaben leben als arbeiten wollten. Ja, wenn es noch ein paar solche wie Ben Wilson gab, mußte das zur totalen Anarchie führen.

George Hardesty öffnete die Schublade seines Schreibtischs, nahm einen Bogen Papier heraus und schrieb einen Brief an die führende Pittsburgher Zeitung. Bestimmt würde er auf der ersten Seite erscheinen. Der *Globe* war äußerst kooperativ. Hardesty brauchte nicht einmal Namen zu nennen. Der fromme alte Dr. Drawley merkte auch so sofort, wen er meinte, und er würde dem jungen Mann eine Standpauke halten, die dieser nie mehr vergaß. George Hardestys Mund verzog sich zu einem hämischen, zufriedenen Lächeln.

Dr. Elmer Drawley wartete auf Dr. Ben Wilson. Er schäumte vor Wut. Vor ihm lag die Morgenausgabe des Pittsburgher *Globe*. Auf der ersten Seite war George Hardestys Brief zusammen mit einem redaktionellen Kommentar abgedruckt.

Er klopfte an die Tür. Der Direktor des Pittsburgh General Hospital bellte: »Herein! Setzen Sie sich, Dr. Wilson.«

Der junge Quäker setzte sich und nahm mit Unbehagen die zornige Miene seines Vorgesetzten zur Kenntnis. Dr. Elmer Drawley verlor keine Zeit. Er kam sofort zur Sache: »Haben Sie den *Globe* von heute morgen schon gelesen, junger Mann?«

»Nein, Sir.«

»Dann muß ich Sie aufklären. Das hier ist ein Brief von George Hardesty, einem äußerst wichtigen Mann in unserer Stadt. Ich habe die Absicht gehabt, ihn wegen einer Stiftung für unser Krankenhaus anzusprechen. Aber nach diesem Brief, fürchte ich, ist daran nicht mehr zu denken. Und das alles habe ich Ihnen zu verdanken.«

»Mir, Dr. Drawley?«

»Genau! In einem öffentlichen Brief an den Herausgeber beklagt Mr. Hardesty die radikale und, um seine eigenen Worte zu gebrauchen, beinahe anarchistische Haltung vieler sogenannter Menschenfreunde, Idealisten und Weltverbesserer. Er glaubt – ebenso wie ich –, daß das Verbreiten unsinniger Ideen – wie zum Beispiel die Unterstützung der Armen und ihre kostenlose ärztliche Versorgung – gleichbedeutend mit Umsturz von Recht und Ordnung ist. Noch schlimmer wird die Sache dadurch, Dr. Wilson, daß George Hardesty das Pittsburgh General Hospital ausdrücklich nennt!«

Um die Wirkung seiner Worte zu steigern, machte der bärtige Leiter des Krankenhauses eine dramatische Pause. »Hier steht: ›Nicht alle diese Äußerungen stammen von irgendwelchen nicht näher bekannten Unruhestiftern oder berufsmäßigen Agitatoren. Wenn wir feststellen müssen, daß auch ein Mitglied des Ärzteteams im Pittsburgh General Hospital sich dazu bekannte, wird uns zu unserm Schrecken die Gefahr bewußt, die solche verschrobenen Ideen unter der arbeitenden Klasse hervorrufen können.‹ Ich habe Ihnen schon einmal gesagt, Dr. Wilson, in diesem Krankenhaus ist kein Platz für fehlgeleitete Menschheitsbeglücker. Ich habe keine andere Wahl, als Sie aus dem Ärzteteam zu entlassen. Selbstverständlich stelle ich Ihre ärztlichen Fähigkeiten nicht in Frage, aber ich bin einfach nicht imstande, einen Mitarbeiter zu beschäftigen, dessen unausgegorene Ideen den einwandfreien Ruf dieser Institution gefährden. Und zum Schluß möchte ich Ihnen noch einen Rat mit auf den Weg geben, Dr. Wilson. Behalten Sie in Ihrer nächsten Stelle, wo das auch sein mag, Ihre Gedanken für sich und beschränken Sie sich auf die Ausübung Ihres Berufes. Das ist alles, was ich Ihnen zu sagen habe, Sir. Wenn Sie heute nachmittag vorbeikommen, liegt das letzte Gehalt für Sie bereit.«

»Das ist so ungerecht, so gemein, Darling!« Fleurettes

schöne grüne Augen füllten sich mit Tränen. Sie sah auf ihren Mann herab, der auf der Couch saß, das Gesicht in den Händen vergraben, die Schulter gebeugt, völlig verzweifelt. Liebevoll strich sie ihm über das ungebärdige Haar. Dann setzte sie sich neben ihn. »Wenigstens hat Dr. Drawley gesagt, daß er deine ärztlichen Fähigkeiten nicht in Frage stellt. Das möchte ich ihm auch geraten haben! Ich habe dir schon oft als Krankenschwester zur Seite gestanden, und ich weiß, ein welch guter Arzt du bist und mit welcher Hingabe du dich um deine Patienten kümmerst, um ihnen Schmerz zu ersparen und sie wieder völlig gesund zu machen. Ich bin fest überzeugt, du wirst bald eine neue Stelle finden.«

»Aber verstehst du denn nicht, Fleurette, ich weiß, daß ich recht habe! Sogar im Pittsburgh General gibt es einen erschreckend hohen Prozentsatz von Todesfällen nach chirurgischen Eingriffen sowie nach Geburten. Erinnerst du dich noch an die Frau, die im September Zwillinge bekam, eine Mrs. Ferrinetti?«

»Ja. Ach, die arme Frau!«

»Es war eine schwere Entbindung. Obendrein war sie halb verhungert, weil ihr Mann schon über einen Monat arbeitslos war. Ich hatte dafür gesorgt, daß die Zwillinge so gesund waren, wie man es bei einer unterernährten Mutter nur erwarten konnte. Trotzdem starben sie zwei Tage später, und Mrs. Ferrinetti starb in der Nacht darauf am Kindbettfieber. Dafür verdammt mich dieser Dr. Drawley wegen meiner radikalen Ansichten über Hygiene und bessere Vorbeugemaßnahmen!«

»Still, Liebster.« Wieder streichelte sie sein Haar, mit der anderen Hand faßte sie nach der seinen und drückte sie. »So wird es dir ja nicht immer ergehen. Ein ausgezeichneter Arzt wie du bleibt nicht lange ohne Arbeit. Gott wird für uns sorgen, und außerdem kann ich ja als Krankenschwester arbeiten. Im *Globe* stehen täglich Anzeigen, in denen nach erfahrenen Privatpflegern geradezu händeringend gesucht wird.«

»Nein! Du sollst das Kind und mich nicht durch deine Arbeit ernähren, Fleurette! Ehe ich das zulasse, gehe ich in ein Bergwerk und schaufle Kohlen oder werde Pfleger im Irrenhaus.« Ben sprang auf und schloß sie in die Arme. Sein grimmiges Gesicht wurde weich. »Ich danke Gott in jedem Augenblick für dich, Fleurette. Du bist mein Leben, meine Hoffnung und mein Mut.«

Als mit beginnendem November das Wetter schlecht wurde, verschlimmerte sich auch der Gesundheitszustand des kleinen Daniel Hardesty. Anfangs ärgerte sich sein Vater darüber, doch dann wich der Ärger echter Besorgnis. Kurz vorher hatte Cora sich eine Erkältung zugezogen, die sich hartnäckig hielt, und während der nächsten vierzehn Tage erschien sie abends noch seltener bei Tisch als sonst. Endlich, es war eine stürmische Nacht Mitte November, schickte George Hardesty seinen Butler mit dem Wagen zu seinem Hausarzt Dr. Hugo Cawkins, einem verdienten Siebziger, der seinem Sohn ans Licht der Welt verholfen und ihn bei jeder Gelegenheit auf die Seite genommen und ihm den Rat erteilt hatte, es sei besser, wenn Cora kein Kind mehr bekäme.

Dr. Cawkins hatte an diesem Abend zu Hause gespeist und konnte deshalb gleich mit Cyril Jefferson kommen. George Hardesty empfing ihn an der Tür mit sorgenvollem Gesicht. »Sehen Sie sich den Jungen bitte zuerst an, Dr. Cawkins. Dann wäre ich Ihnen dankbar, wenn Sie auch meine Frau untersuchen würden. Sie kämpft schon seit mehreren Wochen mit einer schweren Erkältung.«

»Natürlich, Mr. Hardesty. Lassen Sie mich nur erst etwas zu Atem kommen. Meine Güte, wie schrecklich ist doch der Winter – ich sage meiner Haushälterin immer wieder, daß ich mich im nächsten Jahr zurückziehen werde, aber schließlich kann ich meine Patienten nicht im Stich lassen.« Umständlich legte der kleine Mann Schal und Mantel ab, die der Butler in Empfang nahm. Der Arzt griff nach seiner schwarzen Tasche und stieg langsam die Treppe zu Daniel Hardestys Zimmer hinauf.

George Hardesty blieb draußen. Er hielt die Hände unter dem Rücken verschränkt und lief vor der Tür auf und ab. Drinnen hörte er erst Miss Prentices Stimme und dann die des Arztes. Schließlich kam Dr. Cawkins wieder heraus. Er massierte seine Nasenspitze. »Er scheint völlig gesund zu sein, Mr. Hardesty«, erklärte er mit seiner krächzenden Altmännerstimme, »aber er sieht schlecht aus, wissen Sie. Er hat weder Fieber noch Husten noch eine Erkältung. Allerdings sagte mir die Gouvernante, sein Appetit lasse in letzter Zeit zu wünschen übrig.«

»Ja, aber das ist schon immer so gewesen. Können Sie ihn heilen, Dr. Cawkins?«

»Ich bin der Ansicht, der Junge sollte sich in einem wärmerer Klima erholen.«

»Ich habe bereits daran gedacht, ihn im Frühjahr mit seiner Mutter nach Europa zu schicken«, antwortete George Hardesty. »Aber was schlagen Sie sonst noch vor? Verdammt noch mal, er ist so kümmerlich – sehen Sie mich an, wie stark und gesund ich bin! Es ist mein einziger Sohn, und ich hoffe, daß er eines Tages meinen Platz in der Firma einnimmt. Gibt es keine Medizin, die Sie ihm verschreiben könnten?«

»Ich habe Miss Prentice eine Flasche mit einem Stärkungsmittel dagelassen, das Eisen fürs Blut enthält, was ihm in seinem augenblicklichen Zustand gewiß nicht schaden wird, Mr. Hardesty. Mit Ihrer Erlaubnis werde ich jetzt Ihre Gattin untersuchen. Vielleicht sollte Miss Prentice mit uns kommen?«

»Natürlich, natürlich«, fiel der Industrielle empfindlich ein, »Sie brauchen sie nur zu holen.«

Eine halbe Stunde später trat der alte Arzt aus Cora Hardestys Zimmer.

George Hardesty wartete ungeduldig auf ihn. »Wie

geht es meiner Frau?«

»Sie hat eine schwere Erkältung. Und der Klang ihres Hustens gefällt mir überhaupt nicht. Sie klagt auch darüber, daß sie schlecht schläft, deshalb habe ich ihr ein Schlafmittel ausgeschrieben. Doch ich muß Sie warnen, Mr. Hardesty, sie darf es nur in ganz kleinen Dosen nehmen. Auch für sie wäre ein milderes Klima gut – aber das wäre schließlich für uns alle besser.«

»Dann halten Sie die Krankheit meiner Frau nicht für ernsthaft?«

»Mein lieber Mann!« Der kleine Arzt reckte sich beleidigt in die Höhe. »Der kleinste Kratzer oder Insektenstich kann in den heutigen Zeiten gefährlich sein. In der Medizin gibt es immer unbekannte Faktoren. Zuweilen mangelt es einem Patienten an Lebenswillen; in anderen Fällen liegt es an ungesunden Dämpfen im Haus oder im Freien, daß ein Mensch krank wird.«

»Ja, ja, das weiß ich alles, Dr. Cawkins. Aber was können Sie meiner Frau, abgesehen von dem Schlafmittel, verschreiben?« fragte George Hardesty gereizt.

»Sie soll viel ruhen und viel Flüssigkeit zu sich nehmen. Sie sollte veranlaßt werden, gut zu essen. Sie wissen ja, es heißt: Ein Fieber muß man aushungern, eine Erkältung füttern.«

»Ach ja? Ich dachte, es wäre gerade anders herum. Aber das tut nichts zur Sache. Natürlich bekommt sie in diesem Haus gut zu essen!«

»Großer Gott, Mr. Hardesty, was sind Sie heute abend so aufgeregt!« Der alte Arzt betrachtete den Industriellen durch seine dicken Brillengläser. »Ihre Farbe gefällt mir übrigens auch nicht, Mr. Hardesty, wenn wir schon bei diesem Thema sind. Meiner Meinung nach sollte man Ihnen Blutegel ansetzen.« Er kramte in seiner Tasche herum und holte dann einen Glaskrug heraus, an dessen Innenseite schwarze Würmer klebten. George Hardesty verzog das Gesicht und machte eine abweisende Handbewegung. »Tun Sie diese Viecher weg! Sie werden mir diese schleimigen Dinger nicht anlegen! Mir fehlt gar nichts, außer daß mir meine Frau und mein Sohn etwas Kummer machen. Schicken Sie mir Ihre Rechnung. Kommen Sie in einem oder zwei Tagen wieder, wenn keine Besserung eintritt. Mein Butler wird Sie jetzt nach Hause bringen.«

»Es tut mir leid, daß ich keine bessere Hilfe leisten konnte, Mr. Hardesty. Natürlich ist da immer noch das Krankenhaus, wenn Sie mit meiner Diagnose nicht einverstanden sind.« Gekränkt hüllte sich der kleine Mann wieder in seinen Schal und ließ sich von Jefferson in den Mantel helfen.

Sobald der Arzt das Haus verlassen hatte, stampfte George Hardesty wütend in seine Bibliothek, zündete sich eine Zigarre an, warf sich in einen Sessel und brütete darüber, wieviel Pech er doch mit seiner Ehe gehabt habe. Er war geschlagen mit einer kränkelnden Frau, die schon so lange, daß er sich fast nicht mehr erinnern konnte, nicht mehr bereit war, ihre Pflicht als Gattin zu erfüllen, und einem Sohn, der ihn anekelte, sooft er ihm beim Essen zusah. Er stand auf dem Höhepunkt seines Lebens, verfügte über Geld und Einfluß, aber eine freudlose Ehe verdarb ihm alles. Natürlich würde er Daniel und Cora im Frühjahr nach Italien schicken. Es war ja nicht so, daß er es sich nicht leisten konnte. Für Geld sollte man sich alles kaufen können, auch Gesundheit. Ja, und auch Liebe! Cora war seit Wochen nicht mehr heruntergekommen; da konnte er wohl einmal herauszufinden versuchen, ob die hübsche kleine Molly wußte, auf welcher Seite ihr Brot mit Butter bestrichen war.

Er griff zu einer Handglocke und läutete. Einige Augenblicke später trat die schwarzhaarige junge Irin ein und knickste.

»Molly, würdest du mir bitte den Whisky bringen?« bat er liebenswürdig.

»Ja, Sir. Ist das alles?« fragte sie schüchtern.

»Nun ja.« Mit einiger Mühe erhob er sich aus dem Sessel. Die Anstrengung, sein Gewicht auf die Handflächen zu verlagern und hochzuwuchten, hatte ihm vorübergehend den Atem genommen. »Vielleicht hättest du selbst auch gern einen Schluck. Ich möchte einmal mit dir unter vier Augen sprechen, Molly. Das können wir jetzt ebensogut tun wie ein anderes Mal.«

»Oh, Sir – ich wage es nicht, von diesem Zeug zu trinken. Mein Vater hat immer gesagt, das sei nur etwas für starke Männer. Er selbst hat auch nie mehr als ein Schlückchen genommen.«

»Dann bring wenigstens für mich etwas. Dann setzt du dich hier auf das Sofa, damit wir ein wenig miteinander plaudern können. Schließlich bist du jetzt schon fast ein Jahr hier; da wird es Zeit, daß wir uns ein bißchen näher kennenlernen.«

Das junge Mädchen errötete heftig. Sie knickste noch einmal, lief ins Speisezimmer, wo die Whiskykaraffe für gewöhnlich stand, goß ein Glas halb voll und brachte es ihm. Nervös zerknüllte sie den Saum ihrer Schürze in den Händen.

George Hardesty nahm einen kräftigen Schluck.

»Setz dich, Molly.« Er winkte ihr, auf dem Sofa Platz zu nehmen, während er sich wieder in den Sessel fallen ließ. »Also, ich denke schon die ganze Zeit darüber nach, was für ein hübsches Mädchen du doch bist. Fühlst du dich hier glücklich, Molly? Gefällt dir dein Zimmer, und gibt dir die Köchin auch gut zu essen?«

»O ja, Sir, ich kann mich über nichts beklagen, Sir. Jeder hier ist schrecklich nett zu mir gewesen.«

»Das ist ja schön, Molly. Ich denke, ich werde dir von jetzt an mehr Lohn zahlen.«

Das Mädchen schlug die Hände zusammen, Ihre Augen leuchteten vor Freude. »Sie sind so gut zu mir, Sir! Dann kann ich jeden Monat ein bißchen an meinen armen Bruder Hughie schicken. Er ist verkrüppelt.«

»Ich werde dir genug geben, daß sich die Mühe des Abschickens lohnt, Molly.« Mit vielsagendem Blinzeln beugte er sich vor. Sein Blick hing gierig an ihrem schlanken jungen Körper in dem enganliegenden schwarzen Kleid, unter dessen Saum die wohlgeformten Waden in schwarzen Wollstrümpfen sichtbar waren. »Hast du einen Freund, mit dem du an deinem freien Tag ausgehst?«

Molly schüttelte den Kopf. Jetzt sah sie nicht mehr so erfreut drein. Sie war ängstlich geworden. »O nein, Sir. Ich kenne hier keinen Menschen, ausgenommen natürlich Sie und die Missis und den Jungen und Miss Prentice und die Köchin und . . .«

Mit einer Handbewegung unterbrach er sie. »Das habe ich nicht gemeint. Komm mal her zu mir. Dieses triste schwarze Kleid gefällt mir gar nicht an dir. Vielleicht können wir das ändern. Möchtest du ein hübsches neues Kleid und ein paar Sächelchen, die ein Mädchen darunter trägt, von mir haben, Molly?«

Molly stand gehorsam von dem Sofa auf, ging zu ihm hinüber und blieb vor ihm stehen. Sie war nervös. »Komm näher – so ist's recht. Du brauchst doch keine Angst vor mir zu haben, Mädchen. Ja, du bist wirklich sehr hübsch. Du hast eine feine weiße Haut, rosige Wangen und sehr schöne Augen. Hat dir schon mal jemand gesagt, daß du schöne Augen hast, Molly?«

»N-nein, Sir«, stammelte sie. Sie schüttelte den Kopf und trat verlegen von einem Fuß auf den anderen.

Plötzlich faßte er ihr Handgelenk und zog sie auf seinen Schoß. »Ich tu dir doch nichts, Molly«, redete er ihr zu. »Du bist nett zu mir, und ich gebe dir fünfzig Dollar mehr Lohn im Monat, außerdem alle hübschen Kleider, die du dir nur wünschen kannst.«

»O nein – bitte, Sir – ich – ich bin ein anständiges Mädchen – bitte – Mr. Hardesty, das dürfen Sie nicht tun – Ihre Frau ist oben . . .« Sie riß sich energisch von ihm los.

»Und wenn schon!« rief George Hardesty ärgerlich aus. »Sie kümmert sich so wenig um mich, daß sie ebensogut ganz weg sein könnte. Komm wieder her, Molly!« Er wollte erneut nach ihr fassen, doch plötzlich zuckte er zusammen, ächzte, fuhr mit der Hand zum Herzen und sank in den Sessel zurück.

»Sir, was ist – was fehlt Ihnen? Hoffentlich bin ich nicht daran schuld – oh, Sir!« Molly rang die Hände. Tränen glitzerten in ihren weit aufgerissenen dunkelbraunen Augen.

»Wh-whisky – gib mir mein Glas«, stöhnte er.

Schnell setzte Molly ihm das Glas an die Lippen. George Hardesty nahm es gierig mit beiden Händen, als sei es ein Lebenselexier. Er trank einen Schluck, hustete und würgte, machte ein paarmal die Augen auf und zu und gab ihr dann das Glas zurück. »Es geht mir schon besser. Mußte das ausgerechnet jetzt passieren! Molly, sieh mal da drüben auf dem Schreibtisch nach, da liegt ein Notizbuch. Versuche, die Adresse von Dr. Ben Wilson zu finden. Beeil dich!«

»Ja – ja, Sir!« Molly lief zum Schreibtisch, holte das kleine schwarze Buch und blätterte darin. »Hier ist es! 327 Susquehanna Street.«

»Gut Molly, geh zu Jefferson. Er soll mit dem Wagen zu Dr. Wilson fahren und ihn herbringen. Laß mich nicht allein, Mädchen. Komm zurück, sobald du es gesagt hast, hörst du?«

»Ja, Sir. Ich bin gleich wieder da.« Molly warf ihm einen ängstlichen Blick zu und rannte aus dem Zimmer.

Er war in eine furchterregende schwarze Leere versunken, wie ein Schwimmer, den ein gewaltiger Strudel in die Tiefe gerissen hat. Doch ganz langsam stieg er wieder empor an die Oberfläche und kehrte ins Leben zurück. Er öffnete die Augen, blinzelte und erkannte, daß sich ein freundliches, besorgtes Gesicht über ihn beugte. »Ich –

bin ich . . .«, stieß George Hardesty heiser hervor.

»Nicht sprechen, Mr. Hardesty. Sie haben einen Herzanfall gehabt und dürfen sich nicht anstrengen. Liegen Sie ganz still. Ich habe es Ihnen so bequem wie möglich gemacht.«

»Sie sind . . .«

»Ben Wilson, ja, Mr. Hardesty. Ich war zu Hause, als Ihr Butler mich abholen kam. Das war noch Glück. Fühlen Sie sich jetzt ein wenig besser? Nein, nicht sprechen, nicken Sie nur.«

George Hardesty gehorchte. Wieder öffnete und schloß er die Augen und versuchte mit seiner ganzen Willenskraft, das Gesicht des jungen Arztes klar zu erkennen. Alle Konturen waren verwischt, doch allmählich bekamen sie wieder schärfere Formen.

»Gut. Sie werden heute nacht gut schlafen. Da ich nun schon einmal hier bin, werde ich nach Ihrer Frau und Ihrem Sohn sehen. Ihr Mädchen hat mir nämlich gesagt, auch sie seien krank.«

»Bitte – helfen Sie ihnen. Mir tut es – ganz verteufelt leid. Ich habe Ihnen unrecht getan – seien Sie deswegen nicht . . .«

»Ich habe gesagt, Sie dürfen nicht sprechen. Und Sie brauchen sich nicht zu entschuldigen. Ich bin Arzt, Sie sind mein Patient. Das heißt, ich weiß natürlich, daß Sie einen Hausarzt haben, und aus Fairneßgründen sollte ich nicht versuchen, seine Stelle einzunehmen.«

George Hardestys Gesicht wurde vor Anstrengung schweißnaß, doch es gelang ihm, den Kopf zu schütteln. »Nein – ich will Sie. Wissen Sie, warum?«

»Bitte . . .«

»Nein. Ich muß darüber reden. In meinem Büro, als Sie . . .« Sein Atem keuchte, doch er zwang sich zu sprechen. Seine Augen hingen an Ben Wilsons Gesicht. »Sie sagten, auch die Armen hätten das Recht zu leben, hätten ein Recht darauf, daß – daß fähige Ärzte sie – vor einem unnötigen Tod – retten. Können Sie – auch mich retten? Ich werde es gutmachen – ich schwöre bei Gott . . .«

»Nun ist es aber genug! Ich will kein weiteres Wort mehr hören. Schließen Sie die Augen, versuchen Sie zu schlafen und alles zu vergessen. Ich gehe jetzt nach oben und besuche Ihre Frau und Ihren Sohn, Mr. Hardesty. Dies ist ein Notfall, also ist es mir erlaubt, für Ihren Hausarzt einzuspringen. Ruhen Sie sich aus.«

George Hardesty stieß einen langen, schwachen Seufzer aus und war gleich darauf eingeschlafen. Sein letzter Gedanke war: Wie seltsam, daß ein Mann, den ich gehaßt und öffentlich verdammt habe, mir so viel Vertrauen einflößt und mir Trost und Kraft gibt.

George Hardesty erwachte erst gegen Mittag des nächsten Tages. Wieder sah er Ben Wilson vor sich stehen. Das freundliche Gesicht war jetzt von Müdigkeit gezeichnet, aber die Augen blickten scharf und hell. »Wie – wie geht es den beiden?« fragte Hardesty leise.

»Darüber werde ich morgen oder übermorgen mit Ihnen sprechen, Mr. Hardesty, wenn Sie sich wieder etwas erholt haben. Übrigens habe ich Ihrer Köchin bereits Anweisungen für Ihre Diät gegeben. Von ihr und dem Hausmädchen habe ich erfahren, was Sie zu Hause zu essen pflegen. Es ist ein Wunder, daß Sie an diesem Herzanfall nicht gestorben sind. Und ich prophezeie Ihnen, daß Sie ganz bestimmt bald sterben werden, wenn Sie weiter essen und trinken, als sei jede Mahlzeit Ihre letzte auf Erden. Sie könnte es durchaus sein, Mr. Hardesty.«

»Wie kommen Sie . . . «

»Still. Ich habe Ihnen gesagt, wir wollen darüber sprechen, sobald Sie sich besser fühlen. Aber es gibt noch ein paar Dinge außer Ihrer Diät, die ich erwähnen muß, Mr. Hardesty. Dabei ist mir ganz gleichgültig, ob Sie mich deswegen für unverschämt halten. Mein ärztliches Gewissen verpflichtet mich, es Ihnen zu sagen.«

»Meinen Sie . . . «

Ben Wilson nickte. »Die Erkältung Ihrer Frau wird nicht besser, weil ihr Allgemeinzustand schlecht ist. Auch sie muß ihre Ernährung ändern. Aber es steckt mehr dahinter. Wir werden darüber reden, wenn es an der Zeit ist, Mr. Hardesty. Auf Ihren Sohn trifft das gleiche in noch stärkerem Maß zu. Aber dem Jungen geht es schon wieder besser, er hat etwas klare Fleischbrühe bei sich behalten. Ich habe ihm ein Stärkungsmittel verschrieben, das ihm seinen Appetit und damit auch wieder Kraft zurückgeben wird.«

»Ich danke Ihnen, Dr. Wilson«, murmelte George Hardesty und schlief wieder ein.

George Hardesty saß mit zwei Kissen im Rücken im Bett. Molly flößte ihm mit einem Löffel Hühnerbrühe ein. Der Butler erschien auf der Schwelle zum Schlafzimmer und meldete: »Dr. Wilson, Mr. Hardesty.«

»Schicken Sie ihn herein, Jefferson.«

Ben Wilson trat ein, setzte sich auf einen Stuhl neben dem Bett und befühlte George Hardestys Handgelenk. »Der Puls ist jetzt stärker und regelmäßiger, Mr. Hardesty. Wie ich Ihnen schon sagte, hatten Sie einen sehr schweren Herzanfall. Es ist möglich, daß er sich wiederholt. Über das menschliche Herz wissen wir nicht alles, was wir wissen sollten, aber eins steht fest: Wenn es übermüdet und überlastet ist, wenn geschäftliche oder familiäre Probleme es zu sehr anstrengen und besonders, wenn es geschwächt ist, weil man den Magen mit zuviel Essen und zuviel Alkohol überlastet, dann nimmt das Herz das sehr übel.«

»Werde ich – muß ich sterben?«

Ben erlaubte sich ein kleines Lächeln. »Wir alle müssen einmal sterben, Mr. Hardesty. Aber jetzt, da Sie Ihren Zustand kennen, ist es Ihnen wenigstens möglich, durch vernünftige Lebensweise einen Rückfall zu vermeiden. Hören Sie vor allem mit dem viel zu fetten Essen auf, mit den Bergen von Kartoffeln und den zusätzlichen Nachtischportionen! Trinken Sie wenige Gläschen Whisky in der Woche! Natürlich brauchen Sie meinen Rat nicht zu befolgen. Aber wenn Sie noch länger leben wollen, haben Sie dann eine bessere Chance.«

George Hardesty nickte. »Ich werde tun, was Sie sagen. Ich will jetzt nicht sterben.«

»Gut. Ihre Köchin weiß bereits, welche Diät Sie in den nächsten Monaten einhalten müssen. Wenn Sie möchten, komme ich von Zeit zu Zeit vorbei und sehe nach Ihnen. Natürlich, wenn Sie mich vorher brauchen sollten, können Sie mich jederzeit holen lassen.«

»Ja. Ich – ich hatte unrecht. Sie werden noch merken, daß ich sehr dankbar sein kann. Ich möchte den Schaden, den Sie durch mich erlitten haben, auch wiedergutmachen.«

»Sie brauchen sich mir nicht verpflichtet zu fühlen, Mr. Hardesty.«

»Aber dieser Brief an die Zeitung – hat Dr. Drawley ihn gelesen?«

»O ja. Er hat mich noch am gleichen Morgen entlassen.«

»Ich werde es wiedergutmachen. Das schwöre ich bei Gott!«

»Ich sagte bereits, Sie schulden mir nichts – bis auf die Bezahlung der Rechnung, die ich Ihnen später schicken werde. Und nun, Mr. Hardesty, halte ich Sie für kräftig genug, sich das anzuhören, was ich Ihnen zu sagen habe. Ich werde es tun, weil ich Arzt bin und Dinge sehe, die ein Laie nicht erkennt. Ihre Frau und Ihr Sohn sind, um es klar und deutlich auszudrücken, von Ihrer herrschsüchtigen Art völlig unterdrückt. Das ist des Pudels Kern. Sie ärgern sich darüber, daß Daniel nicht so kräftig ist wie Sie und daß er keinen Appetit hat. Je öfter Sie ihm das vorhalten, desto mehr igelt er sich ein. Als Folge davon hat er einen nervösen Magen. Seine Beschwerden sind rein nervös bedingt, konstitutionell fehlt ihm nichts, glauben Sie mir.«

»Ich verstehe.« George Hardesty ballte die Fäuste. Ein flehender Blick trat in seine Augen.

»Dasselbe gilt für Ihre Frau. Sie hat das Gefühl, nur ein Dienstbote, nur ein Objekt zu sein. Wann haben Sie ihr zum letzten Mal gesagt, daß Sie sie lieben, Mr. Hardesty? Ja, ich weiß, daß ich mich in Ihr Privatleben einmische. Aber das ist es ja gerade – eigentlich haben Sie überhaupt kein Privatleben. Sie sind einer der bedeutendsten Männer in Pittsburgh, aber wenn Sie nach Hause kommen, sollten Sie Ihrer Familie zeigen, daß Sie sie lieben. Sie werden überrascht sein, wie Ihre Frau und Ihr Sohn dann zu Ihnen halten. Daraus werden Sie wiederum neue Kraft gewinnen, Mr. Hardesty. Sie müssen ihnen nur eine Chance geben.«

George Hardesty biß sich auf die Lippen und senkte den Blick. Nach einer Weile erklärte er mit heiserer Stimme: »Sie schlagen hart zu, Dr. Wilson. Nun, vermutlich habe ich es verdient. Der Schlag, den ich an Sie ausgeteilt habe, ging unter die Gürtellinie, nicht wahr? Und Sie könnten sogar recht haben. Ich habe eben den Wunsch, daß alles perfekt sein soll . . . «

»Nichts kann in diesem Leben perfekt sein, aber wir können uns alle Mühe geben, es besser zu machen. Dazu sind wir hier, Mr. Hardesty. Also, ich habe Ihre Köchin bereits instruiert, welche Mahlzeiten Sie und Ihre ganze Familie zu sich nehmen sollen. Und wenn Sie sich zu Tisch setzen, versuchen Sie, etwas zu sagen, das vom Herzen kommt, etwas Nettes für beide. Ich glaube, Sie werden angenehm überrascht sein, wie sie darauf reagieren. Sie haben Angst vor Ihnen, Mr. Hardesty. Nun aber schlafen Sie ruhig. Morgen komme ich wieder.«

Es war zwei Wochen vor Weihnachten, und die kopfsteingepflasterten Straßen von Pittsburgh waren dick zugeschneit. In dem kleinen Fachwerkhaus auf der Susquehana Street schmückte Fleurette Wilson den Weihnachtsbaum. Der kleine Thomas saß in dem Spielställchen, das Ben in seiner Freizeit gebastelt hatte, und sah ihr mit großen Augen zu. Fleurette reckte sich und steckte den goldenen Stern an die Spitze des Baums. Sie trat zurück und bewunderte ihr Werk. »Siehst du, Tommy? Das ist der Stern von Bethlehem. Er wacht über uns alle, wie er über das Christkind gewacht hat.«

»Schön, Mama, schön!« plapperte der kleine Junge.

»Mein Darling!« Fleurette hob ihn hoch. Ihr Gesicht leuchtete vor Zärtlichkeit und Freude. Da hörte sie, wie der Schlüssel ins Schloß der Haustür gesteckt wurde, und sie eilte ihrem Mann entgegen.

Er schüttelte den Schnee von Hut und Mantel. In seinen Augen stand ein unerklärlicher, ungläubiger Ausdruck, und seine Lippen bebten.

»Ben, was ist geschehen? Du siehst so seltsam aus – stimmt etwas nicht?«

»Doch, doch, Fleurette, ich kann es nur einfach nicht glauben. Warte, bis ich Mantel und Hut aufgehängt habe.« Er kam zu ihr, nahm seinen Sohn in die Arme und küßte ihn. Dann hob er sich den Jungen auf die Schultern und lief mit ihm hin und her, und das Kind quietschte vor Vergnügen. Schließlich setzte er sich auf die Couch, nahm Thomas auf seinen Schoß und streckte die rechte Hand nach Fleurette aus. Schnell kam sie zu ihm. »Heute habe ich noch einmal nach Hardesty gesehen, Fleurette. Er gab mir einen Umschlag mit einem Scheck für meine Hausbesuche. Er sagte, ich dürfe ihn nicht öffnen, bevor ich zu Hause wäre. Aber – aber ich konnte nicht anders, ich habe ihn geöffnet, bevor ich die Tür aufschloß. Mein Gott, sieh dir das an!«

Er zog einen Umschlag aus der Innentasche und reichte ihn Fleurette. Sie öffnete ihn – und stieß einen Schrei aus. »Das kann doch nicht wahr sein, Ben!«

»Lies den Brief, der dabeiliegt. Der ist das Beste von allem«, drängte er, und die Freudentränen liefen ihm über die Wangen.

Fleurette entfaltete den Briefbogen, der neben dem Scheck in dem Umschlag steckte, und las:

Lieber Dr. Wilson,

der Scheck über $ 5000 wird, wie ich hoffe, meine Schuld für Ihre vielen Hausbesuche bei meiner ganzen Familie begleichen. Aber jetzt, da ich weiß, von welchem unschätzbaren Wert Ihre ärztlichen Dienste sind, möchte ich, daß die ganze Stadt ebenso davon profitiert wie ich und ganz sicher auch meine Frau und mein Sohn. Deshalb teile ich Ihnen mit, daß ich die Absicht habe, im nächsten Frühjahr einen Betrag von $ 250000 für ein neues Krankenhaus zu stiften, das meinen Namen tragen soll. Ihnen biete ich den Posten des Chefarztes an. Es versteht sich natürlich, daß Sie eine Station für die Armen und Bedürftigen der Stadt einrichten können, ganz wie Sie es sich gewünscht haben.

Ich schließe, indem ich Ihnen und Ihrer Familie ein frohes Weihnachtsfest wünsche. Dank Ihnen ist mir ein solches beschieden. Außerdem habe ich von Ihnen noch einen unschätzbaren Rat erhalten.

Immer Ihr
George Hardesty

»Oh, Ben, das ist wie ein Traum!« schluchzte Fleurette. Sie warf ihm die Arme um den Hals und küßte ihn leidenschaftlich.

»Du hattest recht, meine Liebste, als du sagtest, Gott werde für uns sorgen. Und weißt du, wozu wir einen Teil des Geldes verwenden werden? Im Frühjahr reisen wir nach New Orleans und Texas, damit du deine Familie wiedersehen kannst. Das ist mein Weihnachtsgeschenk für dich, meine süße Frau.«

XXIV

Laurette Douglas und ihr Mann Charles sahen mit ihren Zwillingssöhnen Arthur und Kenneth dem Weihnachtsfest 1867 als dem glücklichsten Feiertag ihres Lebens entgegen. Charles, zweiunddreißig und zwei Jahre älter als seine rothaarige Frau, war jetzt Inhaber eines dreistöckigen Kaufhauses an der Ecke Lake und Wabash Street. Levi Tallon, sein früherer Arbeitgeber, hatte sich entschlossen, nach San Franzisko zu seiner jüngeren Schwester zu ziehen und dort ein neues Geschäft zu eröffnen. Das Angebot, das er seinem früheren Direktor machte, war unglaublich großzügig gewesen: 65000 Dollar, von denen nur ein Viertel sofort und der Rest in Raten, auf fünf Jahre verteilt, zu zahlen war. Da Charles schon in Tuscaloosa Geld gespart und in Chicago gut verdient hatte, konnte er den geforderten Betrag auf den Tisch legen. Er freute sich unbändig darauf, sein eigenes Geschäft zu leiten und den Namen in »Kaufhaus Douglas« ändern zu können.

Er war mit seiner Familie ebenfalls umgezogen, von der Prairie Avenue in ein neues Haus auf der Schillerstraße. Es war ein weitaus besseres Viertel und ein freistehendes Haus. Natürlich bedeutete das einen Weg von anderthalb Meilen bis zum Geschäft, aber das alte Haus auf der Prairie Avenue war vom Kaufhaus noch weiter entfernt gewesen.

Der braunhaarige, gutmütige Charles Douglas half seiner Frau vergnügt beim Schmücken des Weihnachtsbaums und erging sich in beinahe lyrischen Ergüssen über die Zukunft. »Stell dir vor, Laurette, mein Schatz, wir hätten in Tuscaloosa bleiben müssen! Jetzt, da der Krieg vorbei ist und der Norden versucht, den Süden in die Knie zu zwingen, hätten wir dort nur vegetieren können. Aber diese Stadt ist seit Beginn des Krieges beinahe auf das Dreifache ihrer Größe angewachsen. Ich sehe in meinem eigenen Geschäft, wieviel mehr Waren hier als in irgendeiner anderen Stadt verkauft werden – ausgenommen vielleicht New York, Boston und Philadelphia. Das ist für Chicago aber alles erst der Anfang, denn es werden immer neue Eisenbahnlinien und Schlachthöfe gebaut. Potter Palmer, der im Krieg ein Vermögen mit Baumwollspekulation verdient hat, will eine Trasse, die eine Dreiviertelmeile lang ist, aufkaufen und eine Ladenstraße daraus machen.«

Laurette lächelte und zwickte ihrem Mann neckisch in die Nase. »Ich muß schon sagen, du gönnst dir überhaupt keine Ruhe. Es ist zwei Wochen vor Weihnachten, und wir sind in unserm schönen neuen Haus, du aber denkst an nichts anderes als an die Zukunft dieser großen Stadt«, schalt sie, aber ihr zärtlicher Ton und der liebevolle Blick ihrer Augen strafte ihre Worte Lügen.

Laurette Douglas war nie schöner gewesen als jetzt mit Dreißig. Sie war bereits in der Gesellschaftsspalte des *Chicago Evening Journal* als eine der attraktivsten Frauen der Stadt erwähnt worden, und ihren Mann hatte man als »jenen führenden jungen Handelsprinzen aus dem Süden, der ein echter Chicagoer geworden ist« bezeichnet.

»Ich habe auch nicht die Absicht, mir Ruhe zu gönnen«, gab Charles zurück. »Du weißt doch, was immer über den verschlafenen Süden gesagt wird. Aber ich hatte schon in Tuscaloosa meine eigenen Vorstellungen von Verkauf und Werbung. In Chicago ist überhaupt keine Zeit zum Schlafen. Ich denke daran, Kinder nach der Schule Handzettel über unsere Sonderangebote verteilen zu lassen, und es sollen große Hinweisschilder aufgestellt werden, vielleicht sogar in einigen Wohnvierteln, auf denen das Kaufhaus Douglas angepriesen wird.« Er grinste jungenhaft. »Das war wirklich ein tolles Weihnachtsgeschenk für mich, daß ich zusehen durfte, wie am Geschäft Levis Name heruntergeholt und meiner angebracht wurde.«

»Hast du nicht ein klein bißchen Angst, daß manche

Kunden denken werden, der neue Inhaber sei vielleicht nicht so nett zu ihnen wie Levi, und deshalb nicht mehr kommen?«

Er lachte, zog sie an sich, küßte sie und gab ihr einen liebevollen Klaps. »Laß sie es nur versuchen, nicht zu kommen, Schatz, wenn sie meine Anzeigen im *Evening Journal* gesehen haben. Sie werden Stunden vor den Öffnungszeiten Schlange stehen, damit sie kaufen können, was ich für sie habe – warte es ab, du wirst schon sehen! Und weißt du noch etwas, Laurette?«

Sie errötete auf entzückende Weise, schüttelte den Kopf und sah ihn an, als habe sie nicht die geringste Ahnung von seinen Plänen.

»Also, Mrs. Douglas, das ist mein erstes Kaufhaus. Und es ist das erste Kaufhaus der Douglas-Ladenkette. Bis ich mich vom Geschäft zurückziehe – und ich hoffe, das wird, solange ich dich auf Schritt und Tritt zur Seite habe, noch lange, lange dauern – werde ich Geschäfte in New York, Boston, Philadelphia, Pittsburgh, ja sogar in Los Angeles und San Franzisko haben. Und eines in der größten Stadt von Texas, was dir einen Grund liefern wird, dorthin zu reisen und deine Mutter zu besuchen. Wie geht es übrigens Maybelle?«

»Oh, ausgezeichnet, Darling.« Laurette faßte seine Hand und zog ihn neben sich auf das Sofa. »Ich habe erst neulich einen Brief von Großmutter Sybille erhalten. Wenn du vielleicht meinst, deine Neuigkeiten über das Geschäft seien aufregend, dann hör jetzt einmal zu, was vor ein paar Monaten in Texas passiert ist! Die Ranch wurde von Banditen angegriffen, und Großmutter hat zum Gewehr gegriffen und mitgeholfen, die Bösewichte zu vertreiben.«

»Sybille ist eine erstaunliche Frau, so voller Optimismus und Vitalität«, meinte Charles Douglas. »Schreib ihr, wenn sie Texas und das Leben auf der Ranch jemals satt haben sollte, hätte ich hier in Chicago eine wunderbare

Aufgabe für sie. Weißt du auch, welche? Ich würde sie zur Personalchefin für die weiblichen Angestellten machen.«

»Dann würde sich herausstellen, daß sie eine viel bessere Menschenkenntnis hat als du«, bemerkte Laurette etwas spitz. »Du bist ja so vertrauensselig, Darling. Du glaubst, jeder, der für dich arbeitet, müsse ebenso enthusiastisch ans Werk gehen wie du selbst.«

Charles' Gesicht wurde lang. »Das meinst du doch nicht im Ernst, Laurette? Ich finde, ich habe ein gutes Verkaufsteam zusammengestellt, und alle sind sehr tüchtig.«

»Ja, nach den Zahlen, mit denen du mich jeden Monat von neuem beeindruckst, muß ich das zugeben. Aber letzte Woche war ich im Kaufhaus, da standen doch ein paar deiner Verkäuferinnen herum und schwatzten miteinander. Andere machten sich schön und zeigten längst nicht das Interesse für die Kunden, das man von ihnen erwartet – zumindest bei den Gehältern, die du ihnen zahlst. Da ist noch ein Punkt. Du bist schrecklich großzügig, Charles. Aber wenn du ihnen so hohe Anfangsgehälter gibst, werden sie über kurz oder lang mehr verlangen, mehr, als sie wert sind.«

»Da kann ich dir nicht zustimmen, Schatz. Meine Theorie ist: Wenn ich die Leute gut behandle und sie motiviere, werden sie ihr Bestes für mich geben. Bisher hat sich das auch als richtig erwiesen.«

»Ich hoffe nur, daß es immer so bleibt, Darling. Ich bin wirklich sehr stolz auf dich und auf alles, was du in der kurzen Zeit, die wir in Chicago sind, geleistet hast. Und ich liebe Chicago ebenfalls.«

»Was hat denn deine Mutter zu dem Banditenüberfall gesagt?« erkundigte sich Charles, streichelte ihr schimmerndes, leuchtend rotes Haar und küßte sie aufs Ohr.

»Großmutter Sybille schreibt, Mutter habe schreckliche Angst gehabt, doch sie sei damit fertig geworden. Weißt du, Mutter konnte gar nichts Besseres widerfahren, als daß sie Henry Belcher kennenlernte. Und ich kann dir sagen, sie ist immer noch eine sehr hübsche Frau. Schließlich war sie erst siebzehn, als ich zur Welt kam.«

»Und du siehst immer noch keinen Tag älter als zwanzig aus.« Er zog sie an sich und gab ihr einen langen, heißen Kuß.

»Charles Douglas, du bist einfach schrecklich!« Laurette machte sich los, strich sich das Haar glatt und sah ihn mit gespielter Strenge an. »Du vernachlässigst die Zwillinge, und das paßt gar nicht zu dir.«

»Das tue ich nicht. Ich widme mich nur ihrer schönen, verführerischen Mutter, ohne die es gar keine Zwillinge geben würde.« Wieder küßte er sie.

»Jetzt ist es aber genug, Charles!« protestierte sie. »Sieh mal, wie du mein Haar zerzaust hast.«

»Haar wie deines ist dazu prädestiniert, zerzaust zu werden, Liebste. Weißt du, was du von mir zu Weihnachten bekommst? Das dünnste Nachthemd, das ich auftreiben kann. Dann werde ich darauf bestehen, daß du dein feuriges Haar auflöst, und ich werde ganz verzückt dastehen.«

Laurette kicherte, kniff ihn ins Bein und sprang hoch. »Komm mit und sag deinen Söhnen gute Nacht.«

Sie zog ihn mit sich in das Spielzimmer der Kinder. Kenneth und Arthur standen in einem großen, rechteckigen Ställchen, rings um sie herum war ein Überfluß von Spielsachen aus Charles Douglas' Kaufhaus verteilt. Charles beugte sich nieder und nahm die Kinder in die Arme. Sie freuten sich, und der Vater strahlte. »Hast du das gehört, Laurette? Jetzt können sie schon beide *Daddy* sagen.«

»Habe ich dir nicht immer gesagt, wir haben begabte Söhne? Ach, ich bin so froh, daß dein früherer Chef uns dieses Haus mieten ließ. Es ist hübsch und sauber, und die Nachbarn sind gerade so nahe, daß man sich nicht einsam zu fühlen braucht.«

»Warte nur ab, Laurette. Noch ein Jahr oder zwei, und die Stadt wird sich nach allen Richtungen ausgedehnt haben. Am Nordufer des Sees werden viele neue Gebäude entstehen, auch nach Süden hin wird weitergebaut werden – meilenweit über unsere Straße hinaus. Das ist der Fortschritt, Schatz. Vielleicht kann ich nächstes Jahr Gaslicht im Kaufhaus installieren lassen. Ich habe bereits mit ein paar Technikern gesprochen. Das wird die Waren erst ins rechte Licht setzen.«

»Denkst du überhaupt einmal an etwas anderes als an dein Kaufhaus?« warf Laurette ihm lächelnd vor.

Charles setzte die Kinder wieder in ihr Ställchen und nahm seine Frau in die Arme. Sein Mund suchte den ihren. Laurette versuchte zuerst, ihn wegzuschieben, doch dann schlang sie die Arme um seinen Hals und erwiderte seinen Kuß leidenschaftlich.

Geraume Zeit später flüsterte sie: »Ich nehme es zurück. Du denkst *doch* auch an andere Dinge. Aber laß dich von mir nie dabei erwischen, wie du einer deiner hübschen Verkäuferinnen schöne Augen machst. Alle Rothaarigen sind eifersüchtig, vergiß das nicht.«

»Das ist etwas, worüber du dir nie Gedanken zu machen brauchst, das verspreche ich dir.« Er lachte, als er das sagte, und küßte sie von neuem. Laurette seufzte glücklich auf und schloß die Augen.

Carrie Melton, ein üppig gebautes Mädchen mit kastanienfarbenem Haar, dreiundzwanzig Jahre alt, war in einem Chicagoer Mietshaus aufgewachsen. Ihr Vater war ein ständig betrunkener Sadist, ihre Mutter haßte sie, und Carrie hatte nur durch ihre Schlauheit überlebt. Mit sechzehn lenkte sie die Aufmerksamkeit eines reichen jungen Mannes auf sich und brachte ihn dazu, für sie ein hübsches Häuschen zu mieten. Sie hielt ihn mit Versprechungen hin, hatte aber nie die Absicht, sie zu erfüllen. Als er schließlich versuchte, sich seinen Lohn mit Gewalt zu nehmen, rannte Carrie aus dem Haus und schrie, sie sei minderjährig und er habe sie vergewaltigen wollen. Das hatte die Glut des jungen Mannes schnell abgekühlt. Doch da er um seinen Ruf fürchtete, hatte er die Miete für das Haus noch ein ganzes Jahr weiterbezahlt und Carrie außerdem einen beträchtlichen Geldbetrag gegeben.

Mehrere Jahre wandte Carrie bei anderen Freiern die gleiche Taktik an und hatte großen Erfolg damit. Ihr Aussehen und ihre Manieren erwiesen sich bei diesen Abenteuern als unschätzbare Vorteile. Nicht einmal die Schnürkorsetts jener Zeit konnten ihre vollen Brüste ganz verbergen. Auch hatte sie schon früh im Leben gelernt, daß eine naive, kleinmädchenhafte Art zu sprechen sofort Eindruck auf das andere Geschlecht machte. Sie war schlau, gewitzt und erfahren, und so konnte sie eine Zeitlang allein von ihrer körperlichen Anziehungskraft und ihrem scharfen Verstand leben.

Doch sie gab auch viel für Kleider und Vergnügungen aus, deshalb nahm sie schließlich eine Stellung im Kaufhaus Tallon an. Natürlich versuchte sie sofort, Levi Tallon in ihre Netze zu ziehen. Aber sie mußte feststellen, daß er nicht nur ein Witwer mit fünf Kindern, sondern auch ein Mann von strenger Moral war. Als sie erfuhr, Charles Douglas habe das Geschäft übernommen, dachte sie darüber nach, welchen Gewinn ihr der Wechsel des Inhabers bringen konnte.

Am Tag vor Weihnachten entschloß Carrie sich, Charles auf sich aufmerksam zu machen. Er sprach gerade mit einem in Zivil gekleideten Detektiv. Sie wartete, bis der Mann gegangen war. Dann näherte sie sich ihrem Chef. Sie hatte ihr süßestes Lächeln aufgesetzt und benutzte ihre Kleinmädchenstimme.

»Oh, Mr. Douglas, Sir, es ist mir ja so peinlich, Sie zu stören, aber ich kann einfach nicht übersehen, wie schrecklich müde Sie aussehen. Ich glaube, Sie arbeiten angestrengter als irgendeines von uns Mädchen. Ich bin Ihnen so dankbar für diese Stelle, und ich möchte Sie gern für die Chance, die Sie mir gegeben haben, entschädigen.«

Charles war ganz verdutzt über soviel Aufdringlichkeit. »Ja und, Miss – Miss . . . ?« fragte er.

»Carrie Melton, Sir. Ich bin seit über einem Jahr hier. Aber ich vermute«, dabei lächelte sie ein wenig betrübt, »für Sie arbeiten so viele hübsche Mädchen, daß Sie mich noch gar nicht bemerkt haben.«

Charles errötete vor Verlegenheit. Carrie Melton rückte näher an ihn heran. Ihre Augen waren feucht, ihre Lippen leicht geöffnet.

»Das ist sehr nett von Ihnen, Miss Melton«, antwortete Charles schließlich. »Aber wenn Sie mir für Ihre Stelle danken wollen, dann schlage ich vor, daß Sie versuchen, die Kundinnen dort so glücklich wie möglich zu machen.«

»Ja, Sir. Aber wissen Sie, ich stehe ganz allein in der Welt. Ich dachte – bitte, halten Sie mich nicht für aufdringlich – ich dachte, Sie hätten vielleicht Lust, mich zum Abendessen einzuladen. Dann könnten Sie mir alles über das Kaufhaus erklären und mir beibringen, eine bessere Verkäuferin zu werden.«

Jetzt wurde Charles wirklich rot. »Miss Melton, zufällig bin ich glücklich verheiratet. Ich bin überzeugt, Sie werden, so hübsch wie Sie sind, keine Schwierigkeiten haben, jemanden zu finden, der sich für Sie interessiert und außerdem frei ist – was ich nicht bin. Guten Tag.«

Er drehte sich um und schritt den Gang hinunter. Carrie sah ihm nach, schnitt ihm hinter seinem Rücken eine Grimasse und begab sich wieder an ihren Ladentisch.

Teils aus Haß gegen Charles, teils weil sie entdeckte, daß ihr Geld fast vollständig aufgebraucht war, versuchte Carrie Melton Anfang Januar, ein wertvolles Armband aus der Schmuckabteilung zu stehlen. Sie steckte es sich hastig oben in den Ausschnitt, aber sie war dabei von dem Hausdetektiv beobachtet worden. Er trat neben sie und murmelte: »Du sagst keinen Pieps, Mädchen, wenn du weißt, was gut für dich ist. Wir beide gehen jetzt nach oben zu Mr. Douglas.«

Blaß und zitternd folgte Carrie Melton ihm in das oberste Stockwerk, wo Charles Douglas sein Privatbüro hatte. Charles hörte sich schweigend den Bericht des Detektivs an. Dann wandte er sich an Carrie, die ein ganz zerknirschtes Gesicht machte.

»Ist das wahr, Miss Melton?«

»Ja, Sir, aber . . . «

»Übergeben Sie das Armband bitte Mr. Rogan. Es tut mir leid, aber ich muß sie entlassen, Miss Melton.«

»Bitte – das können Sie nicht tun«, flehte Carrie verzweifelt.

»Leider kann ich meinen Entschluß nicht ändern, Miss Melton. Es ist sehr schlimm, was Sie getan haben; selbst wenn ich es Ihnen diesmal durchgehen ließe, wie soll ich sicher sein, daß Sie es nicht wieder versuchen? Nein, Sie müssen das Kaufhaus verlassen.«

Mit höhnischen Auflachen faßte sich die hübsche junge Frau in den Ausschnitt, zog das Armband heraus und warf es dem Hausdetektiv zu. »Da ist Ihr blödes Armband, Sie Bastard!« fauchte sie. »Das wird Ihnen noch leid tun. Und das Gehalt können Sie sich an den Hut stekken!«

Carrie Melton mußte Luft haben, doch gleich darauf schimpfte sie weiter. Charles allerdings hatte seine Aufmerksamkeit schon wieder den Papieren auf seinem Schreibtisch zugewandt. Der Detektiv faßte Carrie beim Ellenbogen. Sie stieß ihn zur Seite. »Wagen Sie nicht, mich anzufassen!« erklärte sie hochmütig.

In unverschämter Haltung ging sie bis an die Bürotür. Dort drehte sie sich noch einmal um: »Sie werden es noch bereuen, daß Sie es mit mir verdorben haben, Mr.

Douglas. Warten Sie nur ab – das vergesse ich Ihnen nicht!«

Mitte Februar gelang es Carrie Melton, die Aufmerksamkeit eines neuen Mannes zu erregen. Es war Dalton Haines, leitender Angestellter bei der Chicago Commercial Bank. Carrie hatte sich bei dieser Bank um eine Stellung beworben, weil sie wußte, daß das Kaufhaus Douglas dort ein Konto hatte. Sie wurde in Mr. Haines' Büro geführt. Der alte, fette Bankier ließ seinen Blick von ihrem hübschen Gesicht bis zu ihren schlanken Knöcheln wandern. Sofort entschloß Carrie sich, dieses Interesse für sich zu nutzen.

Auf Mr. Haines Aufforderung hin setzte sie sich. Sie beugte sich vor und faltete die Hände in einer Geste äußerster Konzentration. Mit weit aufgerissenen Augen, die vollen Lippen zu einem verführerischen Lächeln verzogen, vertraute sie ihm an: »Ich habe mir immer gewünscht, in einer Bank zu arbeiten, Mr. Haines. Es ist eine für die Menschen so wichtige und so würdevolle Aufgabe.«

Einen glücklicheren Anfang für die Unterredung hätte sie gar nicht finden können. Dalton Haines, der kürzlich seinen dreiundsechzigsten Geburtstag gefeiert hatte, liebte zwei Dinge im Leben: das Bankgeschäft und die Frauen, und das nicht immer in dieser Reihenfolge. Sein Vater hatte ihn bei dem Versuch, den Sohn vom Glücksspiel und von den Mädchen abzulenken, in eine englische Bank gesteckt. Haines hatte zu seiner Überraschung festgestellt, daß die Arbeit ihn faszinierte. Sein Interesse für das schöne Geschlecht erwies sich jedoch als Komplikation; so hatte sein Vater ihn schließlich mit dem Befehl, nie mehr nach England zurückzukommen, nach New York speditiert.

Von New York zog Haines weiter nach St. Louis und dann zur Commercial Bank in Chicago, wo er schnell Karriere machte. Carrie Melton kam ihm viel begehrenswerter vor als Josie Wentham, seine augenblickliche Mätresse. Zwar waren die meisten anderen Bewerberinnen in höherem Maße für den Posten qualifiziert, aber in Dalton Haines' Augen gaben Carries Schönheit und ihr vielversprechendes Lächeln den Ausschlag. Seit dem Augenblick, als sie das Büro betrat, stand seine Entscheidung fest: Carrie war engagiert.

Vierzehn Tage gab Carrie sich alle Mühe, ordentliche Arbeit zu leisten, was Dalton Haines mit Wohlwollen zur Kenntnis nahm. An einem Abend Ende Februar winkte er seine attraktive Sekretärin kurz vor Dienstschluß zu sich.

»Vielleicht könnten Sie mir die Freude machen, heute abend mit mir zum Essen zu gehen, meine Liebe?« fragte er.

Carrie waren bei ihrer langweiligen Arbeit schon leise Zweifel gekommen, ob ihr ältlicher Chef sich jemals ein Herz fassen würde, sie einzuladen. Jetzt konnte sie fast nicht glauben, was sie hörte. »Oh, Mr. Haines, das wäre ja wundervoll!« antwortete sie und strahlte ihn an.

Für den Fall, daß irgendwer sie beobachtete, fuhr Dalton Haines mit lauter Stimme fort: »Ich wäre Ihnen sehr dankbar, Miss Melton, wenn Sie nach Dienstschluß noch ein paar Briefe für mich schreiben würden.«

»Selbstverständlich, Mr. Haines«, erwiderte sie augenzwinkernd.

Dann saß sie bescheiden neben seinem Schreibtisch und nahm einen Brief auf, den er gar nicht abzusenden gedachte. Fortwährend warf sie ihm unter flatternden Wimpern schmelzende Blicke zu. Sobald alle anderen Angestellten die Bank verlassen hatten, führte Haines sie ins Davidson's Chop House, wo er den besten Wein auf der Karte bestellte und darauf achtete, daß Carrie den größten Teil davon trank. Seine Absicht war so offenkundig, daß ein Kind ihn durchschaut hätte. Aber Carrie war das nur recht. Heute abend war sie sogar bereit, ihre Jungfräulichkeit zu opfern, um ihren Rachefeldzug gegen Charles Douglas durchführen zu können.

Deshalb nahm sie nach dem Essen ohne Zögern Dalton Haines' Einladung an, mit ihm nach Hause zu gehen. Eine halbe Stunde später hielt sein Wagen vor einem eleganten Haus. Er faßte ihre Hand mit beiden Händen und verschlang sie mit seinen Blicken.

Drinnen bot er ihr zunächst Portwein an. Carrie nippte an ihrem Glas und hörte sich geduldig die prahlerischen Geschichten aus der Vergangenheit des weitgereisten Haines an. Schließlich ergriff sie die Initiative, führte ihn ins Schlafzimmer und half ihm beim Entkleiden. Dann zog sie sich aus – langsam und mit der Anmut einer erfahrenen Kurtisane. Als sie bis auf Strümpfe und Strumpfbänder nackt war, stieg sie zu ihm ins Bett, drehte sich zu ihm um, streichelte mit weichen Händen seine Brust und begann zu schluchzen.

Dalton Haines erschrak. »Was ist denn los, mein Kleines?«

»Ach, Mr. Haines – es ist nicht Ihretwegen – es ist dieser gräßliche Mensch, für den ich gearbeitet habe, bevor ich zu Ihnen kam.«

Die Neugier des alternden Mannes war stärker als seine Begierde. Im Ton gerechter Empörung verlangte er: »Sag mir den Namen dieses Schurken!«

»Es ist – Mr. Charles Douglas. Er hat mich, als ich in seinem Kaufhaus arbeitete, mehrmals angesprochen, und er – er verlangte . . . « Ihre Worte erstickten in Schluchzen.

»Nun, nun, meine Süße«, beruhigte er sie. »Meinst du, daß . . . Ha! Der Bursche hat ein Konto bei unserer Bank! Wenn ich mir vorstelle, daß dieser Bastard dich belästigt hat . . . !«

»Das hat er, Mr. Haines«, jammerte sie.

»Komm, meine Schöne, nenn mich Dalton. Ich werde

dich glücklich machen, Liebling, und weißt du, was ich sonst noch tun werde?« Jetzt konnte er sich nicht mehr zügeln. »Ich werde ihm meine Meinung sagen! Ich werde ihm sagen, was ich von einem Schuft halte, der zur Befriedigung seiner niedrigen Triebe anständige junge Mädchen auszunutzen versucht!«

»Oh, Dalton, ich liebe dich so sehr! Ich glaube, ich habe mich schon in dich verliebt, als ich mich bei dir um die Stelle bewarb!«

Aufstöhnend warf er sich über sie. Aber sein Alter und die Aufregung, ganz zu schweigen von dem genossenen Wein, hinderten ihn daran, sein Ziel zu erreichen, und Carrie Melton blieb, technisch gesehen, Jungfrau.

Es war eine knappe Woche später, als Dalton Haines doch noch in den Genuß von Carrie Meltons langgehüteter Jungfräulichkeit kam und sein Versprechen erneuerte, Charles Douglas wegen seiner Schuftigkeit zur Rede zu stellen. Carrie wandte den altbewährten Trick an, moralische Bedenken zu heucheln.

»Bitte nicht – es ist eine Sünde – aber ich liebe dich doch so sehr!« jammerte sie.

»Mein Liebling, ich möchte dich beschützen, ich möchte dich vor allem Leid bewahren, Carrie.«

»Ja, aber – das dürfen wir nicht tun – neulich, da war ich so aufgeregt, aber ich wußte trotzdem, daß es Sünde war – ich habe doch noch nie einen Mann gehabt.«

»Du wirst es nicht nötig haben, dich nach mir einem anderen hinzugeben«, versprach er und drückte sie an sich. »Ich – ja, bei Gott! – ich werde dich heiraten, Carrie. Nicht wahr, jetzt ist es keine Sünde mehr, mein süßer Liebling?«

»Oh, Dalton, Dalton, ist das dein Ernst?« Mit flatternden Wimpern sah sie zu ihm auf.

»Ja, natürlich. Oh, Carrie, beeile dich!«

So schenkte Carrie Melton in dieser Nacht, das Gesicht zur Seite gedreht, Dalton Haines ihre Jungfräulichkeit. Als er erschöpft und keuchend in ihren Armen lag, streichelte sie seinen Kopf und flüsterte: »Ich bin so froh, daß ich mich für dich bewahrt habe, liebster Dalton. Wenn ich daran denke, wie dieser böse Mr. Douglas mich zwingen wollte, ihn zu lieben, könnte ich sterben.«

»Der Elende! Ich werde deine Ehre rächen, meine schöne zukünftige Frau, das verspreche ich dir.«

An einem sonnigen Märzmorgen verließ Dalton Haines die Chicago Commercial Bank und begab sich zum Kaufhaus Douglas. Den letzten Kontoauszug des Geschäfts nahm er mit. Er wurde in Charles' Büro geführt und verschwendete keine Zeit auf Formalitäten. »Sir, obwohl Sie ein geschätzter Kunde der von mir vertretenen Bank gewesen sind, halte ich es für meine Pflicht, Ihnen zu sagen, daß Sie sich schändlich gegen meine Verlobte betragen haben«, erklärte er.

Charles blieb der Mund offenstehen. »Entschuldigen Sie, Mr. Haines, ich bin mir nicht sicher, ob ich Sie richtig verstanden habe.«

»Sir, Ihr Gehör ist durchaus in Ordnung, was sich von Ihrem Gewissen nicht sagen läßt.« Der fette, ältliche Bankier warf sich in die Positur eines Moralpredigers. »Ich habe Ihnen den neuesten Kontoauszug mitgebracht, Sir. Offensichtlich sind Sie ein außergewöhnlich erfolgreicher Geschäftsmann, und die Bank weiß es zu würdigen, daß Sie uns mit Ihrem Vertrauen beehren. Aber in dieser persönlichen Angelegenheit kann ich nicht schweigen. Miss Carrie Melton hat mir die Ehre erwiesen, mir ihr Jawort zu geben. Nur auf taktvollste Weise – und ich muß hinzufügen, unter Seelenqualen für sie – konnte ich sie dazu bewegen, mir zu erzählen, in welch tadelnswerter Weise Sie sich gegen sie betragen haben. Ich räume ein, daß Miss Melton eine ungewöhnlich attraktive junge Dame ist. Aber wie kann ein Chef seine Position dazu ausnutzen, eine seiner weiblichen Angestellten zur Unterwerfung unter seine schmählichen Gelüste zu zwingen!«

»Langsam, langsam, Mr. Haines, das ist wirklich ein bißchen stark! Außerdem ist es eine glatte Lüge.«

»Wie können Sie es wagen, Sir!« Dalton Haines stieg die Zornesröte ins Gesicht. »Soll das heißen, ich sei ein Lügner?«

»Durchaus nicht. Ich nehme an, Ihre Verlobte hat Sie dazu gebracht, dieses unsinnige Märchen zu glauben. Tatsache ist, Mr. Haines, daß ich Carrie Melton entlassen habe, weil sie ein Armband gestohlen hat. Der Hausdetektiv hat sie dabei erwischt, wie sie es sich in den Ausschnitt ihres Kleides steckte. Jetzt fällt mir ein, daß sie eine Bemerkung in der Richtung machte, sie werde es mir schon noch heimzahlen. Offenbar ist das jetzt die Methode, die sie gewählt hat.«

»Ich kann es nicht glauben – und ich will es nicht glauben!« ereiferte sich Dalton Haines.

»Es steht Ihnen frei, sich Ihr eigenes Urteil zu bilden, Mr. Haines. Doch eins will ich Ihnen noch sagen. Ich erinnere mich an mindestens zwei Fälle, daß sie sich an mich herangemacht und mich darauf hingewiesen hat, sie stehe allein und suche einen Beschützer. Wie jeder intelligente, erfahrene Mann sofort merken mußte, war es ein ziemlich dreister Versuch, mir gegen materiellen Vorteil ihre amourösen Dienste anzubieten.«

»Jetzt gehen Sie zu weit, Mr. Douglas! Miss Melton – Carrie – würde mich niemals anlügen.«

Charles zuckte die Schultern. »Ich will nicht mit Ihnen über Miss Meltons Wahrheitsliebe streiten, Mr. Haines, und ich stelle auch Ihre nicht in Frage. Ich sagte nur, daß in dem, was sie Ihnen erzählt hat, auch nicht ein Körnchen Wahrheit steckt. Gehe ich recht in der Annahme, daß Ihre Bank aufgrund dieses unglücklichen Mißverständnisses das Konto meines Kaufhauses nicht länger führen will? Wenn das der Fall ist, werde ich eine andere Bank beauftragen.«

Dalton Haines merkte, daß er zu weit gegangen war. Obwohl sein Vertrauen in Carrie Melton unerschütterlich war, überwog im Augenblick seine Liebe zum Bankgeschäft seine ritterlichen Instinkte. Er streckte begütigend die Hand aus. »Mr. Douglas, ich gestehe, ich war etwas voreilig. Nein, Sir, unsere Bank schätzt sich glücklich, Ihre Geschäfte zu führen. Sie sind uns ein werter Kunde. Ich bin nur zu Ihnen gekommen, um über eine private Angelegenheit mit Ihnen zu reden. Das hat nichts mit den geschäftlichen Beziehungen zwischen Ihrem Kaufhaus und meiner Bank zu tun.« Dalton Haines erinnerte sich daran, daß Frederick Tyson, der alte, verdienstvolle Präsident der Chicago Commercial Bank, nicht nur dienstgradmäßig über ihm stand, sondern auch bei der Annahme oder Ablehnung eines Kunden das letzte Wort hatte.

»Also gut, Mr. Haines. Es freut mich, daß ich nicht gezwungen bin, mein Konto auf eine andere Bank zu übertragen. Ich bedauere nur, daß dieses Mißverständnis zwischen uns entstanden ist. Aber ich hoffe, Sie werden sich vergewissern, welche Beweggründe Miss Melton für ihre Beschuldigungen hatte.«

Charles Douglas hielt dem Bankier die Hand hin, um ihm zu zeigen, daß er ihm seine Entgleisung nicht übelnahm. Dalton Haines machte ein dummes Gesicht, doch dann ergriff er Charles' Hand und schüttelte sie. »Glauben Sie mir, Sir, ich wollte Sie nicht beleidigen. Ich werde meine Verlobte noch einmal befragen. Guten Tag, Sir.«

Laurette Douglas lachte laut heraus, als Charles ihr von dieser Unterredung erzählte. »Oh, Charles, das ist so lächerlich, daß es komisch ist! Was für ein blinder, vertrauensseliger Narr muß dieser fette alte Mann sein. Es ist doch sonnenklar, daß das Mädchen eine Intrigantin ist!« Dann verengten sich ihre grünen Augen. »Aber eine gefährliche Intrigantin, Darling. Stell dir vor, wie sie dir schaden kann, wenn sie diese schreckliche Lüge weiterverbreitet. Und das Schlimmste daran ist, daß der Mann sie tatsächlich heiraten wird.«

»Ach wo, Laurette.« Er legte einen Arm um ihre Taille und zog sie an sich. »Sie kann mir nicht schaden. Mir tut nur der alte Mann leid, der fest an sie glaubt, sie heiraten und eine ehrbare Frau aus ihr machen will.«

»Ich wette meine Stiefel, daß sie das in ihrem bisherigen Leben nicht gewesen ist«, gab Laurette mit zornig funkelnden Augen zurück. »Dich dermaßen anzuschwärzen! Auch wenn er sie heiratet, wird sie weiter davon sprechen, bis ganz Chicago weiß, du mißbrauchtest deine Angestellten.« Laurette machte sich los, trat einen Schritt zurück und bewegte warnend den Zeigefinger hin und her. »Ich weiß, daß dies Mädchen gelogen hat. Aber trotzdem, Charlie Douglas, laß dich von mir nicht dabei erwischen, daß du mit einer deiner Verkäuferinnen flirtest. Dann bekommst du es mit mir zu tun.«

»Als ob ich so etwas jemals tun würde!« Er lachte leise und zog sie von neuem in die Arme. »Ich will keine andere Frau auf der Welt als dich.«

Laurette seufzte zufrieden und schmiegte sich an ihn. »Dann ist ja alles gut. Küß mich, Charles!«

Laurette Douglas wartete, bis ihr Mann das Haus verlassen hatte, um sich ins Geschäft zu begeben. Sie ging hinaus auf die Straße und rief eine Droschke an. »Halten Sie bitte zuerst an einem Leihstall«, bat sie den Kutscher. »Dann fahren Sie mich zur Chicago Commercial Bank.«

Der alte irische Kutscher streifte sie mit einem erstaunten Blick. Er tippte an seine Mütze und schnalzte mit der Zunge, und die Pferde zogen an.

An der Ecke Kinzie und Wabash Street befand sich ein Leihstall. Laurette ging hinein und erklärte dem Besitzer:

»Ich möchte eine Pferdepeitsche kaufen.«

»Eine Pferdepeitsche, Madam?«

»Oh, ich ließe mir nie einfallen, ein Pferd mit einer Peitsche zu schlagen. Ich brauche sie für einen Kostümball, den ich nächste Woche gebe.«

»Verstehe, Madam. Selbstverständlich, Madam.« Er verschwand hinter einer Reihe von Boxen und kam mit einer geflochtenen Pferdepeitsche zurück. »Ist Ihnen die hier recht, Madam?«

»Ausgezeichnet.« Laurette nahm ein Fünfdollarstück aus ihrem Ridikül und legte es auf den Ladentisch. Hocherhobenen Hauptes und mit einem boshaften Lächeln auf den Lippen, marschierte sie hinaus. Sie stieg wieder in die Droschke. Kurze Zeit später hielt der Wagen vor der Chicago Commercial Bank. Laurette wies den Kutscher an zu warten. Entschlossen ging sie mit einem kurzen »Guten Morgen!« an dem uniformierten Wachposten vorbei, der ihr verblüfft nachsah. Drinnen hielt sie nach der von ihr gesuchten Person Ausschau. Carrie Melton war soeben von ihrem Schreibtisch aufgestanden und wollte die Tür zu Dalton Haines' Büro öffnen, als Laurette ihr zurief: »Miss, sind Sie vielleicht zufällig Carrie Melton?«

»Ja, das bin ich, Madam. Kann ich etwas für Sie tun?« Die junge Frau kam an die Theke.

Laurette hielt die Pferdepeitsche auf dem Rücken versteckt. Mit süßem Lächeln antwortete sie: »Das können Sie allerdings, Miss Melton. Wollen Sie bitte hinter dem Schalter hervorkommen, daß ich ein Wort mit Ihnen unter vier Augen sprechen kann?«

Ohne jeden Argwohn nickte die junge Frau. Sie kam hinter dem Schalter hervor und trat in die Eingangshalle. »Um was geht es denn, Madam?«

»Um das!« zischte Laurette, trat zurück, hob die Pferdepeitsche und schlug zu. Der geflochtene Strang zischte Carrie Melton um die Taille.

»Au! Verdammt noch mal, sind Sie verrückt?« schrie Carrie.

»Nein, Sie sind verrückt, Miss Melton, weil Sie es gewagt haben, über meinen Mann Lügen zu verbreiten! Da – da – das bekommen Sie jetzt dafür!« rief Laurette aus und schlug noch einmal und noch einmal zu. Carrie fand gar keine Zeit zum Weglaufen, sie konnte nur schützend die Hände vors Gesicht halten. »Sagen Sie die Wahrheit!« verlangte Laurette. »Wird's bald?«

»Au! O Gott, hören Sie auf! Ja – ja, ich habe gelogen. Er hat mich nicht angerührt, er hat nie etwas von mir gewollt!« Carrie Melton kapitulierte.

»Das habe ich mir gedacht!« triumphierte Laurette.

In diesem Augenblick stürzte Dalton Haines aus seinem Büro. Laurette wandte sich ihm zu. »Ihre Verlobte hat soeben in aller Öffentlichkeit zugegeben, daß sie nichts anderes als eine kleine Lügnerin ist! Stimmt das etwa nicht, Miss Melton? Reden Sie, oder Sie bekommen die Peitsche noch einmal zu fühlen!«

»Ja, ja, es stimmt – ich habe über Mr. Douglas Lügen erzählt – oh, schlagen Sie mich nicht mehr, ich halte es nicht aus!«

»Damit ist mein persönliches Geschäft mit dieser Bank abgeschlossen«, sagte Laurette zu Dalton Haines.

An diesem Abend, als Laurette stolz von ihrem Streich erzählte, lachte Charles Douglas Tränen. »Herr im Himmel, Schatz«, stieß er hervor, als er endlich wieder sprechen konnte, »du hättest verhaftet werden können! Stell dir die Schlagzeilen in den Zeitungen vor!«

Sie schmiegte sich an ihn. »Ich habe an nichts anderes gedacht, als daß ich sie zwingen mußte, ihre Lügen einzugestehen, bevor mir jemand dazwischenkam – und Gott sei Dank ist niemand dazwischengekommen.«

»Du setzt mich immer wieder von neuem in Erstaunen, Laurette.« Er nahm sie in die Arme und küßte sie zärtlich.

»Charles«, flüsterte sie, »ich finde, wir sollten noch ein Kind haben. Nicht nur, weil ich als zweites gern ein Mädchen hätte, sondern auch, weil ich sichergehen möchte, daß ich die einzige Frau in deinem Leben bin.«

XXV

Carlos Macaras brauchte sechs Monate, bis er seine Pläne für einen neuen Angriff auf die Windhaven-Ranch in die Tat umsetzen konnte. Die Überlebenden des letzten Angriffs, die mit ihm über die Grenze nach Mexiko gegangen waren, hatten ihn verlassen. Sie hatten erkannt, daß dieser Mann nicht würdig war, *jefe* mutiger Banditen zu sein. Ja, sie hatten ihn sogar offen der Feigheit bezichtigt. War er beim Sturm auf den Palisadenzaun, der die Ranch schützte, nicht zurückgeblieben? Hatte er vielleicht einen einzigen *gringo* getötet? Das sagten ihm die vier Männer ins Gesicht, und obwohl er vor Wut kochte, konnte er sie nicht einfach niederschießen. Statt dessen grub er die Fingernägel in die Handflächen, hörte sie mit scheinbarer Ruhe an und erwiderte zynisch: »Wenn das so ist, *muchachos, vaya con Díos*. Ich werde andere Männer finden, da seid unbesorgt.«

Es war Carlos Macaras klar, daß er, um andere Männer anzuwerben – und es mußten genug sein, wenn er die Gringo-Festung erobern wollte – Gold brauchte. Es genügte nicht, ihnen nur Gold zu versprechen. Benito Juarez hatte jetzt die ausländischen Usurpatoren aus Mexiko vertrieben und den schlechtberatenen Maximilian erschießen lassen. Bei dieser Lage der Dinge konnte Carlos Macaras nicht darauf hoffen, *peones* für seine Bande anwerben zu können. Sein Bruder Diego hatte es da leichter gehabt. Er hatte behauptet, er kämpfe für die Befreiung Mexikos. Dieser Vorwand zog allerdings jetzt nicht mehr. Was Carlos Macaras brauchte, waren gewissenlose

Männer, denen das Töten und Plündern als solches Spaß machte. Er brauchte eine Bande von Gesetzlosen und ein paar Indianern darunter, denn es war bekannt, daß die Indianer die entschlossensten Killer und wahre Meister in der Kunst der langsamen Marter waren. Nach seinem schmählichen Rückzug hatte er Nacht für Nacht in Racheträumen geschwelgt. Er sah die Frauen aus dem Ranchhaus vor sich, nackt an den eigenen Zaun gebunden, mit Feuer, Messern und der Peitsche gefoltert, bevor man sie vergewaltigte. Wenn dann die eine oder andere so weit gedemütigt war, daß sie wünschte, ihn zu befriedigen, würde er ihr gnädig das Leben schenken und sie noch schlimmer erniedrigen als die letzte Hure in einem der berüchtigten Bordelle von Mexiko City.

Carlos Macaras war jetzt achtunddreißig, sieben Jahre jünger als sein Bruder Diego. Von Kindheit an hatten beide auf Kosten anderer Leute gelebt; je älter sie wurden, desto mehr nahmen sie sich das, was sie wollten, mit Gewalt. Sogar der alte Priester, der sie getauft hatte, hielt sie für vom Teufel besessen. Mit Zwanzig hatte Diego bei einem Kartenspiel einen Mann getötet und war bis nach Guadalupe geflohen, wo er sich ein paar Jahre still verhielt. Er heiratete ein hübsches Mädchen, das ihm zwei Söhne gebar. Sie brachte ein kleines Stück Land mit in die Ehe, das ihr Vater, der Alkalde des Dorfes, mit den Ersparnissen aus vielen Jahren der Knechtsarbeit bezahlt hatte.

Es dauerte nicht mehr lange, und der ruhelose, habgierige Diego hielt es nicht länger zu Hause aus. Er verließ Frau und Kinder und verschwand auf Nimmerwiedersehen. Zunächst ging er nach Chihuahua, wo er sich einer Schmugglerbande anschloß. Als Benito Juarez an die Macht kam und die Mexikaner zum Kampf gegen den ihnen von Napoleon III. aufgezwungenen österreichischen Kaiser aufrief, hatte Diego Macaras schon mindestens ein Dutzend Menschen auf dem Gewissen und wurde als

Verbrecher gesucht. Er genoß einen Ruf als tollkühner, ruchloser Banditenführer, und so schlossen sich ihm viele Gesetzlose an, verlockt durch die Verheißungen von Geld und schönen Frauen.

Dagegen verlief Carlos' Leben weniger spektakulär, aber er war ebenso bösartig wie sein älterer Bruder. In seiner Jugend hatte er die Pocken gehabt, und die zurückgebliebenen Narben verdüsterten sein Gemüt und machten ihn mißtrauisch und eigenbrötlerisch. Er wurde ein Einzelgänger, der die Gesellschaft von anderen nur suchte, wenn er sie für seine eigenen Zwecke ausnutzen wollte. Auch Diego hatte ihn oft mit höhnischen Bemerkungen über sein pockennarbiges Gesicht, das alle schönen *señoritas* abstoßen müsse, in Wut gebracht.

Carlos Macaras verließ sein Heimatstädtchen und arbeitete kurze Zeit in einer Silbermine nahe bei Jalisco. Dann ging er nach Monterrey, um dort sein Glück zu machen. Aber es war ihm nicht recht gelungen; als er beim Falschspiel ertappt wurde, hatte er einen Mann töten müssen. Nun war er ebenso zum Gesetzlosen geworden wie sein Bruder.

Von Monterrey zog Carlos weiter nach Guadalupe, wo er wie sein Bruder heiratete. Er hatte einen Sohn, der im Alter von einem Jahr starb. Aber schon lange vorher betrog er seine Frau, als wolle er sich selbst beweisen, daß sein Bruder mit seinen spöttischen Redensarten unrecht gehabt hatte. Ein Jahr nach dem Tod seines Sohnes lag Carlos im Bett der Frau eines kleinen Regierungsbeamten, als der Ehemann unerwartet nach Hause kam. In dem Kampf, der daraufhin entstand, erwürgte Carlos den Beamten und mußte vor den Soldaten, welche die untröstliche Witwe ihm nachjagte, aus Guadalupe fliehen.

Nach mehreren Jahren Umherwanderns durch die Provinzen landete er in Nuevo Laredo, und dort traf er wieder mit seinem Bruder Diego zusammen. Carlos hatte erfahren, daß Diego von einem korrupten Unionsoffizier in

New Orleans mit Geld und Waffen versorgt wurde. Damit organisierte Diego Überfälle auf hilflose mexikanische Dörfer, wobei er sich des Vorwands bediente, die Bewohner hätten französische Soldaten beherbergt. Der Offizier in New Orleans erhielt regelmäßig seinen Anteil an der Beute. Diego hatte Carlos aufgefordert, sich ihm anzuschließen, aber Carlos hatte abgelehnt. Er wollte lieber eine eigene Bande gründen. Nun war Diego tot. Wenn Carlos geschworen hatte, ihn zu rächen, so war nicht allein brüderliche Liebe der Grund. Er hielt es für viel lohnender, *gringos* zu überfallen, als arme kleine mexikanische Dörfer auszurauben.

Jetzt, da er die Windhaven-Ranch mit eigenen Augen gesehen hatte, war er überzeugt, die Familie, die sie besaß, müsse sehr reich sein. Ihn kümmerte es nicht, daß so viele Männer bei dem ersten Angriff gefallen waren; sie konnten ersetzt werden, und keiner von ihnen war schließlich sein Freund gewesen.

Zunächst einmal brauchte er Geld. Dabei fiel ihm Cuernavaca ein, wo er vor einem Dutzend Jahren einen Mann erstochen hatte, als der ihn beschuldigte, beim Kartenspiel zu betrügen. Als Andenken an den Kampf trug er immer noch eine häßliche Narbe auf der rechten Wange. Am Stadtrand von Cuernavaca lag eine kleine Bank. Von Zeit zu Zeit wurden dorthin Esel getrieben, beladen mit Silbersäcken aus den Minen. Die Begleitmannschaft stand im Sold eines englischen Minenbesitzers, der als seinen Stellvertreter einen wichtigtuerischen mexikanischen Steuereinnehmer in Cuernavaca eingesetzt hatte. Dieser Mann, Alejandro Barenda hieß er, ließ das Silber wiegen, zog die Regierungssteuer davon ab, steckte sich selbst ein bißchen in die Taschen und übergab den Rest des Silbererzes der Bank.

Carlos Macaras wollte wissen, ob dies immer noch so gehandhabt wurde. Deshalb ritt er nach seiner Niederlage vor der Windhaven-Ranch nach Cuernavaca. Mit dem

Rest des Goldes, das ihm aus früheren Raubzügen geblieben war, mietete er eine bescheidene Hazienda und stellt eine Köchin sowie ihre attraktive Tochter, die vor kurzem Witwe geworden war, als Hauspersonal ein. In der Stadt spielte er die Rolle eines wohlhabenden Mannes, besuchte die *posadas* und hörte den Gesprächen anderer zu, um möglichst viele Informationen zu sammeln. Bald wurde er dadurch belohnt, daß er zwei Männer belauschen konnte, die zur Begleitmannschaft der silberbeladenen Esel gehörten und über ihre geringe Bezahlung murrten. Alejandro Barenda, der wichtigtuerische Steuereinnehmer, war inzwischen gestorben und durch einen jüngeren Mann ersetzt worden. Carlos erfuhr außerdem, daß nur sechs bis acht Mann die Silbersendung zur Bank brachten, denn eine größere Truppe hätte unerwünschte Aufmerksamkeit auf sich gezogen. Am wichtigsten für Carlos war, daß er den Weg von der Mine bis nach Cuernavaca in Erfahrung brachte.

Carlos hatte bereits entdeckt, daß sich neben der Bank ein Gebäude befand, in dem das Silbererz geschmolzen wurde. Das Erz war wertlos für ihn, er brauchte das reine Silber. Deshalb mußte er, wenn er das Erz geraubt hatte, jemanden haben, der es für ihn bearbeitete und in Barren oder Münzen formte. Das Fälschen von Münzen der Regierung war ein Verbrechen, das mit lebenslänglicher Haft oder sogar mit dem Tod bestraft wurde. Aber wenn er die Sorte von Leuten, die er anwerben wollte, mit Barren bezahlte, konnte das Silber leicht über die Grenze geschmuggelt und bei einer ausländischen Bank eingelöst werden. Er mußte also einen Schmelzmeister finden, dem er trauen konnte und der Zugang zu den Schmelzhütten hatte.

Carlos Macaras war sein ganzes Leben lang ein einsamer Wolf gewesen und keiner, der im Rudel lief. Deshalb glaubte er, jeder Mensch habe seinen Preis. Für den einen war es eine unbegrenzte Menge Tequila, für den anderen mochten es Frauen oder einfach genug Geld sein, um sich alle Wünsche erfüllen zu können. Diese zynische Philosophie war der Grund, daß er als erstes danach strebte, sich bei dem Schmelzmeister der Bank von Cuernavaca einzuschmeicheln.

Es war Anfang Oktober, und Carlos befand sich tausend Meilen von der Windhaven-Ranch entfernt. Allein schon die Tollkühnheit seines Plans schmeichelte seinem verqueren Denken. Wenn er diese Pläne erst verwirklicht hatte, dann würden diejenigen, die ihn einen Feigling genannt hatten, sich nicht genugtun können vor Staunen und Ehrfurcht über das, was er zur Erfüllung seines Racheschwurs vollbracht hatte. In ganz Mexiko würde sein Name zur Legende werden. So konnte er, Carlos, gleichzeitig seinen Bruder rächen und ein reicher Mann werden. Wenn er das Silber hatte, mit dem er eine Bande von Gesetzlosen bezahlen konnte, stand es ihm frei, zu rauben und zu morden, wo er wollte.

Carlos Macaras wandte für dieses Unternehmen mehr Geduld auf als je zuvor in seinem Leben. Er erkundigte sich nach allem vorsichtig und unauffällig und fügte die erhaltenen Informationen so sorgfältig zusammen wie eine Frau, die Perlen für ein Halsband auffädelt.

Eines Abends betrat der Schmelzmeister der Bank die *posada,* und der Wirt machte Carlos Macaras auf ihn aufmerksam.

Der Mann war Mitte Vierzig, untersetzt, von rotbrauner Hautfarbe. Brauen und Bart waren von der Hitze des Schmelzofens angesengt. Seine Finger waren dick und plump, aber außergewöhnlich kräftig. Carlos bemerkte, daß der Mann einen Tick hatte. Die linke Hälfte seines Gesichts zuckte von Zeit zu Zeit. Der Schmelzmeister setzte sich an den Nachbartisch, da stand Carlos auf und stellte sich vor. »Sẽñor Alazar, wollen Sie mir den Gefallen tun, an meinen Tisch zu kommen und sich von mir einen Drink spendieren zu lassen?«

»Sie sind sehr freundlich, *Sẽñor.*« Der Schmelzmeister nahm an Carlos' Tisch Platz. »Woher kennen Sie meinen Namen?«

»In Cuernavaca kennt jeder den Namen Tomás Alazar. Sie haben den wichtigsten Posten in der ganzen Stadt. Tatsächlich müßten Sie bei Ihren Fähigkeiten in ganz Mexiko bekannt sein.«

Der Schmelzmeister versuchte sich in einem Lächeln, das seines Ticks wegen zu einer schauerlichen Grimasse geriet. Verlegen murmelte er: »Entschuldigen Sie, *Sẽñor . . .* «

»Teofilo Manos«, log Carlos. »Ich komme aus Nuevo Laredo und will hier meinen Cousin besuchen.«

»Das ist ein sehr langer Weg, *Sẽñor* Manos.«

»*Sí, es verdad.* Wie Sie sehen, suche ich allein mein Vergnügen. Was hätten Sie gern?«

»Tequila, *por favor.*«

Carlos winkte dem Wirt, eine Flasche Tequila zu bringen. Nachdem er eigenhändig dem Schmelzmeister eingegossen hatte, fuhr er fort: »Ich habe immer Männer bewundert, die das, was aus der Erde gegraben wird, in *dinero* verwandeln können. Aber es muß ein harter Job sein.«

»Ah, *sí.*« Der untersetzte Mann wischte sich mit einem schmutzigen Lappen den Schweiß von der Stirn und nickte zustimmend. »Aber ich stehe nicht jeden Tag vor dem heißen Schmelzofen, *Sẽñor* Manos. Das ist nur dann der Fall, wenn wir eine Erzlieferung erhalten haben.«

»Ich wette, Sie werden viel zu schlecht bezahlt.« Carlos blinzelte ihm zu.

Der Schmelzmeister nickte und hob zum Sprechen an. Doch wieder überkam ihn der Tick, und er mußte erst seine Grimasse ziehen. »Bin ich Ihnen nicht zuwider, *Sẽñor* Manos?«

»Ich erkenne in Ihnen Klugheit und Stärke. Was ist dagegen das Leiden, mit dem Gott Sie heimgesucht hat? Jeder von uns hat seine kleinen Schwächen, *hombre.*«

»Ja, das ist wahr.« Der Schmelzmeister nahm einen Schluck Tequila und schüttelte den Kopf. »Manchmal denke ich, ich will diese schmutzige, stinkende Stadt verlassen. Hier habe ich nur wenige Freunde und, wie Sie selbst gesagt haben, *Sēñor* Manos, bekomme ich für meine Arbeit zu wenig Geld.« Er trank den Rest seines Tequilas aus, worauf Carlos ihm sofort das Glas wieder füllte. »Wissen Sie, wieviel mir die Bank bezahlt? Fünfzig Pesos im Monat, *Sēñor* Manos. Davon kann man in Cuernavaca kaum leben, und solchen Tequila bekommt man nicht sehr oft, das versichere ich Ihnen.«

»Und mit den *señoritas* wird es auch seine Schwierigkeiten haben.«

»Sprechen Sie nicht davon!« Der Schmelzmeister seufzte, ergriff sein Glas und nahm einen langen Zug.

»So etwas dürfte einfach nicht sein!« Carlos Macaras spielte den Entrüsteten. »Ohne Ihre Dienste hätte Cuernavaca kein *dinero*. Der Alkalde selbst sollte Sie mit einer süßen, bereits willigen Gefährtin, einem Haus, schönen Kleidern und massenhaft Tequila versorgen.«

Bei dieser Vorstellung nahmen die Augen des untersetzten kleinen Mannes einen träumerischen Ausdruck an. »Ja, aber ich fürchte, das wird mir in diesem Leben nicht widerfahren, *Sēñor* Manos.«

»Was sagen Sie zu folgendem, *mi amigo*: Nehmen wir einmal an, ich würde Sie in mein bescheidenes Haus einladen, und dort wäre eine hübsche junge *mujer*, die im Bett alles täte, was Sie sich wünschen?«

»Ich wäre Ihr Freund fürs Leben, *Sēñor* Manos!«

Der Tequila hatte seine Zunge gelöst. Der kleine Schmelzmeister wurde richtig geschwätzig. »Verstehen Sie, *Sēñor* Manos, ich bin ein Mann wie jeder andere, außer daß ich dieses verfluchte Leiden habe. Aber wenn ich das Feuer in meinen Adern spüre, muß ich mich mit einer kleinen *puta* begnügen, die die Augen schließt und mich auffordert, die Kerze auszublasen, bevor ich zu ihr ins

Bett komme. Es ist eine Schande, daß ein Mann sich das gefallen lassen muß!«

»Vollkommen richtig, Tomás. Aber heute nacht können Sie eine so schöne *mujer* genießen, wie Sie niemals in Ihrem Leben gesehen haben. Es ist die Tochter meiner Haushälterin. Sie wird tun, was ich ihr sage.«

Carlos sprach die Wahrheit. Mit dem dahinschwindenden Gold, das sich noch in seinem Besitz befand, hatte er die Mutter bestochen, in ihre Hütte zurückzukehren und die Tochter als Haushälterin und Konkubine zurückzulassen. Dann hatte eine einzige Nacht mit ihm die junge Witwe Margarita so eingeschüchtert, daß sie nun jeder seiner Launen gehorchte.

»Wirklich? Sie machen sich nicht bloß einen Spaß mit dem alten Tomás Alazar?«

»Der Himmel ist mein Zeuge, Tomás, Sie sollen jetzt gleich mit mir nach Hause gehen und sehen, daß ich die reine Wahrheit gesagt habe. Erst werde ich noch eine Flasche Tequila kaufen, die Sie trinken können, wenn Sie mit Margarita geschlafen haben.«

Margarita Santorce hatte ihre Kammer auf der Rückseite des Hauses. Carlos zündete eine Petroleumlampe an und führte den Schmelzmeister den Flur entlang. Dann trat er die Tür auf und brüllte: »Margarita, steh auf, du faule Schlampe! Ich habe Besuch für dich!«

Die junge Frau fuhr in die Höhe. Das lange, glänzende schwarze Haar fiel ihr über das dünne Baumwollhemd. Sie sah das lüsterne Gesicht des Schmelzmeisters und schrie auf vor Entsetzen. »*Que pasa, Sēñor* Manos?« fragte sie.

»Zieh dein Hemd aus, Margarita. Du wirst meinen Freund Tomás unterhalten. Bemühe dich ja, ihn glücklich zu machen, sonst bekommst du meinen Gürtel zu spüren. Einen Vorgeschmack davon hast du bereits kennengelernt, und du weißt, daß ich meine, was ich sage.« Carlos berührte seinen schwarzen Ledergürtel, und Margarita schrak mit einem erstickten Laut zurück.

»Habe ich dir nicht gesagt, sie sei ein Leckerbissen, Tomás?« Er stieß den Schmelzmeister in die Rippen. »Ich lasse dich hier mit ihr allein. Tu mit ihr, was du willst. Wenn du fertig bist, kommst du zu mir und sagst mir, ob sie dich zufriedengestellt hat.« Er schob Tomás auf das Bett zu, brach in rauhes Gelächter aus und verließ das Zimmer.

Im Flur blieb er kurze Zeit stehen. Er lachte vor sich hin, als er Margaritas Flehen und Weinen und die heiseren Ausrufe des Schmelzmeisters vernahm. Schließlich verriet ihm ein jammervoller Aufschrei, daß der Schmelzmeister sein Ziel erreicht hatte. Grinsend ging Carlos in sein Zimmer, steckte sich eine Zigarre an und dachte an den Triumph, der auf seine schlauen Pläne und geduldigen Vorbereitungen folgen würde.

Eine Stunde später taumelte Tomás Alazar aus Margaritas Kammer und bedankte sich immer wieder bei seinem neuen Freund. Da wußte Carlos, daß sein erster Schritt zur Verwirklichung seiner Pläne Erfolg gehabt hatte.

Tomás Alazar kam nun öfter zu Besuch in das Haus des angeblichen *Sẽñor* Manos. Jedes Mal wurde Margarita Santorce gezwungen, ihm zu Willen zu sein. Es war kaum eine Woche vergangen, da hatte Carlos alles von ihm erfahren, was er wissen wollte – obendrein hatte Tomás sich sogar bereit erklärt, ihm zu helfen.

In zehn Tagen sei wieder eine Erzlieferung von der Mine zu erwarten, erzählte der Schmelzmeister. Seit der österreichische Kaiser vertrieben war, herrschte Frieden in Mexiko. In der Gegend schienen sich keine Banditen aufzuhalten, deshalb würden die Esel von höchstens sechs Mann begleitet. Von der Mine bis zur Bank brauchten die Transporte drei Tage. Das letzte Mal war aus dem Erz Silber im Wert von zwanzigtausend Pesos geschmolzen worden, dieses Mal konnte es sogar noch mehr sein.

Eine letzte Frage hatte Carlos Macaras noch: Wußte der Schmelzmeister einen Ort, wo das gestohlene Erz geschmolzen werden konnte? Die Antwort fiel sogar besser aus, als Carlos gehofft hatte. Tomás Alazar hatte einen Bruder in Coaxtil, einer kleinen Stadt in der Nähe von San Luis Potosi. Es war ein armer Schmied, aber seine Werkstatt und seine Fähigkeiten ermöglichten es ihm durchaus, das Erz zu schmelzen.

Carlos hatte schnell erkannt, daß der Schmelzmeister selbst schon oft mit dem Gedanken gespielt hatte, das Silbererz zu stehlen und ein reicher Mann zu werden. Aber es hatte ihm an den nötigen Mitteln zur Verwirklichung seines Plans gefehlt, und so wurde aus Tomás Alazar jetzt ein Werkzeug, welches das Schicksal Carlos Macaras in die Hände zu geben schien. Jedes Mal, wenn Tomás ihn besuchte, versprach Carlos ihm Reichtümer, die sich der Schmelzmeister in seinen kühnsten Träumen noch nicht vorgestellt hatte. Sobald Carlos sicher war, daß er Tomás fest an der Leine hatte, machte er sich auf die Suche nach Männern, die den Erztransport überfallen und die Beute in die kleine Stadt bringen würden, wo Tomás' Bruder lebte.

Es kostete ihn den Rest seines Goldes und seine Zeit bis auf zwei Tage vor dem Eintreffen der nächsten Lieferung. Schließlich traf er in einer kleinen *posada* in den Außenbezirken von Cuernavaca auf vier geeignete Schufte. Die arme Margarita mußte ihnen ebenso dienen wie dem Schmelzmeister, und als sie mit ihr fertig waren, erwürgte Carlos Macaras sie skrupellos. Eine Zeugin für die zwischen den Männern geführten Gespräche konnte er nicht brauchen. Er begrub sie unter einem kleinen Schuppen hinter dem Haus. Dann ritten er und seine vier neuen Kumpanen in die hügelige Landschaft hinaus, um den Transport abzufangen.

Einer der vier Männer war Pablo Asira, ein armer Stellmacher mit einem hageren, verdrossenen Gesicht, dessen Frau mit einem feinen Soldaten davongelaufen war. Wieder einmal war Carlos Macaras überzeugt, das Schicksal stehe auf seiner Seite, da es ihm einen solchen Komplizen beschert hatte. Denn er brauchte einen Wagen und mindestens vier Pferde, wenn er das schwere Erz den weiten Weg bis nach Coaxtil schaffen wollte. Ja, es war ein Glück für ihn, daß Pablo Asira an seinem Leben verzweifelt war und darauf brannte, eine Regierung zu betrügen, deren Vertreter in Gestalt des feinen Soldaten ihm seine Frau genommen hatte.

Aber vor dem Aufbruch aus Cuernavaca hatte Carlos Macaras noch etwas zu erledigen. Er gab einem Jungen eine Münze und schickte ihn mit der Botschaft zu Tomás Alazar, er solle sofort in den *Cañon de Diablo* kommen, da noch zu vereinbaren sei, wann und wo sie sich zur Verteilung des Silbers treffen wollten. Tomás Alazars Zucken wurde heftiger denn je bei dem Gedanken, daß er bald ein reicher Mann sein werde. Schnell sattelte er sein Pferd und ritt, um nicht gesehen zu werden, auf einem wenig benutzten Weg zu dem fünf Meilen östlich von Cuernavaca liegenden *Cañon de Diablo.*

Als er sein Pferd an einem zackigen Felsen vorbeitrieb, knallte ein Schuß. Tomás Alazar fiel aus dem Sattel; das erschreckte Pferd bäumte sich auf und lief davon.

Oben auf dem Felsen blies Pablo Asira den Rauch von der Mündung seiner Pistole und kehrte lachend zu seinem neuen *jefe* zurück. »Erledigt, *mi jefe*«, meldete er. »Genau in den Hinterkopf.«

»*Bueno, amigo*! Du hast dir eine kleine Extrabelohnung verdient. Du sollst sie haben, sobald das Erz geschmolzen ist«, versprach Carlos. »Nun aber auf nach Tenancingo, wo wir die Esel und die *soldados* treffen werden!«

XXVI

Die Sonne war am Abend des nächsten Tages gerade untergegangen. Unheimliche Schatten lagen auf dem Felsen oberhalb des engen, gewundenen *Cañon de Diablo*. Am Fuß des Felsens wuchsen dichte Manzanitabüsche, blühende Kakteen und eng stehende Bäume. Ein Wagen und vier Pferde, die Pablo Asira für den Transport des Erzes besorgt hatte, waren im Gebüsch gut versteckt und konnten von der Sohle des Cañons aus nicht gesehen werden. Hier, am Eingang der engen Schlucht, war die Nordwand, die im weiteren Verlauf steil anstieg, noch niedrig. Carlos Macaras hatte diese Stelle für den Angriff ausgewählt, weil die Soldaten keinen Verdacht auf einen Hinterhalt mehr haben würden, sobald sich zwischen ihnen und der Stadt Cuernavaca nur noch eine Ebene erstreckte.

Carlos Macaras machte sich keine Illusionen über die vier Männer, die er für den Überfall angeworben hatte. Zwischen Cuernavaca und Coaxtil lagen Berge und Wüsten. Sobald das Erz in den Wagen geladen war, wollte er den schlechten, wenig befahrenen Wegen bis zum Ostrand von Mexiko City folgen, um Patrouillen der *Juaristas* zu entgehen. Er wußte, daß seine Gefährten darauf lauerten, ihn in der Wüste umzubringen. Aber er hatte ihnen nicht seinen ganzen Plan mitgeteilt. Von der kleinen Stadt Coaxtil wußten sie nichts. Carlos hatte ihnen nur gesagt, er habe Freunde, die das Erz in Silberbarren einschmelzen konnten, diese wohnten nicht weit von San Luis Potosi. Folglich, so hatte er es sich überlegt, würden sie ihn so lange leben lassen, bis sie sicher waren, den Ort allein finden zu können. Er jedoch hatte ihnen längst das gleiche Schicksal zugedacht wie Margarita und dem Schmelzmeister. Hatte Pedro Alazar, Tomás' Bruder, das Erz erst einmal geschmolzen, dann konnte er, Carlos, reisen, wohin er wollte, und in Nuevo Laredo und den anderen kleinen Städten jener Gegend neue Männer für den

Überfall auf die Windhaven-Ranch rekrutieren.

Carlos lag oben auf dem zerklüfteten Felsen, mit einer alten französischen Flinte und zwei Pistolen bewaffnet. Etwa fünfzehn Meter weiter zurück knieten seine vier Komplizen, von Bäumen und Büschen gedeckt. Um sie herum wurde es immer finsterer. Es war sehr still. Manuel Lorza rückte an Paco Domingar heran und flüsterte: »Ich höre nichts. Vielleicht ist dieser *Sēñor* Manos falsch informiert worden. Vielleicht kommen die Esel heute nacht nicht – vielleicht sind sie auch schon vorbei.«

»Nein, Manuel, ich bin felsenfest überzeugt, daß sie kommen werden. Wenn wir das Erz aber erst einmal erbeutet haben, was soll uns dann hindern, es für uns selbst zu behalten? Ich traue diesem *Sēñor* Manos nicht, und vielleicht gibt es hier mehr *dinero* zu holen, als er uns gesagt hat.«

»In diesem Fall werde ich selbst ihn töten. Aber nicht hier und nicht gleich. Das Silber muß aus dem Erz herausgeschmolzen sein, sonst ist es für uns wertlos. Wir müssen jemanden finden, der das für uns tut.«

Carlos Macaras hatte die geflüsterte Unterhaltung mitbekommen. Er grinste vor sich hin. Er wußte, was in ihren Köpfen spuckte, und die Vorstellung, wie er ihre tölpelhaften Pläne durchkreuzen würde, amüsierte ihn. Plötzlich gab es ihm einen Ruck. Aus der Ferne klang gedämpftes Hufklappern herüber. Carlos legte die Hände um den Mund und rief mit leiser Stimme: »Aufgepaßt, *amigos*! Ich höre die Esel kommen!«

Das Hufklappern wurde lauter. Dann tauchten aus der Dunkelheit des gewundenen Pfades aneinandergebundene Esel auf. Ein stämmiger *peon* führte den ersten am Zaum. Etwa ein Dutzend Tiere folgten langsam. Außer dem Anführer waren nur sechs Soldaten dabei. Langsam hob Carlos seine Flinte, zielte sorgfältig und feuerte dann. Der Schuß dröhnte durch den Cañon, und der erste Soldat fiel aus dem Sattel, rollte ein Stück über den Boden und rührte sich nicht mehr. Die übrigen Soldaten stießen erschreckte Rufe aus und rissen ihre Pferde zurück. Jetzt eröffneten die vier Banditen das Feuer. Als die letzten Echos der Salve erstarben, standen nur noch die erschreckten Esel da. Die sieben Männer lagen am Boden, und die Hand des toten Treibers hielt den Zaum des ersten Tieres immer noch umklammert.

»Gut, *amigos*! Jetzt gibt es viel Arbeit für uns. Wir müssen die Esel zum Wagen führen und das Erz aufladen. *Pronto,* bevor jemand kommt.«

Manuel und Pablo rutschten den Abhang hinunter. Ein paar Minuten später hatten sie die Esel über einen gewundenen Pfad an die Stelle geführt, wo der Wagen und die Pferde warteten. Auch Carlos eilte zur Talsohle. Er hatte nämlich neben einem der toten Soldaten ein Repetiergewehr liegen sehen. Für ihn war das ein weiteres Zeichen, daß das Glück ihm hold war.

Er hob das Gewehr auf, stellte fest, daß es voll geladen war, und stieg wieder nach oben. Mit zwanzig Männern, die mit solchen Gewehren ausgerüstet waren, konnte er die *gringos* in einer Stunde auslöschen.

Seine vier Komplizen waren eifrig dabei, das Erz auf den Wagen zu laden. Carlos hielt das Gewehr hinter seinem Rücken versteckt und bedachte die Männer mit aufmunternden Zurufen, bis die Arbeit getan war. Dann spannte Carlos seine Waffe und feuerte, bis das Magazin leer war. In das Stakkato der Schüsse mischten sich Todesschreie, und dann herrschte wieder Stille im *Cañon de Diable.* Alle vier waren tot.

Eine Stunde später war Carlos Macaras unterwegs nach Coaxtil. Das Geld, das er den Toten – den Soldaten und seinen Helfern – weggenommen hatte, reichte, um sich in den kleinen Dörfern am Rand der Wüste mit Lebensmitteln und Wasser einzudecken. Bis er bei Pedro Alazar, Tomás Bruder, eintraf, würde fast ein Monat vergehen. Aber Carlos Macaras hatte es jetzt auch nicht mehr eilig.

Die Erzladung bedeutete genug Geld, um all die Männer anzuwerben, die er brauchte.

Tagsüber brannte die gleißende Sonne auf die von Klapperschlangen, Skorpionen und Tausendfüßlern bevölkerte Wüste herab. Meilenweit konnte Carlos hinter sich nichts als die Wagengeleise und Hufspuren sehen, und vor ihm bis zum Horizont nichts als tote und eintönige Wüste. Er hatte den selten benutzten Weg gewählt, der von Cuernavaca nach Tlaxcala führte. Dort machte er in einem kleinen Gasthof Rast und stärkte sich.

Nach langem Feilschen erwarb er vom Wirt zu überhöhtem Preis so viele Vorräte, daß sie bis Pachuca reichten. Er ließ ein Dutzend Tonkrüge mit Wasser füllen und bezahlte auch dafür teuer. Aus dem Stall des Gasthofs holte er sich Säcke und legte sie über das Erz. Darauf ließ er eine Lage Stroh und Heu laden. Jetzt konnte niemand mehr erraten, welch wertvolle Fracht er auf seinem Wagen transportierte.

Da er erwähnt hatte, er werde nach Pachuca reisen, mied er diese Stadt und hielt statt dessen auf das kleine Dorf Ixmiquilpan zu. Er wußte, von dort ging es nach San Luis Potosi und Coaxtil über eine mörderische Strecke von mehr als zweihundert Meilen in nordwestlicher Richtung durch unwirtliches Land und über Gebirgsketten hinweg.

Es war nicht nur die Wüste, die sein Vorankommen behinderte. Er hatte sich vorgenommen, jede stärker belebte Straße zu meiden, um nicht gesehen zu werden. Mit Sicherheit waren die Leichen der Soldaten und des Schmelzmeisters inzwischen von den Behörden in Cuernavaca entdeckt worden. Die Suche nach ihm mußte also schon begonnen haben. Von Zeit zu Zeit warf er einen Blick zurück, und sein Herz schlug schneller, wenn er weit hinter sich die Spur einer Staubwolke entdeckte. Aber jedes Mal stellte er zu seiner großen Erleichterung fest, daß es nur eine Windhose gewesen war und sich ihm noch keine Verfolger an die Fersen geheftet hatten.

Die Monotonie seiner langen Reise, Tag für Tag unter einem erbarmungslosen blauen Himmel und einer Sonne, die wie ein Glutofen brannte, hätte ihn leicht wahnsinnig machen können, wäre er nicht ganz von seinen Gedanken und Plänen ausgefüllt gewesen. Oft sprach er laut mit sich selbst darüber. Wie konnte er zum Beispiel Pedro Alazar in Coaxtil hinters Licht führen? Wie begründete er den Besitz der wertvollen Erzladung? Welchen Preis würde Pedro Alazar von ihm verlangen? Konnte der Bruder des Schmelzmeisters Verdacht schöpfen und die Behörden alarmieren? Doch während er einsam dahinzog und mit seinen Fragen das schreckliche Schweigen der Wüste herausforderte, wuchs in ihm der Stolz auf seine Taten. Nicht einmal sein Bruder Diego hätte es gewagt, allein mit einem Wagen und vier Pferden durch die Wüste und über Berge zu ziehen, und wenn der Lohn dafür noch so viel Beute gewesen wäre. Carlos versicherte sich selbst, er sei größer als jeder Banditenführer, der je seinen Fuß auf mexikanischen Boden gesetzt habe. Hätte er nur die richtigen Eltern gehabt, dann wäre jetzt vielleicht er, und nicht Benito Juarez, Präsident der Republik. Manchmal, wenn die Sonne ihn fiebern ließ und seine Lippen trocken und aufgesprungen waren und er sich nur mit Mühe davor zurückhalten konnte, einen der Wasserkrüge zu nehmen und sich satt zu trinken, lachte er laut auf und schrie hinaus: »Ich bin Carlos Macaras, und ich habe eine Bestimmung zu erfüllen!«

Zwei Wochen später erreichte er Tamazunchale und hatte endlich Gelegenheit, neue, frische Pferde einzuhandeln. Die Einwohner dieses Dorfes waren einfache *peones*, die die Regierung haßten, wie sie jede Regierung gehaßt hätten, die ihnen Steuern auferlegte.

Carlos Macaras blieb drei Tage. Er wäre gern länger geblieben, denn er hatte ein geschmeidiges schwarzhaariges Mädchen gesehen, dessen dünnes Baumwollkleid feste junge Brüste und lange, schlanke Beine verhieß. Aber als er hörte, sie sei das Mündel des Dorfpriesters, schirrte er seine neuen Pferde an und begab sich wieder auf den Weg. Jetzt lagen nur noch hundert Meilen dieser einsamen, gefährlichen Reise vor ihm, dann war er in Coaxtil. Er hatte beim Aufbruch nicht etwa das Gefühl gehabt, es sei ein Sakrileg, das Mündel des Priesters zu schänden, sondern er fürchtete den Fluch des Priesters. Nach außen hin machte Carlos sich zwar über Aberglauben lustig, aber innerlich zitterte er vor Furcht, durch Verletzung eines der dunklen Gesetze das Böse auf sich herabzubeschwören.

Aber der Anblick dieses blühenden jungen Geschöpfes hatte seine Entschlossenheit bekräftigt, die anstrengende Reise fortzusetzen. Er durchfuhr einen unbewohnten, sonnenverdorrten Landstrich. Vor dem grellen Licht schloß er die Augen. Im Geist sah er sich selbst in dem feinen Ranchhaus der *gringos,* Pistolen im Gürtel, eine Peitsche in der Hand, als Gebieter des Hauses und Herr der *mujeres,* die er gefangengenommen hatte. Er konnte bestimmen, wer von ihnen niederknien und mit erhobenen Händen um Gnade flehen sollte. Er würde in der einen Nacht die eine mit ins Bett nehmen, in der nächsten Nacht eine andere, und ihre Schande und Erniedrigung würden sein Triumph sein.

Wie viele Wanderer in der Wüste eine Fata Morgana erleben, so hatte Carlos Macaras buntgewürfelte Visionen von jungen Mädchen und Frauen in zerrissenen Kleidern mit roten Striemen seiner Peitsche auf der weißen Haut, die sich ihm wie Huren anboten.

Diese Trugbilder verkürzten die brennenden Tage und schwülen Nächte, und an jedem neuen Morgen war Carlos' Entschlossenheit größer. Er brauchte nicht mehr nach etwaigen Verfolgern Ausschau zu halten. Niemand würde ihm so weit folgen. Er erreichte die kleine Stadt Cardenas, von dort mußte er sich genau westwärts halten, um

San Luis Potosi zu umgehen – denn an diesem Ort gab es ein Telegraphenbüro, und die Nachricht aus Cuernavaca konnte bereits dort eingetroffen sein.

In Cardenas kaufte Carlos wieder Lebensmittel- und Wasservorräte, ruhte sich einen Tag aus und vergnügte sich einen Abend bei einer Fiesta. Es war eine Hochzeitsfeier. Der Anblick der hübschen Mädchen mit ihren tief ausgeschnittenen Blusen und bunten weiten Röcken ließ ihn zittern vor Begierde. Fast wünschte er sich, er hätte Margarita Santorce gezwungen, mit ihm zu kommen und ihn von dem Wahnsinnsdrang zu befreien, der ihn nachts manchmal wie im Fieber schüttelte. Aber dann tröstete er sich mit dem Gedanken, wieviel mehr Vergnügen er an den *gringas* haben würde, wenn er erst ihre Männer getötet und das Ranchhaus bis auf die Grundmauern niedergebrannt hatte. Das malte er sich in allen Einzelheiten aus.

Endlich, am 2. Dezember 1867, zog Carlos Macaras in Coaxtil ein. Der Ort war nichts weiter als eine Ansammlung von Luftziegelhütten mit einer kleinen Kirche. Auf dem Dorfplatz stand ein Wassertrog für die Pferde. Der schönste Anblick war für Carlos jedoch ein langgestrecktes Rechteck aus Holz und Luftziegeln, vor dem ein kräftig gebauter kahlköpfiger Mann ein Pferd beschlug.

Die Schmiede lag am anderen Ende des Dorfes. Obwohl mehrere Männer und Frauen aus ihren Hütten kamen und ihm und seinem Wagen nachschauten, schienen sie doch wenig erstaunt über seine Ankunft zu sein. Sicher dachten sie, er wolle seine Pferde beim Schmied beschlagen lassen. Carlos Macaras hatte jetzt nur noch ein Problem zu lösen, nämlich wie er Pedro Alazar von der Wahrheit seiner Geschichte überzeugen konnte. Er hatte so viele Mühen und Risiken auf sich genommen, um bis hierher zu kommen, daß sein Verstand sich weigerte, auch nur die Möglichkeit in Betracht zu ziehen, Pedro Alazar werde sich weigern, das Erz zu schmelzen. Nein, wenn er den Gendarmen sowie der Gefahr des Verhungerns und Verdurstens und des Todes durch Insektenstich oder Schlangenbiß auf dieser weiten und beschwerlichen Reise entgangen war, dann war für ihn das eine sonnenklar: Er hatte eine Bestimmung zu erfüllen.

Carlos stieg vom Wagen und genoß es sichtlich, endlich seine Beine strecken zu können. *»Buenas dias, senñor«*, grüßte er den Hufschmied, der, offensichtlich nur ein paar Jahre jünger als sein Bruder Tomás Alazar war.

»Auch Ihnen einen guten Tag, *hombre*«, lautete die Antwort. Der Hufschmied sammelte sein Werkzeug ein und legte es weg. Dann hielt er inne, als sei ihm plötzlich etwas eingefallen. »Brauchen Ihre Pferde vielleicht neue Hufeisen?«

»Natürlich, aber ich komme beinahe um vor Durst. Hätten Sie ein bißchen Wasser übrig, *por favor?*«

»Es ist mir ein Vergnügen.« Der Schmied nickte und verschwand in seiner Werkstatt. Sein Häuschen schloß sich am anderen Ende so dicht an dieses Rechteck aus Holz und Luftziegeln an, daß beides ein Gebäude zu sein schien.

»Ihr Wasser, *hombre.*« Der Schmied kehrte mit einer großen tönernen Schöpfkelle zurück. Als Carlos sie erstaunt ansah, erklärte der Schmied: »Ich habe eine Pumpe gebaut, und hinter meiner Werkstatt befindet sich ein kleiner Brunnen. Wir sind hier in Coaxtil mit einer unterirdischen Quelle gesegnet. Unser Priester meint, die *Virgen Santíssima* habe sie uns geschenkt, weil wir friedlich leben, das Land bebauen und unser Essen mit den Nachbarn teilen, wenn sie hungrig sind.«

»Dieses heilige Wasser nehme ich mit großer Dankbarkeit an«, erwiderte Carlos. Ehe er die Schöpfkelle an die Lippen führte, bekreuzigte er sich mit dem linken Zeigefinger.

Er zwang sich, langsam zu trinken. Dabei entging ihm nicht, daß der Schmied ihn aufmerksam beobachtete und sich schließlich die Andeutung eines Lächelns auf seinem ernsten Mund zeigte. »Dann sind Sie ein gläubiger Mensch?« fragte Pedro Alazar.

»Ja, und stolz darauf, *Señor.*«

»Lob sei Ihr, der gebenedeiten Mutter unseres Herrn«, intonierte der Schmied und bekreuzigte sich ebenfalls. »Es ist beinahe Zeit zum Mittagessen. Wollen Sie das Mahl nicht mit mir teilen? Doch ich weiß Ihren Namen noch gar nicht.«

»Aber ich glaube, ich weiß den Ihren«, erklärte Carlos. »Heißen Sie nicht Pedro Alazar?«

»Sie kennen mich? Aber ich habe Sie noch nie zuvor in Coaxtil gesehen«, wunderte sich der Schmied.

»Daran ist nichts Merkwürdiges. Ich komme nämlich aus Cuernavaca mit einer Botschaft von Ihrem Bruder Tomás.«

»Von Tomás? Was ist mit ihm? Geht es ihm gut? Ich habe seit fast drei Jahren nichts mehr von ihm gehört. Kommen Sie mit in mein Häuschen, wir haben *arroz con pollo* und die besten Tortillas, die Sie in ganz Coaxtil finden können. Alkohol kann ich Ihnen aber nicht anbieten, *Señor,* weil ich ein Gelübde abgelegt habe. In meiner Jugend hat mich das Trinken beinahe dem Bösen ausgeliefert.« Wieder bekreuzigte er sich.

»Ich bin Teofilo Manos«, stellte sich Carlos vor, als er sich in dem kleinen Zimmer neben der Küche zu Tisch setzte. Eine alte, verkrüppelte Frau brachte das Essen herein. Als sie wieder in der Küche verschwunden war, fragte er den Schmied: »Ihre Frau, *Señor* Alazar?«

»*Pero no, Señor* Manos. Sie ist meine Haushälterin. Meine Frau – mögen die Engel ihre Seele geleiten – ist vor zehn Jahren gestorben. Aber ich hatte ihre Liebe schon lange vorher verloren, weil ich dem Trunk ergeben war. Ich versuche jeden Tag durch meine Arbeit, Frieden mit Unserm Herrn zu schließen, verstehen Sie. Ich habe gesündigt, weil ich nicht den rechten Weg kannte.«

Carlos betrachtete forschend das Gesicht des Schmieds. Nur mit Mühe konnte er ein lautes Auflachen unterdrücken. Jetzt wußte er, wie er diesen einfältigen Bauern dazu bringen konnte, für ihn zu arbeiten. Pedro Alazar war das, was man einen religiösen Fanatiker nannte. Deshalb mußte er ihn davon überzeugen, daß das Schmelzen des Erzes eine gute Tat war. Während Carlos das schmackhafte, reichhaltige Essen verzehrte und Ziegenmilch dazu trank, strengte er seine rege Phantasie an, um eine Geschichte zurechtzubasteln, die der Schmied ohne weiteres schlucken würde. »Natürlich ist Ihnen bekannt, daß Ihr Bruder Schmelzmeister für den *Banco de Cuernavaca* ist«, begann er vorsichtig.

»Ja, das war das letzte, was ich von ihm hörte. Sie müssen wissen, *Señor* Manos, daß wir von hier keine Briefe nach Cuernavaca oder Mexiko City schicken können. Verwandte oder Freunde, die jenseits der Berge leben, erhalten nur dann eine Nachricht von uns, wenn ein Mann aus unserem Dorf in ein weit entferntes anderes Dorf reitet und bereit ist, eine Botschaft mitzunehmen, die dann von jenem Dorf aus wiederum weitergereicht wird. Davon abgesehen hat Tomás mir wenig zu sagen. Sie haben sicher bemerkt, welches Leiden er hat? Nun, er nimmt es nicht als den Willen Unseres Herrn hin. Statt dessen murrt er und nährt Haß in seinem Herzen und meint, *Nuestro Señor* habe ihn verlassen. Er denkt nicht daran, was in der Bibel über Hiob geschrieben steht, *Señor* Manos.«

»Vielleicht denkt er jetzt endlich daran«, warf Carlos ein.

»Ich wünschte, das könnte ich glauben, *Señor* Manos.« Pedro Alazar seufzte schwer und schüttelte ungläubig den Kopf. »Sie erwähnten eine Botschaft von ihm. Ist es vielleicht nach all den Jahren das Versprechen, seinen sündhaften Lebenswandel aufzugeben?«

»In gewisser Weise ja, *amigo.* Erlauben Sie mir, Sie so

zu nennen, denn ich habe an Ihrem Tisch gegessen und befinde mich in der Gesellschaft eines Mannes, dessen Gläubigkeit meine Achtung findet. Die Bekehrung Ihres Bruders ist so vollständig, daß er glaubt, ihm sei ein Wunder widerfahren. Sehen Sie, *amigo,* er hat lange und treu für die Bank in Cuernavaca gearbeitet. Jetzt hat man ihm als Lohn für seine Mühe ein kleines Stück Land vor der Stadt geschenkt. Endlich hatte Ihr Bruder erkannt, daß er nicht so mißachtet wurde, wie er in all den Jahren geglaubt hatte, und er ging in die Kirche und legte eine Beichte ab.«

»Dank sei Ihm, der die Sünder heimfinden läßt!« Pedro Alazar hob die Augen zum Himmel und bekreuzigte sich.

»So ist es. Als Ihr Bruder nach der Beichte bei dem guten *padre* aus der Kirche kam, nahm er sich vor, das Land zu bearbeiten, das ihm geschenkt worden war, und dankbar die Früchte seiner Arbeit zu genießen.«

»Ah, das sind wirklich gute Neuigkeiten, die Sie mir bringen, *Señor* Manos!«

»Das ist noch nicht alles, *amigo.* In der Absicht, Obst und Gemüse zu pflanzen, begann er zu graben, und er fiel auf die Knie, als seine Schaufel auf eine Silberader stieß, reicher noch als in der Mine, von der ihm das Erz zum Schmelzen geschickt wurde.«

Pedro Alazar sprang beinahe vom Tisch auf. Seine Augen leuchteten, sein Gesicht trug den Ausdruck der Verzückung. »Endlich hat mein armer Bruder gelernt, daß die Geschichte von Hiob auch für einen verstockten Sünder Wirklichkeit werden kann!«

»Das hat er in der Tat, *mi amigo.* Er warb Männer an, die ihm graben halfen, und er entdeckte so viel Erz, daß er jetzt einer der reichsten Männer in ganz Cuernavaca ist. Natürlich gab er der Kirche viel von seinem Reichtum und bat den *padre,* Schätze unter den Armen zu verteilen und zu Ehren der Heiligen Jungfrau Kerzen anzuzünden.«

»Oh, welch frohe Botschaft bringen Sie mir, *Señor* Manos!« rief der Schmied hingerissen.

»Und nun, *mi amigo,* komme ich nicht nur dieser Botschaft wegen zu Ihnen, sondern auch mit einem Beweis für die Bekehrung Ihres Bruders. Da er weiß, wie gläubig Sie sind, bat er mich, Ihnen einen Anteil seines reichen Erzfundes zu bringen. Sie sollen es zu Silberbarren in Kreuzesform schmelzen. Das Silber können Sie dazu benutzen, den Armen in Ihrem Dorf beizustehen und eine schönere Kirche bauen zu lassen, wo alle Einwohner Gott verehren können. Für sich selbst sollen Sie nehmen, was Sie brauchen, um sich Ihr Leben behaglich einzurichten. Deshalb sehen Sie mich hier mit einem von vier Pferden gezogenen schweren Wagen aufkreuzen, *mi amigo.* Er ist gefüllt mit Silbererz, ein Geschenk Ihres Bruders für Coaxtil und für Sie persönlich.«

Pedro Alazar standen die Tränen in den Augen. Seine Lippen zitterten. Er ergriff Carlos' Hände und drückte sie. »Ja, Silberkreuze! Welch herrlicher Gedanke! Wenn ich mir vorstelle, daß ich einmal um das Seelenheil meines Bruders gebangt habe! *Señor* Manos, ich will es tun! Natürlich muß ich tagsüber für die Dorfbewohner weiter meine Aufgabe als Hufschmied erfüllen, aber ich werde des Nachts mit aller Kraft und voller Freude über Tomás' Bekehrung an den Silberkreuzen arbeiten. Sagen Sie mir, wie hat er ausgesehen, als Sie bei ihm waren?«

»Auch das gehört mit zu dem Wunder, *mi amigo*«, erwiderte Carlos feierlich. »Als ich ihn zuletzt sah, war der Tick, unter dem er so lange gelitten hat, spurlos verschwunden.«

XXVII

Am Abend des 15. Dezember hielt Pedro Alazar mit der Arbeit an seinen handbetriebenen Blasebälgen inne. Er war hohlwangig vor Erschöpfung und triefte von Schweiß. Doch jetzt wandte er sich mit einem Seufzer der Erleichterung Carlos Macaras zu. »Es ist vollbracht, *Señor* Manos. Ich könnte im Stehen einschlafen. Aber das Wissen um die Bekehrung meines Bruders und sein unschätzbares Geschenk für unsere kleine Kirche haben mir unerhörte Kraft gegeben.«

Carlos Macaras nickte ernst. »Morgen früh gehe ich mit Ihnen zur Kirche und helfe Ihnen, die Silberkreuze hinzubringen. Dann habe ich die Gewißheit, daß mein Auftrag in dieser Sache erfüllt ist. So hätte Tomás es sich gewünscht.«

»Wie wird der alte *padre* staunen, wenn wir ihm diese heiligen Symbole des Glaubens überreichen! Ich kann mir vorstellen, welche Freude Sie empfinden, daß Sie an dieser wundervollen Aufgabe mitgewirkt haben.«

»Es ist der glücklichste Augenblick meines Lebens«, beteuerte Carlos Macaras feierlich. »Doch jetzt müssen Sie das Feuer löschen, sich mit Speise und Trank stärken und bis morgen früh schlafen. Sie haben sich einen guten, langen Schlaf redlich verdient; sicher werden Sie von der wunderbaren Änderung im Leben Ihres Bruders und von seiner großherzigen Gabe träumen.«

Der Schmied erwiderte: »Wollen Sie nicht Speise und Trank mit mir teilen, *mi amigo?* Ich kann Sie nicht länger mit *Señor* Manos anreden, denn Sie sind mir teuer geworden, fast wie mein eigener Bruder. Erlauben Sie mir, Sie meinen guten Freund Teofilo zu nennen.«

»Sie sind zu freundlich. Aber wenn ich mir diese herrlichen Kreuze ansehe, die Ihre Handwerkskunst geschaffen hat, fühle ich kein Verlangen nach Essen und Trinken, guter Pedro. Überlassen Sie mir die Arbeit, sie aufzuschichten, damit wir sie morgen leicht transportieren können. Gehen Sie ruhig zu Tisch und dann ins Bett.«

»Vielleicht haben Sie recht.« Der Schmied wischte sich den Schweiß mit dem Ärmel von der Stirn. »Mir tun alle Knochen weh; ich komme mir vor, als sei ich geröstet worden. Mein Ofen ist selten so heiß gewesen.«

»Und nie für einen würdigeren Zweck benutzt worden!« Carlos schlug dem Schmied auf den Rücken und grinste.

Er sah zu, wie der Schmied das Feuer löschte. Von Zeit zu Zeit schielte er zu dem Stapel schimmernder Silberkreuze hin. Pedro Alazar hatte sie auf einen Wert von mindestens fünfunddreißigtausend Pesos geschätzt, denn es war feinstes Silber. Kaum war Pedro gegangen, da beugte sich Carlos mit funkelnden Augen über die Kreuze, berührte sie, wog sie in der Hand und weidete sich an ihrem Glanz. Ein bösartiges Lächeln kräuselte seine Lippen. Alles war bereit. Der Wagen stand schon vor der Tür, und die Pferde in Pedro Alazars Stall. Er brauchte höchstens eine Stunde, um die Kreuze in den Wagen zu laden – das reine Silber war wesentlich leichter als das Erz – und die Pferde anzuschirren.

Er drehte sich eine Zigarette und zündete sie dann an. Sein Grinsen wurde hämisch. Vor ihm lagen fünfundzwanzig bis dreißig Kreuze, jedes über tausend Pesos wert. Carlos stützte das Kinn in die Hände und kniff tief in Gedanken die Augen zusammen. Wenn er in Nuevo Laredo ankam, wollte er ein Kreuz bei sich behalten und die anderen an einem sicheren Platz verstecken. Er kannte dort mehrere zwielichtige Existenzen, die bei seinem Vorhaben mitmachen würden. Auch kannte er jemand, der Schmuck und teure Antiquitäten verkaufte und ihm wenigstens fünfhundert Pesos für ein Kreuz oder, noch besser, eine Anzahl der neuesten Gewehre und reichlich Munition dafür geben würde. Diese Waffen waren in Mexiko nur selten anzutreffen – höchstens dann, wenn ein Komantschero über die Grenze fliehen mußte und sein Gewehr mitbrachte.

Auf den Schatz mußte Carlos sehr gut aufpassen. Niemals durfte er mehr als zwei Kreuze bei sich tragen. Diese konnte er den Männern zeigen, die er anwerben wollte. Wenn alles gutging – und davon war er fest überzeugt –, konnte er den größten Teil der Kreuze für sich behalten. Nach dem Sieg war damit zu rechnen, daß seine Männer vor lauter Erregung über die Beute an Frauen und Geld nicht auf ihn achteten. Dann konnte er sich heimlich aus dem Staub machen. Er träumte von einer Villa in Tampico oder Vera Cruz. Dort wollte er das Leben eines wohlhabenden Landedelmannes führen und fortan Teofilo Manos sein.

Entschlossen trat er seinen Zigarettenstummel mit dem Stiefelabsatz aus. Er schlich ins Haus hinüber, das mit dem Schmelzraum durch einen engen, überdachten Gang verbunden war.

Pedro Alazar hatte nur wenig gegessen und getrunken, denn die nächtelange Arbeit am heißen Schmelzofen hatte sogar seine gewaltigen Kräfte erschöpft. Er lag angezogen auf seinem Bett und schnarchte. Carlos sog zischend die Luft ein. Er nahm den Rosenkranz, den Pedro für gewöhnlich trug, vom Hals. Vorsichtig, damit der Schläfer nicht erwachte, schob er ihn unter Pedros Nacken. Dann faßte er mit beiden Händen zu und begann mit aller Kraft, den Schmied zu strangulieren.

Pedros Augen öffneten sich. Er begriff nicht gleich, was vorging. Dann versuchte er, sich aufzurichten. Seine Hände griffen nach den Perlen und dem Lederriemen, der in seinen Hals schnitt und ihm die Luft abschnürte. Seine Augen rollten voll Entsetzen hin und her, bis am Ende sein Kopf auf das Kissen zurückfiel.

Carlos löste den Rosenkranz von dem blau angeschwollenen Hals und ging leise den Flur entlang zu dem Zimmer, wo die alte Haushälterin schlief. Mit ihr hatte er es viel leichter – er brauchte ihr nur ein Kissen auf das Gesicht zu drücken, bis sie aufhörte, um sich zu schlagen.

Bis Nuevo Laredo waren es vierhundert Meilen, wenn man über Mazapil und Ocampo reiste. In der letztgenannten Stadt machte Carlos Macaras Rast, um die Pferde zu wechseln und sich eine Nacht auszuschlafen. Am nächsten Morgen bei Sonnenaufgang schirrte er frische Pferde an und fuhr weiter. Er umging Monterrey und hielt sich in Richtung Monclova in der Provinz Coahuila. Vor Jahren hatte er in dieser Stadt ein junges Mädchen namens Conchita Alvarez kennengelernt. Sie hatten damals eine oder zwei Nächte miteinander verbracht. In einem Gasthof der Stadt erkundigte er sich beiläufig nach ihr und erfuhr, Conchita und ihr Ehemann seien nach San Luis Potosi gezogen.

Carlos zuckte die Schultern. Es wäre angenehm gewesen, die Bekanntschaft zu erneuern, aber wichtig war ihm die Sache nicht. Er hatte genug an seinen sorgfältig ausgetüftelten Plan zu denken und daran, wie ihn bisher jeder begonnene Schritt sicher seinem Ziel entgegengeführt hatte.

Die Reise war jetzt weniger anstrengend. Am 10. Januar 1868 erreichte Carlos Macaras Nuevo Laredo. An diesem Tag schenkte Mara Hernandez ihrem geliebten Gatten Ramon einen kräftigen kleinen Sohn, den sie, wie sie versprochen hatten, Luke nannten.

Am letzten Februartag des Jahres 1868 war es für die Jahreszeit ungewöhnlich warm gewesen, erst am Abend brachte ein leichter Nieselregen eine willkommene Abkühlung. Der schwache Regen konnte jedoch die Kochfeuer in Sangrodos Dorf dreißig Meilen westlich von Miero nicht auslöschen. Hier, auf einer etwas höher gelegenen Ebene, die im Westen durch eine unregelmäßige

Hügelkette geschützt war, hatte der Komantschenhäuptling wieder ein festes Lager errichtet, das zu einer neuen Heimat für sein wanderndes Volk geworden war. Hier konnte es in Frieden leben und das Massaker vergessen, das ein ehrgeiziger Captain der Unionsarmee unter indianischen Frauen, Kindern und Alten angerichtet hatte.

Wenn Sangrodo und seine Krieger damals nicht auf einem Jagdausflug gewesen wären, wären vielleicht auch sie dem erbarmungslosen Angriff auf ihr Dorf zum Opfer gefallen. So aber waren sie am Leben geblieben. Als sie den Rio Grande überschritten hatten, erklärte der hochgewachsene Häuptling seinen Kriegern, jetzt müßten sie versuchen, wie die Navajos und Pawnees zu leben. Sie würden sich ansiedeln, das Land bebauen und Wild erlegen, das sie finden konnten. In Mexiko waren sie vor der Rache der Soldaten sicher und brauchten nicht mehr vor den Bleichgesichtern zu fliehen.

Frieden und Freundschaft herrschten zwischen ihnen und den übrigen Bewohnern der Gegend. Die Krieger hatten die nahegelegenen Dörfer Miero und Maxtime besucht und das Zeichen des Friedens gemacht. Sangrodo sprach fließend Spanisch, und die meisten seiner Männer konnten sich in dieser Sprache verständigen. Sie hatten angefangen, mit den Dorfbewohnern Handel zu treiben. Schließlich betrachteten sogar die Kinder in diesen Ortschaften die Indianer als Freunde. Deren Krieger raubten die mexikanischen Frauen nicht mehr, wie es früher der Fall gewesen war, im Gegenteil, sie warben um sie. Es war zu mehreren Eheschließungen gekommen, und schon gab es eine Menge Papusen in Sangrodos Dorf.

Sangrodo stand mit über der Brust gekreuzten Armen vor seinem Tipi. Während die meisten Komantschen von untersetzter Gestalt waren, überragte Sangrodo sie alle. Er war ebenso groß wie Luke Bouchard. Da Frieden herrschte, trug er keinen Federschmuck und nur die

Stammeszeichen im Gesicht, nicht die traditionelle Kriegsbemalung. Er sah zu, wie die Krieger aus den Hütten und Zelten strömten und wie ihre Frauen an den Feuern eifrig das Abendessen bereiteten. Seine Miene war ernst, doch seine Augen leuchteten. In diesem Land jenseits der Grenze fühlte Sangrodo eine Zufriedenheit, die er seit vielen Jahren nicht mehr gekannt hatte.

Aus dem größten Tipi trat nun Catayuna hervor, die einstmals die Frau Manuelo Arvilas', des Alkalden von Maxtime, gewesen war. Sie hatte bei den Komantschen den Titel »Geliebte Frau« bekommen, denn sie wurde nicht nur vom Häuptling geliebt, sondern von allen Bewohnern des Dorfes. Sie trug Wildlederkleidung und Mokassins, und ihr glänzendes schwarzes Haar war zu zwei Zöpfen geflochten, die ihr beinahe bis auf die Taille fielen. Unter der Wildlederjacke hoben und senkten sich ihre Brüste, und auf ihren vollen Lippen lag ein bedeutungsvolles Lächeln. Sie trat zu Sangrodo.

»Mi esposo, mi hombre«, sagte sie leise. Sangrodo wandte sich ihr zu. Sein asketischer Mund wurde weich. »Bist du zufrieden, Catayuna?« fragte er.

»Mehr als das, viel mehr«, lautete die beinahe geflüsterte Antwort. »Wir leben hier genügsam. Wir jagen, fischen und bebauen das Land. Das ist etwas, das dein Volk selten getan hat. Nicht wahr, Sangrodo?«

»Ja, Catayuna. Der Komantsche ist seit dem Tag, als der Große Geist ihn auf diese Erde setzte, über die Ebenen gewandert. Aber die Zeiten ändern sich, und wir müssen uns mit ihnen ändern, wenn wir überleben wollen. Ich bin stolz auch in diesem neuen und fremden Leben, denn ich bin immer noch ein Komantsche.«

Catayuna berührte leicht seinen Arm. Doch sie zog ihre Hand sofort wieder zurück, weil sie wußte, es schickte sich nicht für eine Squaw, ihrem Gefährten in aller Öffentlichkeit ein Zeichen der Zuneigung zu geben. »Auch ich fühle mich jetzt deinem Volk zugehörig, Sangrodo.

Denn ich gehöre zu dir, und das aus freier Wahl. Bald, mein Gatte, wird es einen lebenden Beweis dafür geben, daß ich wirklich und wahrhaftig deine Frau bin.«

Er sah ihr fragend in die dunklen Augen und wartete darauf, daß sie fortfuhr und ihm eine Erklärung gab. Catayuna senkte den Blick. »Ich trage dein Kind unter dem Herzen, Sangrodo. Das weiß ich seit nahezu zwei Monden. Es wird ein Sohn sein. Er wird ebenso stolz und frei wie sein Vater werden.«

»Möge der Große Geist es so geschehen lassen«, erwiderte er ernst. Seine Augen ruhten liebevoll auf der Frau, die mit geneigtem Kopf vor ihm stand.

Nach einer Pause sagte er so leise, daß nur sie es verstehen konnte: »Wenn du mir einen Sohn schenkst, wird er mir ebenso lieb sein wie Kitante, mein Erstgeborener. Ich werde ihm den Namen – nein, nach unserm Brauch ist es das Recht der Mutter, einen Namen für ihr Kind auszuwählen.«

Sie hob die Augen wieder zu ihm empor. Leidenschaftliche Liebe sprach aus ihnen. Sie antwortete: »Dann werde ich ihn Opinako nennen, Ihn-der-in-den-Fußstapfen-seines-Vaters-wandelt.«

Sangrodo faßte sie bei den Schultern und flüsterte: »Jetzt bist du eine echte Komantschin geworden, Frau. Du hast deinem zukünftigen Sohn einen Namen gegeben, der ihn auf dem Weg, den ein Häuptling gehen muß, leiten wird. Und das sage ich dir, Geliebte Frau: Ich gehe den Weg, der für unser Volk der beste ist, aber ich werde ihn immer mit dir zusammen gehen und dich vor allem Leid beschützen, ganz gleich, welche Entscheidungen ich um der Freiheit und des Stolzes unseres Stammes willen fällen muß.«

»Das macht mich sehr glücklich«, murmelte Catayuna. Sie schwieg eine Weile. Dann fragte sie in ihrem normalen Tonfall: »Will mein Gatte mit seinen Kriegern am Lagerfeuer essen, oder wird er seiner Squaw erlauben, ihn in seinem Tipi zu bedienen?«

»Ich muß mit meinen Kriegern und mit Ipiltse eine Beratung abhalten. Ipiltse ist soeben von einem Ritt zurückgekehrt. Er bringt Nachrichten mit, die mich beunruhigen. Deshalb werde ich mit den Männern essen. Wenn die Beratung vorbei ist, komme ich zu dir und nehme von dem, was du gekocht hast, und wenn es auch nur ein Bissen ist.«

Sangrodo schritt bis zur Mitte des kleinen Dorfes. Dort war Ipiltse, der stämmige Kriegshäuptling, von seinem Mustang gestiegen und sprach lebhaft mit drei älteren Männern des Stammes. Als Sangrodo sich näherte, verstummte Ipiltse und grüßte seinen Häuptling.

»Dein Gesicht ist so dunkel wie die Wolke, die den Mond verdeckt, Ipiltse«, sprach Sangrodo. »Was hast du erfahren, das dir solche Sorgen macht?«

»Du erinnerst dich doch, daß der große Mann, dessen Haut dunkel ist, unser Dorf besuchte, um seine Tochter zu sehen, die jetzt Jicintes Squaw ist?«

»Ich erinnere mich gut daran. Und sie erwartet wieder ein Kind. Aber warum macht dir das Sorgen, Ipiltse?«

»Dann erinnerst du dich auch daran, daß ich dir von dem jüngeren Bruder des schlechten *Mejicano* berichtete und daß er geschworen hat, den Tod seines Bruders zu rächen. Das erfuhr ich, als ich nahe beim Dorf Maxtime vorbeiritt.«

»Ja, das weiß ich. Du sagtest, der Name des Mannes sei Carlos Macaras.«

»So heißt er, Sangrodo. Jetzt glaube ich, daß er die Männer gefunden hat, die bei dem ersten Überfall auf die Ranch deines weißen Bruders entkamen.«

»Fahre fort.«

»Im Osten liegt das verlassene mexikanische Dorf Puertocare, von dem es heißt, dort habe eine so fürchterliche Seuche gewütet, daß seitdem niemand mehr dort zu leben wagt.«

»Das ist mir bekannt.«

»Trotzdem wohnen jetzt wieder Menschen in diesem Dorf. Es sind *Mejicanos.* Sie haben dort ein Lager aufgeschlagen.«

»Das ist in der Tat merkwürdig. Wie viele *Mejicanos* waren es?«

»Ich habe wenigstens ein Dutzend gesehen. Ich bin aber überzeugt, daß es noch mehr waren. Einer von ihnen rief mich an, als ich am Eingang des Dorfes vorbeiritt, und fragte, ob ich seine *Mejicano*-Sprache verstünde.«

»Du hast mit ihm gesprochen?« Sangrodo faßte den Kriegshäuptling am Arm. »Was hat er zu dir gesagt?«

»Er fragte mich, ob ich ein Komantsche sei, und ich merkte, daß er das an den Stammesabzeichen erkannt hatte. Als ich mit Ja antwortete, wollte er wissen, ob wir im Krieg mit den Bleichgesichtern seien, die den Komantschen das Land weggenommen haben.«

»Ho! Berichte mir alles ganz genau, Ipiltse. Ich wittere Gefahr, aber nicht für uns, sondern für die Familie meines weißen Bruders, dem ich den blauen Talisman des Stammes geschenkt habe und der bei uns den Namen Taiboo Nimiahkana führt.«

»Die Gefahr ist sogar größer als die, welche man im Herzen fühlt, Sangrodo. Dieser Mann, der sich selbst Teofilo Manos nennt, ist schlecht. Er trägt die Zeichen der Krankheit im Gesicht, die die Bleichgesichter Pocken nennen, und seine Augen sind grausam wie die des Pumas, wenn er seine Beute anspringt. Er sagt, er suche Männer, die die Bleichgesichter ebenso haßten wie er, und er wolle mir viel Geld zahlen und mir eine *mujer gringa* geben, wenn ich ihm folgte.«

»Was hast du geantwortet, Ipiltse?«

»Ich war nur mit meiner Lanze und meinem Jagdmesser fortgeritten, Sangrodo, und ich sah, daß seine finsteren *compañeros* Pistolen und auch diese langen Gewehre, mit denen man mehrmals hintereinander schießen kann, besaßen. Ich dachte, wenn ich mich weigerte, würde er mich töten. Deshalb erwiderte ich, ich wolle die Erlaubnis meines Häuptlings einholen; ich persönlich hätte keinen Grund, die Bleichgesichter zu lieben.«

Sangrodo lachte kurz auf. »Du hast ihn also in dem Glauben gelassen, du wolltest dich ihm und seiner Bande anschließen. Und was meinte er dazu, Ipiltse?«

»Ich solle innerhalb von drei Sonnen zu ihm zurückkehren und auch alle anderen Komantschen mitbringen, die die Bleichgesichter dafür, daß sie ihnen das Land gestohlen haben, hassen. Er versprach, daß es für jeden, der mit ihm reite, Gold und Frauen geben werde.«

»Aber er hat nicht gesagt, wohin es gehen soll?«

Ipiltse schüttelte den Kopf. »Ich wußte, er würde mir meine Frage nicht eher beantworten, als bis er meiner sicher ist.«

Sangrodo wandte sich in tiefem Nachdenken ab. Mit düsterem Gesicht sah er in das flackernde Feuer. Dann drehte er sich wieder zu seinem Kriegshäuptling um und erklärte: »Geh zurück zu diesem *Mejicano*, wenn die dritte Sonne sich erhoben hat, und nimm zwei unserer jungen Krieger mit. Ein dritter soll euch in einiger Entfernung folgen und sich verbergen, so gut er kann. Wenn es Nacht ist, gib dreimal das Heulen eines Kojoten als Zeichen. Dann wirst du oder einer deiner Gefährten einen Weg finden, den dritten, der sich versteckt, aufzusuchen und ihm zu sagen, wen diese *Mejicanos* angreifen wollen. Ich glaube, ich weiß es bereits. Außerdem denke ich, daß Teofilo Manos der Name ist, den Carlos Macaras angenommen hat, um nicht nur dich, sondern auch diejenigen, die ihm bereits folgen, zu täuschen. Aber nun, Ipiltse, wollen wir das Essen genießen, das für uns gekocht worden ist. Wir werden zum Großen Geist beten, er möge dich und die drei Krieger beschützen, die ihr ohne Furcht in jenes Dorf des Todes gehen werdet. Denn indem ihr es aus freiem Willen betretet, werdet ihr diejenigen, die mein weißer Bruder liebt, vor dem Tod oder Schlimmerem bewahren.«

Carlos Macaras hatte sich eine Hütte am Rand von Nuevo Laredo gemietet. Die erste Nacht verbrachte er damit, den Lehmboden in einem der Räume aufzugraben und die Silberkreuze in dem Loch zu verstecken. Nur zwei behielt er bei sich. Damit suchte er einen Juwelier auf, von dem er wußte, daß er illegale Geschäfte machte.

Heitor Favelas, der Juwelier, war ein kleiner Mann mit einer dicken Brille, einem Ziegenbart und einem verschlagenen Lächeln. Er prüfte das Silberkreuz, das Carlos ihm gereicht hatte, strich sich den Bart und erklärte: »Das ist ausgezeichnetes Silber, *amigo.* Es ist tatsächlich so rein, daß es Eigentum der Regierung sein könnte. Natürlich würden Sie das niemals zugeben. Aber andererseits habe ich meinen Verdacht, und ich gehe ein Risiko ein. Ich kann Ihnen deshalb nicht mehr als achthundert Pesos dafür geben. Haben Sie noch mehr davon?«

»Nur noch dies eine, das ich brauche, um für ein bestimmtes Vorhaben *compañeros* anzuwerben.«

»Langsam verstehe ich, aber ich will von Ihren Plänen nichts wissen. Ich sage Ihnen nur soviel: Wenn Sie Männer brauchen, die Mut haben und sich auch nicht fürchten, ihn zu zeigen, dann können Sie nichts Besseres tun, als die *posada* zu besuchen, die als Casa del Oro bekannt ist.«

Carlos dankte dem Juwelier, nahm die achthundert Pesos in Empfang und verließ das Geschäft. Er war nicht enttäuscht, obwohl er wußte, daß der Juwelier das Kreuz für drei- oder vierhundert Pesos mehr weiterverkaufen konnte. Mit den achthundert Pesos und dem zweiten Kreuz, das er noch in einem Sack bei sich trug, war es ihm möglich, eine ausreichende Zahl von Gesetzlosen für den Überfall auf die Windhaven-Ranch anzuwerben. Die anderen Kreuze aber waren sicher versteckt. Er hatte über eine Stunde damit verbracht, die Erde über dem Versteck wieder glattzustreichen, dann hatte er einen alten, schäbigen Teppich darübergelegt. Dem Eigentümer der Hütte hatte er die Miete für sechs Monate im voraus bezahlt; er hatte beiläufig erwähnt, er werde ständig kommen und gehen, weil er einer *señorita* in Miero den Hof mache.

Den Wagen und zwei der Pferde hatte er zu einem lächerlich niedrigen Preis abgestoßen. Die beiden anderen Pferde waren nach Beendigung der Reise so abgetrieben, daß sie keinen Wert mehr hatten. In einem Leihstall hatte er sich dann ein erstklassiges Reitpferd gekauft, einen kastanienfarbenen Wallach, schnell, intelligent und von sicherem Tritt. Jetzt endlich war er soweit, daß er Männer anwerben und seinen Angriff vorbereiten konnte.

In der Casa del Oro traf er auf drei Schufte, die wegen Raub und Mord von der mexikanischen Regierung gesucht wurden. Ein paar Flaschen Tequila und Carlos' Überredungskunst brachten sie zusammen mit einem kurzen Blick auf das, was er in seinem Sack hatte, schnell auf seine Seite.

Mitte Februar hatte er fünfundzwanzig Desperados um sich geschart. Drei von ihnen waren zum Teil indianischer Abstammung. Carlos glaubte, daß dieser Umstand sie um so geeigneter für seine Absichten machte, wenn es zu Folterungen und Vergewaltigungen kam. Das Halbblut Juan Cortigo hatte ihm von dem Dorf Puertocare erzählt, von dem aus man eine Woche bis Carrizo Springs zu reiten hatte. Das war ein ideales Versteck für die Bande, denn nicht nur die Mexikaner, auch die Indianer mieden den Ort, dessen sämtliche Bewohner von einer Seuche getötet worden waren.

Nur eines machte Carlos Macaras noch Sorgen: Es war ihm nicht möglich gewesen, sich eine genügende Anzahl von Repetiergewehren zu verschaffen. Abgesehen von dem einen, das er bei dem Überfall auf den Silbertransport erbeutet hatte, war es ihm noch gelungen, zwei Repetierkarabiner und ein altes Henry-Gewehr zu kaufen. Die Männer, die ihn auf dem Zug nach Carrizo Springs begleiten wollten, waren mit alten Pistolen, französischen oder belgischen Flinten und natürlich mit Messern und Macheten bewaffnet. Doch eines Abends, als Carlos und seine Männer über die beste Durchführung des Angriffs diskutierten, bemerkte Juan Cortigo: »Haben Sie noch nicht an Feuer gedacht, *hombre?* Das ist eine Waffe, die wir Indianer oft gegen unsere Feinde eingesetzt haben – den Feuerpfeil, der ein Haus in Brand setzt und seine Bewohner hinaustreibt, so daß man sie leicht töten kann. Wenn wir brennende Wagen gegen diesen Palisadenzaun, von dem Sie uns erzählt haben, fahren, werden die Pfosten Feuer fangen. Dann können wir leicht auf das eingezäunte Grundstück kommen. Sie täten gut daran, ebenfalls das Feuer bei Ihrem Angriff anzuwenden, *Señor* Manos.«

Carlos Macaras hoffte nach dem Gespräch mit Ipiltse sehr, der Indianer würde noch weitere Stammesgenossen mitbringen, denn die Komantschen waren als gute Kämpfer bekannt, die in ihrer Wildheit und Schläue höchstens den Apachen nachstanden. Nachdem Ipiltse mit dem Versprechen, in drei Tagen zurückzukommen, davongeritten war, sagte Carlos zu dem untersetzten Mestizen: »Wir haben Glück gehabt, daß wir in Mexiko auf diesen Komantschen gestoßen sind. Ich weiß, wie die Komantschen die texanischen *gringos* hassen, weil sie ihnen die Jagdgründe geraubt haben.«

Juan Cortigo verzog argwöhnisch sein häßliches Gesicht. »Es ist seltsam, daß die Komantschen über die Grenze gekommen sind und sich hier angesiedelt haben. Sonst sind sie hier nur aufgetaucht, um Dörfer zu überfallen sowie Pferde und Frauen zu rauben. Es muß bedeuten, daß sie in der Nähe ein befestigtes Dorf angelegt haben. Vielleicht haben die Gringo-Soldaten sie über die Grenze gejagt.«

»Um so besser, Juan«, antwortete Carlos lachend. »Dann haben sie noch mehr Grund, die *gringos* zu hassen.«

»*Sí, es posible*«, stimmte der Mestize zögernd zu. »Trotzdem möchte ich lieber einmal hinausreiten und versuchen, ob ich die *Comancheria* dieses Kriegers finden kann.«

»Tu das, und berichte mir, was du in Erfahrung gebracht hast. In drei Tagen brechen wir zum Angriff auf die Ranch auf, egal, ob dieser Krieger sich nun entschlossen hat, mit uns zu kommen oder nicht.«

Am darauffolgenden Tag sattelte Juan Cortigo sein Pferd und ritt westwärts. Bewaffnet war er mit einer Machete, einem am Gürtel hängenden Jagdmesser und einer alten belgischen Flinte. Seine scharfen Augen verfolgten die Fährte, die Ipiltses Mustang auf dem Weg in Sangrodos Dorf hinterlassen hatte.

Am späten Nachmittag dieses trüben Märztages verließ Isobel Cortez das Komantschendorf. Die Mexikanerin war die Squaw Menigsays geworden, eines sehr tüchtigen jungen Kriegers. Sie wollte Holz für das Feuer sammeln und außerdem Wacholderbeeren. Gestern abend war es nämlich zu einem nicht ernst gemeinten Kampf zwischen Menigsay und Tolcamay, einem anderen jungen Krieger, gekommen. Menigsay hatte dabei einen leichten Schnitt am Arm davongetragen. Isobel wollte nun aus wilden Kräutern und dem Saft der Wacholderbeeren einen Umschlag machen, der das von Tolcamays stumpfer, rostiger Klinge hinterlassene Gift aus der Wunde zog.

Etwa eine Meile südlich des Dorfes hatte sie dürre Äste aufgeschichtet. Ganz in der Nähe wuchsen an einem Abhang dichte Wacholderbüsche. Isobel hatte sie bereits vor einigen Tagen entdeckt. Die hübsche, zweiundzwanzigjährige Mexikanerin war wie alle anderen Komantschenfrauen in Jacke und Rock aus Wildleder und Mokassins gekleidet. Ebenso wie Catayuna trug sie das schwarze Haar zu zwei langen, dicken Zöpfen geflochten. Sie hatte zwei Körbe bei sich, in denen sie das Holz und die Beeren nach Hause tragen wollte.

Juan Cortigo hatte sie in dem Augenblick erspäht, als sie das Dorf verließ und südwärts ging. Er umritt das Dorf und stieg neben einem hohen Mesquitegestrüpp ab. Seinem gut geschulten Pferd machte er ein Zeichen, daß es dort bleiben müsse. Hinter den Zweigen verborgen, beobachtete er, wie Isobel näher kam. Ein wölfisches Grinsen überzog sein Gesicht, als sie sich bückte, um das Holz in einen der Körbe zu schichten, und dabei wohlgeformte Waden enthüllte.

Juan Cortigo war vor vierzig Jahren als illegitimes Kind einer Indianerin, die von einem reichen mexikanischen Ladenbesitzer buchstäblich wie eine Sklavin gehalten wurde, geboren worden. Als Junge mußte er die niedrigsten und entwürdigendsten Arbeiten im Haushalt verrichten, und er hatte oft still und mit gesenktem Kopf zusehen müssen, wie seine Mutter ausgepeitscht wurde. Er war achtzehn, als seine Mutter starb. Eine Woche nach ihrem Tod schnitt er seinem Vater und ebenso dessen fetter Frau die Kehlen durch, während sie schlafend im Bett lagen. Dann drang er in das Schlafzimmer der sechzehnjährigen Tochter ein, die er mit vorgehaltenem Messer zwang, ihm zu Willen zu sein. Danach tötete er auch sie, damit sie nicht gegen ihn aussagen konnte.

Seit dieser Zeit war eine Belohnung auf seinen Kopf ausgesetzt. Zuweilen trieb sein indianisches Blut ihn in die im Süden gelegene Wüste. Er war in der Lage, allein in der Wildnis zu leben und sich von Kaktusfeigen und Schlangen zu ernähren. Einmal hatte er sich einer kleinen Banditenschar angeschlossen. Damals war er den Gendarmen und dem Schicksal, gehängt zu werden, nur knapp entgangen. Auf der Flucht von Monterrey kam er nach Nuevo Laredo. Dort tötete er einen Gastwirt, als dieser eine abfällige Bemerkung über seine indianische Abstammung machte.

Es war jetzt fast sechs Monate her, daß er keine Frau mehr gehabt hatte. Seine Augen glitzerten lüstern beim Anblick der arglosen Isobel. Er hatte sich nämlich von Carlos Macaras hauptsächlich wegen der Aussicht auf weiße Frauen anwerben lassen. Jetzt zog er das Messer aus der Scheide und kroch auf Isobel zu. Die junge Frau hatte begonnen, Beeren von den Wacholderbüschen am Abhang zu pflücken. Plötzlich legte er ihr die linke Hand auf den Mund, drückte ihr die Messerspitze gegen den Rücken und zischte: »*Cuidado, muchacha!* Keinen Laut, oder du fühlst mein Messer bis zum Heft, *comprende?*« Isobel, vor Entsetzen halb gelähmt, nickte schwach. »Ich nehme jetzt die Hand von deinem Mund, *muchacha*«, fuhr Juan Cortigo fort, »aber wenn du schreist oder ein einziges Wort sagst, schneide ich dir die *tetas* ab! Nicke noch einmal, daß du mich verstanden hast.«

Mit erhobenem Messer kniete er nun hinter ihr und befahl, Jacke und Rock auszuziehen. Die beinahe hysterische junge Frau gehorchte. Juan Cortigo leckte sich die Lippen. Mit tierischem Grunzen warf er sich auf sie. Er drohte ihr schreckliche Martern an, falls sie sich ihm widersetzen würde.

Als er seine Lust gesättigt hatte, erhob er sich. Eine Weile machte er sich noch den Spaß, die Spitze seines Messers über ihren nackten Körper gleiten zu lassen und über ihr ängstliches Zurückzucken und ersticktes Wimmern zu lachen. Schließlich war er dieses Spiels müde. Er hob das Messer und stieß es ihr tief in den Rücken. Mit vor Todesqual verzerrtem Gesicht hob Isobel den Kopf und sank gleich darauf leblos zusammen. Der Mestize packte ihre Zöpfe und skalpierte sie. Er steckte die schaurige Trophäe in seinen Gürtel, ging zu seinem weidenden Pferd zurück und ritt heim nach Puertocare.

Zwei Stunden später entdeckte Catayuna, als sie selbst auf der Suche nach Feuerholz war, den geschändeten, leblosen Körper Isobels. Sofort kehrte sie ins Dorf zurück und berichtete von dem entsetzlichen Fund. Ipiltse und Sangrodo folgten ihr zu der Leiche. Catayuna wandte sich ab und bedeckte das tränenüberströmte Gesicht mit den Händen. »Immer hat Menigsay dagegen gesprochen, daß ich den Weg des Friedens wandle«, sagte Sangrodo grimmig zu Ipiltse. »Vielleicht wird er jetzt einsehen, daß wir, wenn wir überhaupt Krieg führen, nur gegen diejenigen kämpfen, welche die Unschuldigen töten. Ich bin mehr denn je überzeugt, daß der Mann, der sich Teofilo Manos nennt, in Wirklichkeit Carlos Macaras ist. Du wirst nach Puertocare reiten, wie wir es besprochen haben. Und der dritte Krieger, den du mitnimmst, wird in unser Dorf zurückkehren und uns Bescheid geben, zu welchem Zeitpunkt der Angriff auf den *rancho* meines weißen Bruders stattfinden soll.«

Ipiltse, bewaffnet mit seinem alten Sharps-Gewehr, ritt mit den beiden Kriegern Ekinato und Tiskewa zu dem verlassenen Dorf, in dem die Banditen ihr Lager aufgeschlagen hatten. Ein gutes Stück hinter ihnen folgte der junge Kiminardo, der den Auftrag hatte, sich in den Büschen zu verstecken und sie durch das Geheul eines Kojoten von seiner Anwesenheit zu benachrichtigen.

Carlos Macaras und Juan Cortigo standen in müßigem Geplauder am Eingang des Dorfes, als die drei Komantschen auf ihren Mustangs ankamen. Carlos hob die Hand in der bekannten Geste des Friedens und sagte: »Ipiltse, du hast Wort gehalten. Aber es kommen nur zwei weitere Krieger mit dir. Wir hätten viel mehr brauchen können.«

»Wie ich Ihnen erzählt habe, *Señor* Manos«, erwiderte Ipiltse und stieg ab, »ist unser Häuptling ein alter Mann, der die jungen Männer vom Kriegspfad zurückhält. Aber wir drei wandeln nicht in seinen Fußstapfen; wir hassen die Bleichgesichter, wie wir alle Feinde der Komantschen hassen. Das hier sind Ekinato und Tiskewa, die wie ich für Sie kämpfen wollen.«

»Das ist gut. Und ihr habt auch Waffen mitgebracht. Du hast wohl schon viele Büffel mit deinem Sharps-Gewehr getötet, Ipiltse?«

»Büffel und Bleichgesichter, *Señor* Manos.« Ipiltse wies auf seine beiden jungen Begleiter und setzte hinzu: »Sie haben nur die alten Flinten, die man jedes Mal, wenn sie abgeschossen sind, neu laden muß. Aber sie haben ihre Lanzen dabei. Damit haben sie so viele Männer und Büffel getötet wie ich mit meinem Sharps-Gewehr. Sie sind gute Kämpfer.«

»Dann heiße ich euch alle drei willkommen. Kommt mit, wir wollen gerade zu Abend essen. Ihr müßt die anderen Männer kennenlernen.«

»Ich hoffe, es dauert nicht mehr lange, bis wir die Bleichgesichter angreifen«, bemerkte Ipiltse beiläufig.

Carlos blieb stehen und grinste den muskulösen Kriegshäuptling an. »Das wird eher geschehen, als du denkst, *amigo.* Morgen bei Sonnenaufgang reiten wir nach Carrizo Springs. Heute in einer Woche kannst du die von dir getöteten Feinde zählen und wirst eine weiße Frau bekommen, das verspreche ich dir.«

Ipiltse warf seinen beiden Begleitern einen vielsagenden Blick zu. Alle drei folgten Carlos in die verfallene Hütte, die er zu seinem Hauptquartier gemacht hatte.

XXVIII

Die Feuer in dem verlassenen Dorf Puertocare waren erloschen, aber obwohl es gegen Mitternacht war und sich die meisten von Carlos' Banditen schon in ihre Decken gewickelt hatten und eingeschlafen waren, saßen doch noch einige von ihnen beim Tequila beisammen und unterhielten sich. Sie prahlten mit ihren Heldentaten und malten sich aus, was sie mit den Männern und Frauen der *rancheria gringa,* gegen die es morgen früh ging, tun wollten. Ipiltse, Ekinato und Tiskewa war nichts anderes übriggeblieben, als sich anzuschließen. Immer schon hatten die Mexikaner die Komantschen wegen ihrer mutigen Überfälle gefürchtet und doch gleichzeitig respektiert. Zwei der Männer, Bernardo Villegas und Romero Suarte, wollten von ihren drei neuen *compañeros* unbedingt wissen, ob die Komantschen oder die Apachen die besseren Krieger seien und ob der Martertod, den diese beiden Stämme ihren gefangenen Feinden bereiteten, grausamer sei als die Methoden, welche die Indianerstämme in New Mexico und Arizona anwandten.

Mit unbewegtem Gesicht erzählte Ipiltse vom Ende Manuelo Arvilas', den man bis an den Hals in die Erde gegraben und skalpiert hatte. Darauf war sein Gesicht mit Honig eingerieben worden, zuletzt hatte man Ameisen auf ihn losgelassen. Ipiltse verschwieg jedoch den Namen des Opfers, damit die Banditen keine Verbindung zu dem Häuptling herstellen konnten, der die Hinrichtung von Catayunas früherem Mann angeordnet hatte. Als Carlos geradeheraus fragte, wie der Häutpling ihres Dorfes heiße, antwortete Ipiltse: »Er wird Desmagata genannt, das bedeutet: Er-der-zu-alt-ist-für-den-Krieg. So haben wir, die wir die Bleichgesichter hassen, ihn genannt, denn er bringt seine Tage in seinem Tipi liegend zu wie eine furchtsame alte Frau.«

»Trotzdem ist es gut, Komantschen bei uns zu haben«, erklärte Romero Suarte mit vom Tequila dicker Zunge. »Die *muchachas gringas* fürchten *los Indios* mehr als einen *Mejicano.* Vor zwei Jahren war in Jalisco eine englische *señorita,* die mit ihrer alten Tante und ihrem Onkel reiste, sich Mexiko ansehen und ihren Vater besuchen wollte. Diese *señorita* war sehr unhöflich zu mir, und so etwas kann ich nicht leiden. Als ihr Onkel und ihre Tante an diesem Abend schlafen gegangen waren, stieg ich durch ihr Fenster, fesselte und knebelte sie und trug sie in meine Hütte. Dort setzte ich sie auf einen Stuhl und band ihr die eine Hand fest. Die andere ließ ich frei, ihr werdet leicht erraten, zu welchem Zweck. Ich schnitt Splitter von einem Stück Holz, zündete sie an und stach ihr damit unter die Fingernägel. Ich kann euch sagen, *amigos,* ich habe noch nie eine eifrigere *puta* gesehen.« Er zwinkerte ihnen zu.

»Nicht nur die *gringas* geben gern nach, wenn man sie Schmerz fühlen läßt«, sagte Juan Cortigo, indem er sich der Gruppe beigesellte. Er zog den noch blutigen Skalp Isobels aus dem Gürtel und hielt ihn hoch, so daß alle ihn sehen konnten. »Der ist von einer *Mejicana,* die ich nicht weit von einer *Comancheria* entdeckt habe. War das vielleicht dein Dorf, Ipiltse?«

Der muskulöse Kriegshäuptling sah den Mann kalt an. Mit keiner Miene verriet er seine Gefühle. »Mag sein. Es gibt mexikanische Frauen, die einen Komantschen, der wie ein Mann handelt, einem Kerl vorziehen, der teils Mexikaner und teils Indianer ist und wie ein Esel der Welt durch lautes Geschrei verkündet, was er getan hat.«

Mit einem Fluch steckte Juan Cortigo den Skalp wieder in den Gürtel und zog sein Messer. »Komantschenhund, ich werde dir den Bauch aufschlitzen!« drohte er.

»Amigo!« Stolpernd kam Bernardo Villegas auf die Füße und legte dem Halbblut begütigend einen Arm um die Schultern. »Wir sind heute abend alle *amigos.* Morgen ziehen wir aus, die *gringos* zu töten und ihre Frauen zu nehmen. Da wollen wir doch nicht miteinander streiten. Wir sollten jetzt alle schlafen gehen.«

Theobaldo Nuñez gähnte und streckte sich. Er schüttelte den Kopf. Dann spitzte er die Ohren. »Ich habe eben einen Kojoten heulen hören.«

»Nein, das war eine *mujer* in Hitze, die nach dir gerufen hat, Theobaldo«, witzelte Bernardo. »Schlaf jetzt und träume, daß du zwischen ihren Beinen liegst, *hombre.* Und bete darum, daß du ihr im richtigen Zeitpunkt auch etwas zu bieten hast.«

»Mach du dir keine Gedanken um *mi cojones,* Bernardo, sondern lieber um deine eigenen. *Buenas noches.*«

Ipiltse und seine beiden Kameraden warteten, bis die Männer in den verfallenen Hütten, die sie sich als Behausung ausgesucht hatten, verschwunden waren. Sie selbst begaben sich in eine andere jenseits der Straße, die noch nicht belegt war. An der Tür flüsterte Ipiltse: »Du, Tiskewa, gehst Kiminardo suchen. Er hat den Ruf des Kojoten ausgestoßen. Hast du dir gemerkt, woher er kam?«

»Ja, Ipiltse. Ich werde Kiminardo finden.«

»Dann sag ihm, daß Carlos Macaras und seine Männer bei Sonnenaufgang nach Carrizo Springs aufbrechen. Er soll wie der Wind zu Sangrodo reiten und ihm die Nachricht bringen.«

Der junge Komantsche verschwand wie ein Schatten in der Dunkelheit der Nacht. Sobald die Hütten hinter ihm lagen, legte er die Hände an den Mund und ließ das Heulen eines Kojoten hören. Die Antwort kam aus einiger Entfernung von Westen her. Wenige Augenblicke später hockten die beiden jungen Krieger hinter einem Mesquitebusch zusammen. Dann lief Kiminardo zu seinem Mustang, den er ein gutes Stück weiter hinten gelassen hatte, und ritt zu Sangrodos Dorf zurück.

Catayuna lag schläfrig und gesättigt von Liebe auf dem Deckenlager in ihrem Tipi. Der Komantschenhäuptling neben ihr holte tief Atem, und seine schmalen Lippen verzogen sich zu einem glücklichen Lächeln. Diese mexikanische Squaw war die leidenschaftlichste Frau, die er je kennengelernt hatte. Ja, sie war noch glühender in ihrer Hingabe als Kitantes Mutter. Sie wurde mit Recht Geliebte Frau genannt. Und jetzt trug dieser seidige, weiche Leib das winzige Leben seines ungeborenen Sohnes, eines Sohnes, der eines Tages Häuptling werden mochte –

es sei denn, die Ältesten stimmten für Kitante. Das sollten sie von Rechts wegen tun. Und doch fühlte Sangrodo für dieses ungeborene Kind eine besondere Zärtlichkeit. Es war in Liebe gezeugt worden, einer Liebe, die erst aus heldenhafter Verweigerung und dann aus mutiger Selbstaufopferung erblüht war. Nicht einmal Amara, die ihm Kitante geboren hatte, wäre fähig gewesen, von der Kugel eines Soldaten verwundet, ein Pferd zu besteigen und durch wildes Land zu reiten, um ihn zu warnen, wie Catayuna es getan hatte.

Er hörte Kiminardos Mustang herangaloppieren, bevor er den jungen Komantschen sah, und eilte ihm entgegen. Mit ernstem Gesicht hörte er dem Bericht des jungen Kriegers zu. »Wecke alle Krieger in diesem Dorf«, befahl er. »Sie sollen mit ihren Waffen und Pferden zu mir kommen. Wir reiten den Banditen voraus. Es bleiben nur so viele Männer im Dorf zurück, daß unsere Frauen und Kinder beschützt werden können. Ich selbst werde an der Spitze reiten, um die Leute auf der Ranch zu warnen. Das schulde ich meinem weißen Bruder.«

Eine halbe Stunde später brachen Sangrodo und zwanzig seiner Krieger auf. Bewaffnet waren sie mit Lanzen, Tomahawks, Messern, Pfeil und Bogen und den alten Flinten, die sie vor zwei Jahren bei ihrer Flucht über die Grenze mitgenommen hatten. Unter ihnen war Menigsay, der Mann der vergewaltigten und ermordeten Isobel.

Catayuna stand vor ihrem Tipi und sah den Reitern nach. Ihre Augen leuchteten. Sie legte die Hände auf den Bauch, sah zum wolkenlosen Himmel empor und murmelte ein Gebet zur Heiligen Mutter, sie möge den Vater sowie das ungeborene Kind schützen. Erst als die Krieger in der Dunkelheit verschwunden waren, wandte sie sich um und kehrte in das Zelt zurück. Dort kniete sie nieder, faltete die Hände, beugte den Kopf und betete, wie sie es in der alten Kirche von Maxtime gelernt hatte.

Carlos Macaras schwang sich in den Sattel. Er trug seine grüne Uniformjacke, Reithosen und Stiefel. Sein Repetiergewehr hing ihm an einem Riemen um den Hals, darunter lag der Rosenkranz. Die Perlen glänzten im Schein der aufgehenden Sonne hell auf. Carlos Macaras drehte sich um und blickte auf seine Reiter. Ein grimmiges Lächeln spielte um seine Lippen. *»Muerto a los gringos!«* rief er, gab seinem Pferd die Sporen und sprengte in nordwestlicher Richtung davon.

Ipiltse, Ekinato und Tiskewa ritten am Ende der Doppelreihe. Ihre Gesichter waren unbewegt wie Stein. Wären die Komantschen im Laufe der Nacht verschwunden, hätte das den Banditenführer mißtrauisch gemacht. Möglicherweise hätte er seine wilde Horde dann zuerst gegen das Dorf geführt, das Juan Cortigo bereits ausgekundschaftet hatte. Auch hatten die drei Krieger bisher nichts weiter in Erfahrung gebracht, als daß Carlos Macaras die Windhaven-Ranch angreifen wollte. Von Einzelheiten wußten sie noch nichts. Sie konnten nur mitreiten und weiterhin Augen und Ohren offenhalten.

Doch der Mestize, der den schauerlichen Skalp im Gürtel trug, machte sich bereits seine Gedanken über die drei Komantschen, die sich ihnen angeschlossen hatten. Er murmelte Bernardo Villegas zu: »Ich traue diesen Männern nicht. Sie reden von einem alten, schwachen Häuptling, der nichts mehr unternimmt. Aber ich habe mit eigenen Augen gesehen, daß das Dorf aus mindestens vierzig Hütten und Tipis besteht. Warum sind dann nicht weitere junge Krieger zu uns gestoßen, die ebenfalls darauf brennen, die *gringos* zu töten und ihre Frauen zu rauben? Ich sage dir, sie sind hergeschickt worden, um uns auszuhorchen und zu täuschen!«

Bernardo Villegas warf einen Blick über die Schulter. Er antwortete: »Ich habe mich auch gefragt, warum nicht mehr von ihnen mit uns reiten wollen, Juan. Wir beide werden aufpassen, und bei dem geringsten Anzeichen von Verrat töten wir sie. Ich werde zum *jefe* nach vorne reiten und ihm sagen, was wir denken.« Damit trieb er sein Pferd an. Neben Carlos Macaras angekommen, berichtete er ihm, welchen Verdacht der Mestize hegte. Dann kehrte er auf seinen Platz in der Doppelreihe zurück.

Ipiltse war die Bedeutung dieses Manövers nicht entgangen. Er forderte seine beiden Gefährten durch Handzeichen auf, sie sollten auf der Hut sein. Er sah nach, ob sein altes Büffelgewehr gespannt war, und hielt seinen Mustang im Gleichschritt mit den anderen.

Es war der Abend des 10. März. Maybelle stellte gerade das Abendessen auf den Tisch. Tim und Connie Belcher sowie Carla und Hugo Bouchard saßen auf ihren Stühlen, unterhielten sich miteinander und warteten ungeduldig auf den besonderen Leckerbissen, den Maybelle ihnen versprochen hatte: ihren berühmten Nußkuchen. Celia, inzwischen vom Viehtrieb nach Abilene zurückgekehrt, hatte ihre Pflichten als Köchin und als Zofe für Sybille Bouchard wieder aufgenommen. Aber da Maybelle gar zu begeistert kochte, hatte sich Celia überreden lassen, ihr das Küchenzepter für diesen Abend abzutreten.

Mara und Ramon Hernandez saßen im Wohnzimmer auf dem Sofa. Sie hielt ihren zwei Monate alten Sohn Luke in den Armen, und Ramon sah seine junge Frau anbetend an. Von Zeit zu Zeit warf sie ihm einen glühenden Blick zu und errötete dann, weil sie merkte, daß Lucien Edmond Bouchard und Maxine sie von der anderen Seite des Zimmers aus beobachteten.

Sybille erzählte den Kindern Geschichten, um ihre Ungeduld zu zügeln.

In der Mannschaftsunterkunft wollten Djamba und Lucas gerade zur Küche hinübergehen, um das Essen für die Vaqueros abzuholen. Celia war froh, daß Maybelle ihr half, diese vielen Reiter wie auch die beiden, die sie gern ihre »eigene Familie« nannte, zu füttern.

Mara Bouchard rief glücklich zu Maxine hinüber: »Stört euch nicht an uns, wir sind eben junge Eltern, das ist alles.«

»Ich finde das wundervoll.« Maxine lachte leise, legte ihre Hand auf die ihres Mannes und verflocht ihre Finger mit den seinen. »Tatsache ist, daß ihr nicht die einzigen seid, Mara.«

»Maxine – du brauchst sie doch nicht daran zu erinnern, daß wir Carla und Hugo haben«, lachte Lucien Edmond.

»Die beiden habe ich aber nicht gemeint, Darling.« Maxine sah ihn bedeutungsvoll an und wies mit dem Kopf auf Mara und Ramon.

Lucien Edmond faßte die Hände seiner Frau. »Willst du damit sagen, daß . . .?«

»Ja. Ich glaube, es wird im Oktober sein.«

»Das ist großartig, Liebste!« Ohne Scheu vor dem jungen Paar, das ihnen gegenübersaß, nahm Lucien Edmond Maxine in seine Arme und küßte sie, bis ihre Wangen glühten und sie ihn in gespielter Verlegenheit zurückschob. Da gab er sie plötzlich frei.

»Was ist denn los? Freust du dich etwa nicht darüber, Lucien Edmond?« fragte Maxine ängstlich.

Lucien Edmond schüttelte den Kopf. »Du weißt, wie sehr ich Carla und Hugo liebe, und natürlich möchte ich noch ein Kind. So viele, wie du mir schenken willst, Darling. Mir fiel nur etwas ein, das während des Viehtriebs geschehen ist.«

»Ich muß schon sagen, manchmal glaube ich, du liebst deine Rinder mehr als mich!« erklärte Maxine, die ihre Schlagfertigkeit schnell wiedergefunden hatte.

Er sagte ihr nichts davon, daß er sich an die Prophezeiung des alten Creek-Schamanen erinnert hatte, nach dessen Worten seine Frau noch vor dem nächsten Winter ein Kind bekommen sollte. Gleichzeitig kam ihm alles andere wieder in den Sinn – die Gefahr, die er fürchte, sei bereits vorüber, und die Schatten des Todes kämen ihm nahe, würden ihn aber nicht berühren. Bisher war alles Wirklichkeit geworden: Noch während er der Windhaven-Ranch fern war, hatten die Banditen sie überfallen und waren von den tapferen Verteidigern zurückgeschlagen worden. Die Freunde des Mannes, den Ramon Hernandez hatte töten müssen, hatten ihm und seinen Männern einen Hinterhalt gelegt. Und jetzt verkündete Maxine, daß sie ein Kind erwartete. Doch Lucien Edmond erwiderte nichts weiter als: »Die Rinder sind meine Arbeit, Maxine, aber du bist meine Liebe. Wenn du den Unterschied bis heute nicht entdeckt hast, bin ich nicht der Mann, für den du mich hieltest, als du mich heiratetest.«

Er wandte sich dem jungen Vaquero zu: »Ramon, wie geht es mit den zehn Hereford-Bullen, die ich von Kentucky habe kommen lassen?«

»In den nächsten paar Wochen sollte eine ganze Reihe von Kälbern ankommen, Lucien Edmond«, erwiderte Ramon. »Du sagtest doch, du rechnest damit, daß jeder Bulle dreihundert Pfund schwerer würde, wenn du die Herefords mit den Longhorns kreuzt.«

»Das hat mir Henry Bascomb aus Lexington geschrieben, der die erstklassigen Herefords züchtet. Du weißt, die Herefords sind kräftig, außerdem nehme ich an, sie werden nicht von dem Texasfieber infiziert werden, das die Leute in Kansas und Missouri fürchten. Ich habe auch versucht, etwas über die Brahmas herauszufinden. Als wir im Januar in Corpus Christi die Schiffsladung abholten, habe ich mit einem Matrosen gesprochen, der vor dem Krieg auf einer Viehranch in Missouri gearbeitet hat. Er erzählte mir, die Brahmas seien die widerstandsfähigsten Rinder, die man nur finden könne, sie gewöhnten sich an jede Art von Weide. Es könnte sich lohnen, sich eingehender damit zu beschäftigen.«

»Oh, ihr Männer!« rief Maxine aus. Sie erhob sich und

streckte Lucien Edmond die Hand hin. »Macht es dir etwas aus, anstelle einer Brahma- oder einer Herefordkuh deine Frau ins Eßzimmer zu führen?«

Sie hatten sich kaum zu Tisch gesetzt, als sie vor den geschlossenen Fensterläden Jubals zorniges Bellen hörten. Lucien Edmond stand auf und ging ins Wohnzimmer hinüber. Er zog den Riegel von der Tür zurück und spähte nach draußen. Jubal sprang am Tor des Palisadenzauns hoch, und Lucien Edmond erkannte die Umrisse eines Mannes zu Pferde. Sein Repetiergewehr lehnte an der Wand. Er ergriff es und rief: »Wer ist da?«

»Sangrodo, der Häuptling der Komantschen«, schallte die Antwort zurück.

Lucien Edmond rannte zum Tor und öffnete es. Sangrodo stieg vom Pferd. Er hielt in der einen Hand die Zügel, in der anderen seine befiederte Lanze. »Meine Krieger und ich kommen, um dich zu warnen und dir zu helfen. Diego Macaras' Bruder und viele Männer reiten gegen euch. Sie sind nur ein paar Stunden hinter uns.«

»Nun, diesmal werden wir sie richtig empfangen«, antwortete Lucien Edmond. »Ich bin dir sehr dankbar, Sangrodo. Aber ich kann nicht von dir verlangen, daß du dich an dem Kampf mit den Banditen beteiligst. Ihr habt euer Leben allein schon dadurch aufs Spiel gesetzt, daß ihr wieder über die Grenze gekommen seid.«

»Sieben Sonnen und sieben Monde waren wir unterwegs, Sohn meines weißen Bruders«, erklärte Sangrodo. »Aber wir sind gekommen, ich und zwanzig meiner stärksten jungen Krieger, um an deiner Seite zu kämpfen. Wir haben mit diesen Schurken eine Rechnung zu begleichen. Menigsay trauert bereits um seine mexikanische Squaw, die von einem der Banditen vergewaltigt und grausam getötet wurde. Wir suchen hier auch unsere eigene Rache.«

»Dieses Recht kann ich dir nicht verwehren, Sangrodo. Nur haben deine Männer nicht genug Waffen. Die Banditen haben mit ihrem zweiten Angriff Monate auf sich warten lassen. Bestimmt haben sie sich inzwischen die neuesten Gewehre und Pistolen besorgt.«

»Wir werden sie überraschen. Wir verstecken uns jenseits des Creeks in dem Wäldchen. Wenn sie dort vorbeikommen, was in Kürze geschehen wird, fallen wir ihnen in den Rücken. Ihr müßt euch bereithalten. Sie werden alles mögliche tun, um den Zaun zu überwinden und bis zum Haus vorzustoßen. Sag deinen Vaqueros, sie sollen ihre Waffen nehmen und auf ihre Posten gehen.«

»Du bist ein treuer Freund, Sangrodo. Das werde ich dir nie vergessen. Auch mein Vater soll davon erfahren. Jetzt gehe ich und rufe die Männer zusammen.« Lucien Edmond streckte dem großen Komantschenhäuptling die Hand hin, und Sangrodo schüttelte sie. Dann berührte er Lucien Edmonds Herz mit der anderen Hand und nickte. Sodann lief Lucien Edmond zur Mannschaftsunterkunft hinüber, Sangrodo aber stieg wieder auf seinen Mustang und rief seinen Kriegern, die in der Nähe des Creeks warteten, einen Befehl zu. Sie machten mit ihren Pferden kehrt, ritten durch das seichte Wasser und verschwanden zwischen den Bäumen auf der anderen Seite.

Lucien Edmond gab Andy Haskins und Joe Duvray eine schnelle Erklärung, und die beiden jungen Südstaatler wiesen den dreißig Vaqueros ihre Posten an. Einige knieten auf der Südseite des Palisadenzauns und richteten ihre Gewehre und Karabiner auf die Öffnungen, die Djamba zu diesem Zweck gelassen hatte. Zwei standen Wache vor dem Korral, in dem sich die Pferde, die Jubals Bellen gehört hatten, bereits unruhig bewegten. Andy und Joe zogen eine Leiter aus dem Stall, stellten sie auf der Rückseite des Ranchhauses an und kletterten auf das Dach, wo sie sich, die geladenen Gewehre griffbereit, flach ausstreckten.

Inzwischen hatte Lucien Edmond die Frauen benachrichtigt. Sybille, Maybelle, Maxine, Mara und Celia schoben die Kinder in einen großen Wandschrank des Elternschlafzimmers. Sybille drückte die Kinder an sich und erklärte ihnen: »Das ist wie ein Spiel, bei dem es sehr viel Lärm gibt. Wir wollen nicht, daß ihr verletzt werdet. Ihr bleibt deshalb hier, und wenn ihr sehr brav seid, bekommt jeder von euch ein Extrastück von Maybelles Nußkuchen. Hier ist deine Puppe, Carla – und, Hugo, hier ist die Pfeife, die Andy für dich geschnitzt hat. Wenn dir der Krach nicht gefällt, kannst du ja darauf pfeifen und versuchen, ihn zu übertönen, verstehst du?« Zu Tim und Connie gewandt, setzte sie hinzu: »Ihr seid schon groß, also kümmert euch um Carla und Hugo. Paßt auf, daß sie den Schrank nicht verlassen. Wir lassen die Tür angelehnt, damit ihr Luft zum Atmen habt. Ihr braucht überhaupt keine Angst zu haben.«

Henry Belcher ergriff seine alte Whitworth, lud und spannte sie. Zornig murmelte er vor sich hin: »Haben die verfluchten Schurken beim letzten Mal noch nicht genug bekommen? Sie werden schon noch merken, daß wir diesmal bessere Arbeit leisten, meine alte Whitworth und ich!« Liebevoll streichelte er den glatten Lauf des alten Scharfschützengewehrs.

Sie überquerten den Rio Grande und hielten weiter auf Carrizo Springs zu. Carlos Macaras fieberte jetzt, wo er so kurz vor dem langersehnten Ziel stand, vor Ungeduld. Während des eine Woche dauernden Ritts hatte er seinen Männern kaum den nötigen Schlaf gegönnt. Es wurde langsam dunkel, und er wollte unbedingt noch heute abend angreifen. Bald mußten sie den Creek erreichen, der jenseits des Nueces River floß. Dort konnte er seine Männer einweisen. Carlos Macaras hatte die Absicht, Juan Cortigos Rat zu befolgen und Feuer einzusetzen. Deshalb hatte er auf dem Weg von Puertocare hierher bei einem Farmer drei hölzerne Karren gestohlen. Jetzt ließ er seine Männer halten und stieg ab. Er ging auf einen dichten Klumpen von Mesquitebüschen zu und befahl: »Füllt die Karren! Die Büsche sind trocken, sie brennen wie Zunder, dann lassen wir sie als Feuersbrunst auf das Tor zurollen.«

Juan Cortigo wollte sich gerade seinem Anführer nähern, als er stehenblieb und den Boden betrachtete. *»Mi jefe«*, rief er, »sehen Sie sich das hier einmal an!«

»Que pasa, hombre?«

»Sehen Sie selbst, *Señor* Manos. Das sind Spuren von vielen Pferden. Ich glaube, sie waren zu demselben Ziel unterwegs wie wir.«

»Ja, ich erkenne sie«, antwortete Carlos langsam, schob sich den Sombrero zurück und machte ein finsteres Gesicht. »Wie deutest du diese Spuren, Juan?«

Der Mestize senkte seine Stimme. »Ich habe Indianerblut in den Adern«, flüsterte er, »und ich kann ebensogut Spuren lesen wie ein Komantsche oder Apache. Das sind die Hufeindrücke von unbeschlagenen Pferden, und nur die Komantschen oder Apachen können so viele haben.«

»Por Dios y todos los santos!« fluchte Carlos mit halblauter Stimme. »Glaubst du, die drei Komantschen sind uns als Spione geschickt worden, und sie haben irgendwie Nachricht in ihr Dorf geschickt, die *gringos* müßten gewarnt werden?«

»Sí, mi jefe.«

Carlos nahm sein Repetiergewehr ab und schlenderte bis zum Ende der Reihe, wo die drei Komantschenkrieger anhielten. Ein trügerisches Lächeln lag auf seinem pokkennarbigen Gesicht. *»Amigos«*, meinte er in unheilverkündendem Ton, »Juan hat dahinten etwas Interessantes gefunden. Aber er ist nur Halbindianer, und ihr seid Komantschen. Vielleicht könnt ihr die Spuren besser lesen als er.«

Ipiltse warf Ekinato und Tiskewa einen schnellen Blick zu. Er stieg ab und griff gleichzeitig nach seinem Sharps-Gewehr. Doch Carlos war diese Bewegung nicht entgangen. Er ließ sich auf ein Knie fallen, riß sein Reptiergewehr hoch und drückte ab. Ipiltse stieß einen erstickten Schrei aus. Er rutschte aus dem Sattel, rollte ein gutes Stück über die Erde und blieb schließlich, das Gesicht nach unten, am Nordufer des Rio Grande liegen. Ekinato hob den Arm, bereit, seine Lanze zu werfen, doch ein zweiter Schuß schickte ihn zu Boden. Sofort richtete Carlos die Mündung auf Tiskewas Kopf und feuerte wieder.

»Die drei können wir den Bussarden zum Fraß liegenlassen, *hombres*«, zischte Carlos zwischen den Zähnen hervor und ging zu seinem Pferd zurück. »Und nun – *adelante, mi compañeros!* Haltet die Waffen bereit. Es kann sein, daß wir mit Komantschen kämpfen müssen, bevor wir die *gringos* töten können. Vielleicht liegen sie schon auf der Lauer und warten auf uns.« Carlos hob das Gewehr gen Himmel, spornte sein Pferd an und ritt auf die Windhaven-Ranch zu.

Kurz bevor sie den Nueces River erreichten, stieg Juan Coritgo ab, rief Carlos zu, er solle anhalten lassen, und untersuchte die Fährten. Er prüfte sie mit den Fingern und meinte: »Die Spur ist nur ein paar Stunden alt. Sie nehmen den gleichen Weg wie wir. Ja, diese Komantschen waren bestimmt Spione, und ihre Krieger werden irgendwo in der Nähe der *rancheria* im Hinterhalt liegen.«

»Dann verbergen sie sich hinter den Bäumen oder Büschen, denn jenseits des Flusses gibt es keine Hügel mehr. *Hombres,* in dem Augenblick, wo ihr Bäume oder Büsche erkennt, hinter denen sich jemand verstecken könnte, feuert ihr sofort Schüsse ab. Das wird sie heraustreiben. Bald sind wir am Ziel, wir werden *dinero* und *mujeres* erbeuten, wie ich es euch versprochen habe. *Adelante con cuidado!*«

Sie näherten sich der Ranch von Osten und hatten die Absicht, sie zu umreiten und von der Südseite aus anzugreifen. Noch einmal forderte der Mestize sie zum Anhalten auf. Trotz der Dunkelheit erkannte er, daß die Fährten jetzt nach Westen abbogen. »*Señor* Manos, sie sind bereits hier gewesen. Wo könnten sich die Komantschen versteckt haben?« fragte er.

»Am Creek ist ein kleiner Wald aus Bäumen und Mesquitebüschen. Da müssen sie stecken, *hombre.* Aber sprich jetzt leise. Es ist fast Mitternacht. Vielleicht können wir sowohl die Komantschen als auch die *gringos* mit einem Überraschungsangriff überwältigen«, flüsterte Carlos.

Er gab den Befehl, die Zugpferde von den Karren loszuschirren, denn das Rasseln der Räder konnte die Komantschen in ihrem Hinterhalt warnen. Mesquite, dürre Zweige und trockene Blätter wurden aufgehäuft, um das zu ersetzen, was beim Überqueren des Rio Grande verlorengegangen war.

»Bindet eure Pferde an geeigneten Plätzen fest«, instruierte Carlos Macaras seine Männer, »und nehmt eure Waffen. Ihr beide, Bernardo und Romero, schiebt die Karren auf den Palisadenzaun zu. Er liegt vielleicht noch dreihundert Meter von uns entfernt. Seid vorsichtig, denn die *gringos* schlafen bestimmt. Juan, hast du noch weitere Spuren gefunden?«

»Nein, *mi jefe.*«

»*Bueno.* Macht nicht so viel Lärm mit den Karren, ihr Idioten!« rief Carlos zornig, wenn auch gedämpft, denn Bernardo und Romero hatten begonnen, die Karren mit ziemlichem Getöse über den holprigen Boden zu schieben. »So ist's etwas besser. Zündet das Holz an, kurz bevor ihr den Zaun erreicht. Schiebt einen Karren an das Tor, wenn es möglich ist, den anderen an die Seite, wo das Haus steht. Juan, bring deinen noch weiter nach Osten. Macht schnell – und so leise wie möglich!«

Er drehte sich um, kniete nieder und versuchte, die Dunkelheit im Westen mit den Augen zu durchdringen. In vagen Umrissen erkannte er in der Entfernung von gut einer Viertelmeile die Konturen von Bäumen und Büschen. Instinktiv berührte er den auf einen Lederriemen aufgefädelten Rosenkranz, den er um den Hals trug. Dieser Talisman würde ihm den Sieg bringen. Wären die Komantschen noch weiter vorgedrungen, dann hätten sie inzwischen bestimmt ihr Versteck verlassen und in voller Stärke angegriffen.

Juan, Bernardo und Romero bewegten die Karren auf den Zaun zu. Als sie in dessen Nähe kamen, eröffneten die beiden Schützen auf dem Dach des Ranchhauses mit ihren Repetiergewehren das Feuer. Bernardo drehte sich und fiel der Länge nach zu Boden. Er hatte eine Kugel durch den Kopf bekommen. Romero schrie laut auf, als ihm eine Kugel durch die linke Schulter fuhr. Er ließ seinen Karren los und rannte dahin zurück, wo der Rest der Banditen wartete. Eine Hand hielt er gegen die blutende Wunde gepreßt. Aber der Mestize war erfolgreicher. Beim ersten Krachen der Schüsse warf er sich flach auf den Bauch und kroch unter seinen Karren. Nun holte er ein Streichholz hervor, streckte die Hand über den Kopf und kratzte, bis der Schwefelkopf in Flammen aufging. Äußerst vorsichtig kroch er wieder hervor, drehte sich auf den Rücken und warf das brennende Streichholz in die trockenen Zweige. Sofort brannten sie lichterloh. Juan grinste vor sich hin und kroch davon.

Carlos Macaras schlug sich mit der Faust in die Handfläche und fluchte. »Wir sind verraten, *amigos!*« brüllte er den Desperados mit heiserer Stimme zu. »Die Komantschenkrieger können ganz nahe sein und beobachten, was wir tun. Greift mit aller Kraft an, *fuego!*«

Fünf seiner Männer hoben die Gewehre und schossen auf die Fensterläden an der Südseite des Hauses. Augenblicklich erwiderten Andy Haskins und Joe Duvray vom Dach her das Feuer mit ihren Spencers. Zwei der Banditen fielen, der eine tot, der andere tödlich verwundet. Juan Cortigo kroch bis zu dem von Romero im Stich gelassenen Karren, entzündete ein weiteres Streichholz und warf es hinein. Sofort loderten auch hier die Flammen auf.

»*Bueno, bueno,* Juan!« rief Carlos. Im Schutz einer Lebenseiche zielte er mit seinem Repetiergewehr auf das Dach und feuerte, denn er hatte dort oben Mündungsblitze gesehen.

Alle Kugeln pfiffen an Andy Haskins Ohr vorbei. Lachend sagte er zu seinem Freund: »Ich habe noch nie einen Banditen gesehen, der richtig zielen konnte. Sie geraten alle in Panik, wenn sie unter Beschuß genommen werden. Halten wir sie in Bewegung, damit sie ihre Munition aufbrauchen!«

Inzwischen waren die Flammen von den brennenden Karren auf die hohen, trockenen Holzpfosten übergesprungen, gegen die sie gerollt waren. Lucien Edmond war überzeugt, die Banditen würden versuchen, durch eine der vom Feuer geschaffenen Schneisen einzudringen. Deshalb blieb er mit schußbereitem Gewehr hinter den spaltbreit geöffneten Fensterläden im Wohnzimmer stehen und spähte hinaus in die Dunkelheit.

Sangrodo hatte seine Krieger in ihrem Versteck zurückgehalten, weil er zunächst sehen wollte, was Carlos Macaras und seine Bande vorhatten. Nun winkte er drei der jüngsten Krieger zu sich. Sie waren ausgezeichnete Bogenschützen. Auf seinen Befehl hin schlichen sie tiefgebückt vorwärts. Die Banditen, die ihnen den Rücken zudrehten, sahen sie nicht. Als sie noch etwa dreißig Meter von den Bäumen entfernt waren, hinter denen sich Carlos und fünf seiner Männer duckten und Salven von Pistolen- und Gewehrschüssen gegen das Ranchhaus abgaben, ließen sich die jungen Krieger auf das Knie nieder und spannten ihre Bogen. Die tödlichen Pfeile zischten davon. Der Mann rechts vom Banditenanführer taumelte zurück, ließ seine belgische Flinte fallen, fuhr in dem Bemühen, sich den Pfeil aus dem Rücken zu ziehen, mit der

Hand nach hinten und brach tot zusammen. Carlos stieß einen Schrei aus, in dem sich Zorn und Angst mischten. Er glitt um den Baum, kniete nieder und feuerte auf die schattenhaften Gestalten. Von einem der Krieger war ein Grunzen zu hören; die Kugel hatte ihm den rechten Oberarm aufgerissen. Aber einer der beiden anderen schoß einen Pfeil ab, der sich nur wenige Zentimeter über Carlos' Kopf in den Baumstamm bohrte. Wieder mußte Carlos eiligst eine neue Deckung suchen.

Nun rannten zwei der Desperados vor, ergriffen die Deichsel von Bernardos Wagen und rammten das Gefährt mit aller Macht gegen die brennenden Pfosten, die daraufhin einstürzten. Mit Triumphgeschrei wanden sich die Männer durch die zackige Schneise. Doch sofort fiel der eine, getroffen von einer Kugel aus Lucien Edmonds Gewehr. Der andere lief wie ein Besessener auf die Veranda zu, das Gewehr in der linken, die Machete in der rechten Hand. Henry Belcher hatte die Tür entriegelt und einen Spaltbreit geöffnet. Er lag mit seiner Whitworth flach auf dem Fußboden. Es gab einen scharfen Knall. Der Bandit, der soeben die Veranda erreicht hatte, stolperte, fiel und blieb leblos liegen.

Ein halbes Dutzend der Desperados war auf der Ostseite am Palisadenzaun hochgeklettert und zielte auf die Mannschaftsunterkunft und die Rückseite des Ranchhauses. Die Tür der Mannschaftsunterkunft ging auf. Lucas und sein Vater Djamba eröffneten das Feuer. Sie richteten sich nach den Mündungsblitzen, welche die Position der Angreifer verrieten. Ein gurgelnder Schrei gellte auf, als einer von ihnen mit einer Kugel im Hals zurückgeschleudert wurde. Das Stöhnen eines anderen rührte von einem zerschmetterten Arm her, der ihn zwang, sein Gewehr fallen zu lassen und zu den Büschen zurückzukriechen. Andy Haskins sah ihn und gab einen Schuß ab. Der Mann zuckte und war tot.

Nun gab Sangrodo das Zeichen zum Angriff. Zehn seiner Reiter bestiegen ihre Mustangs, fällten ihre befiederten Lanzen und drangen mit dem schrillen Kriegsgeheul der Komantschen auf die Banditen ein. Drei der Männer neben Carlos Macaras drehten sich um und schossen. Einer der Reiter wurde getötet. Einen Augenblick später ließ ein Bandit seine Pistole fallen und sank in die Knie. Eine Lanze hatte ihm die Brust durchbohrt. Die beiden anderen Männer schossen von neuem, aber ohne Erfolg. Sie standen auf und flüchteten. Den einen spießte Menigsay mit seiner Lanze auf. Verächtlich riß der junge Komantsche die Spitze aus der Wunde und sah zu, als der Mann tot zu Boden fiel. Der andere, der sich entsetzt vor den herandonnernden Hufen duckte, konnte dem ihn verfolgenden Komantschen entkommen, aber die Lanze des Indianers streifte ihn an der Schulter und ließ ihn taumeln. Diese kurze Verzögerung seiner Flucht genügte dem Krieger, sein Pferd herumzureißen und dem Banditen die Lanze ins Herz zu stoßen.

Sybille, die mit dem Karabiner in der Hand neben dem Schlafzimmerfenster hockte, sah dunkle Gestalten vom Palisadenzaun herunterspringen und feuerte zweimal. Beide Desperados fielen; der eine stürzte vornüber aufs Gesicht, der andere brach zusammen und hielt die Hand auf die blutende Seite gepreßt. Joe Duvray erledigte ihn vom Dach aus mit einem Kopfschuß.

In der allgemeinen Verwirrung war es Carlos Macaras gelungen, sich davonzuschleichen. Tief gebückt überquerte er den Creek. Auf der anderen Seite fand er ein Pferd, das sich losgerissen hatte und friedlich graste. Carlos schwang sich in den Sattel und ritt nach Süden, bösartige Flüche auf den Lippen, die Hölle im Herzen. All seine Mühen, seine ausgeklügelten Pläne waren umsonst. Die überlebenden Desperados erkannten, daß ihre Sache verloren war. Ein halbes Dutzend rannte zu den Pferden. Dabei wurden sie erschossen oder erstochen. Nur Juan Cortigo, der über den Boden gekrochen war, entkam. Er bestieg sein Pferd und ritt in derselben Richtung davon, die Carlos Macaras eingeschlagen hatte.

Jetzt herrschte Stille. Das Gewehrfeuer hatte aufgehört, die Schreie und Flüche der Desperados waren verstummt. Sangrodo tauchte aus dem Dickicht auf, von wo er den Angriff der Krieger geleitet hatte, und hob mit einem Siegesschrei seine befiederte Lanze. Er richtete die Augen zum dunklen Himmel und dankte dem Großen Geist, der ihm geholfen hatte, sein Gelübde, daß er seinen weißen Bruder beschützen werde, zu erfüllen.

Wachsam, mit schußbereitem Gewehr trat Lucien Edmond vor das Haus. Henry Belcher lud erst seine alte Whitworth nach und folgte ihm dann. »Es ist vorbei«, sagte Lucien Edmond. »Henry, geh zurück und sage Sybille, die Kinder können jetzt herauskommen. Gott sei gedankt, daß Sangrodo hier war.«

»Amen, Lucien Edmond.« Henry Belcher rieb sich das Knie und verzog das Gesicht. »Ich bin nicht mehr so jung, wie ich einmal war, und verteufelt froh, daß es vorbei ist. Aber wenn wir nicht gewarnt worden wären – ich mag nicht einmal daran denken, was dann passiert wäre.«

»Ich muß nachsehen, ob jemand verletzt worden ist, Henry. Geh und beruhige Maybelle und die Kinder.« Lucien Edmond klopfte dem Farmer auf den Rücken und eilte zur Mannschaftsunterkunft. Djamba und Lucas kamen ihm entgegen. Ihnen folgten die jubelnden Vaqueros. Andy Haskins und Joe Duvray kletterten vom Dach. Sie grinsten von einem Ohr bis zum anderen.

»Joe, Andy«, sagte Lucien Edmond, »ihr beide verdient einen Orden. Jetzt aber wollen wir uns bei Sangrodo bedanken. Wäre er nicht gewesen, hätte die Belagerung lange dauern können, und wir hätten vielleicht eine Reihe von Verwundeten gehabt.«

Der große Komantschenhäuptling wartete zu Pferde neben dem Tor. Hinter ihm stiegen seine Krieger gerade auf. Schnell entfernte Lucien Edmond die Planke, öffnete das Tor, trat hinaus und bot dem Komantschenhäuptling voller Dankbarkeit die Hand. »Kann ich deinen Kriegern irgend etwas an Vorräten mitgeben, Sangrodo? Braucht ihr Lebensmittel oder Waffen oder sonst etwas, das ich euch geben kann?«

Stolz schüttelte Sangrodo den Kopf. »In unserm neuen Dorf verhungern wir nicht. Dort gibt es vieles, das uns neu ist, aber wir lernen von Tag zu Tag hinzu. Ich bin gekommen, weil ich es deinem Vater versprochen hatte. Für Sangrodo ist es Lohn genug, daß jetzt alle sicher sind: du, deine Familie und alle, die für dich arbeiten.«

»Manche Tat kann niemals anders beglichen werden als mit der Gabe immerwährender Freundschaft, Sangrodo«, antwortete Lucien Edmond feierlich. Er ergriff von neuem die Hand des Häuptlings, und die beiden sahen sich mit gegenseitiger Achtung in die Augen.

Dann lachte der große Komantschenhäuptling trocken auf und richtete den Kopf seines Pferdes nach Süden. »Ich habe noch eine Neuigkeit für dich, über die sich dein schwarzer Mann und die Frau, die an deinen Feuern kocht, sehr freuen werden«, sagte er beiläufig. »Sag ihnen, daß Jicintes Squaw ein zweites Kind erwartet. Sie sendet ihrem Vater, ihrer Mutter und ihrem Bruder Grüße. Sie hofft, ihr werdet sie im Sommer besuchen kommen.«

»Sag Prissy, das werden wir bestimmt tun, sobald wir können, Sangrodo. Und du kehrst jetzt in dein Dorf zurück?«

Sangrodos Gesicht wurde plötzlich ernst. »Wir reiten schnell zurück, Sohn meines weißen Bruders. Meine Krieger haben mir gesagt, der schlechte Mann, der die Banditen anführte, sei entkommen, und mindestens noch einer mit ihm. Wir fürchten, daß sie versuchen werden, sich an den Frauen und Kindern unseres Dorfes zu rächen. Möge der Große Geist über dich, deine Familie und deine Mitarbeiter wachen.« Grüßend hob er die befiederte Lanze und ritt südwärts. Seine Krieger, von denen jeder Lucien Edmond, Djamba, Lucas und die versammelten Vaqueros grüßte, folgten ihm. Die Leute von der Windhaven-Ranch antworteten mit freundschaftlichem Zuruf.

Carlos Macaras galoppierte den Weg zurück, den er gekommen war. Finsterer Zorn tobte in seinem Herzen. Ihm war nichts geblieben als der schwache Trost, daß er die silbernen Kreuze, die er versteckt hatte, nun mit niemandem mehr zu teilen brauchte. Aber wieviel besser hätte es für ihn ausgesehen, wenn es ihm gelungen wäre, die *rancheria gringa* zu erobern!

Er trieb sein Pferd zu immer schnellerem Lauf an und blickte häufig zurück, ob er verfolgt würde. Die Komantschen würden jetzt in ihr Dorf zurückkehren, aber wenn er als erster dort anlangte, konnte er ein paar von ihnen töten, um es ihnen heimzuzahlen.

Plötzlich hörte er zu seiner Linken einen Ruf. Er erkannte den Mestizen Juan Cortigo, der ihn einzuholen versuchte. Carlos zügelte sein Pferd und ließ das Halbblut näher kommen. »Wir haben schlecht abgeschnitten, *no es verdad, mi jefe?*« fragte Juan Cortigo ironisch und sah dem pockennarbigen Banditenführer dreist ins Gesicht.

»Alles wäre anders verlaufen, hätten die roten Teufel sich nicht eingemischt«, fauchte Carlos. Er warf einen Blick über die Schulter, aber die Dunkelheit der Nacht war nicht dazu angetan, seine Ängste zu verringern. Schon vor Jahren hatte er gelernt, daß es viele Komantschen- und Apachenstämme gab, die sich nicht an den alten Brauch hielten, Angriffe nur bei Tag durchzuführen, damit die Getöteten den Weg zum Großen Geist fanden. Jetzt mußte er feststellen, daß der einzige Überlebende außer ihm der Mann war, der das Komantschendorf ausgekundschaftet und die Squaw vergewaltigt und getötet hatte. Diese Tatsache erfüllte ihn mit neuer Furcht. Irgendwie mußte er Juan Cortigo loswerden, selbst wenn er ihn umbringen mußte. Denn solange er am Leben war, stellte der Mestize eine Gefahr für ihn dar.

»Ich denke, wir sind ihnen entkommen, *mi jefe.*« Juans Worte waren respektvoll, aber in seinen dunklen Augen glitzerte es, und seine Lippen kräuselten sich verächtlich. »Trotzdem täten wir gut daran, so schnell wie möglich zu reiten. Sie werden hinter uns her sein.«

Carlos begnügte sich mit einem zustimmenden Nicken, denn er schmiedete bereits eifrig Pläne, wie er sich des Halbbluts am besten entledigte. Seine schlimmsten Befürchtungen wurden bestätigt, als Juan mit häßlichem Auflachen bemerkte: »Natürlich ist es uns nicht so schlecht ergangen wie unsern armen *compañeros,* die wir zurückgelassen haben, *Señor* Manos. Haben Sie mir nicht vor langer Zeit, als wir diesen Feldzug planten, erzählt, Sie hätten noch eine Menge Silberkreuze wie das eine, das Sie mir gezeigt haben?«

Carlos knirschte in ohnmächtiger Wut mit den Zähnen. War es nicht genug, daß er besiegt worden war? Wollte dieses dreckige kleine Halbblut jetzt etwa einen Anspruch auf das einzige anmelden, was ihm von den langen, qualvollen Monaten der Vorbereitung geblieben war? Hätte sein Repetiergewehr nicht schon wieder im Futteral gesteckt und wären seine Hände nicht damit beschäftigt gewesen, die Zügel zu halten, dann hätte er Juan Cortigo auf der Stelle wie einen Hund niedergeschossen. Er zwang sich zu einem gelassenen Ton: »Das stimmt, *amigo.* Ich hatte es ganz vergessen. Ich konnte an nichts anderes mehr denken als daran, die *gringos* zu töten, die meinen armen Bruder ermordet haben. Und dann erfahren zu müssen, daß wir von vornherein verraten und verkauft waren . . .«

»Comprende, amigo.« Der Mestize nickte mitfühlend, ein undeutbares Lächeln auf den Lippen, das sein Gesicht mit den starken Brauen noch abstoßender machte. »Aber du

und ich, wir können uns gegenseitig helfen. Ich weiß ganz genau, was du denkst, *amigo.* Du möchtest mich jetzt gern umbringen und hingehen und deine Kreuze ausgraben, wo du sie auch versteckt haben magst. Es sei denn, daß du nur das eine besitzt und uns alle mit deinen Geschichten von deinem Reichtum an der Nase herumgeführt hast.«

»Die Kreuze sind vorhanden, genau wie ich gesagt habe«, entfuhr es Carlos. Gleich darauf hätte er sich am liebsten die Zunge abgebissen. Der schlaue Mestize hatte ihn zu einer sehr unbedachten Äußerung verleitet.

»Wir haben die *gringos* zwar nicht geschlagen«, fuhr Juan fort und warf nun seinerseits einen Blick über die Schulter zurück, »aber du wirst dich erinnern, daß ich das Dorf ausgekundschaftet habe, aus dem Ipiltse und seine beiden Spione gekommen sind, und daß ich da mein Vergnügen mit einer drallen mexikanischen *paloma* hatte.«

»Ja, und?«

»Wenn die Komantschen hinter uns herkommen, wie anzunehmen ist, werden sie nicht damit rechnen, daß wir den Weg zu ihrem eigenen Lager einschlagen.« Der Mestize schlug einen herablassenden Ton an, als rede er mit einem zurückgebliebenen Kind. »Nur ein einziger Mann, nämlich ich, Juan Cortigo, hat in der ganzen Zeit, die wir in dem dreckigen kleinen Dorf Puertocare hocken mußten, die Umarmung einer schönen *mujer* genossen. Auch du, *mi jefe,* hast dort niemals Frauen gehabt, wenn ich mich recht erinnere.«

»Idiot, natürlich nicht! Ich wollte die Frauen dieser *gringos,* die viel appetitlicher sind als diese *Mejicanas.*«

»Ich räume ein, daß es da einen Unterschied gibt. Aber stell dir einmal vor, wir würden uns direkt in das Komantschenlager begeben, wo sich nur wenige Krieger befinden, weil die meisten mit zur *rancheria* geritten sind. Was sollte uns daran hindern, uns so viele Frauen zu nehmen, wie wir wollen, oder, noch besser, die hübschesten zu entführen, damit sie uns über unsere Niederlage im Kampf hinwegtrösten können?«

Carlos warf dem Halbblut einen scharfen Blick zu. Das war keine schlechte Idee! Gewiß, es war nicht ungefährlich, aber in seiner pervertierten Denkweise kam es ihm so vor, als ob er seine Niederlage in einen Sieg verwandelte, wenn er die Frau des Häuptlings entführte. Er hatte oft gehört, Indianerinnen seien von wilder Leidenschaft und wüßten Tricks, die nicht einmal eine kostspielige mexikanische *puta* überbieten könnte. Außerdem bekam er dadurch eine willkommene Gelegenheit, sein Repetiergewehr auf diesen listigen kleinen Schuft zu richten, wenn er versuchte, sich einer Komantschensquaw zu bemächtigen. Dann wollte er nach Nuevo Laredo zurückreiten, die Kreuze ausgraben und ein neues Leben beginnen – diesmal als wohlhabender Herr.

Por Dios, den Einfall dieses Schwachkopfes sollte er nicht zurückweisen. Er mußte nur verstehen, ihn zu seinem Vorteil auszunutzen. Es war außerdem ein berauschender Gedanke, daß zwei Männer es wagten, mitten in ein Komantschenlager zu reiten und mit den hübschesten Squaws wieder zu verschwinden. Carlos hatte auch noch genug Munition, daß er die wenigen Krieger, die zur Bewachung des Dorfes daheimgeblieben waren, niederschießen konnte.

All dies schoß ihm in einem Augenblick durch den Kopf. Er gab sich den Anschein, als überlege er, den Blick auf den dunklen Boden gerichtet. Plötzlich sah er wieder hoch und erklärte: »Auf die Weise können wir den roten Teufeln wenigstens in etwa heimzahlen, was sie unsern wackeren *compañeros* angetan haben.«

»*Es verdad, mi jefe!* Aber wir müssen uns beeilen, sonst holen die Krieger uns ein. Wir brauchen auch bald frische Pferde.«

»Erinnerst du dich an das kleine Dorf, ein paar Meilen südöstlich vom Rio Grande? Wir sind auf dem Hinweg daran vorbeigeritten. Ich habe dort Pferde gesehen, die wir uns holen können.«

»Einverstanden. Jetzt sprichst du wie ein echter *jefe* tapferer *bandidos.*« Juan grinste und tippte, ironisch salutierend, an seinen Sombrero.

Carlos ließ sich nicht von ihm täuschen. Er traute Juan Cortigo nicht mehr, als das Halbblut ihm traute. Aber dies amüsante Abenteuer wollte er mitmachen. Er würde abwarten, bis der Mestize sich eine Squaw ausgesucht hatte und sie zu seinem Pferd zerrte, dann diesen Sohn einer *puta* niederschießen, die Frau des Häuptlings entführen und mit ihr nach Nuevo Laredo zurückreiten. In der Villa, die er nach dem Verkauf der Silberkreuze erwerben wollte, sollte sie seine Sklavin sein. Er würde ihr schon beibringen, ihm zu gehorchen! Als erstes würde er ihr eine saftige Tracht Prügel verabreichen. Das war immer das Beste, wenn man einer *mujer* zeigen wollte, wer der Herr im Haus war.

Nach kurzer Pause bemerkte er: »Wieviel Schuß Munition hast du noch, *amigo?*«

»Etwa zwei Dutzend. Aber ich habe auch noch meine Machete und mein Messer. Natürlich hast du, *amigo,* die beste Waffe von allen, das Repetiergewehr. Zu schade, daß wir nicht mehr davon besorgen konnten.«

»Ich bin der Meinung, wenn du und die anderen ein paar Schüsse in die Büsche abgegeben hättet, woher uns die Komantschen angriffen, wären die Dinge wohl anders gelaufen.«

»Aber so ist es besser, *mi jefe.* Jetzt sind nur noch wir beide übrig, zwischen denen das Geld, das die Silberkreuze bringen werden, geteilt werden muß. Hätten wir gesiegt, die Ranch niedergebrannt und die Frauen genommen, dann müßtest du die Kreuze mit allen *compañeros* teilen, *no es verdad?*« In der Stimme des Halbbluts schwang eine versteckte Drohung mit, und er warf dem pockennarbigen Anführer einen bösen Blick zu.

Wieder knirschte Carlos mit den Zähnen. Der Idiot biß sich an der Idee mit den Kreuzen fest wie ein Hund an einem alten Knochen. Nun, er wollte ihn schon noch überlisten. Er drehte sich zu Juan Cortigo um und sagte mit ironischem Lächeln: »Hast du schon einmal daran gedacht, Juan Cortigo, daß du nie erfahren wirst, wo die Kreuze versteckt sind, wenn du mich tötest? Du brauchst mich ebenso, wie ich dich, *amigo.*«

»Ich bewundere deine Offenheit, Teofilo. Die Wahrheit, so heißt es, sei gut für die Seele. Ich persönlich gehe nicht so oft zu dem guten *padre,* wie ich wohl sollte, deshalb kann ich nicht sagen, ob es wirklich so ist. Aber da du ehrlich mit mir bist, will ich dir nicht verhehlen, was mir seit einiger Zeit im Kopf herumgeht. Ich dachte daran, dich zu töten, als ich bemerkte, daß du dich nicht hinter deinem Baum hervorwagtest und dich nicht am Angriff beteiligtest. Du wirst dich erinnern, daß ich heute abend der einzige war, der überhaupt einen Erfolg zu verzeichnen hatte. Habe ich nicht das Reisig im Karren angezündet und den Zaun damit in Brand gesteckt? Obendrein mußte ich zusehen, wie alle meine guten Kameraden von den Komantschen und den *gringos* getötet wurden. Da sagte ich mir selbst: er ist kein guter General, dieser Teofilo Manos. Du hattest schon bei deinem ersten Versuch erfahren, wie schwer es ist, die Ranch zu erobern, und du hättest deine Vorbereitungen so treffen müssen, daß dir diesmal der Sieg gelungen wäre.«

»Du wagst es«, begann Carlos mit vor Wut erstickter Stimme. »Ja, ich wage es, meine Meinung zu sagen, so wie du, Teofilo, das ist alles. Aber versteh doch, ich habe dich nicht getötet. Und ich glaube auch nicht, daß du mich töten wirst, denn wir können nur gemeinsam in das Komantschenlager einbrechen. Außerdem könnten die Krieger, die hinter uns her sind, uns einholen. Da ist es besser, zwei Gewehre zu haben als nur eines.«

»Du sollst recht haben. Aber genug mit dem Gerede.

Laß uns zu diesem Dorf reiten und die Pferde wechseln. Heute nacht schlafen wir nicht. Wir können uns keine Verzögerung leisten. Du zeigst mir den kürzesten Weg zu dem Komantschenlager. Wir müssen einen Vorsprung von mehreren Stunden vor den heimkehrenden Kriegern gewinnen.«

Kurz vor Sonnenaufgang erreichten sie das kleine, schlafende Dorf. Sie gingen in einen der Ställe und suchten sich die beiden besten Pferde aus. Sie sattelten sie schnell und ritten weiter. Auf Juan Cortigos Vorschlag hin machten sie einen Versuch, die Verfolger irrezuführen. Sie überquerten einen Bach, ritten ein Stück nach Norden zurück, gingen wieder über den Bach und wandten sich dann erneut nach Süden. Das Suchen nach der verlorengegangenen Fährte mußte die Komantschen eine oder zwei Stunden aufhalten, und das konnte für die beiden ein lebenswichtiger Zeitgewinn sein.

Am dritten Tag wechselten sie erneut die Pferde. Sie stahlen des Nachts zwei edle Hengste aus dem Stall eines älteren Farmers, welcher Alkalde eines kleinen, in einsamer Gegend liegenden Dorfes war. Er hörte das Wiehern und Stampfen, stieg aus dem Bett und kam in den Stall. Juan Cortigo hob schnell seine Machete und schlug dem alten Mann den Kopf ab. Dann wischte er das Blut von der Klinge und betrachtete sie prüfend. Mit einem spöttischen Blick zu Carlos Macaras sagte er: »Ich hoffe, der dürre Hals des Alten hat meine scharfe Klinge nicht schartig gemacht. Nein, es ist kein Schaden geschehen, *bueno.*« Bedeutungsvoll drehte er die Machete geraume Zeit in den Händen und schielte dabei drohend zu Carlos hin. Schließlich steckte er sie wieder in den Gürtel. Carlos konnte sich eines Angstschauders nicht erwehren.

Sie ritten die ganze Nacht, ohne anzuhalten. Erst bei Sonnenaufgang ließen sie die Pferde trinken und kurze

Zeit grasen. Dann setzten sie ihren Weg zu Sangrodos Dorf fort.

Die Dämmerung war hereingebrochen. Catayuna war aus ihrem Tipi herausgekommen, um beim Anzünden der Kochfeuer zu helfen. Kitante, Sangrodos erstgeborener Sohn, akzeptierte Catayuna jetzt als richtige Komantschin. Er würde nie vergessen, wie sie ihm damals befohlen hatte, ein Pferd zu satteln, damit sie, schwer verwundet wie sie war, zu seinem Vater reiten und ihm über das von den Soldaten in dem friedlichen Dorf ausgeübte Massaker berichten konnte. Die Neuigkeit, daß er schon bald einen kleinen Bruder bekommen werde, ließ Kitante glühen vor Stolz, denn er kam sich dadurch älter und wichtiger vor, schon ganz wie ein Mann.

Die älteren Krieger, die zur Bewachung des Dorfes daheim geblieben waren, warteten in ihren Tipis darauf, daß ihre mexikanischen Squaws ihnen das Abendessen brachten. Einige von ihnen hockten beieinander, erzählten sich Geschichten von den alten Zeiten in Texas und rühmten sich ihrer Taten. Prissy, deren Gesicht in dem Wissen, daß sie bald ein zweites Kind haben würde, vor Glück strahlte, war am fleißigsten, als wolle sie den mexikanischen Frauen ein Beispiel geben. Dolores Lopez, eine rundliche zwanzigjährige Mexikanerin, die sich einen doppelt so alten Komantschen zum Mann erwählt hatte, zündete ein Feuer an. Als es hell loderte, häutete sie geschickt das Wildkaninchen ab, das ihr Mann an diesem Morgen mit Pfeil und Bogen erlegt hatte, und bereitete es nach der Art ihrer Mutter zu.

Kitante lief neben Catayuna her und erzählte ihr den neuesten Klatsch aus dem Dorf. Mercedes Sanchez, die mürrische junge Mexikanerin, welche die Squaw von Epikinto war, hatte ihm neulich, als dieser sie schlagen wollte, den Stock aus der Hand gerissen und Epikinto tatsächlich zwei Hiebe damit verpaßt, bis er ihr verzieh. Elena

Raimondi, die ständig ihr langes Haar auskämmte und sich damit brüstete, daß es viel schöner sei als das ihrer Nachbarin, war von vier Frauen in ein leeres Tipi gezerrt worden. Dort drohten sie ihr, wenn sie so etwas noch einmal sagte, würden sie ihr das Haar ratzekahl abschneiden.

Catayuna lachte und klopfte Kitante liebevoll auf den Rücken. Seine Augen funkelten vor Freude, daß die Geliebte Frau des Stammes ihm ihre Zuneigung zeigte. Er trug seinen Bogen und den Pfeilköcher auf dem Rücken und hatte sich erboten, beim Herantragen des Feuerholzes mitzuhelfen, denn Catayuna hatte versprochen, für ihn ihr Spezialgericht, nämlich Maispudding, zu kochen.

Catayuna und Kitante waren am Dorfeingang angekommen, als Dolores Lopez Catayuna anrief und sie aufforderte, sich einmal anzusehen, auf welche Art sie das Kaninchen für ihren Mann zubereite. Genau in diesem Augenblick tauchten Juan Cortigo und Carlos Macaras auf ihren Hengsten auf. »Welch ein Glück, *amigo!*« flüsterte Juan zu seinem Gefährten. »Sie kommen uns entgegen und bitten geradezu darum, mitgenommen zu werden. Tun wir ihnen doch den Gefallen!« Er sprang vom Pferd, zog die Machete aus dem Gürtel, war mit einem Satz bei Dolores und packte sie an den Handgelenken. Sie schrie auf, aber beim Anblick der blitzenden Klinge versteinerten ihre Züge vor Entsetzen, und die Frau wehrte sich nicht mehr. In spanischer Sprache fuhr Juan sie an: »Los, auf mein Pferd, Frau, oder ich töte dich!«

Auch Carlos Macaras war abgestiegen. Er zog sein Repetiergewehr aus dem Futteral. Kitante stieß einen Warnruf aus und rannte zurück ins Dorf, um die Krieger herbeizuholen. Grinsend hob Carlos sein Repetiergewehr. Er wollte gerade abdrücken, als ihm Catayuna den Korb, den sie für Feuerholz mitgenommen hatte, mitten ins Gesicht warf. Völlig überrumpelt, ließ der Banditenführer das Gewehr fallen. Mit einem wütenden Fluch bückte er sich danach. Da zog Catayuna ein Häutemesser aus der Tasche ihres Wildlederrocks und stürzte sich in dem Augenblick auf Carlos, als dieser sich wieder aufrichten wollte. Der Bandit, der das Gewehr am Lauf hielt, stieß ihr den schweren Kolben mit aller Macht in den Bauch. Die schöne Mexikanerin schrie und krümmte sich vor Schmerz. Carlos richtete das Gewehr inzwischen auf einen älteren Krieger, der aus einem der weiter entfernten Tipis von links auf ihn zurannte und eine befiederte Lanze in der Hand hielt.

Catayuna nahm ihre ganze Kraft zusammen. Mit aschfahlem, schmerzverzerrtem Gesicht griff sie nach dem Rosenkranz, den Carlos um den Hals trug, verdrehte den Riemen und riß daran. Instinktiv löste Carlos eine Hand vom Gewehr, um damit zwischen Hals und Riemen zu fahren. Da stieß Catayuna ihm ihr Häutemesser bis an das Heft in den Bauch.

Carlos Macaras stöhnte. Sein Gewehr glitt zu Boden, denn er griff mit beiden Händen nach dem Messer. Er taumelte und fiel auf den Rücken. In krampfhaften Zuckungen bohrten sich seine Stiefelabsätze in den Boden, sein Körper wölbte sich im Todeskampf wie ein gespannter Bogen nach oben.

Das Geräusch donnernder Pferdehufe kam näher, und kurz darauf galoppierten Sangrodo und seine Krieger ins Dorf. Juan Cortigo hatte soeben seinen Hengst bestiegen und raste mit der schreckensstarren Dolores nach Südosten davon.

Aber Menigsay, der hinter Sangrodo ritt, hatte den Skalp mit den beiden langen schwarzen Zöpfen erkannt, der dem Halbblut vom Gürtel hing. Ein wilder Schrei in der Komantschensprache gellte auf: »Das ist meine Rache, Sangrodo! Er gehört mir!«

Der junge Krieger setze dem fliehenden Mestizen nach. Dolores sah über ihre Schulter zurück und begann, spanische Gebete zu murmeln.

Juan Cortigo stellte mit einem schnellen Blick fest, daß

er verfolgt wurde. Mit einem gotteslästerlichen Fluch nahm er seine alte belgische Flinte ab, zielte und feuerte. Menigsay antwortete mit einem herausfordernden Ruf, schüttelte die Lanze über seinem Kopf und spornte sein Pferd an. Der zähe Mustang, eines der schnellsten Pferde der Ebene, rückte dem verschreckten Hengst, der das Gewicht von zwei Reitern zu tragen hatte, immer näher.

Juan blieb keine Zeit, das alte Gewehr von neuem zu laden. Er sah, daß Menigsay mit seiner Lanze ihm ständig näher kam. Da nahm der Mestize die Zügel in die linke Hand und faßte das Gewehr mit der rechten beim Lauf, um es als Keule benutzen zu können.

Dolores verfolgte mit vor Entsetzen aufgerissenen Augen, wie Menigsays Mustang immer mehr zu dem dahinrasenden und schäumenden Hengst aufrückte.

Jetzt waren sie fast Seite an Seite. Der junge Krieger vollführte mit seiner Lanze eine Finte, und Juan schwang das Gewehr gegen den grimmig blickenden Komantschen. Doch Menigsay trieb ihm im Vorbeijagen die Spitze seiner Lanze in den Hals. Dolores kreischte. Sie glaubte, bei dem Sturz, der jetzt unvermeidlich folgen mußte, totgetrampelt zu werden. Aber Menigsay ließ die Zügel seines Mustangs los, umklammerte sein Pferd mit den Knien und streckte die Arme nach der hysterisch kreischenden jungen Frau aus. Zugleich rief er ihr in spanischer Sprache zu: »Laß ihn los und leg die Arme um mich, *mujer!*«

Dolores schloß die Augen, schickte ein Stoßgebet zur heiligen Jungfrau und gehorchte. Sie fühlte, wie sie vom Rücken des Hengstes emporgehoben und auf Menigsays Mustang hinübergeschleudert wurde. Voller Angst öffnete sie die Augen wieder. Der Hengst galoppierte weiter, und Juan Cortigos lebloser Körper rutschte aus dem Sattel und fiel zu Boden.

Langsam schlug Catayuna die Augen auf, doch sie konnte

nichts klar erkennen. In ihrem ganzen Körper wütete der Schmerz. Undeutlich vernahm sie die geflüsterten Worte von Josefa, einer alten Mexikanerin, die im Dorf die Aufgabe der Hebamme übernommen hatte. Dann drang Sangrodos Stimme in ihr Bewußtsein: »Josefa, wird sie am Leben bleiben?«

»*Si, mi jefe*. Aber das Kind hat sie verloren. Ich habe getan, was ich konnte. Sie muß jetzt ruhen und, sobald sie dazu in der Lage ist, ein wenig Nahrung zu sich nehmen. Deckt sie gut zu, damit die kühle Nachtluft ihr nicht schadet.«

»Das wird geschehen, Frau. Laß uns jetzt allein.«

Catayuna blinzelte. Sie zwang sich, ins Bewußtsein zurückzukehren. Dann sah sie, wie ihr Mann sich über sie beugte. Sein Gesicht war düster vor Kummer, seine Augen betrachteten sie forschend. Er kniete neben ihr nieder.

»Mein – mein Mann –«

»Sprich nicht, Geliebte Frau. Wieder hast du unser Dorf gerettet. Du hast den schlimmsten unserer Feinde besiegt. Er wollte die Familie meines weißen Bruders vernichten und dich mir wegnehmen. Ich bitte dich um Verzeihung, daß ich zu spät ins Dorf zurückgekommen bin, Catayuna. Sie haben uns mit ihrer Fährte irregeführt und sind wie die Wahnsinnigen geritten. Sie haben sich zum Ausruhen und Essen noch weniger Zeit gegönnt als wir. Jetzt ist alles überstanden. Du mußt schlafen, Geliebte Frau.«

Sie schluckte. Mit großer Anstrengung brachte sie die Worte heraus: »Das K . . ., das Kind . . .«

Er legte ihr sanft die Hand auf die Brust, beugte sich nieder und berührte ihre Stirn mit den Lippen. »Es ist nicht mehr, Geliebte Frau. Aber Josefa meint, du könntest noch viele starke Söhne bekommen. Ich trauere nur wenig um Ihn-der-in-seines-Vaters-Fußstapfen-wandelt, denn ich freue mich, daß du am Leben geblieben bist, denn du bist mein Leben, du bist die Seele des Komantschenstammes, Catayuna.«

Seine Hände streichelten ihre Wangen. Sie weinte, und dann schlief sie ein. Das letzte, was sie hörte, waren seine liebevollen Worte.

XXX

»Morgen, Mr. Parmenter, Sir. Ein wunderschöner Tag für Anfang April.« Ezekiel Carruthers schloß die Tür des Lowndesboro General Store, und die daran befestigte kleine Glocke bimmelte geräuschvoll. Er trat an den Ladentisch, hinter dem ein kleiner, grauhaariger Mann um die Fünzig stand. Er trug eine schmutzige Schürze über den Hosen aus grobem Baumwollstoff.

»So ist es, Mr. Carruthers. Etwas Besonderes heute morgen, oder das Übliche?«

»Nur das Übliche, Mr. Parmenter.« Der hagere, bärtige Farmer suchte in den Taschen seines Overalls, förderte ein zerknülltes Blatt Papier zu Tage und studierte seine Einkaufsliste. »Speck, natürlich, ein Faß Mehl, etwas Kaffee, wenn Sie inzwischen hereinbekommen haben, Reis und Maismehl. Ach ja, Maria hat gesagt, ich soll auch noch etwas Kandis für die Kinder mitbringen.«

»Der Kaffee ist jetzt teuer, Mr. Carruthers. Fünfzig Cent das Pfund.«

Der bärtige Farmer pfiff und schüttelte den Kopf. »Da sage ich Maria lieber, sie soll ihn weiter so machen, wie sie ihn seit dem Krieg gemacht hat.«

»Ganz, wie Sie wünschen, Mr. Carruthers, der Kunde ist König. Alles andere habe ich im Handumdrehen eingepackt. Haben Sie Ihr Buggy draußen?«

»Wie immer, Mr. Parmenter. Wenn die Ernte in diesem Herbst gut ausfällt, kaufe ich mir einen kräftigen jungen Wallach.«

»Kann man Ihnen nicht verdenken. Ihre Stute ist nicht mehr die jüngste.« Hurley Parmenter, dessen braunes, langsam ergrauendes Haar feucht über der rechten Stirn klebte, faßte unter den Ladentisch und holte ein Notizbuch hervor. »Machen Sie sich deshalb keine Sorgen, ich werde es anschreiben, Mr. Carruthers.«

»Sehr verbunden.« Der Farmer stieß einen Seufzer aus und schüttelte den Kopf. »Ich finde, uns geht es jetzt auch nicht besser als vor dem Krieg. Die Preise steigen und steigen, aber für unsere Baumwolle bekommen wir keinen Cent mehr.«

»Vielleicht sollten Sie mal versuchen, etwas anderes anzubauen.«

»Kommt nicht in Frage. Was für meinen Vater und meinen Großvater gut genug war, ist auch für mich gut genug.«

»Ich werde Ihnen beim Aufladen helfen, Mr. Carruthers.«

»Nochmals besten Dank. Eines will ich Ihnen sagen. Es ist gut, daß es einen Mann von Ihrer Sorte in Lowndesboro gibt, bei dem man einkaufen kann, Mr. Parmenter. Wissen Sie, erst gestern abend habe ich zu Maria gesagt, heutzutage laufen hier doch wahrhaftig mehr Nigger herum als zu der Zeit, als es noch Plantagen und Sklaven gab und alles friedlich war und so, wie es sich gehört. Genau das habe ich zu ihr gesagt.«

»Ich verstehe, was Sie meinen. Jetzt haben wir freie Nigger, die ein bißchen was gelernt haben, und das ist nicht gut. Aber die allerschlimmsten sind die eingebildeten Affen vom Freigelassenenbüro. Gottverdammte Yankees wollen uns Jungs aus dem Süden belehren, deshalb hetzen sie uns ihre unverschämten Nigger auf den Hals, geben ihnen Posten und machen sie zu Herren über uns.«

»Ich weiß. Neulich kam so ein großer, dicker Kerl auf meine Veranda spaziert, als ob sie ihm gehörte, und sagte, er wolle meine Farm besichtigen und mit den Niggern, die für mich arbeiten, sprechen. Er war eine gute Stunde bei ihnen draußen auf den Feldern und stellte ihnen alle möglichen dämlichen Fragen: welchen Lohn sie bekämen, ob sie denn ordentlich behandelt würden, ob sie genug zu essen hätten. Wenn wir das noch ein Jahr mitmachen müssen, verkaufen Maria und ich das Land und ziehen zu Marias Vetter nach North-Carolina.«

Hurley Parmenter lachte kurz auf und schüttelte den Kopf. »Da sind die Verhältnisse auch nicht besser als hier. In allen Südstaaten machen sich jetzt die Nigger breit.«

Ezekiel Carruthers zuckte die Schultern. Er ging hinaus zu seinem Pferd und Wagen, einen Sack Reis in den Armen. Der kleine Ladeninhaber trug die Speckseite. Als die Lebensmittel in dem Buggy verstaut waren, sagte der hagere Farmer zum Abschied: »Vielen Dank für Ihre Hilfe, Mr. Parmenter. Ich weiß wirklich nicht, wie es weitergehen soll, wenn es noch schlimmer wird.«

»Haben Sie Geduld, Mr. Carruthers. Es gibt niemanden, dem die heutigen Zeiten besser gefallen als Ihnen. Vielleicht wird der Grimm bei einer genügenden Anzahl von Leuten eines Tages so groß, daß wir den Yankees klarmachen können: wir lassen uns nicht behandeln, als ob wir selbst Sklaven wären.«

Der Farmer stieg auf den Wagen und fuhr langsam die Straße hinunter. Hurley Parmenter sah dem Buggy nach, bis es in der Ferne verschwand. Er kehrte in seinen Laden zurück und ging in das dahinterliegende Zimmer, wo er einen grünen Vorhang zuzog. Jetzt konnte ihn kein zufällig eintretender Kunde sehen. Er setzte sich an einen zerkratzten alten Walnußschreibtisch, zog die oberste Schublade auf und nahm den Brief hervor, den Matthias Parton, sein Laufjunge, ihm gestern abend gebracht hatte. Schnell öffnete er den Umschlag, nahm den Brief heraus und entfaltete ihn. Eine Banktratte über hundert Dollar fiel heraus. Parmenter grinste. Dann hielt er das Blatt nahe an seine wässrigen blauen Augen und las mit wachsender Befriedigung:

Parmenter,

die beiliegende Tratte ist für die Sache. Sie haben bei Ihrem bewunderungswürdigen Vorhaben meine volle Unterstützung. Bitte, stellen Sie, sobald es Ihnen möglich ist, Nachforschungen über einen gewissen Phineas Atbury und seine Frau Hannah an, die zur Zeit die Besitzer eines schloßähnlichen Gebäudes sind, das früher einmal als Windhaven-Plantage bekannt war. Mir wäre es von größtem Nutzen, wenn Sie die Atburys mit einigem Nachdruck überreden könnten, sich ein anderes Domizil zu suchen. Benachrichtigen Sie mich, wenn dies geschehen ist, und ich werde Sie beauftragen, als mein Agent auf das Besitztum zu bieten.

Setzen Sie sich mit mir wie bisher unter der oben angegebenen Adresse in Verbindung.

Im Geist unserer großen Sache, die dem Süden die Freiheit bringen wird, grüße ich Sie.

A. G.

Mit glücklichem Lächeln betrat Luke Bouchard an diesem strahlenden warmen Aprilmorgen die Bank von Brunton & Co. Er hatte nicht nur seine Fähigkeiten als Finanzmann unter Beweis gestellt und dem Namen der Bank zu einem ebenso guten Klang wie vor dem Krieg verholfen, er war durch seine Ehe mit Laure auch wieder jung geworden. Ihr gegenseitiges Verständnis machte ihnen das häusliche Leben angenehm; daß es nicht langweilig wurde, dafür sorgten Laures Witz und Schlagfertigkeit. Luke fühlte sich eher wie fünfundzwanzig als wie fünfzig, ganz besonders an diesem Morgen. Denn gestern abend, als er Laure in seinen Armen hielt und sein Gesicht in ihrem goldenen Haar vergrub, hatte sie ihm zugeflüstert: »Hättest du etwas dagegen, noch einmal Vater zu werden, Luke?« Dann, kapriziös wie immer, hatte sie sein Ohrläppchen mit der Zunge berührt und hinzugefügt: »Diesmal natürlich ganz legitim.«

Als Antwort hatte er sie mit leidenschaftlichen Küssen überschüttet, bis sie nach Atem rang und so tat, als wolle sie ihn wegschieben. Doch gleich darauf hatte sie ihn mit der Zärtlichkeit einer wahrhaft liebenden Frau wieder an sich gezogen.

Jason Barntry sah von seinem Schreibtisch hoch und fragte: »Kann ich Sie einen Augenblick sprechen, Mr. Bouchard?« Luke stellte fest, daß Barntrys Gesicht sorgenvoll aussah. Ihm fiel ein, daß er ihm schon längere Zeit hatte vorschlagen wollen, einmal Urlaub zu nehmen und mit seiner Frau Amy eine zweite Hochzeitsreise anzutreten.

»Sie machen ein so ernstes Gesicht, Jason. Wissen Sie, es ist ein viel zu schöner Morgen, als daß man ihn sich durch igend etwas Betrübliches verderben lassen dürfte«, meinte Luke. Sie gingen zusammen in sein Privatbüro.

»Ich bin aber gar nicht glücklich über einige Dinge, die mir zu Ohren gekommen sind, Mr. Bouchard. Ich hielt es für meine Pflicht, Sie sofort zu informieren.«

»Geht es um Philippe Durcroits Kredit?«

»Nein. Ich wünschte, wir hätten keine schwierigeren Probleme. Der Zuckermarkt hat sich erholt. Monsieur Durcroit war gestern nachmittag hier und sagte, er hoffe, den Kredit im Juli zurückzahlen zu können. Sein Land verspricht einen guten Ertrag, und seine Arbeiter sind offenbar durch sein Versprechen, ihnen höhere Löhne zu zahlen, wenn die Ernte gut ausfällt, zu höheren Leistungen angespornt worden.«

»Großartig! Er ist ein prächtiger alter Mann, und es schmeichelt mir, daß er meinem Rat gefolgt ist, eine Leistungsquote festzusetzen und allen Arbeitern, die sie erfüllen, eine Prämie zu gewähren. Aber wenn es sich nicht darum handelt, Jason, was ist dann?«

»Ich möchte vorausschicken, daß ich aus zuverlässiger Quelle erfahren habe, Gouverneur James Madison Wells werde von General Sheridan seines Postens enthoben«, erklärte Barntry. »Das ist zwar noch nicht offiziell, aber man nimmt an, daß es Anfang Juni geschehen wird.«

»Das ist schade. Damit wird ein gemäßigter Südstaatler dafür bestraft, daß er Sympathie für die Union gezeigt und sich der Sezession widersetzt hat.«

»Das ist richtig, aber er hat sich in letzter Zeit in politische Querelen verwickeln lassen, die ihn schließlich zu Fall gebracht haben.«

»Ein Jammer. Gibt es schon Gerüchte, wer sein Nachfolger wird, Jason?« erkundigte sich Luke.

»Wahrscheinlich Benjamin Flanders, der zur Zeit Schatzmeister der Stadt ist. Er scheint mit den Militärbehörden auszukommen, und über seine persönliche Meinung schweigt er. Wenn doch Gouverneur Wells seinem Beispiel gefolgt wäre!«

»Da bin ich anderer Meinung, Jason. Die Integrität eines Mannes hängt von seiner Fähigkeit ab, das zu sagen, was seine ehrliche Überzeugung ist. Den Mantel nach dem Wind zu hängen ist Heuchelei. Es mag einem politischen Erfolg bringen, aber ich verstehe nicht, wie ein Mann mit sich selbst klarkommt, der seine Gefühle unterdrückt und sich einer Richtung anschließt, die gegen seine Überzeugung ist.«

»Da spricht der Idealist, nicht der Bankier, Mr. Bouchard, wenn Sie mir meine Offenheit verzeihen.« Jason Barntry lächelte gezwungen.

»Ich gebe zu, daß ich mich manchmal bei der Kreditvergabe und auch bei einigen Spekulationen von idealistischen Vorstellungen habe leiten lassen. Aber bisher hat die Bank Gewinne gemacht, Jason, keine Verluste.«

»Das ist wahr. Die Parzellen, die Sie im letzten Jahr gekauft haben, bringen uns einen hübschen Profit. Edgar Maxton sagte mir letzte Woche, er habe einige Interessenten dafür, und es sind, wie ich hinzufügen möchte, sehr solvente Leute.«

»Ausgezeichnet! Aber ich weiß noch immer nicht, warum Sie heute morgen in so düsterer Stimmung sind. Alles, was Sie mir berichten, läßt doch für die Zukunft nur das Beste hoffen.«

»Nein, Mr. Bouchard, nicht alles. Ich komme gleich zur Sache. Sie erinnern sich doch, daß vier von unseren Kunden, als Sie die Vorzugsaktien herausgaben, insgesamt vierhundertfünzig Anteile gekauft haben?«

»Ja. Uns bleibt die Mehrheit von fünfhundertfünfzig Anteilen und damit die Kontrolle.«

»So ist es, Mr. Bouchard. Sie werden außerdem wissen, daß drei von diesen Kunden je hundert Anteile kauften, während Armand Cournier einhundertfünfzig erwarb.«

»Ja, das ist mir bekannt.«

»Nun kamen gestern diese drei anderen Kunden und wiesen mich an, ihre Anteile auf Armand Cournier zu überschreiben. Das bedeutet, daß er jetzt allein fünfundvierzig Prozent besitzt. Wir haben die Kontrolle immer noch, aber daß jetzt all diese Anteile in der Hand eines einzigen Mannes konzentriert sind – noch dazu eines Mannes, über den ich höchst Unerfreuliches gehört habe – das macht mich ein wenig besorgt.«

»Was haben Sie über ihn gehört?« forschte Luke. »Sein Konto bei uns ist in bester Ordnung. Wir investieren sein Geld und erwirtschaften für ihn wie auch für uns selbst Gewinn. Zugegeben, Jason, mir gefällt ebensowenig, daß er Bordelle betreibt und für den Sklavenhandel war, aber es ist nicht unsere Aufgabe, auf einen moralischen Lebenswandel zu dringen.«

»Ich weiß das. Ich möchte auch nicht, daß Sie mich für einen Spießer halten, Mr. Bouchard. Ich wünschte nur, Sie würden einmal mit Arthur Traylor sprechen. Er ist stellvertretender Oberbefehlshaber der Zivilgarde und ein ehrlicher, hart arbeitender Mann. Zufällig gehört er auch zu unseren Kunden. Ich habe gestern mit ihm bei Moreau den Lunch eingenommen. Sie wissen von Monsieur Courniers eleganten Freudenhäusern, Mr. Bouchard, aber ich bezweifle, ob Ihnen bekannt ist, daß er in seinem Haus am Fluß notorische Unruhestifter, ja sogar Mörder beherbergt. Es handelt sich um das Haus, das er für ein Butterbrot von Mr. Amberley erstanden hat.«

»Ja, Drei Eichen. Laure hat mir davon erzählt. Aber Sie können es einem Mann nicht zum Vorwurf machen, wenn er einen wertvollen Besitz, dessen Eigentümer ihn beim besten Willen nicht mehr halten konnte, zu einem niedrigen Preis erwirbt. Das sind die Wechselfälle des Krieges. Selbst wenn ich von Mr. Amberleys finanzieller Notlage gewußt hätte, wäre es mit meinem Gewissen als Bankier nicht zu vereinbaren gewesen, ihm zur Rettung von Drei Eichen Geld zu leihen. Das wäre ein Risiko ohne die geringste Sicherheit gewesen. Das wissen auch Sie so gut wie ich, Jason«, erwiderte Luke ein wenig hitzig.

Jason Barntry nickte unglücklich. »Natürlich, Mr. Bouchard. Ich habe Ihre Urteilsfähigkeit ja nicht in Frage gestellt. Ich hätte selbst Mr. Amberley keinen Penny vorgeschossen. Der Besitz war heruntergewirtschaftet. Dazu kam noch Amberleys schlechter Gesundheitszustand. Ich will jedoch auf folgendes hinaus: Es gehen Gerüchte um, daß Monsieur Cournier in seinem Haus den Abschaum der Menschheit empfängt und diese Menschen dazu benutzt, in anderen Staaten als seine Agenten Land aufzukaufen.«

»Nun, da will ich Ihnen ganz im Vertrauen etwas erzählen, Jason. Wenn Sie die Geschichte der Bouchards kennen, haben Sie auch von der Windhaven-Plantage gehört. John Brunton, der frühere Inhaber dieser Bank, hat dafür gesorgt, daß ein freier Schwarzer namens Phineas Atbury das Haus und fünfzig Morgen Land erwarb. Ich hoffe inständig, daß Laure und ich eines Tages dorthin zurückkehren und das Haus im alten Stil wiedererstellen können. Würden Sie meinen vielleicht sentimentalen Wunsch, aufs Land zurückzukehren, wo ich geboren bin, als korrupte Benutzung eines Agenten bezeichnen?«

»Natürlich nicht, Mr. Bouchard!« Jason Barntry schoß das Blut in die Wangen. »Aber wenn Schufte und Kriminelle dazu benutzt werden, die schwarzen Landbesitzer dermaßen in Angst zu versetzen, daß sie ihr Land verkaufen, dann ist das Korruption. Und so geht, wie ich gehört habe, Armand Cournier mit seinen seltsamen Kumpanen vor. Am besten sprechen Sie mit Mr. Traylor darüber. Er hat in seiner Position Zugang zu den Akten über einige dieser Männer, die in Drei Eichen ein- und ausgehen.«

Luke runzelte die Stirn. Jasons Bemerkung über die Benutzung verdächtiger Elemente zum indirekten Erwerb von Grund und Boden hatte seinen alten Argwohn wiederaufleben lassen. Einige Monate hatte er nicht mehr über die Verbindung zwischen Pierre Lourat und dem weltgewandten kreolischen Unternehmer Armand Cournier nachgedacht. Aber Jason Barntrys Worte ließen Raum für alle möglichen Spekulationen. Bis zu diesem Tag hatte Luke noch nichts über Courniers Vergangenheit erfahren, was ihm Grund zum Mißtrauen gegeben hätte. Und doch blieb die quälende Frage, wie eng die Zusammenarbeit zwischen den beiden Kreolen gewesen war und welche Auswirkungen sie auf das Leben der Bouchards gehabt hatte. Luke erhob sich, immer noch sehr nachdenklich. Er trommelte mit den Fingern auf die Schreibtischplatte. »Wenn es Sie beruhigt, Jason«, erklärte er schließlich, »werde ich Arthur Traylor einladen, einmal mit mir zum Lunch oder zum Dinner zu gehen.«

»Es ist wirklich nett von Ihnen, Mr. Bouchard, daß Sie mich zum Lunch bei Antoine eingeladen haben«, bedankte sich Arthur Traylor und tupfte sich den Mund mit einer mit Monogramm versehenen Serviette ab. »Wir Diener der Stadt haben kaum die Zeit, unsere Mittagspause in einem eleganten Restaurant zu verbringen. Für gewöhnlich haben wir auch keine Freunde, die es sich leisten können, uns dahin einzuladen. Ich gestehe, Mr. Bouchard, als Sie heute morgen in die Stadthalle kamen und sich bei meinem Schreiber erkundigten, ob ich Zeit für einen Lunch hätte, reizte es mich, Ihr Motiv zu erfahren. Um ehrlich zu sein, Sir, hat das mich bewogen, Ihre Einladung anzunehmen.«

Arthur Traylor war ein Mann, den man gern haben mußte – freundlich, geradeheraus und von bester Gesundheit. Sein Gesicht – stets strahlend – hatte ein leichtes Doppelkinn und eine römische Nase, doch die Augen verrieten seine Intelligenz.

Er war ein Mann Ende Vierzig und wurde bereits in diesem Alter von allen Bewohnern New Orleans' wegen seines Eintretens gegen den Rassenfanatismus bewundert. Er war im Süden geboren, aber er plädierte für Gerechtigkeit auf beiden Seiten. Mit seiner entwaffnenden Art überzeugte er sogar eingefleischte Ex-Konföderierte von der Lauterkeit seiner Absichten.

»Ich will zu Ihnen ebenso offen sein, Mr. Traylor. Jason Barntry, leitender Angestellter meiner Bank, erwähnte ein Gespräch, das er kürzlich mit Ihnen geführt hat. Ich bin daran interessiert, Näheres zu erfahren, weil meine Bank in geschäftlichen Beziehungen mit einem Gentleman steht, der Ihnen offenbar von Amts wegen gut bekannt ist. Oder wenn nicht er, dann doch seine – na, sagen wir Hilfskräfte.«

»Ich sehe, worauf Sie hinauswollen, Mr. Bouchard. Zweifellos spielen Sie auf Armand Cournier an.«

»So ist es. Ich will Ihnen meine Gründe ganz offen darlegen, damit Sie nicht glauben, ich wollte Informationen aus Ihnen herausholen, die mich nichts angehen. Vor dem Krieg gründeten mein Großvater und mein Vater in der Nähe von Lowndesboro am Alabama River die Windhaven-Plantage. Beide hatten Geschäfte mit dem bekannten Spieler und Sklavenhändler Pierre Lourat.«

»Aha, verstehe«, sagte Arthur Traylor kurz.

»Wir wurden durch Unionstruppen unter Major-General Wilson von der Windhaven-Plantage vertrieben. Meine Familie und ich zogen nach Texas und fingen dort mit einer Viehranch von vorn an. Ich bat John Brunton, er möge alles tun, um das Haus und das Land, auf dem es erbaut ist, für meine Familie zu erhalten. Ich dachte mir, sobald der durch den Krieg entstandene Haß dahingeschwunden sei, könne ich dorthin zurückkehren und durch moderne landwirtschaftliche Methoden gute Ernten erzielen. Es wäre zum Besten des Landes, denn die wachsende Bevölkerung braucht mehr Nahrungsmittel als früher.«

»Aus Ihren Worten geht hervor, Mr. Bouchard, daß Sie bestimmt kein fanatischer Konföderierter gewesen sind. Wahrscheinlich ist es Ihnen deswegen nicht schwergefallen, den Treueid abzulegen.«

»Das ist richtig, Sir. Ich habe die Konföderation nicht unterstützt, ebensowenig habe ich gegen Menschen oder Material der Union die Hand erhoben.«

»Und jetzt leiten Sie John Bruntons Bank. Ich habe den Zeitungsartikel gelesen, wo über Ihre Heirat mit dessen Witwe berichtet wurde. Sie scheinen auch in dieser Hinsicht ein neues Leben zu beginnen.«

Luke nickte. »Auch hierin irren Sie sich nicht, Mr. Traylor. Ich hatte mir gedacht, noch ein paar Jahre hierzubleiben, bis die Bank auf einem soliden Fundament steht. Aber nach allem, was Jason Barntry mir über Courniers Hilfskräfte berichtet hat, entschloß ich mich, Sie nach Ihrer Meinung zu fragen.«

Arthur Traylor sah auf seinen Teller hinab. »Sir, haben Sie jemals etwas vom Ku-Klux-Klan gehört?«

»Nicht, daß ich wüßte.«

»Es ist eine im vergangenen Jahr von General Nathaniel B. Forrest gegründete Organisation, welche die sogenannte Überlegenheit der weißen Rasse aufrechterhalten will. Angeblich ist es ihr Ziel, anständige, gesetzestreue Ex-Konföderierte davor zu schüten, daß sie von Radikalen und Profitgeiern, die aus dem Norden hierherkommen, schändlich behandelt werden. Es gibt Hinweise, daß der Kongreß diese Geheimorganisation aufs schärfste mißbilligt und bald Schritte unternehmen wird, um sie aufzulösen. Wissen Sie, Mr. Bouchard, die Sache gerät den Behörden langsam außer Kontrolle. Den Negern wird so viel Angst eingejagt, daß sie nicht wagen, zur Wahl zu gehen; der Zweck des Ganzen ist, daß Südstaatler, die im Herzen Sezessionisten sind, die politische Oberhand gewinnen. Wäre das alles, könnte man es ja noch verstehen, wenn auch nicht verzeihen. Ich als Vertreter der Exekutive bezeichne es als einen illegalen Versuch, das Gesetz in die eigenen Hände zu nehmen.«

»Ganz klar, Mr. Traylor.«

»Nun sind solche Umtriebe besonders in den ländlichen Gebieten gefährlich«, fuhr der stellvertretende Oberbefehlshaber der Zivilgarde fort, »wo die Menschen in den alten Vorurteilen beharren. Die Mitglieder dieser Geheimorganisation setzen zur Erreichung ihrer Ziele Terror und die rohesten Formen von Gewalttätigkeit ein. In einigen Staaten – besonders in Alabama und Georgia, und bis zu einem bestimmten Grad auch in Tennessee – fangen die Mitglieder an, die Geheimgesellschaft als Werkzeug zur Befriedigung ihrer eigenen Habgier und Gelüste zu benutzen. Wenn zum Beispiel ein Schwarzer ein Stück Land erwirbt, auf das sich zufällig ein weißer Bürger versteift hat, dann bedroht der Ku-Klux-Klan den Schwarzen, bis er die Flucht ergreift. Hat er die Gemeinde erst einmal verlassen, gibt es Wege, das Land auf den weißen Bürger überschreiben zu lassen.«

Traylor machte eine Pause, dann fuhr er fort: »Ich habe sogar von einer weißen Frau gehört, die einen aufdringlichen Bewerber, der mit dem Ku-Klux-Klan in Verbindung stand, nicht erhören wollte. Eine Gruppe von Männern, die in weiße Laken gehüllt waren, richteten auf dem Rasen vor ihrem Haus ein brennendes Kreuz auf und holte sie heraus. Sie wurde in ein abgelegenes Wäldchen gebracht, ausgezogen, an einen Baumstamm gebunden und grausam ausgepeitscht. Als sie sich dann immer noch weigerte, sich dem Betreffenden hinzugeben, wurde sie von fast jedem Mitglied der weißen Truppe vergewaltigt und dann, als abschreckendes Beispiel für andere, geteert und gefedert.«

»Entsetzlich!« Luke verzog vor Abscheu das Gesicht.

»Aber typisch, Sir, für die Verhöhnung der Gerechtigkeit, die diese Organisation gegen alle, die ihr nicht genehm sind, betreibt.«

Für eine Weile widmete sich Arthur Traylor dem Essen und dem Wein. Dann begann er von neuem: »Jetzt komme ich ganz konkret zu diesem prominenten kreolischen Bürger. In den letzten Monaten ist die Zivilgarde mehrmals in die Freudenhäuser gerufen worden, die heute Armand Cournier gehören und früher Eigentum von Pierre Lourat waren. Verschiedene Kunden beklagten sich, sie seien von den jungen Damen ihres Geldes, ihrer Uhren oder sonstiger Wertsachen beraubt worden. Natürlich konnte niemals etwas bewiesen werden. Auch mußte die Diskretion gewahrt bleiben, weil viele dieser Kunden zu den honorigsten und einflußreichsten Bürgern der Stadt gehören. Meine Männer können niemanden festnehmen, wenn die Geschädigten sich nicht dazu aufraffen, offiziell Anzeige zu erstatten. Meistens weigerten sie sich, das zu tun. Offenbar wollten sie verhindern, daß ihre Namen in der Öffentlichkeit genannt würden, denn sonst hätte es ein paar saftige Skandale gegeben.«

Luke nickte und fragte taktvoll: »Glauben Sie, daß eine Verbindung zwischen den Männern, welche Drei Eichen besuchen, und dem plötzlichen Ansteigen von Bagatelldiebstählen besteht?«

»In gewisser Weise ja, aber nur indirekt. Als meine Leute außer den Mädchen auch die Besucher der Häuser befragen wollten, gerieten sie an ein paar ziemlich grobe Kerle, die sich als Privatwachen bezeichneten. Einer meiner Leute erkannte zwei von ihnen wieder. Beide waren aus der Unionsarmee desertiert. Und wie der Zufall so spielt, Mr. Bouchard: Jetzt, da Sie erwähnt haben, daß Ihre frühere Plantage in der Nähe von Lowndesboro liegt, fällt mir ein, daß einer meiner Offiziere vor kurzem seinen Urlaub in Montgomery verbrachte, wo er einen Cousin besuchte. Er hörte, daß in dieser Gegend der Ku-Klux-Klan Häuser heimgesucht hat, in denen freie Schwarze wohnten. Diese Schwarzen wurden von dem Klan so lange terrorisiert, bis sie ihre Sachen packten und die Flucht ergriffen – und jetzt leben in diesen Häusern weiße Männer, die einen sehr verdächtigen Eindruck machen.

Der Offizier, Lawrence Trowbridge ist sein Name, ist ein Mann, der sobald er auf ein Problem gestoßen ist, viel Zeit und Mühe darauf verwendet, den Dingen auf den Grund zu gehen. Nun, Mr. Bouchard, da sein Cousin im Stadtarchiv von Montgomery arbeitet, hatte er Zugang zu dem Katasterverzeichnis des Countys. Und er stellte fest, daß in jedem Fall, wo ein Schwarzer Haus und Grundbesitz im Stich gelassen hatte, der neue Eigentümer Armand Cournier hieß.«

Voller Interesse beugte Luke sich vor. »Daraus läßt sich schließen, daß es eine direkte Verbindung zwischen Armand Cournier und dieser Geheimorganisation gibt, von der Sie mir berichtet haben.«

»Zu dieser Überzeugung bin ich auch gekommen, Mr. Bouchard.«

XXXI

In diesem dritten Friedensjahr nach Beendigung des Bürgerkrieges gab es mehrfach Zeichen des Fortschritts. So hatte George Westinghouse die Luftbremse entwickelt, mit der das Zeitalter der modernen Eisenbahnen beginnt. Christopher L. Sholes ließ sich die erste Schreibmaschine patentieren und verkaufte die Rechte daran später an Eliphalet Remington. William Davis aus Detroit hatte den Kühlwagen erfunden, in dem frisches Fleisch unbeschadet von Stadt zu Stadt transportiert werden konnte. In Chicago starb Walter L. Newbury und hinterließ vier Millionen Dollar zur Gründung einer öffentlichen Bibliothek, wo jedermann freien Zutritt haben sollte. Das waren hoffnungsvolle Zeichen nach den blutigen Schlachten.

Am Abend des 20. Mai 1868 begann in Chicago ein Treffen der Republikaner, die sich dort den Namen Nationale Republikanische Partei gaben. Sie nominierten General Ulysses S. Grant zum Präsidentschaftskandidaten, was den Süden erneut an seine Niederlage erinnern mußte.

Etwas ganz anderes geschah an diesem Abend eine halbe Stunde vor Mitternacht in Alabama. Auf dem Rasen vor einem Château aus roten Ziegelsteinen, über dem Zwillingstürme aufragten, war mit einem Pflug ein großes Kreuz gezogen worden. In die Furchen hatte man Petroleum gegossen und dann angezündet. Jetzt flammte es als ein unheimliches Symbol, das nicht das geringste mit dem Christentum zu tun hatte.

Groteske, zuckende Schatten tanzten über die roten Ziegelmauern. Hier hatte sich eine Gruppe von zwanzig weißverhüllten Gestalten versammelt, angeführt von einem kleinen Mann, der eine geflochtene Pferdepeitsche in der Hand hielt.«

»Phineas und Hannah Atbury, kommt vor Gericht!«

rief er mit hohler, weithin schallender Stimme. Der hohe Felsen jenseits des Hauses warf das Echo zurück. Die Rufe der Nachtvögel und sogar das Zirpen der Insekten verstummten, es war nichts mehr zu hören als das leise Rauschen des Alabama River.

Der Anführer wartete. Als sich nichts rührte, legte er die Hände um den Mund, der wie die Augen durch Schlitze in der weißen Kapuze sichtbar war, und rief erneut: »Phineas und Hannah Atbury, der Klan ruft euch zur Aburteilung durch Menschen, die höher stehen als ihr!«

Unter den Vermummten klang ein leises, drohendes Gemurmel auf. Als sporne ihn die Ungeduld seiner Gefährten an, rief der Anführer ein drittes und letztes Mal: »Phineas und Hannah Atbury, eure Bestrafung wird furchtbar sein, wenn ihr dem Ruf des Klans nicht Folge leistet!«

Kurze Zeit darauf öffnete sich die Tür des Châteaus, und ein gebrechlich wirkender Schwarzer Mitte Vierzig, dessen Haar an den Schläfen völlig ergraut war, fragte ängstlich: »Um Gottes willen, was wollt ihr von mir?«

»Bist du Phineas Atbury, der Nigger, dessen Name in den Steuerbüchern von Lowndesboro als Eigentümer dieses Hauses und fünfzig Morgen guten Landes eingetragen ist?« fragte der Anführer.

»Ja, Sir, ich habe es rechtmäßig gekauft, wirklich. Ich habe Papiere, mit denen ich das beweisen kann.«

»Nigger, der Klan wird dich und deine Frau richten und bestrafen. Ihr habt fruchtbaren Boden in Besitz genommen, der von Weißen kultiviert wurde, als eure Vorfahren noch schnatternde Affen an der Guineaküste waren!«

»Aber, Mister, ich sage Ihnen doch ganz höflich«, wiederholte der schmächtige Schwarze, der sich zitternd am Türknauf festhielt, »das Haus und das Land standen zum

Verkauf. Der Mann von der Regierung hat zu mir gesagt, ich könne es für tausend Dollar haben.«

»Tausend Dollar, Nigger! Woher solltest du ein solches Vermögen haben, wenn du es nicht von deinem Herrn gestohlen hast? Du lügst, Nigger! Bring deine Frau heraus, oder wir kommen und holen sie!«

Phineas Atbury faltete die Hände wie zum Gebet. Tränen liefen ihm über die hageren Wangen. »Bitte, Mister, Hannah schläft schon. Sie hat nichts damit zu tun, daß ich dieses Haus gekauft habe, und ich habe es rechtmäßig gekauft, das schwöre ich bei Gott!«

»Wir geben dir eine Minute Zeit, Phineas Atbury, schwarzer Affe, niedriger Nigger, Dieb, deine Frau herauszubringen. Wenn wir sie holen müssen, wird dir das noch leid tun!«

Der Schwarze rief mit einer Stimme, die vom Schluchzen erstickt wurde, ins Haus: »Hannah, mein Mädchen, du mußt – du mußt jetzt herauskommen, bitte, Liebes!«

Dann trat er einen Schritt auf die in weiße Laken gehüllten Männer zu. Er rang die Hände und flehte: »Es ist mir gleich, was Sie mit mir tun, Gentlemen, aber bitte, bitte, verschonen Sie meine Hannah. Sie hat nichts getan, was Ihren Zorn erregen könnte. Bitte, lassen Sie sie in Ruhe, bitte!«

»Die Frau eines Mannes hat die Macht, seine Entschlüsse zu beeinflussen, Nigger. Deshalb müssen wir auch ihr eine Lehre erteilen, um euch beide davon zu überzeugen, daß wir es ernst meinen. Kommt sie jetzt, oder müssen wir sie herausholen?«

»Ich bin hier. Was wollen Sie?« Hannah Atbury trat vor das Haus und sah die Vermummten trotzig an. Sie war vierzig Jahre alt und immer noch attraktiv mit ihrer hellbraunen Haut und ihrem ruhigen, würdevollen Gesicht. Sie trug ein baumwollenes Nachthemd und darüber einen lose zusammengebundenen blauen Morgenrock. Der Anführer starrte sie an, als habe ihre Furchtlosigkeit ihm den Atem verschlagen. Doch gleich darauf hatte er sich wieder gefangen und machte eine schnelle Handbewegung. Zwei der Männer hinter ihm traten aus dem Glied und packten den schluchzenden Schwarzen. Zwei andere ergriffen seine Frau am Ellbogen. Man führte beide zu dem aufragenden Felsen. Phineas stolperte und hörte nicht auf, die Männer anzuflehen, ihren Haß an ihm auszulassen, aber seine Frau zu verschonen. Sie würdigten ihn keiner Antwort. Statt dessen zerrten sie ihn nur noch schneller vorwärts.

Sie kamen an den Fuß des Felsens. Dort erhob sich ein grasbewachsener Hügel, umstanden von einer Gruppe Lebenseichen. Die übrigen Mitglieder des Klans trugen lange Fichtenhölzer, die an einem Ende mit Teer und Leinsamenöl bestrichen waren. Sie hatten sie an den Flammen des Kreuzes auf dem Rasen angezündet. Die flackernden Fackeln erhellten die Lichtung.

Der Anführer entrollte die Pferdepeitsche, einen Strang von einem Meter achtzig Länge, packte den Griff und knallte ein paarmal in die Luft. Seine Augen glänzten vor sadistischer Freude. Wieder winkte er, und die beiden Männer, die Phineas festhielten, schleppten ihn zu dem größten Baum. Jeder von ihnen packte ein Handgelenk, schlang ein starkes Seil darum und trat hinter den Baum, wo die Enden zusammengebunden wurden, so daß Phineas den Baum zu umarmen schien. Einer der Männer riß das Nachthemd des Schwarzen hinten auf und zog an den Seiten daran, bis Phineas vom Hals bis fast zu den Knien nackt dastand. Er weinte leise vor sich hin, aber als sie mit den Vorbereitungen fertig waren, wandte er sein tränenüberströmtes Gesicht noch einmal dem Anführer zu, der links von ihm stand und die Peitsche bereithielt. Wieder flehte Phineas: »Ich will ihren Anteil auf mich nehmen, Mister! Bitte, schlagen Sie meine Hannah nicht!«

»Schwarzer Affe aus Afrika, höre auf die Worte des

Ku-Klux-Klan«, intonierte der Anführer feierlich. »Heute nacht befehlen wir dir und deiner Frau Hannah, diesen Ort bis zum ersten August zu verlassen. Einen Monat vorher werden die Steuern für diesen Besitz fällig. Ihr werdet keinen Versuch machen, sie zu bezahlen, so daß euer Besitzrecht am ersten August erloschen ist. Sobald ihr für immer aus dieser Gegend verschwunden seid, kann Haus und Land wieder in rechtmäßige, ehrenhafte Hände übergehen. Hast du verstanden?«

»Ja, Sir, nur sage ich Ihnen doch dauernd, daß mit dem Kauf alles seine Richtigkeit hat. Mr. John Brunton aus New Orleans hatte mich beauftragt, das Haus für ihn zu kaufen. Er sagte, ich solle das Land bearbeiten und mit ihm in Verbindung bleiben.«

»Das geht uns nichts an, Nigger«, lautete die verächtliche Antwort. »Wir aus dem unterdrückten Süden wollen lieber sterben, als einen schwarzen Affen wie dich fruchtbares Land besiedeln lassen, das vorher einem echten Südstaatler gehört hat. Du wirst die Steuern nicht bezahlen, und am ersten August wirst du mit deiner Frau verschwunden sein. Damit du das auch ja nicht vergißt, verurteile ich, Groß-Adler der hiesigen Abteilung des Ku-Klux-Klan, dich zu einer kräftigen Auspeitschung. Deine Frau kommt als nächste dran. Mach dich drauf gefaßt, Affe!«

Damit trat der Anführer zurück, zog die Peitsche über den Boden, hob den Arm und schlug mit bösartigem Grunzen zu. Phineas stieß einen jammervollen Schrei aus. Sein krampfhaft zuckender Körper wurde gegen den Baumstamm geschleudert. Auf seiner Haut erschienen zahlreiche dunkelrote Striemen, die sofort tiefer und breiter wurden.

Hannah Atbury versuchte vergeblich, sich aus dem Griff der beiden Männer, die ihre Ellbogen gepackt hielten, freizumachen. Mit vor Entrüstung und Zorn zitternder Stimme rief sie aus: »Ihr Feiglinge! Er ist krank, er hat nie jemandem etwas zuleide getan! Warum tut ihr uns das an?«

»Du hältst deinen Mund, du schwarze Schlampe, oder du bekommst die doppelte Anzahl von Schlägen«, murmelte ihr der Mann zu ihrer Linken ins Ohr. Mit obszönem Kichern ließ er seine Hand über ihre runden Hinterbacken gleiten. Dann kniff er sie. Hannah zuckte zusammen. »Wenn es Ihnen Vergnügen macht, Mister, Frauen auszupeitschen«, keuchte sie, »dann tun Sie es! Aber Sie haben kein Recht, mich auf diese schamlose Weise zu berühren!«

»So, habe ich das nicht? Was sagst du nun, schwarze Hure?« höhnte der Folterknecht und kniff sie noch einmal. Hannah merkte, daß sie mit Worten nichts ausrichten konnte, und machte sich ganz steif. Aber sie schloß die Augen und biß die Zähne aufeinander. Jetzt fing der zweite Mann an, sie in die Brüste zu kneifen und ihr zotige Bemerkungen ins Ohr zu flüstern.

Das scharfe Knallen der Pferdepeitsche ertönte noch zweimal.

Jedesmal wandte Phineas mit einem Aufschrei sein schmerzverzerrtes Gesicht ab. Sein an den Baumstamm gefesselter Körper zuckte und wand sich. Hannah biß sich auf die Lippen, daß sie bluteten. Die Schande und Verzweiflung über die Erniedrigung, die ihr und ihrem Mann widerfuhr, preßten ihr Tränen heraus, die sie mit aller Willenskraft zu unterdrücken versuchte.

Die verhüllten Männer scharten sich enger um den Baum, an dem Phineas Atbury hing. Ihre Augen glühten ebenso düster und grausam wie die Fackeln, die sie in den Händen hielten. Die Schreie des Opfers klangen jetzt unmenschlich, und schließlich brach Phineas mit schlaff herabbaumelndem Kopf zusammen. Der Anführer trat zu ihm, griff in sein krauses Haar und riß den Kopf in die Höhe. »Der Nigger ist bewußtlos, Jungs. Wir müssen den Rest seines Anteils wohl seiner schwarzen Schlampe verabreichen. Schneidet ihn los. Wollen mal sehen, wie Hannah das Auspeitschen hinnimmt!«

Zwei Männer traten vor und schnitten die Seile durch. Phineas' Körper fiel zu Boden. Sie faßten ihn bei den Knöcheln und zerrten ihn zur Seite, wo sie den Bewußtlosen liegen ließen. Schnell kehrten sie zurück, um sich den Spaß nicht entgehen zu lassen, zuzusehen, wie eine hübsche schwarze Frau ausgezogen und geprügelt wurde.

Als Hannah an den Baum gebunden wurde, lehnte sie eine Wange gegen die rauhe Rinde, biß mit äußerster Kraft die Zähne zusammen und schwor sich, den Folterknechten auf keinen Fall die Befriedigung zu geben, daß sie sie um Gnade anflehte.

»Das ist eine ganz Hartgesottene, Hurley«, sagte einer der beiden Männer, die sie gefesselt hatten, zu dem Anführer.

Der Mann mit der Peitsche stieß einen schrecklichen Fluch aus. »Ich sollte dich selbst anbinden und auspeitschen lassen, du schwachsinniger Bastard! Haben wir nicht den Eid geschworen, daß niemand unsere Namen kennen darf?« Er näherte sich der nackten, zitternden Frau und flüsterte: »Vergiß, was du eben gehört hast, oder du wirst dir wünschen, nie geboren worden zu sein!«

Hannah konnte nicht mehr länger schweigen. »Das tu ich bereits, weil ich erleben muß, daß die Welt, in der ich geboren wurde, solchen Abschaum wie euch erzeugt hat!«

»Du wirst gleich ein anderes Lied singen, du Schlampe!« höhnte der Anführer. Er trat zurück und maß die Entfernung zwischen dem bebenden braunen Körper und der langen Peitsche ab.

Hannah ertrug neun Schläge, bevor ihr der erste Schmerzenslaut entfuhr. Obwohl ihr Körper schon blutüberströmt war, schlug der Anführer mit Vergnügen weiter zu, bis sich ihr ein lauter, nicht endenwollender Schrei entrang.

»Ich glaube, die hat ihre Lektion gelernt«, stellte der Anführer befriedigt fest. Er trat nahe an sein Opfer heran.

»Jetzt weiß du, wie es ist, wenn man dem Klan in die Quere kommt. Sag deinem Affen von Mann, daß ihr beiden euch hier ja nicht mehr blicken lassen sollt, wenn der erste August da ist. Das nächste Mal verbrennen wir euch beide.« Er drehte sich zu seinen Gefolgsleuten um. »Gut, Jungs. Ich erkläre das heutige Vorhaben dieses Klavern für erledigt und beendet – vorausgesetzt, daß wir am ersten August nicht noch einmal Gericht halten müssen.«

Eines der jüngeren Mitglieder trat vor und wollte Hannah losbinden, doch der Anführer schob ihn zurück. »Nein, Phineas kann sie losmachen, sobald er zu sich kommt. Es wird ihr nicht schaden, noch eine Zeitlang am Baum zu hängen. Hätten wir uns nicht einer edlen Sache verschworen, würden wir mit ihr das tun, wozu Niggerschlampen geboren sind. Gehen wir, Jungs!«

Die flackernden Fackeln verschwanden. Die Lichtung lag im Dunkeln. Nur ab und zu fiel ein Strahl des Mondes durch die Zweige der Bäume.

Aus der Ferne klang das Klappern von Pferdehufen herüber. Dann war es still bis auf das schluchzende Atmen Hannah Atburys und ein schwaches Stöhnen, mit dem ihr Mann langsam wieder zu sich kam. Die Nachtvögel kehrten zurück, als hätten sie jetzt keine Angst mehr. In das leise Rauschen des Flusses mischte sich von neuem das Zirpen der Insekten. Es war, als sei die ursprüngliche Ordnung der Dinge wiederhergestellt.

Phineas Atbury hob mühsam den Kopf. Unter Schmerzen schleppte er sich über den Boden bis zu dem Baum, wo seine Frau immer noch festgebunden war.

Er stöhnte, doch endlich gelang es ihm, sich aufzurichten. Er taumelte vor Schwäche. Mit einem scharfen Stein begann er an den Fesseln zu schaben, bis sie nachgaben.

»O mein Gott, Hannah, mein Mädchen, was haben sie dir angetan«, schluchzte er und legte sie behutsam im Gras zur Seite, damit die blutigen Striemen nicht gegen den harten Boden gedrückt wurden. »Wir müssen Mister Brunton noch einmal schreiben und ihm berichten, daß wir nicht hierbleiben können. Ich weiß nicht, warum er nicht antwortet, ich habe ihm doch schon so oft geschrieben. Irgend etwas Schreckliches muß geschehen sein, Hannah. Bleib hier liegen, bis du dich ein bißchen erholt hast. Dann versuch ich dich nach Hause zu schaffen.«

XXXII

Am 27. Mai 1868 erhielt Luke Bouchard drei Briefe. Der erste war von Fleurette, in dem sie ausführlich über die Pläne für das neue Krankenhaus berichtete, das George Hardesty mit Ben Wilson als Chefarzt gründen wollte. Sie hatte ein Postskriptum angefügt, über das Luke lächeln mußte, weil es zum Ausdruck brachte, wie glücklich sie war: Sie freut sich, wieder schwanger zu sein. Fleurette bat ihn, auch ihr alle Neuigkeiten mitzuteilen und sie recht bald in Pittsburgh zu besuchen.

Der zweite Brief war von Lauretta Douglas. Er enthielt eine Reihe lustiger Schilderungen. Lauretta hoffte, es werde in der Douglas-Familie bald Zuwachs geben, und die Zwillinge entwickelten sich prächtig. Sie schrieb auch von Charles' ehrgeizigen Plänen, eine Ladenkette ins Leben zu rufen.

Der dritte Brief war in einer Luke unbekannten Handschrift an John Brunton, Union House, adressiert. Das Postbüro hatte ihn an Luke weitergeleitet. Luke öffnete ihn und begann zu lesen. Der Brief war von Hannah Atbury.

Sehr geehrter Mr. Brunton,

Phineas, mein Mann, ist noch leidend, so daß ich zur Feder greife und Ihnen an seiner Stelle schreibe. Wir sind beide sehr besorgt, weil wir von Ihnen lange Zeit nichts mehr gehört haben. Wir glaubten, Sie würden uns Anweisungen schicken, was wir auf dem Land anpflanzen sollten, und vielleicht auch etwas Geld für Saatgut und einen Pflug und ein paar andere Dinge, die Phineas haben muß. Denn Sie müssen wissen, wir haben kein Geld, um Hilfskräfte anzustellen. Phineas und ich tun die meiste Arbeit selbst.

Mr. Brunton, was ich Ihnen mitzuteilen habe, macht uns schreckliche Angst. Gestern abend kamen Männer in weißen Laken vor das Haus und riefen nach Phineas und verlangten, daß auch ich kommen solle. Dann führten sie uns an einen Baum, banden uns fest und peitschten uns aus. Mir tut es immer noch weh, auch nur die Feder in der Hand zu halten, aber ich muß Ihnen das unbedingt schreiben. Sie sagten, sie wären der Ku-Klux-Klan, Mr. Brunton, und bis zum ersten August müßten wir dieses Land für immer verlassen haben. Sie sagten, im Juli würden wir unsere Steuerrechnung bekommen, aber wir dürften sie nicht bezahlen, damit jemand anders das Land kaufen kann.

Es wird noch lange dauern, bis der arme Phineas wieder auf den Beinen ist. Auch mir tut noch alles weh, aber ich mußte Ihnen das doch schreiben. Mr. Brunton, als sie mich an dem Baum festbanden, hörte ich, wie einer der Männer den Anführer beim Namen nannte. Er sprach ihn mit Hurley an. Nun ist das Schreckliche dabei, daß es hier einen Mr. Hurley Parmenter gibt, der in Lowndesboro einen Laden hat. Ich denke, vielleicht ist es dieser Mann, der die Grausamkeiten befohlen hat.

Bitte, Mr. Brunton, Sie müssen uns helfen. Wir haben nicht genug Geld, daß wir zu Ihnen kommen können, und wir sind hilflos und haben furchtbare Angst. Die

Männer sagten, sie würden uns noch Schlimmeres antun. Damit meinten sie wohl, daß sie uns töten wollen. Um Gottes willen, bitte, antworten Sie uns, so schnell Sie können.

Ihre ehrerbietige Dienerin
Hannah Atbury

Luke legte den Brief weg. Ein brennender Zorn stieg in ihm auf. Was Arthur Traylor ihm über die Machenschaften des Ku-Klux-Klan erzählt hatte, stand ihm noch lebhaft vor Augen. Nun erkannte er in den einfachen, erschütternden Worten dieser anständigen schwarzen Frau das Böse, das den Süden heimsuchte.

Als er noch in tiefem Nachdenken dasaß, klopfte Jason Barntry an die Tür seines Büros und trat ein. »Mr. Bouchard, es tut mir leid, wenn ich störe, aber ich habe da etwas, das Sie sich ansehen sollten.«

»Ja, Jason, was ist es denn?«

»Der Buchhalter macht gerade die Kontoauszüge für unsere Kunden fertig. Da dachte ich, ich könnte einmal einen Blick auf Courniers Konto werfen. Nun, sehen Sie sich das einmal an.« Er legte drei Banktratten vor Luke auf den Schreibtisch, zwei für je einhundert Dollar und eine für fünfhundert Dollar. Alle drei waren auf einen Hurley Parmenter in Lowndesboro, Alabama, ausgestellt.

Luke sah zu Jason Barntry hoch. »Warum haben diese drei Tratten Ihre Aufmerksamkeit erregt, Jason?«

»Liegt nicht die Windhaven-Plantage in der Nähe von Lowndesboro?«

»Ja, in der Tat!«

»Ich habe mich gefragt, warum wohl dieser Cournier einem Ladenbesitzer in Lowndesboro Geld schickt. Das ist doch irgendwie merkwürdig.«

»Ich danke Ihnen, Jason.« Weder Lukes Stimme noch sein Gesicht verrieten, was er dachte. Er sah sich die Tratten genau an, drehte sie um, prüfte die Indossierungen und gab sie Jason zurück. »Das ist ein interessantes Zusammentreffen. Gibt es im Augenblick noch etwas, das Sie mir sagen wollen?«

»Nein, Mr. Bouchard. Das heißt, etwas sollten Sie schon noch wissen. Gestern traf ich zufällig Arthur Traylor. Er sagte, er habe einen Bericht von einem seiner Leute erhalten, der in einigen Städten Alabamas Nachforschungen anstellt, ob dort einer von Courniers verdächtigen Freunden irgendwelche Tricks versucht. Er hat festgestellt, daß zwei von ihnen der Geheimorganisation beigetreten sind, die man Ku-Klux-Klan nennt. Diese vertreibt die schwarzen Familien von ihrem Landbesitz, wenn jemand anders ihn haben will. Traylor vermutet, daß dieser Jemand Armand Cournier ist.«

»Das ist außerordentlich interessant, Jason. Ich bin Ihnen sehr dankbar, daß Sie mir das erzählt haben. Hier, legen Sie die Tratten wieder den Kontoauszügen bei. Ganz gleich, was wir von einem Kunden halten, wir dürfen das Absenden der regelmäßigen monatlichen Aufstellungen nicht verzögern.«

Nachdem Jason gegangen war, saß Luke noch lange da und dachte über diese Kette von Ereignissen nach. Obwohl er bisher nichts hatte ausgraben können, was Armand Cournier in Verbindung mit dem Plan des verstorbenen Pierre Lourat brachte, seinen Fuß auf die Windhaven-Plantage zu setzen, hatte doch Hannah Atburys erschütternder Brief eine ganze Pandorabüchse von schrecklichen Mutmaßungen geöffnet. Am meisten beunruhigte Luke die Enthüllung, daß Cournier mit dem obskuren Ladenbesitzer aus Lowndesboro verbündet zu sein schien, der ein Anführer des Ku-Klux-Klan war. Man brauchte nicht viel Phantasie, um sich auszumalen, was geschehen würde, wenn der Klan Phineas Atbury und seine Frau von der Windhaven-Plantage vertrieben hatte . . . Der Besitz stand dann zum Verkauf, und der Käufer konnte durchaus Armand Cournier sein. Aber warum sollte der kreolische Unternehmer gerade an diesem Grund und Boden in Alabama interessiert sein?

Luke entschied, daß seine Grübeleien zu nichts führten und daß er weitere zuverlässige Informationen brauchte. Deshalb nahm er sich eine Droschke und fuhr ins Büro von Arthur Traylor.

»Kommen Sie herein, Mr. Bouchard! Ich freue mich, Sie zu sehen, Sir.« Traylor stand von seinem Schreibtisch auf und streckte Luke die Hand entgegen. »Was kann ich für Sie tun?«

»Ich möchte noch einmal auf unsere Unterhaltung beim Lunch zurückkommen, Mr. Traylor. Heute morgen machte mich Mr. Barntry auf ein paar Banktratten aufmerksam, die Armand Cournier auf einen gewissen Hurley Parmenter in Lowndesboro ausgestellt hat. Gleichzeitig erhielt ich einen Brief von der Frau des Schwarzen, den John Brunton seinerzeit beauftragte, die Windhaven-Plantage zu kaufen. Offenbar haben die Atburys bis heute nicht erfahren, daß John vor fast schon zwei Jahren gestorben ist. Dieser Brief war ein herzzerreißender Hilferuf.«

»Inwiefern, Mr. Bouchard?«

»Phineas und Hannah Atbury sind von einer Gruppe von Männern, die in weiße Laken gehüllt waren, aus dem Haus geholt und grausam ausgepeitscht worden. Dann befahl man ihnen, die im nächsten Monat fälligen Steuern nicht zu bezahlen und die Plantage bis zum ersten August zu verlassen. Mrs. Atbury hat gehört, daß einer der Männer den Anführer Hurley nannte, und sie kennt einen Ladenbesitzer in Lowndesboro, der so heißt. Das ist genau der Mann, Mr. Traylor, dessen Name auf den von Armand Cournier ausgestellten Tratten genannt wird.«

»Ich bin froh, daß Sie mit diesen Neuigkeiten zu mir gekommen sind, Mr. Bouchard. Es bestätigt den Bericht eines meiner Männer, der in der Gegend dort Nachforschungen angestellt hat. Ein kurzer Blick auf die politische Szene Alabamas wird Ihnen zeigen, warum ich Grund zu der Annahme habe, Cournier wolle seinen Einflußbereich über New Orleans hinaus erweitern.«

Arthur Traylor bat Luke, Platz zu nehmen, und setzte sich selbst wieder hinter seinen Schreibtisch. »Zündstoff sind wieder einmal die neuen Gesetze über das Wahlrecht. Im vorigen Sommer wurden in Alabama neue Wählerlisten aufgestellt. Es ergab sich, daß etwa 74000 Weiße und 90000 Schwarze registriert waren. Aber die Schwarzen haben nicht nur das aktive, sondern auch das passive Wahlrecht. Andererseits sind diejenigen Weißen davon ausgeschlossen, die auch heute noch als Staatsfeinde gelten, weil sie vor der Rebellion öffentliche Ämter bekleidet haben. Die Wirkung dieses Gesetzes mußte alle gemäßigten Bürger enttäuschen, die darauf gehofft hatten, der Friede mache ein Ende mit Haß und Rache.«

»Sie nehmen also an, Mr. Traylor, daß der Ku-Klux-Klan nicht nur gegen die Schwarzen vorgeht, sondern auch gegen die sogenannten radikalen Republikaner?«

»Genauso ist es, Sir. Diese Geheimorganisation verfolgt ihre Ziele durch terroristische Methoden in der Art, wie sie dieser unglückliche Schwarze und seine Frau erfahren mußten. Nun hat im Februar eine Wahl stattgefunden, und ich hörte aus zuverlässigen Quellen, daß Alabama bis zum Ende dieses Monats wieder der Union angegliedert werden soll. Der neue Gouverneur wird William Hugh Smith sein, ein Rechtsanwalt und Farmer, der sich entschieden gegen die Sezession ausgesprochen hat.«

»Ich habe von ihm gehört. Es soll ein ehrenwerter Mann sein.«

»Meinen Informationen nach ist er das, Mr. Bouchard. Aber ich sehe voraus, daß die Demokraten von Alabama und besonders die sich ausbreitenden Gruppen, die sich um das Banner des Klans scharen, ihn sofort unter Beschuß nehmen werden. Sie sehen, Mr. Bouchard, die Situation ist reif für politische Hetze und ein Regiment des Terrors. In all diesem Durcheinander erhält ein ränkevoller, mächtiger Opportunist wie Armand Cournier die Möglichkeit, auf leichte Art Eigentum zu erwerben und ein ungeheures Vermögen anzusammeln.«

»Ja, das leuchtet mir ein. Genau aus diesem Grund komme ich zu Ihnen, Mr. Traylor. Ich habe Ihnen von Pierre Lourats Versuchen erzählt, die Kontrolle über die Windhaven-Plantage zu gewinnen. Als ich erfuhr, Cournier sei sein stiller Teilhaber gewesen, vielleicht sogar die Macht hinter dem Thron, stiegen in mir ernsthafte Befürchtungen auf. Hannah Atburys Brief hat für mich die Entscheidung bedeutet. Ich muß zurück zur Windhaven-Plantage und selbst sehen, was dort vorgeht. Mehr als das. Ich möchte den Atburys das Château und das Land wieder abkaufen; ich nehme an, ich habe eine rechtliche Möglichkeit dazu.«

»Das glaube ich schon. Sie haben doch nachweisen können, daß Sie die Sache der Sezessionisten nicht unterstützt haben, Mr. Bouchard?«

»Ja. Selbstverständlich habe ich auch den Treueid geleistet. Nun ist es so: Die Atburys haben nur fünfzig Morgen Land in ihrem Besitz. Der Rest der sechshundert Morgen meines Großvaters wurde anderen freigekommenen Sklaven anstelle einer Bezahlung überschrieben. Wenn Cournier den Ku-Klux-Klan und insbesondere Parmenter dazu benutzt, die Atburys zu vertreiben, wird er das gleiche bestimmt auch mit den anderen Schwarzen tun. So kann er sich den ganzen ehemaligen Bouchard-Besitz aneignen.«

Arthur Traylor nickte mit ernstem Gesicht. »Wenn das alles bewiesen werden kann, Mr. Bouchard, dann ist es durchaus möglich, daß Armand Cournier des Landesverrates für schuldig befunden wird. Wohlgemerkt, das ist mehr meine persönliche als meine amtliche Meinung. Doch zunächst müssen Beweise erbracht werden, daß dieser Hurley Parmenter tatsächlich Anführer des Ku-Klux-Klan in Lowndesboro ist und er von Armand Cournier bezahlt wird. Die Banktratten sind ein Indiz, aber ehe wir vor Gericht Anklage erheben können, brauchen wir sehr viel stichhaltigeres Material.«

Luke erhob sich. Sein Gesicht war angespannt vor Besorgnis. »Noch ist dabei zu viel Vermutung und Theorie, Mr. Traylor. Wie Sie sagen, ist Cournier gewitzt. Er ist ein Geschäftsmann mit geschliffenen Umgangsformen und beträchtlichem Vermögen. Ja, mein Verdacht verdichtet sich immer mehr, daß er es war, der den Plan schmiedete, den Bouchards die Windhaven-Plantage wegzunehmen.

Mein Halbbruder Mark hatte nie etwas für die Landwirtschaft übrig. Es kam zwischen uns zu einem Streit über die Hinterlassenschaft meines Großvaters. Ich schickte ihm einen Betrag in Gold, den ich für seinen angemessenen Anteil hielt. Er haßte mich, er drohte sogar, mich zu töten, wenn ich noch einmal seinen Weg kreuzte. Dann ging er nach New Orleans und wurde Partner von Pierre Lourat. Er starb den Schmugglertod, als sein Schiff, mit dem er die Blockade durchbrechen wollte, von einem Kanonenboot der Union beschossen wurde. Aber schon lange vorher – Mark war kaum sechzehn – war er völlig unter Lourats Einfluß geraten, der ihn zum Spielen verführte und mit Frauen versorgte. Ich nehme an, daß Lourat über Mark Anspruch auf zumindest einen Teil von Großvaters Land erheben wollte.

Wie dem auch sei, Lourat ist tot; er wurde erstochen. Aber wenn Cournier sein Partner war, ist es möglich, daß der Plan, meinen Halbbruder Mark in die Falle zu locken, von ihm stammte.«

Arthur Traylor nickte. »Ja, das paßt alles zusammen, Mr. Bouchard. Doch, wie Sie sagen, handfeste Beweise sind es nicht. Auch ist seitdem einige Zeit vergangen, und es gibt keine Zeugen mehr. Kein Gericht würde

Cournier auf diese Anschuldigungen hin verurteilen.«

»Aber ich habe mich entschlossen, Armand Cournier zur Rede zu stellen und von ihm eine Erklärung über die Verbindung zwischen ihm und dem Mann zu verlangen, der Phineas Atbury und seine Frau ausgepeitscht und ihnen befohlen hat, die Windhaven-Plantage zu verlassen.«

»Eine riskante Angelegenheit, Sir. Cournier ist ein ausgezeichneter Schütze und Fechter, und für eine solche Beleidigung würde er von Ihnen Satisfaktion verlangen.«

»Darauf lasse ich es ankommen. Wenn er es zugibt, werde ich ihn als erstes auffordern, seine Geschäfte mit meiner Bank zu beenden. Ich bin überzeugt, daß John Brunton, wenn er heute noch lebte, ebenso handeln würde wie ich. Trifft es wirklich zu, daß Cournier sich dieser schrecklichen Geheimorganisation und des Terrors bedient, um sich Land anzueignen – und damit meine ich nicht nur die Windhaven-Plantage, Mr. Traylor –, dann halte auch ich ihn der abscheulichsten Form des Landesverrates für schuldig. Ich danke Ihnen, daß Sie mich empfangen und mir diese Informationen haben zukommen lassen, Mr. Traylor.«

Luke schüttelte dem stellvertretenden Oberbefehlshaber der Zivilgarde die Hand und verabschiedete sich. Draußen bestellte er eine Droschke und kehrte in die Bank zurück.

»Mr. Bouchard, Sir, Armand Cournier ist soeben in die Bank gekommen und hat Mr. Maxton zu sprechen verlangt«, meldete Jason Barntry aufgeregt.

»Danke, Jason. Warum hat er nach Edgar und nicht nach mir gefragt?«

»Das weiß ich nicht, Mr. Bouchard.«

»Dann werde ich einmal hingehen und unsern geschätzten Kunden begrüßen.« Luke erhob sich von seinem Schreibtisch und schlenderte zu Edgar Maxtons Büro hinüber.

Armand Cournier, höchst elegant gekleidet, saß in dem

Sessel vor Edgar Maxtons Schreibtisch. Er lächelte und ließ seinen Malakka-Stock lässig von der rechten Hand baumeln. Die Tür stand offen. Luke trat ein und begrüßte den Kreolen: »Guten Tag, Monsieur Cournier. Ich fragte mich, ob ich Ihnen helfen könne.«

»Es handelt sich nur um eine Kleinigkeit, Sir«, erwiderte Cournier mit einem hochmütigen Blick. »Das kann auch Mr. Maxton erledigen.«

»Monsieur Cournier hat gefragt, ob er noch weitere Aktien der Bank erwerben könne«, fiel Edgar Maxton ein. »Außerdem wollte er wissen, ob wir auf die bislang ausgegebenen Aktien Dividende zahlen würden.«

»Ich glaube, ich kann Ihnen beide Fragen beantworten, Monsieur Cournier.« Luke trat hinter Edgar Maxtons Schreibtisch, damit er dem Kreolen direkt ins Gesicht sehen konnte. »Es werden keine weiteren Aktien verkauft. Wir haben tausend Anteile ausgegeben, und es ist selbstverständlich, daß wir die Mehrheit behalten wollen. Ich glaube, die ausgegebenen vierhundertfünfzig Anteile befinden sich in Ihrem Besitz – das reicht nicht ganz, um diese Bank unter Kontrolle zu bekommen.«

»Sir, Ihre Anspielung gefällt mir nicht.« Armand Cournier beugte sich vor und betrachtete Luke prüfend. »Für mich war das lediglich ein gutes Geschäft. Zufällig kenne ich die drei anderen Gentlemen, welche die Aktien Ihrer Bank erworben hatten. Aus verschiedenen Gründen brauchten sie Bargeld. Deshalb boten sie mir ihre Anteile an. Aber Sie haben meine Frage wegen der Dividende noch nicht beantwortet.«

»Es ist üblich, Dividenden nach Ablauf eines vollen Jahres auszuschütten, und dieser Zeitpunkt ist noch nicht gekommen«, gab Luke kühl zurück.

»Ich verstehe, Mr. Bouchard.« Der Kreole zuckte mit den Schultern. »Übrigens muß ich Ihnen zu der Voraussicht gratulieren, die Sie bewogen hat, diese kleine Parzelle am Rand der Stadt zu kaufen. Vielleicht wissen Sie, daß ich selbst darauf bieten wollte. Sie erhielten das Land zu einem etwas höheren Preis, als ich zu zahlen bereit war.«

»Die Wechselfälle des Krieges, Monsieur Cournier«, erklärte Luke ungerührt.

»Des Krieges? Ach ja, ich verstehe. Zweifellos wollten Sie nur einen recht farbigen Ausdruck benützen. Soviel ich weiß, ging der Krieg bei Appomattox zu Ende.«

»In gewissem Sinne ja, Monsieur. Aber in anderer Beziehung geht er weiter, diesmal unter der Flagge der Opposition gegen das Wiederaufbauprogramm.«

Armand Courniers Augenbrauen wanderten bis zum Haaransatz in die Höhe. Er drehte sich in seinem Stuhl so, daß er Luke direkt ansehen konnte. Seine Augen waren zusammengekniffen, seine Nasenflügel bebten vor Erregung. »Wollen Sie mir bitte verraten, was das bedeuten soll, Monsieur?«

»Nun, ich will damit sagen, daß es im Süden viele Leute gibt, die mit den Friedensbedingungen des Nordens nicht einverstanden sind und die Sache in die eigenen Hände nehmen wollen. Zum Beispiel, indem sie Schwarzen, die in den früheren Rebellenstaaten Grund und Boden erworben haben, den Ku-Klux-Klan ins Haus schikken und sie durch Terrorakte vertreiben«, antwortete Luke ruhig.

Armand Cournier erhob sich halb aus seinem Sessel, gewann die Beherrschung jedoch zurück, setzte sich wieder hin und funkelte Luke an. »Ich verstehe nicht ganz, Monsieur, was das mit uns zu tun hat und warum Sie heute ohne jeden Grund unhöflich zu mir sind.«

»Nicht ich bin unhöflich, sondern Sie, Monsieur. Statt nach Mr. Barntry zu fragen, der Ihnen Ihren ursprünglichen Anteil von hundertfünfzig Bankaktien verkauft und, wie ich glaube, bisher alle Ihre Transaktionen mit dieser Bank zu Ihrer Zufriedenheit durchgeführt hat, suchen Sie sich Mr. Maxton aus, um sich nach weiteren Aktien und nach der Dividende zu erkundigen. Als Geschäftsführer dieser Bank spreche ich für die Bank. Deshalb hätten Sie ebensogut zu mir kommen können.«

»Soll ich daraus entnehmen, daß Sie keinen Wert mehr auf mein Konto legen?« fragte Armand Cournier.

»Das habe ich nicht gesagt, Monsieur Cournier. Ich denke, das hängt größtenteils von Ihren heimlichen Aktivitäten ab.«

»Mein Herr, Sie werden beleidigend!« Der Kreole unterstrich seine Worte, indem er mit dem Spazierstock auf den teppichbelegten Fußboden stampfte.

»Ich habe keine Anschuldigungen ausgesprochen – jedenfalls bisher noch nicht. Aber aus persönlichen Gründen wäre ich Ihnen sehr dankbar, wenn Sie mir erklären könnten, warum Sie Geschäfte mit einem Mann tätigen, der im Verdacht steht, Anführer des verabscheuungswürdigen Ku-Klux-Klan zu sein.« Luke sprach mit ganz ruhiger Stimme, doch sein Blick hing unverwandt am Gesicht des Kreolen.

»Das ist etwas, Sir, das Sie überhaupt nichts angeht!« Courniers dünne Lippen verzogen sich zu einem unerfreulichen Lächeln. »Seit wann prüfen Bankangestellte Tratten nach und zeigen Neugier über die Person des Zahlungsempfängers?«

»Das geschieht selten, Monsieur Cournier. Ich weiß jedoch, daß Sie in Drei Eichen die Besuche höchst verdächtiger Typen empfangen. Weiter erhielt ich einen Brief von Hannah Atbury, der Frau von Phineas Atbury, der beim Erwerb eines bestimmten Hauses und fünfzig Morgen Landes als der Mann von John Brunton aufgetreten ist. Es hat den Anschein, daß Mrs. Atbury und ihr Mann von diesen weißverhüllten Vigilanten schändlich behandelt worden sind. Unter Drohungen, ihnen noch Schlimmeres anzutun, hat man sie aufgefordert, die Gegend bis zum ersten August zu verlassen. Sie schrieb mir außerdem, einer dieser Schurken habe den Namen Hurley ausgesprochen. Damit steht so gut wie fest, wer der Anführer des

Klans ist – denn der mit Hurley angeredete Mann brachte die Gruppe an die Haustür und hat gegen den Mann und die Frau die Peitsche geschwungen.«

»Warum erzählen Sie mir das alles? Ich hatte damit nichts zu tun.«

»Zweifellos, Monsieur Cournier. Aber es ist merkwürdig, daß Sie diesem Hurley Parmenter in kurzer Zeit siebenhundert Dollar schickten. Ich frage mich, was können Sie denn nur von ihm gekauft haben?«

»Das, Sir, ist allein meine Angelegenheit, nicht Ihre oder die der Bank.« Der Kreole stand auf, schob seine Zylinder zurecht und klopfte mit dem Stock auf den Boden. Er sah Luke Bouchard von oben herab an. »Ich habe es nicht nötig, hier zu sitzen und mir von Ihnen Beleidigungen und versteckte Beschuldigungen anhören zu müssen. Ich werde mein Konto bei dieser Bank auflösen, Monsieur Bouchard. Meine Aktien würde ich auch gern abstoßen – zum Betrag von fünfundvierzigtausend Dollar, wozu natürlich noch die Zinsen zu schlagen sind. Ende des Jahres werden Sie sicher Dividende ausschütten; ich nehme an, daß ich Recht auf einen prozentualen Anteil, wenn nicht auf die ganze Summe habe.«

»Es wird einige Zeit dauern, bis das alles abgewickelt ist, Monsieur Cournier. Es ist kein Problem, Ihnen das Geld für Ihre Aktien zurückzuerstatten – ich bin sogar sehr froh darüber. Die Aktien befinden sich natürlich in Ihrem Besitz?«

Der Kreole schnaubte verärgert. »Natürlich nicht, Monsieur! Ich laufe nicht mit diesen Papieren in der Tasche herum, und ich hatte bisher auch nicht die Absicht, meine Geschäfte mit Ihrer Bank zu beenden. Nur Ihre mir unerklärliche Feindseligkeit zwingt mich dazu.«

»Sie sprechen zu mir von Feindseligkeit, Monsieur Cournier? Sie, der Sie Partner Pierre Lourats gewesen sind und bestimmt mehr über die Bouchards wissen, als Sie sich jemals haben anmerken lassen? Was gäbe es sonst für einen Grund, daß Sie einen Schurken wie Hurley Parmenter auf zwei anständige Menschen hetzen, die in ihrem ganzen Leben keinem jemals etwas zuleide getan haben?«

Armand Courniers Lippen verzerrten sich vor Wut. »Und jetzt sprechen Sie endlich eine offene Beschuldigung aus, Monsieur Bouchard! Nun gut. Ich rufe Mr. Maxton zum Zeugen, daß Sie mich provoziert haben. Erinnern Sie sich noch an einen gewissen Edouard Villiers, der geraume Zeit vor dem Krieg die Windhaven-Plantage besuchte und sich um Miss Arabella Bouchard bewarb?«

»O ja, ich erinnere mich an ihn. Ich war es ja, an den John Brunton sich mit der Warnung wandte, der Mann stehe in Verbindung mit Pierre Lourat. Nachdem dieser Spieler und Sklavenhändler meinen Halbbruder Mark in seine Netze gezogen hatte, wollte er sich auf dem Umweg über Edouard Villiers auch noch an meine Halbschwester Arabella heranmachen!«

Armand Cournier lächelte bösartig. Erneut rückte er an seinem Zylinder und hob seinen Malakka-Stock. »Zufällig war dieser Edouard Villiers mein Cousin, Monsieur Luke Bouchard. Und Sie haben völlig recht. Nachdem Lourat mir über Ihre Familie berichtet und sowohl Ihren Vater als auch den jungen Mark kennengelernt hatte, da heckten wir den Plan aus, meinen jungen Cousin, der auf Frauen großen Eindruck machte, nach Windhaven zu schicken, wo er sich um die liebreizende Miss Arabella bewerben sollte. Es hätte ja auch beinahe geklappt.«

»Aber eben nur beinahe. Und jetzt ist es endlich herausgekommen. Sie waren derjenige, der hinter Lourat steckte und auch hinter Ihrem Cousin Villiers. Sie hatten es auf die Windhaven-Plantage abgesehen – aber warum?«

»Das Erbe der Vergangenheit, Monsieur Bouchard.« Der Kreole richtete sich zu seiner vollen Höhe auf. Seine unter schweren Lidern liegenden Augen schossen drohende Blitze. »Mein Großvater besaß eine Plantage auf Haiti. Nach dem Tod seiner Ehefrau lernte er eine schöne junge Frau kennen, die mit einem gewissen Jean Bouchard verheiratet war.«

»Mit dem älteren Bruder meines Großvaters!« rief Luke aus.

»So ist es, Sir. Diese Frau, Edmée war ihr Name, war voller Angst, als sie entdeckte, daß über dem Paradies, in das ihr Mann Jean sie gebracht hatte, die Drohung einer Revolution der Schwarzen schwebte.«

»Sie hatte guten Grund, sich zu fürchten, Monsieur Cournier. Mein Großvater erzählte mir, daß die Aufrührer Jean töteten und auch Edmée nicht am Leben gelassen hätten, wäre es ihr nicht gelungen, zu fliehen und mit einem Schiff nach Mobile zu gelangen. Sie war damals gezwungen, einen Arbeitsvertrag zu unterschreiben, der sie praktisch zur Sklavin machte. Mein Großvater kaufte den Vertrag und ließ sie frei.«

»Darum geht es nicht. Die Familie war schon vor der Revolution auf Haiti entzweit. Edmée de Bouchard war mit ihrem Mann unglücklich, und mein Großvater versprach ihr, er werde tun, was in seinen Kräften stehe, damit diese Ehe aufgelöst werde. Er wollte sie heiraten und mit ihr nach New Orleans gehen. Sie schwor ihm ewige Liebe und Treue. Doch irgendein Hausdiener spionierte ihr nach und verriet sie ihrem Mann. Dieser stellte sie zur Rede, und sie behauptete mit so viel Temperament und Überzeugungskraft, sie sei mit Gewalt zum Ehebruch gezwungen worden, daß er ihr glaubte. So kam es, daß Jean de Bouchard meinem Großvater in aller Öffentlichkeit den Handschuh ins Gesicht schlug, was selbstverständlich ein Duell zur Folge hatte. Mein Großvater wurde schwer verwundet, aber er überlebte. Nachdem er sich erholt hatte, verkaufte er seine Plantage und verließ Haiti wenige Tage vor dieser blutigen Revolution. Er versuchte, Edmée in New Orleans zu finden, hatte jedoch keinen Erfolg. Er schwor, er werde sich an ihr und ebenso an ihrem Mann und an der ganzen Bouchard-Familie rächen, denn durch ihren Verrat hatte er Demütigungen und körperliches Leiden erdulden müssen.«

»Aber das liegt drei Generationen zurück, Monsieur Cournier! Warum wollen Sie diese alte Fehde fortsetzen? Mein Großvater sagte sich von seinem Bruder wegen dessen Grausamkeit und Egoismus los und versuchte, in seinem eigenen Leben ein christlicheres Beispiel vom Umgang mit Menschen zu verwirklichen.«

»Offenbar geben Sie sich damit zufrieden, Monsieur Bouchard, Phrasen und Platitüden zu äußern, wo es Ihnen um die Ehre Ihrer Familie gehen sollte. Der Name Cournier ist noch älter als der Name Bouchard, lassen Sie sich das von mir gesagt sein. Meinem Großvater ist von einem Bouchard Unrecht geschehen. Mein Vater hat dies von den Lippen seines Vaters vernommen, und er wiederum hat mich beauftragt, die Familie zu rächen. Jetzt haben Sie Ihre Erklärung.«

»Alle ursprünglichen Beteiligten sind tot, Monsieur Cournier. Ich bin froh, daß Sie mir diese Erklärung gegeben haben, denn damit ist eine Frage gelöst, die mich seit vielen Jahren gequält hat. Allerdings halte ich es nicht für notwendig, eine aus grauer Vergangenheit stammende Fehde fortzuführen. Doch eins steht fest: Wenn Sie den Atburys die Windhaven-Plantage abjagen wollen, dann werde ich Mittel und Wege finden, das Land selbst zu kaufen. Das ist der Grund, Sir, warum ich nach dem Tod meiner Frau von Texas nach New Orleans gekommen bin.«

»Und außerdem, um der Liebhaber der Witwe Ihres Freundes zu werden«, höhnte der Kreole. »Höchstwahrscheinlich waren Sie das auch schon zu seinen Lebzeiten.«

Edgar Maxton erhob sich hinter seinem Schreibtisch

und wollte die beiden Männer mit einer Handbewegung beschwichtigen, aber keiner von ihnen bemerkte es.

Luke zuckte zusammen. Das Blut stieg ihm in die Wangen. Mühsam beherrschte er sich und gab mit ruhiger Stimme zurück: »Ich bin der Ehemann der Frau, die vormals Laure Brunton hieß. Ihr Liebhaber in dem Sinn, wie Sie es hinstellen, bin ich niemals gewesen. Jetzt haben Sie sie beleidigt, eine Frau, die nicht anwesend ist, um sich zu verteidigen, und die mit Ihrer Familienfehde gegen die Bouchards absolut nichts zu tun hat.«

»Nun nennen Sie mich auch noch einen Lügner! Ich habe bereits mehr als einen Grund für den Wunsch, Sie zu töten, Monsieur Luke Bouchard.« Die Stimme des Kreolen bebte vor Erregung, und seine Augen waren zu Schlitzen verengt. »Wenn Sie gegenüber Miss Arabelle und ihrer Mutter nicht den Mund aufgerissen hätten, wäre mein Cousin ein glücklicher Mann geworden. Er kehrte nach New Orleans zurück und arbeitete für mich, und zwei Jahre nach der Schlacht von Bull Run starb er am gelben Fieber. Ich vermute, der eigentliche Grund war, daß er nicht mehr weiterleben wollte.«

»Kommen Sie, Monsieur Cournier, das ist Faselei! Arabella war ein junges Mädchen und wußte selbst noch nicht, was sie wollte, und Ihr Cousin war ein wortgewandter Dandy, der sich einbildete, mit einer stürmischen Bewerbung könne er den Eindruck hervorrufen, sie sei seine große Liebe. Reden Sie keinen Unsinn!«

Außer sich vor Wut hob Armand Cournier seinen Stock, als wolle er Luke damit schlagen. Doch dann warf er den Stock auf den Fußboden und schlug Luke mit der flachen Hand ins Gesicht.

»O bitte nicht, Monsieur Cournier!« rief Edgar Maxton. »Bitte, meine Herren, das ist ja schrecklich – ich bin überzeugt, hier liegt ein Mißverständnis vor.«

»Sparen Sie sich den Versuch, mich zu beschützen, Edgar. Ich bin durchaus fähig, mich selbst zu verteidigen.

Monsieur Cournier, ich kann Ihnen nicht die andere Wange hinhalten. Wenn Sie Satisfaktion von mir wünschen, stehe ich Ihnen zur Verfügung.«

»Mein Sekundant wird Sie morgen aufsuchen.« Der Kreole bückte sich nach seinem Spazierstock. Dann warf er Luke einen Blick unverhüllten Hasses zu. »Ich werde Sie töten, Monsieur Luke Bouchard, und dann werde ich die Windhaven-Plantage übernehmen. Oh, ich werde den Atburys einen angemessenen Preis für ihre Mühe bezahlen. Aber Windhaven wird endlich mein sein. Dann wird der Name Bouchard in Alabama untergehen, wie es schon längst hätte der Fall sein sollen. Guten Tag, meine Herren.«

XXXIII

An dem Morgen nach dem Zusammenstoß zwischen Luke Bouchard und Armand Cournier betrat ein finster aussehender Mann Mitte Dreißig die Bank und verlangte, Luke Bouchard zu sprechen. Madelon Fortier, die nach wie vor als Empfangsdame tätig war, fragte ihn nach seinem Namen. Der Mann antwortete ihr mit steinernem Gesicht: »Ich komme im Auftrag von Monsieur Armand Cournier.«

Madelons hübsches Gesicht wurde blaß. Es war ihr nicht entgangen, daß gestern nachmittag eine Auseinandersetzung stattgefunden hatte. Die Stimme des Kreolen war so laut gewesen, daß sie diese hatte hören müssen, und sie hatte sich gerade in dem Augenblick zu der offenen Tür von Edgar Maxtons Büro umgedreht, als der Kreole ihrem Arbeitgeber ins Gesicht schlug. Dieser gutgekleidete Besucher, der im Grunde nichts Furchteinflößendes an sich hatte, sprach den Namen des Kreolen auf so bedrohliche Weise aus, daß Madelon mit schrecklichen Vorahnungen in Lukes Büro eilte.

»Aber selbstverständlich, Madelon, führen Sie den Herrn herein«, sagte Luke ruhig und gefaßt. »Übrigens, *ma belle,* wie ich höre, haben Sie Ihren Märchenprinzen gefunden.«

Sofort verwandelte sich Madelons ängstlicher Gesichtsausdruck zu einem strahlenden Lächeln. »Das stimmt, Monsieur Bouchard. Erinnern Sie sich an Monsieur Jean Robairne, dem die Konditorei auf der Chartres Street gehört?«

»Natürlich. Ist er nicht einer unserer Kunden?«

»Ja. Er hat mich gefragt, ob ich ihm die Ehre erweisen wolle, seine Frau zu werden, und ich – ich habe ja gesagt. Aber dieser Mann da draußen wirft schon drohende Blikke, Monsieur Bouchard. Ich führe ihn jetzt besser herein.«

Einen Augenblick später erschien Madelon mit dem Besucher hinter sich zum zweiten Mal in Lukes Büro. »Monsieur Bouchard, das ist Peter Danziger, der Sie im Auftrag von Monsieur Armand Cournier zu sprechen wünscht.«

Ehe Luke noch etwas sagen konnte, schob der Mann Madelon grob zur Seite und baute sich mit finsterem Gesicht vor Luke auf. »Ich habe die Ehre, für meinen guten Freund Armand Cournier zu sprechen«, begann er ohne jede Einleitung. »Er hat Satisfaktion von Ihnen verlangt; ich bin hier, um die notwendigen Vereinbarungen zu treffen.«

»Darf ich Sie in aller Höflichkeit darauf hinweisen, Mr. Danziger, daß ich herausgefordert worden bin, nicht er. Daher wäre es meine Sache, Satisfaktion zu verlangen. Aber wie dem auch sei, es handelt sich ja nur um eine Feinheit, um eine Nuance des Duellkodes, und vielleicht ist Ihr Duellant damit nicht ganz vertraut.«

Peter Danziger fuhr zusammen. Er kniff zornig die Augen zusammen. »Ihre Bemerkung gefällt mir ganz und gar nicht, Mr. Bouchard. Nehmen Sie sich in acht, daß ich nicht ebenfalls einen Grund finde, Sie zu fordern! Allerdings beabsichtigt mein Duellant, Sie zu töten. Er hat schon viele Duelle ausgefochten und, wie ganz offensichtlich ist, überlebt.«

»Für alles gibt es ein erstes Mal«, antwortete Luke. Als er sah, daß das Gesicht des Mannes vor Zorn brannte, setzte er kühl hinzu: »Ich wiederhole, er ist derjenige, der mir gestern nachmittag vor Zeugen hier in der Bank ins Gesicht geschlagen hat. Unter strikter Einhaltung des Kodes habe also ich als der Herausgeforderte das Recht, die Waffen zu wählen. Richten Sie Ihrem Duellanten aus, daß ich Pistolen wähle. Auf zwanzig Schritte.«

»Wann?«

»Nächsten Sonntag um zehn Uhr vormittags.«

»Wo?«

»Sagen wir, auf dem berühmten Allard-Besitz, wo heutzutage so viele Duelle ausgefochten werden. Wie ich hörte, steht dort eine Reihe hoher Eichen, darunter drei riesige Bäume, welche die Drei Schwestern genannt werden. Ihr Duellant kann sicher sein, daß sich Zuschauer einfinden werden, wenn wir uns dort treffen. Das wird ihn bestimmt freuen.«

Peter Danziger ballte die Fäuste und machte einen Schritt auf Luke zu. Doch er überlegte es sich anders. »Sonntag um zehn bei den Drei Schwestern. Pistolen auf zwanzig Schritte. Ich werde meinen Duellanten informieren. Ich werde ihm auch von Ihrem unverschämten Benehmen berichten, Mr. Bouchard. Guten Tag.«

»Es ist mir eine Ehre, als Ihr Sekundant zu fungieren, Mr. Bouchard. Aber ich muß Ihnen sagen, ich bin gar nicht glücklich darüber, daß Sie einen Kampf mit Cournier herausgefordert haben«, erklärte Arthur Traylor.

»Ich wollte ihn eigentlich nur veranlassen, daß er sein Konto auf eine andere Bank transferiert, und andeuten, daß ich dagegen einschreiten werde, wenn er versucht, das Haus und das Land meines Großvaters an sich zu reißen. Aber seine beleidigenden Äußerungen über meine Frau konnte ich ihm nicht durchgehen lassen. Außerdem hegt er wegen einer alten Geschichte, die seinem Großvater passiert ist, einen Groll gegen die Bouchard-Familie. Cournier ist entschlossen, mich zu töten. Wenn ihm das gelingt, steht ihm natürlich nichts mehr im Wege, nicht nur die Windhaven-Plantage zu kaufen, sondern auch alles andere Land, das er haben will. Er wird den Ku-Klux-Klan dazu benützen, alles zu zerstören, was die beiden politischen Parteien durch Besonnenheit, Weisheit und Realitätssinn allmählich an gegenseitigem Verständnis aufbauen konnten.«

»Das ist richtig, aber . . .«, begann Arthur Traylor.

»Ich habe nicht die Absicht, mich von ihm erschießen zu lassen – es sei denn, Gott will es so, Mr. Traylor. Das ist der eine Grund, weshalb ich Pistolen gewählt habe. Einen Säbel habe ich nicht mehr in der Hand gehabt, seit ich ein kleiner Junge war und mein Großvater mit mir hinter dem Château zu üben pflegte. Wie lange ist das schon her – und wie seltsam ist es, daß in der ganzen Geschichte der Bouchards, seit mein Großvater nach Amerika kam, ein dunkler Schatten aus der Vergangenheit nur darauf gelauert hat, uns zu vernichten.«

»Ich möchte nicht, daß ein Mann von Ihren Fähigkeiten sein Leben auf dem sogenannten Feld der Ehre verliert, Mr. Bouchard. Übrigens haben Sie keine Pistolen zu den Drei Schwestern mitgebracht.«

Arthur Traylor stand mit düsterem Gesicht neben Luke. Sie waren noch etwa zweihundert Meter von dem vereinbarten Treffpunkt entfernt. Der stellvertretende Oberbefehlshaber der Zivilgarde hatte darauf bestanden, daß sie eine Stunde früher hinfuhren, weil er vorher gern noch ein paar Worte mit seinem Duellanten wechseln und sich außerdem das Gelände ansehen wollte. Es war eine weite, wellige Rasenfläche, mit großen Eichen bestanden. Doch die Drei Schwestern überragten alle und sprangen jedem, der sich dem Grundstück näherte, sofort ins Auge. Die Neuigkeit über den Zweikampf mußte in der ganzen Stadt die Runde gemacht haben, denn es hatten sich schon mindestens hundert Zuschauer versammelt.

»Wirklich, Sie hätten Waffen mitbringen sollen, Mr. Bouchard«, kam Arthur Traylor noch einmal auf diesen Punkt zurück.

Luke schüttelte den Kopf. »Ich weiß, daß ich ein guter Schütze bin. Ich lasse es darauf ankommen. Soll doch Cournier die Waffen zur Verfügung stellen. Schließlich werden Sie sie vorher prüfen.«

»Und ob ich das tun werde! Diesem Kreolen traue ich ohne weiteres zu, daß er an der Pistole, die für Sie bestimmt ist, herumbastelt. Als Ihr Sekundant, Mr. Bouchard, habe ich meine eigene Waffe mitgebracht. Es ist eine alte, aber recht zuverlässige deutsche Pistole schweren Kalibers. Sie wissen doch, daß ein Partizipant, der sich umdreht und feuert, bevor der Befehl erteilt ist, nach dem Duellkode auf der Stelle niedergeschossen werden kann?«

Noch ehe Luke antworten konnte, rief Arthur Traylor aus: »Da kommt er endlich! Und Danziger, dieser brutale Kerl, ist bei ihm.«

»Sie kennen ihn?«

»Ja. Vor einem Jahr wurde er zu einigen Monaten Gefängnis verurteilt, weil er eine Prostituierte so verprügelt hat, daß sie beinahe daran gestorben ist. Das ist für mich ein weiterer Beweis, daß Cournier mit Schurken und Kriminellen zusammenarbeitet, was ihn noch gefährlicher macht. Doch jetzt müssen wir die Einzelheiten festlegen. Wer soll den Unparteiischen machen und die Schritte abzählen? Zwanzig sagten Sie, glaube ich.«

»Ja. Bei einer größeren Entfernung als den üblichen zehn Schritten ist es schwieriger, den Gegner zu töten.

Mir genügt es, wenn ich Cournier verwunde. Als Unparteiischen können wir einen der Zuschauer aussuchen, der mit keinem von uns beiden etwas zu tun hat. Es muß allerdings ein Mann sein, der laut und deutlich zählen kann.«

Arthur Traylor schüttelte seufzend den Kopf. Dann schritten er und Luke langsam zu den drei gigantischen Eichen hinüber. Armand Cournier und Peter Danziger warteten dort schon ungeduldig auf sie.

Danziger hielt einen kostbaren Kirschholzkasten in der Hand. Er öffnete ihn und wies die in roten Samt eingebetteten Duellpistolen vor. »Beide sind mit je einem einzigen Schuß geladen, Mr. Bouchard. Wie ich sehe, haben Sie keine Waffen mitgebracht, aber Monsieur Cournier bietet Ihnen eine von diesen hier an. Natürlich können Sie wählen; welche von beiden Sie wollen.«

»Darf ich daraus schließen, daß Ihr Duellant entschlossen ist, Satisfaktion auf dem Feld der Ehre zu suchen, und seine gegen meine Frau ausgesprochene Beleidigung nicht zurücknehmen will?« fragte Luke mit lauter Stimme. Unter den Zuschauern erklang ein aufgeregtes Gemurmel. Armand Cournier preßte die dünnen Lippen zusammen und warf Luke einen wütenden Blick zu.

»Das ist einer Antwort nicht würdig, Mr. Bouchard. Haben Sie einen Unparteiischen? Mein Duellant schlägt vor, daß Sie Mr. Frank Norrigan nehmen, der dort drüben unter den Bäumen steht.« Danziger wies mit dem Kopf auf einen mageren, hohlwangigen Mann Anfang Vierzig.

»Sehr gut. Ich habe nichts gegen ihn einzuwenden.«

Armand Cournier zog seinen Gehrock aus, nahm seinen seidenen Zylinder ab, legte seinen Malakka-Stock auf den Boden und stand in Hemd und bauschiger Krawatte da.

»Bitte, untersuchen Sie die Pistolen, Mr. Traylor«, forderte Luke seinen Sekundanten auf und legte ebenfalls seinen Gehrock ab. Er wartete in Hemd, Hose und Stiefeln. Um seinen Hals hing der Lederriemen mit dem leuchtenden Türkis, den Sangrodo ihm geschenkt hatte.

»Sie bieten mir ein leicht zu treffendes Ziel. Welch ein prachtvoller Stein! Falls Sie ihn in Ihrem Testament noch niemandem vermacht haben, hätte ich ihn gern für meine Sammlung seltener Steine«, bemerkte der Kreole.

Luke sah auf den Türkis hinab und berührte ihn mit der Hand. »Tut mir leid, den kann ich Ihnen nicht überlassen, Monsieur Cournier. Es ist der Talisman eines mächtigen Komantschenstammes, der für seinen Mut und seine Ehrenhaftigkeit bekannt ist. Es stünde Ihnen nicht zu, ihn zu tragen.«

»*Diantre*! Fangen wir an! Kommen Sie, Norrigan, zählen Sie die Schritte ab«, rief Armand Cournier wütend. Mit einer ungeduldigen Handbewegung gegen Luke verlangte er: »Wählen Sie Ihre Waffe, und beeilen Sie sich etwas! Ich habe mein Frühstück lange genug hinausgeschoben!«

»Eine weise Vorsichtsmaßnahme, Monsieur, denn es ist bekannt, daß ein Bauchschuß bei vollem Magen um so gefährlicher ist. Die hier nehme ich.« Luke nahm aufs Geratewohl eine der sorgfältig polierten Pistolen aus dem Kasten. Sie hatte einen langen Lauf und einen gebogenen Kolben, der mit Perlmutter eingelegt war. Auf dem Perlmutter bildeten Granatsteine den Buchstaben C.

Arthur Traylor nahm die Waffe von ihm entgegen, prüfte sie, nickte und gab sie Luke zurück. »Zufriedenstellend.«

»Wollen Sie mir schon wieder die Ehre abschneiden, Mr. Bouchard?« fuhr Armand Cournier los. »Haben Sie einen defekten Abzug oder Hammer erwartet?«

»Nein, eigentlich nicht«, gab Luke gleichgültig zurück. »Sie konnten ja nicht wissen, welche von den beiden Waffen ich wählen würde.«

»*Bigre! Nom de nom,* Norrigan, ich kann nicht länger warten!« explodierte Armand Cournier.

Der hohlwangige Mann trat vor. »Gentlemen, Sie stellen sich Rücken an Rücken und halten Ihre Pistolen mit der Mündung nach unten. Ich zähle langsam bis zwanzig, danach gebe ich das Kommando ›*Kehrt*‹, woraufhin Sie sich umdrehen und feuern werden. Gentlemen, sind Sie bereit?«

Mit höhnischem Gesicht wandte Armand Cournier Luke den Rücken. Luke wechselte noch einen Blick mit Arthur Traylor. Dann drehte auch er sich um. Er fühlte Courniers Schulterblätter an seinen eigenen. Der Unparteiische begann zu zählen.

Er sprach jede Zahl langsam und deutlich aus. Die Menge sah in atemlosem Schweigen zu. Bei jeder Zahl tat Luke einen langen Schritt vorwärts, und als Norrigan »Neunzehn!« rief, spannten sich seine Muskeln. Langsam hob er die Pistole.

»Zwanzig!« Plötzlich keuchten die Zuschauer auf, ein Schuß krachte, Luke fühlte ein scharfes Zerren am linken Arm gleich unterhalb der Schulter. Noch ehe er sich umdrehen konnte, gab es einen noch lauteren Knall, und die Zuschauer schrien vor Entsetzen. Luke sah gerade noch, daß Armand Cournier taumelte, seine Pistole fallen ließ und zu Boden sank, während Arthur Traylor seine noch rauchende deutsche Waffe senkte.

»Er hat auf Sie geschossen, bevor das Kommando erteilt war, Mr. Bouchard«, begann Arthur Traylor. In diesem Augenblick faßte Peter Danziger mit der Hand in die Innentasche seines Gehrocks und zog eine kleine Derringer hervor. Doch zum Zielen kam er nicht mehr. Luke fuhr herum, hob seine Pistole und drückte ab. Danziger hustete. Die Derringer glitt ihm aus der Hand. Er wich an einen der gewaltigen Baumstämme zurück und rutschte daran langsam zu Boden. Sein Kopf kippte nach vorn; Blut strömte ihm aus dem Mund.

»Ich rufe Sie, meine Herren, zu Zeugen, daß mein Duellant ehrenvoll aus der Sache hervorgegangen ist«, rief

Arthur Traylor. Überall wurde zustimmend genickt und gemurmelt.

Ein Zittern überkam Luke, als er die Duellpistole senkte und zu Boden fallen ließ. Arthur Traylor trat zu ihm. Sein Gesicht war blaß, Schweiß stand ihm auf der Stirn. »Sie haben mir das Leben gerettet, Mr. Bouchard. Ich hatte nur einen Schuß in meiner Pistole. Mein Gott – er hat Sie getroffen – Sie bluten!«

»Das ist nur eine Fleischwunde. Er hat versucht, das Herz zu treffen, aber er war nervös und hat zu weit nach links gehalten. Bitte, helfen Sie mir zum Wagen zurück. Ich fühle mich ein wenig schwach.«

»Kein Wunder! Nun, Sir, Sie haben heute das Werk eines Helden vollbracht. Sie haben die Stadt von einem Schurken befreit, den ich schon seit langer, langer Zeit hinter Gittern oder, noch lieber, am Galgen gesehen hätte. Macht mal Platz da, Leute!«

XXXIV

Luke Bouchards Wunde heilte innerhalb von zehn Tagen. An dem Nachmittag, als der Arzt ihn für vollständig gesund erklärt hatte, kehrte Luke in sein kleines Haus zurück und ging ins Schlafzimmer, wo Laure mit dem kleinen Lucien spielte. Mitzi begrüßte ihn überschwenglich: »Oh, Monsieur Luke, ich habe mir solche Sorgen gemacht, und als ich hörte, Sie seien verwundet worden, bin ich beinahe gestorben!«

»Das dürfen Sie uns nicht antun, liebe Mitzi, denn Laure wird Sie in naher Zukunft noch mehr als früher brauchen.«

Mit großen Augen sah Laure ihn an. »Warum sagst du das, Darling?«

»Weil ich mich entschlossen habe, auf die Windhaven-Plantage zurückzukehren, Laure. Und zwar allein, nur

Marius Thornton wird mich begleiten.«

»Wegen dieses Briefes von Hannah Atbury?«

Er nickte. »Armand Cournier ist tot, und damit ist die eigentliche Gefahr für alle Bouchards beseitigt. Aber der Ku-Klux-Klan kann immer noch die Schwarzen terrorisieren, die sich auf Großvaters ehemaligem Land angesiedelt haben. Ich möchte nicht, daß du mit mir kommst, jedenfalls nicht eher, als bis das Baby geboren ist und du dich wieder gut erholt hast. Außerdem wird es vieles für mich allein zu tun geben.«

»Was hast du denn vor, Darling?«

»Ich werde Phineas Atbury anbieten, daß ich die Steuern bezahle und ihm für das Château und die fünfzig Morgen, die jetzt sein Eigentum sind, einen angemessenen Preis bezahle. Dann stelle ich ihn und seine Frau zu einem anständigen Lohn auf der Plantage an.«

Ihr Gesicht wurde weich, und ihre roten Lippen verzogen sich zu einem strahlenden Lächeln. »Das ist wundervoll, Darling. Aber wenn du das alles erledigt hast und beginnst, das Land zu kultivieren und alle deine Experimente mit Pflanzen und Tieren zu machen, was wird dann mit mir?«

»Ich war mir nicht sicher, was du davon hältst, mein Leben in Alabama zu teilen, Liebste. Wir müssen auch an die Bank denken. Sie entwickelt sich sehr gut, und sie trägt schließlich immer noch Johns Namen.«

»Luke«, flüsterte sie und kam zu ihm. Ihr Gesicht war jetzt ganz ernst, und sie zeigte nichts von der schelmischen Art, die er so an ihr liebte. »Ich habe dir einmal vorgeworfen, du seist ein Langweiler. Das habe ich zurückgenommen, und ich werde nie wieder so von dir denken. Als Arthur Traylor mir erzählte, wie mutig und ehrenhaft du dich bei dem Duell verhalten hast, erkannte ich, daß ich keinen Teil meines Lebens jemals von dir zurückhalten könnte. Ich bin jetzt deine Frau, ganz und gar und für immer, wenn du mich haben willst. Ich werde dein Leben teilen, ganz gleich, wohin du mich führst.«

Mitzi begann vor Rührung zu weinen und griff verstohlen nach ihrem spitzenbesetzten Taschentuch. Luke nahm Laure in seine Arme und küßte sie auf die Augenlider. Zärtlich sagte er: »Vielleicht gegen Ende des Jahres, aber nur, wenn du kräftig genug zum Reisen bist. Mitzi, Sie kommen mit uns, nicht wahr?«

»Oh, *oui, oui,* ich wäre ja ganz verlassen, wenn ich nicht mit Madame Laure und dem kleinen Lucien und dem *bébé,* das unterwegs ist, gehen dürfte!«

»Dann ist es abgemacht. Mitzi, Sie kümmern sich um meine Frau und die Kinder. Laure, was hältst du davon, daß ich Jason Barntry zum Geschäftsführer ernenne, damit er uns beide während unserer Abwesenheit vertritt? Selbstverständlich werden wir, auch wenn wir dann für immer auf der Windhaven-Plantage wohnen, stets mit der Bank in enger Verbindung bleiben.« Mit einem kurzen Grinsen und so leise, daß nur sie es verstehen konnte, fügte er hinzu: »Du weißt gar nicht, wie froh ich darüber bin, daß John damals von der Bank ins Union House gezogen ist, Liebste, denn nur dadurch habe ich dich kennengelernt.«

Bevor Luke Bouchard und Marius Thornton das Dampfboot nach Mobile bestiegen, schrieb Luke einen Brief an Sybille. Er hatte ungefähr einen Monat nach Carlos Macaras' Angriff auf die Windhaven-Ranch von seiner geliebten Stiefmutter einen ausführlichen Bericht über den Kampf und die entscheidende Hilfe des Komantschenhäuptlings Sangrodo erhalten. Sie hatte noch ein paar häusliche Neuigkeiten hinzugefügt: Prissy hatte eine kleine Tochter geboren; sie und Jicinte hatten sie Pesumata genannt, das Komantschenwort für Kleines Reh. Mara Hernandez' kleiner Luke gedieh prächtig, und Maxine Bouchard erwartete ihr Baby in der ersten Oktoberwoche. Schließlich erzählte sie noch von einem verwaisten mexikanischen Mädchen, das Lucas unter seine Fittiche genommen hatte. All diese Nachrichten gaben Luke die Gewißheit, daß sich das Geschick der Bouchards im fernen Texas weiterhin glücklich gestaltete.

Am 20. Juni betrat Luke die Bank von Brunton & Co., um seinen treuen Mitarbeitern auf Wiedersehen zu sagen. Er ernannte Jason Barntry zum Geschäftsführer. Es wurde vereinbart, daß Barntry Laure jede zweite Woche Bericht erstattete und ihr jeden Monat die Abrechnung über den finanziellen Stand der Bank vorlegte. Eine Abschrift sollte Luke postlagernd nach Lowndesboro geschickt werden.

Als alles geregelt war, kehrte Luke in sein kleines Haus zurück und verabschiedete sich von Laure. Es wurde noch ein langes und zärtliches Beisammensein. Luke erklärte ihr ausführlich, welche Pläne er für die nächsten Monate habe. »Marius kommt mit mir, weil ich ihm gleich zu Anfang, als wir uns kennenlernten, in Aussicht gestellt habe, Vorarbeiter auf der Windhaven-Plantage zu werden. Er ist immer noch in treuer Liebe mit Clementine verbunden, dem hübschen Mädchen, das zu einem Hungerlohn für eine launenhafte Witwe gearbeitet hat. Bevor ich heute morgen zur Bank ging, habe ich diese Frau aufgesucht, ihr fünfhundert Dollar in Gold hingelegt und gesagt, ich wolle Clementine als Köchin anstellen und gleich mitnehmen. Sofort fing sie an zu feilschen – na, ich habe ihr dann noch hundert Dollar extra gegeben. Also kann Clementine ihren Marius begleiten. Sobald wir uns auf der Windhaven-Plantage häuslich eingerichtet haben, werden sie heiraten.«

»Das ist wundervoll, Liebster! Marius verdient es, glücklich zu werden.«

»Genau wie du, meine Liebste. Ich hoffe, du verstehst, warum ich dich im Augenblick nicht mitnehmen möchte. Ich habe dir ja über Courniers Verbindung zum Ku-Klux-Klan erzählt. Wahrscheinlich wird es Ärger geben.

Für mich ist es das Wichtigste, erst einmal dafür zu sorgen, daß die Atburys nicht davonlaufen. Außerdem möchte ich mit einigen anderen schwarzen Siedlern auf Großvaters ehemaligem Besitz sprechen. Vielleicht können wir zu einer Übereinkunft kommen, daß ich sie dafür bezahle, daß sie für mich arbeiten und das Land kultivieren, und daß wir unsere Ernten gemeinsam verkaufen, damit wir den bestmöglichen Preis erzielen.«

»Ich verstehe. Und ich komme sofort, wenn du mir Nachricht gibst, daß du mich brauchst. Bis dahin werde ich dich schrecklich vermissen.«

»Ich werde dich noch mehr vermissen, als ich dir sagen kann, Laure. Ich weiß, ich sollte bei dir sein, wenn unser Kind geboren wird. Trotzdem halte ich es für das klügste, erst einmal alle Schwierigkeiten auszuräumen, so daß wir, wenn ich dich dann zu mir rufe, ohne Sorgen ein glückliches neues Leben anfangen können.«

Laures Augen liefen über von Tränen, als sie ihn in die Arme nahm.

Luke stand am Bug des Dampfers, der ihn, Marius und Clementine nach Mobile brachte. Er unterhielt sich mit dem Kapitän. In Gedanken war er bei dem hohen Felsen, der sich neben dem Château aus roten Ziegelsteinen erhob, und beim Grab seines geliebten Großvaters, den er selbst zur letzten Ruhe gebettet hatte. So vieles war seitdem geschehen, daß es ihm vorkam, als sei das in einem anderen Leben gewesen.

Er blickte auf den Gischt, den die Schaufelräder versprühten, und dachte daran, wie gut es sein Großvater doch verstanden hatte, den Phantomen der Ungerechtigkeit, der Frömmelei und des Hasses entgegenzutreten. Im Geben, im Teilen war immer das Geschenk der Liebe enthalten, und diese Liebe erzeugte eine universale Brüderlichkeit, die das einzig wirksame und dauerhafte Heilmittel gegen Feindseligkeit und Bosheit war.

In Mobile mußten sie einen Tag auf das Dampfboot *Alabama Belle* warten, das sie an der alten Anlegestelle der Windhaven-Plantage absetzen sollte. Luke war erfreut, als er den alten Kapitän Horace Tenby entdeckte. Er hatte dreißig Jahre auf dem Fluß verbracht und erinnerte sich noch gut an die herrliche Zeit voller Leben und Geschäftigkeit, als die Windhaven-Plantage auf dem Gipfel ihres Glanzes gewesen war.

»Selbstverständlich kenne ich das großartige rote Schloß, Mr. Bouchard«, versicherte der weißhaarige Kapitän. Sie standen beide an Deck und sahen zu, wie die große Bucht von Mobile hinter ihnen versank. »Wie oft haben wir doch an dieser Anlegestelle haltgemacht, um Briefe und Vorräte aus Mobile auszuladen, und wenn wir von Montgomery zurückkamen, legten wir wieder an und nahmen die Baumwollballen in Empfang – die beste, reinste Baumwolle, die je auf der *Alabama Belle* verschifft worden ist, das kann ich Ihnen sage, Sir. Ich erinnere mich nicht minder an Miss Sybille – eine feine Frau! –, und auch an Sie, Sir. Sie haben sich nicht viel verändert. Sie sind immer noch gerade wie ein Ladestock, und Sie haben so jugendliche Züge in Ihrem Gesicht.«

Luke wurde es schwer, sich nicht anmerken zu lassen, welche Gefühle in ihm aufstiegen. Ganz unerwartet war er auf ein Verbindungsstück zu seiner Vergangenheit gestoßen. Je weiter das Dampfboot flußaufwärts fuhr, um so deutlicher kehrte alles in seinen Gedanken zurück, was ihn mit seinem Großvater, dem Château und allem übrigen verband.

»Die Landschaft sieht noch ganz wie früher aus, Kapitän Tenby«, meinte Luke und seufzte. »Damals, als mein Großvater auf einem Packpferd von Alexander McGillivrays Handelsposten zu dem Indianerdorf ritt, das die Creeks Econchate – Rote Erde – nannten, da nahm er immer den Weg am Fluß entlang. Das war ein Wegweiser, der ihm ebenso gute Dienste leistete wie ein Kompaß.«

»Ja, es stimmt, seit jener Zeit hat sich hier nur wenig verändert. Natürlich sieht man keine Packpferde mehr, aber damals gab es ja auch noch keine Dampfboote.«

»Sagen Sie mir doch, Kapitän Tenby, was hören Sie, wenn Sie in Montgomery oder Mobile ankern, an Meinungen über das Wiederaufbauprogramm?«

Der weißhaarige Dampfbootkapitän schüttelte den Kopf. »Es ist nicht populär, aber das wissen Sie auch so, Mr. Bouchard, ohne daß ich es Ihnen sagen muß. Eine ganze Menge anständiger Leute hier macht sich Sorgen, weil sie nun dieses Gesetz erlassen haben, wonach ein Südstaatler, der vor dem Krieg ein öffentliches Amt bekleidet hat, dem Volk nicht wieder dienen darf. Überall heißt es, es kämen zu viele Schieber hierher, und noch schlimmer seien die Schwanzwedler – das ist der neueste Ausdruck für solche, die ihr ganzes Leben im Süden verbracht haben, aber vor den Yankees kriechen.«

»Kapitän, haben Sie schon einmal etwas über eine Organisation gehört, die Ku-Klux-Klan genannt wird?«

Kapitän Horace Tenby verzog das Gesicht und zuckte die Schultern. »Was ich gehört habe, möchte ich lieber vergessen. Es ist eine scheußliche Sache. Ich kann verstehen, daß es einem Südstaatler gegen den Strich geht, wenn da einer aus dem Norden kommt und ihm so mir nichts, dir nichts alles wegnimmt. Aber ich finde es nicht richtig, daß man Leute nachts aus ihren Häusern holt, sie auspeitscht, teert und federt und ihnen noch Schlimmeres antut. Gegen die Nigger ist es besonders gemein, denn sie haben schließlich kein Verbrechen begangen, als der alte Abe Lincoln sie freiließ. Es ist alles ein schreckliches Durcheinander, und Sie können keine zwei gleichen Meinungen darüber hören.«

»Nun ja, Kapitän Tenby«, Luke versuchte, eine optimistischere Note ins Gespräch zu bringen, »wenn alles gutgeht, wird Ihr Dampfboot in Zukunft wieder regelmäßig an meiner Anlegestelle halten und Fracht für Mobile und

New Orleans laden. Doch es wird nicht ausschließlich Baumwolle sein. Ich will einige Experimente mit modernen landwirtschaftlichen Methoden machen.«

»Dazu wünsche ich Ihnen viel Glück, Mr. Bouchard. Aber wissen Sie, Sir, Sie werden Schwierigkeiten haben, Arbeitskräfte zu finden. Eine Menge von diesen Niggern – ich meine es nicht böse, wenn ich diesen Ausdruck benutze – will jetzt, wo sie frei sind, überhaupt nicht mehr arbeiten. Sie meinen, die Regierung müsse sie unterstützen. Und was weiße Arbeiter angeht – nun, der Südstaaten-Gentleman alter Schule wird sich nie dazu herablassen, seine Hände schmutzig zu machen.«

Nun schwiegen beide Männer. Luke betrachtete die Landschaft, und ihm war, als könne er seinen Großvater sehen, wie er auf einem Packpferd den Fluß entlangritt. Für einen Augenblick hatte er das Gefühl, als sei er in die Vergangenheit zurückversetzt worden und kehre soeben mit dem alten Lucien aus Mobile zurück, wo sie ihre Baumwollballen abgeliefert hatten.

»Mr. Bouchard, ich bin ja so glücklich, Sie zu sehen und zu erfahren, daß Sie der Nachfolger von dem armen Mr. Brunton sind!« rief Phineas Atbury aus. Mit Tränen in den Augen schüttelte er Luke die Hand. Er trug ein geflicktes Hemd, blaue Baumwollhosen und ein Paar abgetragene Pantoffeln. Beim Gehen stützte er sich auf einen Stock. Hannah stand neben ihm und hatte fürsorglich einen Arm um ihn gelegt.

»Bitte, setzen Sie sich doch, alle beide. Es tut mir sehr leid, Mr. Atbury, daß ich Sie in diesem Zustand antreffe. Ich habe Ihren Brief erhalten, Mrs. Atbury, und ich bin hergekommen, sobald es mir möglich war.«

Schmerzliche Gefühle überkamen Luke, als er sich in dem Raum umsah, der einmal das geräumige Wohnzimmer des Châteaus gewesen war. Die Wände trugen von dem Brand her immer noch Spuren, an Möbeln standen nur noch eine wackelige Couch und zwei Korbstühle darin. Und doch hatte sein Herz einen Freudensprung getan, und er hatte Mühe, die Tränen zu unterdrücken, als er den vom Feuer gezeichneten Eingang erblickte.

»Was sollen wir denn jetzt tun, Mr. Bouchard?« fragte Hannah Atbury mit von Furcht verschatteten Augen. Sie half ihrem Mann, sich auf die Couch zu setzen, und nahm dann ebenfalls Platz.

»Sie werden hierbleiben – das heißt, wenn Sie Lust haben, für mich zu arbeiten.«

»Ich habe zu Gott gebetet, es möge doch jemand kommen und uns helfen, Mr. Bouchard – das ist nicht gelogen«, rief Hannah leidenschaftlich aus. »Aber wie können wir denn hierbleiben?«

»Indem Sie das Château und das Land an mich verkaufen. Dann habe ich das Recht, Sie als freie Arbeiter anzustellen. Ich werde Sie für Ihre Dienste gut bezahlen.«

»Das ist sehr großzügig von Ihnen, Mr. Bouchard. Diese Männer haben von uns verlangt, daß wir weglaufen und die Steuerrechnung vergessen.«

»Die bezahle selbstverständlich ich, und was ich Ihnen für das Haus und das Land gebe, soll Ihnen einen hübschen Gewinn für alles, was Sie für den Besitz aufgewendet und angeschafft haben, einbringen.«

»Aber Mr. Brunton hat uns dafür einen Vorschuß gegeben«, warf Phineas Atbury ein.

»Trotzdem verdienen Sie ein Entgelt für all Ihre Mühe in dieser langen Zeit, und mehr als alles andere eine Entschädigung für die schreckliche Behandlung, die Sie durch diese Bestien erfahren mußten. Vielleicht lag dem Ku-Klux-Klan anfangs eine gutgemeinte Idee zugrunde, aber er hat sich zu der schlimmsten Art von nächtlichem Schreckensregiment entwickelt. Ich werde tun, was ich kann, um dem Spuk ein Ende zu bereiten. Doch was ist mit den anderen Schwarzen, die den Rest der ehemaligen Windhaven-Plantage erworben haben, Mr. Atbury?«

»Mr. Bouchard, Sir, die meisten von ihnen sind weggelaufen, als sie das brennende Kreuz hier auf dem Rasen gesehen haben. Natürlich haben sie gehört, was mit Hannah und mir geschehen ist.«

»Leben noch irgendwelche Schwarzen auf dem Land?«

»O ja, Sir, Moses Turner und Dan Munroe und auch Hughie Mendicott. Aber ich glaube, das sind alle.«

»Ich bitte Sie, in meinem Namen mit diesen Männern zu reden. Bieten Sie ihnen Lohn dafür, daß sie das Land bearbeiten, aber sagen Sie ihnen auch, daß ich ihre und meine Ernte zusammenlegen möchte. Ich habe Pläne, wie ich diesen einst fruchtbaren, jetzt aber ausgelaugten Boden so verbessern kann, daß er wieder reichen Ertrag bringt. Vielleicht schaffe ich ein paar Rinder an, ganz bestimmt aber Eber und Sauen und Pferde. Eines Tages, wenn der Norden beginnt, seinen Haß gegen den Süden zu vergessen, kann ich vielleicht Ihre Freunde fragen, ob sie mir ihr Land zu einem guten Preis verkaufen wollen.«

»Das ist eine wirklich großartige Sache, die Sie da vorhaben, Mr. Bouchard«, fiel Hannah Atbury ein. Sie wischte sich die Augen mit dem Rocksaum. »Der arme alte Phineas ist immer noch nicht wieder ganz auf dem Damm, nachdem er so furchtbar ausgepeitscht worden ist. Ich werde gehen und für Sie mit den Männern sprechen, Mr. Bouchard. Ich bin überzeugt, sie werden mit Freuden zustimmen.«

»Wenn sie Interesse an meinen Vorschlägen haben, dann bestellen Sie sie für heute abend hierher, daß ich ihnen meine Pläne erklären kann. Was ich noch wissen möchte: Haben Sie Pferde hier?«

»O ja, Mr. Bouchard, Sir, wir haben zwei. Natürlich sind es keine Rennpferde, sie sind nur dazu da, den Pflug zu ziehen. Aber Moses hat eine feine Rotschimmelstute, und Dan hat drei Pferde.«

»Ich möchte gern sofort nach Lowndesboro fahren und Vorräte einkaufen. Ich bin überzeugt, Sie brauchen sicher einiges an Lebensmitteln.«

»Die brauchen wir nötiger als alles andere«, sagte Hannah.

»Ist ein Buggy da?«

»O ja, Moses hat eines. Ich gehe sofort zu ihm«, bot Hannah eifrig an.

Luke kam in den Laden und trat an die Theke, hinter der der kleine Mann mit der Haartolle und der schmutzigen Schürze stand. »Guten Tag«, sagte er. »Ich habe ein Buggy draußen stehen. Ich möchte einiges an Vorräten einkaufen.«

»Dazu bin ich hier, Mister. Ich erinnere mich nicht, Sie hierzulande schon einmal gesehen zu haben.«

»Ich war drei Jahre lang fort von hier. Mein Name ist Luke Bouchard.«

»Na, so etwas!« Die Augen des Mannes leuchteten auf. Er beugte sich über die Theke vor. Sein Benehmen wurde mit einem Schlag liebenswürdig und vertraulich. »Hat Ihrer Familie nicht dieses große Haus gehört, das die yankeeliebenden Nigger übernommen haben?«

»Das stimmt, Mister – Mister . . .« In voller Absicht tat Luke so, als kenne er den Namen des Ladenbesitzers nicht.

»Hurley Parmenter, zu Ihren Diensten. Das schlägt ja nun wirklich alles, Mr. Bouchard! Sind Sie nur zu Besuch hier?«

»Nein, Mr. Parmenter. Ich beabsichtige, das Haus und Mr. Atburys fünfzig Morgen zurückzukaufen und mich wieder hier niederzulassen. Deshalb möchte ich jetzt einkaufen.«

»Ich bin ganz sprachlos! Sagen Sie, hätten Sie etwas dagegen, mit mir in das Zimmer hinter dem Laden zu kommen? Ich würde gern ein privates Wort mit Ihnen reden, Mr. Bouchard. Es tut diesen alten Augen gut, zur Abwechslung einmal einen echten Gentleman aus dem Süden zu sehen statt dieser schwarzen Affen, die uns die gottverdammten Yankees auf den Hals schicken. Wirklich und wahrhaftig, Mr. Bouchard!«

Er hob die Planke, welche die Platte seines Ladentisches darstellte, und winkte unterwürfig. Luke zögerte einen Augenblick. Dann folgte er Parmenter in das Hinterzimmer.

»Nehmen Sie Platz, Sir. Darf ich Ihnen eine erstklassige Zigarre anbieten? Ich habe auch ein Faß gereiften Kornwhisky – kommt den ganzen weiten Weg von Natchez her.«

»Nein, danke, Mr. Parmenter. Ich möchte meine Einkäufe so schnell wie möglich erledigen und zurück an meine Arbeit.«

»Sicher, Sir, nur wäre ich Ihnen sehr dankbar, wenn Sie ein paar Minuten Zeit für mich erübrigen könnten. Nun setzen Sie sich doch – der Schaukelstuhl da ist sehr bequem, ich habe ihn aus meinem eigenen Haus mitgebracht, um es auch hier ein wenig gemütlich zu haben.« Lächelnd setzte sich Hurley Parmenter selbst auf ein Mehlfaß. Bei aller Zuvorkommenheit schienen seine Blikke Luke Bouchard zu durchbohren. Luke war stehengeblieben, die Arme über der Brust gekreuzt, das Gesicht unbeweglich. »Sie wollen jetzt also für immer hierbleiben, Mr. Bouchard?«

»Wie ich bereits sagte, werde ich Phineas und Hannah Atbury das Haus und die fünfzig Morgen Land abkaufen. Natürlich zahle ich auch die Steuern, die im Juli fällig sind.«

»Das sind großartige Neuigkeiten, Sir! Jedem echten Südstaatler wird das Herz im Leibe lachen, wenn er hört, daß der rechtmäßige Eigentümer wieder da ist, wo er hingehört, und all diese Nigger vertrieben hat.«

»Aber ich vertreibe die Schwarzen nicht, Mr. Parmenter. Ich beabsichtige, sie als Arbeiter zu behalten und ihnen einen guten Lohn zu zahlen. Und was die anderen

Eigentümer des Landes betrifft, das früher meinem Großvater gehört hat, so werde ich ihnen den Vorschlag machen, ebenfalls gegen Bezahlung für mich zu arbeiten. Dann verkaufen wir unsere Ernten gemeinsam, damit wir den bestmöglichen Preis erzielen.«

»Nun, Mr. Bouchard, Sie haben eine ganze Zeit nicht hier gelebt. An mich erinnern Sie sich sicher nicht mehr, denn ich war seinerzeit nur ein Lehrling, wie man sagen könnte, in diesem Laden. Bei Kriegsausbruch ging der alte Grantham Thorgeson, dem das Geschäft gehörte, zurück nach Illinois, weil er bei seinen Angehörigen sterben wollte. Ich hatte ihn immer in Verdacht, ein Yankeefreund zu sein. Jedenfalls verkaufte er mir den Laden, und seitdem bin ich der Besitzer hier.«

»Ich verstehe.«

»Wissen Sie, ich hätte mein Blut für die Konföderation gegeben. Nur hat man mich nicht genommen. Es hieß, ich sei kurzsichtig und mein Herz sei nicht ganz in Ordnung. Man sagte mir, ich solle damit weitermachen, was ich bisher auch getan hätte. Andernfalls wäre ich bestimmt mit einem Gewehr in der Hand im Feld gewesen und hätte so manch einer lausigen Blaujacke den Garaus gemacht.«

»Ich bin überzeugt, Sie sind ein loyaler Südstaatler, Mr. Parmenter«, erwiderte Luke ironisch. »War das alles, worüber Sie mit mir sprechen wollten? Dann wäre ich Ihnen jetzt dankbar, wenn Sie meine Waren zusammenstellen würden.«

»Warum denn diese Eile, Mr. Bouchard?« Hurley Parmenter hob eine fleischige Hand und bedachte Luke mit einem kriecherischen Lächeln. »Ich wollte auf folgendes hinaus: Jetzt, da Sie zurück sind, müssen Sie unbedingt unserer Organisation beitreten. Sehen Sie, Mr. Bouchard, es gibt Abgeordnete im Kongreß, die den Süden versklaven wollen. Sie wollen uns noch unter die Nigger stellen! Das wird sich der Klan nicht gefallen lassen, nein, Sir. Es hat sich eine Gruppe von patriotischen Bürgern gebildet, die für Ordnung und Gerechtigkeit sorgt.«

»Indem sie sich in weiße Bettlaken hüllen und so tun, als seien sie die Geister tapferer Gefallener der Konföderation und den Schwarzen so viel Angst einjagen, daß diese den Verstand verlieren. Und wenn das immer noch nichts nützt, indem sie sie auspeitschen und vielleicht sogar töten«, unterbracht Luke ihn zornig.

Hurley Parmenters Gesicht verzerrte sich. »Nein, Sir, so ist es ganz und gar nicht! Wer auch immer Ihnen das erzählt haben mag, ist ein Lügner, nichts für ungut, Mr. Bouchard. Wir sind anständige Bürger, wir achten das Gesetz. Aber wir verteidigen unsere eigenen Rechte. Was fällt denn den Yankees ein, uns diese schwarzen Affen herzuschicken, daß sie in unseren Straßen herumstolzieren und unsere Frauen angaffen und sie vielleicht vergewaltigen und sich für die Herren der Schöpfung halten? Die Yankees sagen, Sklaverei sei schlecht, aber zum Teufel, sie war nicht schlecht. Sehen Sie sich heute doch einmal um! Wenn Sie Nigger gegen Lohn zur Arbeit anstellen, werden Sie schon merken, daß es die größten Faulenzer auf Gottes Erdboden sind, darauf können Sie mein Wort haben.«

Parmenter schlug plötzlich einen anderen Ton an. Er verlieh seiner Stimme einen schmeichelnden, bittenden Klang: »Wenn Sie sich entschließen könnten, dem Klan beizutreten, verspreche ich Ihnen eine Offiziersstelle. Wissen Sie, ich bin Groß-Adler. Sie könnten Groß-Drache oder sonst etwas Hohes werden. Schließlich sind Sie viel gebildeter und besser erzogen als ich, das gestehe ich gern ein.«

»Ich habe nicht die Absicht, einer Organisation von Terroristen und Mördern beizutreten. Und jetzt, Mr. Parmenter, möchte ich ohne weitere Diskussion meine Waren haben.«

»Ganz wie Sie wünschen, Mr. Bouchard.«

Als Luke ihm den Rücken kehrte und zurück in den Laden ging, verfolgte ihn Hurley Parmenter mit einem Blick, aus dem unverhüllter Haß sprach.

XXXV

Am Abend des gleichen Tages empfing Luke in dem Raum, der einmal das Arbeitszimmer seines Großvaters gewesen war, die drei noch übrigen schwarzen Besitzer des Windhaven-Landes. Natürlich waren auch Phineas Atbury und seine Frau Hannah dabei. Luke hatte Moses Turner, Dan Munroe und Hughie Mendicott zum Abendessen eingeladen, und er hatte Hannah eigenhändig bei der Zubereitung geholfen. Die drei Schwarzen waren anfangs recht gehemmt gewesen, aber als Luke, von Hannah Atbury vorgestellt, jedem Mann die Hand schüttelte und ihn als Nachbarn willkommen hieß, trat an die Stelle der wachsamen Reserviertheit eine Demonstration geradezu rührenden Vertrauens.

Moses Turner war fünfzig und von Arthritis geplagt, aber groß und kräftig und, wie er selbst zu sagen pflegte, »immer noch in der Lage, ein gutes Tagespensum zu leisten«. Er lebte mit seiner kränkelnden Frau Mary in einer kleinen Hütte am Rand der Felder, die sich einmal ununterbrochen über sechshundert Morgen erstreckt hatten. Dan Munroe, einundvierzig und drahtig, hatte seine vierunddreißigjährige Frau Katie und ihre beiden Kinder Tom, zwölf, und Elsie, neun, mitgebracht. Hughie Mendicott, zweiundvierzig, war Witwer und hatte zwei schlaksige, gutmütige Söhne. Davie war fünfzehn, Louis dreizehn.

»Wie Hannah euch bereits gesagt hat, bin ich Luke Bouchard. Mein Großvater Lucien Bouchard und mein Vater Henry Bouchard haben dies schöne Haus erbaut. Ich war als junger Mann hier Vormann, weder mein

Großvater noch ich haben je etwas von der Sklaverei gehalten.«

»Ihr alle drei, Moses, Dan und Hughie, habt das Land nach dem Krieg rechtmäßig erworben. Ich will ehrlich zu euch sein – ich hoffe, daß ich alle sechshundert Morgen zurückkaufen kann. Aber für den Augenblick schlage ich vor, daß wir zusammenarbeiten. Ich zahle euch Löhne, so daß ihr für mich als freie Menschen arbeitet. Wir werden den Anbau gemeinsam planen, wir werden alles wie gute Nachbarn besprechen, und wenn der Zeitpunkt kommt, wo wir das, was wir geerntet haben, verkaufen wollen, dann werde ich dafür die Verantwortung übernehmen – wenn ihr damit einverstanden seid.«

»Für mich hört sich das gut und richtig an, Mr. Luke, Sir«, sagte Hughie Mendicott; auch sein älterer Sohn tat seine Zustimmung durch heftiges Nicken kund. »Aber etwas macht mir große Sorgen, und Dan und Moses auch. Was passiert, wenn der Ku-Klux-Klan wieder herkommt?«

»Ich kenne den Anführer des Klans, den Mann, der Phineas und Hannah so Schändliches angetan hat. Ich bin auf sein Kommen vorbereitet. Ihr könnt euch auf mich verlassen. Ich habe meinen schwarzen Vormann mitgebracht. Er heißt Marius Thornton, und seine Frau heißt Clementine. Marius versteht eine Menge von der Landwirtschaft. Ich werde mit ihm und mit euch zusammenarbeiten, damit die Sache richtig in Schwung kommt. Ich werde außerdem für alle die Steuern bezahlen. Wenn die Steuerbescheide kommen, bringt ihr sie mir, dann werde ich mich darum kümmern. Ich hoffe, daß ihr mir eines Tages euer Land verkauft. Wenn diese Zeit kommt, könnt ihr sicher sein, daß ich einen guten Preis bezahle und ihr nicht benachteiligt werdet.

Nun ist da auch noch anderes Land, daß euren Freunden gehört hat, die weggelaufen sind. Ich werde auch dafür die Steuern bezahlen, und ich beabsichtige, bei der nächsten Gelegenheit in der Stadt Arbeiter anzuwerben, weiße und schwarze.

Nun, das wäre so ungefähr alles, was ich euch sagen wollte. Natürlich kaufe ich auch alle landwirtschaftlichen Maschinen, die wir benötigen, und ein paar Pferde, Rinder und Schweine. Ihr Männer könnt schon einmal damit anfangen, Zäune für die Weiden zu bauen und einen geräumigen Schweinestall. Vielleicht hätten eure Frauen gern einen Hühnerhof. Wir könnten Eier verkaufen und hätten selbst genug für euch und eure Kinder, dazu Hühner zum Kochen oder Braten.«

Als die Besucher gegangen waren, wandte Luke sich an Phineas und Hannah. »Ich sähe es gern, wenn ihr beide morgen mit mir nach Montgomery kommen würdet. Ich möchte ein Bankkonto für euch eröffnen. Wenn ihr einverstanden seid, zahle ich euch fünftausend Dollar für dieses Haus und die fünfzig Morgen Land.«

»Mr. Bouchard, Sir«, keuchte Hannah auf, »soviel haben wir gar nicht dafür bezahlt! Nein, Sir, das wäre der reinste Wucher.«

»Nein. Es ist sogar noch mehr wert, aber ich möchte etwas von meinem Geld für die Verbesserung des Bodens und für die Zahlung der Löhne zurückbehalten, sonst würde ich euch mehr bieten. Ich hoffe, daß ihr für mich arbeiten werdet. Wollt ihr bleiben?«

In Hannah Atburys Augen standen Tränen. Sie ergriff Lukes Hand und küßte sie. »Gott segne Sie, Mr. Bouchard. Gott segne Sie und Ihre Familie für das, was Sie für uns getan haben.«

Als die letzte Juliwoche anbrach, hatte Luke zehn weiße Arbeiter und zehn freie Schwarze angeworben, die auf den Feldern der Windhaven-Plantage arbeiten sollten. Er hatte ihnen hundert Dollar pro Monat geboten und außerdem versprochen, sobald die Ernte verkauft sei, würde jeder als zusätzlichen Ansporn einen prozentualen Anteil des Gewinns bekommen. Luke kaufte einen Hereford-Bullen mit Stammbaum und ein Dutzend Kühe. Seine Arbeiter zäunten hundert Morgen Grasland als Weide ein. In der Nähe entstand ein großer Schweinestall, in dem ein Dutzend Mutterschweine und drei Eber einquartiert wurden. Anderes Land wurde gepflügt, und man pflanzte auf fünfzig Morgen Mais, auf weiteren fünfzig Morgen Bohnen, Yamswurzeln sowie andere Gemüsesorten und Obstbäume an. Die Arbeiter errichteten provisorische Hütten aus Holz und dem roten Lehm des Alabama River. Es war derselbe Lehm, aus dem seinerzeit die Ziegel für das Château gebrannt worden waren.

Luke hatte in Chicago eine von Cyrus Hall McCormicks Mähmaschinen und starke Pflüge bestellt. In der Zwischenzeit waren in dem Château auch die Feuerschäden beseitigt worden. Neue Fußboden- und Wandbretter wurden aus den Bäumen hergestellt, welche die Plantage umsäumten. Diese Aufgabe hatten sechs Schwarze übernommen. Sie entdeckten, daß die Arbeit für einen weißen Südstaatler, der Seite an Seite mit ihnen schaffte, herzerfreuend und lohnend war. Die *Alabāma Belle* warf häufig Anker an der Anlegestelle und entlud Lebensmittel, Werkzeuge und Ausrüstungen.

Anfang August besuchte Luke Gouverneur Smith und legte ihm seine Pläne für die Bodenrekultivierung und sein für schwarze und weiße Arbeiter gleichermaßen geltendes Prämienprogramm dar. Gouverneur Smith erklärte: »Wie Sie wissen, Mr. Bouchard, sind die Zeitungen über mich als einen angeblichen Sympathisanten des Nordens hergefallen. Wenn es mehr Männer wie Sie gäbe, die in die Zukunft blicken und in Frieden mit ihren Nachbarn leben wollen, dann hätte ich vor solch ungerechtfertigter Kritik überhaupt keine Angst.«

Immer, wenn er bei seiner Arbeit auf den Feldern und im Château ein paar Minuten Zeit hatte, schrieb Luke an Sybille und Lucien Edmond in Texas, an Ben und Fleurette Wilson in Pittsburgh, an Charles und Laurette Douglas in Chicago und an James und Arabella Hunter in Galveston. Er berichtete ihnen von seiner erfolgreichen und erfreulichen Arbeit, durch die das Land, auf dem er geboren war, ständig ertragreicher wurde. Laure erhielt von ihm leidenschaftliche Versicherungen seiner Liebe, die ihr und dem kleinen Lucien galt. Seine Arbeit müsse ihm jetzt der Ersatz für ihre Liebe sein, schrieb er, und nach einer so langen Trennung werde die Wiedervereinigung noch tausendmal schöner sein.

Luke korrespondierte auch mit Jason Barntry. Er beriet ihn in Fragen neuer Investitionen und zur Diskussion stehender Kredite, und er drängte ihn, an seinem eigenen gesunden Urteil nicht zu zweifeln. Daneben bat er ihn, Laure, Lucien und Mitzi zu besuchen und ihm mitzuteilen, wie es ihnen erging.

Marius Thornton war so glücklich wie nie in seinem Leben. Luke hatte ihm die Auswahl der Feldarbeiter überlassen, da er sicher war, daß Marius den Charakter und die Arbeitsdisziplin eines jeden beurteilen konnte. Vom ersten Augenblick an erwies sich, daß Marius jetzt, beim Wiederaufbau der Windhaven-Plantage, die Zeit zugute kam, die er als Sklave auf den Feldern verbracht hatte. Luke entdeckte, daß er auch eine große Begabung hatte, Pferde zu trainieren und zu beurteilen. Der umgebaute Stall beherbergte wieder ein Dutzend Stuten, zwei Hengste und vier Wallache. Darunter befand sich Lukes eigener Hengst. Er ritt mit ihm über die Felder, so wie es sein Großvater vor Zeiten auf seinem herrlichen Palomino-Hengst getan hatte.

Marius und Clementine waren eine Woche nach ihrer Ankunft auf der Windhaven-Plantage über den Besen gesprungen, wie es das traditionelle Zeremoniell bei Negerhochzeiten verlangte. Die hübsche junge Mulattin war nun schwanger, und Marius' Freude war groß. Man konnte ihn auf den Feldern singen, mit den Arbeitern lachen oder Witze erzählen hören. Allmählich bildete sich ein festes Band der Kameradschaft zwischen den Weißen und den Schwarzen, die Seite an Seite arbeiteten. Noch stärker wurde dieses Band, als sie begannen, die Früchte ihrer Mühen zu ernten und sich auf die Prämien freuen konnten, die sie im Herbst erhalten sollten.

Bisher hatte sich der Ku-Klux-Klan nicht mehr blicken lassen. Luke war mehrmals in Lowndesboro gewesen und hatte bei Parmenter eingekauft, ohne ein überflüssiges Wort mit ihm zu sprechen. Hurley Parmenter seinerseits brummte nur einen Gruß und ein widerwilliges Dankeschön.

Am Freitag der zweiten Augustwoche gab es am Morgen ein Gewitter, das am späten Nachmittag mit verstärkter Wucht zurückkehrte. Als es endlich vorbei war, eilte Marius hinaus, um nachzusehen, welchen Schaden das Unwetter auf den Feldern angerichtet hatte. Er ritt bis an die Grenze der Windhaven-Plantage, stieg dort ab und sprach mit Ben Dolton, einem der weißen Arbeiter. Er stand vor dem Farmer mittleren Alters, der seinen eigenen kleinen Besitz während des Krieges verloren hatte. Hinter ihm war ein kleines Dickicht aus Lebenseichen. Plötzlich rief Ben Dolton: »Paß auf, Marius, hinter den Bäumen verstecken sich ein paar Männer, die . . .«

Er hatte keine Gelegenheit mehr, den Satz zu vollenden. Fünf Gestalten, in die weißen Laken des Ku-Klux-Klan gehüllt, sprangen aus dem Gebüsch. Vier von ihnen packten Marius und überwältigten ihn, während der fünfte Ben Dolton ausschaltete, indem er ihm brutal einen Ast über den Kopf schlug. Dann spuckte er ihm mitten ins Gesicht und eilte zu seinen Spießgesellen zurück, die schon dabei waren, Marius zu fesseln und zu knebeln. Sie zerrten ihn in das dichte Unterholz zwischen den Bäumen. Ein paar Augenblicke später war das Klappern von Pferdehufen zu hören.

»Oh, Mr. Luke, sie haben meinen Mann mitgenommen! Sie werden ihn umbringen!« schrie Clementine. »Hughie ist gerade aus seiner Hütte gekommen, da sah er, wie diese Männer in den weißen Laken aus dem Wald hervorstürzten und dem armen Mr. Ben einen Knüppel über den Kopf schlugen und meinen Marius mitnahmen! Oh, was soll ich tun, Mr. Luke?« Sie brach in lautes Schluchzen aus und bedeckte das Gesicht mit den zitternden Händen.

»Versuchen Sie, tapfer zu sein, Clementine«, bat Luke. »Ich glaube nicht, daß sie ihn umbringen werden. Ich nehme an, Hurley Parmenter will ihn als Geisel zurückbehalten, damit er an mich herankommen kann. Aber wenn wir in ein paar Stunden nichts von ihm gehört haben, steigen wir zu Pferd und begeben uns auf die Suche nach dem Klan. Wir holen Marius heil und unversehrt zurück, darauf gebe ich Ihnen mein Wort.«

Hannah Atbury kam atemlos hereingerannt. »Mr. Luke, da ist ein kleiner Junge mit einem Brief für Sie an der Tür. Er sagt, er habe den Auftrag zu warten.«

Luke riß den Umschlag auf und entfaltete das eine angeschmuddelte Blatt Papier, das darin steckte. Schnell überflog er es. »Genau, wie ich es gedacht habe«, erklärte er. »Der Brief ist von Parmenter. Er schreibt, sie hätten Marius und würden ihn verbrennen, falls ich nicht heute um Mitternacht zu ihrem Klavern komme. Ich soll mich auf der alten Williamson-Plantage einfinden, da, wo früher die Sklavenhütten gestanden haben.«

Clementine brach von neuem in Tränen aus. Hannah eilte zu ihr, setzte sich neben sie und versuchte sie zu beruhigen, so gut sie konnte.

Luke zog die Uhr aus der Westentasche. »Es sind noch zwei Stunden bis Mitternacht. Wir müssen zu Pferd dorthin. Wenn wir rechtzeitig da sein wollen, brechen wir besser sofort auf.«

»Wir, Mr. Luke?« Hannah sah erstaunt auf.

»Ich gehe zu ihrem Klavern, Hannah. Aber ich nehme die Männer mit. Sie sollen mir in einem Abstand von zehn Minuten folgen und dann den Platz einkreisen. So sind wir sicher, daß wir Marius retten werden. Ich bin nicht dafür, Gewalt mit Gewalt zu vergelten. Aber ich denke mir, wenn meine Arbeiter mir folgen und sich für alle Fälle bewaffnen, können wir das verhindern, was der Ku-Klux-Klan mit Marius vorhat, und den Mitgliedern vielleicht sogar eine Lektion erteilen.« Er wandte sich an Phineas Atbury. »Fühlen Sie sich stark genug, hinaus zu den Hütten zu gehen und allen Arbeitern zu sagen, sie möchten herkommen? Bitten Sie Dan, die Pferde bereitzuhalten, und sagen Sie Hughie, er soll alle Gewehre mitbringen und sie unter den Männern verteilen, die mit mir reiten. Ich sattle jetzt mein Pferd.«

Auf dem Weg flußabwärts – einem Weg, den er auswendig kannte –, trieb Luke seinen Hengst hart an. Wie oft war er diesen Weg schon geritten! Er war achtzehn gewesen, als zum Zeichen, daß das neuerbaute Château nun für Freunde und Gäste offenstand, das Einstandsfest gefeiert wurde. Bei diesem Fest hatte er die süße Lucy kennengelernt.

Schon von weitem sah Luke, daß auf der alten Williamson-Plantage ein brennendes Kreuz errichtet war. Er spornte sein Pferd von neuem an. Dann ritt er vor dem alten Haus vor, stieg ab, band den Hengst fest an und schritt auf den freien Platz zu, wo immer noch ein paar von den alten Holzhütten standen, die Edward Williamsons Sklaven bewohnt hatten.

Luke stieß einen Schrei des Entsetzens aus, als er den Rand des Platzes erreicht hatte. Ein starker Pfahl war tief in den Boden gerammt, und Marius Thornton war daran gefesselt. Er war nackt, sein Körper von blutigen Peitschenstriemen gezeichnet. Zu beiden Seiten des Pfahles standen je zehn verhüllte Gestalten. Vor dem Kreuz, das

Gesicht Luke zugewandt, hatte sich Hurley Parmenter aufgestellt. Zu Marius' Füßen waren Holz und Reisig aufgetürmt. Einer der Vermummten erkannte Luke und hob seine brennende Teerfackel mit der Absicht, ihm klarzumachen, was der Klan mit Marius vorhatte.

»Ich fing schon an zu glauben, Sie würden nicht mehr kommen, Mr. Bouchard«, sagte Hurley Parmenter mit öliger, triumphierender Stimme. »Sie sind also doch noch zur Vernunft gekommen. Wie ich Ihnen in meinem Brief mitteilte, werden wir Ihren Nigger verbrennen, falls Sie unserer Organisation nicht beitreten. Bevor Sie jetzt ein Wort sagen, Mr. Bouchard, betrachten Sie die Dinge einmal von dem Standpunkt aus, den ein kluger Mann wie Sie einnehmen sollte.«

»Ich habe Ihnen schon einmal erklärt, Mr. Parmenter, ich will mit Terroristen und Mördern nichts zu tun haben. Was gewinnen Sie dabei, wenn Sie Marius Thornton verbrennen?«

»Es wird ein Nigger weniger auf der Welt sein, der unsere Frauen vergewaltigt, und darum geht's«, ließ sich einer der vermummten Männer hören, die anderen pflichteten ihm in einem Chor von Zurufen bei.

»Seien Sie vernünftig, Parmenter. Sie können doch nicht erwarten, daß Sie in mir einen Verbündeten bekommen, wenn Sie Marius töten«, argumentierte Luke. »Und ich will Ihnen außerdem etwas sagen, was Sie vielleicht noch nicht wissen. Armand Cournier ist tot. Er forderte mich zum Duell heraus und versuchte, mich zu erschießen, bevor das Kommando erteilt war. Im Einklang mit dem Duellkode schoß mein Sekundant ihn nieder. Von Cournier bekommen Sie also keine Unterstützung und kein Geld mehr; er wird Sie nicht mehr zur Unterdrükkung anständiger, unschuldiger Menschen ausschicken. Und vergessen Sie nicht, ich kann jederzeit zum Gouverneur Smith gehen . . .«

»Dieser dreckige Radikale, dieser Abschaum der

Menschheit!« unterbrach Hurley Parmenter Luke mitten im Satz.

»Nennen Sie ihn, wie Sie wollen, er ist und bleibt Gouverneur dieses Staates. Wenn Sie mit Ihren gesetzlosen Verbrechen fortfahren, können Sie sicher sein, daß die Bundesbehörden Sie in naher Zukunft zertreten werden wie einen Wurm.«

»Wissen Sie was, Mr. Bouchard?« höhnte Hurley Parmenter. »Ich und die Jungs hier sind zu dem Schluß gekommen, daß Sie Ihre Herkunft vergessen haben. Da stehen Sie, ein Aristokrat des Südens, und sprechen mit Ihren Landsleuten und Nachbarn, als wären wir Dreck. Wir dienen einer edlen Sache.«

»Einer teuflischen Sache, in die sich kein Mann mit Selbstachtung und Ehre hineinziehen läßt!« fuhr Luke dazwischen.

»Jetzt reicht es mir! Sie sind zu weit gegangen, Mr. Bouchard. Jetzt werden wir Sie fesseln und Sie die Peitsche schmecken lassen. Vielleicht lehrt Sie das, ein Gentleman zu sein und Ihren Platz zu kennen. Aber zuerst verbrennen wir Ihren Nigger, damit Sie sehen, daß wir es ernst meinen. Packt ihn, Jungs!«

Zwei der weißgewandeten Männer traten auf ihn zu, und Luke ging einen Schritt zurück. Plötzlich knallte hinter ihm ein Schuß. Hurley Parmenter wurde zurückgeschleudert, stieß einen gurgelnden Schrei aus und fiel zu Boden. Er hatte eine Kugel in die Lunge bekommen.

»Wo der herkam, sitzen auch noch andere!« Luke erkannte Dans Stimme. »Wir sind hier fünfzehn Männer mit Gewehren. Macht, daß ihr wegkommt, aber schleunigst, sonst ergeht es euch ebenso wie diesem verbrecherischen Bastard!«

Die in weiße Laken gehüllten Männer rannten über den freien Platz zu ihren Pferden, stiegen auf und galoppierten davon.

Luke schritt zu dem Pfahl, zog sein Klappmesser und

durchschnitt die Fesseln. Marius Thorntons nackter, bewußtloser Körper fiel ihm in die Arme. Luke hielt ihn fest und drehte sich zu seinen Männern um, die mit ihren Gewehren unter den Bäumen hervortraten. »Gott segne euch dafür, daß ihr mir beigestanden seid«, sagte er. »Bringen wir den armen Marius nach Hause. Er ist grausam ausgepeitscht worden. Aber ich glaube nicht, daß wir in Zukunft von dem Ku-Klux-Klan noch etwas zu befürchten haben.«

XXXVI

Der 18. Dezember 1868 war in Alabama ein für die Jahreszeit ungewöhnlich milder Tag. Das Wetter in diesem letzten Monat des dritten Jahres nach Beendigung des Bürgerkrieges hatte eine Parallele in den völlig unerwarteten, plötzlich eintretenden politischen Veränderungen.

Im vorhergehenden Monat waren Ulysses S. Grant und Schuyler Colfax auf der Kandidatenliste der Republikaner mit 214 gegen 80 Stimmen zum Präsidenten bzw. Vizepräsidenten gewählt worden; Horatio Seymour und Francis P. Blair junior waren durchgefallen. Doch trotz dieses scheinbar überwältigenden Sieges gewann Grant bei der Volksabstimmung nur ganz knapp. Der Süden erinnerte sich immer noch zu gut an seine verbissen erkämpften Siege auf dem Schlachtfeld und stand beinahe geschlossen auf der demokratischen Seite.

Die Abenddämmerung senkte sich herab. Die langsam länger werdenden Schatten krochen über die Felder der Windhaven-Plantage. Ein großer Mann, das blonde Haar mit grauen Streifen durchsetzt, wanderte gedankenverloren durch die Wiesen zu dem aufragenden Felsen. Dort angekommen, suchte er nach dem früher einmal deutlich erkennbaren Pfad. Das jahrelange ungehemmte Wachstum von Gräsern und Blumen hatte ihn überwuchert. Der

Mann schloß die Augen, als versuche er sich zu erinnern; dann stieg er mit neugewonnener Sicherheit an dem Abhang auf der Ostseite empor.

Er erreichte den Gipfel und stand an der Stelle, wo in seiner Erinnerung ein freier Platz vor zwei mächtigen Hickory-Bäumen war. Die Lichtung war von Wegerich überwuchert, der dem Fremden bis an den Gürtel reichte. Er sah zum Himmel empor, doch dann begann er, das Unkraut auszureißen, bis er die fruchtbare rote Erde freigelegt hatte, die dem Land, in dem in alter Zeit die mächtigen Creeks herrschten, den Namen Econchate gegeben hatte.

Doch auch an der Erde waren die Jahre nicht spurlos vorübergegangen, und es war kein Hinweis mehr auf die beiden Gräber zu finden. Aber der Mann wußte, wo sie waren. Er kniete nieder, legte seine Hände auf die Stelle und sprach laut: »Großvater, ich halte mein Gelübde. Heute ist dein Geburtstag, und du schläfst für alle Ewigkeit neben der Geliebten Frau Dimarte. Dein Geist und der ihre sollen diesen Platz heiligen, denn es ist dein Geist, der mich hierher zurückgeführt hat. Nun gebe ich dir mein Versprechen, alle Bouchards, sie mögen in diesem Augenblick noch so weit voneinander entfernt sein, an diesem Ort von neuem zu versammeln.«

Er neigte sein Haupt im Gebet und faltete die Hände. Über ihm erscholl der Ruf einer Eule; er klang sanft und leise, als sei er nur für seine Ohren bestimmt.

Noch einmal legte der Mann seine Handflächen auf die Erde, und er sagte: »Großvater, das, was du dir erträumt hast und dann zerstört worden ist, wird von neuem auferstehen. Das gelobe ich dir. Schon arbeiten auf den Feldern der Windhaven-Plantage Weiße und Schwarze kameradschaftlich Seite an Seite, ohne Abneigung oder Feindseligkeit, als freie Menschen, die freudig an ein Werk gehen, an das sie glauben. Die Erde versorgt uns mit dem, dessen wir bedürfen. Sie ist die wahre Quelle allen Lebens. Großvater, in deinem Arbeitszimmer steht wieder ein Schreibtisch, ein genaues Gegenstück zu dem Escritoire, den du aus Frankreich mitgebracht hattest. Im Château hört man wieder Lachen und Kinderstimmen, denn Marius' Frau Clementine hat soeben einen gesunden, kräftigen Sohn geboren. Die Kinder der anderen Arbeiter besuchen mich oft und essen mit mir zu Abend, Großvater, und ich erzähle ihnen Geschichten – viele davon sind Geschichten, die du mir erzählt hast, als ich ein kleiner Junge war.«

Ein zweites Mal ließ sich über ihm ein Eulenruf vernehmen. Jetzt erhob Luke sich und ging hinüber zu der Stelle, wo Dimarte lag. Auch dort kniete er nieder und berührte die Erde. Seine Augen füllten sich mit Tränen. Er flüsterte: »Dimarte, gesegneter Name der Geliebten Frau, die meinem Großvater in einer fremden, neuen Welt so viel Freude, so viel unwandelbare Liebe schenkte, ich bete darum, daß du mit ihm nun ebenso glücklich bist, wie du es vor langer Zeit hier warst. Du sollst wissen, daß mein jüngster Sohn nach ihm genannt ist, den du und ich so tief geliebt haben, und daß meine Frau Laure erst vorige Woche einen zweiten Jungen geboren hat, den sie Paul nannte – nach dem Sohn, den Sybille bei Shiloh verloren hat.«

Luke beugte sich nieder und küßte die Erde, dann erhob er sich und trat zur Seite. Wieder faltete er die Hände und neigte den Kopf im Gebet. Als er es beendet hatte, sagte er leise: »Für mich lebt ihr beiden noch, und so wird es für die Kinder der Bouchards immer sein. Es kommen neue Namen, die sich mit den unseren mischen, doch sie bereichern unseren Namen mit Ehre, Würde und Mut, wie sie unser Blut frischhalten. Der süßen Fleurette ist ihr Wunsch erfüllt worden. Sie hat ein kleines Mädchen geboren, das sie nach ihrer wundervollen, alterslosen Mutter Sybille nannte. Laurette, die Tochter meines Halbbruders, der die Wärme, das Mitgefühl und die Liebe nicht verstehen konnte, die uns Bouchards im Angesicht von Unglück und Not zusammenhält, hat nach ihren Zwillingen noch einen Sohn Howard bekommen. Mein eigener Sohn Lucien Edmond hat mich zum dritten Mal Großvater werden lassen, denn Maxine Bouchard schenkte ihm vor zwei Monaten eine Tochter Edwina. Geliebte Frau, möge dein Geist diese neugeborenen Kinder berühren und ihnen deine sanfte Weisheit und deine Liebe zum Leben und dein Verständnis vermitteln.«

Er wandte sich um und blickte auf den tief unten vorbeiströmenden Fluß hinab. Ganz schwach konnte er hier oben auf dem Felsen das Rauschen der Wellen hören. Plötzlich erhob sich ein Wind, ein Rascheln, das wohl die Geister der Creeks verursachen mochten, die über ihre alten Pfade eilten, um noch vor Einbruch der Dunkelheit ihre Lagerfeuer zu erreichen.

Luke drehte sich wieder um und sah auf das Stück Boden, das er vom Unkraut gesäubert hatte, um ihm seine Ehrerbietung bezeugen zu können. Von neuem sprach er, und seine leise Stimme bebte vor tiefer Empfindung.

»Großvater, du, der du der Blutsbruder Tunkamaras und danach der des tapferen Nanakota warst, ich danke Gott, daß du mir so überzeugend und unvergeßlich die Lehre eingeprägt hast, alle Menschen können Brüder sein. Als Beweis dafür gebe ich dir nun den Talisman eines mächtigen Komantschenhäuptlings. Sein Name ist Sangrodo; er vergalt Freundschaft mit Freundschaft. Er half, die Bouchards in der Wildnis von Texas zu retten, weil die Bouchards seinen Sohn gerettet hatten. Du bist der Würdigste von uns allen, diesen Talisman zu besitzen, der von dem Geist eines unbesiegten, edlen Volkes zeugt. Ach, die Tage der Komantschen sind gezählt, wie es die der Creeks waren, die dich liebten und dich nach Herz, Geist und Seele nicht als Bleichgesicht betrachteten, sondern als einen Mann, der von ihrem eigenen Wesen war.«

Luke nahm den Lederriemen vom Hals und legte ihn neben sich. Dann grub er mit beiden Händen die rote Erde auf, bis ein Loch entstanden war, groß genug, den kostbaren Talisman aufzunehmen. Er legte ihn hinein, bedeckte ihn und glättete die Erde mit seinen Händen, bis nichts mehr verriet, was er getan hatte. Noch einmal betete er, und seine Lippen bewegten sich stumm.

Als er endlich fertig war, erhob er sich und entfernte sich langsam von dem geweihten Grund, wo die geliebten Toten lagen. Luke sagte laut: »Großvater, Dimarte, ihr, deren Seelen in der Erde, der Luft und in dem Himmel seid, möget ihr die von Gott gegebene Macht haben, über die Bouchards zu wachen, die weit entfernt von der Windhaven-Plantage sind. Über die Ranch in Carrizo Springs, wo mein Sohn und seine tapfere Frau und meine Tochter und ihr heldenhafter mexikanischer Mann gemeinsam daran arbeiten, Vieh zu züchten, das Tausende von Familien unserer wachsenden Nation ernähren wird. Über Dr. Ben Wilson und Fleurette in Pittsburgh, wo er jetzt ein Krankenhaus leitet, das auch den Armen und Bedürftigen offensteht, die sich, wenn sie krank sind, keinen Arzt leisten können. Über Charles Douglas und Laurette im fernen Chicago, wo dieses einfallsreiche, ehrenhafte neue Mitglied der Bouchard-Sippe davon träumt, in vielen Städten Kaufhäuser zu errichten, in denen die Menschen sich zu erschwinglichen Preisen kaufen können, was sie brauchen und was ihnen Freude macht.«

Er unterbrach seine Worte für ein stummes Gebet.

»All das hast du bewirkt, Großvater«, flüsterte er dann. »Denn du kamst aus Frankreich in eine Wildnis, wo du deine geliebte Frau gefunden hast. Sie hat dich gelehrt, daß die Liebe ewig ist und sogar dem Tod widersteht. Hilf uns, daß wir alle es fertigbringen, uns denen zu schenken, die sich auf uns verlassen – so, wie du es getan hast, ohne auf materiellen Lohn zu sehen, sondern in dem Gedanken, daß es Lohn an sich ist, tätig und nützlich zu sein. Ich werde die Windhaven-Plantage so wiederaufbauen, wie du selbst es getan hättest, wenn du noch am Leben wärst, das verspreche ich dir, und ebenso, daß alle anderen Angehörigen der Familie, die du gegründet hast, in nicht allzu ferner Zeit hierher zu Besuch kommen und die Verbindung mit dir und deiner geliebten Frau empfinden werden.

Es ist dein Geburtstag, Großvater, ein Tag, der in meinem Herzen eingeschrieben ist, bis ich meinen letzten Atemzug tue. Und wenn Laure, meine Frau, nächsten Monat herkommt, werde ich sie an diesen Ort führen und ihr erzählen, wie alles begann und warum es mich wieder hierhergezogen hat. Gott segne dich und Dimarte. Blicke auf uns herab und laß uns nie vergessen, wie teuer du uns allen bist.«

Luke verneigte sich, und dann ging er den Pfad wieder hinunter. Ein letztes Mal hörte er den leisen Ruf der Eule. Jetzt herrschte Stille, nicht einmal ein Blatt raschelte im Wind. Es war, als stünden die Zeit, die Natur in Ehrerbietung vor dem Grab jener, die aus zwei Welten zusammengefunden hatten, um sich zu lieben und Unsterblichkeit in ihren Nachkommen zu finden.

Festival der Leidenschaft
Marie Louise Fischer
Große Gefühle zum Preis von 4,95 DM pro Band
In zweiter Ehe
Nr. 26 042
Liebe im Grandhotel
Nr. 26 043
Frau am Scheideweg
Nr. 26 044
Das Geheimnis der Greta K.
Nr. 26 045
Im Schatten des Anderen
Nr. 26 046
Ein Herz voller Tränen
Nr. 26 047
BASTEI LÜBBE